續尤西堂擬明史樂府

外二種

山右歷史文化研究院 編

上海古籍出版社

圖書在版編目(CIP)數據

續尤西堂擬明史樂府：外二種／山右歷史文化研究院編. —上海：上海古籍出版社，2016.12
(山右叢書. 初編)
ISBN 978-7-5325-8303-4

Ⅰ.①續… Ⅱ.①山… Ⅲ.①中國文學—古典文學—作品綜合集—清代 Ⅳ.①I214.91

中國版本圖書館CIP數據核字(2016)第274591號

續尤西堂擬明史樂府(外二種)
山右歷史文化研究院　編
上海世紀出版股份有限公司
上　海　古　籍　出　版　社　出版
(上海瑞金二路272號　郵政編碼200020)
(1)網址：www.guji.com.cn
(2)E-mail：guji1@guji.com.cn
(3)易文網網址：www.ewen.co
上海世紀出版股份有限公司發行中心發行經銷　上海中華商務聯合印刷有限公司印刷
開本700×1000　1/16　印張45.25　插頁5　字數529,000
2016年12月第1版　2016年12月第1次印刷
印數：1—400
ISBN 978-7-5325-8303-4
I·3130　定價：128.00元

目　録

續尤西堂擬明史樂府
附仿元遺山論詩絶句六十首

〔清〕張晉　撰　〔清〕楊履道　注

李雪梅　王麗娟　點校

顧齋遺集

附顧齋簡譜

〔清〕王軒　撰

楊嘯　楊揚　車麗梅　曹曉華　常會敏
牛江　郭英蕾　點校

耨經廬詩集卷二

耨經廬詩集卷三

耨經廬詩集卷四

槈經廬詩集卷五

槈經廬詩集卷六

耨經廬詩集卷七

耨經廬詩集卷八

槈經廬詩集續編卷一

梅經廬詩集續編卷二

槈經廬詩集續編卷三

槈經廬詩集續編卷四

槈經廬詩集續編卷五

槈經廬詩集續編卷六

槈經廬詩集續編卷七

梣經廬詩集續編卷八

槈經廬詩集續編卷九

槈經廬詩集續編卷十

槈經廬詩集續編卷十一

槈經廬詩集續編卷十二

槈經廬詩集續編卷十三

顧齋文集

尚書考辨

〔清〕宋鑒　撰
白平　岳海燕　點校

尚書考辨卷二

真古文《尚書》三十一篇考辨 …… 五二六

虞書薛氏季宣《書古文訓》作"忿書" …… 五二七

堯《大學》作"帝"典薛本作"㹝篊" …… 五二八

皐陶謨薛本作"咎繇謩" …… 五三三

夏書薛本作"䕫書" …… 五三六

禹貢《釋文》曰:或作"贛"。薛本作"禽貢" …… 五三六

甘誓薛本作"合斵" …… 五四〇

商書薛本作"啇書" …… 五四一

湯誓薛本作"湯斵" …… 五四一

盤《國語》作"般"。《釋文》曰:本亦作"般"。《石經考》曰:蔡邕石經殘碑作"股"庚《左傳》作"盤庚之誥",見《哀公十一年》。薛本作"鎜庚"上薛本無"上"字 …… 五四一

盤庚中 …… 五四三

盤庚下 …… 五四四

高宗肜日薛本同 …… 五四四

西伯戡黎郭注《爾雅》作"堪",見《釋詁》。《大傳》作"戓耆"。《史記》作"飢",徐注曰:一作"阬",又作"耆說",作"戓𩐋"。薛本作"卤伯戓𩐋",與《説文》同 …… 五四五

微子薛本作"学" …… 五四五

周書薛本同 …… 五四六

牧《説文》作"坶"。《玉篇》、古文《尚書》作"坶"。薛本同誓 …… 五四六

洪《吕氏春秋》作"鴻",見《貴公》及《君守》。《史記》同範薛本作"鴻范" …… 五四七

金縢薛本作"金縢" …… 五五〇

大誥薛本作"大弃" …………………………………………… 五五一
康誥薛本作"康弃" …………………………………………… 五五二
酒誥薛本作"酒弃" …………………………………………… 五五四
梓《大傳》作"杍"。《釋文》曰:本亦作"杍"材薛本作"杍材"
…………………………………………………………………… 五五六
召誥薛本作"召弃" …………………………………………… 五五七
洛誥 ………………………………………………………………… 五五八
多士薛本同………………………………………………………… 五五九
無《大傳》作"毋"。《困學紀聞》云逸薛本作"亡佾" ………… 五六〇
君奭薛本作"商奭" …………………………………………… 五六二
多方薛本作"多匚" …………………………………………… 五六三
立政薛本同………………………………………………………… 五六五
顧命薛本作"顧命" …………………………………………… 五六六
康王之誥薛本作"康王㞢弃"…………………………………… 五六八
吕《孝經》、《表記》、《緇衣》并竝作"甫"。其他經傳及《史》、
《漢》諸書多作"甫"刑薛本作"吕型" ………………………… 五六九
文侯之命薛本作"彣侯作命"…………………………………… 五七一
費《史記索隱》曰:《大傳》作"鮮"。《史記》作"肹",徐注曰:一
作"顯",一作"獮",裴注曰:《尚書》作"柴",《說文》作"棐"
誓薛本作"斮" ………………………………………………… 五七二
秦誓薛本作"斮" ……………………………………………… 五七二

尚書考辨卷三

僞古文《尚書》二十五篇考辨上復出二篇附 ………………… 五七六
虞書 ………………………………………………………………… 五七七
大禹謨 ……………………………………………………………… 五七七
夏書 ………………………………………………………………… 五八一

尚書考辨卷四

續尤西堂擬明史樂府

附仿元遺山論詩絶句六十首

〔清〕張晉　撰　〔清〕楊履道　注
李雪梅　王麗娟　點校

點校説明

《續尤西堂擬明史樂府》，張晉撰。張晉（？—1807），字雋三，清代山西陽城潤城人，乾嘉間名詩人。一生酷愛詩歌而淡於名利。中秀才後，即“浪遊大梁、閩越、吴楚、燕齊間二十年，而其詩益工”，歸里，與延君壽、王炳照等“徜徉詩酒，抒寫性靈，絶無抑鬱牢愁之意”（張晉《豔雪堂詩集》卷首周石芳序），學使周石芳稱“若雋三者，豈獨雄視三晉，即以詩名天下可也”（同上）。其詩“工於言情，長於論古”，《續尤西堂擬明史樂府》即其代表作。

尤西堂即尤侗。尤侗（1618—1704），字展成，號西堂，明末清初著名詩人、戲曲家，祖籍福建，後遷蘇州。有兄弟七人，排行爲三。少有神童之譽，弱冠即里中結文社，又遍交江南名士。順治帝稱其爲“真才子”，吴梅村贊其爲“騷壇盟主”，其樂府詩與戲曲成就最高。其詩文尚性靈、尚真、尚性情，以《臨去秋波那一轉》之時文寫西廂，以《擬明史樂府》之樂府詩寫史詩，以《海外竹枝詞》寫異聞異俗，體現了他在詩文風格詩體方面的特殊建樹。張晉《續尤西堂擬明史樂府》，徐宗幹稱“合十七朝之事實，賅舉於一百首之中，令人欲歌欲泣”，“以爲詠明史可，以爲論明史可”，將西堂未備者補足之，“間有複見而持論不同”，“爲讀史者闢開門徑，又爲讀明史者推波助瀾也”。

《續尤西堂擬明史樂府》，現有兩種版本，一種是清嘉慶十七年（1812）刻本，正文前署名有“陽城張雋三撰，同里楊履道坦如注”，卷内有注語，卷末有劉汲跋語。一種是1936年由山西省文獻委員會編纂出版的《山右叢書初編》鉛印本，正文前署名有

“陽城張雋三撰，同里楊履道坦如注”，卷内有注語，卷末有劉汲跋語。《山右叢書初編》本，據民國郭象升《山右叢書初編書目提要》（1936年太原成文齋印）云：“清陽城張晉撰（楊履道注），據原刻本排印。”可知，其原先所依之本也係刻本，從文字及卷首末序跋比較，《山右叢書初編》本所依刻本蓋與嘉慶本係同一種版本。本次點校，以《山右叢書初編》本爲底本，以嘉慶十七年(1812)刻本爲校本，正文中評語皆以嘉慶本補充，兩本其餘基本相同，故本次點校，不再出校記。

序

陽城張子雋三，磊落士也。少工詩，補學官弟子，輒棄去，浪遊大梁、閩、越、吳、楚、燕、齊間二十年，而其詩益工。既倦遊，歸卧析城王屋山下，日與其徒徜徉詩酒，抒寫性靈，絶無抑鬱牢愁之意形諸歌詠，其淡於名也如此。余督學來晉，與雋三初不相知，采風所至，輒求能爲詩古文詞者，顧不可多得。辛未冬，按試澤州，童子中有李毅者，試以各體詩，無不工妙，甚異之。詢其所從學，則曰："我師張雋三也。"翼日，雋三携所著《艷雪堂詩集》來謁。挑燈疾讀之，大抵工於言情，長於論古，不屑屑規撫作者，而其儁爽超逸直欲自到古人。亟索其近作，則出《續尤西堂明史樂府》百章。質而不俚，婉而多風，節奏天然，斷制精確，不覺一讀一擊節，非徒言語妙天下，蓋其學識過人遠矣，斯必傳無疑也。相與議論上下今古，義氣和平，神致蕭散，無名士虚憍習氣，淡於名則其深於詩也固宜。余於是喟然曰："若雋三者，豈獨雄視三晉，即以詩名天下可也!"雖然，名亦有幸不幸焉，士之有高才者而又有貴仕，則足以自取名；有高才矣，或得一得位有勢力者爲之大聲延譽，則亦足以争名於一時。國朝山右詩人，首推陳午亭相國、吳蓮洋徵君。相國望重朝端，優柔平中之音自具臺閣氣象；徵君爲新城所激賞，而名以大著，世莫敢有異議。今取《蓮洋集》讀之，漢祠秦樹、萬里昆侖而外，他作殊不稱，則豈非登高而呼之謂歟。之二者雋三皆無之，而又不屑與一時稱詩者標榜壇坫間，落拓半生，頭童齒豁，足迹半天下，而名不出里閈，是可慨也。余不工爲詩，余之言何足爲雋三重，顧謂雋三可與午亭、蓮洋鼎力，而欲躋雋三於蓮洋上，至於《樂府》，以爲實勝西堂，直與西涯争席，斯言也鮮不聞而駭之。然讀雋三詩者，始知雋三之詩果可傳，初非藉於余言而余之言果不謬也。《艷雪堂集》，其友延君荔浦官青齊時已爲開雕，甫竣工罷去，版留歷城，尚未行世。《樂府》不妨單行，余故梓而傳之，爲序其梗概如此，讀者可由是以想見全詩，且想見其爲人。

嘉慶壬申夏五，湘潭周系英石芳氏書於寧武試院。

續尤西堂擬明史樂府

嘗讀尤西堂先生《擬明史樂府》，愛其述事遣辭，才識兼到。嘉慶庚午夏日，里居無事，因續作一百首。凡西堂已作者不更作，其中或意見不同，或情辭未盡，亦間有重複，非必與西堂爭勝也。

紀龍鳳

漢高爲義帝，縞素而發喪。光武從更始，受爵稱蕭王。當時暫憑藉，事過何足詳。明祖初年紀龍鳳，千古英雄同作用。丈夫寧能制於人，手闢乾坤三百春。扁舟艄，瓜步水。小明王，死於此。大明洪武紀元始。

劉福通以欒城人韓林兒稱宋帝，又號小明王，建國曰宋，建元龍鳳。檄太祖爲副元帥，太祖曰："大丈夫寧能受制於人耶?"然以其勢方盛，可倚藉，乃用龍鳳年號以令軍中。後張士誠將吕珍殺福通，太祖擊走之，以林兒歸居之滁州。三年，林兒卒。或曰太祖命廖永忠迎林兒歸建康，至瓜步覆舟沉於江云。

定朔漠

頒詔書，定朔漠，密迪哩巴拉被縛。九重特與沛恩綸，賜第龍光拜侯爵。定朔漠，削羣雄，皆天意，非朕功。朕之父母食元德，卿等父母將無同。元鼎雖亡元德在，御殿受俘禮不通，此豈可比王世充。君不見，歸義侯，失疆土，事由臣下非自取。宋家有例不須援，何況百年中國主。

洪武三年六月，頒平定朔漠詔於天下，封元嗣君子密迪哩巴拉爲崇禮侯，賜第龍光山。李文忠奏捷至，中書省草詔。書進，帝見有侈大之辭，曰："元主中國百年，朕與卿等父母皆賴其生養。元之興亡自是氣運，於朕何預?"命改之。及密迪哩拉至京師，羣臣請獻俘。帝曰："武王伐殷用之乎?"省臣對："唐太宗嘗行之。"帝曰："是待王世充耳，若遇隋之子孫，必不爾也。"明昇降，羣臣請帝受俘，如孟昶降宋故事。帝以昇幼弱，事由臣下，與昶異。免其伏地待罪之儀，授爵歸義侯。

奇男子

軍中猛將誰爲冠，衆口齊推常十萬。莫笑元臣不足齒，尚有庫庫特穆耳。揩殘局，從故君；七致書，不肯臣。一戰能敗大將軍。哈喇諾海將星落，殉夫復見毛夫人。大明天子拊髀嘆，環顧諸將無比倫。無比倫，心傾倒。常遇春，固自好；奇男子，王保保。

洪武五年春，遣大將軍徐達等分道征元庫庫特穆爾，達軍敗績。自元時，帝嘗遣使通好於庫庫特穆爾，前後凡七致書，皆不答。帝心敬之，嘗大會諸將問曰："天下奇男子誰也?"皆對曰："常遇春。"帝曰："遇春雖人傑，吾得而臣之。吾不能臣王保保，乃奇男子耳。"保保，庫庫特穆爾小字也。八年，庫庫特穆爾卒於哈喇諾海，其妻毛氏亦自經死。常遇春自言能將十萬，軍中稱常十萬。

賜舊邸

徐大將軍，功臣莫比。何以酬庸，賜朕舊邸。置酒高宴，弗醉弗止。扶入正寢，遣人密視。夜半酒醒，伏地請死。臣何敢居，寧違帝旨。夫惟弗居，帝乃大喜。馮傅同誅，藍玉獄起。飛鳥既盡，良弓藏矣。日月昭明，中正無倚。徐大將軍，一人而已。嗚呼功臣，曷不視此。

太祖嘗稱“中正無疵，昭明乎日月者，大將軍一人而已。”一日從容言徐兄功大，未有寧居，可賜以舊邸。舊邸，帝爲吴王時所居也。達固辭，帝與達之邸，强飲之醉，舁卧正寢。達醒，驚趨下階，俯伏呼死罪。帝覘之大悦。傅友德、馮勝皆賜死，藍玉以罪誅。

竊炊餅

真龍蟠屈未得水，紫鳳飛來護龍體。馬公鄭媪慶地下，有女如今嫁天子。明祖遇子興，其初未之奇。每食或不飽，有時且見疑。竊炊餅，藏暗處，肉爲焦，心愈苦。真龍一朝登九五，大廷每向羣臣語。大樹將軍啖光武，豆粥麥飯同千古。夫婦相保易，君臣相保難。大獄乃屢興，弓狗齊摧殘。高后有靈應痛哭，奈何只記食焦肉。

太祖高皇后馬氏父馬公、母鄭媪，少育於郭子興。子興奇太祖，以后歸焉。帝嘗爲郭氏所疑，值歲歉，軍中乏食，后竊炊餅以進，肉爲焦。及貴，帝比之蕪蔞豆粥、滹沱麥飯，每對羣臣述后賢。退以語后，后曰：“妾聞夫婦相保易，君臣相保難。陛下不忘妾同貧賤，願無忘羣臣同艱難。”

東甌王

中山開平已先死，功狗紛紛烹不已。當年獨有東甌王，能以功名相終始。東甌王，功高年復大，年大功高志益下。還朝首請釋兵權，帝喜王意俞王言。黄金彩幣賜綢疊，舉朝莫得與比肩。惟王與帝皆濠産，屋脊之言幾不免。畢竟明高勝漢高，不然曷不視盧綰。

東甌王湯和，濠人，與太祖同里閈。帝春秋寖高，不欲諸將久典兵，和以間從容請釋兵柄。帝大悦，爲和治第中都。第成，和帥妻子陛辭，賜黄金彩幣，并降璽書褒諭，諸功臣莫得比焉。先是，和守常州時請於帝不得，醉出怨言曰："吾鎮此城，如坐屋脊，左顧則左，右顧則右。"帝聞而銜之。迨晚年，益爲恭慎，故獨享壽考，以功名終。

黑將軍

黑將軍，勇絶倫，産懷遠，名花雲。真人駐臨濠，仗劍來軍門。所至必克捷，誓死報國恩。太平城，圍已急，友諒舟，乘漲入。將軍奮身罵賊死，將軍夫人抱兒泣。侍兒竊兒走，輾轉匿葦洲。三歲孤兒食蓮實，七日不死非人謀。夜半月黑，苦霧驚沙。葦洲老人，神耶鬼耶。挈兒見天子，天子淚如麻。抱兒置膝上，慨焉念兒爺。嗚呼！黑將軍，如其勇，將軍雖死留將種。

花雲，懷遠人，貌偉而黑，驍勇絶倫。元至正十三年，仗劍謁太祖於臨濠。俾將兵略地，所至克捷。太祖將取滁州，雲從，猝遇賊，雲翼太祖躍馬衝陣而進，賊驚曰："此黑將軍也，勇甚，不可當其鋒。"遂克滁州。後守太平，陳友諒以舟師來寇，乘漲而入，城遂陷，罵賊而死。方戰急，雲妻郜氏挈三歲兒泣語家人曰："城破吾必死，然不可使花氏無後。"及雲被執，郜赴水死。侍兒孫抱兒行至九江，孫夜投漁家，脱簪珥屬養之。及漢兵敗，孫復竊兒走，渡江遇僨軍，奪舟棄江中，浮斷木，入葦洲，采蓮實哺兒，七日不死。夜半有老父雷老挈之行，踰年達太祖所。孫抱兒拜泣，太祖亦泣，置兒膝上曰："將種也。"賜雷老衣，忽不見。賜兒名煒。

老臣素

東閣垂簾屏侍御，橐橐履聲階下步。玉音顧問爾何人，翰林學士老臣素。老臣素，曷不去守余闕墓。有明修《元史》，實録粲可稽；此事易易耳，寧必老臣知。文天祥，呼不起；老臣素，欠一死。報恩寺中古井水，不與老臣洗羞恥。

元都破，元翰林學士承旨危素，趨所居報恩寺，將入井，寺僧大梓力挽之，曰："國史非公莫知，公死是死國史也。"素遂止。及素至京師，太祖授素翰林侍讀學士，年已七十餘。一日，帝御東閣側室，素行簾外，履聲橐橐然。帝問誰也?對曰老臣危素。帝哂曰："朕謂是文天祥耳。"後御史王著論素，詔"謫居和州，守余闕廟"。

奸黨録

蕭何輔漢高，鄧禹佐光武。富貴勳名日月旁，千秋一德追伊、吕。吁嗟李善長，亦是蕭、鄧侣。身封公，男尚主，七十老翁何所求，翻然乃作奸臣輔。胡惟庸，誅已遲，此事寧能諉不知。明正典刑復誰怨，奈何乃使塞星變。塞星變，君莫哭，臣罪當誅上非酷。君不見，《奸黨録》。

先是，善長弟存義安置崇明，善長不謝，帝銜之。善長年七十餘，耄不儉下。京民有坐罪應徙邊者，善長數請免其私親丁斌等。帝怒，按斌。斌故給事胡惟庸家，因言存義等往時交通惟庸狀，命逮存義。鞫之，詞連善長。於是御史交章劾善長，坐以大逆。會星變，言者謂其占當移大臣，遂賜善長死。吉安侯陸仲亨等皆同時坐惟庸黨死。帝條列其罪，作《奸黨録》布告天下。按胡惟庸反謀，善長實知之，隱而不舉，故及於禍。

立皇孫

前星隕，帝啜泣。東角門召羣臣入，親與諸卿商所立。立皇孫，何禮文，劉三吾，乃云云。國有長君社稷利，此事不須向人計。由來知子莫若父，奈何舍卻燕王棣。皇孫既立，燕王守藩。靖難兵起，骨肉摧殘。高皇在天夫誰咎，三吾地下呼負負。

太子標卒，帝御東角門召羣臣曰：“太子不幸至此，朕意欲立燕王何如?”劉三吾進曰：“皇孫年富，世嫡之子。子没孫承，嫡統禮也。”帝以三吾言立孫之意，遂決。

築稻場

築稻場，瘞空甀。鞺鞳聲，心所耽。將軍行樂愛走馬，甲楯誰爲辨真假。胡獄終，藍獄終，繼之者，潁國公。烹走狗，藏良弓。彼樊父，猶夢夢。一杯鴆酒當良醖，卿事有無朕不問。

宋國公馮勝嘗築稻場，瘞甀其下，取有鞺鞳聲，走馬其上，以爲樂。邑有樊父者，勝兄國用妻家也，有所干索於勝，不予。樊父遂告勝家居不法，場下悉瘞兵器。帝召勝，賜之酒，曰：“朕不問也。”是夕，勝暴卒。

廷　杖

臣有罪，上當誅，盤水加劍臣自圖。古者刑不上大夫，何況鞭笞如傭奴。死而死耳臣心服，雖死不受賤人辱。明祖當年論及此，鞭人杖人自帝始。祖宗貽謀孫子承，後世遂有廷杖名。吁嗟乎！作法於涼帝不料，廷杖一變爲荷校。

太祖嘗與侍臣論待大臣禮，劉基曰：“古者公卿有罪，盤水加劍，請室自裁，未嘗輕折辱之。”詹同因取大戴《禮》，及賈誼疏以進，且曰：“古者刑不上大夫，所以勵廉恥也。”帝深然之。然永嘉侯朱亮祖父子皆鞭死，工部尚書夏祥斃杖下，是後來廷杖之刑自太祖始矣。宣德間御史嚴皚、方鼎、何傑等沉湎酒色，命枷以狗，自此言官有荷校者，其後遂習爲故事。

廣文疏

用刑太繁，求治太速，分封太侈禍更酷。臣有先見臣非誇，疑臣殺臣胡爲耶？臣命不如賈長沙，他年靖難燕兵起。臣言難驗臣身死，早聽臣言寧有此。

平遥訓導葉伯巨應詔言三事：一曰分封太侈，二曰用刑太繁，三曰求治太速。書上，帝大怒，曰："小子間吾骨肉。"逮下獄瘐死。初伯巨之將上書也，語其友曰："今天下惟三事可患，其二事易見而患遲，其一事難見而患速。"蓋謂分封也。後靖難兵起，人以伯巨爲先見云。

讀唐書

讀《唐書》，鑒前轍，觀軍容使不須設。將軍已定五開蠻，兩遣中官復何説。内侍官制帝自定，帝自定之帝自更。孤雛腐鼠良足懲，履霜得勿防堅冰。祖宗貽謀一不善，子孫積重勢難反。王先生蹴大駕奔，曹化淳啓彰義門。居庸宣府兩監軍，開關迎賊何紛紛，何處更覓王承恩？

太祖嘗讀《唐書》，至魚朝恩爲觀軍容使，謂侍臣曰："當時使此輩掌兵，致恣肆如此。然代宗一旦去之，如孤雛腐鼠，是在人主之斷與不斷耳。"及五開蠻作亂，命楊仲明討之。帝遣内官吴誠往諭仲明，且觀兵勢。仲明已破諸蠻，帝復遣内官吕玉詣軍閲勝。有明内侍監軍實濫觴於此。

削藩封

周王府，告變矣，岷、代、齊、湘復繼起。齊、黄謀國太草草，東角門言猶在耳。朝廷已薄骨肉恩，燕子飛來啄皇孫。削之亦反，不削亦反，事機只争早與晚。吴王濞，誅智囊；燕王棣，誅齊、黄。條侯軍出七國散，九江小兒何足算。

惠帝方立爲太孫，一日坐東角門謂黄子澄曰："諸王尊屬擁重兵，奈何？"澄以漢七國事對。既即位，遂命齊泰、黄子澄同參國政。時諸王相煽動，流言聞於朝。帝謂子澄曰："先生憶東角門之言乎？"對曰："不敢忘。"未幾周王橚有告其謀不軌者，廢爲庶人；湘王柏自焚死；齊王榑、代王桂、岷王楩皆以罪廢爲庶人，而靖難兵遂起。九江，李景隆小字也。

呼恩張

昺、貴列兵九門守，張信叛向王府走。三造府，王不見；乘婦輿，入王殿。拜牀下，視王面。王若真病臣執王，王驚下拜呼恩張。生我一家乃吾子，干戈從此紛披猖。信本不欲，母教如此，王陵老娘笑冷齒。當時不向王輸情，後日那得封隆平？

建文元年，燕山衛百户上變告燕王棣反，帝下詔讓棣，遣中官逮王府僚屬。北平都指揮使謝貴、布政使張昺以軍士列九門防守，都指揮張信與貴、昺同受密敕擒棣。信母知，以爲不可。信乃三造棣府，辭不見。於是乘婦人輿，入拜牀下。棣佯爲病風不言。信曰："王果有恙耶？今朝廷敕臣執王，王宜早爲計。"棣聞信言，覺其誠，呼爲恩張，下拜曰："生我一家者，子也。"信後封隆平侯。

下鐵板

濟南城門朝大開，紫髯殿下騎馬來。門懸鐵板斷馬首，蒼黄一下如驚雷。擊之不中乃天意，尚書更復出奇計。朅來片紙掛城頭，大書太祖高皇帝。尚書姓鐵鐵不如，鐵尚有時鎔紅爐。他時金殿反背坐，難邀一顧回雙臚。殺叔父，叔父背叛誠可殺。叔父縱橫無所畏，獨畏濟南一片鐵。皇帝有詔愛虛名，惜哉鐵板計不成，擊之若中燕可平。君不見，重圍徐徐引身起，馬上角聲鳴不已。滿營不敢加一矢，嗚呼盛庸庸才耳。

燕王棣圍濟南，射書城中諭降。尚書鐵鉉佯令撤守，具出居民於城外，伏地請降。預懸鐵板城門上，候棣入，下板擊之。棣聞濟南降，大喜，乘馬張蓋，鼓吹徐行至城門。軍士失約，棣未入板驟下，傷棣馬首。棣大怒，以礮擊城。鉉書高皇帝神牌懸城上，師不敢擊。後棣即位，執鉉至，反背坐廷中，令其一回顧不得，遂磔於市。夾河之戰，棣以十餘騎逼盛庸營，野宿。及明起視，已在圍中矣。乃從容引馬鳴角，穿營而去。庸等皆以帝有詔"毋使朕負殺叔父名"，倉卒相顧愕眙，不敢加一矢。

金川門

紫髯殿下兵不退，金川門外駐麾蓋。景隆登城膽欲裂，開門先向馬前拜。宮中火起連天紅，死國遜國何匆匆。親王勳臣負天子，不久更敘迎降功。朝廷大事莫開口，景隆如今列班首。馬前行刺甘殺身，御史廉楹真忠臣。

燕兵渡江，屯金川門，谷王橞及李景隆望見棣麾盖，開門迎降。御史廉楹叩馬欲刺棣，被殺。都城陷，宮中火起，帝不知所終。棣出后屍於火，詭云帝屍。後世遂以帝爲遜國云。景隆用迎降，功如太子太師、左柱國。朝廷有大事，景隆以功列班首。

瓜蔓抄

景隆首獻金川門，宮中火起帝后焚。百官迎降拜馬首，奴顏婢膝何紛紛。道旁何人景御史，直立不跪罵不已。王顧左右抉其齒，含血噀王污王體。生忠臣，死厲鬼，九重晝寢蹶然起，夢裏猶能逼天子。九族十族恨未消，輾轉遂成瓜蔓抄。守溪當日存筆記，記中細載御史事。忠臣浩氣塞天地，奮不顧身惟顧義。安能委曲在班行，懷刃衣緋始行刺。

王鏊守溪《筆記》載景清事，云文皇至金川門，百官迎拜江次，清獨直立駡不已。乃命左右抉其齒，且抉且駡，含血直噀上衣。命醢之，罪及九族。久之，上晝寢，夢清入殿追之。上曰："清猶能爲厲耶?"乃籍其鄉，轉相攀染，謂之瓜蔓抄，其説與緋衣刺不同。

輔成王

先生來前，朕無他腸，朕法周公輔成王。成王有子，成王有弟，先生勿言，此朕家事。哭聲震天，投筆於地，十族且不顧，九族何足計。大書特秉《春秋》義，"燕賊篡位"此四字。天降亂離莫知由，忠臣發憤淚交流。以此殉君抑何求，嗚呼哀哉不我尤。姚少師，空饒舌，方先生，志早決，讀書種子從今絶。

初文皇發北平，僧道衍以孝孺爲請曰："彼必不降，幸勿殺之。殺孝孺，天下讀書種子絶矣。"及是召草登極詔，孝孺悲痛聲徹殿陛。帝曰："先生無自苦，朕法周公輔成王耳。"孝孺曰："成王安在?"曰："彼自焚死。"曰："何不立成王之子?"曰："國賴長君。"曰："何不立成王之弟?"曰："此朕家事。"顧左右授筆札。孝孺投筆於地，哭且駡，復强之，乃大書"燕賊篡位"四字。帝大怒，命磔之。孝孺慷慨賦絶命詞而死。"天降亂離"云云，即絶命詞中語也。

守父祠

齊眉山，詔班師，金川門開臣力疲，無可奈何守父祠。守父祠，不畏死，李九江，亦人子，岐陽駭嘆中山喜。

魏國公徐輝祖與文皇戰於齊眉山，大捷。而帝聞訛言，謂燕兵已北，遂詔班師。及京師陷，諸武臣咸迎附勸進，輝祖獨守父祠。於是下吏命引罪，不屈，削爵幽私第。

齊尚書馬

黄公薦景隆，誤國拊膺歎。齊公言不可，卓哉有先見。燕師渡江勢蒼黄，收兵未歸君已亡。縛來抗辨不肯屈，齊公死國何堂堂。嗚呼尚書真健者，何妨人識尚書馬。君不見衆中慷慨誑小兒，歸家乃學妃呼豨。

耿炳文敗，帝商代者。黄子澄薦李景隆，齊泰極言不可，帝不聽。及景隆敗，子澄拊膺嘆曰："薦景隆誤國，萬死不足贖罪。"京師陷，泰自廣德往他郡收兵，有識其馬者曰："此齊尚書馬也。"遂被執。文皇親詰之，抗辯不屈，磔於市。初，城陷前一日，修撰王艮與胡廣、解縉俱集司業吴溥舍。縉陳説大義，廣亦憤激慷慨，艮獨流涕不言。三人去，溥子與弼尚幼，嘆曰："胡叔能死節，大佳。"溥曰："不然，獨王叔死耳。"言未畢，聞廣呼家人謹視豬。溥曰："一豬尚不舍，能舍生乎?"須臾，艮舍哭，飲酖死矣。

血影石

妾夫已墮羅刹水，妾身所欠惟一死。二女何能配象奴，妾携女死慰妾夫。淮清橋畔石色冷，嘔血還留石上影。愁顔慘態不勝情，天陰石滑影愈明。妾血自寫妾容貌，南海大士豈相肖。妾心匪石不可移，此真無愧狀元妻。君不見爨灰汙面甘獨處，胡家亦有忠臣女。

黄狀元觀募兵至安慶，聞京師陷，命舟至羅刹磯，朝服東向拜，投湍急處死。有司收觀妻翁氏并二女給象奴，奴索釵釧市酒，翁悉與之，持去。急携二女投淮清橋下死。初，翁投水時嘔血石上，成小影，陰雨則見，相傳爲大士像。僧舁至庵中，翁氏見夢曰："我黄狀元妻也。"比明沃以水，影愈明，有愁慘狀。後移至觀祠，名翁夫人血影石。觀同時死節者有大理少卿胡公閏，其女郡奴，方四歲，入公卿家。少長，識大義，日以爨灰汙面，誓不嫁。鄉人敬之，皆曰此真忠臣女也。

齧血書

駙馬不降奈何許，齧血爲書迫公主。頻年守土愧無切，何用君王慰勞苦。譚深、趙曦彼何人，揣帝之意思逢君。一朝擠墮橋下死，嗚呼冤哉梅伯殷。主牽帝衣，涕泣交下，帝實寡恩，還我駙馬。嗚呼主休矣，主不見炳文籍没盛庸死。

駙馬都尉梅殷，字伯殷，初守淮安，悉力防禦。及帝即位，殷尚擁兵淮上。帝迫公主齧血爲書，招之還京。既入見，帝曰："駙馬勞苦。"對曰："勞而無功，徒自愧耳。"後殷入朝，都督譚深、指揮趙曦揣帝意不悦殷，遂擠殷死橋下，公主牽帝衣大哭，帝歸罪深、曦，斬之。

平都督

白溝河，兩軍接。平都督，挺矛入。燕王棣，幾不支。挾三騎，潰而馳。夜如漆，道忽迷。視河流，辨東西。朝日上，復合圍。旋風起，折大旗。官軍奔，聲如雷，都督雖勇力亦疲。建文遜國，王即帝位，昔日窘王記得未，手披章奏咄咄怪。瞿能父子已陣亡，底事平安今尚在。

白溝河戰，都督平安預伏兵河側，棣至伏發，安挺矛直前，瞿能父子亦奮擊，所向披靡。戰至瞑，棣以三騎遁，迷失道，下馬伏地，視河流辨東西，始知營壘所在。明日再戰，忽旋風起，折大將旗，棣以勁騎繞其後，乘風縱火，烟焰漲天，瞿能父子皆死，安亦敗。後棣即位，累進安後軍都督僉事。一日覓章奏，見安名，曰："平安尚在耶？"安聞遂自殺。

下西洋

造大船，豎高檣，選勁卒，三萬强。三保太監下西洋。三擒番，七奉使，古來宦官未有此。謂帝有深心，乃因建文耳。吁嗟乎，争傳遜國混緇流，不道宫中一炬休。海外何勞更蹤蹟，舊君久作火燒頭。

帝疑建文帝亡海外，命鄭和等蹤蹟之。多賫金幣，率兵三萬七千餘人，造大船泛海。和先後凡七奉使，三擒藩，故當時有"三保太監下西洋"之説。尹昌隆于帝即位初，名列奸黨，將就刑，大呼曰："建文時嘗上書讓位陛下，奏牘可覆。"帝取奏閲之，嘆曰："火燒頭，若早從所言，朕亦無此勞苦。"

周按察使

紀綱用事，皇帝所私，周按察使，捕而治之。誣以非罪，皇帝震怒，周按察使，神色不怖。按察行事，與都察同，臣奉詔旨，帝乃不容。生爲直臣，死爲直鬼，周按察使，雖死不死。他日端陽憶射柳，應酹周公一杯酒。

錦衣衛紀綱用事，使千户緝事浙中，作威受賄，浙江按察使周新捕治之。綱誣奏新罪，帝遽命逮新。既至，伏陛前抗聲曰："陛下詔按察使行事與都察院同，臣奉詔擒奸惡，奈何罪臣？"帝怒，命戮之。臨刑大呼曰："生爲直臣，死當作直鬼!”綱後欲謀不軌，會端午，帝射柳，綱屬鎮撫龐瑛曰：“我故射不中，若折柳鼓譟，以覘衆意。”瑛如其言，無敢糾者，自是逆謀遂决。

榆木川

成祖勤遠略，下詔將北征。羣臣不奉旨，欲制主上行。夏公既縶獄，方公亦自經。清水源，刻石紀。榆木川，疾不起。沙邱崩，轀輬車。榆木川，載龍輿。同行無趙高，倉卒夫何虞。誰訃之，御馬監。仁智殿，始加殮。太子既立，召夏公入。整軍經武，帝計豈左。臨終猶言，元吉愛我。

永樂十九年，帝將大舉北征，召夏元吉、方賓等議，皆以爲兵不當出。帝怒，下元吉於獄，賓自經死。二十二年復北征，還，至清水源，命楊榮、金幼孜刻崖石爲銘，以旋師，諭皇太子。時帝已不豫，次蒼崖戍疾甚，顧左右歎曰：“元吉愛我。”至榆木川崩。幼孜等秘不發喪，鎔錫爲椑以殮，載以龍輿。御馬少監海壽馳訃，太子迎入仁智殿，始加殮，納梓宫。即釋元吉，復其官。

前蹉跌

前蹉跌，後知警，更有後人君不省。太原公子真天人，彼漢王者豈其倫。叔侄相殘有舊藁，無奈天生聖孫好。樂安城，大如斗。皇帝來，城不守。嗚呼何不防嗟跌，火熾銅缸竟燒殺。

漢王高煦所爲多不法，每以唐太宗自比。帝嘗命同仁宗謁孝陵，仁宗體肥重，且足疾，兩中使掖之行，恒失足。煦從後言曰：“前人蹉跌，後人知警。”時宣宗爲皇太孫，在後應曰：“更有後人知警也。”煦回顧失色。後徙封樂安州。宣宗立，煦反，帝親征，煦降，廢爲庶人，築第西安門内，謂之逍遥城，錮之。一日，帝往視煦，煦伸足勾帝，仆於地，帝命移銅缸覆之，積炭其上，燃火，火熾銅鎔，燒死。“好聖孫”謂宣宗，蓋解縉對成祖語也。

諭趙王

漢王既被執，趙王色如土。謀臣喋喋言，乘勝莫再舉。楊公搖手呼不可，今上惟有兩叔父。一紙璽書，下趙王府。趙王此時大歡喜，捧書泣説吾生矣。謀人家國何其難，當時幸不從陳山。

帝自樂安班師還，次單橋，陳山迎謁，請乘勝襲彰德，執趙王。楊士奇曰：“太宗皇帝惟三子，今上惟兩叔父。有罪者不可赦，無罪者宜厚待之。”因固争移兵事，遂罷。至京師，帝語士奇曰：“議者多喋喋言趙王事，奈何？吾欲封羣臣章示王，令王自處，何如？”士奇曰：“得一璽書更善。”帝從之，乃遣廣平侯袁容等奉書及羣臣所上章至趙。趙王大喜，已，泣曰：“吾生矣。”即上表謝。

疏何語

少臣言戇誠無忌，小臣何敢辱先帝。疏何語，趣言之。太子不可遠左右，諒闇不可近嬪妃。言未畢，帝色喜。小臣數至六事止。小臣何敢忘，是第難言耳。帝歎忠臣赦臣死。襲冠帶，叩頭起。王指揮，駭且視。小臣不入端東門，不死金瓜死西市。

仁宗時，侍讀李時勉抗疏言事。仁宗怒，召至便殿，對不屈，命武士以金瓜擊之，死而復蘇，遂下獄。及宣宗立，有言其得罪先帝者，帝震怒，命校尉縛以來。已，又令王指揮即縛斬西市，毋入見。王指揮出端西旁門，而前使者已縛時勉從端東旁門入，不相值。帝遥見，罵曰：“爾小臣，敢觸先帝，疏何語，趣言之。”時勉曰：“臣言諒闇不宜近嬪妃，皇太子不宜遠左右。”帝色稍霽，徐數至六事止，帝令盡陳之，對曰：“臣惶恐不能悉記。”帝意益解，曰：“是第難言耳，草安在?”曰：“焚之矣。”帝乃嘆曰：“忠臣也。”赦之復官。比王指揮詣獄回，時勉已襲冠帶立階前矣。

裹氈射

天子穆穆，諸侯皇皇。未聞人君，自起撞郎。漢明前事笑冷齒，裹氈又見加一矢。臣當以忠君以禮，辱臣如此不如死。

宣德間拓西内皇城，修别宫、别館。刑部主事郭循極諫，帝怒，命裹以氈至大内，親詰之。循對不屈，帝益怒，手射之。

内書堂

内書堂，教小璫。數百人，聲琅琅。教習誰，翰林四。掌章奏，通文義。内使職洒掃，何必讀書好。吁嗟乎，閹宦專權觴已濫，秉筆遂歸司禮監。

宣德間開書堂於内府，選内使年十歲上下者二三百人讀書其中，翰林四人教習以爲常。於是内官始通文墨，掌章奏，照閣票批硃，與外廷交結往來。

静慈仙師

光武廢郭后，色衰恩亦竟。娶妻當得陰麗華，此語千秋成笑柄。静慈仙師事頗同，養疾退居長安宫。西楊回天苦無力，可憐將順爲彌縫。廢胡氏，立孫氏。母以子貴，是則然矣。誰知孫氏本無兒，暗中乃取宫人子。

宣宗年三十未有子，而孫貴妃有寵，陰取宫人子爲己子，即英宗也。帝以長子生，大喜，寵貴妃有加。及太子既立，欲廢皇后胡氏，楊士奇以爲不可。翼日，帝獨召士奇密諭之，士奇曰："皇后今有疾，惟以疾辭位，則進退有禮。"帝乃令后上表辭位，退居長安宫，賜號静慈仙師，而册孫貴妃爲皇后。

誠孝皇后

宫中忘報金符入，太后手携太子泣。垂簾聽政安可爲，無壞我家祖宗法。新天子，方九齡，太皇太后真聖明。牝雞司晨惟家索，軍國重事付内閣。都督昇，未必賢，三楊舉之爲失言。大臣要貴識大體，奈何乃思媚戚里。嗚呼三楊之言卒不行，太皇太后真聖明。

宣宗崩，英宗方九齡，外廷傳言皇太后取金符入内，欲召立襄王。楊士奇、楊榮率百官入臨請見太子。太后即至乾清宫，携太子泣曰："此新天子也。"浮議乃息。及英宗立，尊皇太后爲太皇太后。左右有請垂簾聽政者，太后曰："毋壞我祖宗法。"凡朝廷大政，羣臣白太后，太后令悉送内閣，候楊士奇等議決，然後行。太后兄彭城伯昶、都督昇，惟令朝朔望，毋得與聞國政。昇素賢，三楊等請加委任，太后終不許。按：太皇太后姓張氏，謚誠孝皇后。

活孟子

京師嘖嘖交相語，真儒復出陳公甫。一篇詩草最驚人，名掩龜山獨千古。先生静坐不著書，天機活潑看鳶魚。賀欽甘作應中遠，北面受業况其餘。君不見，吴先生起緣石亨，楊龜山進由蔡京。嗚呼龜山何足比，當時直擬活孟子。

陳獻章，字公甫，從吴與弼講學。後游太學，祭酒邢讓試，和楊時"此日不再得"詩一篇，驚曰："龜山不如也。"

言於朝，以爲真儒。復出給事中。賀欽聽其議論，即日辭官，執弟子禮。其學灑然獨得，論者謂有鳶飛魚躍之樂，而蘭谿姜麟至以爲“活孟子”云。

驗天象

土木蒼黄帝北走，舉朝紛紛議戰守。彼何人斯徐有貞，衆中乃侈談天口。驗天象，稽曆數，今日只須學南渡。同時若使無于公，英宗定與徽欽同。他日升屋步乾象，僥幸成功邀上賞。吁嗟乎，小人談天何其愚，天象昭彰不可誣。三年流放向金齒，手携鐵鞭舞不止。可憐夜夜望將星，將星又屬韓雍矣。

土木之變敗，報至京師，羣臣議戰守。侍講徐有貞言驗之天象，稽之曆數，天命已去，莫若且幸南京。侍郎于謙等同以爲不可，遂止。後石亨等謀復辟，同集有貞所。有貞升屋步乾象亟下，曰：“時在今夕，不可失。”英宗即復位，放有貞於金齒，後釋歸。有貞既歸，猶冀復召，時時仰觀天象，謂將星在吴，益自負，常以鐵鞭自隨，數起舞。及聞韓雍平兩廣有功，乃投鞭太息曰：“孺子亦應天象耶？”遂放浪山水，十餘年而死。

迎上皇

喜寧既誅，和議可商，羣臣争請迎上皇。太監興安厲聲問，孰是富弼、文天祥。朕非貪位，卿等所樹，今日紛紜又何故？李寔來，楊善來。送上皇，築土臺。額森伏地啼何哀。居庸關，上皇歸。迎駕禮，帝親裁。禮失不須求諸野，只用一輿與兩馬。

叛閹喜寧數誘額森入寇，上皇言于額森，使寧還京索禮物，而以密書報宣府。寧至獨石，參將楊俊預伏兵擒之，送京師，磔于市。上皇聞寧誅，曰：“吾南歸有日矣。”景泰元年，衛拉特遣使請和，廷臣皆言宜遣使往報。太監興安出呼羣臣曰："公等欲報，使孰爲富弼、文天祥者?"詞色交厲，尚書王直面折之，安始語塞。乃以給事中李實齎璽書往諭衛拉特君臣。及衛拉特君臣使相繼至，直與廷臣復交章言之。帝不懌曰："吾非貪此位，而卿等强樹焉，今復作紛紜何?"秋七月，遣右都御史楊善等使衛拉特，奉迎上皇。額森築土臺，坐上皇臺上，率妻子羅拜臺下，送數十里，下馬伏地痛哭良久去。帝詔議迎上皇禮，禮部尚書胡濙具儀以上，帝傳旨以一輿二馬迎於居庸關，至安定門易法駕。會千户龔遂爲書投高穀而匿其名，言奉迎宜厚。穀袖之入朝，與王直、胡濙共觀之。直曰："此禮失而求諸野也。"

蕭山魏驥

王振用事凌公卿，嚴憚獨有魏先生。先生久作南冢宰，一朝請老飄然行。飄然行，毅然語，大臣安得私座主。首戴竹笠，徜徉肆志，主簿呵問，蕭山魏驥。蒼黄伏謝手據地，一笑遣之何足計。君不見，臨終遺命恐勞民，嗚呼先生真純臣。

南京吏部尚書魏驥，蕭山人。王振方凌辱公卿，獨嚴重驥，稱先生。後以請老，至京師。大學士陳循，驥門生也，請間曰："公雖位冢宰，未嘗立朝，願少待，事在循輩而已。"驥正色曰："公爲輔臣，當爲天下進賢才，不當私一座主。"竟致仕去。家居二十年，雖耄益恭。時戴笠行田間，遇錢塘主簿，隸呵之，對曰："魏驥。"復呵之，曰："蕭山魏驥。"簿蒼黄謝，驥慰而遣之。後至成化中卒，賜祭葬如禮，其子以驥遺言詣闕辭營葬，乞以其金拯饑民。詔曰："驥臨終遺命，猶恐勞民，可謂純臣矣。"其如所請。

易太子

黄玹獄急，迎合帝旨，密進一疏易太子。帝得玹疏，作大歡喜。曰萬里之外，乃有忠臣若此。見深廢，見濟立。皇帝有旨，玹獄莫急。欲易太子，不始自今。羣臣曾受皇帝金，羣臣應識皇帝心。今日白金不足賞，加賜黄金五十兩。

景帝即位後，久欲以見濟代太子見深，而難於發言。會廣西土目黄玹以私怨戕其兄，并滅其家。有司捕玹父子入獄，玹急使其黨至京師行賄。有教其迎合帝意者，乃上疏請易太子。帝得疏曰："萬里之外，乃有此忠臣耶。"即下廷臣議，且令釋玹罪，遂立見濟爲太子，而廢太子見深爲沂王。先是帝有易儲意，恐文武大臣不從，乃賜陳循等白金各百兩，江淵等半之，及太子立，又加賜黄金各五十兩。

殺王瑤

繡金帶，鍍金刀。上皇賜阮浪，因之殺王瑤。指揮盧忠醉瑤酒，竊刀上變張譸口。術者仝寅知大義，忠也佯狂思狻避。瑤既礫死，帝意稍平，時時睥睨防南城。御史高平有深慮，遣人又伐南宫樹。

御用監阮浪侍上皇於南宫，上皇賜浪鍍金繡帶及鍍金刀各一。浪以與内使王瑤，錦衣指揮盧忠見之，醉瑤酒而竊之上，變言浪傳上皇命，以帶、刀結瑤圖復位。帝震怒，下浪、瑤詔獄。忠筮於術者仝寅，寅以大義折之，曰："此大凶兆，死不足贖。"忠懼，佯狂以冀免。商輅等言於帝曰："忠病風，無足信。"帝意稍解，乃并下忠獄，錮浪而瑤竟礫死。時又有御史高平者亦言："城南多樹，事叵測。"遂命盡伐之。

雨帝雨帝

雨帝雨帝，城隍土地。雨若再來，還我土地。上皇復辟乃天意，市上小兒語非戲。南宫城門夜半開，燭光閃閃摇銀臺。上皇端居似相待，大呼進輿聲如雷。吁嗟乎，輿疾齋宫失大寶，聞鐘卻疑于少保。一朝變起太匆匆，兩字惟聞説好好。

景泰八年春，帝輿疾，宿南郊參宫，召石亨至榻前，名攝行祀事。亨見帝疾甚，退與都督張軏及曹吉祥謀，立太子不如復上皇，可邀功賞，乃同至徐有貞家。有貞大喜曰："須令南城知此意。"軏曰："已陰達之矣。"越二日，軏等復至有貞家，有貞曰："時在今夕不可失。"會明日，帝將視朝，有貞以三鼓即至朝房，亨、軏等率羣從子弟并入。天色晦暝，進薄南宫城，毁垣壞門而入，見上皇於燭下，大呼進輿，入至奉天門升座。時帝聞鐘聲大驚，問左右曰："于謙耶?"既知爲上皇，連聲曰好好。初正統二年，京師童謡曰："雨帝雨帝，城隍土地。雨若再來，還我土地。"説者謂雨帝者，與帝也。隍者，郕王也。再來還土地者，當復辟也。及是果驗。

奪　門

英皇復辟乃天也，奪門兩字何不雅。石亨、張軏、徐有貞，此輩紛紜胡爲者。殺于少保，録奪門功。廢景泰帝，以郕王終。郕王有功在社稷，所惜兄弟難相容。郕王雖死不甘死，遺謚乃比衛太子。

英宗既復辟，殺于少保謙，奪門功石亨等俱封公侯伯，廢景泰帝仍爲郕王。後郕王薨，謚曰戾。

于少保

額森兵來舉朝怖，抵掌徐珵議南渡。擎天一柱賴于公，手奠皇基復鞏固。英皇復辟緣徐珵，不殺于公爲無名。陰霾翳天天亦恨，熱血滿腔君不信。多喇多喇真健兒，哭酹于公酒一卮。他日九重三太息，于謙雖好不可得。

石亨等欲殺于謙，奏上，帝猶豫未忍，曰："于謙實有功。"有貞曰："不殺謙，此舉無爲名。"乃棄謙于市。死之日，陰霾翳天。有指揮多喇者，隸曹吉祥麾下，以酒酹謙死所，慟哭，吉祥怒抶之。明日復酹，慟如故。謙性剛，負才氣，遇事有不如意輒拊膺嘆曰："此一腔熱血，竟洒何地?"天順二年，兵部尚書陳汝言有罪，籍其家，贓數十百萬。上召大臣入視曰："于謙始終景泰朝，被遇若一，身死無餘資。汝言官未久，何多耶?"因連聲稱好于謙者三，石亨等俯首流汗不能對，蓋汝言由亨等而進也。按：徐珵改名有貞。

比金縢

英皇北狩，郕王未立。襄王瞻墡，賢長莫及。太后有旨，取金符入。王實不知，有書可稽。請立太子，他無異辭。郕王即位，不念同氣。王實有書，勸以大義。英皇復辟，首殺于謙。亨等之意，於王何嫌。他日閲書，以手拊膺。謂此二書，可比金縢。召王入朝，送王歸藩。伏地不起，叔父何言？省刑薄斂，嘉謨入告。帝爲拱謝，曰敬受教。周室姬公，固不敢比。漢家東平，不過爾爾。

英宗之北狩也，諸王中惟襄王瞻墡最長且賢，衆望頗屬。太后命取襄國金符入宫，不果召。而王上書太后，請立太子，命郕王監國。書至，景帝已立數日矣。及英宗還京師，居南内，王復上書景帝，宜朝夕省問，毋忘恭順。英宗既復辟，石亨等誣戮于謙以迎立外藩，帝頗疑王。尋于宫中得王所上二書，而金符固在太后閣中，乃賜書召王，比二書於金縢。

比至宴便殿，尋請還，帝親送至午門外。王伏地不起，帝問："叔父欲何言？"頓首曰："萬方望治如饑渴，願省刑薄斂。"帝拱謝曰："敬受教。"

君家魏武

曹石恃功太驕蹇，石亨已敗吉祥反。前降敕捕石將軍，今復爾禍將及身。材官猛士半門下，養子曹欽尤難馴。宦官子弟爲天子，君家魏武其人耳。李學士，刃傷膚。孫將軍，握兵符。長安城門不得入，逆等門外空叫呼。老奴已縛欽投井，君家魏武定齒冷。

天順四年，石亨及其從子彪皆伏誅。明年七月，太監曹吉祥及其養子欽反。正統間吉祥屢出監軍，輒取達官善騎射者隸帳下，師還畜於家，故家多藏甲。石亨敗，吉祥不自安，漸蓄異謀。千户馮益客欽所，欽問曰："古有宦官子弟爲天子者乎？"益曰："君家魏武其人也。"欽大喜。會言官劾欽不法事，帝命逯杲按之，降敕偏諭羣臣。欽驚曰："前降敕，遂捕石將軍，今復爾，殆矣。"反謀遂決。會孫鏜西征，師未發，欽令其黨欽天監正湯序擇庚子昧爽，臨朝遣將，謀以是時擁兵入廢帝，而吉祥以禁兵應之。計定，召諸達官夜飲。時鏜及恭順侯吴瑾俱宿朝房，指揮馬亮恐事敗，走告瑾。瑾趨告鏜，鏜由門隙投疏入，帝即收吉祥。敕皇城及京師諸門俱勿啓。欽知事洩，夜馳往杲家殺杲，砍傷李賢于朝，率衆攻長安門，不得入，賊往來叫呼門外。鏜召征西軍二千人擊之，欽走，攻東安門。天漸曙，其黨稍稍散奔歸家。鏜督諸軍大呼入，欽投井死。帝出，吉祥與欽尸同磔于市。

楊軍匠

帝任李學士，尤寵門錦衣。學士數陳錦衣罪，錦衣日夜思中之。楊塤前言欺人耳，謬説導我李學士。法司會鞫，裴當監視。白日青天，塤有辭矣。誣學士，夫豈可，門錦衣，實教我。錦衣此時色沮喪，學士安然竟無恙。壯哉咄咄楊軍匠。

袁彬與門達同掌錦衣衛事，彬不達爲下，達誣彬罪，奏下獄。軍匠楊塤擊登聞鼓爲彬訟冤，詔并下。達治時，大學士李賢方被寵任，數陳達罪，達恨刺骨，欲并去之，乃搒塤究主使。塤知達意，即謬曰："此李學士導我也。"達大喜，奏聞請法司會鞫。帝遣中官裴當監視。塤仰首言曰："吾小人，何由見李學士？門錦衣實教我言之。"達色沮不能言。

萬歲閣老

紫微垣旁彗星見，羣臣請對文華殿。羣臣乃受閹宦欺，情意未洽休盡辭。一言不合叩頭退，若輩止知呼萬歲。噫吁嚱！傳言絶倒，萬歲閣老。安小人，不足言，彭公、商公何草草。

成化七年，彗星見。羣臣多言君臣否隔，宜時召大臣議政。大學士彭時、商輅力請中官約以御殿日召對，且曰："初見時，情未洽，勿多言，姑俟他日。"比見，時言天象可畏，帝曰："已知。"時又言："昨御史有疏，請减京官俸薪，武臣不免觖望，乞如舊便。"帝可之。萬安遂頓首呼萬歲欲出，時、輅不得已皆叩頭退。中官戲朝臣曰："若輩言不見召，及見，止知呼萬歲耳。"一時傳笑，謂之"萬歲閣老"。

迎皇子

深宫櫛髮忽歔欷，攬鏡自歎老將至。老將至，尚無子。太監張敏伏不起。奴今言之奴即死，萬歲今已有子矣。帝幸西内，迎皇子來。紀妃抱兒啼何哀。丁寧好記阿娘語，黄袍有鬚即兒父。衣緋袍，乘小輿，胎髮披地未剪除。走投帝懷，帝喜泣下，曰我子也，其貌類我。萬妃申申詈羣小，紀妃有兒身不保。君不見漢昭帝、宋仁宗，千古傷心一樣同。他日宫中思母后，每誦册文淚沾袖。

憲宗時，萬貴妃專寵，妬後宫有娠者皆墮之。帝偶行内藏，紀妃應對稱旨，説，幸之，遂有娠。萬貴妃知而恚甚，命婢鈎治之。婢謬報曰病痞，乃謫居安樂堂。久之，皇子生，使門監張敏溺焉，敏驚曰："上未有子，奈何棄之?"因潛藏之他室。上自悼恭太子薨，常鬱鬱不樂。一日召張敏櫛髮照鏡，歎曰："老將至而無子。"敏伏地："奴言即死，萬歲已有太子矣。"太監懷恩頓首曰："敏言是。皇子潛養西内，今已六歲。"帝大喜，即日幸西内，遣使迎皇子。紀妃抱皇子泣曰："兒去，吾不得生。兒見黄袍鬚者即兒父也。"衣以小緋袍，乘小輿擁至階下。髮披地，走投帝懷。帝悲喜泣下曰："我子也，類我。"即立爲皇太子，移紀妃居永壽宫。萬妃日夜怨泣曰："羣小紿我。"未幾妃暴薨，張敏懼，亦吞金死。及孝宗立，追謚母紀妃爲孝穆皇太后。大學士尹直撰文有云："睹漢家堯母之門，增宋室仁宗之痛。"帝燕閒念誦，輒歔欷泣下也。

旌朱氏

繼曉奉佛法，秘術常自誇。僧耶妖耶披袈裟。建佛寺，鉅且華。已糜帑金數十萬，又壞民居數百家。朱氏有兒作和尚，娼女請旌事真創。吁嗟乎！旌典而今到淫媪，孤孀何用朝廷表。

成化間，僧繼曉以秘術進，日誘帝爲法事。建大永昌寺于西市，逼徙居民數百家，糜帑數十萬。其母朱氏本娼家女也，繼曉自陳乞旌。詔不必勘覈，旌其門。

七窖金

梁芳與韋興，糜費無不有。累朝七窖金，盡此兩人手。朕不汝瑕汝莫憂，後人汝計汝須籌。吁嗟乎！七窖金，再休問，一言又啓東宫釁。懷恩固諫君不信。君不信，泰山震。

太監梁芳、韋興糜帑藏結萬貴妃歡，累朝金七窖俱盡。帝一日視内藏，詰之曰："糜費帑金，實由汝二人。吾不汝瑕，後之人將與汝計矣。"芳等大懼，遂説貴妃勸帝廢太子。太監懷恩固争，帝不懌。會泰山連震，占者謂應在東宫，帝心懼，寢其事。

一王恕

兩京十二部，獨有一王恕。貴近側目思中傷，朝野無人不傾慕。中外敭歷五十年，謂公當言公果言。豈惟貴近盡側目，帝亦微厭公言煩。公身不用公疏在，公不沽直公何害。君不見瓊山夫人叱文泰，相公聲名由爾敗。

憲宗時，南京兵部尚書王恕先後應詔陳言，凡五十餘奏，天下傾心慕之，時爲謠曰："兩京十二部，獨有一王恕。"於是貴近皆側目，帝亦頗厭苦之。及孝宗立，召恕爲吏部尚書。後恕與丘濬不相能。有太醫院判劉文泰者求遷官，爲恕阻。泰故往來濬家，知濬忮恕，因劾恕里居時屬人作傳，鏤版行之，歷數先帝之失，沽直謗君，無人臣禮。恕以奏出濬旨，乞賜廷鞫，乃下文泰錦衣獄。詞連濬，蓋奏疏中"沽直謗君"有云，即濬筆也。後濬卒，文泰往弔，濬妻叱出之，曰："以若故使相公齮王公，負不義名，何弔焉？"

操兩鉞

小璫阿丑工徘優，佯醉婆娑罵不休。從旁高呼大駕至，謾罵如故不肯避。操兩鉞，趨帝前，陳耶王耶同周旋。帝心微悟口不言。嗟吁陳鉞不足惜，英雄難恕威寧伯，何事甘心比汪直。比汪直，立功名，功名念重身名輕。君不見蒲伏郊迎類奴子，供張廚傳豐莫比，傾身只博汪公喜。又不見紅鹽池，率兵襲寇寇不知，歸來巢覆痛哭去，數年不敢窺邊陲。如此邊功曷可没，畢竟王越勝陳鉞。

成化間，太監汪直用事，王越、陳鉞附之。直行遼東邊時，陳鉞爲巡撫，郊迎蒲伏，供張廚傳甚盛。有小中官阿丑工俳優，一日于帝前爲醉者謾罵狀，人言駕至，罵如故；汪太監至，則避走，曰"今日但知汪太監也"。又爲直狀操兩鉞趨帝前曰："吾將兵仗此兩鉞也。"問何鉞，曰"王越、陳鉞也"。帝欣然而笑，稍稍悟。成化九年，王越襲寇于紅鹽池，大破之。寇大舉深入，越偵知其老弱俱在紅鹽池，乃直薄其營，焚其廬帳而還。及寇飽掠歸，則妻子畜産已蕩盡，相對痛哭，自是遠徙西陲，得息肩者數年。越屢立邊功，封威寧伯。初比汪直，既復結李廣，士大夫以其破敗名檢，咸鄙之。然自越死後，將餒卒惰，冒功糜餉，邊臣竟未有如越者。

毓秀亭

毓秀亭，何不祥。亭始建，公主殤。今日李廣，明日李廣；符籙不靈，廣雖自殺不爲枉。索廣家，賄簿陳，黄米金，白米銀。帝震怒，按諸臣，諸臣卻向壽寧走，昏夜營營復苟苟。丙魏姚宋，未見有此。讀羅玘疏，寧不愧死。

孝宗時，太監李廣以符籙禱祀獲寵任，勸帝建毓秀亭。亭成，幼公主殤，日者謂建亭犯歲忌。太皇太后恚曰："今日李廣，明日李廣，果然禍及矣。"廣懼，飲藥死。帝疑廣有異書，使即其家，索之得賄簿，多文武大臣名，餽黄米白米各千百石。帝曰："廣食幾何，其家益甚隘，豈能容是米哉?"左右曰："隱語耳。黄米者金，白米者銀也。"帝怒，下法司按問，諸臣皆懼，昏夜赴壽寧侯張鶴齡求解，事得寢。編修羅玘上言曰："竊見文武官賄賡求進，廉恥掃地，其間有部寺之尊、將帥之寄，天下方以爲丙、魏、姚、宋。今一旦暴白，恐生慢易，乞以他事黜之。"

惜茶陵

王岳死，八黨興。劉、謝去，餘茶陵。當時不肯出一語，湘江春草空復情。大節重，文章輕，彌縫匡救又何補，委蛇俯仰嗟營營。茶陵之失誰能蓋，茶陵剩有清名在。伴食歸來四壁徒，暮年且出詩文賣。夫人笑語君莫怪，宴客休教少魚菜。

武宗初立，劉瑾與其黨馬永成等相交結，時號"八黨"。大學士劉健、謝遷、李東陽謀去之。疏入，帝驚泣不食，命中官王岳至閣議，健、遷聲色俱厲，惟東陽語少緩。王岳曰："閣議是具。"以健等言白帝。焦芳聞之，馳告瑾。瑾乃率永成等環泣帝前曰："害奴儕者王岳也。"帝怒，立收岳，命瑾掌司禮監。健等知事中變，俱上章求去。瑾矯旨聽健、遷歸而獨留東陽。岳充南京，淨軍追殺之于途。健、遷瀕行，東陽祖餞泣下，健正色曰："何哭爲?若當日多出一語，與我輩同去矣。"東陽嘿然。有無名子投詩東陽曰："才名直與斗山齊，伴食中書日又西。回首湘江春草緑，鷓鴣啼罷子歸啼。"然東陽立朝五十年，清節不渝。既罷政家居，頗售詩文給朝夕。一日夫人方進紙墨，東陽有倦色，夫人笑曰："今日宴客可使案無魚菜耶?"即欣然命筆。按：東陽，茶陵人。

若何官

若何官，學忠臣?官雖小，志欲伸。杖闕下，死道路。學忠臣，死不懼。君不見天順間，楊御史，忠諫名，貫人耳。御史有兒抗節死，不但忠臣亦孝子。

欽天監五官監候楊源以霾霧時作言“此陰冒干陽，下將叛上之兆”，劉瑾矯旨杖三十釋之。源又言占得火星入太微垣云云，蓋專指瑾也。瑾大怒，召而叱之曰：“若何官，亦學忠臣？”源厲聲曰：“官大小異，忠一也。”矯旨又杖六十，謫戍肅州，在道以創卒。初，源父瑄，在天順初以忠諫名天下，及是源又以小臣抗節而死。

紅　本

劉瑾奏事，上亟揮之，汝曹無溷而公爲。太阿旁落帝不悟，紅本章本一時具。人主勿令閑，閑則何以售吾奸。君不見仇士良、魏忠賢。

劉瑾威權日甚，内外章奏先具紅揭投瑾，號紅本。然後上通政司，號章本。奏行若朝制然。初，瑾每奏事必伺帝爲戲弄時，帝厭之，亟揮去曰：“吾用若何事？乃溷我！”自此大小事瑾皆專決，不復白帝。按：唐之仇士良，後之魏忠賢，用此法惑主。

劉尚書

老臣在官不營私，老臣家貧人共知。老臣激變實未變，欲殺老臣臣任之。劉尚書，無死法，不死不戍心不愜。大明門下九頓首，七十老臣荷戈走。

劉宇及焦芳譖前兵部尚書劉大夏于劉瑾曰：“籍大夏家可當邊費十二。”遂假田州岑猛事逮繫詔獄。瑾欲坐大夏激變論死，閣臣王鏊曰：“岑氏未叛，何名激變？”都御史屠滽亦言：“劉尚書無死法。”瑾慢罵曰：“即不死，可無戍耶？”瑾亦詗大夏家，實貧，乃遣戍肅州。大夏年已七十，徒步荷戈至大明門下，叩首而去，觀者嘆息泣下。

奴負我

楊公結張永，乘間爲畫策。老奴勃然起，餘年復何惜？宫中宴勞帝微醺，老奴夜半前席陳。數瑾罪，罪已夥。帝俛首，奴負我。朅來籍瑾家，衮衣玉帶僭且奢。手持便面玩未畢，何異圖窮匕首出。奴負我，奴果反；急磔之，莫教緩。中官相軋自古然，楊公結永能行權。用奴攻奴計豈左，不然那識奴負我。

先是太監張永監軍西征，楊一清深與相結，因乘間爲永畫策，請誅瑾。永勃然起曰："老奴何惜餘年，不以報主?"意遂決。及永至京獻俘畢，帝置酒勞永，夜半因奏瑾不法十七事。帝已被酒，俛首曰："奴負我。"遂縛瑾菜廠。明日帝親籍瑾家，得金銀珠寶無數，并衮衣玉帶諸違禁物。又所常持扇内藏利匕首二。帝大怒曰："奴果反。"遂磔于市。

外四家軍

大同兵，宣府兵，遼東延綏兵皆精。甲光照耀五色絢，外四家軍駐深殿。東官廳，西官廳，江彬得寵驕錢寧。乾兒義子競馳逐，九門呼譟無停聲。吁嗟乎！滿朝諫章君不審，日向宫中閲過錦。

大同遊擊江彬結義子錢寧以進，大得幸寵在寧上。彬欲藉邊兵自固，因請調大同、宣府、遼東、延綏四鎮兵入京營，號外四家軍，彬兼統之。帝别令羣閹善射者爲一軍，與彬等晨夕馳逐，甲光照宫苑，呼譟聲達九門。又作東西官廳于禁中，命内官義子分領之。帝時臨閲，名曰"過錦"。言官交章諫，皆不聽。

三河驛丞

君狎虎，虎傷君。臣諫君，批龍鱗。三河驛，在萬里，謫爾爲丞俾爾死。驛丞雖小亦君恩，臣言不用身空存。嗚呼此真太保孫。君不見相如諫獵君弗忌，明武宗愧漢武帝。

正德九年秋，帝狎虎被傷，編修王思疏言："孝宗皇帝子惟陛下一人，豈可嗜酒以荒志，好勇以輕身。"疏留中，謫三河驛丞。思，前太保王直曾孫也。

張御史

居庸關，朝不開。張御史，手疏來。背負敕印按劍坐，大駕逡巡不得過。違命死，開關死，二者必居一於此。臣寧違命關不啓，江彬變色廷臣喜。官家倚關望家裏，行行且止避御史。

江彬導帝遠遊，謂宣府樂工多美婦人，且可觀邊釁。帝然之，急裝微服幸昌平。大學士梁儲等追及於沙河，請回蹕，不聽。至居庸關，巡按御史張欽令指揮孫璽納門鑰藏之，謂中官劉嵩曰："違命死，開關駕出，萬一有如土木亦死，寧坐不開關死。"因負敕印，手劍坐關門下曰："敢言開關者斬。"夜草疏極諫，帝不得已而還。先是帝將出關，欽再上疏諫，詞極切至，故京師盛傳"張御史閉關三疏"云。後帝幸宣府大樂忘歸，稱曰"家裏"。

誅江彬

坤寧祭畢飯未罷，耳邊忽聞逮旨下。提督面色如死灰，今日安所得旨哉。西安北安門不啓，提督驚竄若鼠子。平時誰敢捋虎鬚，一旦拔去無復餘。平時提督猛如虎，一旦捕虎如捕鼠。朝歡騰，市歌舞，烹弘羊，天乃雨。

武宗時，江彬知天下惡己，欲反，猶預未決。大學士楊廷和與太監張永等合謀捕之，密白太后。會坤寧宫安獸吻，令彬入祭。祭畢，張永留彬飯，故緩之。俄而逮旨下，彬急走西安門。門閉，尋走北安門。門者曰："有旨留提督。"彬曰："今日安所得旨?"門者擁之，遂被執，拔其鬚且盡。下詔獄，三月磔於市。時京師久旱，彬誅，遂大雨。

議大禮

欲議大禮，禮緣情起。君臣之分論尊卑，父子之恩在毛裏。本生父，真定評，皇叔父，斯何稱？廷臣不爲皇帝計，可憐動引濮王例。張孚敬，首上書，和者霍韜與熊浹，繼者席書、方獻夫，桂萼之言言尤諛。此輩逢君不足誅，廷臣固執亦太疏。吁嗟乎！稱宗不已定入廟，果然不出胡公料。皇叔父，不可稱。皇伯考，又何憑？吁嗟乎！當日不將濮王比，後日變更不至此。

世宗即位六日，即詔議興獻王主祀及尊稱禮。楊廷和出漢定陶王、宋濮王事，曰："是足爲據。"乃大會文武上議，言稱號宜如宋濮安懿王故事稱曰皇叔父。帝大愠曰："父母若是互易耶?"及進士張璁上書請尊崇所生，兵部主事霍韜、給事中熊浹揣璁言必用，附和之。而侍郎席書與員外郎方獻夫皆草疏請追尊所生帝后，定號曰皇考皇母。疏未上，會南京刑部主事桂萼請改稱孝宗爲皇伯考，因并録席書及方獻夫二疏以聞。初，大禮議起，有胡鐸者亦主考獻王，與璁和，璁要之同署。鐸曰："主上天性固不可違，天下人情亦不可拂。考獻王不已則宗，宗不已則入廟。"不肯署。後稱宗人廟，果如鐸言。張璁後改名孚敬。

端妃怨

鳳閣龍帷粲角枕，端妃夜侍皇帝寢。侍帝寢，得帝憐，倉卒變起冤復冤。金英縊帝施毒手，金蓮告變中宫走。當日獄詞太模糊，端妃竟偕寧嬪誅。皇帝病悸不能語，妃縱有冤向誰吐。謂妃疏防妃何辭，謂妃與知實不知。由來絶色被人妬，皇后收妃原不誤。

帝宿端妃曹氏宫，宫婢楊金英伺帝熟寢以組縊帝項，未絶。宫婢金蓮走告皇后，后馳救得甦。捕宫人雜治，言王寧嬪首謀，又言端妃亦與知。時帝病悸不能言，后傳旨收端妃、寧嬪及金英等，悉磔于市。久之，帝始知妃冤。

香葉冠

復河套，防邊患。曾公銑，才足辦。主者誰，夏貴溪；沮者誰，嚴分宜。一朝套議忽中變，貴溪竟被分宜算。舉朝碌碌無遠圖，邊臣冤死宰臣誅。臣當誅，臣當敗；香葉冠，胡不戴？分宜同時製獨工，香冠乃用輕紗籠。吁嗟乎！彼愈驕，此愈諂；兩相形，心最險。

帝以奉道常御香葉冠并賜夏言等，言以非人臣法服，不奉詔，帝怒甚。嵩因召對冠之，籠以輕紗。帝益内親嵩而欲去言。言素慷慨以經濟自許，會曾銑議復河套，欲倚以成大功，因密薦銑。銑鳩兵繕塞輒破敵，帝亦頗嚮之。忽帝意中變，降旨詰責，嵩復從中陰詆之，遂棄言市，猶言及前不戴香冠事，并殺銑。

輦下敗

塞上敗，猶可欺；輦下敗，上必知。宰臣料敵如操券，飽自颺去不須戰。楊守謙、丁汝夔，撫臣樞臣皆庸才。汝夔既爲宰臣賣，守謙又被亞夫害。死乃自取何足怪。

嘉靖二十九年八月，諳達犯京師，大同總兵官仇鸞、巡撫保定都御史楊守謙各以兵勤王。帝趣諸將戰甚急。兵部尚書丁汝夔以咨嚴嵩，嵩曰："塞上敗可掩也，夫利輦下誰執其咎？寇飽自颺去耳。"汝夔因不敢主戰。及寇退，汝夔、守謙并棄市。初，汝夔求救于嵩，嵩曰："我在必不令公死。"及見帝怒甚，竟不敢言。汝夔臨死始知爲嵩所賣。守謙性遲重，客有勸之戰者，應曰："亞夫何人也？"客曰："公誤矣。今日何得比漢法？"守謙不納，遂得罪。

蚺蛇膽

仇鸞敗，思椒山。起謫籍，屢遷官。嚴嵩欲餌椒山難，椒山惡嵩過仇鸞。義憤激烈披忠肝，上疏劾嵩指嵩奸。椒山無膽定不敢，椒山何事蚺蛇膽。風吹枷鎖滿城香，簇簇争看員外郎。員外郎，死何苦，臣疏千言不悟主。臣膽包身亦奚取，君恩留與臣魂補。

仇鸞開馬市於大同，宣府兵部車駕司員外郎楊繼盛奏言："不可。"貶狄道典史。及鸞敗，帝思繼盛言，自典史遷爲兵部員外郎。時嚴嵩方用事，恨鸞初凌己，善繼盛首攻鸞，欲驟貴之，復改兵部武選司。而繼盛惡嵩甚于鸞。抵任甫一月，即劾嵩十大罪、五姦。杖三百，移刑部定罪。繼盛將杖，或遺之蚺蛇膽，卻之曰："椒山自有膽，何蚺蛇爲？"椒山，繼盛别號也。繼盛每朝審，都人夾道擁觀，繼盛口吟云："風吹枷鎖滿城香，簇簇争看員外郎。"臨刑賦詩曰："浩氣還太虚，丹心照千古。平生未報恩，留作忠魂補。"天下涕泣傳誦之。

沈經歷

快人快事奇且創，束草爲人射姦相。相怒不支，思中傷之。楊公既入張經獄，沈公又作閻浩師。軍門萬里那得知。分宜敗，東樓死。保安弟子聞之喜，書公名爵懸西市。今日看殺嚴公子，九原公可瞑目矣。

錦衣經歷沈鍊劾嚴嵩父子十罪，杖四十，謫佃保安。鍊至保安，里長老日致薪米，遣子弟就學，鍊語以忠義大節，皆大喜，争罵嵩以快鍊。且縛草爲人象李林甫、秦檜及嵩，醉則聚子弟攢射之，嵩大恨。嵩子世藩屬總督楊順圖之，會蔚州獲妖人閻浩，因竄鍊名其中，誣浩等師事鍊，獄上遂斬鍊于宣府市。後嵩敗，世藩坐誅。臨刑時，鍊所教保安子弟在太學者，以帛署鍊姓名、官爵于其上，持入市，觀世藩斷頭訖，大呼曰："沈公可瞑目矣。"因痛哭而去。

王江涇

王江涇，戰初罷，捷書已上逮旨下。嚴閣老，趙尚書，内外交訌功臣誅。功臣誅，上不惜，嗟爾讒人真罔極。軍中漫卓曲端旗，臨死應投道濟幘。

張經討倭，帝命趙文華督視。文華頤指大吏，經以位在其上，獨輕之。時諸路狼兵已集，惟永順保靖兵未至。經欲待其至而後戰，且慮文華輕淺洩師期，竟不以告。文華怒，疏劾經養寇失機。疏方上而永保兵已至，經大破倭于王江涇，爲軍興戰功第一。文華攘之，以奏爲己功。帝問嚴嵩，嵩對如文華指，且言經冒功。帝深入其言，即下詔逮經，竟殺之。

青詞宰相

分宜未得志，讀書鈐山堂。當年自詡能文章，欽鴟公然充鳳凰。偶然通顯蒙恩遇，殺人媚君君不悟。内而部寺外封疆，誰敢挺身攖其怒。攖其怒，禍旋來，楊公、沈公尤可哀。文人讀書貴明理，奈何絶不顧廉耻。一朝恩替上意移，太息冰山化流水。回首榮華能幾時，老姦昧昧那得知。墓門寄食歎白首，齋宫枉自工青詞。君不見楊公、沈公已千古，青詞宰相爾何苦。

初，嚴嵩讀書鈐山堂，文譽籍甚。既入相，無他才略，惟一意媚上，竊權罔利。帝英察自信，果刑戮，頗護己短。嵩以故得因事激帝怒，戕害人，以成其私。誅斥者不可勝數，而楊繼盛、沈鍊得禍尤酷。嵩工製醮祀青詞，非嵩無當帝意者，時號青詞宰相。後漸失帝歡，及其子世蕃伏誅，嵩及諸孫皆爲民。又二年，嵩老病，寄食墓舍以死。

大伴來

大伴來，且莫戲，少主竟爲大伴制。小璫導帝游别宫，大伴聞之不肯容。揭來自草罷己詔，長跪謝過心忡忡。外倚江陵内太后，少主安能不俯首。吁嗟大伴何驕矜，帝雖優禮心不平。積威已久難遽去，大伴上殿奈何許。中旨一出真快哉，從此不虞大伴來。吁嗟人莫笑大伴，君不見翰林止進雙白燕。

神宗初立，太監馮保内倚太后，外倚張居正，數挾持帝。帝一日與小内豎戲，見保入，輒正襟危坐曰：“大伴來矣。”帝所昵孫海客用屢誘帝夜遊别宫，帝深寵幸。保白太后，召帝切責。帝長跪謝過，并屬居正草帝罪己手詔，詞過挹損。帝年已十八，覽之内慚，積不能堪。後太后歸政，居正又卒，保失所倚。舊閹張鯨等乘間陳其過惡，請令閑住，帝猶畏之曰：“若大伴上殿來，朕奈何?”鯨曰：“既有旨，安敢復入?”遂謫保奉御南京安置。保雖横，亦時引大體。翰林院有雙白燕，居正以進，保使謂居正曰：“主上冲年，不可以異物啓玩好。”遂止。又能約束其子弟，都人亦以是稱之。

援朝鮮

楊鎬援朝鮮，狼狽乃先奔。揚揚鳴得意，掩敗以捷聞。賊三柵，破其二，抵死定待如梅至。官兵喪敗輜重棄，倭益猖狂不可制。秀吉死，朝鮮平，主款未聞殺石星。豈但未聞殺石星，鎬也何不服上刑。吁嗟乎！朝廷刑賞料不得，朅來又復楊鎬職。

朝鮮之役，兵部尚書石星力主款議，後帝命楊鎬經略朝鮮。鎬會諸將議，進取合攻蔚山，賊大敗，奔據島山，結三柵以自固。遊擊陳寅連破其二，第三柵已垂拔，而鎬與李如梅善，以如梅未至，不欲寅功出其上，遽鳴金收軍。再攻不克，及賊救至，鎬狼狽先奔，官兵死者無算，輜重多喪失。鎬詭以捷聞，揚揚自詡功伐。贊畫主事丁應泰憤甚，因抗疏列其敗狀，乃罪鎬。及征倭事竣，復用鎬巡撫遼東。平秀吉，薩摩州人，初隨倭關白信長，會信長爲其下所弒，遂統信長兵，自號關白秀吉。既死，羣倭始有歸志。

玉合歎

大高元殿門謹閉，官家夜偕鄭妃誓。賜妃玉合作符契，妃子後來當嗣帝。合中一紙帝手緘，重重包裹密且嚴。朅來開合忽驚歎，蟲蝕御書盡漫漶。當年信誓今已捐，當年封識猶宛然。鄭妃抱合泣不止，常洛遂爲皇太子。

初太子常洛未立，鄭貴妃要帝至大高元殿謁神，設密誓，立其子爲太子。帝因書一紙緘玉合中，賜妃爲符契。後廷臣争之强，而妃又忽失歡，于是常洛遂得立。帝遣人取玉合，封識宛然，發合，虫蝕書盡矣。帝悚然異之。

撤礦税

啓祥宫，天語清。朕疾篤，故召卿。礦税事，止勿行。相公擬旨進，天子真聖明。朝來忽傳帝疾起，中使紛紛追前旨。内官有膽批龍鱗，相公無力抗天子。礦税未撤誰使之，相公後來悔已遲。吁嗟乎！王言如何可反汗，王義絶勝沈一貫。

萬曆三十年春，帝忽有疾，獨命大學士沈一貫入啓祥宫後殿西煖閣，諭曰："朕疾篤矣，礦税事，朕因宫殿未竣，權宜採取，今可止勿行。"一貫出，擬旨以進，中使捧諭至，具如帝語一貫者。翼日，帝疾瘳，悔之，遣中使二十輩至閣追取前旨。一貫不能持，惶遽繳入。時司禮太監王義方在帝前力争之曰："王言何可反汗？"帝怒，欲手刃之，義言愈力，而中使已持前諭至。後義見一貫唾曰："相公稍持之，礦税撤矣，何怯也！"

妖書獄

閨范圖説刻始畢，憂危竑議前後出。朱東吉，鄭福成，前吕坤，後朱賡，詞語詭妄何不情。天子大索無主名。沈公、郭公皆君子，豈有君子肯爲此？當年秉國屬何人，傾陷幾迫兩公死。東宫太子涕泛瀾，奈何殺我好講官。冤哉誰照覆盆燭，皦生光抵妖書獄。

先是刑部侍郎吕坤嘗撰《閨範圖説》，太監陳矩購入禁中，帝以賜鄭貴妃，妃重刻之。忽有人撰《閨範圖説跋》，名曰《憂危竑議》，其文託朱東吉爲問答。東吉者，東朝也。其名憂危，以吕坤曾有憂危一疏，言坤書首載漢明德馬后由宫人進位中宫，妃之刊刻實藉此爲奪嫡地。後《續憂危竑議》復出，大學士朱賡于寓門外獲之，其詞假鄭福成爲問答。鄭福成者，爲鄭氏子福王當成也。其用朱賡爲内閣者，以賡更同音，寓更易之意，詞極詭妄，時皆謂之妖書。帝大怒，勅有司大索姦人。沈一貫銜禮部侍郎郭正域，又惡沈鯉相逼，欲因是傾之，遂圍鯉舍。發卒圍正域舟于楊村，迫使自裁，正域不肯。又捕正域所善醫人沈令譽等雜治之，無所得，最後錦衣衛獲順天生員皦生光。生光性險賊，又嘗爲妖詩傾戚里，疑書出其手，遂下獄。令引正域，生光大罵曰：“死則死耳，奈何教我迎相公指，妄引郭侍郎乎？”久之，獄不能具。會太子在東宫，數語近侍曰：“何爲欲殺我好講官？”蓋正域曾爲太子講官。諸人聞之皆懼。而陳矩提督東廠，心念獄無主名，帝必怒，遂與法司歸獄生光，磔之。

眇目山人

眇目山人謝茂秦，文章氣節邁羣倫。堨來浪迹遊河朔，曾向王家作上賓。夜闌酒盡樂初罷，艷影姍姍忽相射。侍兒傳唤揭重簾，美人俏立紅燈下。引手爲琶推手琵，美人彈出客情移。嘈嘈切切翻新調，盡是山人手製詞。元旦華筵開别殿，美人又露春風面。何用當筵乞愛卿，合教來捧山人硯。山人詩筆號宗工，當日名高七子中。野性生來原落落，絶交書去太匆匆。人情反覆真堪恨，孰與山人解幽憤。軒冕雖能壓布衣，後人畢竟存公論。布衣流落不須談，氣節文章性所耽。懷古漫勞悲正則，在生誰解救盧柟。

謝榛，字茂秦，眇一目，工詩歌。李攀龍與王世貞輩結詩社，號七子，而榛爲長。攀龍名大熾，榛與論生平，頗相鐫責，攀龍遂貽書絶交。世貞輩右攀龍，力相排擠。然榛名日起，常遊彰德，客穆王府，王賓禮之。一日，酒闌樂止，命所愛賈姬獨奏琵琶，則榛所製《竹枝詞》也。榛方傾聽，王命姬出拜，光華射人。明年元旦，便殿奏伎，酒止送客，即盛禮而歸姬于榛。浚縣盧柟有才名，爲人跅弛，好使酒罵坐，得罪邑令，誣以人命事繫獄。榛入都見諸貴人泣訴其冤狀，曰：“生有一盧柟不能救，乃從千古哀沅而弔湘乎？”後令因榛言竟平反其獄。

熊經略

元老有意庇門生，舉朝盡右王化貞。經臣有才不得展，一蹶再蹶心難平。撫臣騃愎經臣傲，撫臣敗北經臣笑。六萬蕩平今如何，經臣之言無乃苛。長城自壞不知惜，九邊傳首血凝碧。撫臣雖死不蔽辜，撫臣未死經臣誅。議能議勞無不可，奸人乃借殺楊、左。

葉向高爲王化貞座主，化貞巡撫廣寧時，熊廷弼爲經略，而經撫不和。化貞爲人騃而愎，好大言以罔中，朝自兵部尚書以下多信之，而于廷弼奏輒從中阻格。後化貞上言願請兵六萬，一舉蕩平。向高與廷臣多右之。及兵敗，棄廣寧，遇廷弼。化貞哭，廷弼微笑曰："六萬衆一舉蕩平，竟如何敗?"聞朝臣請并逮二人論死，及魏忠賢欲殺楊漣、左光斗，誣以受廷弼金。楊、左斃于獄，廷弼傳首九邊，而化貞竟不誅。

首善書院

東林講學黨禍始，羣小側目伺君子。黨禍不烈勢不已，首善書院復繼起。三君名日高，名日益高身難逃。累朝黨錮有前鑒，得罪未必非自招。君不見都門講學實大誤，先知獨有黄尊素。

顧涇陽建東林書院，諸君子多附之。鄒元標、馮從吾同官都察院時，又建首善書院于京師。御史黄尊素謂元標曰："都門非講學地，徐文貞已叢議于前矣。"元標不能用，朝暇與同志高攀龍等講學其中，而諸不附東林者咸忌之。時魏忠賢方竊政，將加嚴譴，葉向高力爲解元標、從吾等，遂并引歸。

六君子

西狩獲麟尼父歎，瑞物不應非時見。楊左諸公入獄時，階下黄芝剛六瓣。諸公相慶顧公悲，瑞物如何辱於斯。黄芝生，諸公死，嗚呼冤哉六君子。一様丹心照青史。

魏忠賢惡楊漣、左光斗等，欲殺之，時并逮給事中魏大中、御史袁化中、太樸少卿周朝瑞、陜西副史顧大章下詔獄。初，漣等被逮時，獄中忽生黄芝，光彩遠映，及六人畢入，適成六瓣。或以爲祥。大章嘆曰："芝瑞物而辱於此，吾輩庸有幸乎?"已而同斃於獄。時以六人爲六君子。

見泉無子

盧杞盧奕兒，忠臣生巨奸。當年不記親舐血，切齒欲死顔平原。允貞生廣微，頗與盧奕似。趙公當日亦有言，太息見泉卻無子。見泉無子，公幾殺身，悲歌慷慨，笑罵怒嗔。身爲黨魁心不悔，一代高名播寰海。公雖譴戍，公節不磨。楊、左獄斃，公脱網羅，嗚呼廣微奈公何！君不見冰山失倚廣微逐，見泉無子不瞑目。

趙南星，字夢白，高邑人，與南樂魏允貞爲友。大學士魏廣微，允貞子也，南星以通家子畜之。廣微入内閣，三至南星門，謝弗見。又嘗嘆曰："見泉無子。"見泉，允貞别號。廣微恨刺骨，與魏忠賢比而齕南星，借楊、左獄削南星籍譴戍，必欲殺之。後廣微得罪于魏忠賢罷逐，而南星得免卒於戍所。南星爲東林黨魁，公忠强直負義氣，在戍所悲歌慷慨，唾罵笑傲，一如其平時，不以謫居畏禍，少有所貶損也。

孫容城

諸公承贓坐贓死，十日五日嚴追比。當年急難屬何人，容城先生奮袖起。先生節俠誰與同，定興猶有鹿太公。太公有子食子報，先生徑向蘇門嘯。好把當年一片心，閑來步上百泉照。

孫奇逢，容城人。少舉於鄉，後棄舉業，務以講學爲事，與定興鹿善繼善。魏忠賢誣楊、左受熊廷弼金，孫與善繼父鹿太公捐金完贓。忠賢敗，或勸之仕，不願，移居蘇門山壽終。善繼、孫同年舉人，以進士爲職方主事，罷歸，後死節。

點將録

點將録、同志録、天鑒録，羣枉受正苦不足。九千歲，勢熏天，或進或退操其權。只須覽此已曉然。編名記數一百八，羣枉鴟張眾正黜。崔呈秀、王紹徽，甘作鷹犬胡爲哉。君不見一波未平一波起，《三朝要典》又作矣。

崔呈秀等附魏忠賢，以九千歲稱之。先是顧秉謙、魏廣微以己意點縉紳便覽一册，若葉向高、趙南星、楊漣、左光斗等百餘人，目爲邪黨，而以附閹者爲正人，進之忠賢，俾據以黜陟。已而王紹徽編東林一百八人，繫以宋時淮南盜宋江等名目爲《點將録》，按名黜汰。呈秀復進《同志録》，皆東林黨人。又進《天鑒録》，皆不附東林者。由是羣小無不登用，善類一空。《三朝要典》，謂梃擊、紅丸、移宫三案也。

建生祠

沉香雕像刻劃真，腸腹中空羅百珍。宫殿九楹擬帝制，稽首拜手媚廠臣。媚廠臣，建生祠。潘汝楨，實啓之。陸萬齡，更無恥，廠臣直欲比孔子。國子監中坐閹宦，怪事咄咄乃有此！朱之俊亦讀書人，奈何不懼孔子嗔。卓哉林公獨不附，欞星門外掛冠去。

浙江巡撫潘汝楨請建魏忠賢生祠于西湖，織造太監李寔請令杭州衛百户守祠。詔賜祠額勒石紀功德，閣臣撰文書丹，自是諸方效尤，幾徧天下。宫殿九楹金像，冕旒儀如帝者像，皆以沉香木爲之。眼耳口鼻宛轉如生人，腹中腸肺俱以金玉珠寶爲之。迎像五拜五稽首，稱九千歲。凡章奏，事無巨細，輒頌忠賢，稱廠臣而不名。監生陸萬齡以忠賢配孔子，其疏曰：“孔子作《春秋》，廠臣作《要典》；孔子誅少正卯，廠臣誅東林黨人，禮宜并尊。持疏詣司業林釬，釬緩筆塗抹，即日挂冠櫺星門去。司業朱之俊爲奏請從之。釬坐削籍。

奉聖夫人

市上道人謠語工，委鬼當頭茄花紅。一朝對食兩心悦，委鬼竟與茄花通。有乳誰能乳天子，奉聖夫人貴莫比。乾清宫中門洞開，香車寶馬塵不飛。倩妝盛服擬帝妃，填街塞巷生光輝。邸中傳呼聲如雷，老祖太太千歲來。竭來宫車傳宴駕，夫人聞之涕交下。五更拜别梓宫前，黄袱盤龍手焚化。吁嗟乎！委鬼茄花有密機，邸中宫女掩重幃。官家不省趙高傳，國祚幾移吕不韋。

熹宗乳母客氏封奉聖夫人。先是市上有道人謠曰：“委鬼當頭坐，茄花滿地紅。”蓋委鬼者，魏也，京師人讀客爲茄，後果客魏交通。魏忠賢既與客氏私，凡其所爲，客氏實内主之。客氏朝夕侍帝所，每數日必出至私第，輿過乾清宫前竟不下。倩粧盛服，儼同妃后。侍衛赫奕，照耀衢路。至宅則老祖太太千歲之聲喧呼震地。或數日不返，忠賢促之始入。熹宗崩，客氏出外宅，于五更赴梓宫前，出一小函，黄色龍袱包裹，皆熹宗胎髮、痘痂、落齒、剪髮等，痛哭焚化而去。詔赴浣衣局，掠死，籍其家，得宫女八人，蓋將效吕不韋所爲。當客魏亂政時，皇后張氏數于上前言之。一日，帝至后宫，后方讀書，帝問何書，對曰：“《趙高傳》也。”帝嘿然而出。

清客宰相

清客宰相，伴食中書，古今一樣堪胡盧。跪隨附會媚閹黨，建言卻怪倪公迂。倪公言不止，宗道笑裂齒。君不見翰林故事香茗耳，立仗馬言亦如此。

來宗道爲首輔，事多詭隨。編修倪元璐屢言時事，宗道笑曰："渠何事多言。詞林故事，止香茗耳。"時謂宗道爲清客宰相。

裁驛站

關中饑，盜蜂起，流賊之名始於此。飢民起，飢軍從。大吏貪庸工粉餙，閉目掩耳如瞽聾。裁驛站，惜小費。劉給事，太無謂。國用已絀少勝算，驛站一裁驛夫散，咄哉遂釀李闖亂。

先是閹黨喬應甲巡撫陝西，朱童蒙巡撫延綏，皆貪黷不惜民。又連歲大祲，流賊并起。安塞馬賊高迎祥自稱闖王，飢民王大梁自稱大梁王，聚衆應之，三邊飢軍亦羣起爲盜。已而帝從給事中劉懋議，裁驛站冗卒。山陝游民仰驛糈者無所得食，皆從賊。米脂人李自成後號闖王者，即驛夫也。

曹將軍

諸將勦賊如雲屯，賊中獨畏曹將軍。將軍當日勇絶倫，賊遇將軍賊即奔。朝廷重文不重武，御史一言將軍去。將軍去，賊披猖，蹂躪陝豫勢莫當。將軍聞之憤填臆，身自請行誓殺賊。湫頭鎮上殺氣麤，將軍跳蕩勇有餘。官兵三千賊數萬，勇雖有餘勢則孤。小卒一呼伏四起，不得將軍不肯已。手殺數十人，轉鬥數十里，將軍力竭自刎死。諸將失色羣賊喜。嗚呼！諸將畏賊如畏虎，將軍殺賊如殺鼠。朝廷重文不重武，將軍再來嗟何補？

流賊起，獨總兵曹文詔屢殺賊。初，文詔在洪洞與里居御史劉令譽忤。及令譽按河南，文詔與見，語復相失，令譽遂摭他事劾之。部議文詔怙勢而驕，遂調之大同。賊所憚惟文詔，既去，賊益無忌。及洪承疇出關，賊復走陝西，副將艾萬年等戰歿。文詔聞信急詣承疇請行。乃以三千人自寧州進，遇賊真寧之湫頭鎮。賊伏數萬騎合圍，矢蝟集。賊不知爲文詔也，有小卒縛急，大呼曰："將軍救我！"賊中叛卒識之曰："此曹總兵也。"賊喜，圍益急。文詔左右跳蕩，手擊殺數十人，轉鬥數里，力不支，拔刀自刎死。

車箱峽

車箱峽，縱自成；陳奇瑜，罰太輕。張獻忠，穀城叛；主撫誰，熊文燦。奇瑜輕賊賊誘之，文燦主撫何乃癡。當年自詡操勝算，事機一失悔已遲。吁嗟乎！妖氛當熄竟未熄，何物庸臣解誤國。參之肉，寧足食？

陳奇瑜圍李自成于車箱峽，自成用其黨顧君恩謀，以重寶賂奇瑜左右及諸將帥僞請降。奇瑜意輕賊，遽許之。賊甫出峽，即大譟，盡殺安撫五十餘人，屠所過七州縣，關中大震。後熊文燦復受張獻忠降。獻忠在穀城擁兵索餉，不奉調遣，人咸知其必叛，而文燦不省，後果叛。議者以李自成之遁車箱峽，張獻忠之叛穀城爲明所由亡，而陳奇瑜、熊文燦爲罪首云。

九蓮菩薩

國用絀，戚畹助。鬻什器，陳衢路。外間狼藉誰敢訴。九蓮菩薩降深宮，神言朗朗來自空。帝薄外家殺帝子，帝聞神言懼而止。皇子殀亡神所使，首輔畫策帝賜死。首輔之死別有由，非關畫策無良謀。君不記清燕閑談指廠衛，有人在側汗沾背。

薛國觀柄政，帝初甚信嚮之，後意亦漸移。帝憂國用不足，國觀請借助於戚畹，因以武清侯李國瑞爲言。國瑞，孝定太后兄孫，帝曾祖母家也。或教國瑞匿貲勿獻，拆毁居第，陳什器通衢鬻之，示無所有。嘉定伯周奎與有連，代爲請。帝怒，奪國瑞爵。國瑞悸死。有司追不已，戚畹皆自危。會皇子病，宦官宫妾倡言孝定太后已爲九蓮菩薩，降神言“帝薄外家，諸皇子盡當殀”。俄皇子卒。帝大恐，封國瑞七歲兒存善爲侯，盡還所納金銀，而追恨國觀，待隙而發。初，帝燕見國觀，語及朝士貪婪，國觀曰：“使廠衛得人，安敢如是?”時東廠太監王德化在側，汗出沾背，于是專察國觀陰事，悉以上聞，國觀不知也。及行人吴昌時當考選，恐國觀抑己，因其門人以見國觀，僞許第一，當得吏部。逮命下，乃得禮部主事，昌時大恨，以爲賣己。與其所善東廠謀，盡發國觀受賄不法事以達於帝。帝遂借票擬發怒，賜國觀死。

夫人城

避賊而出家不保，出而遇賊身不保，等一死耳莫草草。娘子軍，夫人城，後先嘖嘖傳佳名。夫人有城憑城守，賊攻不開委城走。世間何處無堅城，只恨夫人不多有。城藉夫人城不朽。

張銓字宇衡，沁水人，由進士擢御史。熹宗即位，出按遼東及瀋陽，城破被執，死之。事聞，贈大理卿，再贈兵部尚書，謚忠烈。初，銓父五典度海内將亂，築所居竇莊爲堡，堅甚。崇禎四年，流賊至，五典已殁，獨銓妻霍氏在。衆請避之，曰：“遇賊而出，家不保；出而遇賊，身更不保。等死耳，盍死於家。”乃率僮僕堅守城，環攻四晝夜，不克而去。副使王肇生名其堡曰“夫人城”。

福禄酒

陷洛陽，執福王。王瑟縮，賊揚揚。勺王血，雜鹿肉，酒有新名號福禄。當年分封王之藩，金銀堆積高於山。剥民肥王王弗顧，象齒焚身王弗悟。鄭妃地下應疾首，神廟在天不援手。金銀如山亦何有，請看今朝福禄酒。

李自成陷河南府，殺福王常洵。先是援兵過洛陽者喧言："先帝困天下以肥王，今王府金銀山積，而令吾輩枵腹死賊。"及是城陷，王出，匿迎恩寺，賊迹而執之，遂遇害。勺王血，雜鹿肉以食，名曰"福禄酒"。

陷襄陽

襄陽城，軍府地。貯餉金，藏甲器。設防守，嚴啓閉。獻賊狡謀伺中途，殺嗣昌使取軍符。一日夜馳三百里，二十八騎入城矣。陷襄陽，執襄王。王其努力盡此觴，願借王頭殺嗣昌。襄陽陷，洛陽陷，嗣昌良死幸有餘，何弗先加上方劍。吁嗟乎！庸臣誤國不堪再，督師又用丁啓睿。

楊嗣昌以襄陽爲軍府，餉金甲器各數十萬皆聚焉。每門設副將防守，啓閉甚嚴。張獻忠令羅汝才綴鄖陽兵，自率輕騎一日夜馳三百里，殺嗣昌使者于道，取其軍符，以二十八騎紿入襄陽城，執襄王翊銘，屬卮酒曰："吾欲借王頭使嗣昌以陷藩伏法。"王遂遇害。嗣昌聞襄陽、洛陽皆陷，憂懼不食死，以丁啓睿代爲督師。啓睿本庸才，憚李自成，不敢討。聞獻忠在固始，稍弱，請專剿獻忠，從之。

雁門司馬

督兵辦賊誰健者，雁門司馬孫伯雅。高迎祥，號闖王，司馬縛之如縛羊。目中那有楊嗣昌。嗣昌死，司馬起。决計守潼關，上策無逾此。司馬守關關不破，司馬出關鋭氣挫。天陰雨下道難行，軍中採食柿青青。柿園一誤難再誤，手詔趣戰不少停。丈夫死耳豈顧難，安能再對獄吏面。千秋宜配李將軍，後人休比哥舒翰。

孫傳庭字伯雅，代州人，代洪承疇爲巡撫，鋭意滅賊，擒闖王高迎祥于黑水峪，後爲楊嗣昌所扼，逮繫論死。及嗣昌死，復起爲兵部侍郎，督京軍，援開封。會陝西總督汪喬年敗没，帝即命傳庭往代。至是聞開封圍急，屢趣傳庭出關。傳庭言秦兵新募，不堪用。不聽。不得已抵關，而開封既陷，急攻賊於南陽，敗之，追奔三十里。已而官軍趨利，遂爲賊所乘，大潰，傳庭乃走入關。是役也，天大雨，糧不至，士卒採青柿以食，凍且餒，故大敗。豫人因謂之柿園之敗。傳庭之敗於柿園而歸也，力主固守潼關。適關中歲饑，苦征繕，士大夫日望其出關，帝亦屢詔趣之。傳庭頓足歎曰："奈何乎！吾固知往而不返也。然大丈夫豈能再對獄吏乎?"遂率師東出。賊陣五重，官軍克其三。已而稍卻，賊縱鐵騎踐之，遂大敗。轉趨潼關，賊至攻之，傳庭登陴固守。賊繞出其背，關遂陷。傳庭躍馬揮刀大呼，衝入賊陣而死。

女土司

桃花馬，白桿兵。殺流賊，請長纓。女土司，乃有此，愧煞鬚眉好男子。洗夫人，娘子軍，持較或者可比倫。左寧南，非健兒，名字偶合真堪嗤。雄不飛，雌不伏；彼良玉，此良玉。

秦良玉，忠州人，嫁石砫宣撫使馬千乘，爲人有膽智，善騎射，兼通詞翰，儀度嫻雅而馭下嚴峻。每行軍發令，戎伍肅然。所部號白桿兵，爲遠近所憚，屢立戰功，詔加二品。

良玉專辦蜀賊，川撫邵捷春不能用其謀，以全蜀盡陷。良玉乃慷慨語其衆曰："吾以一孱婦蒙國恩二十年，今不幸至此，其敢以餘年事逆賊哉？"悉召所部約曰："有從賊者，族無赦。"分兵守四境。賊遍詔土司，獨無敢至石砫者。後以壽終。"桃花馬上請長纓，良玉召對平臺時"，思陵所賜詩中句也。左良玉封寧南伯，即後跋扈將軍。

寧武關

寧武關前賊亂呼，將軍上馬膽氣麤。忠義感激衆志孚，報國那計全城屠。賊畏將軍賊欲逋。以十攻一關門破，將軍雖死賊鋒挫。大同、宣府皆奴才，可憐降表同日來。降表來，流賊喜，從此都門不守矣。汝曹盡似周將軍，我輩如何得至此？

周將軍遇吉初駐代州，憑城固守，食盡退守寧武。賊踵至，大呼五日不降即屠。遇吉發大礮，殺賊萬人。設伏城中，誘賊入，復殺數千人。城毁復完者再，李自成悉力攻破之。遇吉巷戰，徒步跳蕩，手殺數十人，矢集如蝟。被執，罵賊死。城中士民無降者。自成集衆計曰："此去歷大同、陽和、宣府、居庸，皆有重兵。倘皆如寧武，柰何？不如且還，俟再舉。"而大同總兵姜瓖、宣府總兵王承允降表相繼至，自成大喜，遂長驅而東。都城破，賊相語曰："使諸將盡如周將軍，我輩安得至此？"

跋扈將軍

闖獻中原競逐鹿，諸將紛紛與之角。緩追養寇彼何人，跋扈將軍左良玉。闖可平，獻可擒，將軍縱之誠何心？封爵蔭子上恩重，將軍愈驕不爲用。武昌城外山崔嵬，一山一色旌旗開。軍中傳宣看過對，馬足殷地聲如雷。將軍兵威盛若此，何不殺賊報天子。蛇山頂上萬人呼，左兵已過吾生矣。天翻地覆神鬼愁，將軍坐視無一籌。九江城中火光起，痛哭又負袁臨侯。板磯西防固非計，舉兵已失忠貞義。南渡君臣不足論，九原何以見先帝？

左良玉有將略，屢破流寇，然跋扈甚，緩追養寇。前督師楊嗣昌九檄徵兵，一旅不發。後帝封良玉爲寧南伯，許功成世守武昌。命給事中左懋弟便道督師，良玉乃條日月進兵狀，未奉旨而京師陷。福王立，晉爵爲侯。良玉兵八十萬，號百萬，每春秋肄兵，武昌諸山一山幟一色，山谷爲滿，軍法用兩人夾馬馳，曰過對。馬足動地，殷如雷聲，聞數里。先是良玉至武昌，從楚王乞二十萬人餉，王不應，良玉縱兵大掠，火光照江中，逾月始去。居人覬登蛇山以望，呼叫更生，曰："左兵過矣。"南渡後馬士英、阮大鋮用事，慮良玉爲難，築板磯西防。良玉嘆曰："今西何防？殆防我耳。"遂傳檄討馬士英，以清君側爲名。至九江，邀總督袁繼咸入舟中，袖出密諭，邀諸將盟。繼咸正色曰："先帝舊德不可忘，今上新恩亦不可負。"良玉色變，駐軍候旨。繼咸歸，方謀拒守，而部將郝效忠陰約良玉兵入城，殺掠縱火，殘其城而去。良玉已疾篤，夜望城中火光，太息曰："吾負臨侯。"嘔血數升遂死。臨侯，繼咸別號也。

壽皇亭

蟒玉迎賊有杜勳，開門延賊曹化淳。我輩富貴固自在，從死獨有王承恩。壽皇亭中帝晏駕，王公痛哭縊亭下。吁嗟乎！唐張承業漢吕强，千古宦官稱賢良，如公死節尤堂堂。側聞保定城初陷，殺賊更有方總監。

李自成設座彰義門外，降賊太監杜勳傳呼城上人，請入城見帝。太監曹化淳等縋之入内。勳盛稱賊勢，請帝自爲計，帝怒叱之出。勳既出，化淳等復縋至下城，勳顧謂曰：“吾輩富貴固在也。”及日晡，化淳遂啓彰義門，賊盡入。帝崩于壽皇亭，太監王承恩縊于其下。先是司理太監方正化守保定，及城陷，擊殺數十人。賊問若爲誰？厲聲曰：“我總監方公也。”賊攢刀斫殺之。太監杜勳監視官府，自成圍寧武時，勳已奉表請降，及自成至宣府，勳蟒玉郊迎三十里外。

燕子箋

房中秘術臣安進，大臣居心不可問。冷金紙界烏絲闌，小楷恭書《燕子箋》。燕雀處堂不早計，卻向宮中演新戲。南朝天子原風流，玉樹後庭還相倂。新詞孤負手親寫，只是梨園少佳者。

阮大鋮嘗以烏絲闌寫己作《燕子箋雜劇》進之。□歲將暮，福王一日居興寧宮，憮然不樂。韓贊周□□故，王曰：“梨園殊少佳者。”贊周泣曰：“奴以陛下或思皇考，乃作此想耶?”萬安，憲宗朝相。孝宗立于宮中，得疏一小篋，皆論房中術，末署臣安進。帝令太監懷恩持至閣，曰：“此大臣所爲耶?”安愧汗，伏地不能出聲。

梅花嶺

明社屋，明運畢。餘分閏位福王一。君昏迷，臣恬嬉，搘拄全仗史督師。含沙射影恨馬阮，督師有才不得展。督師開府揚州城，無兵無餉徒虛名。已見殘疆費收拾，更堪四鎮難調停。深宮夜半演新戲，老臣憑几夢先帝。鈴閣重教打四更，此夕安眠真不易。

王師朝屯斑竹園，老臣死耳夫何言。文天祥，夢始省，天恩賜謚名彪炳。耿耿臣心傍孝陵，衣冠虛掩梅花嶺。

福王既立，史可法請督師，分淮、揚、鳳、廬爲四鎮，開府揚州。可法行不張蓋，肉不重味，在軍中絶飯。除夕，遣文牒至夜半，倦索酒，殽肉分給將士已盡，乃取鹽豉下之。思先帝泫然涙下，憑几卧。比明，將士俱集，轅門不啓，左右遥語其故，知府任民育曰："相公此夕卧不易得也。"令仍撃四鼓。可法嘗作書寄母、妻曰："死葬我高皇帝陵側。"及王師至揚州，屯班竹園。城破，可法就執，大呼曰："我史督師也！"乃殺之。家人覓其遺骸不可得，以袍笏招魂，葬于揚州郭外之梅花嶺。初，可法母尹氏夢文天祥入其舍，生可法。按：史可法，本朝賜謚忠正。又崇禎元年，五鳳樓前獲一小黄袱，小函題曰："天啓七，崇禎十七，還有福王一。"

仿元遺山論詩絶句六十首

垓下淒涼雜楚聲，美人名馬總關情。高歌自是文人事，卻爲英雄寫不平。

故鄉歸到樂如何，雲氣飛揚感慨多。一代真人推巨手，沛中留得大風歌。

房中雅製屬紅顔，古穆深醇不可攀。道藴若蘭誇綺麗，也應低首向唐山。

千秋創體柏梁臺，各不相關各寫懷。已是舍人堪絶倒，不妨曼倩又詼諧。

聲自蒼涼味自和，河梁贈答感人多。雕章琢句都無用，後事何從更揣摩。

别離重疊感行行，疏越朱絃盡可聽。卻似曲中人不見，眼前留得數峯青。

盤中詩接羽林郎，絶妙歌辭陌上桑。舊曲演來新意少，笑他優孟慣登場。

五噫歌罷四愁新，自寫情懷是率真。此調只堪時一見，後來刻畫又何人。

拉雜長篇激楚聲，東南孔雀善言情。若非絶代文人筆，誰識蘭芝與仲卿。

金戈鐵馬看交馳，鼎足英雄角力時。不道老瞞風雅甚，還能横槊賦新詩。

謠入當塗漢業灰，建安風氣一時開。仲宣公幹皆能賦，終讓陳王八斗才。

日飲亡何寄此身，阮公胸次本天真。詠懷忽露憂時意，莫把疏狂笑酒人。

潘陸爭誇琢句工，可憐靡靡墜宗風。當年誰握如椽筆，一代騷壇左太沖。

坎壈悲歌郭景純，遊仙諸詠盡堪存。絶憐當日精風鑒，荒塚江邊齧石根。

五柳先生趣本奇，不關人力動天隨。王儲韋柳終南肖，絶後空前見此詩。

慘澹經營别一家，謝公風調獨高華。自從蠟屐登臨後，山水千秋屬永嘉。

逸氣縱横筆力高，定推明遠是詩豪。黄河一瀉能千里，比似胸中萬斛濤。

小謝新詩孰與儔，亦饒明豔亦風流。驚人好句知多少，能使青蓮憶不休。

家令當年頗有名，江郎水部漫相爭。爲何八詠樓中住，偏囊翻新譔四聲。

機聲唧唧意遲遲，絶妙情文絶妙詞。只解歌行推李杜，可曾熟讀木蘭詩。

綺麗由來不足珍，陳隋詩筆屬何人。評量心折惟開府，春水桃花句有神。

昔昔歌成格調低，頽波難挽正途迷。不應天子還爭勝，妬殺空梁落燕泥。

六代淫哇古意亡，更從漢魏數吾唐。曲江伯玉真高蹈，感遇篇篇各擅塲。

青蓮才筆劇縱横，炯炯長庚萬古明。髣髴淵源還可溯，鮑參軍與謝宣城。

杜陵詩法老宗工，今古騷壇一舉空。莫道後人工變化，有誰能出範圍中。

左司摩詰擅風流，前數襄陽後柳州。各有精神真面目，漫分誰劣與誰優。

長句篇篇轉韻精，高岑王李擅歌行。初唐略備當時體，風氣才開調未成。

次山宗法本陶公，質樸依然見古風。雅調不求諧俗耳，自臨幽澗撫焦桐。

絶妙黄河遠上詞，旗亭畫壁酒酣時。諸公田舍吾寧妄，笑指雙鬟是可兒。

中唐七律數隨州，秀麗風華筆力遒。接武后來惟夢得，一篇懷古有千秋。

詩成厨嫗亦教知，大才何須用典奇。不分當年長慶集，卻將白傅并微之。

吏部才雄氣亦豪，精神遠與少陵交。誰知前輩虚心甚，推獎偏能列孟郊。

昌黎東野鬭新奇，險韻争聯力不遺。把讀未完頻咋舌，爲他瞠目立多時。

張王樂府變新聲，别調彈來總可聽。造物生才原不測，又從昌谷洩精靈。

翻新競巧意如何，皮陸同時和韻多。别有錢郎工送客，不勞三疊渭城歌。

雪嶺松州句亦奇，義山獺祭未容嗤。後人只愛緣情作，誰解韓碑鑄偉詞。

長句吾尤愛老坡，風流絶世古無多。别從李杜昌黎外，更發驚才浩浩歌。

豈真淺率不成邦，説到坡仙意早降。我愛涪翁宗杜老，人言詩派衍西江。

南渡何人號大家，劍南翁最有聲華。當時不解誠齋叟，愛作兒童捉柳花。

鍾靈合在秀容間，集録中州見一斑。莫笑金源文物少，遺山詩直接眉山。

虞楊范揭舊曾諳，斷獄簪花妙可參。獨有王孫談流落，又將哀怨賦江南。

樂府惟君許自誇，風流放誕作生涯。門前桃李如林立，艷絶誰開老鐵花。

郁離子是漢留侯，鼓吹興朝振末流。并世何人稱勁敵，青田而外有青邱。

湘江春草緑茫茫，莫忘茶林一瓣香。偏是後人輕老輩，翻教比作夥頤王。

信陽北地盡能歌，秀骨豪情兩不磨。解道高徐無絶響，醉人心處不須多。

華泉名與李何齊，歷下談詩路不迷。看到弇州如泰岱，一峯横絶萬峯低。

抵掌高談岸角巾，山人流落老風塵。同時一任分門戶，五字誰如謝茂秦。

幾人草際泣秋蟲，都傍當時數巨公。偏是升菴羞附會，自成一隊不雷同。

黄門高步據詞壇，戛玉鏘金作大觀。一掃鐘譚餘習盡，憑將隻手障狂瀾。

詩才詩筆總難全，阿好何能賺後賢。底事虞山老宗伯，一生傾倒獨松圓。

風華穠鬱妙相關，曲折低徊似轉環。若問梅村誰舉似，瓣香應在白香山。

瘴雨蠻煙海盡頭，嶺南三老儘風流。更憐後起傳佳句，柳色依人欲上樓。

北宋南施兩詩老，愚山畢竟韻全殊。獨工五字真清絶，消受漁洋摘句圖。

路人蠶叢造語奇，談龍輕薄亦堪嗤。爲何耳食紛紛者，艷誦明湖秋柳詩。

曝書亭集浩無涯，學富才豐格律諧。到底不曾删綺語，教人指摘議風懷。

午亭遥比午橋莊，健筆雄才接混茫。休議唐風太寥落，世間得髓又天章。

别裁僞體有誰如，綺語淫詞一例除。留得後人津逮在，江南一個老尚書。

心餘排奡簡齋輕，一代龍門竟擅名。無那雲松才萬斛，不留餘地一齊傾。

平生心折兩當軒，風骨棱棱似謫仙。前後觀潮推絶作，故應歛手到前賢。

一枝斑管論千秋，放眼終當據上游。海内何人主風雅，莫教滄海更横流。

元遺山論詩絶句，漁洋仿之，久已膾炙人口。近小倉山房亦有此作，半屬懷人之句。客歲，石芳師嘗以此題試平陽士，竟無作者。昨與雋三先生語及，先生便欣然援筆立成六十章，揮毫纚纚，醉墨淋灕，靡遺山之壘，而拔漁洋之幟。時方刻先生《續尤西堂明史樂府》，適竣，師曰："是可與樂府并傳也。"因附刻之。癸酉立夏日滬城劉汲跋於太原使院。

顧齋遺集

附顧齋簡譜

〔清〕王軒　撰

楊嘯　楊揚　車麗梅　曹曉華　常會敏

牛江　郭英蕾　點校

點校説明

王軒（1823—1887），字霞舉，號青田，少志亭林之學，故自號“顧齋”。山西洪洞薄村人。祖籍陝西三原，始祖王子文遷山西洪洞，遂定居焉。曾祖王淮，以好學稱，著有《讀鑑一得愚》、《河東鹾務説影》。祖王楷蘇，字眉山，世稱“眉山先生”，乾隆二十八年（1763）舉人，大挑爲知縣，未赴任；工詩、古文，著《怪堂集》、《騷壇八略》行世，尚有《史記摘訛》未刊行。弟楷歐、楷維，皆碩儒。王軒父名得中，母殷氏。得中有子女五人，長、季皆六歲而夭，次爲女，十七而殤，再次爲軒之兄昴，生於嘉慶二十一年（1816），卒於咸豐十年（1860）。王軒先後師從薄常素、韓桊慶、張恢讀書，道光十九年（1839）冬，赴平陽應童子試，以詞賦受知於學使張桐廂，補縣學生。後又隨張子特學九章及開平方法，從張穆學地理。道光二十六年（1846）舉人。咸豐六年（1856），三試春闈不第，自此居京師，靠符保森資助，以貲郎進，援例授主事，在兵部職方司、武庫司行走。同治元年（1862）登進士第，仍在兵部任職。同治八年（1869），應楊寶臣召，回晉爲河東宏運書院主講。光緒三年（1877），逢大災，朝臣閻敬銘爲查賑大臣，駐節河東，奏請王軒襄辦賑務，以功晉四品銜。五年（1879），曾國荃爲山西巡撫，與閻敬銘議修《山西通志》，聘王軒爲總纂。六年（1880），王軒任晉陽書院主講，仍兼通志局總纂。七年（1881），張之洞爲山西巡撫，擇高才生設令德堂，王軒兼講席。十二年（1886）王軒辭去晉陽書院主講，專任令德堂講席。次年病故，諸生祀之三立閣及四徵君祠。著有《耨經廬詩集初編》、《續編》、《説文句讀識論》、《山西通志金石記》、

《山西通志經籍志》、《十八疊山房唱和草》、《西山遊草》等。

《山右叢書初編》中收有《顧齋遺集》上下卷，上卷卷首有《王顧齋先生傳》（摘自《山西通志·文學録》）、《顧齋簡譜》（民國滋泉編撰）。上卷爲《耨經廬詩集》（一作《耨經室詩集》），凡八卷，卷五至卷八缺，據民國洪洞後學楊恩浚卷首“叙言”稱，此“辛未於友人處得見先生手書《耨經廬詩集》四卷，小楷遒麗，恍如《蘭亭》、《樂毅》再出，每卷後有許海秋、王少鶴、馮魯川諸先生跋語，堪稱珍本，盛暑，借册亟録之，共文釐爲二卷”。至於下卷，則是楊恩浚“歷年搜輯，僅得遺文五十首”者。今王軒文未見成集刊行者，多散見於其所著述之卷首卷末或洪洞現存之金石碑刻及其拓片中，而王軒詩集，今存者有《耨經廬詩集初編》（以下簡稱《初編》）八卷，《耨經廬詩集續編》（以下簡稱《續編》）十三卷，《初編》爲清洪洞董氏同治十三年（1874）刻本，《續編》則爲民國初年楊篤所刊行刻本。

本次點校，《山右叢書初編》所收《顧齋遺集》，儘管是民國時期的鉛印本，但其上卷所依之本爲王軒《耨經廬詩集》前四卷的“稿本”，故以此爲底本，簡稱爲《詩集稿本》；清同治十三年（1874）洪洞董氏《耨經廬詩集初編》八卷本則作爲校本，簡稱爲《初編刻本》；其所缺後四卷則依《初編刻本》後四卷補足，并在其後補入《耨經廬詩集初編》十三卷。《顧齋遺集》下卷所收文，因没有見到王軒文集之存世或刊行者，仍以下卷所收文爲底本，名曰《顧齋文集》，以今能找到的王軒散見著述中的文章、洪洞金石碑刻現存王軒的文章，作爲校本。

王軒其他著述也分别列之於後，以供參考。

一、《十八疊山房倡和草》一卷，清洪洞王氏同治八年（1869）刻本，國家圖書館藏。

二、《西山遊草》一卷，清洪洞王氏同治八年（1869）刻本，國家圖書館藏。

三、《顧齋詩録》二卷，清沈秉成歸安沈氏同治十年（1871）《詠樓盍簪集》收入，國家圖書館藏。

四、《王軒日記》二册，光緒九年（1883）、十二年（1886）王軒手稿本。臨汾山西師範大學圖書館藏。

五、《山右金石志》十卷，五册，清光緒十五年（1889）刻本，光緒《山西通志》已收入，此爲單行本，國家圖書館藏。

六、《山西疆域沿革圖譜》五卷，五册，清光緒十八年（1892）刻本，光緒《山西通志》已收入，此爲單行本，國家圖書館藏。

七、《説文句讀識論》，一册，民國十九年（1930）鉛印本，國家圖書館藏。

該書耨經廬詩集卷一標題下原有“洪洞王霞舉遺稿”字樣，續編卷一標題下原有“豫齋集”字樣，續編卷二至卷八標題下原有“缙雲集”字樣，續編卷九至卷十三標題下原有“上元集”字樣，爲統一全書體例，已盡行删去。

王顧齋先生傳《山西通志・文學録》

王軒，字霞舉，洪洞人。性敏悟，好學深思。幼爲詩，已能驚其長老，既舉於鄉，則益治樸學。研究《三禮》、《爾雅》、《説文》以及地輿、曆算。客齊魯三年，學益進。錢塘符葆森選其詩入《正雅集》，資以金，勸由貲郎進，遂援例，官兵部主事。在都與一時名宿結社唱和，以文章氣節相砥礪。每高麗使至，皆投詩造謁。有執弟子禮者。祁文端方在告，見所著，歎曰："吾鄉後起有人，石州死，道不孤矣！"其後文端再出，以經學特疏薦焉。同治壬戌成進士，引見以知縣用，仍改歸部曹。與兄昂素友愛，兄卒，乞假歸葬，自此無復仕宦志，主講宏運書院歷十年。值光緒大祲，朝邑相奏請襄辦賑務，事竣，復與撫部曾忠襄公議修《通志》，延爲總纂，兼主晉陽講席。會當事者擇高才生，别設令德書院，復移席焉。居會城凡八年，卒。生平湛深經術，於六書九數用力尤勤，詩文奇崛，自成一家，篤於師友。修脯所入，率以資親故。愛才下士，後進多樂就之。纂修《通志》，體例多所手定，《河東道府州沿革》，亦其筆也。卒後，諸生祀之三立閣及四徵君祠。所著有《耨經堂詩集初稿》、《續稿》行世，《算學三書》、《耨經廬文集》、《雜著》藏於家。

顧齋簡譜

道光三年癸未　一歲

正月三日生。先生諱軒，字霞舉，號青田。少志亭林之學，復取顧言顧二語，又號顧齋。先世陝西三原人，明初始祖子文遷居洪洞縣東南廿里薄村。漢薄太后故里。曾祖淮，以好學稱，著有《讀鑑一得愚》、《河東醛務説影》。祖楷蘇，乾隆癸卯舉人，大挑知縣，未仕，工詩古文，世稱眉山先生，著《悟堂集》、《騷壇八略》行世。父得中，母段氏，生昂及先生。

道光四年甲申　二歲

道光五年乙酉　三歲

道光六年丙戌　四歲

道光七歲丁亥　五歲

道光八年戊子　六歲

從同里薄舒堂先生名常素學，能屬對。浚按：先生《日記》曰："六歲，先師薄舒堂先生教對句云：'天大。'對曰：'地小。'問何出，則舉師所讀《高厚蒙求》'日月之輪大於地'應之。以平仄未諧，命更之，曰：'日高。'問何出，又以前書言'日在九重天最高行'應之，蓋習聞師言，非能自知也。"

道光九年己丑　七歲

道光十年庚寅　八歲

按：先生《日記》曰："八歲，師言先王父曾出一對云：'軟筆寫硬字。'當時未有對者。先世父命軒對之，曰：'虚心求實學。'師云：'上對平仄不合，爲易學作理字。'後韓華軒師與先世父言及此，師亦對云：'小題做大文。'顧軒曰："不如汝之工也。"窗友王希孟作時文，每向其問法，私學爲破承，父師不知也。後見王東牆《四十五十題破題》刊本密圈，訝問之曰：'破承例不加圈，必十分出色，亦加圈矣。'由是快然。"

道光十一年辛卯　九歲

從韓華軒先生名榮慶學，能文知聲韻。按：先生《日記》曰："九歲，年終放學，從先世父臥，早未起，先世父忽命試作一破，心亟喜，請題，曰：'孟子見梁惠王。'破曰：'大賢之見梁王，欲行道也。'先世父曰：'是陸稼書先生作也，汝襲之乎？'曰：'實未之見也。'先世父命作承，曰：'蓋孟子非惠王，非孟子所能見者也。而孟子見之，非心欲行道，豈能不遠千里而來見哉。'先世父笑，示以犯下之病。後時時命作以爲喜樂，而以治經爲急，不令讀時文早作也。"

道光十二年壬辰　十歲

道光十三年癸巳　十一歲

作制藝文成篇。按：先生《日記》曰："十一歲春，先世父送先兄應縣試，聞題爲'子曰學'三字，私擬一首，先世父歸，不敢出，白諸母而代言之，先世父乃曰：'姑視之破承。'曰：'聖人言學，垂教萬世之意也。夫孔子聖人也，亦好學者也。聖人尚勤學，况學聖人乎？子首言學，垂教萬世之意，不亦深哉！'先世父以示先族伯蘊中先生及堂叔祖張甫公，均爲獎進。蘊中先生始授以國初明文，俄而命之學作，遂成篇。是年，先大父歸，聞世叔言，未之信，夜臥，忽而問之曰：'若爲文果已爲？'曰：'然。'曰：'吾試若能則信矣。'請命題，命曰：'汝伯父言汝作孟子句破承，吾疑之。今以孟子二字爲題。'先恭人曰：'何必然，徐爲未聰。'蓋恐軒不能卒辦見責也。破承曰：'戰國有大賢，戰國之福也。蓋孟子生孔子之後，當戰國之時，一人而已。無孔子而有孟子，道德之宗也。故曰：亞聖豈徒戰國一時之福哉！'先大父爲之解頤。"

道光十四年甲午　十二歲

從張充軒先生名恢學，與李享山名時升、張仲亨名嘉會共筆硯，始作詩。按：先生《日記》曰："十二歲，師以屢作詩不諧，切責不用心之故，惶恐殊甚。時命題'公生明'，作云：'理貴中心得，何嘗不悉明。分明由内出，仿佛自公生。氣節風霜凜，胸懷雪月清。人難逃水鏡，我自定權衡。集義非相襲，流形本各呈。毋偏毋黨路，至大至剛情。日月無私照，侯王得一貞。何如逢聖世，百物順時行。'師覽之，曰：'汝能清白乃爾，胡不用心耶？'時亦不自知也。"

道光十五年乙未　十三歲

讀唐詩，作《古劍篇》，始爲古體。是年，父贈公没于山左。

道光十六年丙申　十四歲

道光十七年丁酉　十五歲

是年，母段太恭人没。

道光十八年戊戌　十六歲

道光十九年乙亥　十七歲

張充軒先生補官潞城，先生無所師，與同學友李勉亭名敏、景雲章名山、李享山、張仲亨讀書玉峰山，得與王雪堂名椅、商抑之名昌、邢秋丞名萬秀訂交。冬，赴平陽應童子試，與李勉亭、李享山同以詞賦受知於學使滇南張桐廂觀察，補縣學生。是年，娶楊恭人，同邑階平公女。

道光二十年庚子　十八歲

是年，長子賡之生。

道光二十一年辛丑　十九歲

黄葉書屋詩草成，作詩初存稿。按：先生《日記》曰："辛丑，余年十九，作詩初存稿。是年，遂三百餘首，秋作又過半焉。時書屋有先二叔祖手書額曰'黄葉書屋'，遂以名草。丙辰初訂詩草，去十之九。辛酉再訂，則斷自甲辰。數年舊作，無一存矣。"

道光二十二年壬寅　二十歲

同尉伯綺名光霞、李勉亭、王雪堂、商抑之、邢秋丞、張仲亨、李享山遊九箕山。

道光二十三年癸卯　二十一歲

許蓮西名長庚主講玉峰書院，與商抑之、張鐵生同肄説文業，始習六書、古韻，從張伯翹名子特問九章術，授以開平方法，始習天算曆數，秋試未售。

道光二十四年甲辰　二十二歲

同李勉亭修禊箕山，有《遊九箕山》詩、《申老泉》詩、《再至申老泉入山莊最深處》詩、《普濟寺》詩、《棄瓢池》詩、《明太傅韓忠定公讀書處》詩、《登九箕山遊韓仙墓記》、《遊申氏山莊記》、《棄瓢池記》、《箕峰别墅記》、《游玉龍潭記》。是年，尉伯綺卒，爲撰墓誌銘。

道光二十五年乙未　二十三歲

春，同李勉亭、景雲章、商抑之讀書平山北橋寺禪院，遊翼城縣，訪潞公軒有詩。是年，次子膺之生。

道光二十六年丙午　二十四歲

舉鄉試，從張石洲名穆問學，始習地志。識安邱王菉友名筠、河間苗先路名夔、道州何子貞名紹基諸先生，皆爲之延譽。有《游襄陵靈柏》詩、《豫讓橋》詩、《虞阪》詩、《宋温國司馬文正公故里》詩、《河東鹽池歌》詩、《解梁官舍望中條山》詩、《霍太山》詩、《韓信嶺》詩、《千佛崖》詩、《綿田》詩、《郭有道阡》詩、《石嶺關》詩、《藏孤山》詩、《秀容懷古》詩、《登代州城樓》詩。

道光二十七年丁未　二十五歲

試春官未第，與馮魯川名志沂、葉潤臣名名灃、楊丁鷺名傳第、朱伯韓名琦訂交，同張石州、祁實甫相國、朱伯韓、何子貞、葉東卿、馮魯川祀亭林生日於顧祠。夏，赴山左，有《遊大明湖》詩、《歷下亭》詩、《小滄浪》詩、《北極台》詩、《匯泉寺》詩、《趵突泉歌》。居寧陽三月，歸里，有《東平道中》詩、《張秋晚宿》詩、《莘縣曉發》詩、《平恩廢縣崇福寺》詩、《肥鄉道中》詩、《滏陽橋》詩、《邯山》詩、《武安雜詩》、《小終南》詩、《魚兒嶺》詩、《吾谷關》詩、《黎城縣》詩、《微子嶺》詩、《潞城縣》詩、《起雲台行》詩、《上黨雜詩》、《盤秀嶺》詩、《猗氏阪》詩、《岳陽》詩。

道光二十八年戊申　二十六歲

仍里居，同王蓮炬名興選、張仲亨遊雙泉。有《遊雙泉》詩。是年，長子賡之殤。

道光二十九年己酉　二十七歲

游霍山，有《廣勝寺》詩、《登廣勝寺浮圖》詩、《霍泉》詩、《分水亭小飲》詩、《題乾元山寺》詩、《北橋寺》詩、《萬安泉》詩、《澗橋》詩、《韓君墓碑歌》。是年，李勉亭、王雪堂卒，有《輓勉亭二兄》詩。

道光三十年庚戌　二十八歲

再試春官未第。與張鐵生、馮魯川、王靄堂名煥辰文酒往還，有《百邑》詩、《堯水汾王陵》詩、《飛廉石槨》詩、《夫婦嶺》詩、《賈令驛》詩、《妒女津》詩。再赴山左寧陽，居王襄廷名贊勳寓園，有《德州》詩、《東平雜詩》、《鶴山秋望》詩、《新泰雜詩》、《新甫道中》詩、《羊流曉發望松巖寺》詩、《徂徠山行》詩、《渡汶》詩。春，兄鶴翥名昂赴寧陽。冬，返里。是年，張石州卒。

咸豐元年辛亥　二十九歲

仍居寧陽，有《遊千佛寺》詩、《登歷山絶頂》詩、《長清道中遇雨》詩、《大雪宿泰山下》詩、《羊流店》詩、《登平陽古城遺址》詩、《晉任城太守夫人孫氏墓碑》詩、《羊續墓》詩、《雨花道院》詩、《宋刻秦碑殘石歌》、《前登岱》詩、《没字碑歌》、《磨崖碑歌》、《白鶴泉》詩、《任城太白酒樓歌》、《白龍池》詩、《百丈崖瀑布歌》、《普照寺》詩、《黑龍潭》詩、《天書觀鐵香爐歌》。是年，邢秋丞卒，有《輓秋丞二兄》詩。

咸豐二年壬子　三十歲

仍居寧陽。同張鐵生登泰山，有《後登岱》詩、《天門觀》詩、《日觀峰》詩、《高唐鳴犢河故道》詩、《白溝河》詩、《魯連村》詩、《趵突泉》詩、《三十初度感懷一千言》詩。

咸豐三年癸丑　三十一歲

仍居寧陽。

咸豐四年甲寅　三十二歲

八月，由寧陽歸里。讀《全唐人詩》，悟黏對、拗救、雙單、正變并絶句諸法，創爲《五七言古詩平仄韻各圖》。

咸豐五年乙卯　三十三歲

仍里居，釐訂《勾股圖解》。秋，鶴翥再赴寧陽。

咸豐六年丙辰　三十四歲

三試春官未第，遊大寧寺有詩。自訂詩草。按：先生《詩録·自序》曰："删辛丑迄乙巳作，十不存一，爲一卷，曰《洪崖集》。丙午迄己酉，五不存一，爲二卷，曰《太岳集》。魯川先生曰：'汰之。'海秋先生曰：'留之。'疑焉而未能决也，姑留爲前編，以俟更删。庚戌迄乙卯，曰《壯遊草》。丙辰迄辛酉，曰《羈官稿》。已削者十三，未訂者十七，共十卷，爲初編。"云云。前編次第，當即是年所訂。是年，三子崇峸生。

咸豐七年丁巳　三十五歲

仍在都，三月三日再祭顧祠。符葆森選其詩入《正雅集》，假以金，勸由貲郎進，遂援例，授主事。

咸豐八年戊午　三十六歲

六月，分發兵部主事，在職方司并武庫司行走，。三赴寧陽省鶴翥，鶴翥已前歸，即返都，有《遊圓明園》詩。是年，張伯翹卒。

咸豐九年己未　三十七歲

仍在都，重九日，三祭顧祠。是年，葉潤臣卒，有《哭葉潤臣》詩。

咸豐十年庚申　三十八歲

仍在都，秋，移舘董氏邸舍。董研樵名文渙、蓉舫名麟、雲龕名文燦，三昆季從之游，與朱伯韓、桂德山名林、楊鐵臣、許海秋名宗衡、王少鶴名拯、李子衡名汝鈞、何願船名秋濤、吴稼軒名昆田、黄翔雲名雲鵠、丁頤伯、林穎叔名壽圖、沈仲復名秉成、卞頌臣名寶第，皆以論學投契。九月，捻匪掠寧陽，姪崇簡死難，襄廷家産，焚蕩殆盡。是年，鶴翥卒，有《哭鶴翥》詩百韻，桂德山卒，有《哭桂德山》詩。

咸豐十一年辛酉　三十九歲

仍在都，再訂詩草。按：先生《耨經廬詩集》即是年所訂，所謂辛酉訂詩，斷自甲辰者也。是年，次子膺之殤。楊汀鷺卒，有《哭楊汀鷺》詩。

同治元年壬戌年　四十歲

成進士，引見以知縣即用，兵部爲奏請，仍改歸本班。十月十五日，同婁丙卿、董蓉舫、何芝閣、武升三、尋管香、杜鶴田、温味秋續赤壁後遊，祀東坡，紀有詩。祁文端公以經學與楊鐵臣名寶臣、端木埰、閻夢巖名汝弼同薦，得旨軍機處記名。《十八疊山房按：先生所居山名。唱和》草成，董氏刊行。沈仲復選《顧齋詩録》二卷入《詠樓盍戠集》刊行。

同治二年癸亥　四十一歲

仍在都，遊西山，有《西山游草》，董氏刊行。訂董研樵《聲調四譜圖説》，爲作序。

同治三年甲子　四十二歲

四月，請假歸里，有《至保定》詩、《徐溝》詩、《介休》詩、《霍州》詩。十月，葬鶴翥於西坡先塋。

同治四年乙丑　四十三歲

仍家居，再訂《勾股備術細草》。十月，入都。是年，朱伯韓卒，有《哭朱伯韓》詩。

同治五年丙寅　四十四歲

仍在都。五月二十八日，同董蓉舫四祭顧祠。按：顧五月二十八日生。六月十二日，同董研樵、王蓉洲、孫萊山、祁世長、張孝達、黄翔雲、王信甫、杜鶴田、朝鮮人韓鮮、沈裕慶、李樵叟祀山谷生日於豫章别墅。七月五日，同林穎叔祀康成生日於諫草堂松筠庵。九月十九日，五祭顧祠。十一月十七日，同許海秋、張午橋、潘伯寅、黄翔雲、李若農、孫萊山、張孝達、董研秋作消寒局。二十九日，同潘伯寅、李若農作消寒二集。孫琴西録所作爲《篤舊集》刊行。是年，祁文端公卒，有《祁文端文》。按：先生《日記》曰："問疾時，壽陽公卧内室，延至榻前，公執手欷嘘哽咽不能語，良久始瞬視，温語久之。猶殷殷以吾鄉樸學之士無人，力欲振興之不果，自傷遲暮，謬以見屬，并爲言夢巖閻君之賢，此道不孤，爲可喜。”云云。又《輓祁文端聯》曰：“河山壯三晉，萃漢儒名物，宋儒名理而爲名臣，中外咸知，如聖喻所云，名世鄉邦并司馬；冠冕尊四朝，統僑古遺愛、肸古遺直而憖遺老，親賢不避，宜夫子之歎，遺徽家世繼黄羊。”

同治六年丁卯　四十五歲

仍在都。是年，馮魯川卒，有《哭馮魯川》詩。

同治七年戊辰　四十六歲

仍在都。延議設同文舘，遣京官五品以下正途、翰林、六曹出身入舘，學天文算法，倭文端名仁再疏力争，以代倭擬疏稿件於朝。丙辰至戊辰詩爲《耨經廬詩續編》，門人校刊行世。

同治八年己巳　四十七歲

正月，歸里，以楊鐵臣觀察召，主講河東宏運書院。

同治九年庚午　四十八歲

仍居河東。同林穎叔游華山，留關中三月。是年，董静軒名思源卒，爲撰《墓誌銘》。

同治十年辛未　四十九歲

仍居河東。

同治十一年壬申　五十歲

仍居河東。撰《勾股備術細草》四卷成。

同治十二年癸酉　五十一歲

仍居河東。

同治十三年甲戌　五十二歲

仍居河東。

光緒元年乙亥　五十三歲

仍居河東。十月，楊恭人卒，年五十五。

光緒二年丙子　五十四歲

仍居河東。

光緒三年丁丑　五十五歲

仍居河東。歲大祲，閻文勤公名敬銘奉命爲查賑大臣，駐節河東，奏請襄辦賑務，爲晝平縣勸捐事宜悉備，以功晉四品銜。訂馮習三《聊自娱齋詩草》，爲作序。是年，董研樵卒，爲撰《行狀》。

光緒四年戊寅　五十六歲

仍居河東。

光緒五年己卯　五十七歲

仍居河東。八月，曾忠襄公名國荃方撫晉，議修通志，延爲總纂。

光緒六年庚辰　五十八歲

居會城，主講晉陽書院，仍兼通志局總纂。

光緒七年辛巳　五十九歲

仍居晉陽書院。張孝達方撫晉，擇高才生别設"令德堂"，復兼講席，以楊秋湄、張鐵生、楊儀村名深秀協講，五日一會。訂汪松樵《蕉窗囈語詩續集》，爲作序。

光緒八年壬午　六十歲

仍居晉陽書院，訂《洪洞縣誌》，增入星度、沿革等表。

光緒九年癸未　六十一歲

仍居晉陽書院，朝廷用前薦特詔，起於家，以老病辭，人稱徵君。

光緒十年甲申　六十二歲

仍居晉陽書院。是年，張鐵生卒，爲撰《墓誌銘》。

光緒十一年乙酉　六十三歲

仍居晉陽書院，楊秋湄丁憂，輟講。

光緒十二年丙戌　六十四歲

辭晉陽書院，移居令德堂，任專席。楊儀村以丙戌計偕去都。

光緒十三年丁亥　六十五歲

仍居令德堂。訂董芸龕《芸香書屋詩草》，爲作序。十一月十三日，病卒於堂中。翌年三月，葬於原籍五里張村之西原新阡。

附録

楊秋湄撰先生《行狀》，其略曰："先生負海内重望，又值當道多賢，或推或輓，得行其志。從守業者，類能知經史門徑，文章軌轍，不爲俗學所囿，顧而樂之。嘗與篤約'通志判成，當仿粵之學海堂、浙之詁經精舍，採諸生説經之文都爲一集，俾灊邱一脈昌于吾晉'。"云云。又曰："生平於文不主八家，而根底盤深，莊婉合度，盡其意之所止。詩宗韓孟，怵目劌心，窮極要眇而出以雋逸，最嚴格律。硯秋觀察所撰《聲調四譜》即本其説而推演者也。自訂所作爲《槈經廬集》，董氏刊其前集八卷，其《後集》并《文集》若干卷皆未梓行。然自游華山歸後，一意於經，亦不復作矣。"云云。又曰："嘗言人生行文，必有一副假聰明，最不可恃，須閱歷既久，深造以學，而後真聰明方出，其境最苦，亦最樂，可以覘所養矣。兩院士子羣爲刊石頌德，卒後議祀於晉陽之三立閣，又以曾蒙特詔與四徵君同祀，其繫人思若此。"

楊儀村壽先生詩曰："先生汪汪千頃波，聞道最早讀書多。實事恒被儒者服，寤言永矢碩人果。我從髫齔應郡試，高名震耳鼓靈鼉。同時雖見大人賦，異縣其如飲馬歌。見説先生春官捷，射策獨對金鑾坡。一官大似因人授，武庫森嚴富矛戈。爾時才傑萃帝里，海曲之許道州何。壽陽代郡洎平定，并州男子無媕婀。一一忘年似孔禰，日携罇酒往烟蘿。先生此時飲一石，手提松枝口懸河。訓故纍纍有深細，形聲鑿鑿無偏頗。日暮詩成新月上，半天霞綺絢纖蛾。得句西山秋氣爽，談經東魯春風和。十載不遷細事耳，頭童齒呿顔常酡。繄我計偕走京國，已聞歸山事養痾。徘徊儀徵履道宅，先生在京，寓阮文達故宅。緬望真予安樂窩。主講安邑宏運書院，曹自粱故居也。往歲假歸省親串，始見君子賦菁莪。豬肝雖貴體不僊，貂蟬既脱冠仍峨。湘鄉宫保好賢切，欽仰高風設禮羅。文獻百年書局啓，雲山千里蒲輪過。遠溯虞夏近昭代，南盡汾洮北虖沱。此邦人地歸述作，析疑舉要蠲小苛。黄鐘大吕噌吰響，不遺下里與陽阿。何意寡陋如賤子，亦蒙獎借少譴訶。折楮教畫新距度，剜苔俾識古隸蝌。經史大義駢雲集，挑鐙危坐紛縷覼。孟陬之月皇覽揆，朱顔粲粲髩皤皤。占書古重八日穀，典禮今逢九門儺。弱孫喜秉阿翁笏，侍史深護進士韡。藹藹門生通家子，鏘鏘佩玉鳴相摩。或羨仙服金光草，或稱鳳食玉山禾。或引大夫賜鳩杖，或祝老人處雞窠。賤子舉觴貢一言，古來大師壽不磨。桓子五更榮何極，伏生九旬語無訛。矧乃吾鄉諸老後，應遺一老獨□蛇。孔林之檜葛廟柏，森森千古無改柯。吾晉尚留漢槐古，如見林宗有道科。喬木賢人同大耋，養生安問郭橐駝。永爲人倫作楷式，詎曰將壽補蹉跎。晉祠碧流斜川似，歲歲稱觴舞婆娑。”

許海秋《答先生書》略曰：“閣下詩於諸君爲别出，謂孫琴西、林穎叔、王少鶴、潘伯寅、魯通甫諸人也。體特精嚴，唐之少陵、宋之山谷，蓋兼綜其妙。而孤瘦刻峭，時入東林一派。遺山云‘詩必字字作’，閣下誠得其丹訣矣。夫詩之爲道，不實、不虚、不融、不渾，不虚則神不遠，不渾則極不超。而要自實與融求之，實非摭拾，融非規仿，摭拾則氣塞，規仿則體又弱矣。正我性情，學以導之，而不汩於俗，由是各極其才，徐觀其變，無不勝者，非必相似也。潘丈不云乎，必澹雅渾大，乃可以示天下。宗衡以謂雅由於學澹則有天，能葆其天而又精於學，斯渾大可幾，然其原，必自不求名始。宗衡荒落久矣，語非有得，然濁水有時而見影，維閣下鑒之。”

符南樵跋先生詩曰：“咸豐丁巳夏五月，余小黼同年携大箸五册示讀，三復之下，心知其託意深遠而邃於古義，尤熟於水道，今昔遷徙，雖一吟一詠，指畫瞭然，此才可當箸書，豈僅以詩卷傳耶？不禁折服者久之，何時獲一把臂，快聆麈鋒也。時拙輯《正雅集》，雕竣未及付刊，僅録八章，歸入補編。”下有寄鷗小印誌之。

曩讀書師村猷字家塾，得輓先生聯六，則其一曰：“誰謂經師易得哉？生平宗許叔重、鄭康成，老事丹鉛，屬疾時猶坐臯比，與二三子敷陳疑義；我知族黨同悲矣。夙昔慕韓行人、范徵士，慨分脩脯，長逝後僅存書帙，無絲毫資留庇諸孤。”其二曰：“以名士爲通儒，統地輿、文字、詩禮、算數之全，薈萃成書，身後宜崇三立閣；謂經師即神道，繼青主、潛邱、蓮洋、彪西之次，家居奉詔，生前已作五徵君。”其三曰：“六十年壇坫風流，老輩獨尊，方幸靈光瞻魯殿；四千載鄉邦文獻，羣書共訂，忍看筆削剩玄經。”其四曰：“哭吾門三世惟公，年來耆舊蕩然，獨仰先生占剥果；問當代經師有幾？晉國梁山崩矣，誰爲後學浚泉源？”其五曰：“家學紹河汾，令德談心，人慕傳經追叔重；神交憶洪洞，嘉言在耳，我忘贈高愧延陵。”其六曰：“何日復歸來宋延清？平生風義兼師友；此老已云没杜子美，知己蕭條信陸沉。”惜無作者姓氏。

戊辰秋，倦游里居，讀先生詩略，次年歲爲此册，不敢云譜也。其年冬，視學襄陵，携之行篋，思蒐討補葺，裨成譜狀。忽忽四年矣，繁蕪未翦，掛漏猶昔。噫！因歎古人讀書之難，而惕然於余志學之荒矣。録曰《簡譜》，聊俟就正於君子云。

民國二十一年壬申秋日，滋泉志於襄陵縣政府。

叙　言

顧齋先生詩文今行世者，惟沈氏《詠樓盍戠集》中《顧齋詩録》二卷、《槈經廬詩集續編》四本，無卷數，單行本則有《十八疊山房唱和草》、《西山遊草》兩種而已。《狀》稱董氏所刊之詩，《前集》八卷暨家藏《文集》若干卷，久已無睹，或當時有是議而未克成耶？是不得而知之。浚歷年搜輯，僅得遺文五十首。歲辛未，於友人處得見先生手書《槈經廬詩集》四卷，小楷遒麗，恍如《蘭亭》、《樂毅》再出，每卷後有許海秋、王少鶴、馮魯川諸先生跋語，堪稱珍本。盛暑借册亟録之，共文釐爲上下二卷，而以澹所述年譜附焉。其甲辰以前詩，經先生手删，及集中許、王、馮諸先生删去篇什，亦均從略。録既成，顔曰“顧齋遺集”。噫！先生爲吾晉晚清朴學導師，久經前儒論定，浚亦何敢私有讚述。竊願後之君子，讀先生之文若詩，進而蒐輯先生之全書以問世焉，則斯卷亦不無抛磚引玉之助也夫！

時旃蒙大淵獻□月，洪洞後學楊恩浚識於定襄縣政府。

耨經廬詩集卷一

上章困敦

述　訓〔一〕

古念盈今懷，萬卷壯其内。犓豢一戰勝，遂移夙昔愛。生年日方東，力欲閉之兑。與作燕石寶，甘遭越雪怪。一身未涉世，敢謼謝流輩。

雛鳳自文采，不争耀羣目。高崗不知寒，何擇非珍木。一出爲國儀，鏗鏘應節足，引吭必岐山，戢翼終嶰谷。肯與郢客輩，詹詹陽春曲。

既有世上身，能無身上事。嵤嵤敝長年，有得寧力致。置足非堅牢，文章亦身累。岑樓躋寸木，日日防顛墜。三復當書紳，有恥事尚志。

慈烏啄空場，生哺閔羣鷇。忍餒不入粻，僬翹尾羽就。復深風雨懷，營巢亟宵晝。巢成母血枯，念爾當自葹。寧待爾身施，乃知爾身受。

述　思〔二〕

生年百歲，憂患恒多。身無羽翼，奮飛奈何。一解。
荏苒弱草，結根茂林。依之修幹，憩我嘉陰。二解。
涷雨孔急，春暉幾時。西山日薄，風木雲悲。三解。
烏則反哺，羊則跪乳。嗟我雖人，不如童羖。四解。
男兒墮地，弧矢四方。修名不立，嗟嗟無良。五解。
澤雉神王，不樂於樊。跛鼈千里，所托良然。六解。
矗矗者竹，磊磊者石。瞻彼無心，愧此七尺。七解。

悠悠日月，堂堂不留。先型匪遠，我心用憂。八解。

重光赤奮若

古　興〔三〕

明鏡閟深篋，豈知終對誰。本來無留物，照者强妍媸。自引不自美，何能免瑕疵。東家十五女，顧影方頻窺。徧照巧笑日，李桃寧比姿。摘花不自插，佯羞倩人爲。阿姑掩鏡泣，語女還自悲。莫倚鏡中好，每閞非昔時。

騏驥嘶北風，長途不言苦。鹽車一朝困，血盡太行土。既飽芻豆恩，那能惜箠楚。何來伯樂輩，拂拭泪如雨。拂拭傷馬心，有身敢浪許。長鳴感知己，毋乃背故主。稱德不稱力，力亦職自努。

抱琴游燕趙，萬目争改觀。回軫一再鼓，泣傷知音難。違心傾兩耳，嘖嘖同一嘆。苦道琴聲異，要眇非心殫。忽逢鍾子期，釋畚方盤桓。力挽竟不答，樵歌出邯鄲。誰能廣陵散，肯向街衢彈。

幽蘭閟空谷，枝葉非擇地。本亦蕭艾羣，孤芳豈自異。馨香一朝出，萬賞尋風至。蕭艾藹其旁，反爲根株累。有花不早吐。所抱同憔悴。憔悴終無言，素心但各寄。猶悲衆草盡，忍與矜晚翠。

小松蒙主愛，葱蒨移玉盆。奇氣跼清翫，曲根無寸伸。大松中梁棟，窮山閲朝昏。一爲斤斧及，亦復捐孤根。物性寧所隔，遭逢非可論。天年仰灌溉，九死清廟尊。兩途無中立，君意安思存。

腐草化爲螢，朽木蒸成菌。變滅須臾間，神奇良亦僅。化工無棄物，息息相退引。一有生氣存，不隨衆蕪盡。百年未朽腐，晦朔幾轉瞬。取足資黄泉，肥軀餉螻蚓。優游中野暴，寒夜生青獜。

蒲柳畏望秋，靡草難爲夏。合歡不知晨，蕣華不知夜。梧楊互增衰，蓂莢遞榮謝。得氣非先殊，一成苦未借。梅花桂有葉，冰雪焉憑假，及汝方句萌，勿争橛乍嘉。橘柚豈不實，訖傷踰淮化。

大雪被川原，高下齊光耀。寒天不容夜，天地得真貌。餘力及草木，罄思終未肖。所施非有心，遇物方知妙。粉飾矜詩流，無鹽等貽笑。朖然萬古氣，日月助深照。偶被寒梅似，孤高已難到。開窗映萬卷，相對肝肺皎。

倉頡廟〔四〕

仰觀與俯察，本代結繩治。一興文字來，天下方多事。

春晚感舊寄張二仲亨嘉會李九亨山時升〔五〕

舊栽桃李漸能陰，影入苔蹊破碧深。短榻穩棲千里足，孤燈烔梅十年心。詩貪債積故愁與，酒屢盟寒可夢尋。種竹别來新罷雨，書堂應待伴清吟。

衛太守祠名英，明彰德府知府，教民種柹椒，至今賴之，載《一統志》。子孫有寄居彰德者，部民立石墳壟。文河，知縣公后裔後〔六〕

俎豆前朝列，堂皇太守尊。西風垂柹老，甘雨衍椒繁。京兆猶阡墓，桐鄉尚子孫。百年書舍近，清白更師門。

北橋禪林訪邢二秋丞萬秀景五雪舫山晤商三抑之昌〔七〕

古寺垂楊别，山門驛路斜。歸雲驕挾雨，殘日倦依霞。看竹逢僧舍，尋泉得酒家。不因妨夜讀，客至也能賒。

元默攝提格

正月四日雪用聚星堂韵陳文雨夫子命同尉餐霞大令光霞家雪堂椅李勉亭敏景雪舫三茂才商抑之貢士作〔八〕

臘盡冬殘麥抽葉，三農終歲愁無雪。豈知作意迎新年，一夜嚴風轉清絶。孤擎黯欻寒無光，擜篋霜弦凍將折。破曉空濛遠郊失，馬蹏行處踪旋滅。青山僵卧不肯起，耐擁炊烟漾空掣。定知溪橋幾曲深，破凍紅梅生眼纈。高堂置酒春爲回，照我吟朋落霏屑。酒酣風急簾幕暗，飛花如掌坐中瞥。腰鼓轟雷助劇飲，詩成百罰那容説。默思窮巷冷朝烟，長夜膚皴布衾鐵。

上元復雪宿箕墅同勉亭秋丞用前韵〔九〕

迎春花發未放葉，盆梅已吐猩紅雪。玉炭頻添紅地爐，夢醒孤枕聞清絶。關心冷覺欺松重，入耳寒憂壓竹折。蕭疏宵柝聲不揚，斷續晨鐘響遠滅。紙窗一色明徹曉，衾布多年戀猶掣。起看萬瓦生觚棱，凹凸南山露輕纈。西家酒熟新開篘，卧聽糟床鳴瑣屑。先生止酒動十旬，沽取墻頭不容瞥。冲寒準約朝來游，舊事妻孥尚争説。驢背還悲熟客忙，苦寒銷盡輪蹏鐵。

讀　史〔一〇〕

史成一家言，源本自遷固。異世秉圭臬，依然等鼻祖。箸書天刑，太史乃憤語。志大未聞道，抱奇忍終古。孟堅與蔚宗，安得相比數。史筆縱未操，駢誅亦自取。身名一瓦裂，文採究奚補。后史終不成，中郎豈史故。

陳氏志三雄，史論致精核。志表嗟終虚，循名殊可惜。後賢新正統，此義非所責。裴氏矜發凡，意頗塞瑕隙。當時考制度，猶幸備羣籍。亦復委抛荒，辛勤枉新格。轉輸劉昭注，存一出千百。沿襲李歐陽，空文垂簡策。

草澤倡奸民，狐鳴恣威假。帝王本天授，奚事嫗哭夜。芒碭雲氣開，五年看龍化。致荒後嗣意，射海黿鼉駕。作史昧别裁，矜奇禍宗社。臨洮出長人，何似巨無霸。金匱遂改玉，還歸赤伏藉。東陽志符瑞，猥瑣識愈下。

嬴政燔百家，聖經豈能滅。漢興除苛令，一一球圖列。破壁老生口，經星并日月。易詩終璧完，禮樂先書缺。匪必焚後亡，尼山焉拾掇。蛙聲混孤響，鄒嶧懼邪説。向使同陰霾，叛經禍尤烈。末由走康莊，充棟徒爲設。但恨非其人，私心利篡竊。安知聖人起，不在當屏絶。

長孺感激士，漢廷賈生倫。戇聲慴左右，天子爲冠巾。不解結主歡，何能媚近臣。長沙豈不遇，流涕懷莫伸。本乏夸毘骨，白頭分沈淪。老才終曲全，寧不天地仁。鋭進任當世，終難一蹶振。淮陽老典郡，亦復傷積薪。

志士亟功名，危身不暇惜。一時昧出處，晚蓋終何益。文若王佐才，孤懷拯饑溺。路人知操心，何待加九錫。并世卧龍人，躬耕尚阡陌。豈無憂世志，寂寞伴泉石。躁進輕受恩，死生豈能擇。陋儒愛遷就，動謂告方伯。豈有委摯身，反顔忍倒戟。所傷寧小諒，所枉非尋尺。

天道終難知，既知復憂漏。芺星避凡目，識者自親受。處士當少微，得生反蒙詬。保章與馮相，萬古民時授。刑德一交修，海隅仰晴晝。何爲事瑣瑣，每事驗淩斗。避舍日揮戈，精誠難理究。此争非口舌，誰掃甘石陋。

治世急循吏，豈徒飾太平。開元繼貞觀，史册侔西京。典郡十三輩，魯公亦在行。天章寵祖帳，都邑爲之傾。行者能無感，居人尚餘榮。當時盡妙選，自必知姓名。此豈封禪比，深心爲蒼生。奈何平原守，獨不識真卿。

乾德辨紀年，凉州驗水草。百年萬里途，牖户窺天道。宰相讀書人，大哉一言寶。太平半魯論，言大究言小。册府均兔園，寒齋博温飽。霍光傳誰讀，儀禮忍臆造。性命遁空虛，傳箋遂如掃。聖言猶見侮，斷爛陋朝報。班馬傳儒林，抱殘惜遺老。文苑已多事，道學愈紛擾。

箕陽晚歸避雨仲亨書舍〔一一〕

半日人行雨，輕陰鳥避風。千林捎晚電，孤塔勒殘虹。取水民從樂，無田歲賴豐。晚凉方依仗，未敢一尊同。

登春秋閣先七世祖圃隱公建於明天啓丙寅。村西北里許，地名演里，祠關壯繆，舊藏書其上，今皆佚。惟汲古閣初印《春秋》尚存，祠所供也〔一二〕

吾祖藏書盡，登臨尚此樓。百年肅堂構，千古配《春秋》。崖勢排窗合，嵐光擁户浮。詩碑遺澤在，一綫衍汾流。

昭陽單閼

冬夜讀書〔一三〕

閉門雪三尺，歲暮罷窺牖。待我千載人，書中闊已久。前時誤萬里，不憚出門走。悔受雙耳欺，暇論百年後。歸來恥青鏡，頗詫形容醜。夢寐懷所歡，老蟫冷相守。挑燈相向出，紙上驚握手。語語先我心，欲言不能口。感君歌泣真，助我肝腸厚。引踞呼長恩，平生矢所否。

天地有真氣，得之在形先。聖賢不并世，迫若長隨肩。此氣與之合，精神膠漆堅。書中萬里路，眼見非徒然。即事從各致，偶因文字傳。但思寄空宇，豈暇爲人憐。我後忽已及，誰能相待前。少時偶涉足，夢想躋涯巔。未坐書中井，豈窺書外天。一生祇自恕，誤盡悠悠年。

一心非槁木，未死皆有寄。百技趨市朝，所營終不二。誰堪萬荆棘，迫向一寸地。片念坐中遠，幽荒應時至。夷聖一少力，白首化爲泪。夢寐不相誣，告君日中事。寸陰苦多負，坐卧從君意。决去無少留，千金未再致。生平幾懷抱，遠大荒初志。豈必非光明，始爲光明累。

白日不讓人，月星爲之續。寸心未自明，夜夜抱孤燭。垂泪忽向我，苦傷鷄鳴促。縹緗動盈萬，敦迫入我腹。我腹嘆方枵，何時厭爾欲。念之轉自恧，手口難爲屬。開卷千光芒，森然溢兩目。依違昧别白，何貴窮年讀。睛定覺真吾，聖經得大璞。百年多風雪，寒夜一燈足。

歲暮短歌〔一四〕

窮簷凍雀饑欲死，中夜飛鳴啄窗紙。朔風野大驚呼羣，含泪寒泉飲冰水。趙生趙生骨相奇，抱書不興見啼饑。土銼烟濕霜葉爆，出門乞食知何之。歲云暮矣歌泪落，粒粟不飽空倉雀。

哀蛩泣露蟬嘶風，七尺例坐詩人窮。苦吻悲鳴博幾飽，枯腸枉叉回天工。李子李子憔悴久，敝囊肯棄千金帚。風交破屋雪壓頭，忍餒不傍豪門走。歲云暮矣歌聲急，孤燈黯照青衫濕。

焦桐作琴玉作軫，寒宵苦寫求皇引。指澀欲下不能聲，嗚咽凍折霜弦緊。伯兄伯兄歌鼓盆，三年雉飛脊令原。擁雛長夜鰥雙目，衣食誰共憐寒温。歲云暮矣歌聲澌，弦絶誤續寡女絲。

男兒墜地當封侯，大雪夜獵陰山頭。歸呼朱亥但痛飲，安用文字驚千秋。雪堂匹馬走忻代，弔古欲踼雁門塞。火出鼻端冰結鬚，敝裘不耐風刀快。歲云暮矣歌不寐，四方誰非丈夫志。

闕逢執徐

遊九箕山〔一五〕

生有山水癖，兼饒濟勝具。李君約我遊，足健起沉痼。初行砂磧間，盤磴上衣路。窵窕絶紅塵，青天一線吐。徑曲峰屢回，前行疑無路。佳境忽一開，目疲不暇顧。舉首望遥山，蒼翠迷煙霧。夕陽忽西匿，千峰收薄暮。歌聲四野起，婦人時相遇。小橋通彴略，水淺人競渡。足倦坐山凹，徙倚聊小駐。安得脱塵埃，共領林壑趣。

申老泉〔一六〕

尋勝如食蔗，佳境窅清爽。林深迹轉幽，路曲心逾廣。月出前山明，木末增開曠。洴出深渟瀠，宫蛙兩部響。恐驚龍子眠，漂静波不盪。山靈欲留人，變態紛萬象。幽情逐去異，曰歸更悵惘。何年一邱壑，棄置溷榛莽。苟無探奇士，誰從塵外賞。安得買山錢，躬耕足長往。

再遊〔一七〕申老泉入山莊最深處〔一八〕

尋幽不造極，情懷苦不適。乘興復來遊，踐我舊時迹。入山轉幽深，往往矜創獲。初行尚水濱，漸復至沙磧。隴上山花多，林邊空翠積。泉咽石縫細，峰轉青天窄。前峰始開豁，後峰又懸隔。盤行依淺溪，衣襟溼空碧。濛濛霧氣青，靄靄雲影白。數里通人烟，山腰露窟宅。薄寒深中人，小憩坐磐石。生平山水遊，能着幾兩屐。咫尺失佳景，當面殊可惜。

甘泉溝〔一九〕

曉隮紅沙嶺，午憩青石峽。山勢姿奇頑，兀奡不受狎。闚天儼蛙井，畫地拘兕柙。瘦骨捫崚嶒，危頷批岌嶪。前探一綫盡，背負千尺壓。碧轉苔留寒，黑竀榛擁狹。弁俄防胄懸，袖摻虞袛扱。掣劇鯨牙呿，履危虎口插。書生例鼠膽，耿耿心懷怯。平地多覆車，何時不兢業。

普濟寺

蘭若掩叢林〔二〇〕，呀虖出〔二一〕靈境。横簷上抗壁，架户西通嶺。杳杳青山〔二二〕陰，荒荒白日〔二三〕影。山僧延客至〔二四〕，活火瀹新茗〔二五〕。溼葉燃松脂，寒泉汲〔二六〕石井。風喧水春急，鳥散林花静。借榻聊小〔二七〕眠，夢遲覺〔二八〕晝永。人生無住著〔二九〕，何地非〔三〇〕箕潁。而我方干禄〔三一〕，蹉跎惜修景〔三二〕。一聲清磬回〔三三〕，塔坐默深省〔三四〕。

棄瓢池

山中有流泉，一鏡涵清碧。疏浚自何年？云是陶唐迹。許子輕軒冕，遺瓢曾此擲。後世仰流風，大書泐貞石。莊生本寓言，此事安足覈。陋儒愛吹求，往往施繩尺。豈知天地間，萬事貴自適。天下且脱屣，一瓢豈足惜。古人今不作，流泉馨似昔。峰前太古月，夜夜照池白。

明太傅韓忠定公讀書處

胸中有邱壑，城市皆山林。性苟無雅韵，勝境皆俗音。寄託不在地，默契在一心。韓公未遇時，曾居此山岑。滄桑三百載，風流未銷沉。修竹自茂美，流泉亦蕭森。我來重惆悵，典型夙所欽。世俗工效顰，往往來登臨。身雖在靈域，心錮塵網深。公自有千古，汝曹復何尋。

箕峰别墅十景〔三五〕爲李二勉亭題次韵〔三六〕

萬緑交眾陰，孤亭接清爽。日午不見人，蜂蝶自來往。獨鶴睡初醒，詩牌詩一響。可詩亭

虚廊聊延佇，宿露溼衣冷。夜静萬籟空，把杯自勸影。好風送微凉，月出萬峰頂。邀月廊

小沼旁亭開，荷錢出水立。遊鯈相撥剌，浪花襲衣溼。心契妙難喻，渺渺情何極。小濠濮

好花不知名，年年自開落。荷鍤踏殘紅，雲深没芒屩。猿鶴淡無言，春亭正漠漠。聞香徑

接葉覆庭緑，長袖自善舞。倚檻獨徘徊，客至不知處。小窗春晝閒，一陣芭蕉雨。蕉緑軒

朝餐赤城霞，暮吸閬風露。呼童掃硎花，落英紛無數。擕來加晚餐，留得紅韵駐。餐花舘

開窗望遥山，嵐光青欲滴。林密午陰凉，晝静蟬聲寂。一枕槐安國，夢醒何處覓。翠遊山房

堦除净如洗，雨過自種竹。籜龍初解甲，萬介摇新緑。清風忽颯然，夜静微寒玉。聽籜庵

留春春不住，藏春春自在。凜冽意常多，色香終不改。譬彼養晦士，守器如有待。藏春塢

西風吹庭葉，繞畦發叢菊。微霜淡幽艷，異香送清馥。終古隱逸姿，常伴高人屋。菊畦

短　歌

東鄰老儒垂白頭，西家小兒黑貂裘。匣有長劍尊有酒，不能

消君胸中愁。雪片壓燈風夜鳴，酒酣仗劍出門走。三更奪得昆侖關，霍霍殺賊不停手。歸來笑謝萬户侯，但取千金酬漂母。長劍長劍肯汝負，明日酒醒儻憶否。

君不見道旁泉，日午飲馬争投錢，茶亭埽葉還苦煎。君不見田中井，轆轤自汲影，炎暑沁齒嚼雪冷。井自冷，泉自熱，甘泉飲多先自竭。請君驗取冬詩節，井水自水泉冰結。

颶風倒卷洪濤急，長魚呿浪成山立。天公爲虐助呼吸，乘潮忽上萬家泣，連弩并海不敢及。豈信風波有路入，我欲張弓少决拾。弛弦眼見空於邑，歸去閉門學操楫。

明鏡立君前，千照不一失。君畏太分明，深沈閉暗室。暗室照君君不見，索燭借火光生面。此時對君君自羨。明鏡肖影不肖心，回燭背影影生陰。重重見君凹凸深。鏡中之人向君哭，幾時還我真面目。

夜光爲彈不如土，荆璞爲厲不如厝。按劍之視幸未逢，毋言暗投終汝容。知君有璞方在櫝，金高北斗不肯鬻。萬里聞之先刮目，并世相逢見亦足。一生不作黔驢鳴，眼底無人臆鼠璞。

騄駬不能逐鼠，於菟不能搏兔。用之不當與無同，身抱絶藝無先容。美人再拜爲君壽，奉君琵琶君摇手。坐上春風當面回，列炬無光厠老醜。匣中孤琴主不問，君縱自白誰當信。明日抱琴走阡陌，主方前進聘琴客。

峽蝯難爲地，井鮒難爲天。鮒出驚天光閉目，蝯下平地行不前。目開行展心意足，老歸峽井苦局促。馬首萬里天在空，出自何地非途窮，一身不立焉所容。老蠶作繭終自裹，悠悠但識天地大，何如斗室守寒餓。

君馬黄，我馬黑，兩馬兩心分兩色，與君騎出同許國。我馬驅馳中道病，我坐無騎亦蹭蹬，馬歸忍饑不悲命。君馬圖在御榻上，日飽三品苦肥壯。我馬聞之氣沮喪，老死不忍階前仗。

閉户十年車造成，國工嘖嘖傳盛名。上輪下軌兩相避，心慨道路何由平。道路不平馬力努，日日登陀忍終古。眼前騏驥成駑駘，箠策齊下汗如雨。輪摧足轞馬蹄脱，無人肯道手爪拙。生平誤讀《考工記》，嗚呼後車又改轍。

旃蒙大荒落

平山雜詩

平山面北郭，到寺山門隱。亦自强爲名，地當衆山盡。幽蘿一徑暗，蹋石青苔損。木末過溪聲，窗臨石橋引。我來已旬日，春事寒猶吝。喜與數子偕，村酤萬緑近。山僧餉夜雨，日日飫蒲筍。醉倒垂楊風，晚歸意未忍。此生幾兩屐，先向初地穩。何待名山藏，箸書已可準。

春風策衆甫，物物多所悦。目僦空庭閑，閉門得清絜。朝來蹋晚雨，回見墻角雪。瘦對小松寒，疏陰尚冰結。孤根茁新緑，寸草已潛活。幽鳥無心啼，相遭各自别。人情有愛戀，因物成起滅。嘆息埽松陰，坐苔筆硯列。困思積一悟，已有先我説。寂定遂忘言，鐘聲古寺歇。

皇天有震怒，鬱激爲雷霆。觸物皆齏粉，陰幽靡遁形。聲過響自寂，萬里天空青。偶快元惡擊，赫然威視聽。既來能無怖，既去終冥冥。日日驅魑魅，何能片時停。善藏無用用，終古多聲靈。昧者覬漏網，智夫務懷刑。

美人起春曉，隨手脂澤新。肯學城眉樣，相將詫比鄰。奈何東家子，苦意方效顰。含笑問同輩，但夸指甲勻。蹇修不時歇，純帛來逡巡。寂寞越溪女，匣奩暗生塵。菱花終不語，衆口無一真。長短各自審，何勞問旁人。

女章寄天地，隨地無不到。萬變充目前，何能待人告。動矜無心遇，豈識苦心造。失勞儕凡庸，緩和不能療。平夷泯奇峭，趣静出心妙。操管常苦遲，每新非前貌。夸河姿一逞，游目領其要。未歷三峽危，濫觴終末導。少年誤逸獲，白首悔輕掉。速化果有靈，古人久先冒。

桃李足春風，託根先自守。秋來菊未華，摇落嗟已久。結實豈不佳，在條靡妍醜。寧知老梅瘦，更落冰雪後。得地方各矜，何能豫衰朽。乘時豈關運，過此意多負。水出無歸山，持源恃深厚。終留萬苔碧，清潔冬心守。計較非初心，安排更何有。達觀敢自誑，明日作重九。

王孝子行

庭樹有巢鳥，母飢哺以脯。一巢八九子，朝飛暮集無所苦。物知愛所生，嗟哉孤兒獨無父！一解

孤兒有父，薄宦從厥祖。厥祖伊徂，厥父靡歸。父庸不歸，兒心之悲。二解

父兮去家，兒時孩幼。兒今已成立，兒身非兒有。矧兒尚有弟，兒將從父兒辭母。三解

兒不得父兒不還，兒有死爾復何言。謂兒慎勿言，兒言摧母肝。四解

泣血别母去，兒去母吞聲。寧不知，母腸斷，無父兒奚生。五解

天地悠悠，山川阻修。疇知父所，兒將安所求。六解

夢見父面，心繫母旁，飲泣中夜寤，起坐行徬徨。七解

雨雪載塗，茸茸莫把。兒不見父，淚肔於野。八解

欲濟靡楫，欲渡靡梁。匪無舟與梁，兒父焉望。九解

人謂孤兒，有皤者叟形似汝。音聲亦汝同，云是他鄉久羈旅。十解。

孤兒驚以喜，父兮倘未死。鬢其華止顔哉脊，猶是孤兒夢中

色。橋山南，椿山北，根雖託異地，當面如何能不識？兒跽父前父猶憶，父呼兒名兒心惻。十一解

父心悲止，吁其太息。爾祖殯旅，魂餒安食。不祭不葬，言扶旋邦國。十二解

殯之迷矣，悵其戚矣。殯之得矣，神保之力矣。十三解

兒心其慰逮厥妣，生死三世歸桑梓。考已愛所親，天下欲爲子。古人有作寧逾此，作歌敘之表厥里。十四解

九日平山登高東勉亭〔三七〕

半載追歡首重回〔三八〕，高屋〔三九〕獨上思悠哉。曉林已多霜後淡〔四〇〕，籬菊故向愁邊開。載酒遲我時入夢，携琴期君今不來。幾番掃徑呼僮出〔四一〕，門掩空山雨黯苔〔四二〕。

潞公軒懷古在翼城南城上〔四三〕

百里桐封霸業開，潞公遺澤古亭隈。山隨斷岸參差出，河抱荒城曲折回。大節中朝〔四四〕同富范，算年國是望鹽梅〔四五〕。憑欄何限蒼茫意〔四六〕，帀步雙槐問刼灰〔四七〕。

冬夜河亭讀書即潞公軒，後即公祠〔四八〕

車馬消歲時，孤踪豈自定。本無濟代責，但坐未安命。五載三敝裘，茫然失氣盛。陰符篋中秘，冰雪勞相警。襆被山城寒，風悲刷草勁。孤亭卧積晦，白籟膠枯聽。伴我千載魂，開書宛聲應。何由測幽隱，痛語察深病。嗜好非空言，迷趨誤時兢。靈臺堅所宰，夜氣百時正。

先我窮愁人，爲誰亟饒舌。對之不敢泪，中積千古血。兩足寄乾坤，瞽行悪顛蹷。抛書背燈左，寒抱生古熱。到耳絶規瑱，須眉忍徒設。賴兹大聲呼，面赤氣先結。非笑寧失真，懼爲腴口

奪。前途但痛悔，所恃寸心活。

搔首慚儒冠，苦心寄文采。久知分内事，豈敢輕千載。源本未昆侖，何由東注海。歸來玩糟粕，乃見古人在。向誤交臂過，忽遭刮目待。百年各自足，寸晷誰相貸。長夜無惡聲，莫徒十年悔。悠悠較窮達，此事非吾耐。

萬卷供時名，初心已茫昧。聖言但口耳，舉足動相背。雨砌孤蛩吟，風林萬蜩沸。寂喧無共賞，一室古人對。縞紵交英聲，千秋豈年位。丈夫坐有恥，姓字齊書内。書外求事功，終爲兩端累。飾觀到文字，淹雅終奚貴。歲晚風雪深，村寒夜豹吠。且勤三日讀，刷此語言味。

校勘記

〔一〕詩據《初編刻本》卷一補。

〔二〕詩據《初編刻本》卷一補。

〔三〕詩據《初編刻本》卷一補。

〔四〕詩據《初編刻本》卷一補。

〔五〕詩據《初編刻本》卷一補。

〔六〕詩據《初編刻本》卷一補。

〔七〕詩據《初編刻本》卷一補。

〔八〕詩據《初編刻本》卷一補。

〔九〕詩據《初編刻本》卷一補。

〔一〇〕詩據《初編刻本》卷一補。

〔一一〕詩據《初編刻本》卷一補。

〔一二〕詩據《初編刻本》卷一補。

〔一三〕詩據《初編刻本》卷一補。

〔一四〕詩據《初編刻本》卷一補。

〔一五〕《初編刻本》全詩作：生本山澤癯，自繞濟勝具。烟霞不必遠，在目皆吾素。緣側靡憍搴，躋顛有跼顧。少回林風合，幾被泉聲誤。濃緑延溪深，隙天半峰護。夕陽覷人影，鳥背與之度，谷口來樵歌，歸雲喜先遇。

清流不記曲，草濕覘牛渡。轉慨前村烟，未遮出山路。依依塵土裹，長負林壑趣。

〔一六〕《初編刻本》全詩作：林密難爲泉，樵轍接汲上。谷虚鳥聲别，路窩天色長。落日前山開，一泓樹陰朖。渟滎静萬碧，去雨無留響。每驗殘紅過，漸窺波影盪。榛聲習寂聽，偃緑晚風尚。始厭官蛙喧，尋途面初仰。亭亭樹杪月，片白雲流養。適意非蹉跎，當前失鹵莽，買山定何日，有興且長往。

〔一七〕"游"，《初編刻本》作"至"。

〔一八〕《初編刻本》全詩作：尋幽迫向晚，步盡興難適。宵雨牽孤懷，草痕織前迹。風蘿隔岸引，轆螻補新獲。遠樹陰微茫，遥巒晴襞積。石間少逢地，目轉青天窄。屢失疏陰凉，鳴禽解留客。對人巖果落，坐久鬚眉碧。幾掩誰家扉，半爲老紅隔。定知遠游倦，柳外荒苔屐。搔首嘆何時，同君此中白。

〔一九〕詩據《初編刻本》卷一補。

〔二〇〕"叢林"，《初編刻本》作"空山"。

〔二一〕"出"，《初編刻本》作"藴"。

〔二二〕"山"，《初編刻本》作"多"。

〔二三〕"白日"，《初編刻本》作"日不"。

〔二四〕"山僧延客至"，《初編刻本》作"僧房老樹隔"。

〔二五〕"活水瀹新茗"，《初編刻本》作"貌古神凄冷"。

〔二六〕"汲"，《初編刻本》作"煮"。

〔二七〕"借榻聊小"，《初編刻本》作"醉續槐根"。

〔二八〕"覺"，《初編刻本》作"眷"。

〔二九〕"無住著"，《初編刻本》作"方有事"。

〔三〇〕"地非"，《初編刻本》作"敢侈"。

〔三一〕"而我方干禄"，《初編刻本》作"常恐酣蕉隍"。

〔三二〕"蹉跎惜修景"，《初編刻本》作"醒牽昧榛梗"。

〔三三〕"一聲清磬回"，《初編刻本》作"壯觀豈雲止"。

〔三四〕"塔坐默深省"，《初編刻本》作"岱華從兹請"。

〔三五〕"景"，《初編刻本》作"詠"。

〔三六〕《初編刻本》全詩作：

風交晝中身，霞逐天際想。蜂蜨不知人，墨池緣花上。落紅忽驚散，日午詩牌響。可詩亭

七弦定晚雨，深色連苔静。起埽階前霜，方知誤花影。蛛絲一角白，目送前山頂。邀月廊

一寸新種魚，夜池雨自立。小來見人慣，窺破月痕濕。不避荷聲喧，錯驚藻影入。小濠濮

好花妒風雨，故向人前落。知袍泥塗悲，草深替芯屩。枝頭但有泪，散作烟漠漠。問香徑

一從學春風，愛占晴窗舞。移石眠清陰，抛書總迷處。霑衣漸欲濕，夢覺幾葉雨。蕉緑軒

經年煮澗石，自飽花上露。一夜生句芒，筆端茁無數。自入幽蛩腹，化爲不平訴。餐英館

推窗不借月，多被清陰擇。萬螘戰風酣，蟬聲日中寂。山深未解夢，無路通枕石。翠游山房

階除老鶴警，過雨進窗竹。生小能風寒，豈貪柯條緑。秋來葉聲勁，夜静鏘萬玉。聽籜庵

輕受東風恩，知留幾花在。東風蓄老屋，眼見四時改。籬角老梅寒，孤根自有待。藏春塢

青女摧羣枯，繞畦發叢菊。不知根在遠，置散乃彌馥。勿歎陶令貧，黄金不潤屋。菊畦

〔三七〕“九日平山登高柬”，《初編刻本》作“平山九日登高寄”。

〔三八〕“半載追歡首重回”，《初編刻本》作“病退暑殘秋復回”。

〔三九〕“屋”，《初編刻本》作“臺”。

〔四〇〕“淡”，《初編刻本》作“脱”。

〔四一〕“幾番掃徑呼僮出”，《初編刻本》作“箕陽九日風兼雨”。

〔四二〕“門掩空山雨黯苔”，《初編刻本》作“肯憶平山埽徑苔”。

〔四三〕“潞公軒懷古在翼城南城上”，《初編刻本》作“潞公軒懷古在翼城縣東南城上下臨澮水公天聖中曾宰是邑建亭題名石刻存焉”。

〔四四〕“大節中朝”，《初編刻本》作“人物中原”。

〔四五〕“算年國是望鹽梅”，《初編刻本》作“文章并世亞歐梅”。

〔四六〕“憑欄何限蒼茫意”，《初編刻本》作“甘棠况共題名在”。

〔四七〕“帀步雙槐問劫灰”，《初編刻本》作“未許雙槐付劫灰公手槐二株，金源曾毁於火”。

〔四八〕詩據《初編刻本》補。

耨經廬詩集卷二

柔兆敦牂

霍太山

軒皇正物名，高下已[一]奠位。粤維太岳尊[二]，作鎮與[三]天配。肇古唐虞夏[四]，實在邦圻内。周方鎮[五]冀州，明禋[六]累百代。自經吕泰絶，書契久[七]茫昧。荒主恣淫遊[八]，崇祀任[九]憎愛。老魑亦何憑[一〇]，貢諛呼萬歲[一一]。遂令外方高[一二]，久僭三公祭[一三]。申吕與齊許，秩宗祀已廢[一四]。將無山川靈，聲聞有顯晦。衡岳移□柱，恒陽徙近塞。華汧久不[一五]分，四岳勵存岱。天地終不易，人心殊向背。古始嗟已遥，貤謬豈一槩[一六]。久假將不歸，焉能家置喙。馬頭轉青蒼，落日山横黱。

邯鄲雜詩[一七]

七日孤城玉貌新，先生義不帝强秦。三千珠履成何事，枉把頭顱送美人。

荒烟路逷古叢臺，北里清歌趙瑟哀。千載賈人矜射利，蚌珠曾孕祖龍來。

罷鎖深宫更幾春，何須遺恨嫁才人。從看燕壁歸王日，養卒居然作上賓。

韓信嶺

巨嶺摩天斷當路，路旁有祠祠後墓。至今過客哀王孫，下馬盤桓不能去。石碑磨滅知何年，西風獵獵靈旗寒。我坐踟躕重吊古，口讀壁詩心不然。夜半告變禍初起，鐘室深藏未央裏。祇應傳首行東垣，那有衣冠能葬此。君不聞漢有兩信俱裂土，一者王韓一王楚。王楚者誅韓者移，太原列城啓新宇。一自降王走匈奴，漢邊年年常備胡。陳武兵下白登道，遂令萬里行頭顱。孤魂慘憺棲絶域，夜夜哀鳴望故國。山中父老思舊君，故向山頭作寒食。吁嗟乎！彼信非叛此真叛，奇禍淮陰空扼擘。弓高龍額猶徹侯，一坏區區安足辨。

顧景範《方域紀要》：高壁鎮俗名韓信嶺。《通典》：靈石縣。東南有高壁嶺，不名韓信嶺也。□□句極是，詩中以韓王信爲波瀾，亦極蒼堅，筆力猶勁。許宗衡註。

千佛崖

千石深青出，依崖露佛頭。灘聲寒作雨，嵐氣淡成秋。木落時聞雁，天青乍泊舟。塵勞應媿爾，衮衮爲淹留。

緜　田

憂患交不渝，安樂義輕絶。實懷俄棄遺，傷哉一何决。赤松有孤蹤，五湖泛高節。豈不榮圭組，雨霰戒先雪。矯矯介子推，緜田見遺烈。崎嶇十九載，分寸羞自列。逃賞非云高，色舉遠危轍。白璧沉洪波，固寵務智黠。奈何君臣間，恩禮變要結。世士重功名，漏盡行未歇。睠言側吾情，頹波發心熱。遐迹入林長，清風厲彌潔。山木雖自焚，餘芳激來哲。媿彼患失徒，赤族終一跌。

有道阡

鸞皇不隱代，時清乃一至。蕭蕭菩荻叢，胡爲能久縶。赤劉遘陽九，天地成晝閉。腐臣盜大柄，黨禍盡善類。斯人獨冥灘，羅尉焉所致。逸翮生清風，神完氣不悴。暫來不擇時，迅去靡少滯。傷彼衆鳥羣，摧殘十無二。毛羽何皎潔，焉知作身累。巢傾卵亦空，豺虎更相繼。絶俗良獨難，全身寧自異。東門識雛嘯，華亭怨鶴唳。悕矣同一轍，虚名復何事。千載慕遐風，中郎辭無媿。

石嶺關

征車聲歷碌，曉度石嶺關。關門出平地，見關未見山。五夜雞聲催曉起，關門誰何及行李。時平不用丸泥封，宿草蕭蕭暗殘田壘。出關亂石忽陂陀，東來起伏隨濤波。北連勾注西管涔，雲嵐不動青嵯峨。車輪入石深盈尺，馬踏嚴霜凍行迹。蒼茫已盡肆虎川，窈窕平通秀容磧。日出煙銷聞牧唱，駝背鈴聲動悽愴。中原回望空雲端，卻顧雄關已百丈。

秀容懷古

想見中郎舊典型，金源文獻未凋零。斷篇自識《中州集》，直筆常留野史亭。大節千秋同皦日，文章一代耿晨星。讀書山色空今古，衰草夕陽無限情。

藏孤山

殺身容易存孤難，趙宗一線危爲安。白髮孤臣迸血淚，錦繃三尺懷中碎。咄哉嬰也真小人，乃以賣主取富貴。賣孤存孤救孤死，真孤乃在空山裏。假孤一死真孤全，匿迹銷聲年復年。謗峡息盡恩怨絶，死灰爭知當復然。老臣功成嗟死晚，地下杵臼應未遠。可憐生死兩相同，嗟爾苦心何委婉。吁嗟乎！存孤固難殺身亦不易，一死殉君身名又何計？腐儒日日誦詩書，幾見從容能就義。如嬰不死無以謝杵臼，何事中道反自首。不然嬰也真小人，不惟負君兼負友。

登代州城樓

重關百尺控三邊，畫角聲寒咽暮天。白日雲迷馬邑戍，高秋風斷雁門煙。雕盤大野沙飛白，駝卧平川月印圓。吊古無人臨廣武，至今猶憶左車賢。

先生臨廣武時，僕去家久矣。馮志沂注。

雁門太守行

木吏蒲鞭堪治邑，畫地爲牢安可入。奈何人命輕草菅，一路寧如一家泣。八駿遊荒作選贖，小邦亦事刑書鑄。本意漸失文綱繁，慎祥一變爲嚴酷。漢家秦敝蠲煩苛，約法三章民氣和。豈知重利輕儒術，科條未免祟參何。吏治西京蹄近古，不獨杜母與召父。雁門太守爾何人，酷吏乃自爾作祖。見説威名懾强敵，束草爲人不敢射。項王一吐樓煩驚，猶事身親冒鋒鏑。當時部民定何辜，争似中都擊權貴。側目重跰何足言，朝廷不畏畏中尉。至今父老歌蒼鷹，秋高雁塞當飛騰。後來報最誰第一，郡中乃以明神稱。君不見南國甘棠猶愛樹，桐鄉他日魂歸處。故鄉咫尺空雲山，麥飯誰澆郅都墓。

去余家村東二里所，師村東有漢中尉郅都墓。自注。

靈柏在襄陵

卻老沙前白，春回雪後青。根猶摧火色，枝解學人形。山鬼知年事，妖狐假祈靈。祇應無剪伐，猶可起風霆。

預讓橋

主頭漆作器，臣身漆作厲。士各有志爲其難，委曲焉能求事濟？何物女子能識音，吞炭變音不變心。石氣棱棱腹中飽，剛腸化作百煉金。入厠心動橋驚馬，臣當再死君再赦。伏劍一死臣自甘，但惜主仇無報者。素衣朱霄來馬頭，國士見衣如見讎。一躍一擊一出血，墨車從此無再周。臣心已盡仇人服，故主重泉應閉目。五尺坐看血流紅，趙士聞之同日哭。荒橋流水空鳴咽，恩怨千載那能滅。征馬踟躕不敢過，壯士危冠怒指髪。吁嗟讓也真國士，戰國紛紛安有此？豈真駿骨重千金，未免鴻毛輕一死。乃知三晉多奇人，吴宫燕市皆非真。君不見五世相韓婦女貌，博浪一椎讐竟報。

虞　阪

歷録千車破曉霜，負鹽争識困飛黄。自憐局促同轅下，苦被馳驅爲路旁。并世幾曾逢伯樂？遺神何處問孫陽。黄金冀北從來賤，可奈風塵十丈長。

宋温國司馬文正公故里

六官開王迹，剽擬成美新。白眼秉鈞軸，乃以禍斯人。聖言爲戎首，流毒彌垓垠。蒼生待公出，與世回熙春。坐之衽席上，哺煦何其仁。姓名到婦孺，强敵稱明神。惜哉勳業蹔，齎志長悲辛。賢奸不并世，陽否俄成屯。驅馬過舊里，讀書景遺塵。執鞭非所敢，吾將附安民。

鹽池歎

黄河西來落九天，東注溟渤吞百川。小曲無數大曲九，一曲一直爲里千。直波爲徑浩如瀉，曲者洄洑成淪漣。太古元氣有閟蓄，是生尤物爲利淵。區奥壤沃非意測，潤下作鹹理有然。中條淩溼出地肺，天道地實相融奠。利竇一洩不可閉，萬古斯人爲禍緣。自從乃粒憂淡食，亦有貢自東海邊。爾時畿甸納總秸，不應至寶反無傳。乃知盂門未開鑿，此土斥鹵成桑田。周官形鹽薦陶器，萌芽漸已登几筵。吾聞大利須歸上，匹夫不得操真權。天生百物養人命，豈以竭澤成吝慳。山澤虞衡有刊禁，遏絶不通勿乃顛。季世法敝失本意，藏奸藪弊逾紛繁。王官析利窮毫末，狼籍血肉堆金錢。國家治績有體要，持綱要須苛細蠲。少府別藏紓民力，鹽鐵設官連海山。苟利所在害不避，迫促奚事勤朴鞭。年年指商益國息，十家九罄無自全。窮山勞苦偶一飽，已被徵帖隨拘牽。傾室竭財未饜欲，此方幸脱彼株連。小夫醉飽私橐溢，國帑纍纍仍空懸。齊國四十爲陷阱，以此方之有過焉。嗚呼！何時斯澤涸出爲平地，百七十里盡作桑麻原。上佐國賦下足食，哀哉斯民庶息肩。

解梁官舍望中條山

羣山發脈昆侖麓，尾没渤碣首隴蜀。北支絶漠入大荒，南中二條挾兩瀆。汧岐既道荆既旅，勢與岳華争軒矗。當道閼流災九年，巨斧開山洞穿腹。遂令崯岈限兩戒，坤維一斷無由續。屹然三晉障雄藩，表裏河山分脊肉。片石千里高插天，積重將無折地軸。太乙終南作右臂，東連砥柱回王屋。天晴五老遥相望，寒翠蒼然阤尊緑。常時偃蹇不入城，惠然滿我登高目。官衙十日坐卧對，從昕竟夕那能足。日落山頭吹晚霞，時聞鳥啄丁丁木。王官谷口冰雪滿，長往未能愧麋鹿。詩人苓苦編空岩，義士蕨薇是幽谷。何時絶頂壓雷雨，北向雲山快遐矚。飲露餐霞倘可從，一間茅舍行須卜。

和商三抑之昌讀資治通鑒

魯戰戕祥麟，聖筆一朝絶。九鼎象神奸，中天曜日月。季世窮戰争，俎豆縱横裂。茅土褒陪臣，冠履遂倒列。千載永幽夜，踵事襲篡竊。涑水朖金鑑，照肝寒吹髮。再獨六合清，重霧倏銷滅。託始三晉起，履霜意何切。上接洙泗響，下厲清風節。朽骨回春榮，諛魄斷霜鉞。一千六百年，涇渭區以别。興廢三致意，言行緬遺烈。後王事遊藝，簡册充棟設。萬幾懋乾釐，凜然見主皋。番番紫陽叟，白首續遺説。二老王者師，千秋功卓越。何必藏名山，述作竢來哲。前後聖一揆，聲振木鐸舌。

根本經術處是作者擅場。五言以韋孟錢郎者則，清絶無一剽字。此皆十餘年前詩，已無美不備如是，鄙人安得不瞠乎其後。庚申歲除日馮志沂讀。

五言□處皆渾，故佳，不在迹象，斯非近人所能到。讀凡三過有所見，皆書之，不敢少存客氣也。辛酉清明後二日許宗衡讀。

庚申十月初六日夜，馬平弟王拯拜讀一過於方略舘直廬，并僭加墨。

强圉協洽

遊大明湖

小艇横清漪，一碧渺無際。淺港蘆葦重，緑陰隔蒙翳。中流忽一開，豁見天宇霽。千佛依檻出，冪煙擁青髻。微風蕩弱綸，淼靄縠紋細。魴鯉時窺客，菡萏欲破蒂。擢歌發深叢，采蓮聲相繼。孤峙暫停橈，依依去復滯。良朋嗟匆匆，歸夢天涯繫。何必泛五湖，浮家吾欲逝。

歷下亭

杜老吟詩時，此亭已名古。我今千載後，猶得躋堂廡。絶島中流回，風枝隱晴浦。中庭燦天章，雲烟齊岣嶁。風雨不敢侵，永作湖山主。軒窗耿虚明，疏光白入户。水荻戰風涼，蕭蕭欲生雨。緬懷名士場，幾輩揮玉麈。風流久銷歇，勝會豈堪撫。佳境難重留，欸乃整柔艫。

小滄浪

裏湖好烟水，清暈微碧玉。萬柄摇緑波，新荷静如浴。推窗見千佛，秀奪尊中緑。晦明各異態，朝看暮難足。水天望浩淼，城郭隱遐矚。瓜艇誰家女？長歌緑水曲。中流澹容與，美唱聲斷續。

北極台

蒼蒼烟水深，隱隱樓台迴。偶逐萍開處，柳陰見繫艇。超然北極台，睥睨層雲頂。坐我軒楹風，披襟豁清褩。回瞻萬頃出，參差列畦町。人語響深葦，牽衣没雲脛。白鷺浴晴波，浩蕩入煙溟。獨鶴眠山門，客來睡初醒。

滙泉寺

斷港不逢人，芙渠忽通路。數轉入深叢，招提出煙樹。深水横階平，空庭眠白鷺。院静槐陰清，炎曦不能度。蟬聲時一鳴，蕭蕭阤涼露。山僧睡正濃，佛香燼餘炷。小坐蒼苔根，頗得煙霞趣。一聲聞軋啞，前溪方唤渡。

趵突泉歌

泲水發源自王屋，聞道三見還三伏。陶邱菏澤迹久泯，獨餘濼泉出平陸。眼前亂水忽飛立，突兀驚湍湧萬斛。喧闐如聞雷鼓鳴，噴薄羣翻雨痕蹙。陰雪怒溢煎洪爐，縠簾倒卷□寒瀑。回首乾坤久變色，晴光欲眩毛髮矗。孤亭晝夏生陰寒，坐久似欲怯羅縠。我聞岱陰水，此泉滙衆谷。人巧作機引伏流，至此一洩如啓櫝。當年狡獪始何人？鑿空不畏山鬼哭。忽疑混沌之竅開其三，元氣欲閟難終蓄。致令平地生波瀾，世途那不憂反復。邇來京雒苦車塵，對此暫可清心目。七十二泉皆附庸，涣然星羅似臣僕。昨泛蓮子湖，未登鵲華麓。泲南山水天下無，登臨未徧行期速。故鄉幾處好林泉，蠟屐頻荒真刺促。不須臨流意悵望，雪爪鴻泥定再卜。歸來緇塵浄征衫，指點斜陽掛疏木。

端溪石硯歌贈苗二酉樵逢年

研材自昔推端溪，聲價倍蓰逾澄泥。下巖水坑尤殊絶，剪成一段青玻璃。歐九作譜已難覓，寶物縱有人豈識。後聞新坑出大西，一石頗亦千金直。石理欲細不欲麤，出墨欲潤不欲枯。澀不留筆滑受墨，軟雲晴破紅殷膚。蕉葉紋白火捺黄，擊聲宫越含宫商。無眼非真有眼病，鸜之鴿之瞳不方。我生寡嗜頗耽研，端耶歙耶略能辨。漫勞精賞窮瓦甎，未免購求雜真贋。石田犖确望年豐，桑鐵欲盡愁無功。良工利器吾何敢，十年人墨相靡礱。苗君一生湖海客，心情如雪髯如戟。匣裹端溪一片雲，脱手贈我逾拱璧。缺月娟娟陰松際，微雲太清更點綴。眠底如觀萬斛濤，筆下已具干霄勢。晴窗日暖生煙雲，墨花潑浪如縠紋。使我詩思不能止，突兀已掃千人軍。倦眼頻揩神乍王，摩挲三歎激高唱。擲地慚無金石聲，聊遣新詩拜佳貺。

留别尹菊田孝廉式芳

人生不相識，邈若秦與越。傾蓋一以交，中情遂如揭。共君相遇來，倏已素秋節。諧談既共狎，清尊亦屢設。感君肺腑示，照我肝膽潔。人事常好乖，何言即當别。孰知後會易，相見恐華髪。江湖非隱淪，坐惜身名滅。良飲不成歡，空負尊前月。努力盡此觴，出門心如結。

蓬園夜讌留别

好風吹白雲，英英作人立。出岫雖無心，歸山未云急。男兒重聚散，不作兒女泣。常恐朱顔斂，身名修不及。仰天摘短鬢，情懷苦鬱悒。人生尠適意，何用素衫溼。舊林有倦羽，故淵有歸楫。浩蕩煙波深，行行整簑笠。

榮榮西園葵，馥馥東籬菊。素月流清秋，瀲艷杯中緑。良宵縱歡讌，逸響動哀竹。蕭瑟壯士歌，遲暮美人曲。中觴更激放，悲絲間歡肉。夕短怨遥遥，爲歡苦不足。春華及時愛，各自須秉燭。

東平道中

滿郊禾黍緑雲横，千里長堤近護城。水漾官橋秋柳碧，煙絲無限繞東平。

張秋晚宿

疏星掛樹莫烟平，鼓櫂清波隔岸迎。客艇齊從城下泊，漁鐙争向水邊明。磓殘萬户秋聞籟，風静長河夜有聲。寂寞劉公誰繼者？可憐陰雨費經營。

莘縣曉發

雲樹晴開滿郭烟，桔槔人影曲籬邊。寒生老圃秋無主，露阤西風泣白蓮。

平思廢縣崇福寺

孤塔卓雲端，空林落照殘。鳥啼僧舍静，花落寺門寒。廢院無人徑，荒階尚藥欄。誰聞龍象泣，城郭亦漫漫。

肥鄉道中

青槐夾道午陰涼，柳裊晴絲覆驛牆。半日秋蟬聲不斷，疏林缺處見肥鄉。

滏陽橋

石橋高跨玉蝀寒，橋下風飄落萬竿。日午摧篷窗外立，乘潮風已過邯鄲。

浦裹烟波浦外潮，柳陰門巷繫輕橈。西風吹送征輪急，滿耳碪聲度滏橋。

邯　山〔一八〕

山色横我前，忽如久别客。揖我念我還，忘足信履適。馬行不知近，稍已度危磧。谷轉睇青縈，罔逾悦紅積。商飆散虚籟，返景半峰赤。窈窕綴幽榮，岑嶔出驚覿。遲遲林向晚，杳杳霞沈夕。佇目㒹歸雲，經年事行役。

武安雜詩

頗牧齊名定不虚，將軍百戰老閼於。如何身後留遺憾，有子空〔一九〕能讀父書。

恨入清漳咽不流，青蟲夾道起寒愁。不須載酒重澆土，前日長平後杜郵。

相趙歸來氣未馴，道旁争看〔二〇〕拜車塵。金多衹合驕妻嫂，何事資儀西入秦。

魏其賓客去紛紛，一會靈山千載聞。不分灌夫能使酒，功名至竟到〔二一〕田蚡。

小終南〔二二〕

峭壁懸千仞，元陰立枯鐵。開闢疑神工，幽荒自天設。仰入豈穿磨，俛出鳥窺穴。峰卓月窟塞，根蟠厚坤裂。壁洞生陰寒，弧雲晝常閟。平沙瞰莽蒼，百里浩積雪。憶昨經泰岱，高空風雨掣。一笑滄海淺，齊烟九點列。顧兹一拳小，亦足詫奇絶。高詠昌黎詩，幽懷散激烈。

涉縣雜詩[二三]

古墓縈荒烟，日落秋山曲，飛鳥出平原，高空啄寒緑。

山枯泉嵊死，旱井荒村里。少婦綆深泥，歸來渫無水。

魚兒嶺[二四]

歷盡白石單，忽出青山背。連岡踰陂陀，籃輿一峰對。攀登馬蹄跼，十步九回退。山氣冒川原，雲容垂澹霿。忽視白光浮，炊煙散朝采。始歎所歷高，回出鳥飛外。邱壑興正濃，筋力寧辭憊。入山愁不深，精神從此倍。

吾峿關[二五]

古戍指[二六]危樓，雄關據[二七]上游。氣吞全趙暗，高壓太行秋。煙火千家擁[二八]，雲巒萬木稠[二九]。蕭條争[三〇]鬥穴，遺鏃勝[三一]寒流。王徵階於關下得古鏃。

黎城縣

衡漳下覃懷，勢若輔車依。殷社未遽社[三二]，耑已兆[三三]戡黎。老成有[三四]遠慮，入告祖煩伊[三五]。侈然方信命[三六]，首懸太白旂。殷鑒良不遠，國風變式微。旄邱呼伯叔，褎耳忘流離。哀哉榮澤戰，沫土更靡遺[三七]。好鶴雖禍本，忌戰能[三八]無危。域民藉[三九]天險，用兵重[四〇]地機。石轉千仞山，水決千仞溪。邺鄰古所重[四一]，實固邦家基。虞郭竟覆轍，千古悲宫奇。

微子嶺

爲奴傷夷明[四二]，剖心悲[四三]鑿竅。老成日遯荒，父師空相召。悕矣[四四]殷王子，袍器去宗廟。想當餓[四五]飢時，心惕[四六]祖伊告。殷喪越至今，甸邦〔四七〕躬自悼。三毫失盧烝，八國逖羌髳。玉馬俄朝周，丑正遂不祧。誣哉左氏言，面縛重貽誚。推刃寧可忍，在弦豈同調。向微三仁歎，反側知幾冒。蹈海狥小節，覆宗遠誰紹。至今〔四八〕麥黍歌，空怨彼重〔四九〕狡。

潞城縣

江漢失朝宗，六月變小雅。周政不復綱〔五〇〕，蠻詩遂〔五一〕猾夏。廣莫鄰晉鄙〔五二〕，亦復阻聲化〔五三〕。近者怨〔五四〕狐裘，入衛潰鶴駕。陰雨思下泉，小邦傷無伯。壯哉桓文烈，未害成久假。藉非外攘勤，憑陵意未罷。潞子真嬰兒，日爲賊臣射。乃知亡國本〔五五〕，端亦在〔五六〕内罅。留吁與鐸辰，相繼日〔五七〕淪謝。三㟷鬱西峙，交漳洶東下。雄圖莽悠悠，斷甓空〔五八〕城社。

潞城道中追懷先師張允軒先生恢

張子横經地，西州痛至今。羲文三絶業，閩雒一生心。木落靈〔五九〕山遠，波長〔六〇〕潞水深。何時楹語出〔六一〕，後死憾難任。

起雲臺行

少年長羨李衛公〔六二〕，失足乃〔六三〕入蛟龍宫。夜半天門下寸紙，堂前頃刻鞭雷風。期迫程嚴不相待，兩龍家無一龍在。失期當斬愁猪婆，急許東窗倩〔六四〕客代。出門茫茫月深黑，馬鬣翻空電尾赤。未向淩煙圖壯容，先從碧落生飛翼。沉思下界憂寒飢，涓涓一灑何能爲〔六五〕？但令優渥遍寰海，區區獲咎應不辭。豈意馬頭方一滴，澤下人間已成尺。即看隨手翻波濤，千里滔天萬家泣。人生得時憂獲譴，蒿目誰當憫稊旱。雲宵暫假非無因，齷齪兒曹空蓄願。赤地頻年苦鄉里，二麥無苗禾盡死。安得借公行雨來，翻倒銀瓶滿空水。

上黨雜詩

高臺三載曠民時，公室當年忽已〔六六〕卑。玉帛久空鐘□改，霸圖千古怨虒祁。

椒實公行有〔六七〕幾家？深山大澤更龍蛇。傷心舊日銅鞮水，自繞孤墳吊伯華。

西河行父猶拘舘，楚使宛春亦待囚。何事晉廷工執使，後來孫蒯又純留。

晉陽幾再趙宗傾，委去寧堪眾志成。民力已〔六八〕殫誰與守，可憐〔六九〕長子自堅城。

盤秀嶺

上黨天下脊，兹嶺尤卓絶。古人重屏藩，豈不恃天設。仰穿飛鳥窟〔七〇〕，俛蹋蝯窰穴〔七一〕。夜壑瀉陰泉〔七二〕，哀湍響嗚咽〔七三〕。石戴馬足滑〔七四〕，鞺鞳崖谷裂〔七五〕。重雲寇岑表，孤霧宿巖列。絶頂聞雞鳴〔七六〕，天風倏飀瞥〔七七〕。歷歷羣星乾〔七八〕，玉繩低欲没〔七九〕。側身忽東望〔八〇〕，魯甸光明滅〔八一〕。沈沈夢未醒〔八二〕，長夜何由徹〔八三〕。惜哉卧榻酣〔八四〕，何時見〔八五〕清月。怪□聲正悲〔八六〕，欲取錡斨缺〔八七〕。徘徊行復行，溜澠杳難别〔八八〕。

陭氏阪〔八九〕

過嶺山勢夷，及兹道彌惡。東峽互長阪，横空入寥廓。丹崖夾門峙，足垂隘無著。殷雷轉危峯，怒挾崖石落。高蹄門踣鐵，飛火雨中作。少焉得平曠，渺爾見空闊。孤雲暗遥岑，層陰晦萬壑。我行飛雨上，天日光參錯。蒼茫下界昏，百谷聞□薄。歷盡山水窟，那不念孱弱。

勞耕書壁

羈愁千里莫[九〇]，登陟感長[九一]征。山勢隨人[九二]轉，溪流帶石清[九三]。畬田非種去，入饌不材烹。我亦塵勞客，何時結耦耕。

草峪嶺[九四]

迢迢草峪嶺，外脊行彌仄。郭索緣青蒼，百紆靳一直。陰晴兩峰向，日脚㾀雲昃。雨背千晶明，遥天定歸翼。山腰下虹飲，影散陰崖黑。一抹通疏烟，長林漏遠色。牧羊者誰子，長嘯卧岩側。恐有真仙人，相逢不能識。採芝罔世耳，好異非難測。默驗馳軀身，百年正多惑。

岳陽絶句

向夕寒雲没翠微，前峰落木斂餘暉。紛紛遊子争投宿，驚散林鳥作伴飛。

野田黄雀行

野田黄雀短尾翅，深目如豆錐長嘴。高飛不畏王孫彈，自矜生長重簷裏。一飛一鳴來何處？啄我田中新禾黍。父老喧傳雀有神，眼看食飽任[九五]飛去。葉蟦節賊螟食心[九六]，葉盡根枯[九七]秋蟲深。雨雪中田一尺足，撥根猶向泥中尋。蝻子如雲已生翼[九八]，爾雀高飛不敢食[九九]。下啄蟲螘靡孑遺[一〇〇]，蝝蚳完卵安可得。西家稻登新未嘗，榆[一〇一]春如玉輪官倉。爾雀食餘委穴[一〇二]鼠，倉空歲久吾農償。雀飽歸飛巢阿閣，更呼其侶鳴聲樂。吾農日日勤東作，見爾雀飛雙淚落。

校勘記

〔一〕“已”,《初編刻本》作“各”。

〔二〕“粤維太岳尊”,《初編刻本》作“禹貢首太岳”。

〔三〕“作鎮與”,《初編刻本》作“巍巍作”。

〔四〕“肇古唐虞夏”,《初編刻本》作“唐虞肇刊旅”。

〔五〕“周方鎮”,《初編刻本》作“周鎮仍”。

〔六〕“明禋”,《初編刻本》作“虔懸”。

〔七〕“書契久”,《初編刻本》作“因國半”。

〔八〕“荒主恣淫遊”,《初編刻本》作“世主荒淫游”。

〔九〕“崇祀任”,《初編刻本》作“崇祠辟”。

〔一〇〕“老魑亦何憑”,《初編刻本》作“外方亦明神”。

〔一一〕“貢謏呼萬歲”,《初編刻本》作“聲三知何彪”。

〔一二〕“遂令外方高”,《初編刻本》作“獨怪山陽侯”。

〔一三〕“久僭三公祭”,《初編刻本》作“不聞出狘燴”。

〔一四〕“申吕與齊許,秩宗祀已廢”,《初編刻本》未有此二句。

〔一五〕“不”,《初編刻本》作“未”。

〔一六〕“古始嗟已遥,貤謬豈一概”,《初編刻本》作“釋山幸經明,司樂尤注賴”。

〔一七〕詩據《初編刻本》補。

〔一八〕《初編刻本》全詩作:青山不避遠,百里勤來客。揖我林外高,前村近翻隔。晚烟視馬首,草輭念足適。谷轉睇青縈,岡逾悦紅積。商飈遞虚籟,返景半峰赤。窈窕中幽吟,崟嶔外回翻。叢陰已上露,待向青衫滴。痛洗雙耳塵,一聲牛背笛。遲遲林向晚,杳杳霞沈夕。回首山下途,征車尚絡繹。

〔一九〕“空”,《初編刻本》作“偏”。

〔二〇〕“看”,《初編刻本》作“議”。

〔二一〕“功名至竟到”,《初編刻本》作“及時富貴奈”。

〔二二〕《初編刻本》全詩作:崖回窘無地,千尺削枯鐵。生闢疑神工,積幽儼月窟。仰穿螘行磨,俛出鳥窺穴。藤抱雲根懸,松蟠坤軸裂。孤陰竟日晦,老翠經年活。古洞雲常儲,不隨出岫滅。還歸作風雨,飛電夜深掣。

一笑捫青空，塞胸萬星列。寧知一拳小，始見羣峰絶。寄謝山中人，無老此徑設。

〔二三〕詩據《初編刻本》卷二補。

〔二四〕《初編刻本》全詩作：目盡白石潭，首出青山背。屈逐蛇行蟠，往還一峰對。馬蹄不草結，十上八九退。半嶺留沙痕，助黏濕苔礙。寒風蹋木末，出世日光大。山氣冒川原，學雲作雨態。天垂半晌白，併入炊烟靄。猶恨前途平，已躋鳥飛外，登臨興正遠，筋力寧辭憊。孤往知亦難，斂身入世隘。

〔二五〕“吾峪關”，《初編刻本》作“吾峪關即東陽關”。

〔二六〕“指”，《初編刻本》作“卓”。

〔二七〕“據”，《初編刻本》作“踞”。

〔二八〕“煙火千家擁”，《初編刻本》作“西伯王基肇”。

〔二九〕“雲巒萬木稠”，《初編刻本》作“東陽霸業留”。

〔三〇〕“争”，《初編刻本》作“餘”。

〔三一〕“遺鏃勝”，《初編刻本》作“斷鏃滃”。

〔三二〕“遽社”，《初編刻本》作“遽屋”。

〔三三〕“兆”，《初編刻本》作“甚”。

〔三四〕“有”，《初編刻本》作“汲”。

〔三五〕“祖煩伊”，《初編刻本》作“傷祖伊”。

〔三六〕“侈然方信命”，《初編刻本》作“侈信天有命”。

〔三七〕“沫土更靡遺”，《初編刻本》作“何異殷喪師”。

〔三八〕“忌戰能”，《初編刻本》作“寢薪得”。

〔三九〕“藉”，《初編刻本》作“資”。

〔四〇〕“用兵重”，《初編刻本》作“固圉審”。

〔四一〕“古所重”，《初編刻本》作“豈相爲”。

〔四二〕“夷明”，《初編刻本》作“髣髴”。

〔四三〕“悲”，《初編刻本》作“憫”。

〔四四〕“悕矣”，《初編刻本》作“哀哀”。

〔四五〕“想當餓”，《初編刻本》作“禍燭堪”。

〔四六〕“惕”，《初編刻本》作“悕”。

〔四七〕“甸邦”，《初編刻本》作“肴咈”。

〔四八〕“至今”，《初編刻本》作“蒼凉”。

〔四九〕“重”，《初編刻本》作“童”。

〔五〇〕“周政不復綱”，《初編刻本》作“周轍不復西”。

〔五一〕“遂”，《初編刻本》作“恣”。

〔五二〕“廣莫鄰晉鄙”，《初編刻本》作“晉疆啓戎索”。

〔五三〕“亦復阻聲化”，《初編刻本》作“廣莫猶梗化”。

〔五四〕“怨”，《初編刻本》作“迫”。

〔五五〕“乃知亡國本”，《初編刻本》作“怙强釋外懼”。

〔五六〕“端亦在”，《初編刻本》作“積懦滋”。

〔五七〕“相繼日”，《初編刻本》作“唇齒繼”。

〔五八〕“空”，《初編刻本》作“餘”。

〔五九〕“靈”，《初編刻本》作“廬”。

〔六〇〕“波長”，《初編刻本》作“風清”。

〔六一〕“何時楹語出”，《初編刻本》作“百年楹語閟”。

〔六二〕“少年長羡李衛公”，《初編刻本》作“上書西岳歸途窮”。

〔六三〕“失足乃”，《初編刻本》作“失途誤”。

〔六四〕“急許東窗倩”，《初編刻本》作“可許東窗呼”。

〔六五〕“涓涓一灑何能爲”至“翻倒銀瓶滿空水”，《初編刻本》作：“涓滴計較寧天慈。局外猶勤圭璧薦，當前忍惜霖雨資。海倒山排一翻手，鯨鼉怒出平地走。眼看赤子生魚頭，縱未功成肯辭咎。百年得時憂罪譴，失伍何曾后徹底稊旱。但助空陰掩日明，末徵屯膏從風涣。赤地頻年苦鄉里，二麥無苗禾盡死。排雲儻爲蒼生起，嗟汝乖龍柰左耳。”

〔六六〕“忽已”，《初編刻本》作“日益”。

〔六七〕“有”，《初編刻本》作“衍”。

〔六八〕“已”，《初編刻本》作“一”。

〔六九〕“可憐”，《初編刻本》作“當年”。

〔七〇〕“仰穿飛鳥窟”，《初編刻本》作“迴接飛鳥巢”。

〔七一〕“俛蹋蝯窖穴”，《初編刻本》作“危闚竄狖穴”。

〔七二〕“夜壑瀉陰泉”，《初編刻本》作“陰泉瀉哀聲”。

〔七三〕“哀湍響鳴咽”，《初編刻本》作“夜助風鳴咽”。

〔七四〕“石戴馬足滑”，《初編刻本》作“蹄石相盪摩”。

〔七五〕“鞚豁崖谷裂”，《初編刻本》作“蹴空畏地缺”。

〔七六〕“絶頂聞鷄鳴”，《初編刻本》作“破夢上鷄鳴”。

〔七七〕“天風倏飄瞥”，《初編刻本》作“羣星向空没”。

〔七八〕“歷歷羣星乾”，《初編刻本》作“玉衡漸下柄”。

〔七九〕“玉繩低欲没”，《初編刻本》作“欲挽傷錡缺”。

〔八〇〕“側身忽東望”，《初編刻本》作“左海生初陽”。

〔八一〕“魯甸光明滅”，《初編刻本》作“孤光易明滅”。

〔八二〕“夢未醒”，《初編刻本》作“魯甸隱”。

〔八三〕“何由徹”，《初編刻本》作“念當徹”。

〔八四〕“惜哉卧榻酣”，《初編刻本》作“萬里交雙眸”。

〔八五〕“何時見”，《初編刻本》作“徘徊忍”。

〔八六〕“怪□聲正悲”，《初編刻本》作“天明下塵土”。

〔八七〕“欲取錡斨缺”，《初編刻本》作“表里殊涼暍”。

〔八八〕“徘徊行復行，溜澠杳難别”，《初編刻本》未有此二句。

〔八九〕《初編刻本》全詩作：曉來電明處，怖此前山惡。峽束不能天，足垂地無著。雌雷殷危峰，怒眘崖石落。虎口涎人來，心知步難卻。高虢闢踣鐵，飛火雨中作。日氣交霧封，天光沓雲錯。蒼茫下界晦，百谷聞歕薄。度我雨聲上，風雲注雙脚。敢忘溝壑志，未忍身溝壑。徒積登高懷，壯游任飽拓。

〔九〇〕“莫”，《初編刻本》作“算”。

〔九一〕“登陟感長”，《初編刻本》作“漸得罷宵”。

〔九二〕“隨人”，《初編刻本》作“兼天”。

〔九三〕“帶石清”，《初編刻本》作“受日明”。

〔九四〕詩據《初編刻本》卷二補。

〔九五〕“眼看食飽任”，《初編刻本》作“看爾食飽自”。

〔九六〕“葉蟘節賊螟食心”，《初編刻本》作“嗟爾食苗勿食心”。

〔九七〕“根枯”，《初編刻本》作“心枯”。

〔九八〕“蝻子如雲已生翼”，《初編刻本》作“蚱蝻出土已傳翼”。

〔九九〕“爾雀”,《初編刻本》作“雀子”。

〔一〇〇〕“靡孑遺”,《初編刻本》作“空穴居”。

〔一〇一〕“榆”,《初編刻本》作“揄”。

〔一〇二〕“穴”,《初編刻本》作“壁”。

耨經廬詩集卷三

箸䧳涒灘

書　夢

夜長不成寐，愁心假杯杓。艱難窘枯腸，文字豈堪託。元中道我去，參差前樓閣。忽如遠霞明，渺若蒼海闊。榑桑千丈光，野馬飛格澤。雙苣耿寒芒，英英㜸花落。我生本彈丸，乾坤寄蟲蟟。萬感摇真精，中乾外以鑠。頫印苦□緦，并刀何由著。默默傷春蠶，爲絲終自縛。

遊雙泉同王二蓮苣興選張二禮門嘉會作

清溪幾人家，巖腰結茅屋。客至聞犬吠，幽聲答空谷。班坐依泉流，回峯障遊目。清波蘸飛絮，過雨生郭緑。交交兩黄鸝，嚶嚶鳴灌木。谷轉桃李陰，蒼松石上獨。幽芳擢萬妙，野艷媚羣馥。雖微靈異境，頫印足清福。入山何必深，幽徑今應熟。歎息慚野人，年年狎麋鹿。

絶壁緑陂陀，目瞑不敢騁。山水發曠抱，尋源窅奇境。土室開重岩，天光入疏影。是時觳雨霽，風柯萬緑静。内寒猶怯纊，外燠已思褧。氣候寧自殊，菀枯誰與領。日落羣峰陰，空暉蕩晚景。興隨牛羊下，塗逐桑榆永。而我悲中傷，何由萬慮屏。且同今日醉，惆悵歸前嶺。

徐速長慚野人意期我梨棗熟

發同游雙泉，此泉趣自永。舊聞南泉異，及到非先境。土室秋表開，隙光補人影。是時各雨霽，風絲萬柯静。聚藻羣欺冰，經春色逾冷。内寒猶怯纊，外燠已思褩。白見前村烟，挾雲驕欲騁。牛羊下落日，烏背猶殘景。半里隨鐘聲，依依月色并。我懷良已澹，矧待壺觴清。

端陽後景五雪舫山自太原書來長句代答

異時我醉并門秋，狂歌獨上城南樓。樓前白雲淡不收，放眼忽窮天盡頭。君行踽踽無朋儔，欻然相遇非相求。快談俄許鍼芥投，豪氣欲卻千貔貅。歸來客舍浮如舟，寒鐙夜雨相啣嘍。秋丞先生皆舊遊，爲我沽酒紛賡酬。時作莊語間俳優，禮非我設無苛尤。同舍相詫了不羞，言則不怒瞋雙眸。年華别我忽如遒，負郭二頃誠難謀。我歸兀兀守故邱，君亦頻年如轉郵。蝯鶴覊檻魚在鈎，非吾信美慚依劉。丈夫雖窮面未鳩，目中豈識韓荆州。誰令杯酒生戈矛？自欲撼樹嗟蚍蜉。彼汾之水波清瀏，鄉心夜逐西南流。雙魚寄我無沉浮，并刃不斷烟波愁。苦云世隘難久留，便當屏絶荒山陬。此身大地同浮漚，繭絲自縛君知不？有酒且可傾千甌，快意安能效楚囚？横逆自反誰其尤，索瘢任人呼馬牛。作達未必非良籌，斯文未喪吾可憂。

月夜宿邢二秋丞萬秀齋中

虚室湛微明，塵心定不起。眸久自生光，空明轉秋水。逸風款輕櫳，香馥凝暗几。中庭花影動，徙倚礙行履。露泣石欄清，非秋亦可喜。時聞遠歌聲，萬籟入愁耳。不防潘面城，差同晏近市。一枕成蘧然，朝曦封窗紙。

初夏夜雨同商三抑之昌作

薄醉意難慵，殘缺續風灺。款簾雨意入，浩向杯底瀉。弱溜懸頹簷，瀟瀟迸屋瓦。盡收萬家泪，勃喜甦原野。衆緑當潛滋，得時靡高下。豫知宵來夢，魚衆行堪把。始嘆生成權，奇慈耐痛舍。不争嫗煦惠，咨怨任惸寡。起坐幾披衣，凌晨役桑柘。腹枵亮可免，早計聯杯斝。

夏日同蓮苣季九享山時升宿勉亭山房

先生幽居常閉門，長鑱自斸靈苗根。偶然把釣坐溪水，乘興還成尋水源。或循澗曲繞山足，俯見脚底羣峰奔。撥草洞口讀斷碣，手紙榻破蒼苔痕。歸來自持尺半鯉，呼兒沽酒傾清尊。門前剥啄聲入耳，闖然有客來南村。入門一笑百不語，評詩説劍忘寒暄。老妻解事脱釧珥，知君好客烹魚飧。酒酣烟雲落杯底，快意誰能相軽軒。痴兒索畫更奇絶，重逹其意聊自尊。憐渠童稚易欺紿，墨瀋亂潑如雲屯。謬云十指生酒氣，恐未一一如君言。擲筆長嘯天地闊，當頭皓月翻金盆。人生行樂争有幾？安能齷齪營雞豚。有書須讀酒須飲，此外奚肯勞清魂。日出人事應何限，悠悠寧與今人論。

思　子〔一〕

步月滿中庭，回飆畏深屋。還將未嘗泪，默坐背燈續。閔惻同室懷，吞聲忍兩目。輕塵守韈履，枕簟猶虚覆。骨委生蓬蒿，魂孤餒野宿。寒蟲泣暗砌，栖助哀音促。辭樹柯亦悲，誰當泯舔犢。

病葉催林薄，戀柯行獨遲。去雲倏以遠，奄化靡歸時。昔爲掌上珠，今爲田中秜。秜生會有日，珠碎還無期。坐卧宛在眼，笑啼渺天涯。孰云非夢想，展轉還成悲。泪外更何見，我心但自知。

大火西南下，雙丸無暫留。寒蟬抱樹默，一葉驚早秋。物理有幻化，人生總歸休。强云等修短，奈已區鼂蝣。竟受古人誣，與齡難自由。浮生累身外，痛割天屬酬。作達聊自遣，明知非外求。

中秋對月風雨興夜霽再酌同蓮巨作兼柬勉亭

去歲我自山東來[二]，愁霖十日雲初開。中秋月色好如晝，共君一飲三百杯。今年月色更清潔，穆穆金波動[三]蟾窟。豈是景過漫不留[四]，翻[五]疑年時無此月。忽憶前年同客并門時，此夕文場争構思。相對年年曾未易，一樽莫負當前持。霜重石闌露華白，短榻重移草根墢。徑須徹夜不歸眠，容易姮娥伴雙客。西來急風卷庭樹，月黑雲深雨如注。世事變滅那得知[六]，無乃好事天公妒[七]。宵夜[八]雨歇雲宇静，銀河不動秋空映。細看皓月轉清寒，萬里晴天朗金鏡。殘榼喚起重斟酌，飛蛾細傍燈花落。階前冷露泣牽牛，夜氣珠光更清霍。箕陽先生吁可憐，病起經時無酒[九]錢。明朝相就能同醉，尚許開尊晚桂前。

詠史

倦羽易爲條，涸鱗易爲水。所以中山君，壺餐得二士。淮陰感一飯，千金酬漂母。陶公曾乞食，冥報貽斯里。倒戈脱趙盂，市義重文字。古人懷一食，往往許以死。此人豈不偉，飢驅不由爾。一飽尚未易，七尺胡可恃。與苟非當戹，千鍾曾不視。

初冬訪仲亨書舍

初冬十月吹朔風[一〇]，風卷黄葉飛太[一一]空。千里愁雲黯無色[一二]，驚塵漲地天濛濛[一三]。曠野沙平日垂腳，嗚咽哀濤撼林[一四]薄。雲中孤雁鳴且翔，翅重風回不能落。前村遠燒明木杪，畏寒[一五]人家閉門早。我向山中一扣[一六]扉，先生無事方幽討[一七]。山氣親人黯將夕，落日[一八]樵風引歸客。東山月出[一九]生晚涼，槭槭乾聲動履[二〇]迹。

顧齋雪夜憶箕陽舊遊東勉亭兼寄享山[二一]

箕山木落何[二二]紛紛，塞鴻嘹唳聲相聞。山中美人惜離羣，曉起青山弄白雲。美人家住青山裏，八尺長竿釣秋水。南鄰詩客時相遇[二三]，享山設舘箕陽。地下仙人呼不起。勉亭居東里許，有唐韓仙君墓。山[二四]頭日落牛羊夕，松竹未荒山下[二五]宅。霜中寒菊秋更鮮，雪裏青楓老逾赤。清流夜灌浸階縫，自持長柄[二六]奴抱甕。花茵日日和雲[二七]霾，藥圃年年帶煙[二八]種。西廊慈竹頻移根，別後近已聞生孫。數片纔搖清月影，一鞭忽破[二九]蒼苔痕。先生愛花兼惜[三〇]竹，夜夜勸醉西廊曲。月落霜重不歸眠，尚憐暗響聽不足。昨夜同雲舞飛雪，寒重應憂壓枝折。亮無虛壑千竿移，未免新愁幾重結。知君此時[三一]應傾杯，問訊消息到寒梅。東風火急催花放，蹋雪年年余早來。

庚申夏六月弟許宗衡讀過。[三二]

屠維作噩

汾橋夜渡[三三]

浩浩洪波流，當春勢已劇。連木横危橋，夾輈不盈尺。孤雲蕩餘影，沙浦靄將夕。星斗濕寒空，天低萬頃白。澤國方畬火，漫流豈知惜。南原久荒旱，走望艱圭璧。吾欲回狂瀾，挹注變枯瘠。諒無搏躍能，安得慰哀益。藉稻傷鄗人，浸蕭念郇伯。滂旱苦不均，由來自古昔。

夜　雨[三四]

獻歲苦恒陰，一雨慰懷抱。傍晚猶風霽，霡霂忽及早。雖微下尺深，亦足振暵燥。望極願易足，寧如日杲杲。四載罹饑饉，焦原憫青草。比聞南原麥，莖葉憂枯槁。小人監齋念，苟足望黍稻。狼戾猶啼飢，頻荒豈能保。八口難自謀，非關憫黎首。轉欣負郭微，租稅易時了。不見足穀翁，顛連日在道。疇言富人帑，囷棘空如掃。悠悠后土漧，淫溢思潢潦。縱我十日餓，倖免千里殍。

夢賡兒〔三五〕

死别已經年，那能長相憶？何由在我傍，夢回轉悽惻。雖異平生顔，眉目朗可識。汝母斷腸聲，潺湲下沾臆。我亦愧人父，艱難寸衷逼。生小未出門，述歧恐迷惑。風波更阻修，真幻安所測。將非坏土漧，魂餒欲求食。生常困飢寒，死亦憂菜色。那無一壺漿，澆爾荒草域。子歸向何方？來往愁傾側。寒風嘯窗竹，落月向昏黑。悠悠宿莽心，中宵坐太息。

遊廣勝寺〔三六〕

古刹蒼山巔，危徑懸一髮。履險方蜿蜒，穿林互出没。山門眾草深，磴道長松列。葱蘢萬拱出，紺碧閃金闕。諸相窮纖豪，森嚴入秋骨。雲生古洞寒，老柏垂清樾。巖扃不敢上，云是神仙窟。剔蘚叩奇蹤，捫蘿認詩碣。遺像何人留？百年真恍惚。回瞻下界塵，咫尺興超忽。山氣排窗來，高平失炎暍。朱夏幸重遊，朝昏共拄笏。

登廣勝寺浮圖〔三七〕

湧地盤崔嵬，連雲十三級。枝樘晴方摇，突兀屐不躐。窮壁轉幽壙，臨虚步飛閣。百里見汾川，流波入九槅。箕陽萬家雲，晴絮擘殘衲。雷雨東山昏，虚聲轉歕欱。連峯蹋北眺，拱峙蒼翠匝。坤軸愁傾欹，帝座通呼吸。白日忽西淪，蹉跎逝莫及。誰能借雲梯，爲我排閶闔？虎豹隘九關，精誠豈見答。諒無淩風輪，高舉渺六合。默然念垂堂，勇退謝□驕。

霍　泉〔三八〕

萬峯不肯平，崖傾石仍驟。山腹孕寒泉，積響出岩竇。陰壑哀湍煮，虚牝窅聲漏。百道争逵奔，萬蹶競埒湊。鬵恐山骨穿，吸知地肺透。側睇驚鞏泂，俯探怯虚漱。古柏縱横卧，陰森動晴晝。石根走蛟虬，雨積蒼皮瘦。荽藻濛沙明，藚藻擢波秀。誰云深不測，頗笑道元陋。尋源訛始訂，入汾迹豈舊。滄海猶桑田，歎息何能究。

分水亭小飲〔三九〕

徑波互飛梁，誰構臨流屋。鐵檻回潛虬，苑蟺坐中伏。陰陰積晦暝，颯颯易寒燠。寧知用壯感，澎湃不可束。前溪萬雪飛，後轟千雷逐。我寒未色動，尊酒闌千曲。盥肅酹幽深，勸龍吾有祝。永思膚寸惠，作我中田足。罷祝喧童冠，醉眠藉草録。斜陽萬峰晦，歸雨一何速。負我聽潺湲，懸鐙就僧宿。

雨後過勉亭翠遊山房時方養疴謝客

蹋雨輕〔四〇〕敲竹外門，苔階嫩緑破新痕。稀人草長斜侵屐〔四一〕，阻客溪深曲抱〔四二〕村。小閣春寒逢卧病〔四三〕，空庭花落勸〔四四〕開樽。看山又負年時約〔四五〕，百五東風總斷魂〔四六〕。

澗橋同享山

傍樹寒生漠漠烟，隨風榆莢散春錢。小桃夾岸初〔四七〕通路，野水平堤欲到田〔四八〕。花外鳥啼催雨急〔四九〕，沙頭人歇帶雲眠〔五〇〕。尋春遲我清明後〔五一〕，風景分明已隔年〔五二〕。

訪仲亨書舍

隔牆晴柳裊烟絲，天氣輕寒欲暖時〔五三〕。徑轉山腰窺院小，橋通谷口到門遲。先生過午眠初覺〔五四〕，獨客重來路自知〔五五〕。竹裏茶香煙正颺〔五六〕，東峯月上最高枝〔五七〕。

唐韓君墓碑歌有引

韓仙墓在九箕之麓，墓前唐碑甚佳，惜剥蝕矣。余與勉亭二兄剔鮮出之，各榻數紙，因作長句紀之，以誌余輩探奇之一快云。

箕山東上何崔嵬，山前猶矗前朝碑。乃是韓君墓旁石，至今剥落莓苔披。何人作亭蔭廣厦，敗壁摧殘色如赭。狐兔夜鳴風卷林，樵牧晨登火燒野。當年誰墮峴山淚，斷碣重封豈無意。千佛猶存刼後容，半偈已蝕千年字。終朝摩挲認波磔，齝句覼縷那耐覈。猶仿當時歐褚體，尚沿前朝齊梁格。書作名字俱漶滅，首尾胝平下半脱。標時獨識大唐年，龍朔二年冬十月。就中出處頗能詳，獨云掛冠歸梓桑。豈如俗説承訛謬，成仙化鶴殊荒唐。我蹋亂雲步荒草，倍愛簪花迹逾好。手榻澄心三十張，持向晴雨玩墨寶。遺迹千秋出禾黍，多少精魂泣烟露。山頭明月照孤墳，寂寞寒潮自來去。

題乾元山寺〔五八〕

緣山逾百折，穿雲履石磴。澗松轉幽籟，風泉入虛聽。鐘聲飯後寂，嵐氣午前定。僧雛戲山門，樵響發深徑。落日幽禽鳴，時聞谷口應。不見採芝人，白雲謝持贈。

夢遊北橋寺晤秋丞君時卧病近年餘矣

古寺鐘昏落遠天，閉關别我病經年。迎人犬吠花邊〔五九〕徑，過雨雷鳴石底泉。佛壁有詩悲骨冷〔六〇〕，己巳余讀書平山，王雪堂同君曾題詩壁間，雪堂今已殉矣。僧房無榻認塵懸。西窗苦負平生約，黯黯寒燈照獨眠。

寄雪舫〔六一〕

君家平山下，高卧平山雲。結茅三十載，日與麋鹿羣。門前夕波遠，素浪生清汾。昔下南州榻，共我蘭膏焚。朝起相對酌，夜深猶論文。飢寒迫漂泊，形影惜久分。一誤插塵腳，結念空殷勤。世途嗟險巇，彈鋏知誰門。十年走京雒，江湖仍賤貧。拂衣歸舊山，覽古窮皇墳。素霜染明鏡，悔此頭上巾。勿效阮生痛，且自迴雙輪。

遊萬安泉〔六二〕

閉户怨舊寒，尋芳畏新燠。幽居玩眾化，弄此方塘玉。鹹水冒初晴，迸原靄微緑。沿洄遂忘遠，迢遞忽相逐。得趣本無心，因物方有觸。羣兒争跳波，孑孑動盈匊。萬族供一飽，艱難抵升粟。買放猶斯池，明當復罹毒。監河吾豈敢，别孕念爾酷。歎息悲窮波，修鱗安所伏。

四月十八日大風作

黄雲蔽日來向東，飛塵四塞天昏濛。對案抛箸不能舉，迅雷怒轉殷隆隆。須臾天低雲更墨，狂沙刮地聞腥風。鴨青一綫生牆角，潮氣欲濕排扉窗。白雨疏疏散大點，俄頃已滿空庭空。樽前百物失舊態，照我慘憺顔不紅。老人更事獨竊歎，云恐雨雹成荒凶。薦饑粗逢麥可穫，驚此使我憂忡忡。潛心默禱願開霽，造物寧不哀愚蒙。瞬轉息飛忽失在，欻見白輪光轉叢。此邦幸免固其理，貪天敢詡精誠通。更愁何方罹此虐，豈有人力回天工。抑知飄瞥終消散，雖災不害疇能窮。引滿相慶詎辭醉，相與企竚望年豐。

宿北橋寺同勉亭秋丞雪舫抑之即題寺壁

殘陽欲落前山暉，山寺鴉噪遊人稀。穿林越澗出山頂，石根一徑盤翠微。山犬狎僧解僧意，見客不吠憑頤揮。入門青苔滑侵履，蒼耳鉤結牽人衣。老衲話舊争出見，小松手植今盈圍。榴花半吐芍藥謝，落英滿地紅不肥。空階畏濕屢遷坐，夜久露下星河晞。丈室久閉暫棲榻，撲簾喜見遊蛾飛。卷衣代枕燈在壁，酣寢神清無是非。人間婚宧不入夢，香生鼻觀聞禪機。四更月上前峯静，破窗風裂光穿幃。門樓鐘動催客起，時有僧雛來款扉。城市在心不可住，呼侶結束趨塵鞿。危橋架礀道我去，已見野老耕煙霏。樽酒五載恍夢寐[六三]，遂初無計無由[六四]歸。惜哉缾盞空蓄願，結茅何日同皈依。

亦園銷夏絶句[六五]

净掃中庭絶點埃，隔簾花氣撲蒼苔。推窗衹放天光入，莫惹游蜂趁影來。

金爐香爇裊輕絲，手下重簾放出遲。卓午吟殘窗外雨，客來衣濕立多時。

夢覺深林鳥去遲，過窗雲影并花移。空階路陊芭蕉響，一霎清陰雨不知。

午夢初回鳥唤茶，緑窗紅日正微曬。生教半歸風兼雨，吹落空庭多少花。

當户垂楊覆好枝，得風偏早月偏遲。凉蟬抱葉驚秋到，一縷殘聲曳紡絲。

簾卷梧庭月上初，疏陰不礙坐擁書。丹文緑字尋常見，負卻閑窗夜夜虚。

過雨凉蟾一暈生，千林珠泫露華清。晚烟銷盡天如水，卧數殘荷徹夜聲。

夜静山泉響佩環，尋聲暗轉出花間。冲泥忽斷前溪漲，痕上回廊盡處山。

竹裏繩床向晚移，多因聽雨夜歸遲。朝來日脚當檐下，破網晴添一角絲。

果蠃緣山引蔓長，野花無主上空堂。草根露冷蛩聲急，已覺秋生薜荔墻。

顧齋冬夜有懷張石州先生穆

長年低首拜經神，座擁書城滿室春。海内文章推大筆，京華憔悴獨斯人。千秋有業終傳後，一歲多喪奈損真。老屋孤燈風雪夜，共誰相伴著書身。

勉亭二兄挽詩

詞場悔盡苦吟身，零山落房慘不春。君齋曰“翠□山房”，文雨夫子所署。少日名從詩裏得，淮南陳文雨夫子宰洪日，君以《榆莢詩》受知先生，呼曰：“詩人詩人。”多年迹是酒間親。生成俠骨爲身累，君富於貲，以急義傾産，中歲蕩然。死結飛仙作鬼鄰。君家九箕山麓，山半有唐隱居韓仙君墓。修禊何年重結社，聞香邀月總沾巾。甲辰春莫，君約余修禊箕山，時牡丹盛開，“聞香邀月”，墅中十景名也。

尋春約負隔年期，病骨維摩暖未知。戊申，君約余今歲踏青廣勝寺。洎余往遊，君以病未與，故余前詩有“看山又負年時約，百五東風總斷魂”之句。輞墅琴樽千古恨，君構别業爲“箕峯别墅”，余與君仿《輞川集》爲《箕峯倡和集》。平泉花木一生痴。君性惜花，嘗作《護花》詩，一花一木，不以乞人。買山病裏猶論價，嘗遊山後申氏山莊，愛其水石，有終焉之志，比病，猶諄諄問價不置。諛墓生前已屬兒。君病〔六六〕革謂錫恩等曰："吾墓石必霞舉文、雪舫書、仲亨篆。"皆從之。田樹并榮還并歇，君與從父兄學弟枚先後入學，去歲，君弟殤；今年夏，從兄殤，至是皆盡。年來差喜長孫枝。去歲，錫恩已生子，君抱孫矣。

危軀一葉寄輕雲，芪木〔六七〕無靈迹太勤。君素癯，醫家誤以温劑投之。心血定因佳句盡，君病血失〔六八〕，猶時時作詩。瓣香留待後人分。及門衛生侍君疾，啓手足猶囑梓《箕峯倡和集》。魂歸夜月呼丁令，相傳韓仙君化鶴飛去，君葬所相去一抝盧舍。伴結青山有卯君。與弟静涵同日葬，兆相左右。最是兒曹忘不得，何時眼見繼斯文。仲亨問君疾，君屬次子銘恩從學。

茫茫遺恨感人琴，路斷西州夢未沉。余頻夜夢君，方欲作《紀夢》詩，而訃至。死去論交空雪涕，余與享山視君疾，君歎曰："生平論交多矣，獨雲章、享山、霞舉三人吾知己耳。"比疾甚，與雲章、抑之視之，已不言，猶潸然出涕。病中憶我最關心。八月十一日夜，忽瀕危，君泫然曰："霞舉胡不來乎？"家人遣人召余，比少瘥，恐余驚，追使者還。閲日，余至，握手涕泣而已。魂招大野秋雲薄，同人二十餘輩執紼送葬，秋丞爲文祭之，同聲哭，行道惻然。碑矗荒山宿草深。同人醵金立石墓道，余爲文表之。鬥酒隻雞原上路，春明擬待踏青尋。秋丞約余來春爲君酹墓，各痛飲盡醉而歸。

贈别李澤長明經縄祖〔六九〕

藐姑山人冰雪姿，神清骨聳形權奇。玉井紅蓮十丈花，凡葩屑與争葳蕤。二十作賦已無敵，筆端氣失千熊羆。曾上燕臺看駿骨，結交肯數幽并兒。歸來哀樂損情興，一官未得長苦饑。念昔文戰初相值，朱顔灼灼生光儀。衆中顧我獨嘆絶，感君五色遺毛皮。别來六載不相識，忽驚秋霜生鬢絲。婁山片月落杯底，容易一年相對持。法曹别業荒秋雨，草長不翦珠離離。掃徑穿雲石苔冷，同踪共影成酣嬉。罷酒高堂夜如漆，愁腸欲鳴聲轉悲。君家平水上，旁臨平水祠。渚蒲戢戢蘆芽短，盤中鯉膾金鱗鬐。君今歸卧飽鄉味，絶勝芻豢酣夥頤。我阻一水絶游屐，雖有魂夢無由追。蹋雪縱訪愁累嫂，拔釵準作衡寒資。王道在鄉古所許，看織坐對聲晤咿。正直苟孚窮何病，行行須慎韋與脂。君生長賤豈天意，深惜光景馳和羲。春明帝里會相見，共飲千觴君莫辭。

校勘記

〔一〕詩據《初編刻本》卷二補。

〔二〕“山東”，《初編刻本》作“東山”。

〔三〕“動”，《初編刻本》作“漾”。

〔四〕“豈是景過漫不留”，《初編刻本》作“過景寧輸到眼新”。

〔五〕“翻”，《初編刻本》作“轉”。

〔六〕“變滅那得知”，《初編刻本》作“萬事總蹉跎”。

〔七〕“無乃好事天公妒”，《初編刻本》作“無故宵深雨歇雲”。

〔八〕“夜”，《初編刻本》作“深”。

〔九〕“病起經時無酒”，《初編刻本》作“一生好客今無”。

〔一〇〕“十月吹朔風”，《初編刻本》作“日日饕乾風”。

〔一一〕“飛太”，《初編刻本》作“晴鏖”。

〔一二〕“千里愁雲黯無色”，《初編刻本》作“驚土作塵冷灑面”。

〔一三〕“驚塵漲地天濛濛”，《初編刻本》作“出門有地塗非窮”。

〔一四〕“林”，《初編刻本》作“長”。

〔一五〕“寒”，《初編刻本》作“虎”。

〔一六〕“我向山中一扣”，《初編刻本》作“舊識青山自够”。

〔一七〕“先生無事方幽討”，《初編刻本》作“相逢但説豐年好”。

〔一八〕“落日”，《初編刻本》作“袖底”。

〔一九〕“出”，《初編刻本》作“上”。

〔二〇〕“乾聲動履”，《初編刻本》作“空林避虎”。

〔二一〕《初編刻本》無“顧齋”二字。

〔二二〕“何”，《初編刻本》作“秋”。

〔二三〕“遇”，《初編刻本》作“過”。

〔二四〕“山”，《初編刻本》作“峰”。

〔二五〕“山下”，《初編刻本》作“溪上”。

〔二六〕“自持長柄”，《初編刻本》作“自携長槍”。

〔二七〕“雲”，《初編刻本》作“詩”。

〔二八〕“帶煙”，《初編刻本》作“雜酒”。

〔二九〕“破”，《初編刻本》作“冒”。

〔三〇〕“惜”，《初編刻本》作“愛”。

〔三一〕“此時”，《初編刻本》作“對此”。

〔三二〕此句《初編刻本》無。

〔三三〕《初編刻本》全詩作：浩浩洪波流，當春勢已劇。聲喧岸樹動，怒轉荒冰激。星斗車底寒，長天萬傾白。奔雲抱沙冷，月上板橋寂。馬足橫危空，旁行不敢尺。孤燈出林際，龍骨塵懸壁。長被漫流侵，畲田火自隔。豈知南原旱，走望卒圭璧。藉稻傷郿人，浸蕭念郇伯。涓涓老農泪，日對枯根滴。

〔三四〕《初編刻本》全詩作：獻歲愆恒風，輕陰慰懷抱。深宵噫氣斂，霡霂從破曉。下尺知未能，勃興企原槁。薦饑匪今日，四稔無青草。比復莖葉枯，蠚蝥蝗迹如埽。小人恃粥活，痛語聞黎老。九死望監河，寧如樂輸早。轉欣負郭褊，租稅易時了。不見足穀翁，顛連日在道。悠悠后土漧。淫溢思潢潦。妄欲呼漏天，挽河使西倒。縱我十日餓，終愈千里殍。

〔三五〕《初編刻本》全詩作：死别從隔年，那能苦相憶。何由見涕泗，宛轉忽我側。但異平生顔，目朗儼可識。回腸汝母斷，默對共沾臆。我亦媿人父，艱難寸衷逼。汝生未出門，來徑恐迷惑。今更何方去，少留曷頃刻。將非抔土漧，魂餧欲求食。生分厄飢寒，死寧忍菜色。那無一觴泪，澆爾荒草域。窗竹寒風鳴，天高月向黑。悠悠宿莽心，未死會有極。

〔三六〕《初編刻本》全詩作：蒼山冒古殿，危徑懸一發。金碧天外浮，朝曦互明滅。山門衆草擁，磴道長松列。佛坐扃寒泉，毒龍地中活。雲歸古洞閉，老柏守風樾。蘚迹千年深，殘枰定仙窟。孤峰刷夜雨，氊蠟荒詩碣。遺像何人留，名山事恍惚。僧房卧寒翠，亭午捐炎暍。許借西窗凉，朝昏待拄笏。

〔三七〕《初編刻本》全詩作：湧地盤巘，去天十三級。蹋眸轉幽壙，把魄闖虛閣。百里明汾川，流波動几榻。箕陽萬家樹，晴碧長天納。雷雨懷山昏，虛聲與世合。連峰踴北拱，咫尺敢呼吸。白日頭上淪，青雲眼中及。常輕叱馭志，夢想排閶闔。虎豹狺九關，精誠竟何答。容身自有所，勇退謝駇駱。

〔三八〕《初編刻本》全詩作：蒼翠不肯平，崖傾勢仍驟。虚中養雷雨，積洩彌潛竇。虚牝哀湍煎，枵腸窨聲漏。奔逵百道達，兢埒萬蹄凑。嚙恐山骨穿，吸猜地肺透。側睇眩深洑，俯引聒危漱。古柏風縱横，神寒色不晝。石根走蛟蔓，雨漬蒼皮瘦。萎藻潒沙明，蕢藨擢波秀。誰云深不測，頗笑道元陋。出㴱源仍尋，入汾迹莫究。終爲兩縣食，賴此得民富。

〔三九〕《初編刻本》全詩作：徑波磯鬱響，擘浪涌高屋。鐵檻拘潛虬，宛蟺坐中伏。威知用壯氣，澎湃不可束。前瀉萬雪飛，后轟千雷觸。我寒未色動，尊酒闌干曲。鐘定雲意從，風吟上下續。潛鱗伺罷釣，銜影中流逐。語笑溪聲長，醉眠藉新緑。斜陽萬峰晦，歸雨車外速。負我聽潺湲，懸鐙就僧宿。

〔四〇〕“輕”，《初編刻本》作“來”。

〔四一〕“草長斜侵屐”，《初編刻本》作“樹密斜妨道”。

〔四二〕“抱”，《初編刻本》作“避”。

〔四三〕“小閣春寒逢卧病”，《初編刻本》作“殘月寒逢新伏枕”。

〔四四〕“空庭花落勸”，《初編刻本》作“比鄰醉勸舊”。

〔四五〕“又負年時約”，《初編刻本》作“久辦雙游屐”。

〔四六〕“百五東風總斷魂”，《初編刻本》作“衹負清詩得細論”。

〔四七〕“初”，《初編刻本》作“紅”。

〔四八〕“欲到田”，《初編刻本》作“緑上田”。

〔四九〕“花外鳥啼催雨急”，《初編刻本》作“老大情懷辜痛飲”。

〔五〇〕“沙頭人歇帶雲眠”，《初編刻本》作“回翔歲月悔愁眠”。

〔五一〕“尋春遲我清明後”，《初編刻本》作“深防舊事兒童覺”。

〔五二〕“風景分明已隔年”，《初編刻本》作“漸恐狂歌誤盛年”。

〔五三〕“天氣輕寒欲暖時”，《初編刻本》作“日午僧寮飯罷時”。

〔五四〕“先生過午眠初覺”，《初編刻本》作“故人久别情相憶”。

〔五五〕“獨客重來路自知”，《初編刻本》作“舊迹重尋夢早知”。

〔五六〕“竹裏茶香烟正颺”，《初編刻本》作“共話當年游釣伴”。

〔五七〕“東峯月上最高枝”，《初編刻本》作“眼前誰復異羣兒”。

〔五八〕《初編刻本》全詩作：寺門近方覺，草長霾深磴。雨竹數修陰，風松集虚聽。鐘聲飯后寂，嵐氣午前定。罷讀禽語長，時聞谷口應。客來落花滿，樵響隨遠徑。不遇採芝人，白雲堪誰贈。

〔五九〕“邊”，《初編刻本》作“陰”。

〔六〇〕“悲骨冷”，《初編刻本》作“經蠹損”。

〔六一〕《初編刻本》全詩作：君家平山下，高卧平山雲。三十猶未出，飢腸饜皇墳。門前萬里水，大海連河汾。一葦思共濟，濫觴各昆侖。開書失千載，把臂古人羣。肩與諸年少，媚争時世文。文成乃大謬，末潤衣食身。誤我插塵脚，志卑難自論。君胡事易轍，柄鑿歸閉門。徒共十年悔，從人羞問津。平生有大欲，遑恤時命屯。耳目幸未老，身名恃有存。山中雨新緑，物物争役春。荆棘膠寸步，孤琴藴生塵。縱無世中事，敢負頭上巾，忍效阮生慟，悠悠敝雙輪。

〔六二〕《初編刻本》全詩作：閉户栖舊寒，尋芳畏新燠。沿洄遂忘遠，影伴方塘玉。鍼水滌初晴，迸原冒微緑。禽聲選静耳，過樹鳴相續。得趣方無心，孤懷易所觸。言隨釣絲卷，兩兩鴨雛浴。飛絮搏風回，虹蛵半晌逐。寸魚方遭網，一飽供萬族。買方猶斯泉，過防力豈足。修鱗幸早去，毋此窮波伏。

〔六三〕“夢寐”，《初編刻本》作“隔世”。

〔六四〕“遂出無計無由”，《初編刻本》作“有山未出遑言”。

〔六五〕詩據《初編刻本》卷三補。

〔六六〕“病”，《初編刻本》作“疾”。

〔六七〕“芪木”，《初編刻本》作“耆術”。

〔六八〕“血失”，《初編刻本》作“失血”。

〔六九〕詩據《初編刻本》卷三補。

耨經廬詩集卷四

上章閹茂

國士橋〔一〕

中行衆人遇國士，國士衆人報中行。智伯國士遇國士，國士曾不救智亡。萬古子臣有經義，區區何敢恩仇計。懷沙顚頷當泣歌，放野流離豈怨懟。惜哉國士未聞道，衹將一劍酬恩了。眼見車中肘踵接，前籌盍效孺子躡。不然讓特俠士流，晚蓋胡顏甘事仇。突鬢曼胡衣短後，指嗾豪門效鷄狗。枯骨高高已築臺，之而冉冉丹青開。生馬真龍焉肯至，翩翩公子且相士。

紀信祠〔二〕

鰒魚臭閉蛇流血，兩虎鴻溝事未决。伏弩飛陷赤帝胸，炎劉鼎基幾再蹶。天下紛紛吾兩人，斗智斗力雌雄分。若翁危作砧上肉，丕子險成釜底薪。滎陽夜半歡聲震，左纛黄屋親輿櫬。肯將脱厄酬丁公，判使誑軍徇紀信。未央擊柱争論功，焦頭爛額皆英雄。奇節寧殊何第一，大名直并韓無雙。舊國荒祠换歌舞，冕旒蕭颯靈衣舉。忠魂不共阿房灰，應化長陵一抔土。

下紀略童生行李姓，甲申之難縊紀信祠梁上〔三〕

閏位俄歸十八子，頭白童生勃然起。勝朝養士三百年，科第紛紛合羞死。平生未著頭上巾，衹解率土皆王臣。月落空梁鬼嘯羣，此心知者紀將軍。

趙城戲贈衛子欽孝廉惟寅同年〔四〕

匣琴理新曲，衹作鳳求凰。怪被兒童認，年年看老郎。

百　邑

余助爾滅智，爾封余百邑。毋乃貪天功，豈伊〔五〕神力及。天使亦何勞，又報唐師入。

龕水汾王陵

宿草荒〔六〕纍纍，龕水縈如帶。生棄萬乘尊，一抔安〔七〕足賴。可憐末巢〔八〕孫，築臺仍〔九〕避債。

韓侯祠〔一〇〕

謂君非叛君真叛，左證猶明腐儒勸。生平羞與噲等伍，眼底何曾識豨綰。死悔不聽蒯生言，丈夫竟爲兒女算。君不自諱人自明，亦知加罪辭何患。豎子恨不用吾言，至今負臣相君面。一悔一恨情如見，嘵嘵奚俟後人辨。

嶺上再題〔一一〕

此輩堪一笑，淮陰諸少年。如何蓋代氣，乃受婦人憐。
昨過國士橋，今酬國士墓。國士尚有雙，峰頭惜獨步。

飛〔一二〕廉石槨

死不如速朽，此〔一三〕言蓋有爲。飛〔一四〕廉作石槨，奸諛同一致。君看太白懸，斂形更無地。

夫婦嶺

角哀與伯桃，解衣能成友。奈何伯夷徒，國士坐〔一五〕相負。輪蹄日夜明，應愧〔一六〕此夫婦。

崇微公主手痕碑[一七]

後宫齊國王襄女，翁主細君作公主。漢家天子丈人行，仙李外甥聯贊普。孤恩老奴生蚌珠，舂槁扶上王姬車。遠嫁休嗟鴛逐鴨，寄巢已作鳳將雛。秋風翠袖金條脱，夜夜穹廬對塞月。攬轡汾橋柳色黄，四弦聲凍無心撥。垂老何時入玉門，獨留青草伴香魂。玉顔馬上搵紅泪，千載芳心託手痕。

祁大夫[一八]

外舉不避仇，内舉不避親。石碏殺其子，乃亦稱純臣。大哉趙[一九]充國，且復及其身。

賈令驛

息夫人不言，此婦亦不笑。天壤有王郎，曠[二〇]世如同調。至竟子南材[二一]，差勝子晳貌。

太安驛雪行用昌黎詩亭韵[二二]

馬背崚嶒夢未安，峭風曉透敝裘寒。山行十里愁兼雪，醉眼連天總作團。

盂縣道中[二三]

蠶叢鳥道闢金牛，倒柄何煩入室矛。不爲大鐘方賦鐵，至今何路問仇猶。

妒女津

介山既已[二四]焚，乃復見此妹[二五]。無惑楚屈裻，亦作申申詈。能令老孤[二六]避，此頗强人意。

白面將軍行〔二七〕

虯鬚倒卷瞋雙睛，長戈鐵甲冠未纓。魂魄千年悲故國，將軍白面神猶生。將軍不知誰姓氏，好奇龍門遺舊史。山農耕雨出銅牙，但憶將軍關下死。成安未是淮陰敵，廣武區區枉奇策。苔荒骨冷戰血腥，恨入緜蔓水中石。關頭日落風沙黄，行人駐馬天蒼涼。君不見弓藏鳥盡烹功狗，不惜真王惜假王。

井陘行〔二八〕

麾下未致兩將頭，將軍乃作坐上囚。奇兵三萬果相假，國士名十將焉籌。平明軍出井陘口，大將旗鼓水上走。絶流預試囊沙奇，潛渡猶師木罌後。死地市人歡更生，二千漢幟連趙營。諸君兵法猶不察，何怪儒者不知兵。耳頭仍戴餘走死，刎頸交親如此水。一檄千里傳幽燕，飽騰日待牛酒至。敗軍之將謀奇中，前愚後智惟所用。從來善將稱多多，詎識虚心固天縱。

真定趙順平侯故里〔二九〕

將軍有膽能包身，將軍智勇尤絶倫。上馬殺敵下馬坐，北平不數飛將軍。萬人槍急身過羽，壁壘無聲偃旗鼓。大耳英雄失箸驚，朝來就視面如土。荆益流離鼎未定，凛然大義君臣正。際會應同耿賈親，追隨欲并關張盛。孫吴唇齒未足憂，老瞞父子爲國仇。眼暗連營七百里，老臣遺恨江東流。

中山行〔三〇〕

疇昔之羊今日事，誰爲政者我與子。一羊幾致華元死，中山相國亦如此。翳桑之餓飽壺漿，甲中突出危身當。倒戈乃脱趙孟亡，中山二士尤堂堂。一恩一怨兩分明，不惟大小惟重輕。怨固傷心惠當厄，乃得二士亡一國。煦嫗之恩民弗孚，蜂蠆有毒將剥膚。堂廉高遠冠履殊，君臣爲謔非良圖。

定州雜詩〔三一〕

功高竹素誰論兔，變起幃房豈責狼。食子儼然爲趙將，猜嫌寧待謗書傷。

魯國詩書方出壁，河間官禮更懸金。漢家四葉文明盛，惻愴賢王嘆樂深。

長歌燕趙多佳麗，孺子争傳樂府辭。何似尹邢常避面，偏將金屋貯陰姬。

望氣争知作楚囚，早應馳道避沙邱。洛陽青蓋同奇中，三月居然入定州。

望都〔三二〕

爾雅釋宋澤，孟望實音轉。向疑非燕略，食採毋太遠。此地堯山舊，邑名由聖善。兩山屹向開，偏諱理或近。望慶雖各殊，流傳當有本。足明樂生封，裂土此其選。禹貢謂猪都，南言例可準。馬背無携書，息裝考二典。

曲逆行〔三三〕

瓠白孺子餐糠覈，枵腹便便飽奇畫。惡草具進亞父疑，粗豪祇將欺項籍。重圍一角馬邑下，馬上閼氏妒深畫。陰謀獨幸世未聞，差免羞言萬口挂。漏陰流水如回中，駐蹕分土酬前功。封侯有命坐無後，毋乃罪與殺降同。君不見安劉老臣背浹汗，口給從容面何靦。千秋相業兩不知，祖述三公問牛喘。

易水行〔三四〕

六國并起燕無後，豈爲荆卿一匕首。遷怒再肆長平威，薊鄴烹戮盡鷄狗。召公闢土嗟日蹙，可但督亢非我有。事秦亦亡報亦亡，田生老謀籌已久。傾都餞送壯士怒，變徵哀歌白衣走。惜哉劍疏計更疏，不待擲柱刃傷手。讀書太息功不成，異代人情見忠厚。强秦何恐燕何恩，惡暴人自願擊掊。蕭蕭白日風轉急，勒馬寒波釃杯酒。天荒地老烏白頭，此恨悠悠名不朽。

賈島故里〔三五〕

長城五字擅文房，主客寧論白與張。不是十桐尊島佛，至今誰肯問中唐。

北河楊忠愍公祠〔三六〕

驟遷肯與拜私門，鸞敗方思繼盛言。獨怪奸嵩方樹黨，書生感激自天恩。

桓侯祠〔三七〕

鞭血誅履徒人費，詭辭出紿袒示背。潛歸告變仍殉身，此輩何曾鮮忠愛。將軍好賢意疏豁，獨近健兒愛鞭撻。目中久已無孫曹，帳下寧虞有疆達。瞋目横矛氣若雷，橋波倒涌追騎回。斷頭將軍怒相向，折節趨拜歡顔開。閬中千載留遺澤，見説龍蛇尚奇迹。髠奴何處識英雄，肉眼登床叱老革。

樓桑樹〔三八〕

魚水君臣未相遇，種菜英雄方賣屨。鄉邦大儒坐横經，負笈身親受章句。尊師大度資天授，少成已窺根柢厚。禮樂應許百年興，功名豈落三代後。伯王友臣帝師臣，卧龍一德真其人。三顧寧殊三幣聘，不然抱膝猶耕莘。丈夫遭遇感恩渥，誰能貶道姑舍學。絳灌豈得如關張，賈董曾難比管樂。

黄金臺行〔三九〕

羊質虎皮曾不恥，乘時攘利請隗始。神師天降火牛軍，老卒相師衹如此。百尺高臺齊北斗，輸忠效力誰能後。不聞白屋勤吐握，但倚黄金事奔走。春風萬里閶闔開，蹏塵蹀躞驕龍媒。鵠立南宫八千士，清時一一辭嵩萊。長鳴引頸何自薄，到眼悠悠盡良樂。一聞招士爲黄金，感此使人氣蕭索。

九　門〔四〇〕

燈明六街滿，鐘動九門開。懷繻羞關吏，春風君又來。

都門遣懷呈王薇階焕辰張鐵生于鑄王靄堂恩燦三孝廉〔四一〕

烈日宣重光，七作繼賢聖。旁求何惻怛，渙汗布新令。平旦四門開，超踔走萬姓。窮轍相濡煦，彈冠各自慶。願言曾無嚔，共此姜桂性。黑貂忽舊敝，素絲成新詠。奈我方孔語，何由廁跖行。照光六星明，距曰非司命。

嶰谷和鳳琯，守囿難爲聲。赤水遺玄珠，奏鼓難爲明。醫門日多疾，棄材國工盈。爛柯良不達，俗語方丹青。永悲郢人質，目巧誰與成。大儒誦詩禮，陵夢隨地生。梧台自致齊，瑀氏何由名。燭胡世已邈，按劍宜爾驚。

耶谿涸出銅，鑄作軒轅鏡。照肝百怪匿，幽荒無遁映。不翳亦不疲，妍媸影自定。嫩婦亦有膏，粲然發號檠。對織詎肯明，昏昏乃天性。燭龍渺莫及，耳目成遐夐。遂令涇渭流，壤穢焉持正。泗鼎倘未淪，南箕斗西柄。

昔夢遊太山，曾登日觀峯。雲氣生履底，徘徊哦五松。玉女顧之笑，嫣然發好容。授我讀丹訣，道我驂虯龍。精誠感魂魄，青鳥有時逢。絓組蕩世慮，蓬萊千萬重。漢陽迷舊珮，芳草青茸茸。純根終自悔，至道吾所宗。

趙北口〔四二〕

遠樹烟銷接混茫，孤颿遥指海天長。涵空白印雲千片，一霅風吹作雨凉。

河間雜詩〔四三〕

魏家典樂幾人留，一卷冬官費購求。不是賢王能好古，叔孫緜蕝竟千秋。

删后名家各自專，古音辛苦若爲傳。誰知斜照西風里，冷落經師舊墓田。"歌以誶止"，"飲酒之飫"，"是用不就"，"周原膴膴" 等句，惟韓詩多合古音。

高唐雜詩〔四四〕

陽春下里未全殊，識曲聽真調苦孤。異代知音屬齊右，不須流嘆羨緜駒。

四十萬言徒足用，金門避世託優俳。誰憐不飽侏儒粟，别是永明著作才。

平原行〔四五〕

諸侯不能友，天子不得臣。豈有家僕伍，而能致斯人。翩翩濁世佳公子，巨擘尤推能好士。碌碌因人事不成，敦槃無色知誰恥。十九人，面相視。囊中錐，脱穎起。片言乃能令公喜，勝今不復相士矣。君不見莘野耕夫猶秉耒，渭濱漁叟長釣水。有足豈解曳珠履，不遇寧甘抱器死，誰能局促處囊里。

東阿陳思王墓〔四六〕

變起同根怨豆萁，舊游翻許憶南皮。當塗若固維城計，國步争教典午移。

十年辛苦轉天涯，八斗虚聞謝客誇。一例詩人長顑頷，此生應悔帝王家。

空山翁仲語烟莎，泪墓何人載酒過。千古闔門同袍恨，常教欒水見前和。

德　州

一代宗工繼宋王，孤寒八百歎門牆。何人爲雪中郎涕，千古傷心雅雨堂〔四七〕。

東平雜詩

斧扆猶傳樂善箴，更開東閣集儒林。思量自古惟家相，四海常歸吐哺心。

平視君臣禮數荒，終應客得此奴狂。絶纓自是尋常事，至竟憐才屬楚王。

久不得抑之消息卻寄時抑之瀕行，子女皆夭〔四八〕

造父城邊柳，依依别至今。無書憑夢寄，有泪閲春深。索定長安米，分容鮑叔金。縱無兒女痛，柰此客中心。

小游仙寄和秋丞〔四九〕

瑶臺架石水成渠，錯擬琅嬛福地居。寄語嵇康休問字，仙曹不解世間書。

法曲初翻待品題，鈞天一奏月微西。翔鸞翥鳳齊聲和，始信陽春調尚低。

誤讀南華第幾篇，偏將面壁惱靈仙。問龍欲乞難爲水，一待金篦動隔年。

前度蟠桃宴已遲，强隨壺棗誤安期。三千歲後終應熟，衹費山中幾局棋。

苦　蝨〔五〇〕

弱盧困炎蒸，中霄未能忍。異水汗涌泉，浪浪不可救。白鳥虐拚飛，越此小腆蠢。醜扇螢青蠅，藏猣疾馹隼。晝伏銜枚斂，霄行鉤援敏。長簟卧正酣，整居來獵犺。潛窺幕巢烏，高唱笛宣蚓。把簇穿健翼，囊錐脱修吻。相具班超飛，血恣鄧通吮。時亦飽老拳，糜軀嗟可憫。奈彼繁有徒，覆巢卵無盡。渠魁雖聚殲，孫子勿替引。袒背幸余示，寢皮誰汝吝。忽揖開門盜，難招買山隱。幕入居然賓，室操安用盾。寒粟肉生墳，纍日那可泯。衈勿捫有梭，手倦膚可準。饕餮爾果腹，瘡疫我劇腎。毒計施艾灼，淚目愁清朕。一跌赤爾□，屬饜身先殞。竟夕生清涼，葛絺不用袗。蠆蜂莫余毒，空爲肉食哂。

蓬園銷夏絶句〔五一〕

晴窗研露注丹經，愛引花香户不扃。閑被風搴簾幕入，墨池飛上小蜻蛉。

烟絲織翠繞亭栽，檻倚修廊架水回。池里新荷三萬柄，一時齊向雨中開。

愛倚山窗待曉開，和烟盡日斸蒼苔。殷勤好祝當堦筍，擬引龍孫雨後栽。

曲榭斜通月到偏，緑深清夢繞蕉天。空堂睡起無人覺，滿耳琴聲落夜泉。

平分水竹徑微寬，日午驕暘欲度難。一半儘教山占盡，長年多的二分寒。

社燕歸來剩紫泥，蒼苔經雨長堦齊。不知齊女情多少，落偏庭槐盡日嘶。

萬个清摇别院風，寒雲拂帽徑纔通。花間幾日濛濛雨，礙路新添一兩叢。

玉潤方流浪蹙渦，花梢晴露滴新荷。千尋絲漾風吹散，時見蜻蜓蘸水過。

入座山光潑翠開，虹銷殘日上平臺。白雲幾點當窗過，都向前峰作雨來。

槿籬高補徑全遮，坐久空庭月上斜。曉被西風催雨急，沿階落盡鳳仙花。

一角當門日影留，落花朝埽莫還稠。穿雲蹋徧青山晚，盡日清吟傍石頭。

抱枝蜨影瘦伶俜，過雨蝸涎上砌腥。晴日一竿垂釣立，秋光先到水心亭。

立秋前一夕與家伯子坐話兼示崇貴崇簡兩侄

先秋意自感，復〔五二〕此良宵近。促膝閒深語，疏光豁清瞬。喜行就花密，畏坐易〔五三〕苔潤。兄别忽歲時，敝裘易絺振。俗顔入我鏡，塵土積青鬢。不爲浮名欺，誰知逝景吝。眼〔五四〕前千里身，葉上〔五五〕一年信。風動荷氣涼，孤螢暗微燼。蕭蕭露蛩〔五六〕急，瑟瑟月波趁。海色東方來，蒼茫踰素汶。故山叢桂晚，日夕勞問訊〔五七〕。

送尹菊田大令之官保定〔五八〕

幽薊饒風雪，沙多土田少。高揚比屋塵，下積經年潦。春種不到地，秋成苗半槁。彌望三四家，雪盡未生草。何術能振之，隰原足粱稻。豈不恃神君，補給寧無道。尹公富經濟，佐幕才偏早。五十非晚成，服官慰繈褓。況當赤縣地，元氣尤宜保。萬家念飢寒，百里人襟抱。楚鄭非異民，衆母爲君禱。燕樹黄葉飛，秋風偏空堡。異時聽弦歌，輟軛詢父老。但使口碑多，官卑貧亦好。

送家伯子歸里〔五九〕

客遊常苦悲，言歸恨尤劇。遂令壯士懷，愁共寸腸積。況我同懷人，分飛厲終翮。忍啼各自傷，臨歧不敢滴。登高轉愁人，渺渺長林隔。狐雁叫寒雲，野花發山驛。西風起素波，清汶日沉夕。茅店今夜眠，知兄那能易。明發秋草深，一一踐來迹。誰謂歸路長，太行今咫尺。歸應明月滿，庭果猶可摘。置酒倘中秋，應憐未歸客。

送家伯兄馬上口占强爲離合體〔六〇〕

小山近亦長，大山遠亦短。兄喜太行近，我悲太行遠。兄歸我獨留，腸隨歸路轉。雲出望山深，雲還望山淺。出僧馬行急，歸咎馬行緩。我留兄獨行，兄腸與我斷。我惜兄歸早，兄傷我歸晚。去時新月缺，到時新月滿。同照兄我心，各入兄我眼。共對山月雲，兄勸念我懶。

鶴山秋望〔六一〕

山風豁醉眼，蠟屐先與迎。野曠秋慘憺，天高日崢嶸。溪泉咽幽響，雲樹浮虚明。蕭蕭轉蒼翠，木落寒蟬鳴。清汶低向夕，白波千里横。不知舟楫險，但見風濤平。野人笑相顔，雞黍款柴荆。徘徊林際月，向我樽中傾。碧草愛露晚，寒梧悦霜榮。莫辭一觴醉，有客方孤征。

蓬園中秋示貴簡兩猶子〔六二〕

雨露開尊莫，宵凉耐醉眠。愁緣今夜月，夢祇故鄉園。遠道瞥機字，深交閟匣弦。頻訪花下倒，深覺汝曹賢。

夢賡兒

嗚咽緣何事〔六三〕，三年憶汝情。都忘夢中死，猶作病前生〔六四〕。擇響登初暗〔六五〕，蛩吟月半明〔六六〕。覺來懷裒闃，不見蜕衣輕。

新泰雜詩

東去青山拔地〔六七〕高，鄉名宛轉〔六八〕憶前朝。晉人我亦慚孤陋，不敢逢人問具敖。

徐市樓船久不回〔六九〕，茂陵千古費疑猜〔七〇〕。可憐百尺〔七一〕宫山頂，落日猶明漢武臺。

綿蕝紛紜悮後賢，誰從灰燼〔七二〕問遺編。至今識得三千面，辛苦〔七三〕經師十七篇。

羸服常隨使者車，何須庭下看懸〔七四〕魚。功名到底〔七五〕輸崔烈，不〔七六〕向東園禮左騶。

鵲上淩霄魏祚微，鷹揚苦語識先幾。當塗莫怨天心改，至竟何曾晉鄭依。

壯志平吴仗考〔七七〕謀，輕裘緩帶劇風流〔七八〕。想應峴首魂歸日，眼見降幡出石頭。

獨袍麟經契素王，東州師弟亦恢皇〔七九〕。龜山梁甫空蒼翠〔八〇〕，誰闢〔八一〕先生舊講堂。

環翠亭荒牘斷台，煙空衰柳映清漪。青山官府如前日〔八二〕，滿郭雲嵐黨項〔八三〕詩。

新甫道中〔八四〕

岱陽古徐域，赤眊傳自昔。我行屬時算，泥潦雨雪積，天時苦未寒，冰凍盡消坼。艱哉輪蹄勞，累日轉危磧。梁絶軌頻攲，崖傾磴仍窄。犖确凝沙根，濘熒出泉脉。絶岸山性隳，跨砠地防逆。戴履空高厚，人生自跼蹐。惆悵遊子顔，那不日凋瘠。

羊流曉發望松巖寺

不識〔八五〕松巖路，溪聲響算〔八六〕泉。五更山寺渺，殘夜水郵偏。鳥散林邊月，鐘鳴石頂煙。遥〔八七〕知僧定處，花竹曉蒼然〔八八〕。

徂徠山行

山色日千變，山勢日百轉。條晦俄〔八九〕更明，當近已〔九〇〕復遠。邈蹊靡定曲，奥谷有餘衍。瘦條度虚〔九一〕聽，寒梭落空眄。冷冷磵氣昏〔九二〕，弗弗曉〔九三〕風善。積雪連崖幽，歸雲入山淺。泥滑凍初融〔九四〕，沙平石仍踐〔九五〕。局促勞轅駒，空〔九六〕效吴牛喘。

山　店

野店窮冬歇，開門對石橋。冰交孤磵壯，山握短墻高。雪蔌根同煮，霜萁秸總燒。年年蓬鬢慣，一醉耐風飄。

除夕渡汶〔九八〕

向晚迷前川，平沙三十里。歲晏輿梁成，中流卧波起。淼淼烟水昏，微風動涯涘。去羽孤雲輕，歸輪片飆駛。日色憺山城，人聲喧夜市。野蔌薦時馨，村酤酌來美。遲莫仍百憂，端居頗自恥。來朝清鏡中，惆悵添馬齒。

陳後山論作詩，當先黄韓，而後老杜，最爲知言。大箸已盡其妙，而又益以坡老之雋特，直當求之古人，於近今詩家莫能舉似。中有微傷質露之處，亦是坡仙往往同病，音節間不諧者，大方故弗爲病也。咸豐庚申小春雪後，馬平愚弟王拯讀并識於宣武門外寓處。〔九九〕

校勘記

〔一〕詩據《初編刻本》卷四補。

〔二〕詩據《初編刻本》卷四補。

〔三〕詩據《初編刻本》卷四補。

〔四〕詩據《初編刻本》卷四補。

〔五〕“伊”，《初編刻本》作“果”。

〔六〕“荒”，《初編刻本》作“寒”。

〔七〕“安”，《初編刻本》作“何”。

〔八〕“可憐末巢”，《初編刻本》作“瑣尾末葉”。

〔九〕“築臺仍”，《初編刻本》作“諺臺更”。

〔一〇〕詩據《初編刻本》卷四補。

〔一一〕詩據《初編刻本》卷四補。

〔一二〕“飛”，《初編刻本》作“蜚”。

〔一三〕“此”，《初編刻本》作“聖”。

〔一四〕“飛”，《初編刻本》作“蜚”。

〔一五〕“坐”，《初編刻本》作“終”。

〔一六〕“應愧”，《初編刻本》作“不見”。

〔一七〕詩據《初編刻本》補。

〔一八〕“大夫”，《初編刻本》作“氏邑”。

〔一九〕“大哉趙”，《初編刻本》作“番番趙”。

〔二〇〕“曠”，《初編刻本》作“異”。

〔二一〕“材”，《初編刻本》作“才”。

〔二二〕詩據《初編刻本》卷四補。

〔二三〕詩據《初編刻本》卷四補。

〔二四〕“已”，《初編刻本》作“被”。

〔二五〕“妹”,《初編刻本》作“娟”。

〔二六〕“孤”,《初編刻本》作“狐”。

〔二七〕詩據《初編刻本》卷四補。

〔二八〕詩據《初編刻本》卷四補。

〔二九〕詩據《初編刻本》卷四補。

〔三〇〕詩據《初編刻本》卷四補。

〔三一〕詩據《初編刻本》卷四補。

〔三二〕詩據《初編刻本》卷四補。

〔三三〕詩據《初編刻本》卷四補。

〔三四〕詩據《初編刻本》卷四補。

〔三五〕詩據《初編刻本》卷四補。

〔三六〕詩據《初編刻本》卷四補。

〔三七〕詩據《初編刻本》卷四補。

〔三八〕詩據《初編刻本》卷四補。

〔三九〕詩據《初編刻本》卷四補。

〔四〇〕詩據《初編刻本》卷四補。

〔四一〕《初編刻本》全詩作:烈日宣重光,七作承賢聖。旁求意惻怛,涣汗布新令。平旦四門開,彈冠各相慶。願言曾無噫,共此薑桂性。獨濟無淺津,羣由鮮紆徑。青雲目前近,健者從所逞。柰我久孔語,末由慕舜行。昭昭六星明,何預身外命。鳳琯調嶰谷,守囿難爲聲。元珠匿赤水,奏鼓難爲明。一受耳目拘,誰能解天刑。柰何醫門疾,日見棄材盈。豈乏郢人質,爛柯方自呈。梧臺且致齋,瑀氏何由名。詩禮冢中化,流言已丹青。燭胡世久邈,按劍宜相驚。道喪人異趨,文章日分析。少年五都市,目眩豈能擇。上艾張先生,卓然見標格。衆中表獨鶴,人海無此客。昔去歲月馳,今來須眉隔。飢寒負壯志,惋悔齊山積。我足無縶維,出門悵奚適。一聲成連琴,海定東方白。

〔四二〕詩據《初編刻本》卷四補。

〔四三〕詩據《初編刻本》卷四補。

〔四四〕詩據《初編刻本》卷四補。

〔四五〕詩據《初編刻本》卷四補。

〔四六〕詩據《初編刻本》卷四補。

〔四七〕“千古傷心”，《初編刻本》作“壇坫心傷”。

〔四八〕詩據《初編刻本》卷四補。

〔四九〕詩據《初編刻本》卷四補。

〔五〇〕《初編刻本》全詩作：慢膚迫垢汗，揮雨疴誰忍。熏鑠皮發枯，爬搔指爪窘。假威眇何物，助虐今尤蠢。等蝻工噬嘬，劇蝱利嚼豤。晴瞋蝠腸化，睫察蟭巢準。醜偏集訾繩，飛蟣疾馭隼。宵行枚銜速，晝伏援鈎緊。奔命疲句吴，整居逼玁狁。潜窺幕栖烏，高入笛喧蚓。札鏃穿健翼，囊錐脱修吻。相從班超飛，血恣鄧通吮。袒臂幸余示，寢皮容汝吝。利貪玩股掌，禍暇虞蠆粉。時飽老拳揮，末傾完卵盡。螢羞或聚殲，鷃母勿替引。竟揖揜耳盜，難招負山隱。公然幕入賓，浸致室操盾。變生肘腋猝，患伏衽席近。面夷亟恤勿，膚剥屢拭抆。饕餮爾果腹，瘡痍我劇腎。三年計蓄艾，一夜愁銷眹。寧待口血干，倏隨軀命殞。醉鄉染維新，卧榻鼾初穩。利口莫余毒，長貽肉食哂。

〔五一〕詩據《初編刻本》卷四補。

〔五二〕“復”，《初編刻本》作“矧”。

〔五三〕“易”，《初編刻本》作“移”。

〔五四〕“眼”，《初編刻本》作“尊”。

〔五五〕“葉上”，《初編刻本》作“夢里”。

〔五六〕“蟄”，《初編刻本》作“蕃”

〔五七〕“故山叢桂晚，日夕勞問訊”，此二句《初編刻本》作“故山當夢覺，共指明星認。對影鷄聲前，一燈託芳訊”。

〔五八〕《初編刻本》全詩作：幽薊繞風雪，沙多土田少。高揚比屋塵，下積經年潦。春種不到地，秋成苗半槁。蓋藏久鮮計，無復資栗棗。以是稱難治，易滋鷄犬擾。人言俗喜亂，此意吾未曉。楚鄭無易民，古人竟何道。尹公富經術，佐幕才偏早。五十非晚成，一行展素抱。丈夫未濟世，身手容常保。過此終依違，一官寧自了。朝廷寄牧令，豈以酬温飽。得地量瘠肥，昌言交頌禱。痛哉習俗敝，愚智同顛倒。遂令鳴琴治，金注恬上考。軌轍殊首途，閉門驗所造。動虞鹽車因，誰測披褐寶。驥足無債轅，敢輕蕞爾小。異時當計偕，輟軛諏黎老。果愜故人望，官卑貧亦好。

〔五九〕《初編刻本》全詩作：客游意常苦，言别恨尤劇。况我同懷人，分飛整倦翮。尊前兩行雨，未飲腸先積。掩面各有痕，亦知難爲滴。眼隨馬首去，地轉形遭隔。誰謂太行高，兀歸不盈尺。寒天畏日短，轉望秋易夕。矛店今夜眠，知兄那暖席。莫晞脚底露，留我夢中迹。且埽車前霜，畏沾鬢鬚白。到應明月滿，庭果看見摘。置酒當分甘，心憐未歸客。

〔六〇〕詩據《初編刻本》卷四補。

〔六一〕《初編刻本》全詩作：山風刮醉目，五里青先迎。秋氣洗聲瘦，入雲泉石清。殘陽幾家隱，表葉猶蟬鳴。烟際出清汶，素波湛虚明。不知風濤險，但訝舟楫平。白見故鄉月，西峰一鈎横。肯分長塗照，回向尊中傾。碧草愛露晚，寒梧悦霜榮。依依倦羽，啅雀方枝争。魂去空載醉，回車伴宵征。

〔六二〕詩據《初編刻本》卷四補。

〔六三〕“緣何事”，《初編刻本》作“知枯泪”。

〔六四〕“生”，《初編刻本》作“聲”。

〔六五〕“擇響登初暗”，《初編刻本》作“籊敗風禁響”。

〔六六〕“蛩吟月半明”，《初編刻本》作“蛩寒月奪明”。

〔六七〕“東去青山拔地”，《初編刻本》作“余斗青雲屹向”。

〔六八〕“宛轉”，《初編刻本》作“歷指”。

〔六九〕“徐市樓船久不回”，《初編刻本》作“玉帶明堂久劫灰”。

〔七〇〕“茂陵千古費猜疑”，《初編刻本》作“海東童女幾時回”。

〔七一〕“可憐百尺”，《初編刻本》作“秋千百尺”。

〔七二〕“誰從灰燼”，《初編刻本》作“莽中誰復”。

〔七三〕“辛苦”，《初編刻本》作“砥柱”。

〔七四〕“何須庭下看懸”，《初編刻本》作“懸庭應鑒泣枯”。

〔七五〕“功名到底”，《初編刻本》作“心知少靳”。

〔七六〕“不”，《初編刻本》作“肯”。

〔七七〕“考”，《初編刻本》作“老”。

〔七八〕“輕裘緩帶劇風流”，《初編刻本》作“奇功終讓后賢收”。

〔七九〕“亦恢皇”，《初編刻本》作“屹津梁”。

〔八〇〕“空蒼翠”，《初編刻本》作“長葱鬱”。

〔八一〕“誰闢”，《初編刻本》作“寂寞”。

〔八二〕“如前日”，《初編刻本》作“弦歌地”。

〔八三〕“黨項”，《初編刻本》作“承旨”。

〔八四〕《初編刻本》全詩作：岱陽古徐方，赤戠傳自昔。不必長泥塗，我來值雪積。天時變夏令，冰凍盡消釋。犖确初荒椒，渟滎轉危磧。豈無片土曠，茅舍先我擇。梁絶軌頻攲，崖傾踣仍窄。膠衣聚沙點，印履盈泉脉。斷崒山性隳，跨碪地防逆。一身同戴履，兩足自跼蹐。惆悵游子顔，那能不凋瘠。

〔八五〕“不識”，《初編刻本》作“咫尺”。

〔八六〕“響算”，《初編刻本》作“凍沃”。

〔八七〕“遥”，《初編刻本》作“安”。

〔八八〕“花竹曉蒼然”，《初編刻本》作“不向客程先”。

〔八九〕“倏晦俄”，《初編刻本》作“晦響眩”。

〔九〇〕“當近已”，《初編刻本》作“近趨”。

〔九一〕“瘦條度虚”，《初編刻本》作“瘦干懸栖”。

〔九二〕“昏”，《初編刻本》作“肅”。

〔九三〕“曉”，《初編刻本》作“晚”。

〔九四〕“泥滑凍初融”，《初編刻本》作“泥融凍草活”。

〔九五〕“沙平石仍踐”，《初編刻本》作“石碎平沙踐”。

〔九六〕“空”，《初編刻本》作“獨”。

〔九七〕詩據《初編刻本》卷四補。

〔九八〕《初編刻本》全詩作：晚傍天光行，曲流鏡十里。雙輪不知動，坐卧片颿駛。落日鐘聲西，寒烟聚沙觜。隔橋見茅店，一角燈在水。臘鼓喧春城，行歌散夜市。村酤漉灰净，野蔌嚼冰美。遲莫仍百憂，端居匪一恥。來朝媿塵匜，惆悵添馬齒。

〔九九〕《初編刻本》無此王拯識語。

耨經廬詩集卷五

重光大淵獻

蓬園立春〔一〕

旭日明朝牖，園林有餘清。柔風弄煖節，睍睆雙禽鳴。陰澤解新沍，陽條敷舊榮。軟知土膏動，潤覘泉脉生。春意欣滿目，壺觴獨遺情。終焉偶沮溺，東作思歸耕。

望　岳〔二〕

經年遊岱陽，絶頂慳一度。豈惜擔簦勞，客行不能駐。昨來宿雨歇，闞此青郊樹。靄靄成勞雲，沈沈大海霧。日出琅邪臺，朗然千里曙。際天晴翠滴，帀壑寒流注。忽失傲來高，萬峰首争俯。天門劃中拆，奔走限烏兔。前覽故方心，今尋新豈故。陰晴役亭毒，寒燠詭朝莫。逖矣探奇興，優哉濟勝具。望雲羨歸樵，乞我雙芒履。

遊千佛寺〔三〕

出郭日亭午，輕風動步履。遠岫愴幽懷，穿林忽邐迤。佛座青苔根，飯台蒼崖裏。石泉覺暘雨，山鳥悦宫徵。撲撲紅雨深，灌灌緑濤起。樓台晚空闊，一白城湖水。淺靄依郊明，流雲漾空止。窗排霽嶺碧，杯落晴天紫。寂寞吊寒蕪，灰飛火千紙。茫茫百憂集，且進盈觴旨。

登歷山絶頂

山路石氣濃，長松上雲直。阢寥天外晚，落日見鄉國。霽目隨〔四〕高冥，霸懷散〔五〕逼側。歷歷〔六〕齊州煙，晴湖萬家夕。陂陀轉岑隨，俯仰雙歸翼〔七〕。古壙閟精魂，草荒何年域。貝珠走人間〔八〕，殘碣雨中得。回瞻渺翠微，鐙火長天黑。遠樹失春波，層城隱〔九〕暮色。俯身下〔一〇〕甕底，招提夜〔一一〕鐘息。

長清道中遇雨〔一二〕

密雨散〔一三〕芳郊，石平道里滑。征車慘不御〔一四〕，孤醉方兀兀〔一五〕。近岫青周迴，遥峯白出没。蹄穿亂石〔一六〕罅，輪破寒雲窟。天遠南轅深，林昏北風發。僕痡我亦勞〔一七〕，崔嵬那能越〔一八〕。川行有定程，野宿仍踐〔一九〕骨。曉起〔二〇〕失青山，夜愁〔二一〕生白髮。

崮　山〔二二〕

徑斷雙溪交，孤峰運高掌。倚天無咫尺，拔地有千丈。螘旋梯方通，鳥搶□始上。崖懸碧蘚積，壁絶寒松長。古寺掩空林，山門晚霞養。風遭四山應，落日鐘磬響。虎迹谷口留，人家澗底往。飢驅且塵土，孤輿終榛莽。十里隨歸牛，煙中角俯仰。相尋入翠色，木末一鐙朗。

大雪宿泰山下〔二三〕

寒天不待夕，萬里乾坤暝。飛雪横長途，同雲暗山徑。重裘晚更單，馬足悲深濘。行邁畏時勞，鴻泥渺難定。前山暮鐘隱，煙寺寒遥聽。咫尺迷岱宗，蹉跎阻清醒。如何十年約，慳此一覽勝。歎息傾卸醪，悠悠孤夢醒。

羊流店

倦馬飢思早〔二四〕，征車晚來疾〔二五〕。路轉長河暗〔二六〕，淒風動〔二七〕清瑟。磵流欲斷冰，峯隱初寒日。煙樹荒村遠，蒼崖古寺出〔二八〕。浦草横頽隄，山光〔二九〕蔭幽術。人〔三〇〕歸喧渡晚，羽倦趨林密。木末生金波，逡巡静離畢。迢迢春夜深，惕鞍倚前屋。

登平陽古城遺址

平楚斷人行〔三一〕，墟煙出〔三二〕喬木。古堞蒼苔深〔三三〕，從横蔓平陸。登高懷〔三四〕前古，陳迹滿春目。小汶日夜流〔三五〕，具敖鬱竦〔三六〕伏。形勝自〔三七〕天然，陰齊賴控逐。南陽復誰勝，北鄙曾再辱。千載餘古槐，青修〔三八〕茁枯腹。天晴雀噪簷，月落鬼跳屋。想當□鑿初，古有〔三九〕美時築。安識千載異〔四〇〕，郊原悵〔四一〕陵谷。

清明日出遊〔四二〕

郊行無遠近，緩趣隨幽歷。偶尋樵子蹤，喜睹清流脈。風動林色静，琴聲滿苔席。因之坐清陰，藉草羣峰碧。前村槲葉紫，近岸薺花白。日氣明露桃，紅牆一綫隔。孤煙散曠野，世事消冥陌。太息泉下人，韶華誠不易。行樂苦難早，何爲羨金籍。回首故園春，空慚異鄉客。

登敖山絶頂〔四三〕

鳥道階層霄，峽迴列千筍。凹痕履出合，放踵高下準。落色障錦親，泉聲貫珠引。凸童不受足，手代披榛盡。罅伺眩升猱，崒臻翩戾隼。怪松抱石卧，舒臂使人穩。嶺表晴雨殊，驚歲四時緊。天低白日正，地遠孤雲近。所恃前途高，豈虞歸路窘。蒼然四山暮，牛背牧童欿。

青雲山寺〔四四〕

東山少行路，石磴落千重。戴步萬緑活，蜿蟺排霽松。孤城落井底，罫畫羅棋封。天盡寺門出，汶流回白龍。禽聲衆山午，變滅紛殊容。絶頂易興雨，潛知雲意從。孤飛不肎遠，自挂東南峰。落日宫山頂，青蒼失仙踪。稍清塵襟憎，未厭幽興濃。有地從所到，人間但聞鐘。

龜山操〔四五〕

龜山接東蒙，嵯峨魯城北。界連嬴博分青齊，夾谷路通泰山側。婦□出走曾過此，撫琴動操聲悽惻。斧柯不假山蔽之，讀者至今猶太息。我聞君子行不適仇國，豈有遲遲去父母，避齊未遑重屢即。千秋載籍終然疑，先聖行藏豈易識？君不見緯書出，微言熄，僞傳羼，壁經蝕。茫茫大道深荆棘，何况家語孔叢萬垘會，陋儒穿鑿逞私臆。行憂瞽説日害理，豈獨鄉原能亂德。不然仕止久速徒空言，終古無由祛吾惑。

梁父吟

魯山高，魯水深，荒郊立馬愁人心。懷古茫茫不可極，聽我劍歌梁父吟。武侯〔四六〕昔年未遇時，慨慷還能爲此詞〔四七〕。魚水一朝成際會〔四八〕，神龍隱見誰復知〔四九〕。自比誇〔五〇〕吾戲言耳，伯才小器焉知此〔五一〕？輕生三士吁可悲〔五二〕，獨愧〔五三〕鬚眉齊晏子。梁父吟，聲激烈，寸心如日如冰雪。含沙射影千氣豪，婢膝奴顔萬骨折。儀衍區區非丈夫，山君何事威假狐。東門黄犬空垂泣，覆雨反雲智何及？君不見魏延生時〔五四〕不敢背，他時痛哭李嚴廢〔五五〕。開濟由來結主知，恤才更自留遺愛。梁父吟，愁人心。魯山高，魯水深。

小　汶〔五六〕

岱陽諸谷水，南下争趨汶。五派分高源，同歸未條紊。小汶獨北注，波勢尤迅奮。高挾龍堂泉，清流凝碧暈。湯湯清貫沸，浩浩低遏鄆。濟漕資宣豬，飛檣利輓運。我來春源淺，冰積塀長壘。浦草綿可藉，陌塵軟已瀵。霽峰倒遠影，嵐氣銷春醞。歎息經師勤，千秋閟聲聞。强殊牟嬴名，更昧淄柴訓。不及郈農諺，目徵良足信。世情久貴耳，萬事胥遺近。飲馬魯北門，猶思六關問。

新甫山〔五七〕

尒疋釋大山，魯頌歌新甫。奠隅界陰齊，作鎮雄東魯。春色靄晴郊，連峰萬青吐。水窮略彴源，石戴崔嵬土。輦道禽聲變，悽風换歌舞。琤琮泉落階，窅篠雲承宇。百鬼趨休祥，丹青聚千古。何年白蝙蝠，倒影棲洞户。壁仄香流髓，巖深暗垂乳。花開上界寒，曉作人間雨。寂寞餘仙臺，雄心弔漢武。悠悠宫草碧，松柏莽樵斧。

晉任城太守夫人孫氏墓碑

楊君吾舅字欣木，呼我訪古新甫麓。半日犖确倦山凹，初來斷石衡平陸。風喧土脈文猶青，雨剥苔花字生緑。偏旁憑臆强能仞，語句螯喉蹬方讀。上敘夫人系孫氏，曰殯於羊世名族。繼言少慧如天成，婉語謝君父心服。下言爲婦近册載，内外感德成雍睦。夫官雖著名字殘，舊史遺文悵難續。辭古語簡絶溢美，陳留大筆力追逐。筆痕入石石生棱，擘力巉巖洞山〔五八〕腹。山精睒壁睛光寒，木魈拏空爪痕秃。屹然猶是晉初風，去漢未遠□痴俗。下揖曹全喜〔五九〕少態，高齊苦縣〔六〇〕恨豐肉。我〔六一〕觀歲月疑太康，欲與檀甄訂反復。卧下徑須三日留，走驛無煩二字促。氈椎他日記重來，快補顧齋金石録。

羊續墓

羊流在城西，後枕新甫山。前對羊氏壟，鬱爲龍虎盤。我聞羊公昔厭氣〔六二〕，一貉安得〔六三〕非常貴。葬師悠謬姑未知〔六四〕，果有〔六五〕三公出折臂。空山一夜〔六六〕飛霹靂，足斷坤維劃開闢〔六七〕。金蚓穴改風雨秋，劍虎精騰川陸夕。吁嗟公也真純臣，忘家乃復兼忘身。故應阤淚悽過客，豈比式墓歎可人。君不見洛陽城南一里許，賜墓荒涼掩禾黍。生前已定三朝動，死後猶爲百夫禦。又不見暴主南遊枉軍轍，黄金日聞重泉閉不及。老臣裘帶長雍容，坐見東南王氣歇。

徂徠山〔六八〕

羣山朝岱宗，端笏隨奔走。危峰獨傲睨，億劫驤龍首。屹立中有憑，孤根地爲厚。嶺雲隮钂象，磵蜺飲蚴蟉。崒絶跛牂巔，仄通獢狖内。日生絶壁上，雨霽蒼崖後。山人餐玉英，月下聞清臼。荆棘迷問津，千蹊入昏黝。緬懷石先生，異代真吾友。敢與孔李輩，傾身事杯酒。吾生亦有涯，立德同不朽。寂寞明堂圖，蒼茫大汶右。

雨花道院

幽芳散曉雨，苔徑穿修竹。案几寒生香，窗扉坐成緑。霽風滌初暑，静對水蒼玉。秘笈未銷塵，前朝焕遺籙。雞鳴午鐘動，清梵萬松續。道人閑無事，開卷課僮僕。小沼新〔六九〕種魚，空林仍〔七〇〕飲鹿。雲搴泂籟〔七一〕馨，雨擷山果〔七二〕熟。寂無絓組縈，金骨何由俗。聞説傳仙方，近來還辟穀。

宋刻秦碑殘石歌

六籍灰飛迷煙滅，博士冤魂灑碧血。皇天不肯黔首愚，雨斷荒山古壁裂。神物騰潛劇幻化，晝晦乾坤日生夜。鏗然片璧留人間，耿耿精光向空射。滄桑過眼紛雲烟〔七三〕，刼燼灰餘焉可全。隻字連城不易覯，珍藏豈啻瑚璵璠。我聞刻篆始秦〔七四〕相，漸變周文失形象。滂喜凡將日出新，會稽碣石森相望。獨立文章閱世久，墨寶終歸六丁守。火焚嶧山猶刻木，石泐陳倉已堀臼。此碑偃仆知何代，拓本重鐫轉茫昧。玉女池邊宿草殘，雨花院裏落〔七五〕苔碎。吊古蒼茫出〔七六〕遺刻，斷字零星壁間得。錯落明珠二十九，晨星忽奪天邊〔七七〕色。我來歎息重摩挲，頡籀遺文今若何。山川鼎彝終未磨，爾石安得常嵯峨。

前登岱

少慕名山遊，聚糧願常裹。三年夢岱岳，高興誰能惰。風日石間開，霽心悦硪砢。衣香磵華寒，帽影岩葉亸。昨夜前山雨，衝泥見虎過。突岑懔危眩，窅谷怯虚欱。蕭條天外雲，萬里胸前陁。幽賞隨趣異，深行逐意夥。頓忘蠟屐荒，豈羨垂綸坐。身世嗟蠛蠓，乾坤真屑瑣。

息旅叢林碧，東窗攬晨爽。山旭靄初暉〔七八〕，溪泉咽幽響〔七九〕。寂寂落痕疏〔八〇〕，茸茸藥苗長〔八一〕。前峯飛瀑處，雨霽雲樹朗。牧唱通谷聞，樵蹤隔山上。興隨去鳥倦，去共還雲往。絶頂方兹期，歸程庶當枉〔八二〕。行行整輿筍〔八三〕，經谷結遐想〔八四〕。

仄徑懸秋豪〔八五〕，連山入煙靄。蒼茫重纍畫，局脊二分外。得尺怵〔八六〕前房，枉尊凜後〔八七〕隘。再作釜底游，表裏分兩戒。紆谷闃迴〔八八〕沓，駕蹊足荒〔八九〕怪。風篁隔澗吟〔九〇〕，石丈向人拜。陰磴方道坦，清流散遠派。古壁經年頽，蒼松閲時大。幽耳暫爲滌，跼步遂一快。螘壤終自歉，人天此其界〔九一〕。

入谷叩寒濤，飛泉下〔九二〕幽嶺。琤琮萬琴築，窅落千丈〔九三〕井。飢蝯時陁〔九四〕澗，獨鶴自〔九五〕窺影。絶棧横空回，晴波俯〔九六〕

春水。蟲鳴山曙寂，草碧潭晝静。石頂[九七]寒雲凝，松梢[九八]晚風冷。古心喜此[九九]憺，塵念嗟何[一〇〇]屏。坐惜[一〇一]清涼陰，前山力宜猛。

鬱鬱長松枝，寧甘趙秦職。蒼顔傲[一〇二]世變，百尺忘[一〇三]寒色。皮甲日摧殘，貞心自孤直。化龍遂[一〇四]不反，雷雨至今黑。將非工尺瑩[一〇五]，無乃樵斤[一〇六]得。諒無淩霄用，空負拔山力。鬼火噓空煙，寒鴟擁絶壁。神物有潛晦[一〇七]，蒼茫[一〇八]問巖刻。

古宇鐫何年，嵌空上危壁。青青老[一〇九]煙月，剥蝕隨[一一〇]霜霳。山骨瘦可捫，土花濕難剔。不逢鶴上叟，難識千年迹。洞口奔[一一一]驚雷，取塗愁遲逖[一一二]。松露石根零，寒[一一三]泉雨中滴。我來映晚燒，怳惚懷前歷。虎嘯山月昏，僧歸嶺雲寂。登臨嗟未鮮[一一四]，俯仰歎空[一一五]覿。豈念氈椎功[一一六]，良工渺誰覓。

雙峯相對出，近裏山容變。嵯峨倚翠微，窈窕入葱蒨[一一七]。諛諛長風陰，松花驚[一一八]阤面。聲叩晚壑寂，色静晴空眩。膚寸生襟裾[一一九]，白垂澗底[一二〇]練。前轍不能尺，聞響窅無見。體瘁清欲癯，齒香冰可嚥。卻顧來時雲，英英滿郊甸。不辭歸路失[一二一]，幸喜海方晏。前登轉愁人[一二二]，一徑緣[一二三]垂線。

詄蕩天門開，飛空擘翠罅。一索寄[一二四]微命，梯危不敢跨。側身冒嶔崟[一二五]，纍足破峆岈[一二六]。退愁摩後[一二七]頂，進狖出前胯。地廻風獨[一二八]吹，天低日辭[一二九]射。絶頂惟孤雲[一三〇]，漂摇出元化[一三一]。積雪覆[一三二]重岑，春深不能[一三三]夏。去術霞處盡，歸人鳥邊下。向迷仙客縱，定迴俗士駕。兹遊倘可再[一三四]，預製雙不借。

飛雨峯巔過，奔騰萬靈集。竦身蕩忽碎[一三五]，滉漾日光入[一三六]。金碧倚[一三七]危空，巍巍天際[一三八]立。晚開天門霽，俯見千階級。去作何方霖，渺然空〔一三九〕郊隰。入門生信心，壁畫驚啓蟄。日見布金地，智愚紛〔一四〇〕踵襲。明璫儼相向，瑞玉古來輯。陋矣淫昏祀，荒哉卑褻習。不聞癃罷神〔一四一〕，誰識龍象泣。

昔開泰山上，雲路連蓬島。來往羣仙遊，朱顏常不〔一四二〕老。或〔一四三〕餉方朔桃，復〔一四四〕分安期棗。精誠忽可通〔一四五〕，已〔一四六〕得長生道。束髮縈世縛，遠遊苦不早。雙童久寂寞，雲霧深窈窕。陳思〔一四七〕謝黄丸，李侯惜〔一四八〕瑤草。讀書坐自娱，鍊骨豈常好。百年寄〔一四九〕飛電，回首憂心擣。何物重邱山，懷哉慎吾寶。

萬古登封臺，通天表雙闕。七十七代君，驕淫起超忽。春山御道閉，懷古心鬱勃。佳氣望〔一五〇〕幽燕，高空小〔一五一〕吴越。緑生咸陽樹，白日階前没。回首秦東門，成勞啓仙闥。舉手捫蒼蒼，滄波醉來闊。何時更〔一五二〕清淺，鉅細同〔一五三〕毫末。鮑臭閟三泉，銅人泣寒月。白雲日悠悠，千載雄心歇。

我登天外峰，還看天邊日。聳身淩太清〔一五四〕，閶闔一朝軼〔一五五〕。局脊昏八表〔一五六〕，蒼茫俯萬室〔一五七〕。人間隔明晦〔一五八〕，上界同氲氤。寧識〔一五九〕雷雨昏，始〔一六〇〕疑煙霧密。片雲乘化遠〔一六一〕，獨鳥翻空失〔一六〕。向來衆山尊〔一六三〕，腳底紛螘垤〔一六四〕。海若顧之笑，黄人枕前〔一六五〕出。生平五岳游，發軔今歷〔一六六〕一。歎息向平愚，何時婚嫁畢。

没字碑歌

茂陵雄才意不止，親臨決河塞瓠子。東封更蹋泰山雲，直窮天盡射海水。二月陽春草未生，山頭御路連雲平。巨表撐天卓天半，屹然萬古寒崝嶸。古壁千年立枯鐵，深山伐石蒼崖裂。千〔一六七〕椎夜擊玄蝯啼，萬〔一六八〕綆朝牽赤蛇掣。谷深蹊轉乾坤動，十步九回萬鈞重。斷危絶峭騰山椒，作勢齊呼谷雲涌。至今高峙人天界，雨剥風摧刼難壞。空餘老祝知歲年，聞説深宵出光怪。豈是功高邈無尚，删除諛頌消誹謗。獨留百代巍峨觀，一掃百家文字障。天門萬里〔一六九〕來長風，蒼龍下攫飛秋空。日出光寒碧落外，潮平影落滄溟東。玉牒微茫宫〔一七〇〕禁秘，千古何人見丹桼。當時誰上封禪書，不向峰頭灑椽筆。

磨崖碑歌

巨靈擘山山欲摧，五丁曉劈蒼崖開。盤空矗立〔一七一〕三百尺，歷落〔一七二〕不敢生莓苔。鬼斧誰從鑄鐵畫，横鑿天〔一七三〕根斷石脈。眼前〔一七四〕歷落生寒芒，洞腹徑寸寬〔一七五〕盈尺。宸翰高懸焕星斗，角尾棱棱耀九有。快劍秋事虎豹啼，金繩夜斷蛟龍走。憶昔陰元初上禪，盛典昭回倬雲漢。蹊回旌纛五百里，野宿貔貅三十萬。功成勒石留巖局，赫然天半懸空青。多少詞臣慚腕弱，至今呵護勞山靈。莽蕩天風動寥廓，矗立深憂地維弱。雄詞自匹讀〔一七六〕典文，大手高躋雅頌作。寂寞殘陽照千古，誰憐覆轍驪山土。山鬼驚吟字裏雲，哀蝯擁泣行間雨。木落天晴一峯出，中興卻憶浯溪筆〔一七七〕。秦碑漢石空嵯峨〔一七八〕，燕許區區更何述〔一七九〕。

白鶴泉

丈室〔一八〇〕掩青苔，階前惟虎迹。夜深白鶴還，影静風泉滴。水宿琴聲覺，空林萬噐寂。蒼蒼城郭晦，孤月聞吹繼〔一八一〕。夙昔鶴上仙，千年煉玉液。浮雲不肯駐，風雨終日夕。丹火無復餘，玉容尚棲壁。從師吾未暇，自寄泉石癖。

王母池〔一八二〕

絶磵依山迴，清泠白雲上。霧餘庭樹濕，雨霽堦泉王。恬影相對深，寂心與之曠。度花鏡尚貼，穿竹琴初暢。媆緑寒藻凝，輕淪錦鱗漾。陰冰下荒谷，曉葉閟層嶂。鳥散經梵齊，僧歸鐙火亮。仙閒坐來失，黄際麥天浪。木末介來蹊，煙中和去唱。莫辭東窗醉，夜聽龍潭漲。

得商抑之三兄書喜即到晚歸遇雨

心迫知途永〔一八三〕，蒼芒入〔一八四〕村店。鐘鳴古寺深，雨下空陂暗。暝色花外寂〔一八五〕，春痕柳梢澹〔一八六〕。緜緜歸思行，杳杳客心憺。鞅掌君獨賢，棲遲我猶暫。何時一邱壑，共馳〔一八七〕平生擔。

抑之大令之任粤西枉顧餞送沸寧長句奉别〔一八八〕

故人醉蹋燕山雪，萬里南天向百粤。忽枉蓬園三日留，送君太白樓下别。樓下平湖一千里，澹沱蒼煙森春水。楚天夢遠深風波，極浦微茫暮愁起。草緑年年不稱意，故人更雪楊雲涕。離鴻回首來日邊，獨鶴孤飛向天際。茫茫閉户深入海，日見朱顔鏡中改。相思十見明月圓，聞説寄書至今在。妖星十丈生西南，羽檄雪片飛江潭。

九重乙夜頻廑慮，可許書生談紙上。鼙鼓闐闐年飛將，蘭絲誰與爲保障。邊臣重地思懷徠，文吏中朝乞才望。忼慨長鳴一驚衆，誓雪國憂報恩重。單車祝艮獨撫蠻，九折王尊自飛鞚。山城四月初聞鶯，閒關别我從軍行。廿載讀書正爲此，何能兒女雙沾纓。匹馬蕭蕭指南渡，水邊孤棹山頭路。天連六詔象成雲，地轉五溪蛇噀霧。節使連營氣盡墨，長揖軍門貌玉色。揮羽煙銷桂嶺南，投鞭潮斷瀧江北。吾兄意氣干青雲，天威指日清妖氛。撫字終歸守土責，瘡痍忍詡平蠻勳。作别無言但揮手，尸饔惻愴諗將母。苦心且與蘇疲氓，何必黄金印如斗。

任城太白酒樓歌

君不見，任城酒樓一百尺，長虹午貫青天赤。朱甍畫棟連雲齊，中有萬古詩仙魄。詩仙愛詩兼愛酒，生前杯杓常在手。荷鍤行處死便埋，身後高樓吾豈有。樓下艈舸飛千檣，湖波一鏡摇清光。高歌忽疑謫仙謫，痛飲莫負狂客狂。至今人去樓空在，寂寞山川長不改。星宿天來萬里源，榑桑日出三更海。今古茫茫客長嘯，千載青蓮我同調。但當搥樓淩崔顥，那許問天携謝脁。長庚作作生西南，一尊且向樓頭酣。疑是精魂來入座，酒星忽欲天邊探。我亦天涯感淪落，短劍孤琴出京洛。鷫鸘自典千金裘，蝯鶴常孤十年約。太白太白老不死，待我騎龍玉京裏。片雲惆悵横尊前，一笑長空忽飛起。

蓬園晚酌

既〔一八九〕罷溪前釣，還開花下〔一九〇〕酌。白雲憺不流〔一九一〕，青山起〔一九二〕寥廓。梧徑無人行〔一九三〕，殘英紛〔一九四〕漠漠。心共〔一九五〕朗月閒，興是〔一九六〕青春作。及時〔一九七〕宜秉燭，幾徧〔一九八〕定屐著。醉鄉無是非，何必殊今昨。

自泰山西谿游白龍池經傲來峰下遂至黑龍潭〔一九九〕

林盡山曲處，連天轉層岫。積迷窮萬盤，冒險拼一鬭。絫足緣近霄，鞠躬讓潛竇。虎牙待重闚，匍匐穿雲救。後陗方逾危，前轟忽垂溜。青蘿挂石舉，緑筱印波皺。潭定魚躍空，林昏鳥翔宙。空山鷓鴣老，悽愴變晴晝。珠氣媚川姿，金精發巖秀。蜜寋婀娜房，乳滴琤琮窗。倒影戀鬟眉，清光向日就。歸雲儻許乞，持盞潭底咒。

白龍池

湛湛白龍池，入山窅百折。頗迴谿谷雨，時惜林蘿月。消石漱還清，澄潭蕩逾潔〔二〇〇〕。鳥下銜波洄，緩吟俯枝折〔二〇一〕。西巖翠色重，蘇壁垂風髮。碧〔二〇二〕石弄清淺，依依坐〔二〇三〕歡悦。静覺塵慮盈，遠欣世念別。願持〔二〇四〕具葉法，共〔二〇五〕證無生説。

百丈崖瀑布歌

西巖瀑布天下絶，白雲一劃青山裂。煙銷葉卷林初霏，霧濕行雲雲不飛。晴虹落澗三百尺，半壁光穿日腳赤。夜静山虚百泉響，劍倚秋空月初上。歕厓欱壑艉懸雷，觸石怒作車輪迴。動地谷風吹忽散，悽聲欲續聽更斷。我一見之嗟未曾，舌格不下肌生稜。聞説雨後輕〔二〇六〕清快，珠瀉空寒一潭碎。欲流不流落復起，萬折千回到海水。出山努力辨澠淄〔二〇七〕，永憶源頭高潔時。

普照寺

石氣曉來深，還瞻〔二〇八〕客衣薄。青山寺門隱，白日佛場作。雨咽齋〔二〇九〕時鐘，風喧定中鐸。真僧入空寂，相伴惟孤鶴。不見幽篁天，沓無色相著。樵歸林葉動，鳥散巖花落。任放是知今，逃禪非悟昨。蒼松倚醉卧〔二一〇〕，梵醒還清漠〔二一一〕。

三賢祠〔二一二〕

谿口雲開時，蒼崖石林見。何年駕危搆，嵲巀俯重甗。濟濟三賢祠，流風耿清戀。胡公出東魯，士習孫石變。俱闡素王祕，抱經束三傳。我來欽仰止，曠代無由面。沚芼寒可擷，溪流潔堪薦。壁落出大句，書澗春草徧。晚慕生淒風，孤光霽餘晛。歸雅静羣噪，波印月如練。

天書觀鐵香爐歌〔二一三〕

華表千年夜泣血，十二銅人吊寒月。荒山一盡飛青彝，蝕盡前朝百練鐵。香爐尺半高嶙峋，土蹬苔斑生古春。素腹陰識未銷鑠，紀年崇正時甲申。爐火初然劫灰起，國步倉皇已〔二一四〕顛趾。定鼎〔二一五〕符終三百年，窺器〔二一六〕讖應十八子。世代滄桑一朝换，心香更孰焚殘瓣。孤月秋歸阿母魂，斜陽晚入空王殿。僧房雨塌門深閉，宿草蒼涼賜碑翳。棗梨日日徒堆錢，香火年年罷徵税。物理盛衰那得知，誣天佞佛同一嗤。君不見孝陵魂魄思陵淚，歲歲春官常祭祠。

五銖錢歌庚戌冬寧陽北鄙人掘土出之，得五百貫

夜聞媄狐向空語，明日斛𪗋行及汝。孤原萬鬼聲喧呶，聚族齊稱奈何許。九秋月虺天昏墨，苦雨溝塍斷水防。鎗然瓦缶騰雷鳴，財虜千〔二一七〕年惜不得。朽貫砉脱飛青蚨，淩晨攫取千人呼。百錢豪舉入我手，拭剔纖書辨五銖。土剥塵埋知幾年，坐令刀布如瘗泉。痴翁藏窌勞心力，臆測定出皇唐前。我聞圜法五銖稱至便，下迄隋氏上炎漢。文德指印易開通，千三百年法始變。有宋而還鑄年號，刮瑩磨谷愁銷耗。文字誰從辨背漫，廓輪漸已混肉好。此錢制古形模奇，魚腹黄牛猶〔二一八〕見之。斯世倘教長穴〔二一九〕閉，生人那不憂寒飢〔二二〇〕。意氣相傾出都市，多少英雄爲汝死。穴中畢方莫嗟吁，野火吹灰化千紙。

蓬園集三十首〔二二一〕

晴雲不到地，坐卧鬟眉緑。捲簾午風寒，半榻幽夢熟。緑雲草堂

柳垞春水生，波光向堪把。鴨頭日悠悠，不見垂綸者。柳垞

孤雲扶雨出，演漾巖户裏。誰謂本無心，蒼生終一起。小東山

六箸瀛洲塵，愔愔橘中住。不知清淺流，小别今幾度。橘隱坪
直鈎竿篧篧，月明橋下釣。至人久無夢，何必滄浪擢。魚梁
殘雨阤空廊，夢醒間清滴。蕭蕭秋夜永，孤蛩答薜壁。桐雨庵
海月波上來，田田映龜葉。曉來天在水，瓜艇不能涉。湖月池
我揮杯底雲，君蹋波上月。挂席凌倒景，惆悵待明發。石飄亭
孤舘吟風條，迢迢門不閉。客驚詩興來，卻立蒼苔細。翠筱舘
杳杳日銜山，丁丁鳥啄木。霜氣下微涼，葉落滿虚谷。木皮嶺
自經秋雨來，葉長定幾尺。蒼苔昨來滿，一一鶴行迹。蕉花舫
霜凋簷下芳，日日呼童掃。欲摘雁來紅，都迷向時道。紅葉徑
牆頭作秋色，一角推窗入。山月呼不前，招我遠相揖。揖青亭
獨鶴淩風游，毰毸溢八表。莫貪青雲揺，忘卻歸山好。待鶴亭
珠簾不隔幽，酣我窗前睡。吟侣倘相從，廬山一把臂。紅隅吟室
風波幾時息，飛雪通地肺。心寂不聞喧，孤雲憺相對。趵突泉
倚欄愁風雨，逢春惜開謝。陰雲不肯晴，故惹鶯兒駡。凝香樹
有美難終晦，移根小窗北。秋來蕭艾滿，幽艶君方識。幽祖稔
昨夜落星處，峭嶸曉相向。靈槎何年游，記待卜肆訪。七丈峯
淼淼空陂波，盈盈憺煙水。輕舟葉底出，采采秋風裏。白蓮陂
秋士多悲懷，高台助清氣。冷冷七弦夜，月静魚龍佛。翠台
疏籬遠招風，短棚淺蔽日。手携種樹書，心悟齊民術。菊砦
秋來不知處，巖際争花發。憶我故山人，何如今夜月。叢桂林
摇落感秋深，歲寒覺春在。凍蜨不知蟄，年年夢香海。紅雪塢
久作山中客，頗眈山中味。寧知出山苗，還似在山未。寒菜畦
罷釣石闌倦，夢醒自飯鶴。客去知幾時，風卷殘花落。涼臺
偶逐松風去，溪行忽已遠。短葛委蒼苔，歸來落花滿。松風谿
未解是秋聲，誤驚山雨至。依依送歸鳥，人影寒在地。先月廊
一動萬波隨，寒泉不改井。目送清溪流，心與清溪静。木車井
山人餉靈苗，過雨階下種。日日遣鶴看，新年分汝俸。求圃

八分歌題鄭仲平册

頡籀斯文并三古，千載雲礽變初祖。佐書萌芽亦因時，直以簡約便計簿。雲陽老吏爾何物，制作公然削曲屈。冤哉萬古污詩書，何至餘靈向囚乞。春申之銘胡公棺，遺文遠出祖龍前。秦六體後漢八體，乃與古篆同不刊。當時分隸尤世好，金石銘鐫各争寶。中郎一手書六經，别體詭書迹如掃。魏晉名家已少人，家雞野鶩争自珍。大鳥西飛始變古，五馬南渡從失真。石室曾聞授九勢，楷法源淵廿三世。鍾公銘石無再傳，遂令絶藝難爲繼。賸石殘碑向千載，拓本猶能百金倍。歐洪王趙勤搜討，古法辛勤至今在。鄭君嗜古近無匹，興來擘底莅〔二二二〕雨疾。收將前代百家衣，縮入懷中五色筆。苦心點畫豈在多，秘訣還傳隼尾波。直使古人看不誤，逼真何止誇戩戈。我讀此編重嗟惜，君今六十頭頒白。及尚弄筆人未知，他年抵作連城璧。

商母高太宜人節孝詩〔二二三〕

生世大難，茹苦含酸。室中有三兒，一兒中折，兩兒形影單。寒來無衣，飢來無餐。汝曹何時成立，使我顔色無歡。一解。藐藐諸孤，依依綯下。大兒知父客未歸，小兒涕泣嘷阿父。黄葉種浦，母心獨苦。生當自努力，何言汲汲詢父所。二解。阿母初歸時，夫子爲文名藉藉。材木自言異，不遇工師尺。丈夫志四方，翩然思遠遊。健婦自當持門户，何能牽衣涕泣留。三解。火雲鬱鬱，炎暑敲蒸。阿母將雛寢，中夜嗽以興。顧呼伯姊伯妹，太息詢妖夢。發兆知匪吉，黄鵠雙飛喪其雄。四解。心大嗟呀，未敢告人。改歲坎書至，凶耗傳之真。下視日月，均夢踐拊擗，空籲天，欲相從於地下行。復念此㷀㷀，嗟誰矜。五解。高高之天，下燭幽微。朗朗之日，獨鑒空闈。嗟哉孤兒，知母心苦，疇知母心之悲。六解。

發篋授兒書，兒父一生勤苦，日對咿唔。囊底無金與帛，留此望兒承厥家。七解。破窗嗚嗚，雪深壓屋。敗壁熒熒，鐙昏一粟。照母機中織，聽兒鐙下讀。軋軋未停，兒頭觸屏。觸屏母不語，停梭向壁淚如雨。八解。兒驚長跽，顧母終撻兒，兒不思卧。念母劬勞，苦寒腹餓。念母十指皴皴，易此膏一粿。兒不勤讀兒無良，兒父地下，涕淚屯聲陊。九解。朝誦一經母顔霽，莫成一文母哺旨。人言兒大好，佳似乃父，後當富貴。兒貴吾不知，兒似乃父母心慰。十解。兒名既成立，母心悲以喜。痛吾一身茹荼久，煢孑二十餘年，衰門幸有子。恨兒父不見，悠悠泉路瞑目矣。十一解。翩翩輶軒，來自霍南。有司拜其閭，嘉此賢母，風揚於王庭。惟坊樹是旌，坊樹不榮，休此令名。十二解。令名伊何，君子作歌。水中之石，必有山上之竹。石何粼粼，竹何矗矗。粼粼亦有心，矗矗亦有節。石可泐，竹可折。嗟哉母名安可滅？十三解。

秋丞二兄挽詩

半世維摩病裏〔二二四〕身，年來衰朽〔二二五〕惜殘春。君素癯，戊申夏，疽發於睢，卒不起。才名尉令推先達，少日，以詩賦與尉伯綺齊名。詩格王郎有替人。亡友王雪堂獨推君詩。仙佛須修都是幻，君精内典，前讀書平山，藏經十二櫃，盡讀之。窮愁未死豈言貧。景雪舫多佗傺，君言窮愈病，病愈死，不死不病，窮何傷乎？十年孤負傳經志，問字阿咸昧夙因。近延君來東，授兩猶子書，君已應東出矣，而未及行。

王前商後劇風流〔二二六〕，景李疏狂未易儔。謂抑之、雪舫、勉亭與余，皆君自命之詞，同人僉同〔二二七〕。一瓣常留生日奉，鄉先生明詩人邢少鶴，君之族也，約同人爲邢社生日，祀之。百篇誰向死時收。常言吾身後百篇，入口足矣。及鄉舉後，乃專心經學，絶不吟詠。秋風原水悲前約，癸卯，同試并門，道太谷，原水漲車困，閲日夜，乃同有息轍之約。夜月平山感舊遊。君前讀書平山寺，乙巳，余與勉亭、雪舫、抑之同讀其中。今勉亭化去，仰之遠宦。余方旅食，里居惟雪舫爾。聽雨軒頭殘榼在，可能遺句孟韓〔二二八〕留。余宿君齋多以秋日，每宿必連雨。余爲篆“聽秋雨軒齋”額，又與君爲聯句詩五十韻，别聯句十餘首。

文字酬知累友難，孤君長夜暗心酸。若篤於師友，嘗爲其師樹墓石，乞余爲文。疾革，猶爲孔先生立石，以書屬余表之。余見書，君已殤矣。丹鉛壁裏書初出，雪堂歿，君收其詩文，以石粟易之，將爲行世。麥飯墳頭淚未乾。勉亭歿，同人共祭，君爲之文。又約清明酬飲其墓田。獨夜烏啼雙檟冷，君母太夫人尚未葬。空堂蝨化一編殘。太翁購書數千卷，余爲作《遺經堂記》。經年書到成千載，容易危辭掩淚看。别年餘，接君兩札，後札猶以余不業制舉文爲念。

匹馬春風悵别情，梁山忍見一時傾。余庚戌行抵靈石，知石州先生凶耗。寄君與抑之信，君歎曰：“梁山晉望也，今傾矣。”交空生死惟餘我，累到飢寒忍負兄。彌留時，謂家人曰：“霞舉吾生死友，緩急可告，必不吾負也。”羡道他年詡三絶，寢門千里應〔二二九〕同聲。訃至之前日，抑之適至，因爲位同哭於寧陽之三義祠。又約買石，仰之爲君表阡，余銘幽，雪舫書，仲亨篆。素車白馬成惆悵，慚愧平生范巨卿。

咸豐丁巳夏五月，余小䀆同年携大著五册示讀。三復之下，心知其托意深遠而邃於古義尤熟，於水道今昔遷徙，雖一吟一詠，指畫瞭然，此才可當著書，豈僅以詩卷傳耶？不禁折服者久之，何時獲一把臂，快聆麈鋒也。時拙輯《正雅集》，雕竣未及付刊，僅録八章，歸入補編。下有寄鷗小印誌之。江都符葆森拜識於京師崇氏之半畝園寓齋。

校勘記

〔一〕《初編刻本》全詩作：旭日麗朝牖，園林盎初夢。柔風奏暖節，晛晥雙枝弄。陰澤斬新包，陽風解宿凍。洩覘土膏發，浸測水泉動。萬族春意彌，寸懷齊所貢。意中故山緑，煙雨遲歸種。

〔二〕詩據《初編刻本》卷五補入。

〔三〕《初編刻本》全詩作：出過事亭午，松風集步履。經聲遠翠合，朗日助清美。佛坐青落根，飯臺蒼崖底。石泉覺暘雨，山鳥悦宫徵。撲撲紅雨深，讙讙緑濤起。樓臺晚空闊，一白明湖水。天色交深青，雲過片帆止。窗邀霽嶺碧，杯吸晴霞紫。醉憶龍洞幽，入山更幾里。老僧指月出，一角煙鐘是。

〔四〕“霽目隨”,《初編刻本》作“目霽運”。

〔五〕“霸懷散”,《初編刻本》作“懷羈埽”。此句後《初編刻本》卷五增“敝裘千佛頂,影寄雙歸翼”兩句。

〔六〕“歷歷”,《初編刻本》作“袖底”。

〔七〕“陂陀轉岑隨,俯仰雙歸翼”,《初編刻本》卷五作“孤亭倒寒翠,泱漭波心黑”。

〔八〕“人間”,《初編刻本》作“朝市”。

〔九〕“隱”,《初編刻本》作“遞”。

〔一〇〕“下”,《初編刻本》作“入”

〔一一〕“招提夜”,《初編刻本》作“燈火寺”。

〔一二〕“長清道中遇雨”,《初集刻本》後有“是夜大雪”四字。

〔一三〕“散”,《初編刻本》卷五作“布”。

〔一四〕“征車慘不御”,《初編刻本》作“回車陷明鏡”。

〔一五〕“孤醉方兀兀”,《初編刻本》作“暮氣爲之刷”。

〔一六〕“石”,《初編刻本》作“星”。

〔一七〕“勞”,《初編刻本》作“憊”。

〔一八〕“崔嵬那能越”,《初編刻本》作“竟日危梁越”。

〔一九〕“踐”,《初編刻本》作“賤”

〔二〇〕“起”,《初編刻本》作“來”。

〔二一〕“夜愁”,《初編刻本》作“一夜”。

〔二二〕詩據《初編刻本》卷五補。

〔二三〕《初編刻本》全詩作:寒天不待夕,百里川原暝。飛雪埋長涂,重裘力難勝。冰懷煎急慮,馬足旋深濘。念異王事敦,馳驅我爲政。此猶不自主,豈復堪蹭蹬。晚入前邨風,寒雅瘦枝定。疏鐘暮色隱,煙寺堅遥聽。咫尺詹岱宗,蹉跎損清興。天時有顯晦,人事無僥幸。頓釋冰炭懷,巖巖寸心正。

〔二四〕“早”,《初編刻本》作“阜”。

〔二五〕“征車晚來疾”,《初編刻本》此句之後增“問津不覺遠,屢怪前山失”兩句。

〔二六〕“路轉長河暗”，《初編刻本》作“積雪長河陰”。

〔二七〕“動”，《初編刻本》作“鼓”。

〔二八〕“蒼崖古寺出”，《初編刻本》此句之後有“中途異晴晦，蒼翠春郊溢”兩句。

〔二九〕“光”，《初編刻本》作“花”。

〔三〇〕“人”，《初編刻本》作“僧”

〔三一〕“平楚斷人行”，《初編刻本》作“墟烟落平楚”。

〔三二〕“墟煙出”，《初編刻本》作“曉氣聚”。

〔三三〕“古堞蒼苔深”，《初編刻本》作“廢堞蒼苔環”。

〔三四〕“懷”，《初編刻本》作“愴”。

〔三五〕“日夜流”，《初編刻本》作“雙龍交”。

〔三六〕“鬱竦”，《初編刻本》作“兩虎”。

〔三七〕“自”，《初編刻本》作“資”。

〔三八〕“修”，《初編刻本》作“條”。

〔三九〕“古有”，《初編刻本》作“手植”。

〔四〇〕“安識千載異”，《初編刻本》作“竟與槃敦壽”。

〔四一〕“悵”，《初編刻本》作“閱”。《初編刻本》此句末尾有小字一行：“縣前有古槐一株，築城時物也，近人於城下出土杞伯姬敦數十器。”

〔四二〕《初編刻本》全詩作：緩趣無近遭，晴郊信幽歷。偶尋樵響遠，喜睹清流脈。風動林氣深，琴聲淨落席。孤雲漾空盡，藉草羣峰碧。槲葉翻邨明，薺花上岸白。老紅不化雨，飛入鳴禽隔。醉酹泉下人，青山閲世易。當時豈自主，今此知誰客。日見歌哭忙，寧虞市朝窄。誰能腰脚健，幾緉限游屐。

〔四三〕詩據《初編刻本》卷五補。

〔四四〕詩據《初編刻本》卷五補。

〔四五〕詩據《初編刻本》卷五補。

〔四六〕“武侯”，《初編刻本》作“卧龍”。

〔四七〕“慨慷還能爲此”，《初編刻本》作“抱膝誰明託瘦”。

〔四八〕“魚水一朝成際會”，《初編刻本》作“得水寧終布衣願”。

〔四九〕“神龍隱見誰復知”，《初編刻本》作“從雲早定興王基”。

〔五〇〕“誇”,《初編刻本》作“夷”。
〔五一〕“伯才小器焉知此”,《初編刻本》作“詭遇應羞進身始”。
〔五二〕“吁可悲”,《初編刻本》作“嗟鴻毛”。
〔五三〕“愧”,《初編刻本》作“惜”。
〔五四〕“時”,《初編刻本》作“前”。
〔五五〕“廢”,《初編刻本》作“飛”。
〔五六〕詩據《初編刻本》卷五補。
〔五七〕詩據《初編刻本》卷五補。
〔五八〕“山”,《初編刻本》作“脅”。
〔五九〕“下揖曹全喜”,《初編刻本》作“例魏大饗拙”。
〔六〇〕“高齊苦縣”,《初編刻本》作“方昊天發”。
〔六一〕“我”,《初編刻本》作“睇”。
〔六二〕“我聞羊公昔厭”,《初編刻本》作“漢石未沈先壓”。
〔六三〕“一貉安得”,《初編刻本》作“狐邱安用”。
〔六四〕“葬師悠謬姑未知”,《初編刻本》作“但教國步磐石安”。
〔六五〕“果有”,《初編刻本》作“寧必”。
〔六六〕“空山一夜”,《初編刻本》作“一夜空山”。
〔六七〕“足斷坤維劃開闢”,《初編刻本》作“坤維砉斷鼇足坼”。
〔六八〕詩據《初編刻本》卷五補。
〔六九〕“新”,《初編刻本》作“春”。
〔七〇〕“仍”,《初編刻本》作“晚”。
〔七一〕“洞籟”,《初編刻本》作“澗茵”。
〔七二〕“果”,《初編刻本》作“櫻”。
〔七三〕“滄桑過眼紛雲烟”,《初編刻本》作“篋中寶玩向十年”。
〔七四〕“秦”,《初編刻本》作“皇”。
〔七五〕“落”,《初編刻本》作“荒”。
〔七六〕“出”,《初編刻本》作“問”。
〔七七〕“天邊”,《初編刻本》作“列宿”。
〔七八〕“山旭靄初暉”,《初編刻本》作“溪泉石縫咽”。
〔七九〕“溪泉咽幽響”,《初編刻本》作“怒激交風響”。

〔八〇〕“寂寂落痕疏”,《初編刻本》作“落髮息舊疏”。
〔八一〕“茸茸藥苗長”,《初編刻本》作“樂苗助新長”。
〔八二〕“歸程庶當枉”,《初編刻本》作“孤行豈敢枉”。
〔八三〕“行行整輿筍”,《初編刻本》作“鐘鳴整輿筍”。
〔八四〕“經谷結遐想”,《初編刻本》作“經峪結遐想”。
〔八五〕“仄徑懸秋豪”,《初編刻本》作“倒解雲徑懸”。
〔八六〕“怵”,《初編刻本》作“悔”。
〔八七〕“尊凛後”,《初編刻本》作“尋悟直”。
〔八八〕“谷閟迴”,《初編刻本》作“壑虩響”。
〔八九〕“足荒”,《初編刻本》作“羽飛”。
〔九〇〕“隔澗吟”,《初編刻本》作“度巢吟”。
〔九一〕“人天此其界”,《初編刻本》作“昂頭且天外”。
〔九二〕“下”,《初編刻本》作“陊”。
〔九三〕“窅落千丈”,《初編刻本》作“抵隙奏深”。
〔九四〕“時陁”,《初編刻本》作“驀跳”。
〔九五〕“自”,《初編刻本》作“定”。
〔九六〕“俯”,《初編刻本》作“卧”。
〔九七〕“頂”,《初編刻本》作“表”。
〔九八〕“梢”,《初編刻本》作“栖”。
〔九九〕“喜此”,《初編刻本》作“愜成”。
〔一〇〇〕“塵念嗟何”,《初編刻本》作“世念疲難”。
〔一〇一〕“坐惜”,《初編刻本》作“敢眷”。
〔一〇二〕“傲”,《初編刻本》作“覺”。
〔一〇三〕“忘”,《初編刻本》作“凌”。
〔一〇四〕“遂”,《初編刻本》作“久”。
〔一〇五〕“將非工尺瑩”,《初編刻本》作“工尺知誰瞥”。
〔一〇六〕“無乃樵斤”,《初編刻本》作“樵斤竟何”。
〔一〇七〕“神物有潛晦”,《初編刻本》作“晦潛寧自主”。
〔一〇八〕“蒼茫”,《初編刻本》作“萬丈”。
〔一〇九〕“老”,《初編刻本》作“飽”。

〔一一〇〕“隨”，《初編刻本》作“娱”。

〔一一一〕“洞口奔”，《初編刻本》作“簾洞封”。

〔一一二〕“取途愁遐逖”，《初編刻本》作“梯虹限雙屐”。

〔一一三〕“寒”，《初編刻本》作“乳”。

〔一一四〕“嗟未鮮”，《初編刻本》作“惋厓返”。

〔一一五〕“歎空”，《初編刻本》作“悕面”。

〔一一六〕“豈念氈椎功”，《初編刻本》作“默念氊椎勞”。

〔一一七〕“人葱蒨”，《初編刻本》作“疊蒽蒨”。

〔一一八〕“驚”，《初編刻本》作“噤”。

〔一一九〕“生襟裾”，《初編刻本》作“充孤襟”。

〔一二〇〕“垂澗底”，《初編刻本》作“拖昊門”。

〔一二一〕“歸路失”，《初編刻本》作“天路遠”。

〔一二二〕“前登轉愁人”，《初編刻本》作“援上憖未能”。

〔一二三〕“一徑緣”，《初編刻本》作“孤登仰”。

〔一二四〕“寄”，《初編刻本》作“司”。

〔一二五〕“側身冒嶔崟”，《初編刻本》作“致身冒齾齴”。

〔一二六〕“累足破岭岈”，《初編刻本》作“接踵犯庨庌”。

〔一二七〕“後”，《初編刻本》作“來”。

〔一二八〕“獨”，《初編刻本》作“羣”。

〔一二九〕“辭”，《初編刻本》作“亂”。

〔一三〇〕“絶頂惟孤雲”，《初編刻本》作“漂摇信兩目”。

〔一三一〕“漂摇出元化”，《初編刻本》作“不逐孤雲化”。

〔一三二〕“覆”，《初編刻本》作“守”。

〔一三三〕“能”，《初編刻本》作“敢”。

〔一三四〕“兹遊倘可再”，《初編刻本》作“誰無萬里足”。

〔一三五〕“竦身蕩忽碎”，《初編刻本》作“翠旒上偃蹇”。

〔一三六〕“滉漾日光”，《初編刻本》作“日氣伺人”。

〔一三七〕“倚”，《初編刻本》作“負”。

〔一三八〕“天際”，《初編刻本》作“冒雪”。

〔一三九〕“渺然空”，《初編刻本》作“蒼然塞”。

〔一四〇〕“紛”,《初編刻本》作“錯”。

〔一四一〕“神”,《初編刻本》作“呻”。

〔一四二〕“常不”,《初編刻本》作“不肯”。

〔一四三〕“或”,《初編刻本》作“偷”。

〔一四四〕“復”,《初編刻本》作“密”。

〔一四五〕“精誠忽可通”,《初編刻本》作“魂交詑暮夜”。

〔一四六〕“已”,《初編刻本》作“倏”。

〔一四七〕“陳思”,《初編刻本》作“羽化”。

〔一四八〕“李侯惜”,《初編刻本》作“巖棲耐”。

〔一四九〕“寄”,《初編刻本》作“役”。

〔一五〇〕“望”,《初編刻本》作“朗”。

〔一五一〕“小”,《初編刻本》作“隘”。

〔一五二〕“何時更”,《初編刻本》作“徘徊失”。

〔一五三〕“同”,《初編刻本》作“等”。

〔一五四〕“聳身凌太清”,《初編刻本》作“孤懷蓄東海”。

〔一五五〕“閶闔一朝軼”,《初編刻本》作“醉夢酣萬室”。

〔一五六〕“局脊昏八表”,《初編刻本》作“星漢垂地盡”。

〔一五七〕“茫俯萬室”,《初編刻本》作“蒼正色溢”。

〔一五八〕“隔明晦”,《初編刻本》作“偶晦明”。

〔一五九〕“寧識”,《初編刻本》作“始怪”。

〔一六〇〕“始”,《初編刻本》作“誤”。

〔一六一〕“片雲乘化遠”,《初編刻本》作“萬雞地中起”。

〔一六二〕“獨鳥翻空失”,《初編刻本》作“夜氣先聲失”。

〔一六三〕“向來衆山尊”,《初編刻本》作“眾峰觸雲上”。

〔一六四〕“脚底紛”,《初編刻本》作“兩足千”。

〔一六五〕“前”,《初編刻本》作“邊”。

〔一六六〕“今歷”,《初編刻本》作“僅償”。

〔一六七〕“千”,《初編刻本》作“金”。

〔一六八〕“萬”,《初編刻本》作“鍊”。

〔一六九〕“萬里”,《初編刻本》作“浩蕩”。

〔一七〇〕“宫”,《初編刻本》作“深”。
〔一七一〕“盤空矗立”,《初編刻本》作“削成直上”。
〔一七二〕“落”,《初編刻本》作“劫”。
〔一七三〕“天”,《初編刻本》作“雲”。
〔一七四〕“眼前”,《初編刻本》作“銀鉤”。
〔一七五〕“洞腹徑寸寬”,《初編刻本》作“深入徑寸闊”。
〔一七六〕“自匹讀”,《初編刻本》作“古媲謨”。
〔一七七〕“卻憶浯溪筆”,《初編刻本》作“自許浯溪匹。”。
〔一七八〕“空嵯峨”,《初編刻本》作“猶凡材”。
〔一七九〕“燕許區區更何述”,《初編刻本》作“屑數東封許國筆”。
〔一八〇〕“室”,《初編刻本》作“石”。
〔一八一〕“繼”,《初編刻本》作“箋”。
〔一八二〕詩據《初編刻本》卷五補。
〔一八三〕“永”,《初編刻本》作“紆”。
〔一八四〕“蒼芒入”,《初編刻本》作“憩褰得”。
〔一八五〕“寂”,《初編刻本》作“深”。
〔一八六〕“澹”,《初編刻本》作“欠”。
〔一八七〕“馳”,《初編刻本》作“弛”。
〔一八八〕詩據《初編刻本》卷五補。
〔一八九〕“既”,《初編刻本》作“一”。
〔一九〇〕“花下”,《初編刻本》作“石上”。
〔一九一〕“憺不流”,《初編刻本》作“喜客還”。
〔一九二〕“青山起”,《初編刻本》作“花事付”。
〔一九三〕“梧徑無人行”,《初編刻本》作“坐失宵來雨”。
〔一九四〕“紛”,《初編刻本》作“已”。
〔一九五〕“共”,《初編刻本》作“邀”。
〔一九六〕“是”,《初編刻本》作“企”。
〔一九七〕“時宜秉燭”,《初編刻本》作“我方燭秉”。
〔一九八〕“幾徧”,《初編刻本》作“知誰”。
〔一九九〕詩據《初編刻本》卷五補。

〔二〇〇〕“澄潭蕩逾潔”，《初編刻本》此句後有“空明動懷抱，竟日消冰雪”兩句。

〔二〇一〕“緩吟俯枝折”，《初編刻本》作“蝯吟俯絛折”。

〔二〇二〕“碧”，《初編刻本》作“磐”。

〔二〇三〕“依依坐”，《初編刻本》作“風雷變”；《初編刻本》此句後有“能拘山中氣，草木四時活”兩句。

〔二〇四〕“願持”，《初編刻本》作“莫依”。

〔二〇五〕“共”，《初編刻本》作“獨”。

〔二〇六〕“輕”，《初編刻本》作“更”。

〔二〇七〕“淄”，原作“溜”，據《初編刻本》改。

〔二〇八〕“瞻”，《初編刻本》作“妨”。

〔二〇九〕“齋”，《初編刻本》作“齊”。

〔二一〇〕“倚醉卧”，《初編刻本》作“不相傲”。

〔二一一〕“梵醒還清漠”，《初編刻本》作“讓月窺杯杓”。

〔二一二〕詩據《初編刻本》卷五補。

〔二一三〕“天書觀鐵香爐歌”，《初編刻本》此詩題後有小字“明崇正十七年鑄爐内有銅佛十一外鐵浮圖一”。

〔二一四〕“已”，《初編刻本》作“兆”。

〔二一五〕“定鼎”，《初編刻本》作“鼎定”。

〔二一六〕“窺器”，《初編刻本》作“器窺”。

〔二一七〕“千”，《初編刻本》作“多”。

〔二一八〕“猶”，《初編刻本》作“誰”。

〔二一九〕“穴”，《初編刻本》作“幽”。

〔二二〇〕“那不憂寒饑”，《初編刻本》作“貧富寧欣悲”。

〔二二一〕《初編刻本》全詩作：晴雲不到地，風動半窗緑。但怪曾中寒，深杯影自蓄。緑雲草堂柳坨春水生，波光向堪把。一從門前别，但見飲征馬。柳坨孤雲習帶雨，演漾巖户享。肓學山中泉，誤驚世人耳。小東山六著瀛洲塵，愔愔橘中住。偶然話清淺，小别知幾度。橘隱坪直鉤竿篧篧，月明橋下釣。天文不解隱，留外一星照。魚梁殘雨避空階，風交不成滴。蕭蕭一葉下，冷和孤蛩壁。桐雨蕣海月湖心來，田田上龜葉。曉來天在水，瓜艇不能涉。湖目池我揮杯底雲，君蹋波上月。挂席凌天色，長風待明發。石颿亭孤館吟風條，書聲在深翠。客來誤詩興，卻立蒼落地。翠筱館杳杳日銜山，丁丁鳥啄木。落葉下微涼，足音定空谷。木皮嶺自經秋雨來，葉長定過尺。幾日忽心展，不隨卷落席。蕉花舫霜凋檐下芳，曉起瞋童埽。欲摘雁來紅，都迷向時道。紅葉徑牆頭作秋色，一角窺窗入。山月呼不前，屏風坐中揖。揖青亭獨鶴倦風游，毰毸隘八表。莫貪青雲穩，忘卻歸山早。待鶴亭珠簾不隔音，酣入窗前睡。驚起亟索書，廬山夢中記。紅漪吟室風波起呼吸，飛雪通地肺。心寂不聞喧，孤雲影相對。趵突泉倚檻愁風雨，逢春斬開謝。年年不肯晴，故惹鶯兒罵。凝香榭有美難終晦，移根小窗北。秋來蕭艾滿，何意求人識。香祖簃昨夜落星前，崤嵘曉相向。靈槎自來去，卜肆無人訪。七丈峰淼淼空陂寒，盈盈隔煙水。輕舟葉底出，寂寞秋風裏。白蓮陂秋士能無悲，高臺助清氣。偏宜七弦夜，月靜魚龍沸。琴臺疏籬遠招風，短棚淺蔽日。獨携種樹書，暫袖齊民術。菊砦秋來不擇處，巖際驗花發。苦憶故山人，每是今夜月。叢桂林水落悟秋深，歲寒覺春在。凍蝡不知蟄，長年老香海。紅雪隖慣作山中客，頗躭山中味。寧知出山苗，還似在山未。寒菜畦罷釣石欄倦，呼杯伴風酌。客去知幾時，風卷殘書落。凉臺深色傍谿定，隨風去忽遠。短葛委蒼莟，歸來松子滿。松風谿未解是秋聲，誤驚山雨至。空林待歸鳥，人影寒在地。先月廊一動萬波隨，寒泉不改井。耳倦清流聲，目過清流影。木車井山人餉靈苗，過雨分畦種。日日遣鶴看，新年半汝俸。術圃

〔二二二〕“莜”，《初編刻本》作“風”。

〔二二三〕詩據《初編刻本》卷五補。

〔二二四〕“病裏”，《初編刻本》作“久病”。

〔二二五〕“衰朽”，《初編刻本》作“面壁”。

〔二二六〕“劇風流”，《初編刻本》作“定誰優”。

〔二二七〕“僉同”，《初編刻本》作“僉謂然”。

〔二二八〕“孟韓”，《初編刻本》作“壁間”。

〔二二九〕“應”，《初編刻本》作“有”。

耨經廬詩集卷六

元弋困敦

三十初度感懷一千字

束髮饜固窮，詩書湎所託。未堪鴻離網，寧識鶴縻爵。内美不能韜，蒯緱發秋剽。於菟猶犢懽，獲麑更免搏。千載横肺腸，雅南志揚擢。蹈尤增石介，履困泯芥作。儒以待聘珍，學難不耕穫。衰門萬守隳，懷此高曾矱。手澤三萬卷，縹緗庋高閣。因充巖電輝，南面擁奥博。食共一編啓，寐并數函拓。詩流别肥泉，文派納瀺灂。雖乏披沙精，頗窺濫觴略。師心脱奇穎，放手縱新格。危思扶霆霓，怵鋒卷鮫鰐。盾譎鉐矛陷，鎧蹲快斧斫。洶溶雲冒岑，澔汧水趨壑。悦色徵犓豢，味腴盎糟粕。出門隘九州，往宙渺空廓。豈意乖轅轍，終焉殊枘鑿。攻羞陳陳同，發集悠悠愕。舌在余莫捫，口憎人匪虐。維懷勱前修，庶以慰窮寞。少慙屠龍技，壯悔雕蟲作。華黜思歸實，繁收冀返約。深惟六籍尊，先聖所贊削。坐我三古上，犖精異荒劇。鎚幽見平夷，析糲出精鑿。逝甘老書城，脈望化朽蠹。牛刀不試難，照乘肯抵雀。荏苒三十載，蹉跎邁今昨。未能易硜硜，自爾成落落。窮谷變黍律，高堂動春酌。棲遲暗自驚，攬揆余初度。詠歌桃李園，雅集天倫樂。拊膺斂愁嚬，伸眉縱歡噱。永言熱五情，感激傷心瘼。勞昔少遘閔，酸苦逾荼蘗。世父護兒癡，阿兄憐弟弱。荒涼典衣琴，黽勉趣簦屩。促節痛椿齡，哀音感棠鄂。天路迴艱險，秋風鎩霜鶚。自時遭飢驅，漂摇靡定泊。雷首雲蒼蒼，滹沱風漠漠。鄒魯文學區，京華名利宅。趿屣知何門，歸來無負郭。貧知交態疏，賤覺世情惡。室謫幸匙聞，屈伸守尺蠖。飄零悵泥滩，聚散隨巢鵲。昔作形將影，今爲風與籜。禹門尾更燒，荆璞足再斲。骨鈍艱伐毛，目眵昧刮膜。桂珠居良難，淹迹徂洙濼。骨肉異鄉見，悲愉成錯遻。自伯春之東，曰歸歲云莫。而我淹再霜，塊獨縈塵縛。崟嶔檻窻蝯，紛鬱籠羨鶴。食敢羞鶩雞，毒終畏虺蠚。鉛槧業幾荒，登臨興豈索。擢鼓歷亭淪，筇支靡笄崿。華芙逐樵上，濼雪譸僧鬻。朗開榑桑燿，尺五天可摸。石盪千秋智，松扶萬里脚。歷歷秦漢文，高空上齡齶。壯哉扶輿力，俶詭入游橐。古有輕千金，今還貴一諾。墟哀戀桑梓，邱首首汾霍。是歲河隄決，天根水未涸。靡靡如噎醉，瘆瘆有騶駱。趙樹地中盡，陘雲關外掠。旬兼萬沮澤，月積千磊落。彌穹塞曉晦，互屋凝宵澤。悲景戾寒虛，悽商樾驚薄。月初上吐林，星乍奔窺彴。促晷解鞍遲，牆陸室不堊。溼煙空庭爆，敗葉當户絡。彪眩睒覬人，齬饑啾跳矱。堅衾鐵皴膚，危柱冰挂谷。忍凍激厚犒，競呼鬧豪簿。蒼茫信宿眠，惆悵親杯杓。鄉樹眸一明，方言耳時迮。歸轂革滯轡，奔蹏慫歡躍。新愁舊愁共，死别生别各。收涕見兒女，雙雙拾階辵。戇癡交瞋喜，嫜息雜嘻嗃。俯仰仍遠慮，行藏信獨咢。相依命駏驉，斯邁身蟲蠊。所媿髮種種，豈徒綬若若。方將許稷契，寧用羞管樂。長揖謝成功，兄芰弟耦柞。懷安誠敗名，烹炙且相酢。鼎鼎中山醉，衎衎屠門嘸。暫歸還疑夢，久别儼成客。悲風中夜起，坐立意緜邈。蹶迹這炎荒，彀弦不能彍。地維久已陷，釜竈産鮭鮥。安得一寸丹，激爲千夫諤。坐令地性平，一掃祆氛霩。撫鏡晨霜盈，拭襟曉雨零。蒼生幸早蘇，余賤非所惜。

浲　水

朱熊烈山澤，赤縣絶迒迹。九曲横北條，洪源亦涓滴。胡兹濫觴流，千載垂典籍。側想史臣例，胼胝定親歷。二漳未達海，亦涯千七百。目睹儆余憂，懷襄此尤迫。發鳩與要谷，螂桐乃省役。古道知應然，舊名幸猶覈。層冰轉荒磵，老樹動危石。海内誰記經，歲深問柏益。

屯留道中

山曉不知春，千峰掩冰雪。依依霽色醒，表裏得清潔。笥石遮車過，從衡伺來轍。凍波厲餓齒，漱待馬蹶血。散作珠玉涎，半銷風塵骨。垮鬚避夷侯，犯頷冒磬折。山鶩木末巢，邨樵渡頭歇。天寒萬條舉，乾柳散風髪。地僻非眼青，枝頭意自活。長途笑客鬢，慣耐披星月。

洺　水

歲月乾窮山，涓涓已通溜。盈科不肯止，解與磐石鬥。東下聲轉雄，如弦逞離彀。蹊冰暗被壑，徑雪危承霤。寒谷四時冬，陰崖片刻晝。踦杠識新圮，駭轍知前覆。側側弁舞俄，墫墫首俯授。輪欹兼馬起，足陷并手救。歷險恬舟欹，履夷玩卮漏。邨犍趁虛牧，晨雉登木雊。羣動争趨時，飛騰肯相後。登高忽萬里，春色彌晴宙。

重過挂劍臺

心許即相贈，何能待挂枝。亦有腰下劍，茫茫把向誰？

出　都

螘磨終日旋，市朝安得休。智愚更相笑，萬變同一求。我螘人亦螘，等觀奚劣優。榑桑夜氣改，羣動生九州。日見馳道土，輪蹶作塵流。既來皆有恃，忽去誰當留？得喪儻人定，身心終自仇。有求即當遂，未必無怨尤。野適有飄瓦，岸行慰虛舟。誰能費時日，忘此身外憂。

灅　水

郭碣鞏黄圖，恒衛壯王會。朝宗各千里，作礪均衣帶。涑涫西北來，洪濤擁并代。津通析木野，陘轉軍都塞。淺揭愁没骭，濁撓懔濡軑。向微潰決苦，日實金湯賴。河雒交三川，歧豐鎖八派。至今皇輿闊，日出堯封外。鬱鬱蘆溝煙，蒼蒼薊門靄。西山陋涓滴，玩好等自鄶。

白溝河

北戒淪郭碣，兹維中外門。如何矜設險，嫁禍遂壑鄰。商竭向千載，周移更迷津。洪流日南下，漳衛成要濱。兒帝割檀嬀，蕩隨戎馬塵。坐令職方掌，幽朔無完垠。中原再失險，千里郊壘新。邊備等兒戲，曲防假波臣。嗟嗟宋邊策，獨異古所云。畫江與航海，積弱非無因。塘濼九十九，星羅限重闉。惻思勞臣迹，異代同悲辛。六合今一家，窮海王所賓。盈盈一衣帶，歎息何足論。

白洋濼

晴開湖上天，天盡山青補。空日相滌潔，風林萬葉舉。虹橋外隱見，白下雙飛羽。昨夜鐙明前，漁舠出三五。孤雲趁馬背，冷氣鬚眉聚。近海風易昏，鳩呼不成雨。萬家但煙靄，皓魄波心吐。趙北久合礪，易京罷鳴鼓。康莊落水面，車馬度歌舞。一角鷗鷺涼，功成儻可許。

閭邱臺

長楊羽獵日紛馳，格五逢迎術愈卑。徒慫禽荒開上苑，忍隨優畜媿經師。孤雲低界毛精壘，晴樹長鄰董相祠。積悔十年臺下覺，無成翻幸免韋脂。

河間懷古三首

韓太傅嬰

迹熄傷狩麟，斯文信天喪。秦灰豈能燼，洙泗弦歌響。三百歸孤存，異流源可想。胡爲限畫一，東閣均覆盎。毛傳既孤行，三家日斷吭。吉光餘外傳，正義擯無兩。矻矻深寧翁，白頭施鐵網。形聲古韻證，句讀斷章仿。得幸藏名山，庶猶在天壤。十年爲周召，後死滋惕惘。補葺資已勤，蒐羅得可儻。弇中有時出，旦夕拜經仰。

毛博士萇

不敢天下先，卮言寓名理。退身意有爲，豈與傳經比。詩有齊魯韓，争鳴各一子。亨萇傳獨異，教授初鄉里。晚出未風行，代興乃其始。亦如傳麟經，派别本五氏。鄒夾舊無文，赤高厲存耳。卓然素臣功，歷久推良史。迹熄家人言，聲銷王子醴。雅南洩元音，興觀發微恉。炳蔚尼山筆，删餘出真是。濟南九十翁，偉并兩博士。

河間獻王

去籍先祖龍，夷夔久亡典。漢家馬上規，陋陋何足算。緜蕝與巴渝，制徐務苟簡。賢孫四葉後，懷古情摯款。六職補事官，八音考瀍琯。經師禮爲屈，文士坐常滿。被服準儒宗，惟求實事踐。鞠躬入承明，雅樂手親纂。藹藹日華宫，鏘鏘君子館。遂令千載下，片甓抵玉盌。文學衍天潢，偃商寧異撰。允宜升堂廡，俎豆歲時展。

滹　沱

冰塞長川信馬過，風雲往迹感滹沱。蕪蔞魂斷亭邊雨，麥飯飢隨渡口波。豈有推心行賞最，肯教倚樹掩功多。緜山故里悲寒食，歎息龍蛇日暮歌。

仲舒故里

董子王佐才，射策窮天人。學當鼂賈伍，志豈匡劉倫。英主肇科目，文章争致身。裒當百代首，大筆高嶙峋。布被方曲學，下帷獨求仁。蹉跎去京國，禮樂千載淪。烈士終不遇，猶蘄相賞真。賞真但利禄，有志同悲辛。隨計塵交目，窮年任征輪。安知蓬蓽下，興起今無鄰。

景州蓨侯廟

古廟寒雅噪晚飢，軍門猶自戲羣兒。營荒細柳春風暗，路入蓨城夜雨悲。此日將軍從面許，他年少主積心疑。刑書白馬勞君憶，奈及他人富貴時。

平原道中感華子魚事

畫餅叢詢譏，虚聲悲一轍。生榮死前暫，死辱生時别。龍頭未揮金，卓亦稱人傑。終焉牽壁忍，寧恤割席絶。一榻遼東叟，冥冥聳孤節。五銖竟不復，三表儼首列。遂職亂臣階，千秋踵簒竊。九原見元化，圮族玷芳絜。獨怪劉穎川，拒婚憂赤跌。有兄且異趣，廚及寧優劣。

高唐鳴犢河故道

息壤不可止，茫茫迹忽改。苞淪連雨昏，九派化爲海。礫口數遷徙，宿胥變高塏。屯河與張甲，先後靡定在。此地經望氣，厲階今千載。中州土疏惡，湍悍禍尤倍。豐沛正昏墊，皇仁軫惻愷。薪楗非不屬，豈日衛人辠。茨防坐失時，桃汛迫誰待。百萬洪流逝，千家膏血殆。宵衣莫解勞，微議覬可採。灑澹思疇昔，澄清問真宰。

魯連村

驅車先訪仲連邨，末照英聲映里門。蹈海詎云循小節，帝秦何事問新垣。千金敵卻寧希賞，一箭功成肯市恩。今古滔滔奈皮相，羞將玉貌對平原。

茌平夜飲懷馬賓王

賢豪非一塗，感激由天性。千古長沙哭，憂時遂失正。高才不受老，遇合寧非盛。落拓鳶肩人，風雲闢奇徑。讓賢賴友直，破格倚主聖。壯士難白頭，心知肯言命。用臣須及時，苦語血腸迸。世短功名長，一生何由竟。從來士各志，忍污衒媒行。我路終無歧，風塵豈不幸。喜無逆旅譏，恐遂文園病。痛飲呼酒家，囊瓶兩交罄。

泲　水

岳瀆奠二儀，公侯崇秩祀。河淮久亂流，巨患陰溝始。沇水婁隱見，發源劇俶詭。中經莽旱枯，熒菏涸平地。四派二勵存，南趨勢未已。洪波苞兖徐，蕩覆日隨徙。天意忽欲通，刊溝但尺咫。端憂兩條混，隳性紊疆紀。南北兩清河，涓流尚清泚。出陶遂昧源，會汶猶辨委。隱約四瀆津，蒼茫皦碻壘。慨然思明德，禹績儻可履。

阿　上

三載飛鳴起伯圖，偏從毀譽識爲都。齊城七十多阿墨，豈獨當時兩大夫。

魯公墓

八千子弟來江東，暗噁一怒咸陽紅。手裂河山宰茅土，匹夫權與天王同。拔山力盡騅不逝，半壁金甌脱手棄。秦鹿終傷志士神，楚猴歛雪美人涕。轉戰倉皇陷大澤，田夫亭長皆强敵。好奇坐失追連敖，故主竟被降虜策。王頭千金侯萬户，九尺徘徊無去所。七十二戰終他人，生王十八死侯五。曲阜城門朝不啓，重瞳訖向重泉閉。當時秉禮聞魯人，胡不發喪先義帝？君不見千秋成敗付天亡，戰攻戰罷等茫茫。學書學劍知何是，收涕江邊酹憤王。

穀城山

穀城山色青童童，骨瘦神寒千秃翁。當道驅車不敢觸，此中恐驚黄石公。滈池壁還祖龍死，千古桃源隔春水。何物老子欲蹪秦，袖將三略假孺子。得非商山老，無乃滄海君。不欲人間知姓字，遂令後代疑鬼神。三寸西來動真主，變化風雲作雷雨。幸逢龍戰天地清，寧識狙擊心意苦。黄冠草服辭金闕，謬向赤松問丹訣。負郭猶勤蕭相田，三分敢饒蒯生舌。君不見烹狗藏弓禍已太，破産功成亟身退。哀求早識野雞晨，若見此文當蔓拜。

東平道中

雲開寒日露城戕，一鑑波深瑇瑁蔹。夢破長橋衝雨氣，麥秋風急出無鹽。

中　都

蕞爾無今風，千秋沐聖化。道遺猶不拾，爾我矧虞詐。行邁孱生頻，懸旌迫星駕。似聞周行梗，稍作行旅怕。晝剽燕市金，宵驚長官舍。雞鳴結隊行，日稷荷戈迓。文吏飾治續，置郵惟推卸。深維根本地，蝨莠易憑藉。餤餤兆棄灰，滔滔倪漏罅。小人昧遠慮，目論足悲詫。陰實庇虎冠，威翻仰狐假。鳴琴豈異術，苞苴絶昏夜。

苦熱行和張鐵生于鑄孝廉兄作

二儀運鑪炭，萬象入雕嵌。陽精方息離，陰氣已消坎。温颱鼓垓埏，歊鬱張毳緅。蕰蕰暑以旱，滌滌舒而慘。歸翮跕隊鷩，伏鱗暍踽罱。瞻原棲槁苗，睞沼灌枯葜。林修靡庇本，隍復有入窞。危鐸鍛鑠金，覺楹炙焦礛。心熏身在鬵，膚剥腴承醓。呐蠅謷姑嘬，蝨蝨狝厲噉。冥坐眸萬眩，端居首千鎮。扱棡鯨吸川，袗絺鰷麗槮。寢莞婁地迻，哺箑繼晷撼。永晝髮晞巾，終宵汗漬衴。沁齶鱻斷蜜，渫腸苦淪欄。晚浴欣忘形，晨櫛樂垂髧。慕柳人何浼，况桑吾豈敢。鎮代上環浮，藉之玉壺瀲。暫澄耳目清，一灑形神憺。翻思荷役勞，浹背冒鋌險。瘴炎治金創，甲重骭不揜。冷消俠客腸，寒激壯士膽。率士盡帲幪，斯人獨瘁憯。如何廣廈士，過遠視猶欿。暘燠愆時恒，逸勞殊歡慼。南徼瞻來薰，重雲起黮黕。

野宿阻雨

旅雨經秋慣，深杯假夜長。紙窗風跋燭，土壁水淫牀。乾秣聳疲馬，危呻遞苦螿。來去鈞是客，不信鬢難霜。

長城嶺

鉅防屹立奠重闉，十二巖疆岱礪尊。清泲西來天作塹，琅邪東去海爲門。從來守勝寧長策，何必自踰非短垣。殺馬塞途終委去，劇憐大國亦同奔。

廬　水

兩戒青徐一塹收，萬家雲樹擁高秋。山分岳麓多西下，水入中川盡北流。周寖久承雷澤誤，齊盟自記石門留。經過未敢輕投宿，可有抱關青眼不？《周官》“其寖廬維”注：“當作雷雍。”《困學紀聞》辨其非是。

曉　發

樹護雲親舍，泉懸水被蹊。谷風虚濟竅，山雨近濂泥。魯酒寒憎薄，齊紈醉倦携。他鄉秋亦早，漸怯候蟲嘶。

山茌道中

衝寒高下黍離離，倦策頻回馬足攲。水落官橋初有渡，草荒驛路轉無歧。籠煙日薄生林早，帶雨雲深出岫遲。六載酒醒春夢覺，試鐙風裏宿山茌。丁未正月入都，會謁族叔於此。

崛山橋

頹垣猶識古豐齊，磵絶危橋水漱隄。一寺煙鐘朗谷北，幾家風杵崛山西。晚成禾黍猶長畝，夕下牛羊自奪蹊。願逐田家終歲動，永無離別把鉏犁。

汸南懷古

五戰河山啓伯才，千秋杼軸尚遺哀。韓王鼓角從天下，晉國旌旗卷地來。憑軾無人破腐舌，闔門何意兆戎媒。濼源覆水終流恨，革取華泉清一杯。

賜履難酬夾輔攻，灌壇風雨夢初通。山川古有東秦勝，文學人推北海雄。千里魴鯉歸魯道，萬家雞狗接齊風。書詩稷下微言熄，卓付傳經兩老翁。

登泲南城樓

歷山橫絶舜城偎，古井年荒賸瓷落。日落平原人去渺，風高大野雁飛回。愁牽二水排門出，目并雙峰椅檻開。寂寞鐵公祠下路，昇平誰識濟時才。

重遊千佛寺

南山過雨刷寒棱，鳥外晴來愜晚登。古洞千年藏石罅，琳宫絶壁出雲層。斜陽莫下靡笄壘，宿草秋深太甲陵。占徧名山身萬億，月明天半挂禪鐙。

曠如亭

晴空眼底盡齊州，曠士蒼茫亦百憂。青兖何時易從畝，泲河從此失交流。雲歸遠樹川原夕，木落空山天地秋。回首故園春草變，有人煙雨倚高樓。

中秋飲趵突泉上聞篴懷家兄

水調風回玉露涼，寒葭衰柳晚蒼蒼。泉聲夜轉空階玉，月色晴開滿院霜。旅夢愁添佳節味，詩懷興卻少年狂。昨來罷酒今呼酒，極目雲山滯雁行。

百花洲曾公祠

湖上花明水滿洲，晴波倒影矗危樓。香凝燕寢名流盡，霧淞園林遺澤留。拄笏泉聲生砌下，放衙山色在城頭。七橋風月清如昨，老惜心香一瓣收。

白雪樓李滄溟祠

霜林一抹水西流，猶是詩人白雪樓。嵐翠晴分千佛埮，雨聲夜散百花洲。峨眉天半真人想，海岱千年名士留。不爲羣兒自相貴，争教異世起戈矛。

大清河晚望尋雊山湖舊迹

萬疊雲嵐動櫂歌，挂帆長憶鏡中過。孤峰遠隔垂楊岸，數艇晴通落照波。南浦蒼蒼荒璧月，北林渺渺冷圓荷。雊山寒食年年路，誰復佳游似泰和。

邨居宿華不住山下田家

豈獨林泉好，人多古處存。客來雞上屋，兒出犬迎門。竹院通山氣，溪堂上雨痕。自然塵俗隔，猶羡武陵源。

地僻冠巾少，風恂禮數稀。聞名先畏別，話舊預防歸。市遠魚知賤，泉香蟹覺肥。争持勤饋客，踵接意難違。

樹養花源密，蹊牽草舍還。柴門千里水，虆覆萬重山。打艑官橋渡，驅牛晚圃還。宵行今亦戒，露宿舊無關。

野出秋無際，天晴伴勝游。隮峰寒礙日，亂水曲循舟。香火藩王院，麟羊學使邱。斷碑還命酒，剔蘚藉淹留。

落日樓臺暝，川光萬瓦齊。歸雲封樹合，去鳥就天低。集散聲收市，塍行影印溪。無人秋草徧，古道晚萋萋。

信宿忘賓主，長年寡送迎。窗收山月入，檐避浦帆横。壓酒同消夜，輸租始到城。買田吾欲老，何事待歸耕。

遊華不注山醉歌

岱宗來自長白山，跨海千里趨中原。迹絶行飛不能慉，羣峰作勢猶鬱盤。我曾絶頂蹋雷雨，宇宙隘盡無奇觀。忽走塵土雙屐冷，一拳亦足開心顔。天晴一碧滿雲正，霜剗淬出芙蓉斑。寒草蕪徧三周轍，革清欲飲荒無泉。奇頑自詫異天賦，力與狠石爭巑岏。蹇步尋常分人後，眼明已置深青間。寺門雲半日方午，呼酒履怯衣袖單。戴腳有路容力到，側身無地難孤騫。松聲吹入萬家雨，謖謖響陊巖花丹。手擘虚弦餓鴟叫，逐抨自下雙飛鳶。三歎捎網縱之去，目送已上青雲端。酌水爲奠逢丑父，摘蘆爲拜閔子騫。丈夫腰劍惜輕試，厲厝肯資孤石頑。千古嵯峨兩峰崒，斯人可作吾執鞭。山下有二子祠，有試劍石。

登藥山絶頂放歌

沸南山水華山尊，青帝有子天有孫。藥山尤小尤奇絶，九頂卓立蒼龍蹲。昂頭西向動金宿，岳岳一角撐天根。木落崖窾刻畫露，雨餘洗出青黄痕。但驚鳥道上髻鬟，豈測虎口探齗齶。百突千坳竦煙頂，鬚眉頓怪陰晴分。南山迤邐檻前落，旦夕見側雙金盆。石棚棋局誰所設，豈有鶴聲清夜聞。老衲枯禪坐槁木，四肢冰冷心微温。西窗秘閉暫開啓，覆盎誤放兕蟺雲。清沸一綫入杯底，平明已納長河渾。山農驗石知雨氣，夜恐龍歸驚寺門。片石不言回澎湃，屹憑中有真氣存。傾杯酹盡山前土，地下喚起滄溟魂。世不長夜君長夜，終傷剽摹譏生吞。回看此山絶依附，跛鼈應悔隨騘奔。山下有李于鱗墓。

鵲山行

鵲山兀立如畸人，劍弭負手臨河濱。岸然夷俟呼不起，怒目閲世天不瞋。波漱浪磯歷千紀，槎枒一脊無由磷。尋常未敢繼斤斧，有採往往遭折髖。山上出泉山下旱，經年自雨山中田。岱宗巖巖鎮青社，汶沸熒褭交長紳。萬笏巉岏紛内坿，亦如錯峙星拱辰。尺絫寸積資羣力，翕受未肯遺翔塵。才高地近轉隅向，一水遐棄孤無鄰。邱壑自專亦良得，荒陬知自何年擯。湖田久涸游舫盡，物理衰盛還相因。牧子驅羊火入洞，長眠恐驚貳負臣。懷中獨抱醫國骨，衰草雨織盈華顛。一角猶能上初日，邨巫夜鼓朝靈神。遊絲觸石冒晴絮，祖海萬里聞淵淵。膚寸崇朝定相合，終當一雨開清天。山下有扁鵲墓，東南一峰，土人云能觀日出。

歷山道中

沙痕草逕見人行，驅馬黃山第一程。雁度歸雲留晚色，鳩呼殘雨换秋聲。煙波日動雙輪亂，柳岸風懸一杵鳴。應笑量沙詢故壘，百年無事正休兵。

黄山道上

羣峰曉落車輪底，天東團團萬青裹。清川禾黍鏡中風，坐我畫屏三十里。隔林幾掩生炊煙，近裹危峰高際天。路斷石橋初雨霽，穿雲忽度雞鳴邊。嗚咽開門對晚漲，家家網曬晴波上。高秋木落催寒歸，男出耕田女饁餉。簇簇山花發孤驛，白日紅塵暗飛檄。生平不信行路難，輪爾年年伐山石。

後登岱八首

巖巖五岳長，氣與詩筆敵。我興秋更高，攀危欻再歷。霜空海氣静，寒日梯空碧。春花不肯殘，窈窕巖間赤。瘦枝咽悽簧，晞葉眩晴液。咫尺天外身，長林萬重隔。駮驗初生雲，溜窺久穿石。岧嶢且首塗，頫印但陳迹。谷蟠悵地盡，崖拓虞天窄。絶頂足千秋，何心問金策。

剛風利客孱，刮面寒如刀。聲虚度危壑，腳底酣笙璈。突兀積晦外，羣峰各自高。雙龍表木末，瀉壁團驚濤。蒼松倒雲黑，影定寒不驕。臨危見孤直，三嘆根株牢。霜落宇内闊，沈沈察秋毫。登高惜萬家，遠目知何逃。孤鳥平地没，飛鳴亦求曹。浮生敢一擲，榮悴輕鴻毛。

重雲塞長天，海岱氣常黑。連峰走中原，千里秋一色。山客如蝯猱，飛騰久生翼。呼之不我答，就之焉可即。時騎白鹿游，倏忽欻八極。袖遺一黄丸，躊躇未敢食。石釜流泉盈，銅鐘土花蝕。寒影留空巖，前年洗不得。願言從之去，真幻詎能識。匿笑山中人，採藥浪推測。

中峰一老翁，巖棲不知歲。緑髮方兩瞳，顛毛生白氣。飲碉偶逢人，多言邃初事。銘功千八百，升中七十二。文字有代興，體製非世記。帝竹熸秦灰，古法芻狗棄。喉舌日新聲，蟲魚競私智。諛詞巇巉巇，點畫何能類。悕矣百代下，疇知作者意。大道詎淪夷，斯文儻顛頓。

燕齊多怪士，成勞有神人。傾心惑世主，掉臂争入秦。六飛出函谷，萬乘雲雷屯。青松翳飛蓋，芝草扶朱輪。盤盤磴道上，蕩蕩開圻垠。風雨起山半，折足傷其髕。老父忽不見，巨迹生嶙峋。市道落巖穴，千年豈無因。御帳渺已去，輦路霾寒榛。但見冠石立，誰聞天書陳。

再上天門關，遂登日觀峰。初陽踞少海，俯見川陸空。苊輵萬里盡，夜氣精誠通。檻底一杯涌，豁開玉女窗。右揮空同劍，左倚扶桑弓。飛血隕星狗，雷聲鼓逢隆。銀河手倒挽，日脚摇長虹。痛洗江淮慘，琴歌翔景風。拂衣竟不顧，誤入蓬萊宫。神仙非吾事，持竿儻可從。

失足蹋飛絮，誤落青雲端。道逢千騎列，心知乃禪官。芝房啓阿閣，雙童邀我前。學道吾不願，授書吾不傳。願託青衣使，因之長河堧。作書報神壻，倒解蒼生懸。神官了不懌，似謂非宜言。感激未能已，熱血剖肺肝。顧瞻杳舊路，風波浩漫漫。已矣勿復道，九重方宵旰。

幽洞不可底，千霜無人開。石扉地中觸，隱起南山雷。天東萬靈集，海若横空來。萬古鞭血地，黿鼉日西回。百川何時到，朝夕生蚌胎。但見木石盡，安知昆明灰。火輪湧長夜，丹碧千樓臺。金雞既以失，木甲頽荒落。夜夜介邱上，時聞清角哀。劍歌黄鵠背，清淺看翔埃。

秋杪懷李享山時客沛。是秋大水，豐工未合龍門

草緑楊南雁影分，羈愁日莫滿征雲。别來泛菊應思我，夢裏還山更憶君。秋水再霜逢落壑，春明三雨失論文。沙痕無恙危樓在，忍對中州鵠面羣。

蓬園懷抑之兄

客裏驚初訊，貽老母憂。音書三月闕，懷抱一生休。迹苦心寧諒，悲深淚得酬。不逢南去羽，目斷桂江頭。

諸將八首同鐵生作

百年寰海偃鯨波，殊俗冠裳禮讓多。豈謂炎荒開殺劫，忽煩絶徼動天戈。大官閫外嬚嬰久，羣盜山東歲月過。聞道三川今罷守，涓涓争遣日江河。

老成頭白重邊臣，牲芻何勞效婦仁。漏到吞舟容解網，危成厝火穩眠薪。孤恩豈直宜三就，誤國應難贖百身。論定他年修史筆，興戎從記任斯人。

七十周郎擁節旄，短衣匹馬握龍韜。書生未辦胷中甲，老子先藏鞾裏刀。賀嶺戍荒蠻雨冷，潯江路斷瘴雲高。分明一將成功地，遣使紛紛已太勞。

中朝岳岳出元戎，節相兼資坐鎮雄。但使府中能委向，不妨天下可無洪。緩追豈有親親道，短馭寧收將將功。付與長城橫炬目，故應置酒慶羣凶。

亞帥軍容仗角犄，上公五道總戎師。猜成鍾鄧非無故，變起岑來亦自疑。五夜星寒沈畫角，三秋風急卷靈旗。歸元他日愁箕軫，腸斷孤軍深入時。

三里孤城絶地偏，新來竈減更無煙。將軍舊惜殃池火，養卒從分鬻水錢。班馬有聲川路闊，幕烏無恙旆旌懸。悠悠半載重圍地，事敗垂成豈偶然。

轒轀百尺舞崚嶒，卷地螌弧賈勇登。落日三周仍脱兔，秋風一飽竟飛鷹。踦輪錯莫悲崤坂，篝火倉皇痛馬陵。幕府新襄收復績，國殤魂魄怨常凝。

二水分流繞越城，嚴關萬雉屹崝嶸。北門路斷湖湘闊，南戒山練嶺嶠橫。高克師閒棄河上，姜維表已備陰平。徙薪曲突尋常計，老我書生紙上兵。

捉車行

今日捉車來，明日捉車去。捉車無已時，我車安得駐？一解。覆車荒梏底，推牛寒窖裏。但愁車遠行，不畏牛凍死。二解。縣吏夜到門，雞鳴飛上屋。塞兒懷中口，吏瞋不敢哭。三解。西家吏不擾，醉飽持錢歸。東家聞吏至，呼兒典裳衣。四解。拔我門上樞，發我屋後木。長跽告官人，留我初生犢。五解。有車亦當行，無車亦當行。三三將五五，朋錢送起程。六解。北來少年子，狐白千金裘。路旁橫意氣，腰下佩吴鉤。七解。指揮呼車坐，瞋牛行不前。人牛一時箠，折斷珊瑚鞭。八解。層冰塞川塗，深雪道里滑。牛飢不敢飼，領斷雙蹏脱。九解。人向淖中立，牛在淖中卧。卻負少年郎，一一淖中過。十解。辛苦到輸所，更無牛與車。府吏持帖下，火速仍前驅。十一解。車牛委道旁，中夜隻身還。持縻對妻子，淚落空潸潸。十二解。

懷抑之兄

月落空梁雁叫羣，兩年憔悴滯江濆。論才海内偏推我，年前來信云“余身行萬里，交滿天下，而始知君爲海内之雋也”云云。此後，遂無音信矣。話别天涯媿失君。赴粵時，特迂道别。余昨歸里，太夫人咎余不留君。余甚自媿也。客淚劇添秋後雨，浮名薄謝嶺頭雲。流言縱未輕相信，争遣紛紛遠道聞。

耨經廬詩集卷七

南意義陽雪

向夕得寒甚，經春雪益深。重雲塞汶口，驚吹蔽龜陰。遠道惟藩鬢，新年總爲吟。煙塵日相逼，旅夢敢沈沈。

魯北道中

露宿宵苦畏，霧行晨稍斂。又隨戴星運，醉目寄餘睒。林缺風勒寒，橋回凍半兼。初曦萬壑醒，積素羣奄淡。□□抹松稍，睛金波溢閃。頑雲地中度，似避翠微掩。□□屑玉過蹏痕，翔往争知寇亦能。一自將星埋碧血，更無王氣壓金陵。傷心舊日秦淮水，嗚咽招魂怨未膺。雪片軍書夜刺聞，危樓三日舞衝梯。隍池飛血悲難狗，巾幗英魂泣鼓鼙。春草萋殘宫瓦碧，夜烏啼斷女牆低。漢家忠義多豐沛，不負深仁教澤齊。大江豺虎劇從横，隔水中原幾日程。風色春開揚子渡，潮聲夜落潤州城。□海門東下無行，天塹西來未血兵。多少淮南開府地，安危可但日雙旌。

上巳同人集西涯續蘭亭禊事

四見燕郊雙草青，每回行迹厭重經。眼前南國餘王氣，日下西涯尚地靈。濟世需才身易老，還山無路夢難醒。雙雞斗酒年時約，回首萁陽一涕零。

落齒八百言

自京師歸之明日，上齒落一，不三旬，下齒又落一，詩以紀之，時癸丑七月望也，余年三十有一。

粤若生人初，言行化食視。咳呱一不具，漸肇的髕嘻。七八陰易成，毀齔判生齒。瓜年代羈鬌，蓂月符齔毁。馴致膚革充，行賁筋力禮。有身爲大患，惟口生吝悔。矧此骨餘物，但供頤指使。敵千儼列行，樹幟仡分壘。白詡瓠犀良，鮮誇編貝美。將軍號虎牙，星宿應觿觜。用祇養口腹，利兼佐筋匕。塙乎焉可拔，中立更不倚。受惡敢輒犯，求憐忍輕啓。乾濡異所決，茹吐隨各以。勳著齩金名，節堅漱石砥。合封羹頡侯，錫採飯顆里。朵謝靈龜頤，染傷巨黿指。急煎悲膏盡，先竭兆泉醴。種種行就邁，搖搖漸向靡。齯生或壽徵，齲敗識衰阯。列骨方殘歺，聱牙更履𠂆。等匏擊不食，方瓠落未已。未免去留情，頗思廢興理。一朝歎棄遺，老至會應爾。奈我方壯年，未宜牽率此，生平腸藜莧，併日惄糠秕。雞肋棄惜嘗，熊膰腼敢俟。終防踐畦羊，肓羨負涂豕。未歷雪窟窮，已諳菜根旨。飢驅且靡騁，適口寧云侈。徒有加馬長，曾無相鼠止。胡爲小谿勃，脣反相謷訿。數月困踙齵，經時苦齕齮。枝棠占噬嗑，鵺鷉變夬履。危欲漏多魚，凶猶咥虎尾。閉車火出鼻，棲榻風生耳。嗌嗄行復休，頭鎖坐屢起。鬻來懍三嚌，饋至慳一餳。喘學吳牛齝，哇妨鷙鳥腒。業崇岸見𡵂，轢仄泉出厬。偶以齗齗災，終須齺齺徙。蔗囘甘豈曾，蠟嚼味無似。厲劇飽揮拳，痛深易伐髓。齘張未敢怒，齗見爲誰喜。幾蹙臨鏡眉，頻規欹枕珥。齏懲口銜闕，噎廢脰夾矢。齟矣能無肥，齳然庶有豸。雖同寓公寄，敢與諸任比。贅旒一失懸，漏卮遂長委。坐令堅者瑕，一缺乃由彼。倒戟出鄭人，斬關走臧氏。山風皿蠱化，穴血内蛇死。未恤脣亡寒，究慙肉食鄙。唾餘棄誰拾，口血乾待抵。自視終欿然，相形得閒矣。吹噓忽無靈，磨厲儻可恃。孺子戒牛爲，焚身卻象賄。竟成戴角無，末辨觸喉是。從此虞刮言，猶能利出否。方將排羣吻，利口誅諛鬼。同室戈罷操，開門盜絶伺。貪涎封麴車，快意過屠市。嘬姿蠅蚋饕，咽憎螬蠐李。萬鍾雖有粟，一勺惟飲水。埸啄避鶩雞，舟吞縱魴鯉。鑿殊異國俗，冷付當年士。轉畏羣效尤，株連更胡底。本戕基果剥，蔓抱延瓜杞。末利羣小憎，疇容個臣技。慕仙虚煮石，效蠹仍蝕紙。縱乏鰜藏粻，還資鼦受米。補牢祝哽噎，固圉謹諾唯。曲直屏作酸，肴胥徹乾𩟔。搓之監虎形，愈以膠駑紫。夜息天鼓叩，晨齋靈液洗。恩容口過録，鎊庶脣掩弭。牙慧羞乞人，頰芬務出已。守柔剛鑑舌，齧苦甘逾薺。幸免終食違，差捐素餐恥。切磋固金石，交道有終始。

抑之三兄輓詩

凶耗初傳歲月頻，失聲忍爲再三詢。醉邊别語都成讖，客裏訛言半是真。君前别余，曾以身後爲念，余訶其不祥。果以去年九月間去世。都門洶洶，言多異同，余未敢信。今六月歸東，始接家兄信，乃知真耗。清福多消登第早，君年二十領鄉薦，二十一成進士，以知縣候選。浮生終坐在家貧。君以太夫人春秋高，不欲出山，太夫人亦不欲君遠游，以家貧不果。去年余謁見太夫人於家，太夫人深恨出山之非也。從知聖主恩如海，願共平情惜此人。君以事罷官，有旨，着勿庸議。惟聖人洞見幽微，故有此天高地厚之恩，而君之生平公論，亦自此定矣。

嶺外經年雁到稀，風塵獨自念萊衣。自壬子冬，里中見君一信，後此渺然。時以道遠信梗，浼余爲太夫人謀禦冬計。愁來未覺爲人樂，别後深知作宦非。生有親存何敢死？身無官守不如歸。君罷官不復用，余曾寄一函，勸之早歸，未知達否也。寂門别抱千秋痛，肯效區區兒女揮。

十日平原感舊游，一身落拓向邊州。春風燭封陳蕃榻，夜月觴開太白樓。君之粤西，時枉道别余，信宿蓬園中。余餞之太白樓上，期以還時仍之寧陽也。忍淚憂生更憂死，驚心徂夏復徂秋。君以四月失官，以九月死。余得信，則在次年之夏。淒涼剪紙招魂地，曾憶同君對楚囚。余爲位哭君於三義祠之西室。二年前，君與余哭秋丞於此也。

回首風煙暗百蠻，負君終欠一憑棺。京華千里無家别，桂海三年行路難。宿草猿啼荒郭暗，秋風虎嘯殯宫寒。翟公門客飄零久，愁絶當時老吕安。余在京師聞君凶問。胡君離南，君舊友也，慨然以君之道蜕爲任。余壯之，謀爲計貲費三百金，俾之南行。以荒亂，余歸未果。

蓬園消夏十詠

草　笠

仄笠傍花畦，尋詩不知午。空階一片陰，衣袖沾飛雨。

葛　衫

疏涼黄葛衣，一晌慵不著。散髪無覓處，客來但呼莫。

蕉　扇

蕉葉裁作扇，團團水蒼玉。持之藉草眠，夢覺身是鹿。

棕　鞵

五兩躭風輕，落痕破深碧。但諳落葉響，不識朱門迹。

絺　巾

一勺滄浪泉，絶勝連湯擢。拭以三尺葛，可當秋陽暴。

馬尾拂

蒼蠅附驥尾，已有千里志。如何偶一揮，此輩盡側翅。

藤　枕

截將剡溪緑，卷代白石枕。何必夢游仙，此中樂已甚。

莞　席

苻籬生南國，藉地緑波輭。罷琴成坐忘，桐陰露華滿。

竹　榻

短榻安四足，提携隨所便。坐卧宜此君，花間日攤飯。

鮫綌帳

斗帳文犀鉤，幽香破殘夢。酒醒何時著，壓鬢花枝重。

傳聞六首

癸丑七月二十九日，粤匪入山西境。八月初十日陷平陽，十二日陷洪洞。十七日始，由古邏鎮東竄。東省於十五日即聞警，二十一日，始知洪洞被陷。尚未悉東出之信也。憂憤有作。

喪亂逢今亟，傳聞覬未真。親交競入夢，豺虎追成鄰。歲月恬熙久，郊原戰伐新。誰能慳自計，草野且無人。

骨肉虞先去，干戈幸早虚。雉羅何處脱，虎口幾人餘。寄食悲游子，推衣念卜居。思量太平事，何必我生初。

消息防今到，存亡耐後知。有悲非久别，從悔是輕離。鳩棘居誰止，鴒原影獨悲。平生未許國，一室我奚爲。

盡處斜陽外，西風殺氣昏。連陘從可斷，比屋儻能存。岳晚横愁色，汾秋入淚痕。他鄉吾未老，轉怯欲歸魂。

一紙憑誰寄，家山望欲穿。陰晴天亦醉，坐卧夜長年。呼僕收行橐，逢人問卜錢。終應喪氣少，留夢待歸圓。

但使全家在，應難一日留。道塗仍失實，慰藉轉添愁。鬢雪朝驚改，心霜夜覺秋。敢云憂國淚，不肎向人流。

遣僕西歸

閒道何時到，平安望爾回。但能傳好信，安敢惜遲來。滏口晴雲合，壺關曉樹開。夕陽常在眼，知我日徘徊。

聞　道

聞道河陽郡，重圍已六旬。外師雖已至，孤力竟誰伸。義士呼倉葛，中朝重寇恂。從來膺懋賞，成事豈無人。

牧　野

牧野羣師集，河陽列陣成。元戎周召虎，盟主晉荀罃。左右疇能以，遷延亦有名。未知青史上，眼見亦虚聲。

上　策

上策窮猶鬬，名言飽即颺。幕烏棲不定，柙兕出何方。里社瘡痍滿，河山帶礪長。不聞圍必闕，坐弛軹關防。

車　道

東道多行色，南風變律聲。軍傳猿鶴化，地縱虎狼横。鉅鹿晨觀壁，牟駝夜徒營。得臣方士戲，誰敢問長纓。

千　里

千里連山戍，重門一旦過。崎嶇師老矣，轉戰寇深何。揚水家家命，清人處處歌。遺民思季布，天險誤三河。

表　裏

表裏河山險，於今更不雄。茅津有時濟，少水若爲通。已失羊腸曲，俄聞馬首東。還師兼佚寇，流恨潞川空。

上　黨

上黨高三晉，由來間道開。武安聲動瓦，鄴下火連臺。大將全軍舍，元戎左次回。慕容留舊迹，十萬總奴才。

信　有

信有懸車度，無勞卷甲馳。沛西追不及，聶北救何遲。豕突憂三輔，鷹揚動六師。艱難思斷決，庶足勵恬嬉。

誰　撤

誰撤東陽戍，忍貽君父憂。一生心可問，九死罪能酬。卿子惟重酎，安平且菟裘。檻車誰共惜，戴履得長留。

牧　伯

牧伯庸周究，將軍珥漢貂。負乘憂後繼，錫褫竟終朝。仗鉞懷王老，櫜弓賴聖朝。封侯知有骨，留待漢嫖姚。

六月六首

六月戎車急，三邊虎竹奔。同仇偕輦路，屬國集□門。氣已無郊馬，生容逭釜魂。艱危念强榦，心膂仗諸藩。

家相周居外，名王漢侍中。典軍仍護北，分陝有征東。析木回天歲，扶桑挂日弓。畫圖應補衮，歸輿紫光同。

雷動毛衝舞，雲屯萬馬來。天威伸撻伐，敵愾動焞輝。陣影常山轉，軍聲涿鹿回。定看戎首獲，飛檄日邊開。

氣掃蚩尤静，塵清貫索高。熊羆軍自壯，狐兔爾何逃。見説徵蘇建，仍聞縊莫敖。此曹安足惜，無乃斧斨勞。

天將三宫下，星旗九座新。登壇崇異數，推轂出親臣。薦食憂方鎬，從王會蔡陳。由來能破格，閫外豈無人。

長子師能律，諸侯國有王。出車連勃澥，飲馬下衡漳。弦望弓分影，雌雄劍動芒。心肝無貴賤，郊壘莫相望。

喜家書至四首

千里登高日，西風雁到時。全家驚健在，病骨力支持。喜劇翻虞夢，心孤轉蓄疑。問言從失次，先自數歸期。

反覆勞頻讀，平安字未訛。遥知腸斷處，如封淚痕多。月下荒園露，秋深古井波。八月十七日夜，全家避地園中，依井而坐，便投永訣。心悲小兒女，喪亂早經過。

死去寧同決，生還且各存。千家初罷戰，幾處未招魂。曲亭秦壁諸處，去余郭四五里許，皆爲戰地，亂後白骨尚滿地也。鬼火依山縣，人煙隔嶺郭。該城枕玉峯之麓，市井盡毁。余郭以小嶺障之，是以未至。然嚴聲兵火，如在目前也。平生非一幸，意外總天恩。

道路仍多梗，羈棲敢自安。家人怨别苦，念我歡歸難。枕上田原識，杯邊歲序單。應知春草色，早緣待征鞍。騖問神之，嗣子毓黄陷賊未歸。

已作傾巢卵，誰瞻啄屋烏。一身齋有恨，八口向仍隅。反樹延歸命，存亡違撫孤。廢亭終望爾，間道懼岐陽。

游曹文學席儒湛園用杜何將軍山林韻十首

有到非車馬，何從問石橋。雨荒籐補路，風善樹□□。酒并登高集，詩兼小隙招。敢言深避地，空谷且逍遥。

桃李交蹊合，垂楊便渡清。春來低受□，暑退滑留鶯。客餉晨廚菌，憎分晚盎羹。剛逢秋雨霽，閒巷見人行。

坐久生雲處，孤亭亂石支。松聲風度澗，竹影月過池。桂老先秋覺，桐凋早葉知。向來冠帶少，猶靳一蓑披。

蕭灑東籬菊，秋深徧著花。閃窗迷紫雁，掣水動金蛇。許我飢來乞，容誰興盡賒。武陵今遠近，不必問鄰家。

十笏門迎立，三弓水向開。砌扶春迸筍，岸護晚栽梅。露老欺蟲咽，霜高警鶴來。深情緣我埽，一徑損蒼苔。

木末琤瑽挂，晴虹下屋泉。荷欹霜坼粉，荻倦雨飛緜。壯志資琴匣，名山費酒錢。儻無身外慮，閉户即汾川。

簾卷庭收暮，茶烹院駐香。開樽延月上，曳屨避陰涼。暗水尋偕入，疏螢得慢藏。百年均兩鬢，值向此中蒼。

徑思河朔飲，肯數習家池。孺子勤懸榻，山公嬾倒罷。典衣朝款客，賒酒夜呼兒。卜築吾何問，猶嫌荷鍤隨。

引水泉通雨，移峯石戴雲。嵐遨空翠色，漚趁直波文。泰岱一拳小，仙源别派分。不須憂失路，冬夏亦繽紛。

便擬常年住，寧堪別緒何。愁牽芳草遠，醉抵故山多。世事終陳迹，清時且晤歌。身閒容自主，肯待夢中過。

喜聞抑之喪歸洪洞嗣子毓璜亦脱賊中先後歸里悲喜之餘斐然有作

書來卧病慰幽思，痛定翻爲一晌悲。遺蜕竟能收故里，雙身猶得走孤兒。幸從千里傷心日，喜及重泉瞑目時。兩世存亡容再見，弔生問死敢辭遲。

念奴嬌癸丑歲暮消寒作

一年將盡，漸孤館、無眠青鐙明滅。浪迹天涯，相對處、長是照人離别。窗竹吟寒，瓶梅破臘，欲作朝來雪。羈愁多少，空孤客裏佳節。

回首京國交游，歎年年金綫，何曾補拙。昨夢前塵，悲髀肉、一事無成休説。杞憂徒抱，楚歌長苦，鏡裏添新髮。杯中酒滿，幾時銷盡心熱。

玉漏遲喜雪

紙窗連夜叩，頓驚庭院，雪詩昏黑。斗帳夢醒，減盡宵來酒力。又是一番風緊，漸行影、亂捎窗北。聲正急。攪愁片片，頻將耳側。

曉來頓失青山，看此日園林，都非舊識。忍凍衝寒，試問梅邊消息。不是暗香知處，渾埋卻、幾分春色。歸路直。圓痕一徑留得。

賀新郎早梅

一夜寒窗曉。看園林、幾點又先，水邊開了。憶得前時曾探處，娭蕊雨三猶小。算衹有、南枝偏早。昨夜前邨尋得未，更雪深、無路呼僮埽。今不樂，被花惱。

等閒忘卻孤山道。恰匆匆、騎驢蹋徧，谿橋路繞。露出徐妃妝半面，竹外一枝斜好。一回雪、一回香老。見說逋仙人去後，歎年來、孤負春多少。判一醉，玉山倒。

水調謌頭餞司命

今夕知何夕，閶闔九重開。人言此日，司命謁帝上天街。料得三清不遠，試看雲軿來往，七日便春回。待我生雙翼，飛步到蓬萊。

奠桂醑，酌椒漿，薦醯梅。遥憐鐙下兒女，作計亦癡哉。我欲隨時媚竈，衹恐吾生有命，非汝所能爲。隨分當爲樂，且覆掌中杯。

滿江紅臘後大雪

庭院沈沈，又催起、暮天寒雪。怪宵來、惻惻輕寒，紙窗風裂。生受一冬晴過了，連番妝點新年節。想孤舟、前渡小橋横，梅初發。

風峭處，飛還歇。夜冷時，明還滅。更煮酒圍鑪，伴人清絶。一夜布衾寒似水，平生不解因人熱。問何時、窮巷起袁安，迴深轍。

喜遷鶯除夕守歲

欲醉不醉。漸尊前減了，少年豪氣。爆竹聲殘，桃符帖换，客裏又添新歲。今宵有人應念，知否天涯顦顇。影相對，聽冬鼕衙鼓，和愁敲碎。

猶記。行樂地。惆悵頻年，諳盡江湖味。待做夢兒，片時歸去，欲睡如何得睡？更堪被愁句引，多少心頭舊事。信誰寄，問金錢卜處，此情知未。

春從天上來甲寅元日試筆

海日初紅。驚春入舊年，霽影瞳曨。近衢鐙火，遠寺晨鐘，喧聞爆竹聲中。更太平有象，正連番、瑞雪初融。啓珠櫳。又園林霧凇，萬樹玲瓏。

回看祥雲深處，聽太史占年，艮地生風。日下塵銷，天邊煙卷，普天同戴神功。恰良辰樂事，相合處、人壽年豐。喜重重。徧一城風煗，十里香濃。

石州慢雪霽

卷起珠簾，一望長空，濃陰全卻。怪得春寒宵來，漸減東風作惡。千條冰玉，丁東滴碎晴窗，一時齊向簷頭落。那更晚風悽，似淚注還閣。

寂寞。園林蹋徧，一徑徹深，漸通略彴。正壓竹煙，輕覆松雲薄。朱闌曲處，一時銷盡池凌，紅鱗故向人前躍。知否小山梅，又青青破萼。

齊天樂人日立春

韶華又是匆匆過，年年此日人日。殘雪容晴，輕冰破凍，剛道東風應律。煗晴天氣，算過了新年，而今第一。乍煗乍寒，催人著意難將息。

昔回春至較晚，問天公落後，誰評甲乙？梅將凍忍，柳待臘催，春何曾藏密。一年風雨，憑占向花幡，數枝争出。囑咐東君，莫教歸去疾。

永遇樂冰柱

嫇日初烘，濃雲乍散，春生檐際。目斷重樓，瓦溝痕活，隱隱魚鱗細。弄水成條，催寒作陣，滴破晴窗聲碎。正搴簾、風頭漸峭，千條玉龍高繫。

驚□鐵馬，一霅聲清，卻又被風飄墜。宛轉離魂，依依化去，長是傍階砌。算去來今，三生清白，不許人間有二。更幾日、恨消無處，緑陰滿地。

一萼紅上元夜

可憐宵。憶年時三五，客裏惹魂銷。萬樹搖紅，千枝綴綵，一時瑞靄青霄。有幾處、畫樓簾卷，知暗香、故意向誰抛。一霅相逢，暫時還誤，歌笑聲遥。

賭得詩謎歸未，好相携沽酒，蹋月湖橋。鼇駕山來，龍銜燭照，清波十里星搖。惱人是、紅牙低按，更隨風、宛轉度輕橈。而今寂寞何在，當日詩寮。

驀山溪春游

疏林破曉，霽日晴偏好。徙倚古城陰，看殘雪、消都盡了。緑生池沼，幾處浴鵝雛，煙渺渺，水迢迢，春比年時早。

溪橋行到，曲曲疏籬繞。風裏颭青絲，有細柳、斜臨官道。前邨遥指，沽酒那人家，憎問路，鳥提壺，一點青簾小。

耨經廬詩集卷八

闕逢攝提格

蓬園春懷

三十今過二，他鄉亦歲年。二東饒浪迹，三北博華顛。夢倦猶人後，春歸且我先。誰家小兒女，勸醉話鐙前。

詠二疏

寧陽西北鄉有東東西東二莊，土人傳爲二疏舊居，固不足辨，今修志家採之。後世論者，似未盡二公心迹。余故表而出之，非敢擬陶也。

勇退自高致，君恩亦匪輕。名成皆自去，誰爲輸忠貞。父子師青宫，天經詎未明。胡爲不終日，拂袖遂孤征。韋布相傾蓋，絶交無惡聲。苦心泯形迹，千載含悲情。元帝本閽主，昏柔由性成。童蒙肇聖功，詎不窺端萌。忘醴穆生去，笵金文種烹。隱詞託止足，如以微罪行。爵位豈不貴，終憂殆辱嬰。子孫豈不念，損志防金籯。大枋落刑餘，族誅徧公卿。牝雞兆禍水，漢業凋哀平。蕭傅終仰藥，欻隨大命傾。殺身果有補，忍慕懸車榮。去就非一術，遭逢况殊程。知幾仰明哲，没世全令名。

重游湛園用杜重過何氏韻五首

每怪先期誤，頻勤改歲書。縶駒花退舍，留轄水周廬。静化符莊蝶，深潛契惠魚。卜鄰今已許，不敢侈閒居。時方以避亂，謀借居曹氏。

岸緑痕齊活，窗紅蔭漸移。分畦猜野老，塞井怪鄰兒。暖日聽鶯館，晴煙射鴨陂，預愁秋雨足，早與補藩籬。

不放初寒入，晴天步障時。鳥催巾熟酒，菭損壁題詩。階藥風喧朵，簷棠雨辮絲。能從花底飲，鄰叟已先期。

暮宿山中雨，春泉到曉長。櫻含千樹蜜，茶鬥幾林槍。南浦宜蘅芷，西陂足稻粱。太平容共幸，何處不羲皇。

避地從誰久，羈棲况隔年。書來心蝕鐵，夢覺淚盈泉。自別哈秋侶，全荒種秫田。歸耕非不暇，豺虎奈依然。

寧陽懷古二十韻

汶水流爲闡，寧山別作成。分田魯西鄙，建國漢東平。大野郊坰遠，仙源洙泗清。由來仁里美，况接聖居榮。蠶食傳青社，鯨吞變亥正。遠交競詭計，歸士異要盟。王子何年邑，儒林曠世情。遺墟傳夏里，廢堞識春城。青石淫昏祀，東臺涕淚横。泉荒娥女水，碣斷孝門旌。興廢齊天保，僑分宋大明。版圖三縣啓，邑氏一朝更。道路通任宿，川原入博嬴。北門猶蔽魯，東宅竟訛郕。禮樂家家俗，農桑處處氓。納穗原隰沃，儕運水泉盈。良宰思高子，孤風想疏卿。荒祠頹土木，古墓出榛荆。剛壽移亭址，龔邱肇鎮名。幸民吾欲老，願作魯諸生。

幾日八首

幾日淮南寇，風煙入二東。木罌何處渡，龍節幾人同。一掬舟中指，三年河上弓。少留温麥熟，堅壁且論功。

百里鳴琴縣，新年作戰場。帥師公處父，免胄沈諸梁。信有渡河虎，從聞過境蝗。如公十餘輩，狐鼠得披猖。

太野通商衛，名城四望多。人憐鄭冠氏，水絶漢屯河。三舍終爲直，前禽自在和。端憂根本地，衣帶斷流過。

魯野淮徐闊，齊封海岱長。煙塵迷北道，扉屨出東方。廣里曾無禦，長城竟少防。但能終自計，何必問弓良。

未起南陽甲，空留歷下軍。搤吭事反覆，抄尾計殷勤。晉鄙符虛合，劉琨笛幾聞。猶難從此逝，面吏更何云。

慘淡陰雲斂，前軍報合圍。目眢明日出，游涌一身歸。戰地猶新草，居民但翠微。甘泉聞奏捷，露布若爲揮。

漳衛交流地，孤城力守難。男兒惜南八，壯士失陳安。劍斷蒼雲冷，戈揮白日寒。由來能死節，大小莫論官。

豈免池魚酷，薰天忽徹明。烏流析骸地，鳶跕化入城。寸步殊疆土，千艘接庾京。寧辭棘門戲，早入亞夫營。

刺促行六首贈李九亭山

刺促復刺促，蓬矢桑弧弓。雙足隘萬里，焉能定西東。十年蹋燕趙，目厭車塵紅。故里日新塚，交親夢未通。茫茫豺虎亂，何處非飄蓬。幸有敝廬在，我途豈云窮。同車入寒翠，馬首當西風。勞苦且尊酒，那期故人同。

故人在何許，大道垂楊邊。跨下紫騮馬，手中青絲鞭。愒鞍索酒飲，旅舍生炊煙。顧我忽而笑，遲疑未敢前。驚呼起握手，所異非昔顔。添酒深促膝，離懷苦未宣。人生役口腹，豈復能自憐。惆悵各有觸，吞聲悲往年。

往年年少日，未識離别情。猶怪西日駛，豈隨歲華更。書中飽古血，涕泗爲之横。相視各千載，誤躭身後名。竟遭詩酒浼，老大知何成。生世但如此，無分焉合并。奈何有人事，婚宦各自營。渺渺别如雨，悽悽恨能平。

别恨復何如，相思暮雲端。聞君客豐沛，閉户行路難。經歲附書至，上言勸加餐。下言黄流決，危命懸河干。轉幸皮骨賤，得留鬢毛殘。皇天未悔禍，后土何時瀾。坐卧忽相遇，茫茫語無端。孤鐙對蕭瑟，拭目增悲歎。

悲歎動我神，太息淚盈巾。問我挾何術，草茅思致身。心知趣非一，但冀相賞真。坐此誤時日，十年梅風塵。干戈忽澒洞，輦轂方荆榛。學宦雖未達，所悲非賤貧。憂時儻無補，藉口羞隱淪。邂逅一相見，那無慰情親。

情親未能久，君東余方西。平生丈夫志，肯作兒女啼。願共今夕飲，一樽暫招攜。客行有定舍，班馬聲頻嘶。話別不盡意，飛塵暗前蹊。心交苟不渝，聚散理亦齊。惻惻游子念，悠悠客懷迷。勿悲衆芳晚，老我石門棲。

客游十二首

客游意不適，何待寄當歸。況有西北雁，寫言故山薇。春鮮已龍採，猶及茹秋肥。陊地志四方，誰當免寒飢。簸攧任造物，無主終依違。睠顧懷前路，同行嗟久希。久希竟誰是，白日寧盡輝。篋惜舊藏扇，囊悲新綻衣。悠悠失羣鳥，中道敢倦飛。雖徼擇木智，且作同巢依。

靡靡川原廣，悠悠客思長。雞鳴天未曙，爛此明星光。塍水萬潦決，仲秋未成梁。牛行入邨落，碌碡鳴秋場。摘瓜不抱蔓，刈葵不盈筐。千家雪覆地，吉貝絢文章。頒白各有挈，寡妻餉壺漿。我行殊未已，憂思交飢腸。有志動千百，一生焉可償。勿言學農圃，尺地非我疆。

行役無好懷，籃輿只昏睡。投邨日卓午，少酌難爲醉。十載故人别，臨岐怪把臂。倥偬戎馬場，見此傷不易。痛定各傾觴，欲言還拭淚。伯勞日東飛，西燕豈相避。落日君來邊，道途猶可記。車塵役雙目，咫尺成乖異。何用去後思，當前且盡意，蕭蕭君馬鳴，長揖方攬轡。

驅馬西風急，中宵入安平。呼舟不得渡，列炬河堤明。阻水争訶詰，健兒各强兵。問君來何許，北指煙塵生。道路今如此，胡爲冒死行。前時此地亂，三日遭焚坑。喘息未能定，虚弦仍夜驚。今宵大紛擾，奔竄餘空城。請勿厭露宿，幸君囊橐輕。冥冥投逆旅，寂寂無人聲。餘命寄草野，天雞終不鳴。敢辭筋力憊，戴月仍前征。

山川自悠悠，風雨日浩浩。矮屋吟秋風，千愁入暮抱。時呼同舍兒，邨酌共傾倒。排悶强之語，無歡衹取惱。兀然遂獨醉，饋餉忘昏早。夢寐片時清，形開惜草草。心同南郭灰，形據惠生槁。客子未授衣，鄰碪聞夜擣。淒淒蟲吟壁。臺館馬秣藁。殘溜歇空簷，披衣祝晴昊。

歸程方未半，客舍連雨急。重館憐我寒，軍持款門入。解衣婦當户，狼藉委蓑笠。童稚將束芻，火然煙猶溼。伏雌不謀婦，家卵兼取給。勸我傾此瓶，長鯨抵一吸。猶勤不盡益，挑匕饔頭挹。感此太古風，仍存十室邑。那能惜徹羃，坐負良宵集。媵爵勸僮僕，旅終亦相及。人情但一飯，脂車情於悒。冥報亦徒言，撫驂爲久立。

戒僕夙嚴駕，曉行貪利涉。四山初落漲，揭厲衣不裓。十手掀車過，滔滔如用楫。我高爾滅頂，賴爾不氣懾。兩耳喧風濤，驚眙但承睫。中流少震盪，失足愁跲躐。踏浪方輪尻，搏湍俄過頰。馬頭散飛雨，蕭蕭振鬉鬣。倉卒濟目前，事過終退怯。坦途多顛覆，遠道吾何挾。

連峰轉危峭，晨上東陽關。戰格横厓斷，危橋絶崇巒。戈矛與巨礮，密布明星環。嬌嬌熊羆士，誰何坐譏姦。晝掫牧圉扞，宵警胃鍪擐。豈不相勞苦，王事敢逸閒。緬維三晉勢，表裏雄河山。兹實控左臂，建瓴衙畿寰。一夫但坐守，百萬誰能攀。必死終僨事，幸生亦相班。時危仗爾輩，努力保孱顔。勿學哥舒翰，徛輪曾不還。

岧嶢摩天嶺，實作上黨脊。矗立滿層雲，去天不能尺。其高迴雁羽，其險摧車軛。鳥道緣石罅，徒行愁辟易。屹然障巨防，塹峭不用栅。草木盡强兵，前年曾列戟。如何狐兔羣，豁若坦途闢。東省舊勁旅，遷延亦成役。短兵既無逢，狹路肯相阸。遂縱長驅下，深憂在肘腋。東陽與臨洺，奔走復絡繹。出柙伊誰罪，斯人更何責。

太行亘千里，絶水横八陘。滏口通汾路，關門入懷邢。山城六七縣，豺虎昔所經。鬼火出邨落，光寒夜飛熒。遺民幾家在，凋瘵多伶俜。流血何時已，馬生尚郊坰。族居易堅壁，保寨存先型。形便勢復聚，瘡痍況未醒。草野昧遠慮，文告虚叮嚀。痛定敢忘痛，恬熙竟誰聽。

兼旬逾千里，歇馬來衡門。童稚喜我至，牽衣起追奔。老兄幸無恙，賤子亦生存。辛苦各有述，滂沱涕雙痕。殘生兵戈際，仕宦安足論。少小慕結客，知酬何處恩。單車有回轍，短足無高騫。歎息悲前事，欲言聲復吞。吞聲還呼酒，醉夢生清温。殘喘甫云定，重招久客魂。

日出簷雀噪，清晨聞叩關。比鄰問久别，憫我仍生還。尚慰舊失意，蹉跎惜朱顔。長安重年少，鵷鷺多清班。密勿者誰子，周行日榛菅。讀書昧初志，所用非所嫻。苟且致一命，能無尸位訕。效尤審無異，奚貴孴其間。游雲常在岫，清泉常在山。幸同隴畝樂，庶以全愚頑。

中　秋

涼飇起將夕，大火猶西流。瓜果空庭薦，始知已中秋。良時自多感，況我當倦游。憶昨秋八月，荒城化戈矛。中宵燔烈燄，人馬聞喧啾。圓月初生魄，出門迷所投。倉皇草間宿，屏息林園幽。八口依古井，團圞同楚囚。心知各自決，骸骨望我收。隔世逢今日，痛思再見由。舉觴共勸影，破涕仍悲謳。預恐瓶罍罄，時需且婦謀。

昔余

昔余年十七，始作干禄謀。校萩玉峰下，夐夐誰與儔。邢生闖門入，角逐争唱酬。商子覽余作，夜過抱衾裯。牽連吾宗彦，景李同門游。氣類聚萬象，肺腸恣冥搜。數君不同道，自計各千秋。竟受榮名中，鐙娥苦相投。飢寒迫壯志，有得寧盡求。歌笑聲在耳，輪蹶生壟邱。吟魂半地下，聚比生者稠。塊獨戇夫在，星星漸盈頭。余年亦非少，齒落存舌柔。余以去年六月，歸至京師之明日前，齒落，月餘右輔又落一齒。今年八月初三日，歸至里，越明日，前一齒復落。常抱後死懼，楹書儻可收。夢中各相見，驚起知有由。吾道未終喪，安能惜覆甌。

吾黨

吾黨後起秀，韓生尤瑰奇。邢商皆我友，一一君所師。謬以一日長，先知更我推。六書證頡籀，古韻探聲詩。一昨忽過我，舉觴涕漣洏。自雲脱虎口，飛血污鬚眉。長恐飽豺虎，魂歸更何時。安知與君别，三載樽仍持。吾子抱良貴，質昭方未虧。一鄉苟自好，眉壽多期頤。大雅日凋喪，老成漸靡遺。如君何可死，吾道方雲衰。風疾别草勁，根盤發器奇。但令存一息，此志終相期。

我生

我生三男子，兩已委邱墟。姑息從廢學，問年十歲餘。驕癡未離母，前歲始讀書。我坐情緒嬾，日歸歲云除。寒宵理舊業，朔吹鳴交疏。因課所授學，聲詩亦通疏。出言時異眾，大似當年余。字母三十六，心知呼與嘘。五曹與九章，儼立縱横舒。靈府苟不涸，循源期決渠。生兒望富貴，此意非今且。我生孤寒相，壯猶人不如。何方堪貽後，帶佩而曳裾。幸勿圮我族，敢望大我閭。吾家世文學，耨經有吾廬。努力勤播穫，誰能不菑畬。

白髮

白髮相看淚暗吞，亂離猶幸一家存。空梁頻入連宵夢，宿草深歸萬里魂。瓿覆入荒兒問字，雀羅終藉婦持門。百年未死心銷熱，一劍何人肓受恩。

旃蒙單閼

醉歌寄懷張鐵生孝廉兄時官絳縣教諭

前年話别長安道，六月融風焦百草。君時策馬并門游，手版行作干禄謀。憐我還爲鄒魯客，孤鐙雨畫旗亭壁。岱宗太岳一千里，日日歸心寄汾水。十載戎馬生近郊，心驚故里餘蓬蒿。二東薦亦憂豺虎，苦説歸耕奈無土。改歲寄我并門書，風塵但道脂征車。世間何事非由命，自歎生還已自幸。揭來把臂平陽市，怪我神傷淚相視。男兒三十無寸進，坐惜吴霜點兩鬢。金盡裘凋少歡趣，飛蓬無蒂還當去。此身一劍相隨久，忍濯蒯緱不肓走。知君下榻遥相待，沽酒寧辭腰下解。安得共醉三萬六千場，化爲雲龍日夜相追翔。二百四十甲子須臾時，老矣願君勿變絳縣師。

尚憶五首

尚憶維揚日，重圍失漏卮。風塵連雪苑，戈甲出鍾離。劍逐三千里，身先十萬師。當時軍令受，日夜得窮追。

尚憶河陽日，桓桓竟少儔。營連九節度，將合五諸侯。敢塞中軍井，從沈背水舟。區區棘門戲，慷慨肯前籌。

尚憶平陽日，當關潰萬夫。前驅三接壯，深入一軍孤。太岳横王路，滹沱繞帝都。向來憂束馬，誰復更前途。

尚憶藁城日，媄氛輦下新。四郊已多壘，千里更無人。鼓角從天下，旌旗來水陳。長城連勃海，終讓膽包身。

尚憶淮南風，風煙卷北飛。十城通御道，一水阻王畿。礪大寧能合，圖窮竟不歸。終憂行百里，掩涕北山薇。

百戰四首

百戰勳名老，茫茫付逝波。恩孤行賞外，宦息已成多。萬里藏弓淚，三年破斧歌。蒲騷日高趾，銜恤忍經過。

露布何時奏，軍門望凱旋。如何事姑息，自爾役延延。河北資但鎮，滎陽失兩賢。投荒寧自悔，父老敢私憐。

太息論功地，三年再到來。南冠誰共惜，北闕若爲哀。草没金剛壘，雲荒李靖臺。淒涼餘舊迹，戰骨亦蒼莓。

魑魅天邊禦，豺狼輦路存。百身應未贖，一眚敢同論。死去終臣節，生還儻聖恩。勿言難晚蓋，盜賊尚乾坤。

端陽前夕夢抑之從談竟也感賦

猶是平生磊落胷，情親獨問死前逢。瞢騰淚盡通宵話，憔悴心驚隔世容。遠道何時不豺虎，重泉有路亦蛟龍。攬衣苦被雞聲覺，挂户新蒲惜劍鋒。

用杜臨邑舍弟書至苦雨黄河泛溢韻

七月中旬，聞河決曹州，家兄方東出，計尚未至，憂懷有作。

澤國傷淫潦，金隄潰怒濤。東趨鉅野溢，北接太行高。蟻壤從穿漏，鴻嗚柰集嗷。一旬清貫濟，三板灑沈曹。旅客今何宿，孤舟未□操。途長盡蛙竈，命賤幾牛毛。安得一手援，徒爲萬目蒿。憑陵巖灌社，慘憺鶴鳴皋。夜永魚龍醒，秋深燕雀豪。民生悲木梗，國計問糧艘。雨惻星難畢，霜驚迅過桃。平安望早達，遠道祝神鼇。

喜見家伯子書至知已渡黄抵兖矣再次前韻

遠道三秋客，洪河八月濤。天空鯨浪闊，地轉雁行高。敢惜紆行險，如聞待哺嗷。郵程驗渾脱，旅橐倚豪曹。目盡雙輪棄，心寒一葉操。榜人衣是瓦，舟子胈無毛。中谷傷乾肓，下泉歎浸蒿。鸡鶌入市店，鰕菜没亭皐。水府千家泣，深宵萬客豪。樓頭危捩柁，木末肎沈艘。汶接幽篁竹，肥荒野岸桃。平安知早達，抃舞欲瞻鼇。

平陽旅舍上巳同鐵生飲用長江韻

鬚髮早君白，今年三十三。還家逢上巳，去歲飲龍潭。文戰寧辭北，道行終在南。猶餘吟筆健，賈佛許同參。

前年京國禊，千五百重三。載吟白雲觀，尋春積水潭。古今幾癸丑，主客盡東南。坐負年真及，書寧逸少參。

皋陶祠

萬代詩文祖，陳謨歌載颺。明禮忽蓼六，故里辨高陽。屈軼非無草，觟觽亦有羊。苗頑訖丕敘，流放即刑祥。

羊獬沙

一角知何薦，三生卧有沙。階蓂隨月合，廚萐逐風斜。事遠公孫代，人傳帝子家。不知雲鳥紀，何許得羣邪。

頡聖祠

頡聖荒祠古，淪瀾帶彼汾。邨巫晴走出，靈鬼夜呼聞。碑蝕留蟲篆，庭空見鳥文。平生識字誤，不解老楊雲。

堯　廟

日迴茅茨合，雲高松棟寒。姑山仍輦路，平水自衣冠。濟眾聖猶病，知人帝亦難。年年庭下草，寂寞向誰看。

古義士橋

主仇義當報，豈日顧私恩。滿眼盡才俊，何能不眾人。

太子灘

見底石仍白，彌天草未青。灘名監國正，營號撫軍形。澮水長流惡，巫皋忽假靈。扶蘇亦人子，殺谷忍重經。

蒙　坑

景霍峰羣合，汾洮水劃開。夢坑一失險，動地周師來。郵騎緣崖轉，明駝引澗回。從來形勝地，大峴亦奴才。

絳老人祠

垂白猶從政，知誰更息肩。地非三豖役，人説六身年。燭武寧終恨，馮唐豈自憐。徒聞師一縣，毋乃晉多賢。

絳　人

偏知罷鞭朴，轉向重車謀。乘傳一朝下，壅河三日流。成功名氏隱，逃賞語言留。攘善寧須責，斯人不可求。

留霞居題壁

絳縣學署"東齋榜"三字，乙卯冬，余訪鐵生下榻其中，鐵生言之官日見此額，即卜余將至，信前定也。

萬事信前定，愚智從坐致。奈何有飲啄，反益形神累。山縣宛舊經，息壯口初地。兩窗相向明，牖户溢松翠。老僕燒土銼，交疏助悽吹。夜深蹋孤月，起視楹書異。一榻留塵懸，似知今我至。誰言千里井，寧必後來事。因果吾未知，何能負一醉。質明待朝霞，破我蒙被睡。

霜重畏晨寒，孤城蹋佳眺。牆鄰古殿陰，雲物殊清妙。一角西窗明，隔林逗遠燒。南窗未上日，半壁漏回照。日落山氣青，殘紅一晌耀。風來曳之散，一動一變貌。後出方未窮，畫工愈難肖。追摹惜已失，少瞬不及到。貪得亡目前，事過徒追悼。寺鐘動將晚，虛聽濟羣竅。

一飽無餘謀，窮愁願已足。亦知非己能，甃甓匡輪轂。坐負先人廬，塵書高際屋。寒宵飽飢鼠，開卷從誰讀。此室深且明，雪窗竹交緑。老梅不待種，自響階前玉。瘦膝宜吾容，前人感誰築。經旬飫齏味，霜園搴苜蓿。留照先生盤，青鐙伴影獨。空桑得毋戀，信信還宿宿。

白起墓在曲沃白塚邨

要盟不可信,息壤禍已伏。坑卒非本懷,慮患由太熟。哀哀四十萬,駢首一朝戮。白骨横千霜,誰收中野暴。當時幸苟活,痛定還反覆。不待大澤呼,始能亡秦族。智窮力亦索,本變心彌酷。善後良云難,無寧疏節目。杜郵劍未出,已肇國本蹙。務盡無留餘,誰遑計膚剥。武安尚有墓,秦社更無屋。留此一杯臭,可當亡嬴録。

守歲懷兄

債客静深宵，故饗又除夕。屠蘇飲忽後，始慨遠行客。憶我知此時，争禁幾淚滴。欲歸不限夢，坐視東方白。

樗經廬詩集續編卷一

柔兆執徐

出 門

丈夫志四方，咸謂將有事。夫豈爲身家，區區飽煖計。工商各有業，乃不諱言利。學者多大言，名殊實無異。我年二十餘，奔走乞爲吏。自審奚所挾，將毋衆人類。乾坤當瘡痍，兵甲日憔悴。幸自田間來，見聞堪下淚。庶當長太息，前席賈生議。敢懷顧恩私，依違伺天意。陽春草新緑，羣彦争振袂。逐隊雖未工，平生各所志。出門仰天歎，坐起攬征轡。撫劍心已馳，一篇求自試。

次劉蕉坡侍御韻二首

報國容拘命，何曾異病翁。眼中殊落莫，局外自英雄。指臂專羣力，安危共寸衷。焉知功補衮，不在小官中。

盛世登元愷，胡爲老大身。江湖移帶緩，草澤引杯頻。豐玉寧無術，祥金自有人。從來資格限，那不痛因循。

少年行

家本羽林兒，名列飛騎隊。自倚善騎射，不藉父兄貴。
呼鷹南苑裏，走馬天橋側。候騎君莫避，金吾舊相識。
酩酊上馬去，不知君是誰。猶聞呼僕問，今夜歸也遲。
月落行人絶，九門歸已開。明來須盡醉，終宴莫相催。

送座主畢東河夫子典試粤西

石湖志虞衡，柳州記山水。天遣老災徼，蠻荒雪陋鄙。桂梧限嶺海，盤鬱通交趾。清淑中州窮，瑰奇更有此。自經兩公來，聲聞動朝市。鍾乳辭深幽，朱門映翠履。山川不自寶，鍾毓媚知己。劖植出楩枬，效珍及毛齒。焉知老巖穴，多石無君子。搜採良獨難，榛狉豈無以。朔南久漸被，桂管矧腹裏。六載勤撻伐，一隅勞獮薙。谷蘭久不芳，原槁方思起。天眷殷西顧，帝曰咨學士。子閔粵土荒，及鋒望礲砥。沈埋久歲時，湔袚當倍蓰。藉汝兼人姿，爲予刮目視。王程路七千，五月南車指。濟濟同門彦，蘆橋酒新釃。吾師久掄材，藥籠富儲偫。聆爆知勞薪，聞弦辨焦尾。此行空冀馬，未免遺遠豖。逸興飽遊覽，深心問瘡痏。公來粵士賀，公歸天顔喜。大臣人事君，相助爲上理。報國非一術，文章不徒恃。柳范艷林壑，瑣屑安足記。真賞得吾師，西南坐失美。我歸兀草玄，夢逐湘灕灑。越嶠蠻煙消，秦關瘴雨洗。他日登公門，森森羅杞梓。栽培空十年，慚愧凡桃李。

遊天寧寺

九衢溢車馬，炎暑何能屏。暫卻冠蓋間，喜開清涼境。同門八九輩，塵轡聯肩并。目霽銷午清，心恬閲晝永。入門佛地徧，借榻僧房静。枕簟收夏涼，簾櫳納秋冷。通幽不知處，鬚眉一眴映。色界超羣空，光明聚虚景。蔭行緑邐迆，濕坐青迴迥。古鑑留窗明，西山定樹影。何年一白鹿，卓立窺苔井。翻羨夏畦逸，郇歌墜寒綆。頗聞黄菊好，重九佳游騁。惜我來不時，先秋寸心耿。僧言苦禮數，意似矜趨請。何不亦出家，袈裟耐塵領。伸眉忽已斂，尚惜歸途猛。且蹋塵土紅，月明孤塔頂。

送楊丹林大令同年需次保定兼寄李亦白大令

少年初蹋長安陌，醉上燕臺呼老革。到眼駿骨皆千金，青雲卻顧天咫尺。當時萬口傳君文，解首争看眉雪白。旁人不識君書生，頗怪門多深轍迹。我賺狂名坐識字，衆中謬許楊無敵。十年氍毹謝彈鋏，同輩聯翩争振翮。歲暮方凋季子裘，君行忽捧毛生檄。褐來風雪卧横門，忽枉高軒喜折屐。豈知炊玉困京華，又共聽雨破岑寂。杜牧罪言羞獻書，賈生流涕誰陳策。平明跨蹇知何門，日暮歸來立四壁。即今手版趨風塵，未免抛書事鞭責。征調比年勤要荒，瘡痍千里連畿赤。不防自注考下下，未害身無名赫赫。他日定看何易于，挽舟腰笏充官役。若逢李白話留滯，爲道猶能盡一石。

丹林同年自保定寄詩見懷次韻奉和

酒病逢秋耐獨眠，客愁涼減晚來天。琴樽雨隔經時夢，文字塵荒舊日緣。駿骨有臺終價待，蛾眉無貌亦房專。書來莫怪詩情瘦，漸欲餐風學早蟬。

再和前韻

東華留滯鎮孤眠，飽聽朝車落遠天。病骨驚秋鐙有味，愁腸入夜酒添緣。老知青史千秋在，夢謝彤弓九伐專。愧爾少年書未讀，聯翩争珥漢庭蟬。

彊梧大荒落

錢刀歎

近利市倍多錢賈，豈信貪三與廉五。青蚨萬選矜腰纏，此輩何曾異今古。自從南金阻風煙，詔許鉛鐵變九府。往時穀賤憂傷農，今日錢稀價如土。三官鐵冶多於山，採伐無虞任多取。計部析利窮秋豪，區區不畀憂聖主。從來立法失初意，老馬爲駒後誰顧。一朝都市滯流行，百萬居奇悔財虜。空囊羞澀分寒餓，貫積索朽同一苦。椎埋少年自佩牛，衣繡使者空持斧。但殺所忠河可塞，須烹弘羊天乃雨。焦頭之賞古亦難，敢悔三人成市虎。

上宫保國相壽陽祁公三十韻

汾曲思行路，晉宗忽以卑。遠條衍椒實，競爽羊舌祁。大澤孕龍蛇，叔譽嗟餒而。惜哉僑札伍，竟不庇本支。番番祁大夫，絫葉式型儀。東魯發三歎，餘慶孫子詒。昭餘邑氏古，馬首清風垂。我公千載後，德秉前人基。上佐唐虞治，下爲經生師。懸車猶懿戒，訓誥寄聲詩。黄羊表祖德，高吕存其詞。磊磊通人作，數典琳琅披。小子久失學，於道蒙未窺。大師得張侯，羡我躋樊籬。鑄我尚苦卓，升高忽去梯。豈知海岱貴，曾不拳勺辭。溢分及提命，所慙非色絲。干邪自希代，不與下士期。汶長得董理，一編乃我貽。公以王菉友先生《説文句讀》見贈，且舉“寶劍贈烈士”語相况。儒生判時代，門户堅相持。公欲息之訟，同歸折羣疑。煌煌許鄭業，星日當天離。肄業誤見及，斯文寧在兹。多能無一就，安用少賤爲。公欲以漢人訓詁及義理者，訂爲一書，乃謬以相屬。低首走塵土，素衣漸化緇。尚憐懷中刺，敢冀國士知。枵腹饜千載，斯人猶溺飢。感公諄誨意，報公道不衰。願公培先德，片善舉無遺。祝公壽松柏，不敢顧恩私。

余　言

余言寧幸中，爾志定何如？可有心肝在，猶沾雨露餘。天高寬晚節，道遠念前車。流涕君恩重，風煙仗早除。

述懷三十韻贈朱伯韓先生

少賤勤鄙事，百爲無一可。材能安足多，意在救寒餓。望道嗟未見，萩遊殊瑣瑣。勇夫角射御，禮樂熸秦火。書足記姓名，數衹任賄貨。九流出灰燼，百氏方多夥。漢朱别町畦，兵刑啓筦鎖。業荒自務廣，居失由窮大。轅轍一朝異，所求毋乃左。讀書豈爲學，自悔近亦頗。瞠後迫心猛，瞻前惜力挫。世情萬毁譽，不顧日笑涶。飢有彭澤驅，静無考亭坐。時鳴藜莧腸，萬卷撑磊砢。餘興寄蛩吟，心知一飽過。終憂盛氣孱，覆簣中道墮。黽勉求三益，因循弱一個。坐令長夜漫，忽失中流柂。謂石州先生。賴得馮公目，相邀陳驚座。遂登大匠門，釘屑廁篠笴。手示一卷詩，雄文振衰懦。漢廷老長孺，三直名夙播。讀疏疑古人，後生寧見我。方今瞑眩憂，思得霖雨佐。日昃一焦勞，萬幾敢叢脞。得公爲蒼生，寧不天悔禍。忍袖醫國手，乾坤安帖妥。書生等窮愁，無補寧坎坷。述作終幸民，不才久自揣。普天得飽煖，吾腹良易果。

代古樂府贈馮魯川比部二十韻

文章不絶世，隱見惟其時。扃鐍由大力，排擠固其宜。鸞皇翥千仞，肎以樊笯羈。白首老郎署，一官豈爲卑。廿年苦不調，還拙從人嗤。時復縱篇什，頗媿城中眉。比興日凋謝，雅南道陵遲。貝珠集壇坫，古採驚新奇。彪炳不潤世，皮毛空爾爲。我狂愛高論，亦痛自引披。忽枉伯也殳，相尋仲氏箎。頃以從軍詩五十韻見示。百年值此作，心血非涕洟。進寸誰當挽，退尋不能推。君才豈盡此，此亦非真知。矯飾求辜售，何能悲素絲。惜我不龜手，慎君章甫資。故山黍稻賤，買醉良可期。兩事豈關命，□□□□□。駼駼有同穴，蛩蟨自相追。誰無百年后，知罪姑聽之。

讀柏梘山房詩文集

一代文章有正宗，杜陵詩境羆官同。晚傷閒道歸同谷，老向何門作寓公。九死干戈添筆健，隻身涕淚縱聲雄。斯文未喪天客問，定許黄金鑄此翁。

題朱伯韓丈來鶴山房詩文集

抗疏曾爲前席陳，動關天下豈謀身。昌黎學術推原道，賈傳文章托過秦。自補政車同馬句，難忘曲突徙薪人。蒼生久已思安石，願謝名山早富民。

葉潤臣閣讀枉詩見贈次韻奉酬勞衍爲長句

虎坊橋西大道側，舊是東海尚書宅。聯句猶傳竹垞詩，談經莫辨湄邱迹。惟聞當時子午泉，十載長安苦未識。葉公楚材今詩伯，飽酌玆泉洗胸臆。萬里江山入脚底，歸來一榻甘禪寂。尋詩我蹋塵土中，滹水燕山詫游歷。日下貴人高坫壇，掉頭耐向窮巷覿。壯遊何止十倍我，况有健筆能精析。堂上籤軸羅滿壁，怪君腹笥與之敵。風人比物托木瓜，詞客斷章詠芭櫟。聲淫忽及無衣篇，頓欲同仇問矛戟。詞場徵逐晉未暇，壯志猶堪掃鳴鏑。歸乞勺水消塵襟，水□更念魚尾赤。

書馮魯川比部微尚齋詩集後

詩中有我在，比興非無因。人見苟未盡，外觀亦陳陳。三唐邈已遠，誰復論漢秦。白雪偏僞體，鳳麟揚其塵。大明竟何旦，吾道慘不春。開國諸老輩，廓清力亦勤。蛙聲雖間奏，朝露安久存。豈信異代痁，嘘之潛生温。代興及夏肄，滄海焉問津。太息思明德，吾衰懼不振。先生抱亮節，珞珞賡清醇。眾籟方刁調，有時聞爨薪。靈修托山鬼，窈窕宜笑嚬。被褐不自閟，何能符嘗真。匹夫寶雞肋，君子慎席珍。但使虹氣出，何心問眾人。

魯川先生出近作見示次韻奉答

少日狂歌慕戴笠，漁洋有戴笠圖。黄金更欲笵朱十。空言未工歎二毛，萬事終傷未深入。忽抛鉛槧走風塵，卻累浮名坐迂執。此事半生敢自信，千懷徒向飢腸集。長安壇坫盛才賢，老謝吟懷思載戢。窮巷鐙昏庭草荒，一經辛苦猶攟拾。文章何與窮達事，聞道方知悔向泣。君才須向古人求，百僕何能一君及。夢寐已失靖陽寧，眼前無雪更門立。師事今直後未往，十年定許忘舊習。因君更作秋蟲吟，門外催逋馨正急。

再次前韻東魯川

我生豈合老簑笠，刺促男兒行四十。須臾未敢溝壑忘，掉臂終思閶闔入。淩煙圖畫細已甚，未老猶能一弓執。以此自恧還自期，出山悔與虛名集。春風毰毸欺朱顔，翼塌垂雲空戢戢。彀游何事非偶耳，漫與千夫校決拾。蒿目從爲楚澤吟，傷心肯效荆山泣。新豐憔悴無酒人，坐惜臣年尚可及。長劍未敢輕相許，歸來塵挂四壁立。肯因寒餓捐高歌，未免書生重結習。他時一試平賊手，磧上看余縛虎急。

七月二十九日爲宋儒王伯厚先生作生日葉潤臣閣讀招同晁星門汪仲穆何子貞朱伯韓李子衡楊鷺汀諸先生小集會者八人分韻得紀字

讀書不共秦灰死，暴王威殫屋壁裏。新學一變宗枯禪，皋比擁乃經亡矣。卓哉吾宗有大師，辛苦遺文探赤水。獨抱爻象存鄭遺，還將風雅窺韓指。微言絶後異詞多，桼簡蟲書半真僞。千金贋購大鮹頭，百篇訛傳日本市。同異安能例説經，并存何必非兩美。世儒紛紛語性道，先生實事惟求是。下士空空聞一貫，先生乃以多學識。因知祗欲别凡民，頭白博聞手親紀。今古茫茫盛述作，儒林千卷椎輪始。替人菰中舊遺民，功臣潛邱老居士。葉公慕古好真龍，圖畫親見柱下史。坐誦遺書非我能，慚隨羣賢撰杖几。祝尸寧祇一瓣私，俎豆允宜百世祀。左券幸勿忘今言，異時聞臚尚興起。

魯川先生用山谷惠泉詩韻辱題拙集來札復取曹鄶四語相况獎借過情謹次山谷本詩韻奉答

不貪寧喪寶，所貴非迷邦。夫子得深造，尋源已導江。寒葅百甕籍，消我鐙火窗。道勝失肥瘠，紛華不待降。春容在瓦缶，寸莛當孤撞。亦自輕九鼎，十年思一扛。重泉誤伐木，欲廁冠履雙。往亡友商抑之大令曾有北馮南王之目。瑜亮不并世，絶倫誰小龐。東坡乃安比，不戰仰駿庬。百罰惜不及，寧辭傾深缸。

次韻答潤臣

遠道秋隨客感深，閉門風急晚蕭森。空庭自戰終宵葉，孤月常縣隔歲心。病謝少年羞共和，愁逢殘客嬾相尋。誰言信美非吾土，漸媿車塵戀去襟。時擬出都。

我似寒蛩語夜深，君如鳴鳳玉堂森。不堪摇落悲秋氣，已作蕭條惜壯心。地下故人千載托，時方議刊石州先生遺文。座中佳句十年尋。余始識君石州座上，石州亟稱君詩，今十年矣。定知此别成追恨，莫惜淋灕酒滿襟。

八月七日潤臣招同許海秋楊汀鷺小飲市樓次韻

市門隱落日，窈窕孤煙升。羣動方趨静，車塵下喧騰。萬囂雜集耳，一静無淄澠。弦月初拓樹，湛然秋思淩。小樓風冰酒，凍聚黏癡蠅。剪盡少年春，古懷鬱不矜。畏隨好夢陷，人海波千層。勁翮無短刷，羈絛謝蒼鷹。醉歸星斗爛，蟲訴空寒鐙。

題符南樵孝廉葆森半畝園訂詩即送還維揚

新城而後訂風雅，長洲尚書誰繼者。朱弦一絶無正聲，忽欲雷鳴溷鐘瓦。百不一二能春陽，振興無權和亦寡。忍看六義成淩夷，今古悠悠身草野。憐君五十不稱意，孤懷獨抱尚書例。百年壇坫一編收，廿載憂患寸心寄。更迫喪亂出灰燼，幸未丹鉛委榛翳。衰遲携作長安遊，一出能令紙争貴。茫茫人海深閉門，口沫手胝雙眼昏。長日課胥勤筆札，夜深夢拜千吟魂。覺來落月動窗竹，紙上颯沓猶啼痕。掛壁不知坐何語，披圖但覺精靈存。卷畫還君起歎息，願君將衰惜眼力。忍揩老淚望凱歌，愁絶烽煙暗江北。別我行穿孤兔羣，挂帆喜見南風直。新詩留共壓歸裝，到及梅花定相憶。

中秋郭芸亭宫贊招同栗悟村大令夜飲

天涯日暮怯登樓，令節簫條耐客愁。千里兩逢今夜月，十年七負故鄉秋。携琴不鼓黄壚逝，時新聞劉蕉坡侍御之訃。照影羞添白髪稠。直待重陽須痛飲，時芸亭以疾不飲。茱萸知定幾人留。

余小黼水部邀餞南樵南樵以詩留别次韻答之

客程隨朔燕，歸夢落淮雲。帆重牽愁遠，杯深薦淚醺。隨身千載事，斂筆古人羣。不爲名山託，何曾寄見聞。

夜月淮南桂，秋風薊北雲。壯遊憐共倦，老飲耐孤醺。傍海狎鷗侶，還山馴獸羣。干戈書一紙，未敢惜遲聞。

九日集顧祠用前歲天寧寺韻

層陰避素節，慘憺爲之屏。盍戠淩清晨，招提遠人境。興同禊飲集，地接登高并。藹藹松門陰，暉暉佛日永。冷風肅戒善，衰草萋延静。帶解留紅殘，觴傾向碧冷。叢祠入修竹，古貌黄花映。薦盞霜毛馨，瓣香展行景。先生抱絶學，氣與秋天迴。述作千古心，羈棲百年影。至今尸祝地，履迹湮唐井。祠前有唐開成年古井。履汲不能深，何由續斷綆。張侯墓草宿，健筆知誰聘。石州先生爲先生作年譜。夢寐城南遊，抱殘日耿耿。修名激衰謝，往事黃鸝請。海内幾靈光，番番雪垂領。丁未三月廿六日，石州先生約余與祭。主祭者，葉東卿先生也。至今十年，同時在者，惟壽陽相國、朱伯韓何子貞兩丈、馮君魯川四人耳，而相國、兩丈皆老矣。青雲滿目異，白日初心猛。晚步當高寒，禁誰不絶頂。

題潤臣先生城南買醉卷子

人海嗷嗷萬枵腹，家貧一飯慳珠玉。晝長窮巷炊煙稀，日暮雌風吟破屋。世傳穀貴有漏卮，秏斁由來在蘗曲。吾曹無位安遠謀，忍以尺寸恣饜欲。前年飛蝗損莖葉，輦下錢荒苦無粟。官家補給有常程，衹許升合無斗斛。糅糠雜秕入空腸，墜指擎來淚盈匊。燕山二月黃鸝語，已報社甕花前熟。先生未是無酒錢，手寫周誥千回讀。憂來内爨不暇嬾，請急自蹋城南緑。提壺鳥勸忽破戒，一笑脱巾歌獨漉。氣酣風急桑乾波，瀲灩香吹縠紋蹙。社北富兒矜豪奢，恣飽芳鮮飫水陸。妖童巧笑輕纏頭，越州長罽翠袖覆。豈知流殍出御河，載酒誰澆怨氣酷。但醉能忘千日憂，啜醨從君敢醒獨。

九月十九日潤臣先生招集作展重陽之會之分限不字

木落天峭嶸，霜高氣兀硉。關河白日晚，歲月飄風弗。秋士自多悲，客懷更怫鬱。主人金閨彦，老筆中流屹。坐惜黃花殘，清尊重湔祓。長安冶遊地，堵窣煇千佛。僵汗走緇流，趨蹡困朱紱。娉娗翠羽袖，褭褭黃金鈜。日午遊人稠，車塵萃簟第。周官謹罰帟，大易占喪鬅。惻愴仁人言，悲歌雜吁咈。誰能採國風，持此充密勿。周道何鬱夷，飛嗚歎夫不。年華迫起行，莫待成滭泼。吾徒一夕話，俯仰千奇崛。尊酒澆之平，熱腸生拂拂。我愁但痛飲，醉語墮芒芴。一笑空羈憂，蒼蒼月東出。末句海秋所成，時同人皆用作起結。

九月二十一日立冬邀同伯韓文潤臣海秋魯川子衡汀鷺諸先生小飲市樓以絶愛初冬萬瓦霜爲韻分瓦字二首

燕山草盡風吹野，一夕嚴霜凍屋瓦。客子畏人憂出門，登樓暫覺神瀟灑。千里陰隨勃碣開，寸腸愁共桑乾瀉。當歡傺侘負清歌，快意平生惜鐙灺。擊筑慷慨呼郭隗，今古驊騮定誰價。一生毛皮寧復知，死骨安從問真假。長安塵土萬蹄圓，蹀躞驕嘶總肥馬。五貴綺出滿路光，冬寒芻藉夏涼庌。豈知風雪蘊奇姿，百菽一豆骨盈把。生逢伯樂肯哀鳴，局促心甘老轅下。薊北黄金自古賤，郢中白雪今應寡。夜深月上街櫰殘，去矣老作抱關者。

南枝越鳥北風馬，客思茸茸那可把。落日桑乾起素波，酸聲迸入杯中瀉。風塵落落幾浮萍，身世茫茫一草野。萬里相逢酒壚側，十年吊古金臺下。座中馮唐老從軍，目擊方知青史假。豈有雲霓安市耕，可憐臣妾縱淫舍。弓刀夜散雞犬空，節制堂堂誰見者。等死與兵寧苦寇，眼前有淚忍輕灑。軍門賦芓異三四，幕府注巧殊金瓦。關塞蕭條歲已陽，星河歷亂鐙初灺。我曹得飽亦天幸，敢抱深憂吝懷斝。痛飲休歌行路難，圍爐更結消寒社。時與諸君約作消寒會。

賈小樵同年言魯川先生評余書弟一詩弟二文弟三質諸先生先生諱之僕平日頗自憙其詩而書法則自謝不工先生之意豈真進其書哉使自知其詩文之未達耳悚惕之餘繼之以感先生所以進僕者深矣哉作詩謝之

片言自重千金輕，一笑乃比黄河清。月旦不入飲醋口，滿堂胡獨余目成。念昔塗鴉失規矱，干丸磨盡無真行。飽更憂患亡吾質，十指劣足能播精。醉墨淋淳汙廁溷，知誰有意書銘旌。馮公何能亦何好，餘事臨池欺伯英。擘底欲休不盡紙，墨乾未待人皆争。我耽苦吟意自負，瓦缶乃欲當雷鳴。千古文章寸心在，嚴公何意能目卿。賈生昨示有創論，題品儼等列土榮。兩喜傳言縱溢美，心知此意非持平。寧關長者愛忘醜，竊疾未免猶近名。鼠臘深茂良自計，衹當豪飲誇先生。三旬拜賜師已至，待季一諾毋尋盟。先生前言余近作遠遜舊作，聞之瞿然，因乞杜集讀之，“三旬拜賜”札中語也。

題潤臣先生風雨懷人弟二圖

端居未省歡游樂，回首泥鴻怨離索。相知落落未知心，何用别後相思深。衡門偃蹇苦局促，走馬金臺歌伐木。痛飲低徊雲樹重，哀歌俯仰墓草宿。酒闌月墮悲風起，咫尺江湖優枕裏。五噫誰從問伯鸞，四愁我自傷平子。石州先生。平子坐中初識君，知君海内能屬文。心藏十載不相見，我縱思君君豈聞。并世茫茫一垂涕，長安自昔論交地。畫地旗亭夜月寒，登高古寺秋雲霽。膠膠喈喈雞正鳴，瀟瀟淒淒慘雨風。聲空兀坐燈昏壁，胸中萬里誰能平。石交蘭心寧改度，洞庭秋色漢陽樹。春草亭邊得句時，煙波江上銷魂處。交君已恨今來遲，可堪他日成追思。追思與我心同苦，不見張侯淚如雨。

夜有樑上君子相聞口占一絶朗吟贈之

破窗捎竹動寒雲，蹋葉聲乾隔户聞。誰識敝裘方代被，媿無長物枉逢君。

長至後大雪邀同伯韓丈潤臣海秋青士魯川子衡汀鷺諸先生消寒弟一集余時方繪天街蹋雪圖因丐諸先生賦之以座中姓氏爲韻余恨王字時十一月廿一日

長安大道連九閶，鳴珂飛蓋交熀煌。日入不息塵沙黄，愧余窮巷書邊床。閉户自詫南面王，屐痕草没青緑堂。窮冬積晦萬物藏，朔吹夜入庭柯涼。推窗曉失西山蒼，破車蹇驢走且僵。悄然一白浩茫茫，但見萬屋争低昂。此時熱客知何鄉，將無美酒烹羔羊。地爐活火複突房，而我敝裘胡太狂。途窮欲盡心佪偟，一簾喜見風前揚。忽憶吾儕文酒場，恨無冰雪助詩腸。快意乃得天公償，東南况復銷欃槍。霏屑舞蓋回春陽，海内鐙燭今夕光。朱何葉許馮李楊，畫中許我携手行。醉歸統如街鼓長，珠玉污盡泥塗裳。腰下劍脱千金裝，猶能射虎南山岡。

青士同年招作消寒弟二集詠齋中晚菊限清字

百芳趣摇落，鶗鴂悲先鳴。厚土有時裂，寸荄慘不萌。獨君庭前菊，孤豔方崝嶸。金實媚寒秀，日精滋夕英。三春務桃李，有美亦各争。耐伴老梅瘦，依依待前楹。後時雖云異，在衆寧自呈。入我冰雪興，詩腸與之清。三歎對籬下，孤賞終世榮。天地自歲晏，霜寒焉重輕。

海秋含人招作消寒弟三集詠齋中唐花限時字

老我梅開信獨遲，孤芳肯與鬬妍姿。忽經大手調元氣，不遣羣材怨後時。雨露晴承温室樹，春光暖入隔年枝。冬心自有回天力，屑被東風著意吹。

槈經廬詩集續編卷二

箸雝敦牂

正月十二日梅伯言先生祥祭之辰邀同伯韓繡山青士魯川少鶴設祭慈仁寺

不朽各有託，語言以繁興。書詩自異教，達者爲九能。近代兩作者，山陽及宛陵。潘窔峻門户，梅翁抱淵凝。論文得宗旨，異説泯口憎。義理植道本，微經將焉憑。詞章乃枝葉，小道恐未勝。秉此追古作，詩黄文則曾。詞壇二十載，老筆同飛騰。海内横經地，於今留桀繩。曰余阻并世，奄忽悲黍鐙。文字不及物，一經寧自矜。坐深千載痛，下此徒兢兢。辛廁五君後，陽春歲在仍。祥琴散哀思，椒奠鄰枯僧。松門款虚位，風竹戛相賡。荒荒古寺闇，憺憺天宇澂。不必先生知，聊自舒吾膺。

上元夜高寄泉大令姜笠山同年招同伯韓繡山魯川市樓小飲

白日無留輝，不消厭塵堁。惟憑静夜月，刷此旅懷瑣。地近星斗高，層樓俯鐙火。忽牽故人興，同蹋清光破。弦管來比鄰，繁聲遠各夥。萬車隔煙霧，腳底千雷過。交目皆有明，獨窺天宇大。至親惟形影，相避餘君我。默念江湖遠，宵深衩猶荷。那無一寸光，照淚深閨坐。大地望山河，鏡中同坎坷。無勞醉尉怒，風動九門鎖。

朱伯韓先生招同寄泉青士魯川海秋子衡汀鷺宴朝鮮任友石吴亦楳二從事

鄒衍夸九瀛，從衡末容詰。焉知千載下，萬里親堂室。薄海日來王，普天亦同律。三韓我郡縣，陽谷鄰賓日。藹藹冠裳區，茫茫軌書一。時因述職貢，亦復諏僑肸。尊酒中外同，論文屢奮筆。守夷道方泰，求野禮無失。萬事非目徵，多華究匙實。懼滋遠人惑，遑爲古人恤。逞臆昧闕疑，信心詎自必。聖猶論不存，誰免輕撰述。

子陵銅印歌題高寄泉大令弄印圖

謹厚故人作天子，客星夜落桐江水。暫將一卧動天文，終激高風助知己。不然身隱焉用文，披裘何事驚人羣。咫尺吴門老監卒，婦翁變姓寧不聞。名心未死千秋重，猶假吉金示矜寵。既死沈埋已自甘，在生枯槁知何用。塵荒蘚剔留人間，聲價豈直高邱山。舊伴一竿釣臺側，至今手澤餘青斑。高叜獲此忘寢食，長日摩挲三歎息。置身忽在蕭王前，坐對長圖弄齋壁。乃知君子憂無稱，草木忘情總未能。愛名劇比逃名甚，今古茫茫幾子陵。

韓齋雅集圖爲朝鮮安桐齋題

韓齋天下士，取友亦天下。詩卷走海外，閉門多長者。猶虞未空羣，交臂失晤把。東國推好客，安君韓齋亞。帝城歌伐木，萬里聯杯斝。望氣符使槎，應勤太史寫。兼旬德星聚，斗室鐙頻灺。吟嘯限歸期，東風緑生野。俶裝示此圖，意豈矜游冶。展卷富才賢，胡繩貫珠纚。輕裝淩駭浪，重比兼金寡。傳播吾何憂，從君別真假。

天竹齋圖爲朝鮮吴亦楳題

東方祖陽氣，乃有君子國。先聖猶思居，矧伊生邦域。吴生家三韓，卜築洌水側。自購五車書，敢矜千金值。從來精神聚，常理非所測。有好即爲累，撝呵非人力。嘉卉敷庭榮，厭火名舊識。青柯婀娜條，朱顆瓔珞飾。肇錫名君齋，瑞齊嘉禾殖。安知非木精，吹杖光東壁。允兆文字祥，俾爲海邦式。休徵驗其疇，我語無衍貣。

送朝鮮任友石進士歸

夢寐周八表，寧妨别離速。奈何剛直腸，竟日翻局促。海客罷釣鼇，觀光鳳城曲。馨動漢公卿，六月見冰玉。賤子業久荒，微名豈省録。朱門毖一刺，海外何由熟。相見苦辭遲，歸期奈先卜。滄波阻笑詠，吹度江鴨緑。浿水日朝宗，通津會析木。時因海大魚，更望西飛鵠。及我酒新篘，庭梅應早馥。共留秋色待，痛飲酬晚菊。

上巳後一日同魯川設祭石州先生祠邀同青士海秋子衡汀鷺吴子迪餞伯韓寄泉二先生

既醊顧祠奠，還酹張侯位。師友平生懷，飲悲忽成醉。賓尸俎載燅，緝御筵猶肆。令節延重來，羣賢宿再至。危闌上萬緑，歷識同游地。惆悵雙松寒，蹉跎小山翠。回尊惜遠道，未酌先傾淚。此别應各明，翻憂後會易。固知聚散苦，終愈餐生異。豈乏新交歡，衹增舊愁思。文章抵㕑腒，鬱結非吾志。早出茂陵書，侯芭喜訂字。時子迪兄弟方校刊先生文集，二君先生高弟，伯韓先生文集，亦付譚仲修莊仲伯校刊。

書孔繡山舍人對岳樓詩集後

乳虎氣食牛，雛鳳絢其采。不必中有挾，神威固有在。走年弱冠餘，無益思徒殆。目未遍九州，胸頗小千載。中交張與馮，推挽功尤倍。刻鵠心知勞，雕蟲意已悔。飢驅登岱宗，壯觀臨滄海。因近聖人居，登堂撫鼒鼐。不知弟子列，季孟吾何待。幸有素王孫，新詩抵風採。燕山秋草黄，霜雪落璀璀。忽枉冰玉投，眾中驚珠琲。春明兩詩壇，葉仲秉楚莅。百發矜免胄，應弦洞蹲鎧。君亦張其軍，拔戟自成隊。尊常北海開，樓共元龍對。文字抱孤賞，反觀覺已隘。始知大匠門，吐納羣波匯。相士非失毛，求賢請自隗。周旋倘鞭弭，一刷振駑駘。

送伯韓先生南歸

朱翁老作燕臺客，夜起憂時鬢雙白。舊伏青蒲心自甘，興來電目光猶射。盡傷往事不掛口，回首橋陵淚殷席。江湖夢遠金閨深，忽復堅城困鳴鏑。被髮鄉鄰罷閉户，軍門屢上良平策。曾從偏裨識汾陽，五載登壇列霜戟。如翁豈以文章傳，尚愛詩歌老無敵。海内朱弦漸輟響，喜翁孤直留標格。太平未肯長棄置，萬里重瞻天咫尺。愛我壇玷避代興，推之無一擠已百。奈何掉頭竟不顧，忍向空山卧巖壁。江淮漠漠貙虎重，閒道何時廣陵驛。當年部曲今高牙，列隊郊迎眼穿赤。老矣翁尚塵土中，不見功名喜折屐。翁老豈直吾徒憂，翁行爲深天下惜。東山爲愛台轉身，莫負蒼生望安石。

送寄泉先生之官粤東

吾黨論詩得高叜，忘形爾汝能吾友。叜年先矣吾奚疑，愛我新詩日在口。少年師事長洲翁，垂死一編付君手。篋裹燕趙悲歌風，半生伴作蛟鼉呞。平泉門巷荒秋草，末秩辛勤忍衰朽。夜雨鐙寒雙目昏，悠悠自惜千金帚。仍憐貧病非昔豪，舊吸百川今止酒。長安薪桂高於山，稗米如珠吝升斗。老驥蹉跎日苦飢，鹽車萬里天南走。小官不卑吾分然，差勝權門日低首。瘴徼風煙幾時息，波濤忠信寧相負。愛君不敢苦相留，窮海魚鹽念盡取。嶺上梅花多好枝，歸來囊橐定無厚。因行爲酹張曲江，倘憶開元全盛否?

述懷呈桂德山先生

弱齡誤奇服，寄志託豪翰。章甫資越游，悠悠幾劍按。蹉跎三十載，一刺懷袖漫。瓠石居然落，樗材分成散。故人念余拙，比佽山郎宧。貲異相如入，鍇同卜式算。廁身百寮底，旅進隨朝旦。薪積看前熸，灰然失舊爨。行當凜譴責，蹩躠事文案。河廣歎無梁，先登竟奚岸。昔慚竈下餘，今媿溝中斷。俯仰違素心，安弦廢操縵。先生道氣静，於俗無冰炭。亦復不平鳴，風雲入雙腕。垣棲卓孤鶴，夜永知將半。舉燭傳之誰，喜余醉言讕。朱翁老作客，筮易方占涣。夐踽增老侮，聞知日逸喭。敢辭牛後辱，豈羨羊頭爛。弄斧望成風，何求異畫墁。

雨赴圓明園

代耕本非望，二頃殊難謀。薄宧違素履，驅馳常道周。雞鳴遠車動，冠蓋填郊邱。林樹陰茂茂，桑麻溼油油。晨雲被輦路，曙雨偎行輈。荷氣聞暗襲，煙光交選浮。陂塘不受漲，水上空田流。萬象供朝霽，鳴禽聲向酬。朝回謝退食，漸近行人稠。愚智良有託，紛吾竟何求。

早秋夜直

公庭百事理，吏散文書閒。長日惟古木，閉門即空山。孤雲媚晚霽，倦鳥争枝還。月上星漢白，依依俟庭間。蠡蝨背鐙出，露草蟲鳴孱。孤火動暗壁，沾衣避塵顔。心休不勞夢，卧數牙班班。風寂林别合，疏鐘啓重關。柧棱咫尺近，萬里非難攀。怪被清鏡覺，年年鬢毛斑。

重九登高同林穎叔樞部魯川汀鷺市樓小集分贅字

風林勒萬葉，窮激鳴刁翏。筋力知歲月，天寒在衡茅。傾都事佳節，杖履争空郊。雙足鳥飛上，開尊俯眾巢。孤登自各致，有路非人教。我步亦平地，同行已嘐嘐。高天易至雨，變滅風隋交。白日落杯底，百年忍輕拋。幽芳不惜晚，箈菊猶待苞。舊侣歛新笑，古懷避羣聱。獨絲苦難繭，老蛹懸風梢。畏被楳鶴笑，子雲解余嘲。

展重陽日邀同德山東圃魯川翔雲汀鷺小樵小集分日字

海鶴鳴向晚，天門萬車出。眾趨彼何營，相見情豈一。塵中有客自肅散，一笑樓頭餞落日。萬里長雲塞空起，翩翩孤鳥飛忽失。當筵携手不肯醉，明日得錢那可必。腰下吴鉤解不得，尚留篋氣光暗室。古來飲者終留名，但恨揮戈苦無術。况我尊前非少年，諸公海内多健筆。酒酣月上重陰開，哀竹吴歌抵清瑟。壯士清時且詩酒，半生懷抱知何益。三山回首夢中見，歲歲蟠桃苦不實。雞犬何不續人命，且持霜蟹羞嘉橘。秋菊尚肯留孤芳，晚看流光覺親密。不待添吹落帽風，催租已銷鬟如桼。

潤臣繡山兩先生招同魯川少鶴子重汀鷺玉雙餞朝鮮安桐齋吴亦楳二從事分老字

代馬嘶北風，所悲非櫪皂。眼前各千里，何用相逢早。昨負兩君勤，一交固非少。論文意未饜，又蹋長安道。握手泯疵瑕，洪濤證墨寶。人生縱金石，有美寧終保。氈蠟荒窮山，風塵易衰老。但爲耳目及，豈得甘枯槁。日出瞻海邦，春回望蓬島。謝池幸再遇，夢句生塘草。

石州先生忌日魯川先生置祭慈仁寺同祁相國吴仲修公祭

小日雕蟲悔風露，行慚失學親箋注。當時四海惟抑之，心折經師積遐慕。千里入坐春風深，局促歸期迫前誤。負笈蒼茫歲月晚，失聲古寺重來路。匣弦久閟生車塵，枕刹遺經定誰付。百歲寧寬後死責，壽陽老眼髮垂素。弟子吴生苦心力，況有馮公訂殘蠹。一編敢必先生心，要使百世通章句。經世文章歎命存，死令公喜生公怒。嚴風卷槁蔓條盡，撤瑟當年憶歲暮。扶杖携我親祭酒，交胸淚點雜香炷。壁間隱作絲竹聲，彳亍前楹倘留語。

同官偕德山翔雲子高游城西寺訪徐逸人

寒雲馬首迎，併入城西寺。野老邀款客，雛僧罷問字。佯狂浄土業，坐卧西山翠。人去雲不歸，還留夢隨至。

題慈仁寺後山浄室

高下應片懷，登臨每步異。未昏庭户合，草樹釀新意。庨房林徑回，琤瑽石溜碎。鐘聲萬緑底，數杵過前寺。晚葉低通雲，夢回驚雨至。朝寒掃階蕣，筍迸蒼苔地。露旭泫初明，霽煙澮相恣。西山鏡中覺，人影帖寒翠。老衲方枯禪，宗門示不二。暫留待霜雪，幽獨心常寄。

戲柬翔雲

莊叟喜方夢，夢假何非真。坡老善説鬼，鬼生亦陳人。陰夜自吾代，形開暫相因。火傳薪無盡，汝有非汝身。有生覆載内，與物皆爲春。所愛使其形，豈不以吾神。役情惟自貴，爲禮斯人尊。一以爲兄弟，一以爲妾臣。自彼大化視，野馬息吹塵。不齊乃爲齊，無親亦至親。達者閲萬妙，嬰兒成一芚。焉知馬牛異，不共虎狼仁。飄瓦又何怨，虛舟是知津。先生游物初，好事訪逸民。嗒然久失問，默契玄牝門。卮言笑曼衍，請和我天鈞。

至日消寒一集魯川招同潤臣海秋翔雲子衡汀鷺仲修以石翁文集刻成志喜爲題分刻字

斯文日黽黽，大道深荆棘。不有羣兒孱，焉知廊清力。有明三百載，經籍風凋息。顧亭勃然興，開山已造極。閻翁雖後起，精力與之敵。微此兩先生，長宵竟昏黑。張侯獨深造，屹作先民則。淹貫亭林才，精通潛邱識。二儀窺户牖，萬代運胸臆。操管鞭百家，豪芒不敢匿。生平等身書，存百失千億。餘事爲詩文，鯨鏗豈世色。肯留楊意誦，略許桓譚服。懷璧罪當無，鑠金迹幸熄。是時日南至，陽長消羣慝。來復吾道昌，遺文出新刻。馮公蘇門舊，置酒喜湔拭。我亦弟子行，撫編愴追憶。生憎眾口利，死配老成食。碌碌千秋名，浮沈計良得。

消寒閏一集招同人小飲限閏字時約後期者罰，余先爽約，依罰

帝車夜轉明出晉，誰主機緘能斡運。曜合緯聯生長消，梧增楊厔同退進。偉哉容成有制作，五家不共秦灰燼。養夜初極葭灰飛，歸奇盈縮生積分。三餘勤苦喜九九，故事寒消待梅訊，吾屬醵飲有定程。□□□□□□□，後時無赦非苛峻。尸官命征猶先戒，道路遒人日鐸徇。復恐日中違監軍，焵盟更申徙木信。自弊焉尤請隗始，亦如年病償天閏。陰陽燮理余何能，忽欲訶壁搔首

問。寧許揮戈三舍返，百年此會誰相吝。轉借牛山未解樂，空垂老淚悲雙鬢。酒闌擲筆星斗回，萬里情空豁重暈。好語諸公惜寸陰，前車涉濟吾初債。

消寒二集子衡招集以余將有行期同人作詩留之分春字

歲晏江海閉，風沙錮昏晨。美人惜瑤瑟，持贈千里身。千里非遠道，天街亦車塵。百年消寸晷，明燭光借人。骨肉難得夢，荒雞憎比鄰。長安不受醉，杯隱防失真。孤懷抱冷月，坐臥車中親。篋劍候霜發，相携維舊貧。莫笑村店酒，明朝肯入脣。收君觴裏淚，渥我鏡中春。

消寒三集潤臣招同人置餞留别分酒字

人生衹合長閉口，不然惟可飲醇酒。談天説鬼終荒唐，豈必東坡勝鄒叜。一飽歡娱萬象愁，過時難必殊多負。憂患疾病總坐此，墮地風塵職趨走。隴江鸚鵡好語言，歲暮忍飢失羣呴。翦翅垂頭自入籠，空倉陳腐爾何有。豈知枯骨争善價，不愛臺金高北斗。杖下悠悠盡捷足，車中日日多新婦。朔風冷入負薪裘，未待覽鏡喻衰朽。獨夜寒深夢不至，短檠餤孤影相守。自闕毛質非木雞，那借文笥飾芻狗。千里有途終未窮，一尊無人豈不偶。感君還道憂霜雪，慮我言秋畏蒲柳。收涕無煩更苦語，但留吾舌果在否。

出　門

曹事牽常期，趨蹌厭交迫。計成得少暇，歲晏翻行役。倦馬回北嘶，心悲謝舊櫪。東華萬蹏雪，日滅雙輪迹。落日重城陰，疏鐘千里夕。凍沙雨灑面，冷注孤懷塝。始念衣裘單，彌傷骨肉隔。相親獨有夢，瘦影轉空壁。

除　夕

倦棲不避晚，千里又除夕。不復悲他鄉，殘年飽爲客。自然清鏡裏，先入幾絲白。敢怪行侶希，朝來喜自適。

槈經廬詩集續編卷三

屠維協洽

元日夢京華故人

市朝長年闊，聚入新年夢。知念行路難，先寒犯星送。村醪款殘酌，社鼓散初動。更待重相尋，寒衾敗猶擁。

春　歸

每説春歸去，家人怨尺素。春來望我歸，知我今何處。

初　度

四十傷無聞，羈棲況初度。少年輕萬里，嘗試寧堪誤。遠道非醜彦，家山多好步。一餐矧未必，安愈無位素。

人日述懷示密簡十首

湘灕出海陽，萬里分吴粤。到海終有會，同源豈堪别。羈愁長自知，未至心常忽。入世非一懷，誰忘舊飢渴。悽悽歲云莫，慘慘憂風雪。日短牽愁長，崚嶒亦銷骨。蛩虚思故山，駼駃念同穴。我馬日虺隤，我心正斷絶。

斷絶望長途，駕言當發夕。雲昏岱岳重，冰壯長河積。目遠連枝禽，孤棲斂羈翮。一形不二影，未忍歸飛隻。弟暖知兄寒，兄肥恐弟瘠。各縈世上念，坐悔身外役。遲暮心千憂，端居鬢雙白。悠悠一分路，俯仰傷疇昔。

疇昔兄出門，新秋歲乙卯。并時洪河決，千里無留埽。三版曹城危，蛟鼉雜入保。泥沙委萬族，日悸歸客少。坐卧餘塊形，全家困泣禱。轉防消息真，險語懲蜚造。夢協符手書，葉舟脱浩渼。果微仗忠信，痛定望歸早。

兄歸計猶滯，我行竟難罷。春風毷氉場，詰屈窺溟澥。同舍感推黄，舊交咎失薦。强顔塞下輸，低首東園買。學步悔失故，登場悟觀矮。忽乖向若願，聞睹胥成駴。虚肋終棄鶏，空螯且操蟹。去留意千結，無約安可解。

結解知何時，五年淹離處。緇塵隔遠夢，語笑寡歡趣。昔出兄未歸，今來兄已去。經旬渺千里，咫尺成乖遇。伏枕驚汍瀾，各言久相慕。諒明我懷苦，鬚髪怪非故。仰審兄頰紅，飄蕭亦垂素。覺來但有淚，記指歸山路。

歸路界太行，迢迢異鄉縣。惟憐汝在旁，别背慰盈泫。默驗違署寒，離居閲十禪。余歸誤索米，六載攓蓬轉。畏活汝曹長，心悲人事變。亦知難久留，未去情先戀。别燭無長宵，離杯多苦宴。髪膚但各保，幸得安貧賤。

貧賤寧常保，宴安實臘毒。體勤矧吾分，過望均桎梏。每哂昌黎翁，示兒豔寵禄。家風舊儒素，貴盛非所欲。有土姑深耕，有書務時讀。雖微見道深，寡過亦良足。亢鼻無越俎，冥靈有毁櫝。天全木雁閒，何必不材福。

福至非謀身，災生總藉口。多華苦不實，枝葉固難久。况汝悲陟岵，提携恃世母。劬勞念□知，所欠惟一菴。春雨多栽桑，秋風深去莠。園桃幸早護，永惜陳根守。夙昔吾諄諄，汝今倘憶否。辭柯少還葉，萬緑誰妍醜。

萬緑匙正色，迷盲自發狂。疢心密口體，忍以壽命償。等照無同貌，誰知明鏡光。傾金市歌哭，兩足生羊腸。凍雀暮簷噪，依依待晨翔。少留舊巢土，海燕當歸梁。高下各有匹，一身惟自强。多財坐損志，殷鑒安可忘。

汝亦不可忘，吾亦不暇數。劇愴久别頻，滋懲新别苦。昨來梅始苞，今去香初吐。三索憐汝空，慰情撫弱女。鄉心指汾霍，書到花朝雨。羈宦身茫茫，顏低人塵土。莫荒故園菊，待我雙尊舉。寄謝還山雲，兄農弟老圃。

上元夜

去年燕臺雪，今歲燕郊塵。呼酒上元夜，依依兩地春。篷窗幾家笛，腰鼓喧通津。遠火散寒煜，疏煙幕輕淪。月明不改舊，在目無一陳。獨伴千里影，得隨千里身。老漁不肯出，斫膾燔枯薪。醉倒無夢寐，不聞妻孥瞋。

送德山先生之天津

盤劍埋荒草，沙隄祗舊時。成功容待命，報國得拘資。年大宜疎酒，官勤合廢詩。雲帆千里落，歸櫂收辭遲。

哭兩吴生兼呈魯川先生

萬卷非分外，高才多自捐。一知縱恣力，過得翻違天。二子南士彦，擇鄰依母遷。張侯雅少可，有見明其賢。後死忍心血，晨炊沈竈煙。腹書溢破屋，飽與閟重泉。楹語殆未出，雁行或隨肩。痛拋生我愛，悔事名山傳。令舅鬱古慟，禮逾忘自煎。行當制老淚，畏隕天懷全。騏驥蹶初步，九牛末爲前。悠悠萬里道，日見駑駘先。

武林行送葉潤臣觀察之浙江

君不見武林之水傳班書，奔流出地爲平湖。穿井築塘利千載，誰其始者白與蘇。詩翁坐鎮百事理，翰墨湖山天下無。至今風雅失管領，復有我友歌袴襦。葉公玉堂老散仙，五十作吏鬚眉枯。人道陰陽迫憂患，於心莫解空區區。宦遊此去豈獲已，未免手版隨人趨。越人望君喜慈母，我自惜别傷羈孤。江淮滿眼尚風鶴，封豕比復連三吴。此邦幸宴勤轉餫，尚念作好非良圖。彈丸財賦雄寓縣，民力已盡東南隅。朝官慕外競樂土，豈復有意憂顛扶。國儉示禮奢示儉，越羅况照輿臺軀。人生隨地皆濟物，安見循吏非吾儒。飲酒歌詩有事在，未妨賓從相歡娱。潮聲東來動地闊，月落往往驚城烏。千里看君鞭海石，萬弩回射濤頭鼉。升平同續西湖志，情節二公君與俱。

送汀鷺之汴上赴河帥幕

炎風銷骨沙驚面，千里火雲出畿甸。楊子别我任城游，許侯置酒能相餞。憐君有才工著述，憐君失意仍貧賤。散木天全固其理，彖棋倖免知何譴。車塵隔扇雙目迷，刮膜論文憶初見。愛我狂言日疏放，知君好古情依戀。秘書老監今知章，無事招呼盛肴饌。痛飲高歌兩不嫌，儒林文苑同一傳。終憂聚散傷儔匹，已迫運翮逐郵傳。越水吴山遠道深，悠悠南望多飛箭。君行梁楚多大藩，未免軍書溷筆硯。幕府功成出衆益，奇謀何必遺羣彦。地中行水久失紀，努力中州息征戰。他日回河更北流，期君古道尋清泒。

送吴稼軒先生歸里兼懷魯通父先生

松寥養一雙詩老，及我知名骨已槁。後死千秋望替人，論詩猶欲閉門造。半生我亦坐違衆，恨不同堂證懷抱。稍喜蘇門家法留，葉君交惜十年早。朱翁晚慕苦相推，去我聯翩迹如埽。通父不來韋孔死，獨君肯蹋長安道。眼中馮許我同里，楊李追隨各年小。萬里霜高星滿空，衆風摧刷無醜好。從來風雅有運會，苦覬知音奈喪寶。老眼寧不張我軍，相逢語别驚草草。此行聞更入山深，一角湖田粗身了。生但蹉跎已自幸，著書肯誤飢寒擾。長淮秋急血灑浪，忍淚携家各相保。頭白魯君同荷鋤，可能重共雙尊倒。

左　掖

石橋通夜雨，溝水曉來深。日上金觚迴，雲低碧樹陰。文章終自阸，貴賤坐相尋。眼見誰家子，牽黄走上林。

七夕後一日夜懷汀鷺兼寄潤臣先生

谷風起蘋末，已作宵來涼。素節依歲至，星河尚疏光。天時有顯晦，人事安所常。舉首謝天市，迢迢限文昌。竟徵妖星掩，貫索方收芒。歲晏蕭蘭盡，乾坤自嚴霜。中台事反覆，暇與明孤芳。雲漢失東注，冤禽迫成梁。居人隔牛女，行子吟參商。別雨罷遥夜，夢回苦難長。惄懷諒可補，乖志何由償。適越當昔至，因之思漢陽。

喜德山先生歸枉過留飲次前韻

幾日門庭冷，何人更及時。張儀非作盜，蔡澤有先資。僻性偏宜客，聞官未礙詩。倘能旬日飲，掃徑莫嫌遲。

破車行戲贈德山先生先生訪余城南以破車，爲途人所哂，賦此解之

縵轂鎝擊争趍趯，挾輈舞轡交衢諳。縱迫瀶旋無絓驂，馬首之視誰其甘。先生腹華車則襤，輮匡蚤髃駒如摻。時逢戴笠趨揖談，卻曲如離如任參。後來伯宗怒目眈，亦如貴主争負擔。惡聲至繼以嘲唅，破車爾亦捷足貪。我先子止寧爾妉，叱爾不聞爾耳聃。婁顧爾僕顔生酷，先生不瞋人代慚。菌靈年少首争探，新婦閉置渠何堪。道旁之兒羣手儋，御子揚揚妻所媕。東郭馬力憂將

斬，趣稟投策驚林南。如華不注周之三，絶塵已失優鉢曇。先生兀坐吟方酣，冥似枯僧棲一龕。萬象不隔吾車含，敞帷坐見天蔚藍。

海淀道中

欠審貧非病，從蚿醒亦狂。風塵多暮色，樓閣易殘陽。雨助苔留碧，霜欺葉退黄。賢勞均一紙，車馬若爲忙。

王東圃曹長先生宅中觀菊戲呈錫

柴桑老令瓶無粟，乞食不荒舍東菊。獨恨作詩傳世人，千秋戹賞溷眼肉。寧知倚市非本性，耐向孤芳伴幽獨。衰草没階行轍稀，依依肯入先生屋。先生作人苦不俗，先生愛花苦不足。興來自吐胸中奇，指葉筆花森滿幅。忽驚遺響發枯木，澗雨山風坐間伏。知是誰家酒初熟，送君隔籬呼我漉。酒酣停琴斗墨盡，坐我泠泠忽空谷。更對古貌成三絶，轉嫌黄花遜真樸。徑欲攘畫兼囊琴，恐君愛寶未忘玉。悠然吾去先生睡，脱略未免駭童僕。不憂醉倒花能扶，夢醒猶呼典衣續。自瓟接籬揩倦目，家人乃報晨不粥。

展重九日哭葉潤臣觀察翔雲招同海秋魯川子衡爲位於湖廣館前此九日，顧祠尹杏農侍御爲文祭之

樹蘐豈瘵飢，采蕭莫痡病。楚客日離憂，江山動高詠。曰君急難始，風阻鯨波横。顚頟江潭吟，重湖限温青。飛鳴失故步，行履何能正。柱促無緩弦，弓翩有急檠。念君秉孤直，無乃憂傷性。多難家何堪，炎蒸迫歸榜。一官豈獲已，別淚不忍迸。詎謂觴未乾，南風倏不競。人生誰不憂，君憂獨無竟。亦復誰無死，君死安由命。心隨蒼蒞拔，目共精衛瞑。翻悔身爲累，辛勤苦卓

行。遺文竟誰托，旅櫬依僧定。回首京華塵，論文氣獨盛。寢門忽千里，况接居鄰孟。發興追前游，登高補月令。秋英爲君擷，佳節爲君更。尚憶平生顔，鬚眉坐中映。蒼茫失詩老，寂寞疏觴政。腹痛望賓鴻，銜蘆楚天瞑。

冬夜聽翔雲彈琴同海秋魯川子衡德山歐陽石甫王雁峰張竹汀范鶴生集翔雲寓齋小飲

峽泉夜瀏七弦上，掛樹哀蝯泣相向。孤雁叫影洞庭霜，晚濤退挾魚龍王。山風動石晨氣清，日落老樵鑱孤嶂。鐵騎捎寒萬蹄沙，湘娥夜歎掩繐帳。鼓宫宫動角角應，在谷滿谷阬滿阬。常聲不主吾心感，呼作老牛鳴甕盎。怪君十指亦猶人，擘底千夫避奔放。豈是胸中飽線釘，邱壑百怪入腑髒。百煉化爲繞指柔，君身槁木同吾喪。不爾横理緪僵絲，幽明胡以通情狀。我不解琴契琴理，但覺心弦兩相忘。君倘再鼓越裳操，曲終和我白雪唱。時方祈雪。

同翔雲重遊城西寺訪徐逸人不遇次前韻

桃種玄都觀，鶴歸華陽寺。雨荒自生竹，蘚敗仍補字。午殿封悽陰，晚山蟄寒翠。老僧定中覺，似怪年年至。

十一月二十九日冬至夜直

一陽初動陽猶微，羣陰當消陰不衰。陽欲出地陰制之，積憤一洩疇能追。嗟哉倒行而逆施，乃盜天枋揚炎威。修熙溺職瘝重黎，後土不克爲母栽。大農百舍連棟榱，繚以周垣十五司。窔椴櫨欂棼落時，金鍛石燔枝撐摧。斷甓飄紅聲殷雷，鬱煙烣焮乾雨泥。書量程石翩風飛，嘻出庵作昆朋灰。中唐睒睗泣老槐，包禍自寇拜其枝。禮曹局束東南維，燎原乃亦魚殃池。大庭之庫氛自迷，嚴局勒兵絶偵窺。水龍激箭民所持，遏之不通毋乃癡。焚香再拜願神慈，赫怒忽敢千以私。外此豈復勞智思，曜靈無光天慘悽。日中始作晨獨晞，三夜不息思相離。襆被我行天街擠，默念刑書鑄者誰。梓慎裨竈徒爾爲，千秋子産真吾師。怪彼何術能前知，亦復坐鎮静以治。將無古語皆余欺，奈何今昔渺相歧。正色蒼蒼聽則卑，排雲我欲前致詞。

十二月四日劉子重李子衡兩比部招集餞何子貞先生同王蓉洲侍御張松坪馮魯川二比部翌日爲先生生日用先生五十生日元韻

劭公學海焉不學，餘事精書到分篆。高揖倉籀奴斯冰，降求頗取蕭相篇。故應海内尊經神，亦復呼兒誦文選。太息苗張墓草宿，江河漸覺狂瀾轉。文壇魯殿翁獨存，老輩風流傷不腆。頭白歌詩有眼力，魚龍百變窮曼衍。肯將朝衫易百城，有子無官徵穀戩。學案辛勤獲替人，數珍我悉翁家典。劉郎書畫天機精，招我壽翁燭頻翦。酒半索紙催作書，練裠棐几知何免。明朝況是懸弧辰，算爵祈康幸交勉。奈何臨觴更不御，買舟苦憶明湖宴。歲寒風雪天地深，歸對庭梅覺身善。好逐張侯三日留，看翁揮灑滿長卷。

槈經廬詩集續編卷四

上章涒灘

穀日賈小樵庶常招集爲余補作生日

林開初霽雪，病負早梅天。薄醉容身嬾，狂歌藉地偏。齒長孤客夜，髮短舊愁年。萬事我生後，蹉跎遑自憐。

上元夜董雲舫比部招集市樓

林臥常愆夢，鄉心候暫通。寒妨連夜雪，愁劇小樓風。旅鬢塵欺白，衰顏酒賺紅。天橋月明裏，照影往年同。

德山先生招同魯川翔雲子衡石甫竹汀雁峰鶴生賦春雪分造字

春雨夜轉長，寒深不可埽。羈愁化爲雪，睡覺虚窗皓。寓物非異形，趣時同一好。晴檐助午滴，自緑天街草。弱柳荑初黄，風條萬煙裊。頓穌涸轍輿，魚水忘深造。不有泥塗悲，誰明冰霜抱。我曹豈酒客，暫卻車塵擾。鴉點過鄰牆，争枝務歸早。夕陽下殘白，變没隨孤鳥。所遇無蹉跎，青雲亦枯槁。暫留孤月伴，宇浄星斗小。

喜汀鷺至追懷潤臣先生

富交務金多，貧交務劍利。古來管鮑儔，金盡寧相棄。鬱結念漢陽，門庭一朝異。草荒文酒場，鳥散張羅地。惻愴山陽笛，沈吟雍門淚。遺書未出楹，敝帚猶存笥。我愧平生交，銜哀但寫位。君懷國士節，斗酒河千寘。竊慕潛邱風，追師太沖義。洪河日北瀉，涕雪重泉寄。拔劍望滄溟，蹉跎負素志。春回堤樹合，月落關城翠。燕趙結客多，悲歌待君至。黄壚日向眼，忍痛謀再醉。時與君約作閏上巳。

閏月八日尹杏農待御招集坐中多兩江兩湖遴君子，時自閏上巳至此，連宵歡飲，此會尤盛

量入無同趨，同翔忍學步。向微友聲樂，彌悔初心誤。月落重闉開，雷轟萬車度。羣賢欻來集，握手旗亭暮。九死豺虎羣，披雲待一訴。隨身各萬卷，每被飢腸露。借箸方資才，容誰溺章句。尊前不盡酒，徒負别來慕。迢遞望關河，峭巆滯天路。一身得許國，何敢輕知遇。翌日揭曉，諸君紛紛出都矣。

齋中海棠盛開晨起林下獨酌

春寒負花事，閏月寒彌甚。人意隨春慵，韶華委孤寢。夢回鳥勸酒，庭樹侑初錦。晝日烘遲遲，輕雲濕淰淰。曰余墮輭紅，五共林花飲。壯志酬賞肋，流光折拾瀋。朱顔幸借潤，對影終内荏。含笑花無言，似明吾計審。汾東百年屋，老樹映鳩葚。歸值聯鄂不，樓頭憩長枕。

閏月下旬喜德山先生枉過

深色過雨滋，閉門緑已眾。鄰煙上新日，隔樹變禽哢。攤飯忘日長，高車破午夢。心憂昵杯杓，裒裒無人共。落徑闃行稀，風楹歷坐空。三春面目異，暫得收倥傯。我路終無歧，奚煩代阮痛。矧君剛制酒，周誥經旬諷。庭竹今劚荒，新鞭冒宿凍。清詩定破戒，勃暢天褒貢。勤覘金篦方，良辰薦清稷。熒熒篋鏡在，相對開泥甕。時先生以目疾不飲。

閏月晦日赴園

朝暉斂晚雨，百里開天光。萬碧湖上合，空陂澹新涼。林煙一角隱，嫩日薰初黄。漲減孤嶼出，青痕斷微茫。遠山補水墨，缺處天青蒼。樹近多高舉，禽低無遠翔。依依各自足，耳目惟故常。晚穫信多實，豈知天有霜。

初夏夜雨

晚風勤急雨，孤館夏猶寒。目斷家鄉早，愁添客夢闌。後時寧望絶，隨分且飢安。日日天街上，誰歌行路難。

魯川先生招集賦喜雨分成字

夢覺空階瀑布聲，風迴猶作灑窗鳴。懷人客裏愁偏重，卧病尋前喜欲平。浮世聲華高酒價，中年褎衺浪詩名。諸君共濟澄清略，容我扶犁計早成。

薄　宦

憂貧志薄宦，薄宦貧尤劇。枉己安計尋，直人竟無尺。炊煙出鄰舍，乞米嗟何適。嬾改平生弦，摧書卧面壁。空庭烏鼠去，知向誰家宅。一飽羞爾營，枯腸枉奇策。僕歸罷銜雨，準醉孤琴易。有得終自爲，少餘究奚益。非無滿胸淚，暇爲一身滴。捫腹呼將軍，負公殊未惜。

蟄　處

蟄處誰同鳥獸羣，梟鸞荆棘悵難分。豈真薊北無全馬，不信江東有壞雲。敗尚未能遑計勝，見雖無百究逾聞。青袍坐負籌南策，披腹琅玕付日曛。

賈小樵編修假歸戲柬

不能知雄寧守雌，百金争市手不龜。豈如説經能解頤，取綬若若印纍纍。賈生少年才不羈，落地嗌嗄驚羣兒。十歲牽衣覸棗梨，十五猶索竹馬騎。生平未見口喔咿，三端鬱怒排蛟螭。五色目迷辨者誰，我知君獨言非吹。目中安有齊王牛，天根直欲玄牝窺。虎圈背裂饞次垂，忽思食肉寢其皮。此才豈合長數奇，三十一鳴嗟已遲。尺短寸長余自知，晨雞尾斷涂日歧。猶勞中聖歌殿屎，杼柚空悲小東詩。少長於君肩廁隨，何爲惓惓欲吾師。一言坐受周公欺，子則陋矣其如台。蒲觴且共歡相持，怪君不飲憂將離。歸著斑衣爲娱嬉，勿學季子驕齊眉。采苓安可同樂飢，珠玉謝我長褐披。

喜晤賈稚川同年

一笑伸眉萬事空，翦翎回首誤雕籠。修身忽漫巖牆下，非罪何妨縲絏中。浮世升沈容自計，半生孤直任天窮。荷戈飲馬長城窟，倚伏寧需問塞翁。

讀稚川近作書後

變雅文章付一編，新從貝錦發朱弦。臺郎自古求三語，衛尉當年值幾錢。琴到爨餘方有曲，硯從焚後且無田。孤行應更增堅忍，肯爲途窮轉受憐。

午日董雲舫比部硯秋檢討昆季招同魯川沇溪稚川管香鹿巖小集寓齋

病過春風九十日，忍寒卧壁堅不出。强將餘閏留重三，揩眼良遊歎蕭瑟。舊學過時忽冰炭，新愁於我成膠桼。朝來門户有懸艾，幾日寒梅早結實。一雨深作天街泥，囊空轍斷醉難必。喜君尊酒慰裒裒，共話雲山首疢疾。怪事敢定天公知，故鄉旱乾此水溢。千錢斗米苗半槁，大吏固寵肯矜恤。風鶴田園總赤子，深文忍藉爲奇術。平生不敢身家謀，豈獨私憂爲一室。安得長絲續萬命，盡回横目安蓬蓽。空庭榴火照眼明，忽落深杯百憂失。徑醉不知誰獨醒，那能角黍歌弔汨。

書　來

書來經歲喜平安，未啓遲回轉怯看。寧爲遠遊增感觸，懸知語苦總飢寒。頻年杼軸田園盡，千里鋤耰道路難。兄弟天涯頭漸白，羞將貧病戀微官。

飢驅四迫歲雲除，少許猶難敢乞餘。見字已知兒失學，無衣應逐母還居。悔抛舊業追新侣，羞對空囊滯報書。不必有田歸亦好，行抽手版膏征車。

凶　荒

寇盜寧難盡，凶荒劇薦臻。生平溝壑志，疇昔虎狼仁。入夢驚鄰瘦，還鄉怯殣新。青山對遠别，猶得走風塵。

上上邦圻賦，中中廣莫田。租庸課最地，禾麥大無年。民食家能玉，官刑日作鞭。采風勤比户，撫字及鍇錢。

地寶分明愛，高天夢不聞。有生均鵠面，未死暫人羣。偶梗防歸土，山川厭出雲。固知奚罪獲，媢竈忍云云。

年怪頻增閏，飢疑日再中。饁來田畯喜，酺罷社公聾。掛壁犁鑰静，撑腸草樹空。仍殘魚尾赤，竭澤正無窮。

國計資私橐，民天格遠謀。析窮鹽鐵論，量藉粟沙籌。蠲賑曾誰緩，輸將得自由。百年毛土澤，微命敢辭休。

率土皆王土，妖言出䜛言。奸人覬風鶴，貪吏媢田園。破屋雪呻鼻，荒郊風聚魂。爾躬曾不閲，難息眼前恩。

舊日陽城變，羣讐怨斂官。催科無復拙，行路至今難。塞口遂貌止，厝薪方寢安。終非太平福，慎勿待登壇。

家入監門繪，身留溝瀆擠。麥秋寒食至，烏夜墓門啼。窘雨天荒遠，終風日慘悽。幸當殘活共，遠近矧相齊。

五月十日魯川生日沇溪同年招集

陊地桑蓬志千里，讀書學劍萬人敵。時危躍馬圖凌煙，弄筆明窗老可惜。君昔年少坐好儒，廿載人嘲位執戟。萬言上口鴻都壁，一卷蟠胸轂城石。前年薦士當孔融，受命慷慨犯鋒鏑。麾下竟失兩將頭，電目熊熊付投幘。故應李蔡多通侯，潛身僚底忘薪績。無何但澆汲古淚，尚爲憂時忍一滴。大角西流月前席，一尊起壽歡今夕。升沈見在心悠悠，白首青山眼歷歷。晚覺書生例强狼，何勞肘後勤搯擊。歸逢醉尉漫相驚，腰羽南山覻虎迹。

王雁峰比部招集頤園歸遇雨

川原霽午静，車馬回榛碧。城郭背人閑，落花選游屐。曲池不來暑，葉底天流白。影散推窗雲，江湖滿幾席。客來竹陰改，坐久荷香寂。漸避西山晴，禽聲化翠滴。深杯驗雨氣，浩浩風隨夕。畏被疏鐘催，鬢眉片時隔。從來限朝野，魚鳥專幽迹。獨負主人褱，聯床尼嘉客。

孔繡山閣讀招飲市樓分少字

雞飛豈能登木杪，喔喔苦先天下曉。人海未定羣動生，中宵罷舞百憂悄。暫逢酒伴成歡會，劇勝文書日紛擾。到口醇醨差自知，回腸整頓何時了。風煙慘憺雙褎濕，塵土蒼茫寸心皦。欲絶南山費幾桃，思填東海枉多鳥。勞君老眼歌白雪，惱我吟褱委清醥。醉後看人面目非，愁來傷別笑言少。夜深星斗天轉旋，日出雲山雨荒杳。澤國驚心千髐髑，故鄉入耳萬流殍。沙蟲寂寂生楚萍，麋鹿個個出吴沼。究媿漁翁歌不畣，未甘巢父頭終掉。天河手挽長區區，雲夢胸吞亦小小。何必培風適莽蒼，江亭肯羨輕鷗矯。

旗亭獨酌懷汀鷺

風林曉霽散炊煙，憶昨相逢問酒錢。處處青袍隨草色，春春白打閲華年。詩裒冷副清明雨，別淚愁供上巳筵。憔悴同君春亦暮，梁園南下水如天。

慈仁寺松

入門深色静，漠漠萬陰攢。風濟虚晨籟，日高延暮寒。蒼皮游客迹，青子老僧餐。古壁鱗鬐動，真龍倚檻看。

失　詩

瓿覆知誰處，仙藏定世間。嘔兼心血盡，拈益鬢毛斑。匹馬三年月，雙鞵萬疊山。區區焉畀此，翻倖免人删。

五月十七日招同魯川稚川管香鹿巖雲舫爲沇溪同年作五十生日今年沇溪方成進士

去歲逢君初度時，共君毦氉傷裒褎。今年五十君初度，我獨春風被花惱。君迫服官時乍逢，我方强仕年差小。耦耕縱使少遼緩，垂釣未敢同衰老。古重晚成吾何畏，今傷速化誰有造。登壇三十嗟已遲，釋褐九遷苦未早。坐惜公餗誤嘗試，可憐民命輕菅草。讀書何與科名事，足捷才高身手好。一第安足爲君榮，喜君從事方裒寶。時乎不再昔所歎，歲月堂堂去如埽。致仕從今計七十，廿年許國功豈少。期頤尚許卅載間，共我年年此日花間一壺倒。

連雨排悶

苦寒多雨閏偏遲，屏迹耽閒嬾更宜。柳市五鑽京國火，蒲觴十結故園絲。清時歲月單車度，久客情褱一鏡知。獨夜杯深愁萬滴，瀟蕭鐙影伴孤持。

鄙事皇皇報稱難，杞天無事歲時殫。喜聞丹詔求羣策，坐惜青袍沮小官。回日心長乖仗枕，排雲目倦耐憑欄。田園蕪没身塵土，夜雨荒抛舊釣竿。

天街襆被影駸駸，曹舍周坦版築沈。翻水壁蟲鐙下出，擁階庭草雨前深。分知躍馬非吾事，衹覺聞雞負此心。年少馮唐爭好武，風煙何事尚相侵。

南雲回首日驚塵，慘憺蟲沙照眼新。茂苑鶯遷愁裏月，武林山向淚前春。澄清藉脱持竿手，夢寐虚防入畫身。偏使九重宵旰夔，孤恩誰是太平人。

關外紛紛誤負乘，誰當過計早蠆懲。中原杼柚家家盡，大户魚鹽日日增。枕席師行深飲血，旌旗捷獻鎮填膺。公侯草澤皆無種，苦被催驅恐未勝。

迢遞雲山接太行，蘆溝晚樹隔蒼蒼。山蘊舊入他人室，園棘今空歲暮堂。夢裏交親雙淚眼，書來兒女九回腸。愁霖敢謝兼旬慣，容易無人不子桑。

雨歇重湖帖鏡平，殘雲裒日耿微明。草荒輦路榛榛合，柳颭旗亭旆旆輕。萬里干戈從捷徑，十年寇盜且虚聲。哀歌畏上燕臺晚，駿骨蒼菭滿地生。

上林樓閣曉微微，佳氣西山静曙暉。雨立冠裳千樹正，朝回車馬萬雲飛。待咨宣室江湖遠，欲謝名山耳目違。操牘歸泥風四壁，去來何地受蓑衣。

卑棲地近海風多，不分飆檣出没何。翻覆經年雙手赤，是非終古寸心過。千金資散終琴在，斗酒盟荒總墨磨。熱客平生殊未面，吾門無雀費虚羅。

罄折寧嫺雅拜工，强隨畫諾簿書叢。漸親華髮無新步，得附青雲有素衷。銜穴蟻封當户雨，移巢鵲避隔年風。丈夫篤嗜惟奇節，肯爲泥塗惜路窮。

復雨排悶

破曉濃雲解舊嚴，連朝滂沛覆新櫩。悽陰晚護當窗暗，愁滴宵排入夢添。澤下衹教深畝足，路難寧恤助車霑。故鄉屯膏經年久，失喜西郊日夜瞻。

街柝更殘小巷中，寺鐘聲歇短牆東。家山夢破經時雨，草木心驚遠道風。麟閣鬚眉初待畫，棘門身手舊論功。風雲滿地資羣盜，溝壑長年幸轉蓬。

閉門三日愁霪霖，井塌欄荒庭竹侵。夜半風回作奇響，危弦急柱來清吟。輕漚點池萬玉碎，殘溜瀉徑千泉深。廣陵未是人間絶，自憶成連海上琴。

旅雁崢嶸愴昔游，勮憐華屋日出邱。故人入夢魂三夜，别路驚霜鬢再秋。蒼踤心孤青社雨，清明淚檥白門舟。幽吟展卷情如昨，宿草深懷黯黯愁。

雨霽雲開漏日明，林回草動急風鳴。湖煙欲暮蒼垂地，汀樹如人緑近城。驛路泥交肥馬迹，官橋沙擁倦駝聲。風塵欲歇終難盡，日日雲臺骨正生。

燕草年年化作熒，楊園舊絮浪漂萍。蘆垂不語頭虚白，桑翳無人眼費青。哭代長歌庸獨淚，病妨孤醉曷同醒。池塘夜静聞閑吠，何預官私耐汝聽。

昔夢乘雲謁帝都，相逢稷下盡通儒。今來跨鶴尋仙侶，忽失高陽舊酒徒。九點齊煙雙屐冷，十年燕雪一鐙孤。不知谷飲巖林客，待畢男婚女嫁無。

推轂平生畏失真，百年誰分折詩人。壁琴暮暮深杯雨，匣劍春春破帽塵。伏櫪舊輕千里足，鳴鞲坐負九秋身。短衣縛袴知難稱，敢薄淮陽老積薪。

劍筆經年避堵牆，抱關低首廁山郎。金門曉度千車月，粉署晨趨一硯霜。易地成功庸爾汝，殊時報國豈文章。讀書敢惜平生誤，壯志千秋許底償。

海燕頻添幾壘安，爰居寧測舊風寒。濕灰氣驗衡機屢，腐草光懲出火殘。典午七兵仍漢制，職方中士亦周官。國憂未解書生恥，夜雨表虹撫鬢看。

夜霽有懷東魯川

夜氣澂虚靄，星寒濕在天。飛螢流案火，殘雨滴階泉。伏枕身千里，開函面一年。蒼茫尊酒闊，郊月記初弦。

捲簾殘月上，影覺夜窗新。潛蚓聲出地，孤螢光近人。愁添詩興負，病卻酒裹親。偪側應賡我，悠悠雨一旬。

宿　園

曹舍聯晨直，園林滯夜眠。散珂宫鑰動，聽履禁鐘懸。漢案仍當户，星流自在天。螿蝗光掩月，歷歷去年前。

海澱道中游諸寺柬翔雲

扶醉湖橋遠，幽尋石道長。雄風交谷氣，雌蜺飲川光。寺緑晨蒸靄，園紅午散芳。仍懷携手客，屐齒近來荒。

晚日徘徊盡，遥山偃蹇重。城昏收燒色，樹斂避塵容。去鳥空陂水，歸僧遠寺鐘。荷鋤勞絮話，應識欲爲農。

陶鐵亭晚興

江亭舊是江郎築，水國蕭森眼對開。孤塔雲兼暮飄卷，空林風作夜潮來。故人訶壁餘詩句，壯士憑欄且酒杯。更約囊琴同菊社，無煩挹袂上金臺。

魯川枉和拙和疊韻奉答

閉門驕炙手，静勝灼雲天。鑑出陰淩玉，瓶鳴活火泉。簿書疲壯志，鞍馬敝長年。何必知音少，朋知得改弦。

幽興昨來熟，清詩今更新。秋聲多在樹，蟲語不知人。白髮容同長，青燈耐獨親。那能惜共醉，甘雨奈三旬。

送别賈稚川同年

君身七尺如長劍，照我鬚眉寒瀲豔。乍可中梁日三摩，安能褎裏鋒雙斂。千金笑涶口不道，此意豈復能利鹽。片語忽失平津侯，徑思棄官一巾墊。奈何恩怨坐推引，苦被腹心乖屬饜。未解低顔伺喜瞋，枉將折臂憑鍼砭。墜車不知醉兀兀，銷骨旋看火燗燗。一死終全天自卑，百身欲贖君何欠。國門魑魅飽誰禦，鬼室高明瞰争瞰。關塞烽屯舊戰場，氈盧駝馬新崇坫。趙公老吏但紙墨，報國儒生獨鉛槧。乘障敢惜長城行，滄桑回首悲天塹。

風雪夜歸圖爲李子衡比部尊甫荔農丈題

李侯早歲哦經史，籍籍人稱父有子。老屋青鐙廿載新，兩郎頭角還相似。高堂老人垂白頭，耳倦不厭聲咿嚘。三世一編吾事畢，杖錢沽酒能出遊。夜深風急天地閉，雪壓凍梅香陊地。薄醉衝寒吟興濃，書聲棖觸平生事。柴門罷敂聽不足，帽重裘冰驢没腹。歸來歎息我園梅，汝父當年如汝讀。後土瓊花出青燐，百年敝廬一朝盡。刊水春深故國非，朐出日出長安近。淚外花開尚此圖，是中合署愚谷愚。孫能生子仍勤讀，多積人間有用書。

送子衡歸里佐大臣幕

邗溝浩淼連楊子，衣帶瓜州一江水。鐵鎖横空十萬尺，金城殘戍七十里。宣始平淮首江漢，阿童大艑來荆沔。千秋付與韓禽奇，一夕投鞭天塹斷。百年此地成坦途，裙屐歌舞荒榛蕪。至今誰食伍參肉，可憐已盡董澤蒲。八道紛紛日出使，首尾常山亘厚地。拊背姑分吴楚形，批亢足了東南事。君腹便便森五兵，魯雞未肯争飛鳴。躍馬朝來忽欲逝，令人不敢輕儒生。短衣擊劍惜高會，愛國願君還自愛。射湖秋泛思陳登，芍水春耕問鄧艾。三載蕭蕭傷別雨，忍淚强歡恥兒女。櫪邊老驥莫苦飢，計日黄金價如土。

六月望夜同翔雲招集魯川海秋杏農卞頌臣方子穎餞子衡魯川再疊前韻見示因再疊奉和

交食仍生月，陰晴豈測天。鐙昏晝作夜，雨注酒如泉。惜別勤分日，吞聲動隔年。無勞歌解愠，清廟尚朱弦。

久客追隨遠，深交契闊新。渾忘夢時泣，屢失醉邊人。一雨蕭蕭暮，孤雲黯黯親。能留同劇飲，滂沛願兼旬。

卞頌臣比部招集餞子衡三疊前韻代柬

星火耿將夕，已中林外天。三江馳露布，一夜達甘泉。秃筆容拘相，長纓得限年。松江捷音方至。書生不用武，衹待墜虛弦。

諸公抱偉略，咳唾發硎新。報國方多地，封侯或待人。行聞異功罪，局外豈交親。不爲風塵苦，追歡敢一旬。

海秋録畣東魯川詩欲枉和贈久而不至雨直無憀四疊前韻奉柬

官舍無人緑，重陰樹障天。蟬鳴暑餘雨，蛙吠夜深泉。鞅掌終違俗，優遊且歷年。孤琴等長物，何事嬾無弦。

罷釣秦淮水，維揚卜宅新。百年喬木感，千里故鄉人。白髮閒誰覺，青山默自親。能從杯杓共，漫悔滯前旬。

杏農許觀詩稿期以五日而不至五疊前韻奉柬

知抱憂時癖，危言屢動天。愁腸深縮酒，淚目别爲泉。熱匙因人事，窮逢假我年。終嫌廣陵曲，欲奏奈孤弦。

諫草人能熟，寧知下筆新。心難量古痛，貌得率常人。歌泣江湖遠，瘡痍夢寐親。清詩定何暇，每隔輒盈旬。

魯川失子作詩書悲六疊前韻慰之

既生復摧折，此意豈知天。夢去依千里，書來委九泉。故人猶繼逝，老淚況頻年。好作形憐影，桑弧倘再弦。

生子信多懼，及生愁更新。著書空有父，題鳳且無人。未抱童烏戚，誰明舐犢親。景升君勿誚，余舊淚經旬。

獨　酌

獨酌不成醒，酩酊知我誰。覺來兩尊倒，不省客來時。

夜直不寐愴懷德山先生

舊德循良最，家風孝友聯。平生千首裏，未死一尊前。報國從闕命，忘形敢問年。雖同寢門泣，錯鑄夜臺先。

曳杖曾無日，吟魂竟罷招。蒼茫詩作讖，寥落夢成妖。遺愛同升僎，公評異事僚。殘鐙掩舊諾，牘尾黯魂銷。

題王樓村先生十三本梅花書屋圖

詩流盛品藻，薦帶深甘嗜。十子推吴門，商邱首好事。後來七子名，文嫛標奇異。老輩風流盡，佩衿音莫嗣。真賞符魂交，名花倘不棄。樓村十三本，潛孯一百字。後先各一子，成蘧幻詩思。夢圖何者真，毋乃聚方類。處士骨已槁，煙雲起深喟。參横謝翠羽，吾衰久不寐。

十三本梅花第二圖仍用卷中姚借裒元韻

智愚良有托，真幻殊好嗜。優枕神暫清，心牽日來事。同床且自各，矧乃上下異。千載莊生蝶，蘧蘧邈難嗣。猶餘廣平鐵，不忍牆陰棄。圖畫來吟魂，生花兆文字。春風動滿紙，古貌儼冥思。筆墨看忽親，百年猶氣類。蒼涼萬株雪，東閣付一喟。醉夢紛悠悠，先生覺尚寐。

仰山道中

曉日西山樹羽齊，長楊馳道擁沙隄。峰頭火出風雲變，馬上弦鳴草木低。幾輩封侯矜足捷，十年褎賓任途迷。連營南國悲焦土，知否深宫聽鼓鼙。

再送子衡七疊前韻

遠道多先路，風雲不在天。病稣三伏雨，夢覺五更泉。感激惟鬚髮，浮沈亦歲年。匣琴猶贅物，何必待無弦。

常山聯首尾，千里犬牙新。入幕虞無地，登壇舊有人。深交孤劍去，遠道敝車親。且賦從軍樂，清游已隔旬。

槈經廬詩集續編卷五

上章涒灘

次韻答海秋先生書鄙作登岱詩後魯通父孝廉亦有作君以相況

岱宗道長白，昭回倬天章。升中七十代，文字埽鋪揚。縹渺鸞鶴馭，參差雲霧妝。秋高眾壑肅，天海交青蒼。眼底萬里盡，方圓窮渺茫。青蓮仙已久，巖石留鏗鏘。待我千載下，星冠厠霞裳。探懷散磊落，揮手成軒昂。卓筆羣峰頂，孤騫靡頡頏。寧知魯侯健，已迫山靈僵。咫尺界風籊，嚶鳴孤引吭。至今山翠失，夢寐遊迹荒。歲月嗟同歷，披襟乖一當。袖中東海水，歸老煙雨藏。塊獨羈世網，覆瓿鬱不彰。十年沮淮浦，欲寄風塵防。小户審韓白，大名避朱王。君詩謬推轂，乃許同騤翔。此意敢深諉，蓋棺彌自强。名山豈不遇，裹足憂豺狼。并世信同氣，三人儼隨行。願賡太岳作，舊國思彭陽。君舊有《游太岳》作來詩及之。

中元郊行口古

人間送別日，千古傷心地。太息此中人，寧知爾許事。

復　熱

通昔蚊蟲瘟，偏憎夏衣薄。坐看秋後暑，能更幾回虐。

銀河七夕後一日作柬魯川

銀河終古接天浮，海外從知更有州。鞭石東來虞駕鵲，負箱西揭任牽牛。月槎舊泊支機岸，星渚初迴乞巧樓。風浪年年曾不隔，柰過清淺往時流。

榑桑再柬魯川

榑桑幾日偃鯨波，又是飄檣一度過。豈有三千防倒射，更無十萬誒横磨。空言紙上心肝在，舊事尊前涕淚多。見説天驕新款塞，可能終許郅支和。

八月初九日秋分作

七暈初圍月，三朝忽夾雲。應天迴日御，倚斗驗星文。南北塞鴻遠，春秋海燕分。何因同日至，歸市更無聞。

中秋對月

一曲霓裳酒未醺，開天舊事忍重問。廣寒迢遞仍圓月，古塞分明已莫雲。露下荒園珠淚滿，煙銷别館桂香焚。關河千里初長夜，旅雁書空自叫羣。

和魯川中秋對月次韻

弱水何年渡，清光抱蜃樓。龍池新是夜，璧月舊無愁。地迴星辰遠，天荒草樹秋。他鄉對摇落，偏照海西頭。

五城次和魯川韻

五城十二玉爲京，榆椾終宵望徹明。頭額幾曾蒙上賞，壎篪誰與制同行。銅仙辭月初無淚，猰犬升雲更不鳴。鐘室元英空虡業，故應離銶日新聲。

華清次和魯川韻

華清罷試舊時湯，列宿周垣尚集房。不分脱淵甘授柄，翻勞開户利齎糧。千羣原野秋蕭瑟，百里風煙夜混茫。獨惜埋輪多少地，且教當道委豺狼。

和魯川柬王定甫樞部拯元韻兼呈定甫

魯囚終釋宋，絳諜自歸秦。未畜三年艾，判償九斛塵。移舟徵故劍，厝火倚勞薪。獨有長沙哭，心知亦衆人。

左輔次韻同魯川

左輔蒼茫宛馬屯，海風樓畔正黄昏。天開閶闔招摇指，路轉蓬瀛罔象尊。五利於今資魏絳，百年自古歎賁渾。方明守燎當時事，後刃何曾禦國門。

次韻魯川依韻答少鶴二首之作兼呈少鶴

多難迫生憂，流離未瀕死。寧知晉鄭依，牽率乃至此。要盟神豈信，示弱兵非詭。悉索悲懸磬，背城劇易子。連雞久不飛，角鹿今方已。永念微管憂，終思借恂理。輕金貴一諾，書券過三紙。道遠牛馬風，堂成燕雀喜。覃及勞撻伐，誕敷盡善美。蕭條麟閣名，寂寞醉鄉裏。

狐兔曾無悲，憂辱焉知死。解胡説忠孝，始願豈及此。墨翟傷染絲，蒙莊歎吊詭。師師見幾彦，落落報恩子。言事勝何敢，論功吾欲已。傳尹徧巖野，夢卜勞燮理。奚假杞人憂，陳言笑談紙。倉黄不戰屈，邂逅勿藥喜。褰裳望我思，粲枕懷予美。寧知魯連生，玉貌邯鄲裏。

重　陽

鼓角城頭暗，旌旗仗外操。他鄉誰送酒，今日罷登高。海雨昏昏濕，關風獵獵豪。無人知有淚，歎息但雙螯。

立冬再疊前韻二首呈魯川九月二十五日

出車歲已陽，歸馬月旁死。天道有虧盈，胡能逼處此。要荒世見地，皮卉幻奇詭。三古徧懷柔，雖大不過子。豈識竹王尊，狡焉方未已。窮陰裂後土，慘慘無人理。海燕新思巢，胡蜂更鑽紙。昔來原野空，今去都城喜。寧乏師直壯，終輸禮用美。蒼蒼望析木，滅没鯨波裏。

營室初命將，北郊先賞死。東略曾不知，鬱鬱焉久此。消息半真贋，見聞日恢詭。季孫既莒邱，石買仍長子。姑任鼎魚逝，或當郊馬已。熊羆徧赤畿，潢池方待理。前日車書通，同文在一紙。寧知閫外貴，復此桑中喜。朝市百年變，賫琛萬里美。行行虎兕出，龜玉謝櫝裏。

二絶句

眼見故山雲，還歸故山去。故山雲不見，惆悵故山樹。

年年客舍塵，中有故山道。一夥長安寸，五回變秋草。

讀史述懷三疊前韻二首柬魯川先生

漢方求横急，五百島上死。得士無賢愚，匹夫竟有此。滄波久横流，世變日俶詭。不待匈奴滅，舍生衛妻子。賓掫方在館，牧圉何能已。羣彦滿金閨，回翔資卧理。吻排惜饒舌，筆奮厭伸紙。哭者自人情，胡乃令公喜。河陽非外荒，狄泉遂專美。朱雲久不作，繡澀蒯緱裏。

先師有遺訓，自古皆有死。没世憂無稱，寧能彼易此。我生千載下，耳目厭華詭。心識非古云，聊安反側子。獨殷兀兀感，未側皇皇已。所願假尺寸，鳴琴爲上理。功成注下下，斗室老故紙。蜂蠆莫予毒，離彪爲誰喜。遥憐松菊荒，正及蓴鱸美。成事知有人，誰當溺書裏。

夜直仍用讀史詠懷作四疊前韻二首柬魯川少鶴

仮去誰與守，子在何敢死。胡爲願中立，豈謂彼善此。日見冠蓋場，聲容幻奇詭。葱靈出婦人，徑竇由高子。不聞反首從，庶欲越境已。懷璧寧無罪，反脣亦其理。候火通甘泉，郎官猶筆紙。弓亡楚客悲，馬失塞翁喜。僕僕息數奔，詹詹絶溢美。終輸支離疏，攘臂千夫裏。八月二十三日夜直，有小盜文書者，獲之，故云。

莫赦將自用，范燮乃祈死。自古悲二憾，履霜方在此。嘉謨競外順，造辟務辭詭。思柳曾無人，誰安公儀子。外懼楚非大，内憂晉未已。沈沈灰待然，種種變思理。豈不心鬱陶，欲書淚盈紙。未除少師疾，莫慰得臣喜。萋斐信競爽，怱怺等濟美。蒼蒼望無極，咫尺浮雲裏。

和董研秋檢討中秋對月次韻同魯川

萬里流煇耀紫清，海天永夜隔層城。風高玉塞綿綿道，露下瑤臺黯黯情。莽蒼無人牽獨適，婆娑有影徇孤明。年年宋玉悲秋氣，未抵今宵一倍生。

左掖二首次研秋韻同魯川

左掖通丹闕，春官近玉墀。猶傳漢家制，更起叔孫儀。故國能無恨，新交祇益悲。回車潛洮頮，忍復對狐狸。

和研秋次韻同魯川

表裏曾無害，其如騅逝何。宋防誣道假，晉自昧人和。悲氣隨秋盡，愁腸化酒多。平生淚報國，篋鏡敢輕磨。

冬夜招同人小集寓齋五疊前韻二首

余先三疊，而魯川不答，遂以城下之詞激之。已而，魯川詩至，有乞盟之言，而未甘心也，要余置酒。即至，余以鄭伯如楚不可無禮，乃爲此會。魯川又以齊鄭如紀自解，固知君自娱耳，非衷言也，賦此以釋兩家之圍，并呈同人。

兩君方在堂，厥也敢愛死。晉固師諸侯，寧無一彼此。余存弭兵信，君患衷甲詭。豈以來韓穿，而思背曹子。來劄以反汶陽之田爲言。惟天生五材，有用非獲已。興廢詩外事，弛張飲中理。吾生寄蝸角，結習笑蟫紙。楚失齊未得，勝欣敗亦喜。善君姑勸來，去食非觀美。壁上勞諸軍，山河望表裏。

大塊勞我生，侏儒飽欲死。日月曾幾何，亦複誰遣此。涕淚忽相見，姓名寧自詭。分先溝壑填，終感二三字。苟活非草間，寸心終難已。朝深聚散感，市悟盈虛理。深友隔平生，情親篋中紙。重泉歎蕭索，青史增悲喜。祇益痛定思，安知味回美。陽秋吾已倦，白眼謝皮裏。

次韻和魯川詠史

聖人在人國，相患若冠讐。天苟去其疾，狡焉安所售。元禮請誅錯，氣折安史謀。陳東排六奸，憤激義士羞。欻光中興業，指顧金甌收。向微大憝翦，寧獨君側憂。書寢司馬門，望夷遂千秋。

温室二首次研秋韻同魯川

温室隱方樹，密邱閟紫煙。猶遲六龍御，未挽九牛前。芻粟勤輸塞，襆繻趣寄邊。袖中書諫獵，消渴豈徒然。

悲壯并州笛，憂傷雒汭歌。心知摇落裏，目奈别離何。佩犢朝朝出，驚弦處處多。願回冬日愛，早與布陽和。

初冬雪夜次研秋韻同魯川

深雪彌川谷，重陰覺早凝。普天同永夜，吾室自孤鐙。見晛時當可，回春氣或能。終思聞破柱，起蟄涣層冰。

次韻答翔雲雪夜醉述見示之作

東海英聲邈，北山王事勞。羣兒聊自貴，三輔豈無豪。痛定争投筆，歡深竺獻醪。寧知百夫長，底續偏夔皋。

卧榻憂難釋，前車夢敢忘。福疑新得馬，補悔再亡羊。長日幾時至，北風今夜涼。温泉鉤盾裏，鼙鼓漫漁陽。

和研秋家書元韻同魯川

亦知無即去，獨此豈居難。八口應交憶，一身容苟安。挑鐙影不定，伏枕淚無端。貧病余焉往，優遊媿守官。

消息經時久，同悲行路難。皇皇三月亟，悄悄一枝安。寄字憂無達，聞言恐有端。遲來倘交慰，那復戀卑官。八月間，寄山東舍姪書未覆，九月聞泲寧被圍，迄今無信。

十五澣紗女，越谿若終身。何言一朝異，物色寧非人。在貴方恥賤，爲恩豈常新。當年老文種，蹩躠死風塵。

後喪亂用海秋見示韻

喪亂頻年劇，離憂兩地分。吾生信有命，遠道多愆聞。薊樹回邊雪，寧山出陣雲。百年新偃武，塊獨迫紛紜。

未死應前達，三秋望寂寥。書當通贊普，家但問嫖姚。寇退孤城在，伻來萬感消。艱難烽火後，抵許鬢毛凋。

三舍川途近，兼旬草樹丹。闖聽堪陊涕，赫見劇崩肝。民望去寧可，族行居亦難。空囊容早接，間道莫懷安。

思痛猶前事，寧聞哭定歌。長年忍離别，何地匙兵戈。懷抱車中盡，英雄壁上多。忘家固吾願，無補亦蹉跎。

定甫覽鄙作聽翔雲彈琴歌屬爲轉致欲聆雅音翔雲以詩述感魯川和作一傷德山一愴石州次韻

畏灑雍門涕，從忘昭氏琴。高山忽安仰，大海渺誰尋。草宿書存篋，塵荒弦匿音。知餘隔年恨，悽絶共君心。去年冬，聽琴時，德山駐君齋。

永痛張夫子，千秋豈一時。學徵長憔悴，德副古支離。奇字芭誰託，二吴生。遺書烏未期。有子九歲而夭。祇留協幽贊，元草日生蓍。

魯川招集賦得菘梨二物定甫詩先成次韻奉和

菘

熱中困芻豢，憰怕誰能耐。詎識道戰勝，味腴變色菜。生平百甕籍，豈以僵根代。老圃孕秋鮮，喜此千蔓葑。採藍悲發曲，樹藼忘心痗。羞同溪沼擷，翹劇楚蔞刈。莍蜎霜自裹，橐含露仍戴。凍莖剥冰膚，嫩葉垂碧肺。白白玉饌入，青青雪刃淬。懲冷猶齋吹，配幽宜卡焙。聶切折苞甲，午扚貫蹲鴟。沁齒蒴翡翠，甘腸飫沆瀣。忽搜千卷胸，數典性所愛。釋草辨蕎蘱，茹羞千百輩。周官菹韭菁，未免遺銂鼐。須從轉葑蕫，形義殊煩碎。奈何溷七名，疏説方蕪穢。素食慚鮮知，寒畦空逐隊。恐殘繞窗竹，欲秉負郭耒。遷地歎弗良，霜蓴問胡埭。毛傳：葑須從《爾疋》，誤。須葑從故，郭注未詳。今説者，謂須從即葑之切音，良是。孔疏引七名皆釋以蕪菁，余意菘即須從之合耳，不應古無此物也。

梨

我生本蝯狖，而性不嗜果。豈無園毓珍，於口匙多可。隕天猶惜碩，在草安論葴。憶曾飫臙膮，時夜忽求卵。佳人白玉盤，翠袖纖纖禪。丹砂與點黍，詭狀殊紛瑣。調冰消宿酲，入口戛出禍。舊聞御梨佳，初見嗤么㾑。加籩劇奇異，朱碧晶磊砢。色動涎幾垂，寧知巧笑瑳。尒時忽欲清，車腸轉空輠。一啖蠲肺暍，再食暘肢惰。遂此食性移，薦新嘗亦頗。惜哉牙齒疏，稜椒乃相左。每見黄團纍，蒸薪疑果蓏。踰淮嗟枳化，誰贈櫻萬顆。索棗懷童齔，甘饒層頤朶。黄金明四目，蒸食及臘儺。余幼，先王母禁食生冷，每以棗梨夾蒸食之。卅載陊塵夢，逢春媿花妥。樆樝日錫貢，汝美焉匭裹。

海秋招集賦得霧凇十月二十五日

占疇徵雨暘，釋疋殊雺霧。舊聞雨木祥，慘憺堆冰柱。地發未天應，上施莫下厝。騰降久閉塞，伏慾失調護。遂傷曲直性，乃迫雺寒沍。將母陰葉咎，或亦金沴懼。劇雹湯湛泉，如華鄂不注。雨草遂樛結，升木仍塗附。慘慘菽殺霜，英英菅晞露。怪此萬蝣衣，焉知歲寒故。奈何貫四時，柯葉改行素。斯名汁生地，亦曰稼著樹。許史文未收，篇韻音豈誤。凇字《古諺》葉甕，應去，而《廣韻》只收三鍾。余初欲用凇韻，以疑改霧。向歆時異論，恭肅式王度。三階作霖旱，不宜天悔怒。胡爲咎眊陰，頓欲比天寙。三變未解風，六辰豈除夜。稽耳駭舊聽，魯成事孔庶。刺偃幸安内，射月遂敗楚。諄諄命自誡，蘱蘱哲誰寤。我年未四十，見此嗟已屢。近目尤詫絶，艱難窘天步。覺棓贏縮變，火金躔度遅。屬者尊用事，又窘小畜雨。蚀動驚啓震，觳僵劇焚旅。夏侯懷久陰，商摯悲三暮。蚩旗焉磔膊，萬物重光睹。何草不玄黄，哀彼柛榴踣。北門鬱崝嶸，南山莽回互。愁尋句漏書，且續齊州句。

十一月一日翔雲招集定甫示霧凇作惜抱軒韻魯川研秋皆有和作頃定甫復疊韻名曰樹稼篇語意嘲余泥於舊聞次韻代解兼同人

萬雲欺日天爲遮，繞樹何依啼凍鴉。上帝不肯回元氣，巉巖務此霜中花。知誰盜枋恣凶虐，强欲鞭蟄生槎枒。風葉雪條殺已盡，雕枯鏤凍妝晶葩。山河委佗久失色，瑳玼猶明笄六珈。霾曀連朝瞽羣目，高城坐視空谽谺。嗟哉天遠安知此，海氣變滅昏朱霞。沈湎未敢怨冬馭，過計深憂翻斗車。我於達官奚厚薄，無事稽疑占咎佳。故人詩妙意相戒，綺語層出如析麻。憐我迂拘滯聞見，跳韓忽笑大方家。決知夔魖畏穿漏，解駁手惜無干耶。冬暖號寒審吾分，悦生不暇言敢誇。草木皮膚民所食，重重忍迫冰雪加。吾室春生有斗酒，共君褊舞神歆斜。

送少鶴先生之濡陽次題鄙集韻

知君王事久相摧，瘏馬駪駸暇告哀。帷幄寧關殊國士，馳驅獨任老雄才。西流滄海隨春至，北拱星辰向日回。縱未賢勞敢耽樂，明朝苦憶别時杯。

傅壽毛墨竹爲劉子重比部題用東坡韻

傅翁作書畫，無古如其人。令子有家法，翁吾竹同身。秋氣隨十指，百年風雨新。孫枝定過舊，墨外方疑神。

劉侯豐玉饌，劇筍佐晨粥。澆書不敢曬，恐長滿胸竹。示我涎垂紙，冬盤憎苜蓿。徑思面君牆，勝嚼屠門肉。

卞光和先生夜鐙圖喆嗣頌臣比部屬題

紙窗欲白明寒煙，孤月照愁愁不眠。一粟鐙昏膏自煎，百城夜擁心茫然。掩淚丹黄愴舊德，依然貧賤難家食。照兒勤讀母手織，肯使汝鐙長失職。若榴如火鐙前開，卻撤金蓮雙苣回。有光焉燭珠翠圍，夜夜高分藜杖輝。耿耿臣心一寸燭，旬宣下照逃亡屋。化爲福星盆無覆，火盡薪傳子今續。百年圖畫憑深喟，劍去龍還鐙不昧。短檠牆角焉汝棄，付與文孫知此味。

冬日雜興傚趙沅青給諫樹吉强圉集體即贈

寒梅待冰雪，發我庭前枝。誰云地氣異，根草亦紛披。白日務流景，暄妍方在兹。不知歲華晚，猶怪春芳遲。離離朱夏實，桃李乃同時。

洩霧生書陰，日車倚深處。雲來與之合，北陸杳無所。掩覆時不及，漏穿階前土。彌天終有隙，依附庸多許。誰謂出無心，終風未漂汝。

車馬疲日短，詩書耽夜長。流光不吾惜，而暇憂風涼。開卷古人在，無端多感傷。時清壯士賤，汙被詩酒償。閣筆謝千載，誰當仰屋樑。

讀史結遐慕，中宵撫卷立。當時志士心，紙上聞嗚唈。少見終異聞，茫然疑滋集。政令生并世，亦悔向者泣。後此姑未知，古人已不及。

抱材古人後，恥郊甘泉竭。中退不勝衣，論文氣欲奪。探懷示冰玉，勁翮秋鷹刷。老我雙眼塵，瞖眵賴一刮。無勞世上名，刺字久漫滅。

哭桂德山先生

日日趨市朝，寸懷自冰雪。火雲炙背痛，不入胸中渴。世事偶顰眉，喑噁萬古血。期期化老淚，憤激肝腸熱。三日間閉門，車聲窮巷歇。職當憂國病，遂痛千秋别。疇昔官隴西，不辭腰骨折。琴歌百里和，夜静書聲發。談笑禽渠魁，逸囚歸待決。至今眾母口，陊涕指深轍。家世羽林兒，詩書獨敦悦。白頭老郎署，舊事頗畏説。獨有文字心，時因門酒勃。森然萬光怪，斂懦餘寸鐵。我亦俗眼埃，相逢翻一刮。猶勤韋弦戒，感激憂膚發。坐對古人今，詩篇氣長活。愛才忘身賤，急難囊已竭。回首君子司，君在兵部掌武庫司印，長官呼司爲君子司。朱弦坐中絶。平生况師友，風義懸秋月。

贈何願船比部秋濤

半生惟一官，寒餓藉人救。日積胸次書，鏡中尋長瘦。師門志遊牧，詣準舟車宙。石州先生撰《蒙古遊牧記》十六卷，君補後四卷。兩手留付君，閉門儼指授。亥章入寸管，窮發地不晝。足迹寧所親，格桃齊持覆。君撰《俄羅史事》八十卷。馮魯川商抑之萬人敵，遜此學海富。昔作從軍行，喜爲薦牘漏。癸丑年，李海門中丞奏隨皖營，年餘不受保舉。大臣三薰沐，賦向明光奏。御墨親褒嘉，兵部尚書陳孚恩保奏君才，并進所箸書，賜名《朔方備乘》，引見日，親試以詩，特命懋勤殿行走。青雲况已後。卻歸仍乞米，此理非難究。漢帝歎數奇，關天志徒謬。與君惟窮等，不負相形陋。亦噉名士餅，詩成媿相就。街頭酒新熟，囊底碑錢湊。暫潤萬卷腸，一鐙雪夜候。

哭兄一百韻

慘慘風交窗，昏昏雪壓屋。孤鐙覷冷焰，照壁青簇簇。夢短不能長，乍醒潸殷蓐。搴帷氣蕭颯，闖視立我僕。問汝從何方，欲譍舌本縮。心知事有異，老淚先撲簌。見説家書來，失聲詢骨肉。老兄聞臥病，辭意仍反覆。氣結中已明，神傷機屢觸。嗚呼遂至此，搶地禁一哭。首夏兄寄書，歸期指麥熟。苦云世事隘，一第非吾欲。汏分供折腰，不償車塵撲。余頭久種種，念弟搔幾禿。老病長多悲，嬌兒漸廢學。家門懼衰謝，非弟誰教育。世難需真才，羣賢待推轂。匡時彦豈乏，屑此戔戔束。汝骨非脂韋，動思拯澆俗。自謀匙長計，豈敢輕鼎餗。但守風清寒，先人世耕讀。莫隨狂馳子，簪組夸强族。報國依農桑，毋荒但志穀。知余惄飢念，不待秋風肅。完我父母身，鋤犁倚澗谷。飢寒對形影，溝壑心意足。覼縷言逾千，詞緟苦多複。私心頗駭訝，慘憺類遺囑。畏此鳴聲哀，長沙痛賦鵩。徘徊裂方寸，敢戀恩膏渥。竟坐傷哉貧，奮飛兩踵蹼。乾坤忽震盪，劫火連艮岳。落葉散空營，六師中野宿。久齊豈我志，臣子義當辱。蹇步昧識時，忍希岩穴躅。丹青遠道變，市虎交訌讟。千問無一真，寄言敢辯瀆。念兄秉至性，表裏惟肫篤。愛弟常如咳，自當切憂慼。復思氣體健，窮苦耽素服。縱迫憂患攖，不宜傷生促。將毋痛弟亟，毁積成膚剥。戀我千里魂，依依影相逐。嗚呼竟至此，我辠痛何酷。屬幸新太平，決當遂樵牧。旅懷知達否，但報平安竹。兄意應暫舒，我行敢遲卜。二東又風鶴，狐兔潢池數。猶子家魯中，完巢十無六。我魂已褫喪，忍痛防兄覺。更事憐兒癡，提携恃阿叔。未堪此多難，欲往形桎梏。遣力星走望，兼程恨不速。虚弦不敢問，但冀草間伏。我死兒幸生，骨收俟匍匐。我生兒倘死，終與具櫓櫝。轉畏非兩全，丁躬戚家督。竟留子若弟，分死翻蒙福。前月門巢鶩，張弧付碧蔟。嗚呼果至此，我命竟不淑。痛念别兒時，征軍太行麓。洪河欻北注，清泲俄成濁。十萬隄上居，滄波渺一粟。旅魂寄浩溔，恐飲河魚腹。日見他人歸，全家惟泣祝。倉皇決車舍，一葉抵平陸。此豈王事勞，累兄爲飲啄。寧知從此别，余又勤征軸。十上無秦書，三朝異荆玉。一隨世上念，幾變燕草緑。囊米猶苦飢，曾難及臣朔。强顔慕報稱，實徇途利禄。天屬闕夢魂，南行冒鋒鏃。三年左右手，快慰異鄉握。鴃燕飛東西，相望等朓朒。嗚呼乃至此，我辠得身贖。僕述兄病初，無言頻瞻矚。有時注兩袖，向壁如有屬。信我傷猝投，偷生畏恥僇。寸心遞兩念，回腸割萬曲。泣與家人訣，汝曹輕殉殊。僞書焉我紿，吾弟非碌碌。竟負幽明期，十年枉鐙燭。翻思意氣誤，騫舉悔效鵠。不及田家兒，茅檐快負曝。有生虚人子，銜恤負閔鬻。半世惟兄依，長衾共哀鞠。茹荼嗜糟粕，恃此氣堅卓。粗了平生懷，殘年向恃粥。嗚呼竟止此，柰迫彼蒼毒。兄病吾未聞，末幎登樓目。含悽同虚位，待我惟就木。四海誰無兄，我兄我生獨。生人誰不死，兄死倘能復。有弟不如無，悔量豈斗斛。篋中展遺字，掩視淚漬幅。但化長安塵，重泉不能戢。家山眼前路，兩足如彘豕。楮帛空自陳，清尊尚酃醁。悠悠百年恨，天地傷春跼。枕上望兄來，鄰雞憎喔喔。徘徊忍孤影，泣盡血相續。

耨經廬詩集續編卷六

重光作駱

贈朝鮮申琴泉中樞錫愚次韻

端甫趨王會，朝宗仰帝城。國傅王子遠，海近聖人清。論學圭璋特，談詩冰雪明。千秋東蹈節，應識魯連生。

贈朝鮮徐漢山尚書衡醇同前韻

亭俯漢江秋，應難熱客投。人文高月旦，裘帶見風流。谷雨松喧閣，山風竹戞樓。開書古人在，無語日綢繆。君有無喧亭。

贈朝鮮趙蘭西學士雲周同前韻

匹馬蘆橋月，賢王舊有宮。至今風流遠，曠世君家同。折叒三山上，彎弧萬水東。倘歸圖畫裏，添我敝裘風。

顧齋雅集分存字會者十人余與魯川翔雲海秋少鶴雲舫研秋餞朝鮮使

六經揭日月，豈以秦灰堙。女□羅從宿，老生傳已勤。後來百兩贋，并世疇其遵。晚出大舶頭，千金託海濆。那無卓識士，好古寧過存。吾取旅獒策，寶賢非異珍。富哉一言奥，萬國王會尊。王子荒東服，開宗敘彝倫。至今百代下，籩豆仍駿奔。借問所服習，經言無異論。問道胥周孔，問學皆雒閩。禮樂中土舊，何曾侈皇墳。青齊跨遼海，暘谷同星分。焉有方士幻，而能知古文。好奇學者病，乃出歐陽云。濟濟三韓彦，觀光帝城春。夙知君子國，今見逾吾聞。猶嗛宋儒褊，求書闕精醇。勞臣或過計，迫此時艱殷。異代應曲諒，寧同蜀雒紛。被漸今無外，廣舄交齒脣。籤軸走四極，勳華放垓垠。深仁靖虞詐，文教賡箎壎。時廑嫠緯恤，履霜意何諄。焉知繞朝策，不張伯比軍。涉巨多舟楫，寘千盈輻輪。時平玉兒陋，魏尚安言勳。庶欲帶經去，幸民老耕耘。滄波費木石，大道非蛤蜃。待我繼删述，異端闢紛紜。

次韻答琴泉分比字作兼題其顧齋雅集圖册

顧老王者師，箸書参天地。惜哉垂坐言，落寞未歷試。旁博形聲祕，上窺苞符字。日知畢生力，絶學肇髫穉。切切江濤防，殷憂三臻意。雖云沐德化，終恐非族類。禮樂方待行，名世疇德位。百年文教揆，重譯月窟致。采阻覃鬼方，蠢腆集民義。修攘古有同，馳張今匪異。要荒日蕩平，薄俗時醒醉。軍旅吾未學，千戈焉敢戲。民勞寓縣康，海晏舟車至。塊生晚知困，夙昔先民誌。萬里隘户庭，肇興窮桄被。前修悵已渺，遠望潸殷泗。方欲偕大道，豈徒矜小智。學齋寄私淑，姑舍將奚自。踽踽憂無聞，茫茫懍緒隊。喜君來東極，同我千秋志。職貢王會勤，恪恭小心惴。惟民殊介羽，陰隲秉樊懿。虞格殺三危，漢覊修五利。至今織皮俗，革面垂帶悸。先甲愆逾畀，前禽誠顯比。馳驅壯士心，感激儒生議。顧行願交勗，兩間分内事。余既志亭林之學，復取顧言顧行二語以名齋，琴泉精顧氏之學，而尤邃於宋儒諸書。

琴泉作

莽蒼榑桑域，素隸東服地。棋僧待漢詔，賓士赴唐試。畫傅行看子，詩書長愛字。我媿王司空，勁翮刷童穉。遲莫從使役，踽旅未舒意。摸索得名流，拔連感氣類。頭約八詠樓，仙寮讓坐位。全別慘緑士，談藝饒清致。移席香光室，聽講玉杯義。二惠洵競爽，羣賢盡環異。泱泱上國風，能容韓使醉。初會在仲復編修齋中，次會研秋招集與諸君遊，此爲三會，又識研秋賢昆。時聞閧堂笑，耽見歸池戲。輿豪聿代麈，縱言無不至。學賅芸臺編，憂慇默深誌。謂言聖人學，究當寰瀛被。其書名亞孟，詆不及洙泗。知尊中夏尊，情譎頗有智。格心化美俗，厥機應此自。吾道溥甌羅，獨非霜露隊。斯語縱有理，實爲乖余志。先王禦夷策，德威俾懷惴。羈彼聽約款，望渠趨倫懿。從違任譸幻，蟠否與伸利。小國依中朝，念此增憂悸。風氣近要荒，星野稱鄰比。室嫠祇自恤，家臣寧敢議。黜邪衛正學，豈非君子事。

次答漢山分知字韻兼柬翔雲

文章一小技，史野亦因時。晚獲實堅阜，朝榮散葳蕤。大之含性道，小或賢弈棋。鱗鬣出遊戲，餘波寄聲詩。桓文舊節制，孫武新用奇。我少筆陣橫，悠悠無當巵。壯悔湔已晚，雅南自求師。三唐變格律，漢魏遠差池。六代王風熸，採章生氣漓。杜陵才不世，裒裦侔周伊。中蹶青蓮弩，欺人良在玆。途憂千里遠，句謝三年遲。耿獨隘世宙，滄波渺無涯。古來劇駿舞，安與閉門期。詩外更何事，道中更多歧。非我誰當語，非君誰復知。

次答蘭西分内字韻即題其顧齋雅集圖册

我及論文見老輩，揮豪意欲無千載。聖賢豪傑彼何人，一卷鬚眉兀相對。青眼高歌宿草徧，茫茫後起知誰代。清時局促儒冠誤，夜坐捫膺有餘慨。稍喜同岑尚四三，敢言伐木非一槩。看君眉際黄氣溢，杯酒立談吐肝肺。落筆雲垂大鵬翼，長吟浪蹋巨鼇背。長安珂散饒貴遊，眷我閉門異憎愛。桃李聯翩謝投果，瑀璜磊砢慚捐佩。歸時開册應相憶，縮地同君顧齋内。

寄題琴泉亭次研秋韻

無風聲亦和，夜夢横我琴。曉覺在流水，七弦定空林。門前萬里碧，渺渺太古音。何用成連奏，符君枕流心。

寄題無喧亭次研秋韻

朱門掩芳草，書静春山空。萬里滄海夢，應知故人同。昨來鞍馬倦，竟日冰雪中。歸及禽語變，虚聲吟壑松。猶憎石橋沸，一夕生天風。北闕晨直漏，西鄰午齋鐘。先生自隱几，窅已亡吾衷。拂拭無弦木，黄鐘待春容。

再送漢山次留别韻

七襄曉織紅雲舒，大海乃有仙人居。貝闕珠宫周萬間，紫瀾怒吸翻鯨魚。我行九達塵盈裾，青鳥飛隋懷袖書。攬視飄飄疑子虚，空嗟七月歌薪樗。當歌忽憶賓筵初，牛耳狎主驚推余。引鏡長慚城北徐，臨池争掣䥫無餘。問君此别將奚如，夢斷酒醒情莫攄。郭碣春深關柳疏，賓鴻北鄉君柬車。悠悠日月今云除，歸訪丁令悲舊墟。丈夫兒女休踟躕，七夕年年同此歔。

目病喜翔雲夜過口占次韻

横目貴羣性，冥行百不如。坐恣明鏡隔，親愛看成疏。不用障塵扇，翻宜思誤書。乞君上池水，噀我班生間。

次韻翔雲賀海秋移居

讀書有涯際，心在古人上。寂處中有春，閉門盈萬象。緒風革初景，霽目與之蕩。愈眷爾室思，恣周千載尚。同羣自鳥獸，掩卷慊孤望。

窗虚資室用，知白無中生。後事受雕飾，奚裨助户明。獨開松菊徑，祇刮文字楹。逃富躭北阮，戒多狎南榮。回尊悦嘉樹，有鳥偕嚶鳴。

春來不留物，腐朽胥新態。庭樹姑未華，鵲巢昕喈對。綢繆亟陰雨，吾亦知所誨。霧隱斂豹文，風培覆鵬背。相將護籬落，得飽霜根味。

擇車徂向都，載寶營郿塢。流熒啓暗夜，走馬兆西滸。未買千金鄰，先依九月宇。優遊蝨改歲，偃仰懷樂土。終籍匈奴滅，孔安續殷武。

次韻答翔雲雨夜過話

權門厭噂沓，近市困埃壒。獨出方無人，職當煎肝肺。歸來更撫掌，引鏡嗤袯襶。吾道寧今非，然疑固至再。昨頻訪君未遇。枉先車中作，萬象森作繢。君昨以詩見謝。破曉勤冠裳，經旬勉櫛靧。不知何天雨，吹轉孤雲背。久不入署，今日適去而君至。滌俗回舊容，斂塵避新態。決君果履即，諒我雅心愛。訪恒晝日接，返等宵星戴。琴思坐忘言，酒懷隔成痗。鄰鐘迫將曉，秉燭補陰晦。何待邀明月，舉杯三人對。謂研秋。

庭桃已華次前韻柬翔雲

冬氣苞晕萌，春葩發翔壒。露桃不自語，笑我膠腑肺。持底慰幽憂，詎堪適袯襶。枝頭鳥聲覺，繞樹勤三再。古壁横新色，素功出後繢。潛滋夜來雨，飽靨盈初靧。簷葉驕日暄，窗枝恃風背。淺深寧殊質，含坼各成態。豫切有摇落，倍深三宿愛。低徊晚蝶留，宛轉曉蜂戴。目霽延逸賞，思萋綏餘痗。歡言十日晴，愁坐彌天晦。早結誰家實，成陰肯相對。

三月三日禊祭顧祠登慈仁寺後山作

雨覺曉聲過，幽居興誰耐。古祠澣新緑，入見三松在。塔影起山半，晚悲僧寮改。登臨世事異，俯仰初地浼。溪鳥變歌哭，林花散梵唄。寒聲竹外隱，鐘定續風再。一角開窗煙，低依化晨採。晴空萬瓦合，春氣彌成悔。歷劫消幾塵，齋心息千悔。神仙與富貴，癡蜨謝相待。是日有蜨至，張詩舲大司空、孔繡山閣讀識爲太常仙蜨。

慈仁寺小山春眺

西山翠已活，卓午生孤煙。石氣晚飛動，曉來青際天。白知冰開處，霽日相晶鮮。融作前溪雨，漲爲春後川。晴郊聚遠目，斗室倚雲懸。當具四時氣，紛隨萬象前。蔽虧遮高鳥，但認浮屠巔。近樹外人碧，遥鐘低地傳。車塵聲化噫，久視翻茫然。歎息對城郭，悠悠今歲年。

庭華次弟將謝次研秋韻

桃李不相惜，閑過客愁時。卧聞流鶯語，半落階前枝。露葉舒碧泣，風條褪紅滋。三春斗酒興，幾負花間持。及未夜來雨，殷勤護藩離。當前但美質，肯誤流年馳。莫倚顔色好，鬱爲他日思。争時寧慊早，即景猶防遲。新月杯底見，衰顔晚偏宜。誰令爾無言，憔悴終未知。

同海秋頌臣研秋游城南花之寺觀海棠次前韻

古人今誰見，我適值此時。豈必花開處，春來仍舊枝。雨聲歇鄰樹，古寺睇芳滋。客至鳴禽狎，一尊紅底持。晨風款竹徑，晝日晞薔籬。幽賞信徒步，貴游萬車馳。虚來各有得，獨往誰當思。鳥散春氣寂，鐘鳴午齋遲。方新盡陳迹，先後從異宜。春事莫漫惜，百年姑未知。

題吴桐雲舍人大廷匹馬出關圖即送之皖營次魯川韻

一鞭曾蹋塞垣風，轉轡看山問八公。草檄頻年殊落落，棄繻千里漫匆匆。南天草木行時盡，北地蟲沙是處同。此去兼資天塹壯，無勞鐵索更江中。

朝鮮國副使樸瓛齋侍郎珪壽謁顧祠拜石州先生栗主

異時儀徵修史傳，首重儒林黜文苑。百六十年誰裦然，菰中一老言無間。痛埽塵羹出真是，宗風海寓今爲變。張何晚起力仔肩，獨裦微言耿深眷。出處車徐探討詳，交遊王李蒐輯徧。因尋古寺考遺迹，更拓新祠俯郊甸。我亦張侯舊籍湜，早年負笈同舍奠。寢門回首楹語悶，病目時時悽欲泫。坐惜君來十載遲，祔祠儼接初虞練。經神共下庚子拜，古井寒泉手親薦。酒半登高愴先德，中朝舊事徵文獻。箕田老種驗土宜，瀛海四遊悟地轉。議禮况補先賢缺，闢邪深憂薄俗慢。顧師堂室幸同升，豈以聞知異由撰。不待乘桴方道東，愔愔鼓瑟獨點歎。因君續我廣師篇，多識其期聞一貫。

題范月槎學正志熙仕隱圖次翔雲韻

端居非擇禄，羈宦願良微。櫪馬羞同駕，籠禽倦獨飛。有山終許買，無路易言歸。郊壘猶吾恥，回翔歲月違。

便欲携家去，名山老卧遊。一蓑宜晚侶，雙屐信齊州。道遠髩先雪，懷深氣易秋。東方金馬外，誰測五湖舟。

次韻答朝鮮宋竹陽進士源奎

垂楊低户緑成窩，退直輕寒擁劍歌。把酒雨兼良夜集，論詩風送遠人過。孤帆滄海來程穩，匹馬燕臺往事多。乍可相逢行即去，預看白髮奈君何。時大風，昨相識於研秋仲復之坐。

仲復編修秉成招同譓朴瓛齋於樓仍次前韻

横穿盤絶上雲窩，抵節蒼茫付醉歌。脚底風聲千馬度，眼前塵氣數帆過。愁添新侶開尊暫，漸卻中年閉户多。咫尺柧棱天外隔，褎書西上竟如何。

朝鮮趙秋潭尚書徵林令子鄉舉三疊前韻

雕梁語燕定新窩，鵲印初懸啰啃歌。於氏門閭今更大，謝家庭院舊來過。春回若木生枝晚，地接榑桑得氣多。雛鳳他年清獨立，愁將老鳳反題何。

朝鮮申眉南太僕轍求六和前韻分柬同人四疊奉柬

天街何處駐行窩，咫尺喧聲阻笑歌。小别語鶯千里隔，經旬書惜幾回過。車前細雨春隨盡，扇底飛塵晚卻多。行李知君歸更富，新將詩卷壓陰何。

五疊答秋潭

飄風日日撼林窩，蹋雨尋君斗酒歌。敢受梁松床下拜，同來德操樹陰過。閑官去住無方久，首夏陰晴不定多。歸去逢人休寄問，知余日飲舊無何。

六疊答竹陽

樓臺崇比萬蜂窩，燕市同聽斫地歌。老輩傷心遼鶴化，新年回首隙駒過。君三至京師，曾交黄樹齋、艾至堂、郭羽可、楊朗山、吴蓮原、許印林諸公。雲兼去意綿千疊，水抵回腸曲幾多。旅店蕭條倦索酒，十年余亦感常何。

次韻研秋市樓對雨

開窗萬木肅，瞑色分前境。風起不知寒，歸禽一晌静。百愁杯底失，痛吸流雲影。酒盡雲在空，頁心非目景。長天萬里合，化入肝腸冷。一雨深涂泥，孤鐙自耿耿。

次韻月夜懷魯川之天津旬日矣

晚涼動兼雨，三日晴初課。喜君客裏月，先我窗前哆。寸腸別來枯，問字定謝過。敢詡雅好客，寧知待酌我。長鯨值吸海，波及計非左。女洒隨夢回，聽更幾起坐。

織簾誦書圖爲沈仲復編修秉成題

五年久謝詹尹卜，閉户過從餘四三。巷轍經時卻埽迹，擁書欲讀垂無簾。正思織席營儋石，假我卒易心非貪。籠桶太息舊學荒，尚憂饑溺如焚惔。喜君官閑勤籀誦，況負長才人可兼。唾棄職當翻屨枉，縱君不疑余則慚。時髦冠蓋騖永路，珠箔翠幰趨風帆。牆角檠棄欲通貴，胡君嗜好殊酸鹹。麟士昔窮君已達，作圖母乃爲戲談。運甓獨勤士行志，辟纑豈慕齊仲廉。五雲樓閣渺天半，金伏重重變熛炎。正賴袖中洴澼手，闢門四目周窮簷。方憂屏幛塞内外，奚事麗廔窮精嚴。萬卷入胸有經緯，肯同學子爭畢佔。商歌忽動掛角興，但我言售貧能甘。賣畚南陽行即去，語君異時勿往覘。

二絶句

昨日山有信，問我歸何日。不惜今歸遲，但怪前時出。
日日望青山，山山白雲起。不知歸山路，歸路長安是。

六月二十一日歐公生日定甫招集林穎叔侍御携公滁州宋本畫像同定甫倩吴君冠英儁摹本同拜之會者八人

公守滁年方四十，醉頰紅浮身玉立。自言稱翁實少年，此意時時寄篇什。時平久失清流險，獨譜幽巖聽瀑漈。杜彬琵琶沈遵琴，剩水殘山飽收拾。當時苦愛庶子泉，銘篆蒼茫珍什襲。飛仙久去鬚眉在，風雨千年配岦岌。滁舊有石刻公像。真本流傳幾晦顯，頻劫不毀危一吸。鼂李後生焉敢贊，天章更啓龍蛇蟄。圖有晁説之、李方叔二贊。乾隆間，裘文達持此本歸自滁，請純廟題詩其上，勅還之滁。斯文作者林與王，呼我壽翁親拜揖。肅然正氣動天地，遺愛何能私下邑。憶公頗怪李翺憂，恨不生今悔向泣。我後公生職少賤，與公年若老真及。耳目比復異前賢，眾中自詫青衫溼。知公如我定何似，乃獨披圖春習習。時命頓謬顔鬢摧，憂樂不殊指撥澀。清潁有田何處耕，樞垣老屋增嗚唈。圓明園軍機直廬舊有公石刻畫像，邵位西舍人顔曰"歐齋"，始與同人修祭事，爲公作生日幾二十年矣。林、王二君皆直樞曹，數與祭言之惘然。風狂百歲但痛飲，晼晚金尊惜日入。不妨磨羯同東坡，明日鋒車趣征急。時定甫將赴行在。

桂林唐堯仙先生重宴鹿鳴令子子實太僕啓華徵詩

異時我友張于鑄與商昌，好我嗜古爲詞章。爲言并代幾作者，柏梘一老推擅場。詩探韓杜先陳黄，筆溯歸歐自姚方。自餘眾山等培塿，斷港無以勤舟航。惜哉二子未親炙，此語傳之桂林唐。十年京雒游迹荒，梅老歸去今久藏。論交雖徧蘇門舊，乃獨失子肩隨行。頗聞趨庭有至樂，德星耿燭天南疆。躬耕未肯易禄養，倦逐萬里勤騰驤。兄師弟友交親旁，執經嶄嶄羅諸郎。老人八十鼂靈光，憶昔載筆朝帝閶。周甲科名目流電，陰陰桃李連梓桑。罷官金散轉矍鑠，有粟輸困帛輸筐。姓名在口不忍觸，盜戒不敢過其鄉。當年梅老若見此，定許大筆爲襃揚。嗟我有生亦人子，雁翼中道成孤翔。讀書固知慕曾閔，有口欲述悲難詳。高門喜見萬石法，健羨轉使增内傷。寄詩豈足爲翁壽，但記我友言不忘。

魯川自津門歸而大病經旬楊翁緗雲勸之止酒而愈遂絶不飲前送之滦陽賦詩未成僅得中二句戲足成之代柬

荷鍤平生志已乖，橘遷深負酒如淮。之盧守任有日矣。看山天縱窮愁眼，閉户春抛滋淚懷。烏有判教從事化，無何且學太常齋。朝來問字容三白，泥飲終思更拔釵。

古榆爲風雨所折歎呈雲舫研秋二弟

多難殷憂迫衰疾，蹉跎歸輿負蓬蓽。途窮畏觸時憎嫌，林卧翻宜寄深室。庭前古榆二百載，炎暑無光掩蕭瑟。常時閉户生風寒，老幹枝撑喜横逸。秋來苦雨萬家漏，敗壁風饕凜潰穴。蘚皮死作龍虎拏，空腹歘隨雷電失。條摧葉塞横平明，起坐穿窗上初日。長安甲第連雲起，拙宦艱難未容膝。亂離君能苦我留，暫埽清陰對殘帙。晝行愛傍孤根倚，宵坐同尋寒影密。少安改爾不相貸，信我天窮豈能恤。轉欣良夜成空寥，呼酒東牆早月出。憂來一醉亦暫解，目遠穹廬夢可必。故園桃李日夜長，繞樹追涼吾願畢。

魯川爲雲舫書石鼓題後

籀史一變頡聖法，點畫猶能傳許君。當時石鼓恨未出，異説坐使滋紛紜。杜韓歌誦斷周代，祖述定自尊舊聞。不爾歐陽乃取信，依違尚惜無區分。老坡畫肚終不識，槖貫貤繆資瞶聽。然猶向壁未敢逞，豈有鐫刻稱宇文。綽法仿古超漢晉，吐詞斷未媲皇墳。邈斯久失形聲隱，後此作者安可羣。嗟哉晚近務奇説，石不自言疇息紛。張生紙本今不見，日剥歲缺傷磨湮。儀徵苦心出宋拓，遺字時證精義存。説文載籀例繁重，券合足張召陵軍。魯川嗜古嗟獨勤，雲舫乃亦能同珍。精摹鄭重逼豪髮，森欲卻走夔罔獱。少耽學之慚筆力，但有舌在余敢捫。徂東誰續中興雅，望古涕泗迷所云。

前　年

前年埘書語，歸及斷春荒。庭草秋來變，燕郊今再黄。愁魂千里近，旅夜一年長。未敢登樓亟，知誰復有鄉。

東海秋

先生宦署清於冰，蕭散亦復如遊僧。幾年止酒常堅坐，近更鯨吸澆崚嶒。出門有足不踐市，野寺無約來孤登。意行率造皆自足，澗草溪花心不憎。貴流巧伺遮道語，一諾如響無忤矜。歸來呼水滌韃韈，深欲屏迹羹齏懲。掩關經旬僕奴慢，有客過敏無敢譍。罷書得飽好言語，時雜歌哭音生棱。生平孤峭意不厭，性命獨以親友朋。城南酒盡飲徒散，華屋山邱情可勝。馮公一麾又當別，縱有不朽知誰憑。嗟余奚戀不肯去，自怪側翅隨蒼鷹。憂患飽歷職寒餓，夢寐消息交填膺。家臣焉敢與知事，一口政自餬未能。先生舊廬近鄉井，胡不耦耕同斗升。汾陽姑山好相待，收淚隴畝歌中興。

蕉陰問字圖

緑天静鬟眉，葉底鏤蟲篆。未許世人識，趨庭數祖典。恐是名山藏，非今十五卷。畫圖不肯寫，安得潤吾眼。

紡績課讀圖

繅車千萬轉，一轉腸一曲。母絲母當紡，父書誰當讀。紡絲無斷時，讀書聲還續。績成兒上身，學成母心足。

晚　雨

前雲挾晚雨，捲入西風去。雲合隨風回，還兼後雨過。聲懸不墜地，色變庭前樹。萬葉戰聲酣，又過隔鄰度。

夢中句

火雲低向夕，記是門前峰。落日一片遠，家山幾萬重。蚓秋風市笛，蛩夜月樓鐘。夢裹分明路，無人快獨逢。

送　别

别思誰能盡，君行念轉長。逢時非得意，假道異還鄉。塞遠風辭葉，天寒雁避霜。果能當眼白，此事豈尋常。

秋　至

未秋覺秋好，秋至更如何。未見炎風歇，姑貪好月多。鵲橋天上近，蜃市日邊過。獨有經年别，新來罷渡河。

秋懷八首次韻和研秋

寸心塞萬古，旅夜何能長。敗響欺畏聽，末昏雙目光。時來有摇落，草木固其常。一葉先天下，孤生奈朝陽。

深腸閟共淚，飲曉不成滴。雄劍負平生，黯塵長卧壁。呼酒欲淬之，斑斑恐化碧。故人心亦爾，歎息匪厝石。

夢寐一生事，榮枯忽萬數。孰雲非我思，咄唶此何故。順時肯疑卜，出位乃繁訴。徒馳百年心，焉是百年樹。

日出出門去，争和各所求。開書不平氣，與古奚恩讐。堪將有盡腹，果此千載憂。千載憂亦細，所悲非我秋。

瞽行不秉燭，晝夜忘囍巘。傾心方按劍，握手中然疑。高明有傾側，貧賤焉階基。同條且萬里，曾憶枝上時。

未達多蓄志，貴來自知非。空名縛壯士，白首心不違。世絶廣陵鵲，知音何自稀。功名日夜滿，豈得無寒微。

海燕初去巢，未期秋風後。秋風萬事非，毛羽何能久。客士安危梁，心悲寄速朽。滄波日蜃蛤，世寧有此否。

幽憤泄趐股，候蟲愴夕陰。秋聲豈爲爾，感激通宵吟。畏遂日月老，常先天地心。徂輝幾時返，萬變方自今。

贈楊鐵臣山人

祇蹋東華土，當門編長落。經春賣藥去，昨日借書來。舊事人能説，新交口不開。家山豺虎外，堅卧耐塵埃。

九數羅將鄭，六經何共張。人憎長孺戇，我愛次公狂。道勝憑顔瘠，心閑與髮長。終嫌入山淺，流輩漫相忘。

贈樊文卿封翁

共案知名久，偏嫌一會違。到門常罷叩，厭客每先歸。老漸詩篇廢，貧從交友稀。近來忘我拙，時宜枉柴扉。

鄉　信

早是無鄉信，逢君話旅愁。閑雲片時雨，黄葉滿城秋。年大防聞事，心孤怯上樓。憂患鍊身骨，不忍换封侯。

送魯川太守之任廬州

平生惟抑之，太息墓草宿。與子十年遊，又當行期促。豈無并世彦，冠蓋徇榮禄。入耳非方言，探喉畏螫觸。一心有知覺，日注千夫目。運動人物殊，從違視兩足。漸衰寡聞過，内審良多恧。端籍麻扶蓬，兼資石厝玉。非君性薑桂，豈療心臟毒。相視松柏堅，青青閱時獨。

上艾張先生，梁山晉望隕。謇行昧階席，此道有汲引。詞賦楊馬親，精神許鄭準。下帷拓萬古，如海不容萏。負笈違初褱，得君氣益振。彈絲協徵羽，日覺古人近。少賤尟殊勳，讀書但素分。妄思假紙筆，蕪穢力芟攟。潛顧同志希，大呼疇其信。迷津向千載，欲返安所問。

少誦干祿文，森然門矛戟。一倡萬千和，才子聲籍籍。五載長安居，面無十日隔。中多詩酒興，往返盈書尺。始悟人言非，誤窺滄溟窄。文章自餘事，乃復携巨璧。筆札門限穿，老成争讓席。不矜萬夫勇，嗇氣化坦易。猶累世上名，翻形性孤僻。此行縱余損，報國差有益。

惻愴送君行，所悲非惜别。念君秉孤介，畏作磽磽缺。木落淮南秋，十年污戰血。此邦幾反覆，誰埽狐兔穴。羣盜望太平，頗聞長老説。風塵豈獲已，柰此封侯骨。太守行縣來，倒戈事可决。一官能行意，氣巳天下活。萬事非倖成，肯爲積重奪。書生有素定，獨恃寸腸熱。

哭汀鷺太守

氣結不能言，惜君特文字。心悲不敢述，欲述傷君意。萬事從關天，諒君死自致。此身但父母，此恨長天地。厲鬼空爾爲，寸心亦萎葹。昔君賦古鏃，貞質分糜碎。果殉平生言，桑蓬信夙志。驊騮氣千里，期早捎風至。何地容馳驅，勿言報主易。下帷對古友，窺户厭世事。此意今無人，失君後誰嗣。丈夫患苟活，窮達羞自計。能挽澆俗回，卓然兩肩寄。書生得假手，豈等尋常試。晚近天屬悲，聲華易定位。齊東日野語，處士况横議。不有登高呼，吁嗟此人類。願君胸中血，化作劍鋒利。一磔梟獍頭，快伸子臣義。君死魂魄生，自深友朋淚。

東坡生日招集薛淮生侍御同年春藜林潁叔給諫海秋少鶴仲復翔雲雲舫研秋展祀寓齋以山高月小水落石出爲韻分石字

惠州之飯容飽喫，嶺南荔枝日三百。獨怪此中宜飲醇，三蕉長負糟床滴。涉世爲口公自云，萬事寧如吾意適。斜川壽公不及此，未免姑息非愛德。病禍出入嗟已細，時命窮通漫惡劇。況公時世值清晏，苦爲正直招掊擊。致君堯舜寧無時，動主文採嗟何益。月明百步一黄樓，鶴去千年兩赤壁。大名在口神在天，此事能關磨羯戹。即今好事蘇齋後，歲歲冠裳重此夕。更斞真一酌北斗，配以水仙飯三白。嗟余口不能自餬，靦誦遺文多感激。分無撤炬主恩深，亦欲上書臣事策。行愁坐歎噤莫吐，卧聽宫漏潛殷席。窮冬歲月陰陽催，遲莫關河雪霜迫。空庭月落窗風哀，默數生年愴追惜。四海誰堪悲子由，指口臨歧心歷歷。一樽儻可消臧否，髠醉猶能盡斗石。

小歲日仲復招集詠樓待雪用坡公聚星堂韻

風牆擺凍饕乾葉，萬里雲獰欲催雪。似憐得句慳求歡，故惱吟腸貯愁絶。曹可鎖印裘馬簡，走謁無憂哂腰折。忽憶故人真率招，籠鐙夜趣光明滅。登樓四望天如夢，但覺鍼飆壁隙掣。風光不醉梅花嗔，卻照衰顔發紅纈。推窗屢覬僮僕怪，不見寒棱散飛屑。長安酒價一夜高，忍凍銜寒慰眼瞥。區區不畀豈無意，再醉勤君儻成説。來朝更擢山陰船，酌我毋忘左券鐵。

醉司命日仲復枉過留飲再疊前韻

頗黎春釀香浮葉，玉盌腸膠白勝雪。謷謷臘鼓喧詅符，强逐他兒學癡絶。常時有竈不肯媚，此日黄羊薦俎折。隨人豈敢爲神誣，我自愁腸須酒滅。終憂五窮文難送，不信三彭肘可掣。生平賦命隨狙公，客淚經年染醉纈。漸衰思作兒童主，共啖芋羹飯豆屑。寧知汏分出啼號，瘦卧三秋寄危瞥。書來百感失次第，暫幸健忘畏人説。家書云膺兒於秋初卧病，迄今未愈，辭意恍惚，知生死何如也。夢君日夜望家人，語爨我甑行耕鐵。

除夜用坡公次段屯田聯韻柬海秋并寄魯川

垂白磻溪釣，徂年諷向半。公此詩三十九歲作，余今適符其數。投竿昧良圖，課夢興衰歎。賴拓文字懷，嬉遊共歲玩。聊供職闒冗，謬厠身閒散。風葉無還飛，雪窗兀孤伴。天寒防鶡鴠，夜永耐盇旦。匣我緑綺琴，闊君青玉案。屬當海寓静，少息王室亂。敷奏盈皋夔，側聽亟齋盥。庸才獨素位，未副帶圍緩。軍惻十年興，去悲三歲貫。同袍多感激，大節起頑懦。江浙更蝯鶴，衣冠再塗炭。葉揚辛歸棺，朱李焉適館。烈烈歲云暮，皇皇席誰暖。我曹復何爲，歌哭抵笑粲。

寄懷魯川時先歸里

預計重陽是到時，未歸早作出山期。才高久坐虚名誤，迹近深憂大力移。江介蟲沙原自别，淮南雞犬莫相疑。登高欲賦休搔首，一卷常携謝朓詩。

榯經廬詩集續編卷七

元黓閹茂

元日同仲復雲舫研秋小飲再用除夕韻

年華不巽位，九十行各半。但見窮塗悲，寧聞歧路歎。春來常苦促，即事資留玩。未待嚴霜霝，還隨落葉散。蹉跎聖明代，悔别青山伴。遠近晨雞鳴，蒼然天下旦。胡顔謝朝列，埋首獨几案。到户車塵閧，雷聲動地亂。索居覗清鏡，過午强櫛盥。常恐雙足塵，出門易儒緩。悠悠齒加長，落落學仍貫。晚轍堅前迷，衰趨矯新愞。作書削乞米，謝句罷卻炭。幸未縻太倉，終思報舊館。因人固未熱，非帛豈不煖。去矣田園蕪，飯牛南山粲。

元日仲復晚過留飲三疊聚星堂韻

愁腸得酒風埽葉，快似洪鑪浂飛雪。但畏歲殘愁更新，冥心閉門萬慮絶。曉來爆竹驚客枕，誤賺軍書喜屐折。萬國春隨斗柄回，十年刺惜褱褱滅。未知浪出投何門，恐逐車塵迫衆掣。東華退食争委蛇，殊錫追飛罍綵纈。道旁誰識東郭履，閒置車中渠豈屑。兀兀新年上逐風，悠悠往事不容瞥。飛騰漸覺暮景近，褱褱惟堪故人説。不學長安年少兒，痛飲擊碎如意鐵。

三日朏夜同研秋訪仲復留飲四疊前韻

罄囊謀醉慳蕉葉，憶向詠樓吟待雪。歡會蹉跎成隔年，晴窗日對望真絶。窗知主賓有奇興，徑索無煩東頻折。海客況勞冰玉媒，是日，東友詩札至。街裏同尋暮光滅。人們似怪主人在，坐久衣思牽壁掣。定知佳節宴團圞，列屋娉婷負翠纈。詞伯逃盟神豈享，酒人涎語天寧屑。春風歎息倚檻梅，幾日紅芳驚一瞥。今來花事漸爛漫，忍指息壤堅前説。儻能風雪催作賦，未害廣平心似鐵。

朝鮮趙蘭西寄詩次韻答之

蕭然迹伴水雲僧，仕學依違兩未曾。别后只添雙鬢雪，春來强入滿懷冰。書荒遠道憑愁興，夢隔經年藉醉能。紅粳香團□□□，悤悤又罷上元鐙。

送朝鮮李鐘山判樞東歸源命

信有重來日，何勞夢寐東。歸帆常役眼，别淚莫禁風。地遠長城窟，春生碣石宫。經過牢記取，幸未各衰翁。

初春感興次海秋韻

春事自徧物，蕭蘭同一榮。回光入窮巷，亦放南窗晴。萬緑尚塵土，我階萋已盈。少年務桃李，寧待柯條成。衰病淚前覺，鄰家且新鶯。向來鬥草地，白日摧田荆。誰能不憔悴，□□□□□。

過詩意多悔，適志趣誰領。疇昔悲途迷，閉門坐孤省。豈無千里足，牽經拘嫿騁。但畏行不前，去來終榛梗。百端交夢寐，違悼前趨猛。步月徧中庭，曉來泯迹影。市朝猶先日，書向衡茅永。

暗投曾不惜，何者爲夜光。莫倚枝上露，不能葉間霜。陽和役噫氣，萬里鳴禽翔。木石得無慮，有生固茫茫。未酬非一事，願外思徙長。寂寞信前定，古來笑滄浪。同根倏變異，寧勿天懷傷。

膺心病

兩回書裡語，只説病經秋。應是無些理，終疑有命留。逢人防早覺，閉户怯長愁。自忍千行淚，時時入夢流。

竹醉日種竹次研秋韻

期君種碧玉，慳此捎風質。一昨聞移根，及來陰已密。方憂日勤溉，褒甕少暇逸。雨得天公憐，淺棚亦礙日。侵晨聽迸筍，壞砌蹋還出。遂放過鄰梢，蕭森向户溢。我栽已時後，坐對心如失。喜預來歲謀，新鞭倘縱佚。隔籬容冒凍，築土早堅實。想見六月寒，晴窗晝吟畢。

半　生

半生慳一第，一第轉蹉跎。作吏寧堪拙，讀書敢悔多。少年閑處盡，世事覺前過。篋鏡從塵蝕，新年罷再磨。

望家書次研秋韻

荒雞凍無晨，疏柝寒自韻。客久心常孤，幽憂迫商運。畏持清鏡看，徒羨他人鬢。早歲鋭勳業，安能惜枉寸。出門人事改，颯向壯懷盡。遠道少寄書，有來語每隱。亦知終非吉，强以别條紊。忍淚消息真，抑悲恐逾分。無書又經秋，歸夢斷軍陣。思就詹尹卜，到門怯先進。豈無道平安，繼果仍疑信。愁極還傾杯，青鐙覬繁燼。

官定後自贈用杜韻

四十强而仕，誰能不折腰。自憐身手拙，敢避道途遥。納汙非民社，包荒合市朝。平生但真媿，萬里肯乘飆。

哭膺兒

久死頻深憶，經年絶此心。早知悲只忍，無夢痛尤深。汝病寧終命，吾貧果至今。蕭條百年恨，何用鬢毛侵。

秋日約遊西山未果次韻柬子衡

青山不隱路，是日行皆至。晴晦意固殊，濃枯趣亦異。當時萬緑繞，一雪成初地。何必山陰船，騎驢自非易。

蹉跎信吾分，此事姑其一。感激盈千懷，深杯悵屢失。寧無謀獲野，終誄道築室。世事容盡期，客憂何時畢。

子衡和詩來適蓉洲給諫至再次奉答兼呈蓉老

心知豈在遠，應念無不至。獨有名山遊，淺深逐目異。攀危不及步，俯峭未爲地。惆悵猶十年，前言我何易。

人事日千萬，百聞遜見一。不因過時悔，寧悟前時失。山色自門前，有來誰盡室。百年曾幾暇，擾擾終未畢。

子衡再以詩來蓉洲復至兼示和作三次奉答并呈子衡

西山日在眼，時向夢中至。長負十年期，君然餘豈異。少時輕萬里，躡屐愁無地。咫尺方知難，未來事誰易。

故人詩語妙，猶恨十無一。在目衹尋常，歸思惋多失。衹應日引領，面壁卧虚室。政恐入山深，採芝更難畢。

秋杪訪海秋值遊山未歸留題

不爲游成癖，經年出户稀。無人知獨往，有路不言歸。入寺詩供葉，登樓淚準衣。莫逢採藥伴，輕即老巖扉。

每來常獨坐，少得事相關。今此尋僧去，聞期破月還。雲中惟見石，世上只看山。佳處能心念，知余身更閒。

書海秋西山游草後

共有登高興，君行我獨遲。待將人事了，定負好山期。蹋雨知書壁，彈霜想打碑。衹添西向笑，日對紀游詩。

坐我千峰里，歸君五字中。秋容斂筆瘦，老氣挾山雄。澱曈波初白，林寒葉徧紅。無勞求海底，地脯倪潛通。

舊曾詩里識，獨愛翠微名。今讀重題句，如將携手行。一杯昆湖小，半玦渾河清。惆悵衡門下，秋束徧草生。君舊游翠微山詩句“昆湖一杯白”，衆皆嘆服，余嘗目君爲評昆湖。渾河周環如半玦，亦君記中語。

獨佔中峰斷，由來號戒臺。布金迷是悟，聽法信生哀。見火鳥驚集，鎖房僧定回。争禁清净地，有路向城開。

潭柘知名久，千霜鶴出羣。移根龍咒水，卧頂鶴巢雲。暗洞朝探出，陰泉滴欲聞。後來詩意盡，鱗甲奈紛紛。

西峰不到處，應絶世間塵。儘有重來約，從無久住人。蛇歸師塲古，松化佛幢新。未敢堅期屢，商量媿在春。

初冬感興用初春韻呈海秋

閉户厭聞見，庭柯尚枯榮。初冬萬氣肅，稍喜晚來晴。補拙思舊讀，書詩案前盈。盛年儻在與，有志寧禁成。豈少能言口，如簧巧流鶯。斯人骨亦朽，落寞羞柴荆。後死知安付，一編且軒楹。

前年詠待雪，旦夕勞引領。及雪乃經年，時過漫追省。朝來没軍轍，踸踔不敢騁。憶共天街游，關河惜萍梗。關河幾時盡，日月去方猛。徒照衰病身，未分衰病影。違懷豈一端，孤坐寄夜永。

晝短意難盡，方知炳燭光。坐看壯士醜，閉此匣中霜。客烏悲孚粥，哀鳴不成翔。有情日衰謝，無情亦蒼茫。蒼茫付尊酒，醉夢故難長。清鏡即淮海，年年化滄浪。達觀何必是，兒女徒憂傷。

謝雪舫惠裘

鈎爪飽肉不如虎，氄毛衛體謝狐鼠。傫然七尺資物生，有力不勝唯智取。六擾充庖久其職，謀裘曾未遺羔羖。寢皮一變蠶桑興，奪物畀人天所許。故應盡世泯嗁號，豈信吾生有貧窶。㐲地誰無衣食事，自謀未假他人主。此猶不能拙抑甚，憔悴顔低日塵土。少本骯髒坐貧骨，五噫且賃皋通廡。悲來卻誦杜陵詩，無食天折媿人父。十月燕臺朔雪大，履穿襟捉風刺股。熟知於世百無益，溝壑猶思地缺補。寒餓未了憂方長，在貧下樂富亦苦。尚勤故人肯推解，細毳輕盈照眉宇。肥瘦況稱衰病軀，潤身何德願文黼。目驚心惑未敢箸，已快陽和勝重拊。我煩敢忘天下寒，十年衽革厭鼙鼓。草間竊鼠寧人情，等死游魂計猶愈。如結安得十餘輩，坐令人獸息啖吐。杭州五考惜已隘，人得人失何必楚。終惠更充挾纊恩，報君傾地興百堵。

十月二日小雪夜大雪海秋招集青士子衡翔雲潘公子青畏張午橋編修丙炎雲舫研秋并令倩諶瑞卿大令同年命年五疊聚星堂韻

身發病樹欺霜葉，日日孤懷寄冰雪。有酒不飲誰能閑，苦寒念我世緣絶。日君壯遊示奇句，坐負黄花惜空折。乘興寧祖風雪深，今來咫尺前縱滅。頻年哀樂損歡趣，頓憶詠樓醉筆掣。解事未成强解嘲，寒梅惜酡尚争纈。樓今客去主人去，知向誰家對霏屑。小宋監司皖北、淮生典試江右，餐於差次。仲復近移居上斜街，請假閲半載矣。天地無情吾分怪，新塵舊夢繼瞋瞥。李侯何爲忍堅坐，莫漫傷心駐杯説。但醉能待西山晴，春回共襆布衾鐵。

再贈子衡六疊前韻

故人一別如風葉，三載歸來鬢各雪。握手未敢詢何方，畏聽深語腸先絶。丈夫四十未衰老，雄劍寧甘腰下折。見熟關吏勞相憐，孤懷耐向車塵滅。我愁但傷耳目異，雙手鯨牙誤一掣。飛騎從來盡捷書，金貂滿眼亂翠纈。儒生報國有長算，紙土功名豈其屑。衙霍況聞方待貴，誰能感激埽電瞥。亂離成敗且天定，人勝新知悔向説。袞袞莫歎行路難，暗投自保桑家鐵。

海翁衡兄先後枉過約消寒社七疊前韻

我初論交朱伯韓先生楊汀鷺葉潤臣先生，驢背天街蹋初雪。丁巳冬至日大雪，消寒初集，余擬作《天街蹋雪圖》，同人爲詩。呼侶衝寒暮倚樓，西山白對飛鳥絶。解旗買盡城南酒，千里長河入腸折。猶恨杯行到手遲，索觥翻案鐙燭滅。當時門險出奇句，落紙争先隔坐掣。世短苦知人事多，潛思後會沾醉纈。刀弓志事各千秋，老作詩人意誰屑。亂世別離經死生，出門總付驚風瞥。招魂時向枕前見，掩淚空聞卷中説。但數往還亦關命，日投莫惜車耑鐵。

十月望夜續赤壁後游招同人小集祀坡公八疊前韻婁丙卿大令何芝閣吏部耀綸武升三大令士選皆是月生日雲舫則前一日生也集者尋管香侍禦鑾煒杜鶴田瑞聯味秋忠翰研秋三太史

秋心江上舟浮葉，歲暮臨皋堂繪雪。兩賦各自足千秋，更飛西鶴渺三絶。老仙去我八百載，寂寞山高水波折。日月幾何寧視今，峰窩篙眼久蕪滅。清空但老狐兔窟，斷岸帆檣滿風掣。望魄縱圓塵土悲，忍令荆棘埋芳纈。壯遊正抵憂患耳，苦較磨羯真屑屑。未死自多身上事，百年良會敢輕瞥。公歸有婦酒可謀，我老無兄鬼誰説。時去先兄忌日前五夕。爛醉寧辭百罰盡，卧聽鄰簫響楚鐵。

答研秋九疊前韻

客行七變長安葉，少誤虚聲老思雪。未許衡天肯再鳴，封侯無夢望久絶。楊墨農相余月内有意外遷擢之兆，余誦昌黎“侯王將相望久絶，神縱欲福難爲功”二語詠之。彎弧徒負好腰膂，餘事間消筆頭折。學古頗深流輩推，襪材寧易綫迹滅。此中無我意近悔，倚醉龍蛇擘底掣。書史正坐胸中多，但悲剪採弄紅纈。生平不幸託文字，縱有千秋亦騷屑。并是未工嗟已晚，新奇日見昏雙瞥。儻年百歲筆尚健，甘苦終能爲君説。有手且了耕稼謀，問奇敢愛門限鐵。

十月二十六日散直訪子衡過西市晤頌臣京兆即事作十疊前韻

待漏韡霜蹋凍葉，暮歸西市街殘雪。争觀塞道車不前，暫入君門轍迹絶。坐上京兆新脱繡，曾飛白簡羣疑折。亦知青史名不磨，豈信黄金口能滅。殺賊何人馬上手，傷心局向與牛掣。百年未盡功名難，苦戀浮榮誤眉纈。日落風卷市聲散，驚塵滚地鳴啾屑。眼前有舌誰當存，正使同歸忍留瞥。骸骨萬古知何免，鶴唳空悲昔人説。不悲今時悲舊時，長負匣中三尺鐵。

海老既五疊見示子衡亦四疊見答而翔雲獨無和作因十一疊前韻分柬

無成長笑宋人葉，寡和徒歌郢客雪。殹識舉世寧少賢，廣陵豈必人間絶。尊前舊事半歌哭，誤我曲肱已三折。褎底正有回春實權，灰寒未共浮名滅。黄生遁辭託才盡，倦翮絛韝凍不掣。李子歸來詩興豪，盡收遊迹化奇纈。吾曹有腸例貯酒，縱隙肯填愁瑣屑。况復日日風暮寒，辭柯乾響無□瞥。君才十倍我何敢，且欲追尋斷夢説。鐘吕儻許賡先聲，猶堪再調朱鐸鐵。

海翁六疊前韻見示藻過情意託禪説十二疊答柬

投老心情寄迦葉，半生悔映窗間雪。六根清净生苦空，一榻從知萬緣絶。人海炎涼爾孤坐，夢回不驚途九折。千魔未退力未堅，一念定中自生滅。綺語終傷結習久，床頭疇作風雨掣。未知逃墨君何心，但覺春回筆花纈。鬱怒千篇老僕慢，迫疲奔命寧心屑。朝來績紙盈尺深，魄悸神驚豈暇瞥。庭竹護門誤再至，司閣預戒亟關説。野狐勿誚機鋒禪，面壁鍼頭且磨鐵。

十一月二日冬至武升三大令招同人消寒小集話近事有感十三疊前韻

長年漸喜梧增葉，見晛難消鏡中雪。一線旅愁隨日長，并刀斷水何由絶。主賓鄉里各聞見，愁憶羊腸阪摧折。表裏從來天險雄，燎原幸及猶撲滅。半年飛火逼關隴，日見旌旗隔河掣。幕府千里趨戎機，堅城坐擁迷花纈。褎書欲上敢出位，但計身家更騷屑。冰壯一躍孤争過，千羣寧不憂烈瞥。遠謀有肉吾得食，成事無人劍難説。但祝陽和回早春，流澌莫僵卧牛鐵。

海老連和諸詩生機勃發意當生子之祥也十四疊前韻奉柬

老筆摩空謝枝葉，冬心未肯舒絳雪。市朝日日飛炎塵，怪到君門迹埽絶。一昨登山發幽興，搒腸百怪窮幽折。至今泥絮牽吟懷，尚鬥餘芳墨未滅。當侍五十方詩名，脱緤已作翻風掣。先生豈是富貴人，胡與黄華耀文纈。仙果生邊儻兆夢，一身事足餘未屑。庭梅已覺孕春榮，花發丁添慰衰瞥。呼酒壽君及文字，待沖好續形聲説。他時湯餅能相招，更演生年板鑄鐵。

海翁言及疊韵詩惜魯川不與太息久之因十五韵疊前韵寄魯川

身輕久逐竈巢葉，年大新聞鶴訝雪。憶送李侯深贈言，當歡念今成歎絶。晚交新契未忍廣，恐抵離憂倍回折。弦管未終人世非，酒痕淚點衣難滅。當時頗謂不及此，俄逐一麾天南掣。留滯我自歸無田，喜君草檄堆錦纈。一官雖小但行意，報稱猶難敢不屑。將相寧快恩讐資，忍令白日回深瞥。及時尚欲引手援，易地終傷解頤説。褭褭千里行坐同，時危莫惜錚錚鐵。

余山居東坡有名十八疊者廿年前曾賦雪用前韻二篇因足爲十八疊十六疊前韻書後

不能出塞吹菰葉，牧馬祁連飽氈雪。誰分愁作鄉思吟，但歌隴水肝腸絶。窮山少長看不厭，蹋雨長消角巾折。暮醉愛回還山雲，至今夢裏青未滅。飢驅浪迹輕里閈，誤點朝班莫身掣。訪舊畏逢墳土乾，衹殘醉墨光生纈。不知山向誰家好，鄉味頻年負榆屑。牖下驚心歲月長，客中滿目風煙瞥。伯倫長鍤從兒荷，少游下澤傷兄説。仰屋何時歸箸書，安能日日愁鹽鐵。

海翁以生子自居有詩見示子衡復連和三章十七疊前韻奉答

記送君行採芑葉，夜歸示我圖風雪。當時苦羨家庭祥，明發誰知寸腸絶。握别辛酸影獨瘦，羈魂千里雁行折。人間比似無此悲，枕淚斑斑血未滅。聞道兩郎長過父，拈豪已難肘後掣。含飴且慰衰遲顔，君縱宦遊足斑纈。誤我聰明壓頑健，災生潘瘁日愁屑。載幬共託哀樂殊，室隔何煩鬼神瞥。許老添丁兆文字，我詩有功非臆説。讀書爲謝兩家兒，歸課牧牛聽笛鐵。

疊韻詩既竣海秋子衡皆成九章余前後計十七章復書後一章再足十八之數疊前韻分柬

貫時改易非柯葉，雨露無心况霜雪。冬夏獨正寒青青，只論孤斡已卓絶。偶驚世俗發彩耀，蘖肄猶堪萬軸折。直氣寧憂斤斧傷，盤根豈化茯苓滅。奇材世間安需此，煜爚豪端萬象掣。册載磨鈍鋒愈堅，亦摧枯朽飛雲纈。横空鬱作霆霓怒，誤伴犁鉏潤蜜屑。有道少留疑夜光，嗚酬四海無逃瞥。政令暫假鈞軸手，青史應多後人説。終付未知名姓人，深藏日生九牧鐵。

十一月十日消寒一集招同海秋子衡子穎翔雲頌臣丙卿雲舫研秋賦煤毬效韓孟體共限讀字

京國慳炊桂，翰林惜爆竹。如何陰陽炭，不饜谿壑欲。有物同土埏，得名異氣築。質非介石貞，色本在山濁。濟水方雜糅，塼塗遂附屬。形殘齏粉輕，技出簸弄足。面自工模棱，内殊混節目。累累謝周智，屑屑從抱朴。頂踵墨利摩，目膚黝勇縮。羣陰昔用事，七日未來復。吞炭千口瘖，厝薪萬指瘃。當時縱躍冶，念爾勤獻曝。處默雖末堅，居卑亦已慤。非因求賈沽，肯作禦冬蓄。至此寒太甚，因人熱乃酷。一從荷陶甄，寧計敗珞碌。韝鼓范甑塵，臭飛顔鼎餗。作威激水火，偏虐變暘燠。釜底傷急煎，壚頭懔邇撲。怒填磊塊胸，怨脹彭亨腹。守黑昧前訓，還丹染舊俗。衣冠坐將浼，頭額焦敢觸。鍛乃形嗟化，焚如命悲促。潔蠲劇糞壤，否出任央瀆。外鑠丸碎膽，中乾核脱肉。應緑心未灰，無或禍攸伏。刮垢當披揀，棄瑕更省録。不隨薏珠毁，倏共菽實匊。牽引旅瑣瑣，包藏欲逐逐。吹噓况假熛，昏墨自生毒。心藴薰胥利，身忘災逮速。再然安國灰，竟赫宫奇族。所得終煨燼，相形益黲黷。翻思甘竈涓，誰與效突曲。嚼屑資閃灼，種憂俾遺育。棋危黑子附，卵破赬蚓啄。炙手寧眾殊，麋軀使是獨。但悲熏窒鼠，恐誤殃崐玉。執爨能無勞。照盆儻有覆。匪衣不黎寒，嗟食曾黔粥。幾舉貧家火，亦推賤土轂。終焉狗委芻，末代龍同燭。羞污散何門，收餘止誰屋。惜哉白圭玷，未待黄粱熟。既死溺争集，方揚雪肯沃。前煬歎初戢，後積看旋續。遭彈弔弓持，系徽刺刀束。由來匙磨涅，安可試蹋蹴。點畫正煤墨，形聲辨毬鞠。無勞籀蒼雅，趙注猶堪讀。孟子坐於塗炭，注：炭，墨也，即今之煤字。筆墨乃引申之義也，毬亦鞠之俗字，墨鞠乃正字。

廿七日雲舫招同人消寒二集賦冰床行效昌穀體共限見字

鮫宫鎖水簽封面，睡嫩蟄龍深不見。桂棹僵折壺天長，層冰驅作靈鵲填。蹋歌赤腳誰家子，曲録提携寄身便。千頃縠碎留犁風，玉塵著地輕輪碾。釘鞻鎟齒敲天光，眾骨支堂鐵穿線。雪轞霜砑日色死，冷華飛逼陰火濺。三三五五唱公渡，藉勢風驅轉厄絳。放溜䠞急尻雙輪，飛身超岠足騰旋。漕河守涷萬艘塞，墜指開淩哭挑淺。暮兀晨摇到岸遲，綻膚滴土紅珠汗。千金袖縮不龜手，碧海無情日枯爛。橇楇功成儻待時，梯航萬晨卧遊遍。

次韻海秋臘日雜興

大冬斂羣物，炙硯畬我田。白日忍相捨，夜鐙猶可然。書中骨誰在，名字光連連。名氏自生後，形骸已沈泉。苦生博區區，忍恤肝腸煎。死骨今寧愛，生名世豈憐。憑虚閲世宙，眾口供詩篇。豈潤衣食身，殷憂暫當年。當年且杯酒，歲月姑周旋。

讀書掩兩目，歷識心中字。偶受飢寒誣，中宵激壯志。長風助萬里，自詑平生遂。騏驥翔天街，太行悔初至。向非鹽車困，溝壑同憔悴。東魯悲短檠，寧知久待棄。平生笑流俗，落落終一致。朝籍名氏充，何需一身寄。熒熒不到士，吹作北邙淚。

腰劍行出門，不知意□適。畏逢少年子，起舞傾肝膈。此物非黄金，向人差有益。丈夫志報國，熱血忍徒積。即事終依違，非時乃感激。鉛刀竟未誤，坐被崩縢隔。不賴躭固窮，豈知異天戹。取羞魯句踐，胯下多明哲。擔足平生懷，長天静空碧。

一身且身外，何事能蹉跎。身外皆身内，百年猶苦多。誰無功名事，柰此風塵何。相藉遂相背，由人竟由他。前時列戟地，回首張雀羅。慘慘風蔽野，悽悽冰塞河。有生不世事，無哭誰當歌。白日驚蝄蜽，深山走蛟鼉。本無松柏質，蒙密傷蔦蘿。豈識君與我，雪霜保天和。

除夕同丙卿守歲以老杜句四十明朝過爲韻

公忠惟飢寒，不關平生志。平生但公患，褒褒何由異。顛倒造物心，暮朝祗三四。青雲日向眼，誰忍將身試。

古人重去就，初仕必四十。行年今正强，敢作窮塗泣。默驗百年裹，一身猶難立。更縈世上事，精力嗟何及。

羈宦迫歲宴，閉門日愁生。驅之還復至，勉遁糟邱城。此即胸次陋，怨尤詎云平。寸心養春氣，耐坐向天明。

故山當守歲，團坐依深宵。知入幾人夢，鬢毛憐我凋。由來盛意氣，暗損非一朝。始信杜陵語，我何隨汝曹。

未明車聲動，已聽衝泥過。我馬猶不前，誰云世棄我。所償亦瓻覆，何顧非甑破。姑飲最後觴，百年此中大。

槈經廬詩集續編卷八

昭陽大淵獻

海秋招同人消寒六集賦梅花用和靖韻

不解孤芳媚後時，争知幽豔獨宜詩。寒深昨夜香無語，歲晏空山雪有枝。幾日天心頻悵望，向來春事讓恩私。從風楊柳輕攀折，寂寞寧關别調吹。

人日繡山閣讀招集餞朝鮮李菊人吴亦梅即題韓齋雅集圖以人歸落雁後思發在花前爲韻分在字兼寄李藕船尚迪

自有主人來，此堂亦千載。致經異時尚，雅集傾人海。悵望斜川游，古人誰今待。未知似此不，中外聯藻采。吴子别經年，李侯來已每。伊余獨何慕，七見歲華改。畏話新知歡，恐增後遊悔。向來把臂客，淚外幾人在。老李早知名，倦遊逾三再。蹉跎各衰鬢，儻可風塵耐。壯士且草間，浮沈詩酒涣。重來興不淺，圖書應更倍。

喜韓仲弢孝廉耀光至

草緑燕南路，家山向客行。春風萬里色，匹馬十年情。白首非無命，青雲自有程。對君吾欲老，漸喜此身輕。

小别誰能色可憐，相逢容易即離筵。漸衰畏灑臨歧淚，寄語憑添遠道弦。帝裹春遊渾昨日，關門行色動經年。知君憶我腸堪斷，惆悵歸輪路五千。

二月五日少鶴奉常招集松筠庵仿紫陽續斜川游祀陶公同和陶韻會者吴和甫廷尉存義穎叔京兆繡山閣讀陳小舫廷經沅青二給諫鐵臣徽君尹湜軒繼美佳皜亭文燦二孝廉

浮生會有盡，世事安得休。所以彭澤達，肯爲周墓游。吾曹後千載，訪古臨清流。玩牣陋羨魚，睇幽慚狎鷗。終悲身爲患，潛翳同山邱。撫迹或餘恨，聞風寧尠儔。舉觴酹巢許，春鳥鳴相酬。自足殊外獎，未知動心不。主人文章伯，即景增煩憂。俯仰且羈宦，執鞭我何求。

夏初遊碧雲寺

效職臨郊圻，回車信所至。始因人境絶，漸覺禽聲異。遠樹青到天，平湖白爲地。蘿垂曳輪澀，石礙交蹠避。望望通孤煙，行行入深翠。陟岨霽猶薄，際壑陰還邃。犬吠知人家，鐘鳴辨僧寺。石橋暫理策，崔徑初回騎。豁見山門開，谷風萬竅寄。無言興不淺，今我來何易。

十里望山門，飛樓倚天半。及來萬緑匿，松栝深不見。懍息羣靈趨，危晴雜花眩。仄依鳥搶壁，窅俯蛇盤澗。跨斷成蔥籠，緣虚失回旋。香從何地起，密葉峰峰徧。但怪來塗窮，方知氣候變。紅牆咫尺隔，凹凸恃一線。時見麕麚遊，前溪飲呼伴。年年自佳氣，御宿閟深苑。

石泉動暗響，雨氣生階級。亦自聲飛騰，坐令波呼吸。驪珠日日吐，一隊何能拾。宛轉争雪飛，曲洞覓地入。齒馨白石澈，袂泠蒼菭襲。日影照來空，風淪潒時濕。常聞木杪引，竹算僧廚汲。莫以飛流高，後來終相及。海裒覺目空，谷聽悦心習。媿作出山流，人間事争集。

象教無賢愚，信心生因果。吾寧亦從眾，暫得僧房坐。遂歷莊嚴區，果知功德大。丹楹與刻桷，擬議終相左。締搆肇何人，刑餘昔威播。公卿恣殺戮，國命隨業睉。誰謂此曹愚，猶憂鬼神禍。到今鄗隖盡，但化銷臍火。成佛姑未知，生天或不可。大哉聖人訓，殷鑒垂嚴鎖。

連理成交柯，萬陰衷窈窕。因尋净土入，遂證幽香妙。地隔喧宋場，天分秀野貌。笙簧罷雨曲，琴築吟風竅。度彴松通門，憩亭蓱覆沼。孤雲不肓出，醒酒寒垂帽。技鼠亂且飛，怪禽語相笑。心狐雲地絶，目隕悲崖弔。惜未遲朝躋，未由待晚燒。經年知亦反，夢寐客長到。

閒豁緣危空，削成儼天闢。高蘿掣風旆，踼蔓荒崩石。虚股乳垂凝，懸泉漏潛滴。庭樓舊碧慘，宙綴新青冪。雨氣過前聲，雲蹤斷來迹。青天甕底盡，梯接不能尺。菭佛守孤嵓，千秋卧向壁。星臺夜覺曉，月洞中藏白。陟降境隧移，□陽日屢易。摩挲仞鮮字，石□長歷歷。

壒鈴戛風語，目午珠峰静。屏息鼠穿墉，昂頭鳥出并。始知雙腳健，已卓羣山頂。溯谷瞻北溪，隔林眺西嶺。胸中萬里隘，目盡長空影。龍氣深蜿蜒，祥煙媚郊景。三山隱飄渺，一水紆回迥。冠蓋無時閒，百年苦未永。近高豈加疾，得地無知冷。三嘆念垂堂，前登悔寸猛。

晚雲腳底起，片雨歸山疾。遠目争須臾，嚴城惜落日。便深薦鮮蕣，搴杪羞嘉實。容倦眠偎窗，僧禪定閉室。畏看鳥去處，木末羣風佚。芳草空在坰，日中萬馬出。西山長在眼，蠟屐情蕭瑟。近在嗟猶愆，遐歸悵豈必。蕭蕭翠微掩，藹藹青林失。徒是平生褏，馳驅媿未秩。

午日集謝公祠餞朝鮮李藕船即題其春明雅集圖次韻

詩卷應同熟，懸知兩地情。問年衹驚老，握手不言名。各有五湖志，獨爲千里行。何勞託樽酒，一盞且嫌傾。

久説歸田去，應無過海緣。忽煩王事適，猶作大夫賢。訪舊多新冢，當歡總別筵。論詩意不盡，圖畫詎爲傳。

次韻答賈稚川農部同年復官見示作

此事世寧有，誰云少不更。一官行我意，三載識君情。幸未流言信，羞從腐草生。恩讐身外物，久共寸心明。

六月二十一日穎叔京兆招集西涯祀歐公補祀山公雨中觀荷分不字仍用斜川韻延樹南學士爲圖

提壺鳥飛上，晚雨行未休。煜爚萬靈集，雲車闖來游。蒼茫俯人海，暗水鳴急流。電外沙半白，田田明宿鷗。始嘆前賢達，築塢臨崇邱。昨沮涪翁拜，追摹信難儔。今陪六一食，曠代交酢酬。大筆竟誰手，知容我曹不。無窮且文字，敢後古人憂。酒醒歸雨遠，空嗟畫圖求。

祠歐公日沮雨晚宿樹南學士延煦別業

嚴城雨催客，罷酒月輪斜。共蹋王孫草，言尋學士家。聽詩銷晚酌，添燭待晨衙。留記花間路，他時入夢賒。

送仲弢大令之官保定

古貌今向人，未言已先赤。今言兩不解，坐卧書中客。久恝飢寒身，豈知市朝迹。腹書露鱗爪，昨注秋士籍。竟隊春明塵，飛騰假一擲。念當折腰去，苦口資鍼石。從我游廿年，觀書泪常滴。相逢總問字，猶歉并昕夕。我過惟子知，祇多形骸隔。邢商化已久，非子誰余益。仕學非異途，高材苦分析。寸褎聚簪冕，何地容簡册。哀我田間人，琴歌一生寂。朝廷付赤子，瞋怒供笞責。鋌險疇本褢，淵敺舍安適。一民盜官二，消長禁驅迫。兩化無頑民，盜官逾薪積。虚名竟無寄，變態階殊績。無用羞書生，平生悔感激。行藏視材器，養拙非人戹。願子勤學心，深思耐繁劇。我心方一二，民氣已千百。世態初本無，晚途但地易。斯民自三代，面目堅疇昔。

狗吠洞賓圖錢唐塚宰許公命題張水屋先有圖，羅雨峰仿之

仙人何事去三山，恐隊紅塵竟不還。卻被韓盧遥識得，催歸瞋吠五雲間。

始信飛升限九重，嗾聲長避辵階從。蓬萊風退收颿穩，舒脱無心問董龍。

爲主疇當性不移，假威猶耻冒皐比。一從拔宅紛多事，日日仙班避猘兒。

何似頑仙醉一飄，騎驢拄杖任逍遥。驚人自向青雲怪，争得間猧到此曹。

漢延光殘碑拓本袁杏村刺史屬題即送之貴州碑在諸城

殘碑猶識漢延光，筆法三公界畫詳。莫誤蝸扁雜繆篆，千秋勝迹問諸防。

悵望琅琊幾刼灰，秦臺争似傍蘇臺。相將萬里尋銅鼓，又厭蠻煙瘴雨來。

送尋管香侍御同年奉使山西

自簡初登面尚霜，更衛嚴詔問犲狼。避驄可但排羣誤，衣繡無徒豔故鄉。易水波寒虹貫白，并門天遠霧沈黄。繭絲自縛終誰

解，莫負馳驅道路長。

送雲舫比部瀛獄山西

弱歲登朝遇豈遲，蹉跎已恨十年時。西曹舊列郎官貴，東海新亭匹婦疑。秋入家山風扇卻，天回遠道雨車隨。周行未惜馮唐老，莫誤亡羊失路岐。

閱除目倒用斜川韻歲贈鐵老

市朝日代繼，未死終有求。失路得無怨，乘時末爲憂。古來功名事，志士疇獨不。眼政迫政仕，優遊良易酬。先生古遺直，蚤譽聞朋儔。屢陷不能殺，前年返林邱。熟知事猶未，暫與盟白鷗。側席三吐握，投竿罷漱流。順風會自致，落莫東山遊。他日能早計，功成儻歸休。

雨集翔雲齊中啗圃蔌送海秋遊盤山用去秋韻

久説三盤勝，人間到亦稀。不因深可入，肯使樂忘歸。徑僻雲回馬，林長雨涴衣。還愁迷處問，誤敂幾家扉。

一雨來何暮，當門欲上關。罷琴應久待，載酒但空還。晚露搴新蔌，秋風憶舊山。朝來車馬去，争似野人閑。

喜海秋冒雨游山再用前韻

蹋雨寧能沮，知君發與稀。果聞春宿去，定待攓雲歸。失路愁通屐，臨流惜解衣。數峰青掩外，惆悵故園扉。

有好皆爲癖，無勞怨命關。世情寧獨異，天道固多還。地近難留雨，雲深不在山。歸來風露積，依舊草衣間。

夜酌憶海秋游山未歸三用前韻

此夕眠何寺，多應夢寐稀。恐添他日憶，悔作故山歸。草合晴來地，落荒綻後衣。不知樵徑斷，幾許掩空扉。

林卧容吾嬾，經年祇閉閫。雲泉留夢到，歲月待人還。自失尊前雨，愁看馬上山。西風將落日，嘆息對誰閒。

送周康侯孝廉晉落第歸里

千里雲同白，何能辨舊鄉。故人情尚爾，游子意何長。夢破連宵雨，秋歸兩鬢霜。非關爲君灑，相向泪沾裳。

次韻答賈運生方伯臻

江淮十里鴻嗸野，眼底紛紛總健者。萬派不共洪濤東，滔天怒潰無停瀉。倚公千里作天塹，肎使閒年倚欄若。午夜軍書雙鬢凋，深愁未敢銷杯斝。故人書意激血性，親見馳驅事戎馬。豈謂來去煩人言，寧將憂樂後天下。歸來閉門坐客散，舊事畏聞待心寫。同信我友豈妄哉，自知憲貧非病也。一官枝贅久疏拙，孤籟刁調託揮灑。載酒方憂闔屢瞋，入林翻枉臂先把。故交深友愴夢寐，倍愛屋烏念更寡。公儻未駕應就家，執腒往見容吾且。

初秋多夢

微涼銷晚醉，醒坐萬愁新。歲月寧須容，雲山未假人。蟲寒風入夜，葉落雨連晨。鬢髮自然白，何勞歸思頻。

趨　直

末秋寧爲恥，猶堪效小忠。已疏文字課，漸老簿書叢。密竹深能雨，高槐静自風。因人殊未易，違詡避雷同。

曉　起

客愁無永夜，耐坐向天明。片雨留殘暑，孤雲受曉晴。塗終來者避，名但古人争。起舞非無力，晨鷄未漫鳴。

再送康侯

秋來日多雨，那得惜征輪。又送重來客，還悲未去身。酒添他日泪，衣洗别時塵。不用臨崖羡，歸期已再春。

暑退即事

草澤争言事，褎書各有投。時清寧自棄，自老且徒憂。獨夜雨無曉，高齋風易秋。生平知己泪，肎向眼前流。

送翰初同年友啓出守雅州

老郎未敢惜浮沈，棨戟窮邊許暫臨。縣度東來常見日，漏天西上總銷陰。三聲肎下聽蝯淚，九折寧回叱馭心。不用臨行贈言再，芻蕘六載託交深。

次韻答研秋調余久不作詩

佳句從關命，争堪愁病身。畏看開篋滿，長負引杯頻。親舊漸無字，家山空向人。亦思勤補拙，歷夏復經春。

次韻答研秋和暑退即事作

果是連城璧，何會誤暗投。長閒容有恥，孤醉得無憂。蜃蛤經年化，鯤鵬六月秋。終思雙手挽，大火莫西流。

送范月槎司馬之官廣陵用舊題仁隱圖韻

一麾非素志，不敢怨卑微。展足均千里，冲天避一飛。爲時方競出，守拙但思歸。賴是平生語，臨歧意不違。

禄養寧能擇，幡然作壯游。飛騰仍末吏，凋瘵舊名州。楚樹過江盡，淮磧到海秋。遥憐東閣雪，泊待臘前舟。

送楊鐵臣觀察河東次丁頤伯侍御韻

頭白重逢祗舊官，中經榮悴兩無端。身名人與書中并，出處獨關天下安。老苦負鹽終局促，饑憂移粟亦艱難。河山表裏兼秦豫，風雨雙崤恐齒寒。

送林穎叔分藩關中仍用頤伯韻

雖會行縣尚朝官，聖主恩深意有端。作伯人傳舊京兆，省方地是古長安。冐將殊視華戎别，不惜誠求撫字難。民自吾民土吾土，花門千載敢盟寒。

上錢塘冢宰許公

每見人争怪，公門定早過。憐才説甘肉，下圭讓成河。褭媿非珠褐，嫌寧避雀羅。此身能幾死，未敢受恩多。

秋闈德勝門外校馬躲用山谷讓武臺韻

西風獵獵動旗竿，幨幘彯纓怒馬盤。角吹喧時千耦肅，鼓聲急處萬人看。浮空星突紅塵起，破的風排白羽乾。始識男兒身手健，腐儒挾策枉相干。

校步躲再用前韻

紅旗閃颭矗雙竿，侯道新量弓百盤。身定屹當山處立，眼明怒作陣前看。扶摇影度隨籌下，霹靂聲回赴節乾。罷獲徘徊猶有待，驕矜意氣敢輕干。

校技勇三用前韻

曈曨曉日已三竿，滿月争能左右盤。七尺奮成徒手舞，百鈞提作一拳看。巑岏力拔雲根動，煜爚身周電氣乾。□□□□□□□，□□□□□□干。

九日薊邱登高四用前韻

不見幽篁舊萬竿，千秋形勝接三盤。天邊佳節同誰問，地上雄圖祇自看。衰草茫茫通朔漠，驚沙滚滚下桑乾。虚言此土黄金賤，駿骨何曾氣象干。

游西山出西便門至田村飯車中用去秋韻

山居慕朝市，悔即緣初至。及久城市游，思山興尤異。堪將濯流足，蹩躠循平地。今夕風露親，生雲屧下易。

出城見山色，萬眼青如一。獨向車中多，搴帷猶恐失。前村半角掩，隔葉憎深室。僕馬嗟汝勤，飯芻趣早畢。

石景山

十里行山風，一身入雲氣。近山轉未覺，馬首青無地。孤墖冒雲出，一尖日邊寄。萬松裹晴絮，遠色圍深翠。影落前川明，天高肅秋意。石磯鳴碪杵，寒日波上碎。鳥背拖飛煙，沙頭野僧至。風開石磴見，木末知歸寺。尋勝方首塗，不遑軫征轡。還歸訪禹甸，水道證同異。

渡渾河

高粱無上源，東下溟郛會。一綫盤圻南，怒分桑乾派。出山脱羈勒，戾堰此其隘。漲落平沙寒，喜逢秋源殺。鳴駝日千百，力負西山靄。散作萬家烟，不銷氣磊塊。盧橋入烟霧，白日疲冠蓋。得地等通津，清山郵不怪。入雲無深淺，車馬寒蕪礙。待我前山霞，依依鳥度外。

西浦村

山行不覺遠，灘行不知近。車馨兩耳寂，恬作風飄穩。幾曲沿波窮，沙平日色盡。板橋追雨坼，又迫蒼耳窘。水底交去軗，每過岸痕損。稍回暮天合，紅樹人家隱。鳩喚知到村，一星傍溪引。近山氣候異，九月聞蛩蚓。籬豆寒尚花，清砧葉度緊。預防晚途誤，孤墖煙際準。

栗園莊

建國資富强，長城足棗栗。遼園後千載，土愛今如一。想見官守勤，高秋衍霜實。荥寒蜎自裹，罅坼就風日。玉食生煇光，御黎同貢錫。到今認遺阯，蹋葉歎蕭瑟。太息韓家奴，廷臣學無匹。深詞託譎諫，至論通治術。露下長林空，千家但民室。園收等茅賦，榛橡山山出。

晚宿奉福寺

前峰引暮色，日落心多恐。策策林葉飛，殘雲馬首擁。因風誤晚雨，星斗寒波湧。老樹張髯來，向人森覺動。徘徊伺上月，自審囊未重。散樹驚棲雅，車過出林送。周回注危墖，地近應霜甬。靄破山門煙，齋廚蔬筍供。殷床片時覺，已隔人間夢。一線牽山椒，遲明賈餘勇。

曉過石門營至岢羅屯

犯霜展晨色，霧重前山閉。一徑收空煙，隨風化雨氣。雞聲散曉葉，漸度石門啓。曲避溪橋深，沙虛草痕細。林回不容直，高下規天勢。蹋石防幽花，紅稠竟無替。幾家倚崖樹，籬落支雲際。青漏柴門天，爲牛近日系。隔雲一峰出，半嶺輕煙翳。樹合自成圖，片陰前村繼。溪翁歎向客，背指抓鳥逝。猶恨塵土多，未逢雨初霽。

由苛羅屯渡斷橋上西南峯

南峯不得日，雲木團深秀。萬緑周寸身，多陰少晴晝。幽香澗氣雜，藥草神農漏。畏被風榛欺，足危轉恃救。遠山暫窺客，崖障色瞋受。不及雙目逃，藤梢已牽褎。百回儻一直，怪石回身就。預擇清陽留，鳴禽耐相候。峰夾喜天在，但怪寒日驟。無惑前游人，一過不肎又。

過嶺至松棚茶憩

嶺上羣峰高，天低井中碧。長林會眾壑，徧緑護來脉。勢赴沙尾晴，中通陰不隔。寸鐵聚米正，孤墖依片白。青冒前山煙，風過蕩無迹。虛濤挾雨勢，郤退彌巖隙。沓覆來時雲，陰森畏日夕。逐風寄危步，悔坐躭松石。徑轉雲隨滅，近前輒何壁。始知入山路，跬步淚來客。

由界坊緣嶺上過鐘樓底權轉至戒壇寺

疏鐘度雲半，静耳曳風往。聚此千巖聲，摇空殷餘響。披榛蔓條血，手失寧堪想。狠石房向開，斂身敢輕上。俯崖察鳥外，樵徑屐痕兩。闖放埋雲頭，寸心納天廣。松風覺人意，一角疏林敞。金碧邀雙矑，峰峰攊雲長。三松夢舊識，遠近懸崖仰。脚底聲轉回，沉沉化叢莽。

午登千佛閣

閣影承層霄，來因鈴語定。山僧驗風力，御袂知難勝。制步延棧牢，將身立壁稱。下臨高鳥盡，肎藉危欄憑。赤日初當中，天高萬峰正。車塵氣煙雨，屹障皇都盛。合沓來羣靈，孤雲獨無竟。鐘聲地底出，大海驚濤應。木葉秋蕭蕭，太空寸心滸。高呼自歎息，畏遂林壑瞑。

七星壇

佛閣天外懸，星壇更天上。初登髕猶慄，少坐神始王。拔地雖因高，窮巔絶依傍。川塗坐中盡，萬裏歸寸量。日月空有聲，江河遠無浪。檻前小叱吒，氣湧風雷壯。隻手回帝車，運樞定儀象。忍懸在下柄，西揭旳嘲謗。片碧東海明，幽燕色莽蒼。摩挲認腰劍，夜静寒光向。

出寺後緑壁西南上憩錦川石遂至小觀音洞

梯雲割天影，縮地難階級。霜被高下黄，山山化爲葉。偃松斷當道，蹇步方受躡。杖竹程虚空，枝交頂踵接。重累學蝯掛，面壁驚魂帖。倦倚縣石留，回探轉心怯。片雲洞口去，瞑坐棲枯衲。木杪飄梵聲，樵歌滿雲答。晚銷峰頭霽，回首歸塗合。落日桑乾清，依微但雙墖。

回澗循嶺至朝陽洞尋諸洞遂路盡望極樂峰

山中不費雨，洞洞雲自蓄。膚寸天隨低，交風布川陸。披裘占雲表，晚氣高秋肅。潤測宵雨過，千林諍回緑。敧峰截斷澗，隔鳴饒花竹。不解長往人，奚塗事雙足。聞當虎穴近，雞犬留茅屋。時叱眠石羣，草低上雲牧。經聲定空翠，欲斷松籟續。對壁霞上亭，楸枰見殘局。神仙事豈有，鬼物誰爲築。倜倀西北峰，雲深儻借宿。

晚歸奉福寺

天氣妨遊人，有來動陰雨。早行四山合，幾廢風枝沮。佳處晔輒明，峰雲迭吞吐。飽儲看山料，絶頂開亭午。歷涉林巒幽，鬚眉潤常聚。始知觸石出，但澤人間土。歸值涼月新，千林露葉舉。猶殘不盡意，供待詩句補。罷埽衣上霜，不眠倚晨鼓。明當更深入，餘勇敢辭賈。

再過峕羅屯

幽徑前山熟，心先兩目到。石門入地盡，向背殊前貌。昨值晨雨濛，今來霽尤妙。千峰絳氣活，不礙霜葉冒。日色隨所遭，紅黄各相肖。雲開幾茅屋，位置宛我造。偶露孤石青，愈形秋意峭。濃陰隔橋去，百轉清流道。别放同溪深，風泉發虚竅。經過始覺誤，敢預前塗料。

由峕羅屯橋西下石碉行

歌橋砯石當，避陊蛟龍窟。太古無寸田，山苗石上活。寒沙聚日氣，隱見隨流没。五里鳴玉琴，高源礪齒潔。常存四時氣，不耐寒冰結。積雨盈窪尊，晴虹得斸渴。南峰割□琴，岩際猶花發。霜白西岩頭，風條蕫乾髪。青松亦澗底，地性遂常别。賴汝蟠穹蒼，雲根且歲月。

過西峰寺

西峰大道外，徑轉荒荆棘。埽石資息肩，一邱乃偶得。寺門萬葉底，表裏收秋色。北潑陰處天，頗宜著水墨。東趨遠山勢，屢接雲樹直。界畫西村煙，淺深故難測。不知世間境，地近無人識。儻駐斜陽晴，那能靳目力。

度羅睺嶺

山深匿萬景，絶頂會難隔。漸趣溪谷重，始窺雲石積。崖傾不留地，欲枉何能尺。故步防失前，寸光覬天闢。鳥邊已無路，莫倚容身窄。人鳥相向過，依風遞主客。雲扶片影起，枝曳還相哧。孤立三兩松，招呼審駝迹。前宵寺門飲，吸破此寒碧。今致溝壑身，填青抵天隙。所愁負兩眼，暇恤費幾屐。鬢髮惟此爲，值消幾回白。

東　邨

東邨附嶺背，半壁分秋色。自戀南峰雲，隨陰越溪北。林光缺時隱，澹補幾重墨。抹作高下煙，微皴守深黑。不隨風氣盡，遠樹風稠直。白石欹草眠，沙邊老松得。依依始巢鳥，到耳聲先識。卻顧青刺天，登臨敢樂極。

西　邨

西邨不任畫，樹石慳新意。衆緑山四圍，團焦但平地。兩邨相對出，濃淡亦時異。獨愛西南幽，依山面多勢。數重自遠近，雨助成深翠。過嶺僧入雲，鐘聲在前寺。風回幾葉響，識經歸牛至。畏逐西日斜，背人轉深避。

石灘茶巷小憩

山僧擷晚雨，嫩葉供佛鮮。手汲龍湫碧，携歸埽葉煎。已過蠏眼細，石釜松脂然。熱客偶逢此，清涼肺病蠲。人生失本性，嗜好猶地遷。并是難自主，茫然遂無權。我來已秋暮，矧值歊雲天。未作方外遊，寧知初意捐。願能知此味，且使癖性全。歎息舍之去，終慚出山泉。

循石澗西北上過萬松崖溯泉至潭柘寺

澗曲延歸雲，峰峰肅雲退。雲過石角伏，已勒長林載。峽東雲自拘，巔松倒風拜。蛇穿亂觡拒，猱引孤齴礙。九頂蹊介交，兩山勢齊會。目聽廣長舌，身度金粟界。破壁飛琤瑽，沉沉刷蒼靄。非因作雨出，冐落千峰外。秋老回春紅，入門日色怪。黄浮四山葉，影誤金地壞。晴定天選青，濃陰樹張蓋。夜深風雷合，敢恃空桑愛。

登毘盧閣

佛天表色界，兩樹驂蛟虯。卓據萬雲背，危欄擁高秋。盡將斜陽色，氣結風中樓。隙影委人去，埋空裒鷩流。勢趨前峰口，九角森昂頭。千嶂一時静，蒼然元氣浮。頗聞墖中骨，手斧岩谷幽。風雨改龍窟，至今山後湫。蜿蜒盋中見，斷柘千年留。狡獪駭庸俗，得毋世尊羞。龍歸一勺碧，但覺林氣稠。常恐千里月，忽隨晚峰收。

盂堂觀菩提樹

看山目已倦，又被幽泉惹。出寺尋聲過，俯崖試身下。盂堂閣東壁，因樹抵橋架。洗盋魚出窺，見人了不詫。老僧埽堦葉，手示枝五椏。云此須菩提，貝經亦可寫。尋泉自知路，日落豹虎怕。去上佛前香，虞僧或我詐。

日暮尋泉至歇心亭

岸净寒沙平，尋泉畏日晚。高林跨空合，天窄收窺管。兩派溪橋分，源當裒石轉。小亭坐雨氣，落葉片時滿。蘿月籠危梢，徘徊向人緩。棲禽偶一欬，響裂哀絲斷。人語東溪煙，意知隔林淺。谷風每恐客，百籟虚聽款。影黑驚虎過，心孤悵崖返。牆陰徇晚步，目度穿竹遠。

觀音洞石橋晚望

日入山氣深，歸煙谷口合。蒼然暮色近，撲面風飄颯。月挂峰頭松，階庭轉枯葉。疏陰布地活，礙步畏深蹋。暮鼓傳風來，幽泉澗中畣。清聲度橋盡，宛轉谷王納。潛見中有憑，誰云懦可狎。山僧指地底，飛瀑開雙峽。半里鐙火明，欲尋柰衣裌。還隨别派至，夜静聽繞榻。

猗玕亭晚坐

泉聲解留客，竹院成深坐。自傍空亭幽，卻穿竹林過。琤瑽自成曲，風戛龍吟和。亦作無弦琴，不隨深澗陊。東風上新月，影照初痕破。過雨天氣寒，仰窺衆星大。宵溪滿露滴，珠玉不敢唾。稍覺衣襟涼，已遭青茖涴。清光斂寸目，孤興誰容惰。明發探高源，願留伴故我。

三更步月上觀音巖是寺中絶頂處觀金字藏經

山空諍虚籟，月上鳴鐘後。夜静巒氣降，羣低檻前首。遥空散深白，聚黑臆林藪。佛閣初罷鐙，老僧定已久。上方怖棲鴿，入户歷星斗。仙樂殷天聞，心知鶴上咬。側車碾空破，耳寂鸞皇呴。地上三千年，蹉跎歲星友。諸峰落笑語，風去留雲守。閔我塵根迷，徒令骨易朽。回鐙照貝葉，到目驚未有。仙佛兩難成，心悲寄杯酒。

夜宿延清閣

山深不來夢，籟寂耽宵永。坐我五弦中，已先枕簟冷。老篁檻底出，餘勢猶人并。月吐東南巖，回光讓雲影。兩山氣煙霧，破碎清炯炯。暗壁潛露凝，稍知風力猛。松門閉遠壑，金色摩高頂。漸度煙際鐘，濤沈萬峰静。十年且塵土，不尼歸田請。獨夜宜鄉心，雲山沮延領。

早行石澗中過歇心亭入後山

石林兩壁起，屹峙儼軍陣。壓境危復隍，言言結草峻。萆山矗千幟，接葉交兵刃。背水橋亭回，如牆不容進。幕懸鳥聲樂，驟耳歌風順。野馬過隙馳，螺旋法義運。不知深谷改，猶指高樹認。卧石猶驚弓，啀人勢還趁。竟爲帖耳伏，戴我青天問。絶頂方多蹊，孤危敢浪信。

憩海蟾石逢艾叟話

山中值艾叟，邀話嶺頭石。肩我尻忽高，相依埽蘚碧。童童不戴土，畏濕坐頻易。手指前山雲，舊聞證歷歷。龍蛇鳥虎伏，寺主四山客。更指盧家灘，南臨定國宅。但愁目力短，惟見遠沙白。老種山中田，未諳世上迹。近來頗苦盜，荒旱患尤劇。此輩初亦農，不知爲誰迫。書中多古事，何術此風革。問我君何爲，不言面目赤。

姚少師静室

待師信倜儻，迹本從衡士。欻出當風雲，豈因蒼生起。出家未出世，遂罷鐘磬耳。要使桑門名，千秋點青史。緇流不足責，大義昧臣子。但動功名褭，才高行倍鄙。功成竟不返，一室煙霞裏。此意差自强，少湔尸位恥。遭逢戀恩渥，永負林壑美。頭白對庵僧，晚途盍視此。

北峰懸崖觀海秋前年題名

風稍百尺寓，壁抗西峰道。試問山中人，青山是處好。向來經行客，屐迹荒葉埽。深刻名氏留，青蒼字不老。昨逢夏秋漲，土净無纖草。免任飛流侵，經年老苔保。儒生但有志，喧宋量地造。洚恃區區存，豈徒酬枯槁。頭憐我友向，詩句畏身了。縱被名山藏，古人抑豈少。

龍上廟

崖回一徑斷，廟古當人立。林影交澗過，雲中上僧汲。前山葉底近，老樹追雲及。從展西南晴，得容天光入。秋高耐深畫，本自丹青給。露葉烘朝暉，筆底怪新濕。山風落橡子，壑轉村童拾。怪鳥據風呼，羣飛蹋枝習。近湫易作雨，伴步依蓑笠。破壁驚爪痕，龍歸曉寺急。

峽行上西北峰至青龍潭望絶頂是山後最深處

濕雲藐凍葉，露滑不容迹。直審□□圓，青痕一線綻。蹊窮草樹盡，石出天地變。硤角懸偵人，每逢赫迎面。黑枯老鮮附，白積乾霜戀。倒影深湫寒，聲稽色猶眷。青山不妄出，端爲龍德見。選地依空王，齋廚注飛筧。老僧卧空碧，萬里行腳倦。不下三十年，中峰梵唄徧。雲封斷去術，穀飲時一見。頭白期結茅，天邊一鐙伴。

雨歸奉福寺晚宿

昨趁晴雲來，今隨雨雲去。雲來四山曉，雲去千峰暮。來去雲依人，泉聲到山住。松陰面避客，石氣爲深護。稍示前峰開，斜陽在鳥處。晚風埽忽合，心狃歸途誤。雨色過嶺深，寒流眾壑注。虛聲擁萬葉，已斷溪橋渡。信信逾空桑，佛鐙夜深悟。山空夢不隔，腳底尋歸路。

書西山遊草後仍用去秋韻

一心自山水，有念隨所至。偶藉遊興奇，眼中且各異。滋疑積成悟，一壑藏天地。何必更羣微，新詩卧遊易。斯遊未至翠微山。

元氣包羣音，茫茫合成一。化爲詩人句，面目從多失。攓我塵土褁，蘄窺感人室。世無山水耳，寧待操縵畢。

臘日病起食佛粥和稚川作用東坡聞子由瘦韻

經旬卧病疏粱肉，日日枵腸厭薄粥。夢訴不愁畦蹴羊，倒眠欲學洞懸蝠。勞君著手起沈痼，但恨無由醫我俗。稍稍近亦親尊罍，繞窗誤被殘冬玉。豈知竹更瘦於我，分似山僧甘脱粟。增廠設糜連九門，終憂與塊乞五鹿。吾曹素餐亦雲幸，餘飽猶能澤童僕。飲蠟且破太常齋，何時芋豆報兩鵠。

梼經廬詩集續編卷九

焉逢困敦

上元述懷

虎口脱嬰兒，神威有時窘。醉人不知墜，車下駢方穩。窮阸歷賢豪，不能移愚蠢。等閒任分内，轉許昌堅忍。意外容有端，力難副推引。豈煩事驅迫，溝壑身自準。骨肉滋痛心，寧堪折災吝。秕穅化幾血，禁向雙目盡。景運當上元，羣才競接軫。駿奔獨情切，買定何山隱。遂汝安癡頑，一官我何損。且完麋鹿性，夢覺林泉近。

留别雲舫研秋芸龕昆季

結友廿年餘，情親動疏面。未知子昆季，五載聊宵旦。客久明人情，柰當方寸亂。平生匙獨立，但倚貧居慣。偶厠朝籍名，猴冠殊浪漫。未諳此事樂，豈復耐羈絆。歷歷中庭榆，交柯護孤榦。成陰我當去，葉落知君歎。應念今我悲，連枝悔風散。倍珍花萼集，瘦影徒增羡。歸翮無遠程，雲宵里方萬。别離莫輕淚，更賦嘉樹傳。

丁柘唐丈晏七十學易圖令子頤伯仲山屬題

定許潛邱作替人，應將生日祝經神。過庭至竟輸儀廙，詩禮三編早問津。

絶學辛勤幾絶編，十言消息悟坤乾。後天不老心傳祕，什託還應更假年。

書堂長傍背嵬軍，斷甓年年證異聞。惟有無窮金石壽，争知金石待斯人。

百年詩派兩山陽，屹扞清淮鬢各蒼。無數黄巾齊拜户，路人今識鄭公鄉。

出　都

世事終自牽，待人計良苦。我心但所得，來去誰爲沮。綫綻身上衣，半銷車下土。土中識舊迹，曉陊西郊雨。頓轡心轉長，對餐不知午。長河帶風急，初日依雲吐。惻愴平生交，晨星況三五。誰禁又送我，淚視翻無語。聚散知人爲，别離情難主。遲遲出林鳥，斂翮誰羈汝。

盧溝橋

凌晨發皇邑，亭午過盧溝。橋上三百柱，下臨河水流。駢闐萬車溢，關榷橋西頭。裕國豈資此，誰何良有由。得錢了不察，悠逝無遲留。私槖但未塞，百端恣苛尤。古來祇御暴，疏網猶吞舟。豪舉本非有，寧殊盜自謀。揖門容過慮，卧橋終近憂。夜犬幾時息，簿書日山邱。

晨發至良鄉過壽因寺

首塗犯星起，身先輪躧動。語笑來車中，故人猶情重。别來眷野宿，孤醉無人共。知憶西山青，相邀伴曉送。搴帷引翠滴，淚助沾衣衆。古寺隨疏鐘，浮圖道周聳。孤城對目出，試目寒衾擁。尚勸加餐聲，依依和禽弄。決知塵土影，尚落長安夢。念此情何堪，益滋天屬痛。

涿州見新柳聖水今劉李河橋。王鐵椿，俗傳王彦章篙

每隔無十里，三橋勢相接。晴虹壯畿甸，暴漲資深涉。老鐵

棲石闌，中流想擊楫。豹皮今何在，遺蹟風岌㠑。□□馳也通，兩行蔭密葉。足明賢長吏，隨地布勳業。翠斷西山鬟，言言屹危堞。古來擊筑地，慘憺多奇俠。旁午渡折腰，行廚倦供給。車塵目過眼，誰復察眉睫。

保定晤韓生仲弢

應接惟車塵，沙避了無悦。愒鞍倚馬棧，飲食深入舌。顯我殊長官，道旁訝版謁。先期久相候，感於用心切。我痛非飢寒，三年念兄骨。歸囊不憂蓋，豈待傷謀拙。日入嚴憾昏，行人亦未歇。那無斗酒興，趣事雞鳴發。甚念故人希，及來面成闕。平生但硜硜，非子誰諒察。時生餽贐賻，均未受。楊丹林同年亦在保定，來時未得一晤。聞生言丹林知余至蜀，必以相告，且云知余貧狀，當竭力伏助之，余因是未往，且屬生無言，明晨遂行。

方順橋

結束趣晨征，重關未啓鑰。隔墻各呼伴，相應鳴轅鐸。坐待東日升，始聞車聲作。荷戈勞前道，四鏡傳街柝。問此胡爲然，未言色先愕。臨餐不暇飽，畏遂西日落。所異非罪人，見星禮無略。我今馬不進，惻愴中懷惡。疇昔從公車，兼程信露槖。十年世事異，天地空寥廓。

官道柳望都作

滿城道上千行柳，還似涿州歎未有。不及中山枝葉長，望都栽更廿年久。交柯接榦儼分界，百里驕陽蔽青蓋。競道風流刺史賢，縱令近名亦可愛。豊碑日炙頌甘棠，盍計迎塵暍路旁。弦歌但資三徑菊，田舍蘋求八百桑。北來輿從喧呼急，鼻息雷鳴趣供給。端拱肩輿丁不知，馬頭明月推窗入。柳樹前至明月店入新樂境而止。

伏城驛

暮投伏城宿，月白沙吹面。故老悲至今，爲言藁城戰。逆氛值北走，滹水危一綫。抵死不能逾，實資將軍捍。當時灑血地，情憐交南岸。我有深友孤，脅驅逐狂竄。兩旬無人境，夾水驚飛箭。逢脱虎口還，歷符述親見。從來趾高狃，頌禱彌規瑱。嗟汝封侯人，毋輕凡骨换。

正定渡滹沱

客程指去鳥，鳥盡人未息。鳴噪依前林，沙隄一枝得。人行日百里，在目非鄉國。靈蠢雖自殊，皇皇等求食。塗長悔羽短，何暇量筋力。樹底橋半頹，回車畏傾側。波防暗阱待，屢枉不能直。樂禍寧人情，受錢無怨德。金鞍盛傔從，亦帶風塵色。行路自古然，誰能髮長黑。

獲鹿縣

遊子未歸山，見山自心喜。豈知太行隔，故國尚千里。千里望我來，相迎對河水。車過背人去，似厭衣塵紫。得得交沙頭，鱗鱗厲石齒。窺青表先路，殘堠夷崖俟。日射高下居，人家聚煙背。牛羊上人過，木末樵聲起。暮色天四垂，息褁在甕底。今宵故人夢，待我千峰裹。

曉發循石磵西上轉北過嶺水源盡處意即斯洨水也

輕雲不將雨，自向前峰去。山色厭對人，依依在嶺樹。風來曳之出，初旭兼微露。一線中容天，向前覺有路。□□依聲澀，過嶺隧流住。茅舍自成村，尋泉已再誤。清磋兩耳急，□外疏陰護。萬碧明石落，知當出泉處。從來但絶境，每悔悤悤度。能待功成歸，山靈暇相顧。

東天門

馬背高過人，蹋虛門踣鐵。兩驂交雲舞，車馬又衆壑。蹲石供覆領，鳴鞭馬蹶脱。遑矜人力代，氣欲連山拔。少退生理無，前途上木末。車行入壁去，始見青天闊。關勢孤口張，及過幸未活。踦輪不能地，雨汗灑松滑。不測開鑿時，此途定誰設。一從通朝市，明月愁銷骨。

微水鋪即緜蔓水

嶺轉灘聲回，羣峰落入外。鬚眉尚天色，自益形神泰。倦馬趨林煙，風嘶縱轡快。駝驢雜人出，低首松門戴。白面誰家郎，西來道飛蓋。主人老更事，了不形嗔恡。索綽雞犬驚，急□已東帶。雖云意氣盛，屢訪天門隘。來往寧殊塗，登陀乃十倍。下山不言勇，易我急流退。

横口東西坡

連軍忽不進，偪仄緣欹岸。右倚重甗隒，左探灑下磵。石□鬣虹卧，側疊鱗髻徧。表裏規螺旋，凸凹度魚貫。瞻前喜口足，一蹋不客慢。屈避雲根回，二分畏過半。馬頭難容□，爲注餘水面。局促轅下人，隻輪曳身轉。古來信絶壇，遐想淮陰戰。不解羣市人，何由任驅遣。時平地失險，緩步目猶眩。未涉長塗危，得知身命賤。

井陘縣河橋已圻

緜蔓抱城南，南當井陘口。斷橋附絶岸，水上仍西走。岸聞聲無人，隔河見摇手。近言三月漲，百歲驚未有。道圮橋隨傾，臥波指殘柳。千間卷沙去，水底餘磑臼。敢偕衣袽濡，危容視馬首。亂流更再三，十里溯洄久。水去無還波，人行出月後。濕褰曾未舍，飢渴復何咎。

月宿長生口

冠帶非本懷，疲精厭酬接。掩關得静坐，容易棲倦睫。比困風沙欺，喜當養疲薾。青山苦撩眼，竟日忘空乏。履險償奇頑，坦塗恠前怯。始知受性異，世路寧堪涉。好月弦兩崖，相招入鏡篋。向人避全面，仰悟青天狹。夜静聞鳩呼，聲過動岩葉。田家趣早作，客子夢魂帖。

發核桃園至龍窩寺

犯曉甘牛後，無人谷自入。歸人下左擔，十里嶺頭汲。稍被林表明，萬松高下立。崖窮四壁斬，何地容階級。寺古門抱回，井窺日過急。青天盡向内，車外低覆笠。罷杵鐘聲長，人閑半日及。倘無長安路，肯鬥輪蹶澀。度鳥側風翔，去樵外雲拾。衹應腰腳健，垂老吾能習。

北天門

晨上北天門，牙旗卓風掣。過車避甲帳，夾道弓刀列。壯士肯解衣，深宵臥當轍。枕弦每先曉，鍊此雲臺骨。候火雲表過，重巖改虎穴。前山落石處，應手電飛滅。表裏分安危，行人夜中發。西鄰尚格鬥，東道餘粤梜。毋使北門啓，再流燕南血。沈吟報國志，自惜腰間鐵。

固關懷魯川

新關陷地底，舊關插天上。幽并劃中坼，雉堞千里壯。臥虎夷俟人，有來口先向。蹇驢雜雲下，不受單車讓。壁坼旌旗隱，用奇一夫當。礮聲甕中出，但訝雲瑞亮。犄角知對峰，言言俯百丈。寇來不用武，逸待溝壑葬。長鋏歌從軍，憶曾卓風帳。功成騎劫代，身退樂生謗。投筆非吾曹，豈無食肉相。淮南老一郡，終待廉恥將。

柏井驛

貪趁山色晴，引窗忘雨備。霑衣半日覺，幸免車中閉。谷口延遥青，前峰妒深翳。漸吞遠近疊，遂一洪濛氣。豈復辨炊煙，風過爲暫啓。橋回補簾影，半隱藤花細。馬足知灘聲，落紅石間遞。崖資作雨色，壁倚出雲勢。高鳥虚墜驚，歸虹半弓曳。樵歌下隔嶺，但訝峰頭霽。

石門口

雲氣争人行，一過肯相待。濕雲作雨斂，出谷晴雲在。林密鶯數聲，疏鐘半晌耐。千峰各起伏，少縱嵐翠改。高下隨孤煙，歸僧出雲每。一偏獨受日，金碧補天採。樹影交兩川，隔溪氣成海。勢趨車前合，預恐迷塗悔。畏視飛鳥回，停驂悵望再。蹉跎敢自惜，僕馬嗟已殆。

西郊晚宿聞異鳥無知名者

林壑慳向人，登臨限游目。稍酬澗石廣，大道寧終曲。樹色通前郁，車聲轉林積。山深氣不改，四月麥齊熟。野老依月歸，行人上雲宿。倚鐮柴門底，犬守卧平屋。罷酒禽語幽，丁丁應斲木。問名不知處，□經典例卜。偏歷嶔崟塗，喜逢榛狉俗。原田念更早，歸趁耕雨足。

平定州時火藥局不戒，街市多毀

山行惟準日，百轉明向背。磵底光常難，今晨况陰晦。知無卻行理，步步雲峰退。馬首何得東，每回覺相對。旭暉上樓櫓，富庶見都會。道棄昆明灰，流烏化嘻出。八荒久兵燹，不入窮山內。豈測萬石油，禍尤不戢倍。此邦山藴舊，懲小或天貸。劫運從此消，將毋失馬類。

南天門

地勢隨人高，日行人不覺。孤城萬山頂，但見平疇沃。五里南天門，礙輪忘犖确。强名列之四，培塿終未確。兩扇腳底開，豁臨萬峰卓。不知下有地，側塞戴雲角。衣絮彌晴川，低風誤茅縮。夜來何山雨，到此奔流濁。憶昔日觀巔，高秋俯岱岳。高空見千里，聚米歸掌握。兹信天險雄，巍巔限幽朔。原本魏難，疑作巍巔。

新興灘遇雨

莽蒼雲爲天，攲嶇石作地。地窮沮以水，過水崖傾避。㕓劈欺人過，輪縣不敢墜。閒田讓道據，但視吾車利。寸土人盡耕，穴居營深翠。牛羊地底出，屋舍雲端至。及到方知村，鄉音近翻異。一峰過溪緑，潤作將雨意。化入前山煙，濃陰護鐘寺。卻隨晚漲涉，兀兀消長醉。

冒雨至磵石驛時羣溪并漲

雨過前溪隱，勢挾雷聲惡。亂轍奪地高，車來路争躍。先聲渺然去，不假踦輪著。怒助羣溪喧，千流皮雙腳。渾渾表崖樹，井井趨海壑。岸絶天隨移，沙虚地避弱。平生仗忠信，未暇計棲泊。邪許悲僕夫，猶牽滅頂索。何能辨牛馬，無復殊源涸。信我實獷愚，尚貪遠游樂。

月宿芹泉驛

斜陽在嶺半，自作溪中雨。水落還歸溪，不敷前山土。重崮孕金碧，窾畫如過斧。氣射沙頭暄，丹黄谷口聚。石橋方減漲，樹挂殘霞吐。舊愛芹泉名，入雲林石古。先來東嶺月，待我西溪午。土室春氣儲，風共亂雪舞。萬家琴聲裏，海色生庭户。竟夕忘酣眠，重裘不能暑。

大霧過壽陽驛

日上河洲煙，人行尚深霧。林回馬毛縮，遠火知村處。高養山中聲，清流默當路。空濛作雨點，細糝衣上露。千嶂錐處囊，因風脱敗絮。黑雲壓城濕，還傍川塗去。岸對沙觜明，漸開過嶺樹。水深兩角動，頫印隨牛渡。披我負薪裘，天時豈多誤。未知炎夏過，得免號寒素。

大雨過太安驛

晴山看久厭，思歷雨山妙。耳目欣暫開，豈堪兩足到。殷雷觸石起，挾海勢尤暴。車底千峰危，電明避深照。風長助吹萬，肯惜混沌竅。氣湧溟渤喧，色沈昆侖導。山頭太古轍，隨隕波底冒。地且無自容，一過誰能料。馬頭有天色，日月非常貌。慘淡遊子顔，何能領佳要。

過紅石嶺觀晚霞什貼宿是日出山嶺上，山査一樹方花

山深雖苦寒，一雨仍初夏。咫尺陰晴殊，始知氣候詐。單車雨背出，破帽雲頭下。谷口通微明，天開地中乍。橋過遠山漲，

日氣彌塵罅。樹色溪交深，柳陰暫回駕。殘霞上隔嶺，重疊冠茅舍。一樹留老春，縞裳半風謝。沙平馬足軟，水勢與山亞。自逐歸雲間，倦行惜良夜。

狄梁公故里

武后英武姿，當時一狄相。中材得數輩，羽翼資弼亮。每事能剴陳，時聞風議讜。奸謀定潛折，危注廉恥將。豈復恣晨鳴，再傳禍無妄。有才不能薦，奉職誰無狀。此語基太平，何多堯舜讓。立朝但禄位，大節無敢抗。遂使李爲周，葫蘆再依樣。世無骨鯁士，千載白雲望。

徐溝縣店人盛道邑令德政，時門首方演劇。時四月十五日也

客程已過半，月作故鄉圓。街市笙歌擁，池塘鼓吹偏。蛙鳴甚鬧。吹鐙憎僕酌，咒盞惱僧眠。不寐聽重館，醉夸明府賢。

平遥縣同宿客車，旗書奉旨引見

宿家容俟駕，濟濟促登程。世競彈冠集，人看捧檄榮。到門殊廄吏，遮道異銘旌。廿載倦遊客，空慚問姓名。

介休縣連夜夢至家，又魘兩次

蹉跎非異路，何用歎浮沉。徒快他人意，終違疇昔心。須眉向時盡，懷抱與年深。憶我鐙花落，今宵卜好音。

義棠南即雀鼠谷

山行不暇倦，出險方知乏。日向車中眠，青天共目合。今晨始破夢，馬首故人接。一抹煙稍眉，曉妝鏡面貼。佛鐙明入地，倒影表危墖。萬緑團輕淪，孤根向天插。長虹卧波去，遠色守覑

䶂。梵唄過前灘，駝鈴風自答。南來訝候騎，似報將軍捷。傾耳山中人，歸耕慰衰眏。

兩　渡

但傍河堤行，不上河橋渡。有河無餘地，路在河流處。河勢與路長，恣强日吞路。侵陵滋未厭，路轉崖根度。石門雙崖昏，欹過崖頭樹。石河鬥猶可，石頂人家住。劃避重門開，奔湍側人注。聲喧地底急，氣鼓峽中怒。縶足緣木窮，累累飲蝯赴。無聲入石下，還逐河流去。

靈石縣

四山勢交會，不畀河流過。萬古醯雞天，炎蒸防甑破。豈知就下性，水更疲於我。忽歛環攻威，孤城委新懦。板橋廈不拆，笭箵容單舸。餘潤猶通畦，利滋蔬圃課。從來造物意，即地生頓挫。常得保清流，不争虚聲大。順時只守黑，潰穴寧天禍。馬首千青迎，無言向車哆。

坡底人家

青山不讓地，卜築緑欹側。木末高下鄰，四時在秋色。孤橋避樹隱，石磴趨幽直。漲落前溪痕，到門異舊識。茅茨向天外，斜抱門隨北。滿放南窗雲，東偏目先得。西林上河影，煙抹數重墨。雞犬雲中鳴，寄風下歸翼。古祠對坐卧，遠見□人息。何必武陵春，吾家自山國。

竹竿坡

石氣團深幽，雲開石林秀。黑滋炭脈殷，包孕洩岩竇。聚響交空崖，隔蹊畣虚嗽。石支要路足，錯地非敢後。進退青雲難，心知雜谷受。草間飲羽活，血漬蒼落透。側障無完天，幸容日光漏。我行未改轍，寧樂危塗就。老驥鳴向誰，覆車匍匐救。加餐笑杜老，得抵形容瘦。

嶺上月宿

車聲落天半，壁立冒鋒刃。未覺過雲深，濕痕衣襟認。蒼蒼四垂合，谷應虎風順。星斗人外低，布空須眉潤。我無疑慮事，何待搔首問。但對褭褭開，目憐鯤鵬運。西鄰責言久，鎖鑰資三晉。敢狃天險雄，回看出日近。前年粤寇至，寸步幸未迿。功狗終成名，一坏媿韓信。

霍州自過太安驛至張净汛，街市結香會，祠太山行宫演劇，後每宿皆然，云十八日浴佛也

入山復出山，日對白雲起。已到雲生處，計程猶百里。窮山見異俗，鐙火聚街市。誤測官長過，汗顔辟女子。古來有祈報，每值秋成美。象教夫奚爲，斂財饜巫史。夜深羣聲寂，白月窺窗紙。伏枕非目前，披衣失悲喜。意知家人覺，衹共雞鳴裹。起坐天未明，河流亂盈耳。

趙城縣田水溢塗，甚艱行旅

遠道行苦遲，近鄉翻更緩。幸捐覆轍懼，失足當平衍。初日河底明，崖頭卓午飯。及兹川原闊，始快輪蹍展。萬緑過城交，依依在吾眼。田高不受水，經雨溪橋斷。柳外牽小船，人行入樹轉。車過忽濡軌，轉惜溪流淺。涉世非一塗，出門無近遠。寄言道旁客，早計臨崖返。

歸家四首

望鄉判一慟，萬淚隨聲至。未測中腸悲，竟忘市朝避。交親

目前立，怪視方收淚。畏述滋危疑，悤悤促征轡。麥高日易落，車下鐙齊地。淚外兒童迎，失聲吞復墜。入門哭聲雜，不語惟虚位。忍捨平生哀，未償生人意。漸聞鄰曲勸，入鼻助酸吹。魂倘知我歸，依棺趣襆被。

昔我出門時，嬌兒方在腹。今歸兒已長，健走逾黄犢。久唤方來前，依依附雙足。見耶各掩泣，淚背忍熒目。間汝曾憶兄，失聲面壁哭。亦明耶懷惡，語咽再三續。自去詢盤餐，佐兄手燈燭。回頭語阿姊，煮酒當早熟。未慣壺觴爲，方斟杯自覆。忘飢對若輩，此意寧吾獨。

兄生四男子，長出爲人後。次省兄未歸，三年二東舊。三兒十五六，衣短手過袖。最幼遺腹兒，頭探母懷漏。呼之不敢齧，與食不敢受。阿姊强之行，回身向母就。懷中奪所乳，病姣力親授。置膝默無聲，雙眸炯如豆。兒生父已病，奚怪形軀瘦。涕下沾兒衣，重衫漬深透。

兄殁我未歸，仗誰持門户。歲時與家忘，魚菽資先後。《爾雅注》：今相呼爲“先後”。余鄉即稱“先後”爲“相呼”，音户，實古音也。世守惟先廬，前朝卜兹土。高層五百載，留待後人補。貪令人工營，久傾軍完堵。春來值回禄，一角延西廡。幸藉鄰族扶，倉皇免露處。今歸適工落，坐享庇風雨。正月中旬不戒於火，後院西樓東南角火毁，四月二十日工畢，余適歸。度分安飢寒，此猶天未許。我生信多戾，毖恤從此權。

歸家雜詩四首

故里干戈别，閑官歲月違。衰容從淚洗，愁鬢委塵飛。鈍拙前塗覺，飢寒始願非。端憂仍夢寐，不敢信真歸。

久别如新客，還鄉作老翁。風塵八年外，涕淚一家同。墓宿燒前草，魂招轉後蓬。無言心暗狌，制痛審兒童。

骨肉頻年淚，入門判對傾。牽衣猶有子，握手更無兄。老悔輕離别，窮禁異死生。誰當如我誤，萬事總虚名。

深痛誰堪此，兼旬哭歲周。輩添鄉里敬，計豫子孫憂。昔去多黄髮，今來獨白頭。頻防老妻慰，枕上淚潛流。

申贊唐明經賡豫表姪索觀詩卷

草野空英傑，乘時各自呈。飛騰雙足嬾，寥落寸心明。藉拙供詩料，留窮副世名。君才豈需此，攬轡待澄清。

里居雜詩四首

總角長游釣，今來道路生。黄雲連舍合，緑野到門平。指墓傷深夜，逢人憶小名。相看悲老大，萬悔狗虚聲。

井渫無多汲，茶香水不渾。鄰翁能埽葉，野寺暫開樽。問事防人在，論年畏自尊。漸開街市異，禾黍幾家存。

僻地疏冠帶，貧家愛埽除。從來食不肉，到處出無車。客至宵留雨，兒歸晝罷書。朝來新漲落，買酒獲河魚。

濟代蒙深恥，承家悦固窮。行藏羞計命，分寸畏論功。傲骨千秋折，飢腸萬卷充。嘑號從小慣，心覺負兒童。

前有客行代門有車馬客

歸卧歲月遲，衡門匙剥啄。蓬頭忽驚寢，催唤牛衣覺。車馬過鄰喧，金鞍擁弓槊。戎裝肅容進，夢拜手代握。歷述簡書賢，窮鄉聊犄角。嘖稱從軍好，敦我趣帷幄。平地多青雲，千丁萬失椓。先容但坐俟，早晚泥塗濁。謝客殷勤懷，不才審已愨。丁年困兵燹，天地飛血渥。富貴方待人，成功畏期促。空囊利豪取，徒步供超擢。世仰名利源，乘時眼中數。向隅獨樂土，表裏惟河岳。志士長不平，末由見功卓。我無飛食相，軍旅矧未學。傾耳望諸公，雞聲夜方喔。千秋等紙上，不拔行違確。客去吾且休，姑從讀書朔。殷憂非寇盜，得蝸角頭縮。

晨起篇哭膺兒九月二日

晨起呼披衣，老妻淚面眣。目前兒堆廁，楮帛手親紩。瞥視收雙痕，揮之不用拂。婁詢不肯語，但勸趣盥櫛。棖觸兒女懷，故爲苦究詰。丈夫志磊砢，瑣瑣非君悉。遽起向庖廚，呼兒具飴蜜。嬌兒立我旁，睇視不來即。心動滋潛酸，問兒聲忽失。知耶意久解，兒死當今日。未罄心所宣，倉皇掩涕出。已聞阿母怒，未敢高聲叱。半載恬家居，久忘歲時忽。及兹見天性，始覺神悽慄。猶繫家人憂，無情信我弗。呼兒來我前，語母毋兒扶。此意吾心傷，兒情何待述。終償萬行淚，宿負平生戮。昨我奔兄喪，入門對殯肂。撫棺判一慟，三日五哭卒。襲經宿翦楣，無時稅逾七。變麻勸歸寢，制涕入私室。眾□方加餐，案頭見主栗。心知兒所侍，痛啜飯一溢。亟出過鄰家，强顏散心疾。晚歸已不見，汝母爲可必。從此躭幽閒，昕晨務暇逸。家人遞相戒，出口防侵佚。發我舊篋書，見兒理殘帙。未知盡解否，排日事佔畢。十載誦羣經，循資餘三一。見兒所作字，獨惜墨痕拙。亦復嗜問奇，偏傍亂丹桼。爲交頗苦思，手稿紛塗乙。篤愛秋蟲吟，吾家本此物。喜兒性情近，下筆意親密。恨被師説拘，卑卑就聲律。書中見兒手，紙上認兒血。姿性僅中材，其如秀不實。多才信天忌，兒柰非疇匹。即以窮達論，又無山雞質。如何獨凶短，不許安逢吉。因果吾未知，問天奮秃筆。老妻久見慣，强慰非一術。倒篋偵客來，捃摭付炬烈。我悲得暫遣，我痛寧長閟。忍蓄三年哀，藉酬寸心鬱。相將蹋墓草，紙灰風蕭瑟。一酹兒魂知，夢中來恍惚。百呼不一對，地下應銜恤。

先兄忌日徽雪同族弟心翼士騏飲悲述十月二十日

感君相對滋交垂，爲述兄言意益悲。痛抑長甘俗人後，偏憐衹覺小兒時。平生自倚嬌成慣，今日方知恨已遲。和我檐前新霰集，東風將去不成絲。

除夕守歲

此夕年年有，他鄉喜早回。臘兼殘淚度，春待好懷開。邱嫂辭前席，山妻讓後杯。衰顏對兒女，不用汝曹催。

槈經廬詩集續編卷十

旃蒙赤奮若

元　日

老境春隨入，深懷歲遞增。典衣防酒盡，逐鬼籍文能。堅受兒童拜，回悲几席憑。突黔思早出，行腳信遊僧。

和陶始春田舍懷古二首

柳陰新過雨，步惜蒼苔踐。結束趣春耕，鄰翁亦未免。呼兒具耒耜，坡壟逐陵緬。家鶩隨牛行，始知物心善。村東無百步，歸飯家未遠。婦饁已先來，愛時防往返。乃明惜陰意，分寸良不淺。

少小溺糟粕，謂當濟飢貧。千鍾非所慕，或代四體勤。厭飫四十載，仍爲旅食人。青雲悔已後，白髮俄成新。萬事非命定，有求無一欣。杖藜循舊路，秉耒避通津。憐我老且病，舍芸勞比鄰。田家古風在，三代猶斯民。

聽老商話西陲事

頭白西歸客，逢人話雪山。少年不知遠，祇問玉門關。

二喬觀兵書便面辛丑爲友人作。本未存草，今忽見其子持之，聊追録於此

不向銅臺門管弦，弓刀猶妒小姑妍。倚肩共指書中笑，莫是孫家十二篇。

病中遺懷憶都門舊遊戲爲俳體四首

舊日消寒會，番休輭腳移。人人矜大户，頡頡和新詩。面雪臨池覺，頭風脱帽知。酣歌吾未老，醉效楚人爲。

臘八連人日，春盤值萬錢。黄團三寸大，白小十分鮮。把酒同真率，聽琴信自然。飽腸終壓倒，此事豈論年。

東國朝正使，尋嘗意氣投。盧聲嗤類狗，大筆誤成牛。箇箇三韓客，年年八詠樓。墨乾詩渡海，值待賈人求。

幾輩登高集，危樓出市憑。貴人頭一掉，名士口多憎。好去茵飄絮，何來劍逐蠅。區區詩伯耳，食粟且羞稱。

戲爲論詩十絶句

提槧何人挽倒流，直將陶杜并千秋。論詩肯數乾嘉輩，合使朱王讓一頭。潘西麓。

宣城詩派本樅陽，筆下韓蘇異豫章。晚悟亦知成語累，一生辛苦衍歸方。梅伯言。

五十張生今孟郊，江湖臺閣半知交。豪情豈落黄吴後，血性千秋伴石椒。張亨甫。

楚士争傳湯海秋，萬言下筆不能休。滄波欲挽難爲柱，連莫江河更助流。湯海秋。

姚合窮愁老海涯，力開風氣自成家。珠光劍氣紛盈紙，要使張湯瞠目嗟。姚梅伯。

山陽五子宗潘叜，通甫深思格力遒。手訂退聽三百首，免教外人集後收。魯通甫。

宣城亦有五君子，米老元龍氣更豪。一曲鐃歌成絶調，偏將白俗并韓潮。宋伯韓。

并世才名兩漢陽，故應後葉匹前黄。怪君獨具幽并氣，未覺遺山私我鄉。黄淳華。

葉許馮王各自工，春容何必德山同。孫林生力宗坡咎，斬壁偏師一律攻。葉潤古、許海秋、馮魯川、王其鶴、桂德山、孫琴西、林穎叔。

三少當時讓李楊，子衡、汀鷺。北馮南許媿相當。平生愁作詩人了，孤負千秋兩鬢霜。

檢亡友楊君汀鷺札感賦

楊侯下筆頗自喜，流俗聲名輒掩耳。眼中俗物今久無，地下古人呼欲起。文成與人肯珍惜，但覺寸金抵尺璧。解詁書成數萬言，誦經夜得册五日。人間片紙豪芒留，孟六遺文誰見收。載酒生無草玄問，淩風死待茂陵求。坐讀南華又誰咎，註家寧復論誰某。錦囊莫遺中表手，一一鶴聲今在否。

後有客行代門有萬里客

卧病厭生人，長須報客至。倉皇已床下，怪視來塗異。地僻罕見官，鄰兒踰牆避。客言一載别，爲述曹司事。乞外非初懷，折腰憤爲吏。今來奉羽檄，謬廁防河寄。實籍微服過，快伸不平氣。去年金陵捷，明詔奬勤勩。有濫期無遺，殊恩信不次。當時同官者，冠服彯纓翠。余賤何足論，竟無子名字。向非長官憶，獨受臧倉尼。語客無復云，恩讐久孄計。因人已碌碌，受賞吾滋媿。我昔經營時，所供但職位。遂資彈冠慶，實出初時意。幸異三窟營，容當述物議。果能善我辭，感謝方無地。客起無送迎，悤悤促從騎。吾懷久冰釋，一枕長天睡。

前感舊七首有序

里居年餘，索處寡歡。仲夏卧病，忽已素秋。苦憶少日朋儕，半成隔世，悼良遊之末，再慨歲月之不留，撫然興懷，人系數言，獲詩七章，命曰《感舊篇》，其弟則以謝世先後爲次云。

李勉亭茂才敏

李子盛詩名，乃由性情厚。師門賦榆莢，哲匠爲斂手。愛客輕黄金，尊中多置酒。典衣赴急難，不問與誰某。過墓劍常無，設筵魚每有。斷炊了不𠊱，抱甕方栽柳。憶枉箕墅招，冶春重三後。值當訪戴興，怪我來未久。佳句林怪幽，到今山靈守。病中山與我，死去終在口。無復雞黍期，隔河幾搔首。含悽各腹痛，痛哭惟三友。

王雪堂茂才椅

老雪吾宗英，少孤本崛起。雖從俗師讀，私好惟書史。見嫉同學兒，至今謗未已。罷依伯通廡，出結當世士。四十衹一衿，狂名繼張李。此才爲世出，足側天下耳。竟坐詩人窮，眼中固無比。由來付公器，詎肯私鄉里。我少耽朱王，知津實隗始。鰣魚味偏嗜，窺鏡徐公美。惻愴孟家文，每開淚盈紙。將衰更貧病，長恐負後死。

邢秋丞孝廉萬秀

秋丞務實士，内行尤肫謹。母病床尊綿，痛呼意難忍。少躭二氏學，頗受高明哂。奇術祈與齡，經言況可準。居然兼圭璧，哀籲抵年損。慈竹回春榮，三年几杖穩。遭喪再滅性，秋葉行凋隕。孝感理非奇，徒令駭愚蠢。研經悔少作，官禮窮源本。歐血誤豹皮，一囊付灰燼。我時客太岱，蒿里悲執紖。猶有身前名，不隨後身盡。

商抑之大令昌

商侯磊落士，懷抱朗秋月。吐氣無千秋，清光照鬚髮。早年走京雒，論學及先達。執筆來古人，不知當世傑。引經動正色，下士爲咋舌。暗室方倀倀，得君志益決。有時負氣盛，洞察窮廢結。深責無姑容，辭枝實心折。生平契管鮑，知已輕論列。墓木逾十年，荒涼舊學輟。坐看有凍餒，此義我何説。感慨非一途，心悲不欲活。

王薇階孝廉焕辰

王君多侘傺，感激終思騁。高髻城中眉，怪人猶不省。寸腸到死熱，雙目一生冷。卷卷寒具油，架書無時整。昔賢了不恚，怒駡委談柄。誤向書外人，交訌集畫餅。燕臺老駿骨，高卧無人境。獨有長安塵，識君月下影。寄書兩未畣，匹馬太行頂。三尺腰間留，七弦腕底静。篋中垂棘璧，古色仍沈井。永惜兩王郎，徒悲四賢并。

劉蕉坡侍御琨燿

劉侯身玉立，了不矜奇節。獨鶴横九秋，珊珊自仙骨。論文不暇酒，好客常燭跋。每見詢後賢，深心慰飢渴。生平未離母，枕函聞歐血。不語惟椎胸，呼兒指北闕。儒生職忠孝，詎待旌綽楔。季世天性夷，乃彰至行别。十年負明義，掩淚對遺札。惆悵違撫孤，嗚呼筆竟絶。郎君已行馬，失喜望朝列。思假文字靈，終爲書墓楬。

張仲亨明經嘉會

仲亨名父子，誦讀交總角。三禮承師門，獨君衍家學。能爲干禄具，下筆尤犖犖。樹義皆羣經，實資根柢卓。從來注金巧，豈異承蜩數。此事當有憑，青雲在掌握。未逢刮目異，懷寶終閟璞。不見垂纍纍，徒聞折岳岳。新詩謂南老，餘興及雕琢。視我十年長，肩隨每先覺。

前懷人七首

感舊詩成，復念鄉里交遊自入都以後，音問多闕。□□分襟，俄逾十稔，屬雖息轍山居老病閉關，良晤尤難，而不見情見乎辭。復成七篇，命曰《懷人篇》，其弟則以可交先後爲次云。

李享山茂才時升

李子木强人，家貧色不槁。未諳啣拳味，文字供長飽。自解生今時，能令口過少。我時縱狂論，怪視驚絶倒。越女羞無媒，肯矜十指巧。憶年十四五，春事園林好。嘲謔任同儕，尋詩起每早。雕蟲悔向作，什襲猶殘稿。各有飢寒身，别來句同老。獨歸事耕稼，未待人事了。文獻供君徵，百年仗搜討。應珍兩目力，終許畀梨棗。

景孔山茂才山

景五喜窮愁，一胸積深痛。既來麾不去，此豈文能送。日午見炊煙，牛衣戀殘夢。滋疑啓深悟，學易言必中。不墜青雲心，白頭日吟諷。平生但杯酒，豈值謗訕衆。揔下元章魂，龍蛇滿紙動。誠懸鐵鉤勒，到眼無人共。積有蒲祓懷，吾謀知誰用。脱逢道州姿，海内聲名重。得地終市朝，羣兒堪一鬨。不成老澗壑，匪直君也慟。

王蓮苣茂才興選

王君性薑桂，亦自知多躁。雖解隨時趨，恥爲有識誚。受人畏有挾，奮激持過傲。白眼鄉里兒，望望首頻掉。長貧竟不悔，力制已難到。抑抑意未馴，脛脛氣自浩。達夫但未達，誰敢賢者料。五十方詩名，時虞舍老旄。廿年長視我，相長資相教。悦受無慚容，旁觀付非笑。我兄老戇直，獨引君同調。足驗金石交，敢爲後人告。

董静軒徵君恩源

董公世積善，萬石仰家法。身退畏先人，勇爲獨不怯。里無盜牛事，比屋忘匱乏。縣吏不識村，年荒賦早納。德星聚實沈，門内自廚及。文若雙在懷，岩廊已踵接。義方一經富，百行蕃枝葉。不復殊白眉，薰然耳目狎。高秋卧聽雨，憶共槐黄蹋。苟活依君靈，風濤出利涉。至今元龍樓，待我猶懸榻。瑣瑣明分金，益徵我懷狹。

張鐵生學博于鑄

張君湖海士，辭氣森噴薄。筆下萬斛泉，古人爲鄰壑。説經目流電，頤解間莊謔。手作礔礰鳴，空中鳥自落。長塗老駿足，低首就羈靮。蹭蹬無惡言，空羣畏良樂。二年客齊魯，三度遊京雒。坐卧我與書，一鐙對影各。青氊抵畎畝，不陷紅塵脚。生子閣長成，斯文況有託。書來避弦箭，褭褭快驅虐。欲報相思章，不知淚從閣。

延少池學博棠

延陵有家學，初志固難量。執筆當韓豪，不因古人讓。太行蟠河朔，遠視如天上。望氣知異人，陳張未敢抗。壯遊當全盛，壇坫交推獎。斂避天下名，白頭甘里鄗。并門廿載别，大字憶書牓。牽率吾宗英，始聞郢中唱。我時奮足逸，萬里期破浪。君已倦風塵，言歸卧崖嶂。蕭條媿意負，蹭蹬息心妄。不及名山藏，天涯鬱相望。

韓仲弢大令耀光

韓生篤守士，愛古心期遠。日對紙上親，未知生世晚。玉巵舊無當，欹器何由滿。亦作今時言，恂恂異儒緩。十年謝負笈，問字情尤款。俗學吾未能，測君悔已淺。書生作循吏，此事民久鮮。不負書中心，誠求薄俗挽。燕郊萬柳色，百里和風善。隨地何常師，依依在雙眼。吾衰無遠志，小草議未免。輟舵聽弦歌，倘能助一莞。

後感舊十首

久病無俚，既瘥復劇，屬當少閑，前詩勉成。因念生平師友知己，已多凋謝之感，學不加益，才亦日退，深恐一旦溘先朝露，長負幽冥，及今無述，後更何聞，夜永伏枕，觸緒增悲，又成十章，命曰《後感舊篇》，其弟則先師，次友而兼師，次友終焉。

張石州大令先生穆

靖陽天下才，月旦自程莫。張目視古今，獨探王伯略。千秋入隻手，萬里窮雙腳。披褐當清時，棲雲老耕獲。學窺顧閻室，筆繼全錢作。壽陽贊負涵，儀徵歎沈博。我生恨已晚，負笈違初諾。客舍春柳青，驚呼淚先落。名山厭久待，弟子亦冥漠。海内經神亡，長宵遂捫籥。廿年誤奔走，未刮金篦膜。北面迷所從，寧徒福命薄。

王菉友大令先生筠

安邱抱絶學，洨長獲諍友。箸作資弦歌，一官已白首。千秋大令業，三絶世無耦。精核逾金壇，淹通抵曲阜。自餘錢嚴輩，兼不遺部婁。我昔知公名，適當宰山右。張侯憫昏夜，手札介指授。未忍飢寒驅，坐令春風負。書來方問字，已在歸田後。再誤元亭過，邦人痛父母。比聞公乘沖，待詔獻宛酉。何待茂陵求，名山自不朽。

苗先路明經先生夔

河間古君子，心貌地同古。不解今時書，能爲三代語。一生未低首，獨拜召陵許。夢寐皇頡靈，閔人識字苦。寒鐙四千載，聲韻待翁補。文學用書名，孔門肯堂廡。居鄰獻王館，一甓初耕雨。天獎汲古勤，相矜畀專祖。翁衰我方少，著作窺盈宇。三揖無雜言，葩經證韓魯。高郵久不作，無復能知數。意掩胸中奇，黄泉豈化土。

張伯翹明經文子特

張子擅文雄，狂名早籍籍。高才坐無位，亦復耽天戹。少并䵺雪翁，中齋靖陽客。二張各先後，垂棘聊雙璧。開卷無古人，羞同務野獲。一身書中事，脗合踐無迹。乃不知人欺，旁觀或代惜。饋金不敢獻，寒月常絺綌。始識因商侯，氣豪已頭白。替人怍逾分，殷屬惟墓石。再别俄十年，始聞就窀穸。嗚呼又相負，灑涕望松柏。

張充軒學博師恢

吾師務實踐，曾我祖庭集。魯得同志無，再傳殊媿伋。窮鄉學敬簡，官禮獨親執。私淑惟徵君，遺書爲掇拾。能堅兩足載，卓爾齊山立。悔昔隅坐時，趨蹌敏拜揖。昌黎藉利口，高閣厭誦習。轉怪鉛黄勤，窮年耐編緝。廬山别三載，負米乖簦笈。稍長知讀書，嗚呼已不及。到今竟遺恨，綆短抵深汲。頭白對楹書，徒悲寢門泣。

朱伯韓侍御觀察文琦

桂林真御史，朝野仰風采。三直先皇時，及身已千載。大文本忠孝，奚事矜藻彩。能使名氏垂，至今傾人海。愛賢成疢疾，失職非心耐。不解款朱門，獨爲説項每。片長衆未覺，翁已譽之再。訪我赤日中，伸頭忘屋矮。淒涼載酒地，塵壁猶瓊瑰。歸滯天姥帆，紅羊劫忽改。丹青矧未變，忍敢疑君在。淚灑東南雲，終留國史待。

葉潤臣觀察名灃

漢陽貴介弟，儒素世未見。性定忘世榮，向人非時面。知交徧海内，長恐遺才彦。懷刺曾未投，聞名已心眷。墓無掛劍淚，囊少還金券。竟坐詩名高，忠誠博天譴。風饕水飛立，萬里門庭變。制淚事宦遊，高堂待精膳。嗟君豈弟性，豈復堪憂患。遺蜕幸早歸，未遭湖上燹。春明失此客，風雅日凋散。豈乏壎篪賡，滔滔奈江漢。

杜德山讀學楙

德山古粹儒，所在稱君子。篤嗜書上言，投時信宜爾。發言輒驚怪，走避先掩耳。百里初弦歌，不知長官喜。詩成污謬贊，客去亟焚紙。當意曾難人，譽才獨不已。心知盛德過，降格固其理。愛我非文詞，相期肯名士。俸錢每供客，瓶罄銜觴視。默坐稠人中，憂時夜頻起。胸中蓄古淚，瀕死終盈眥。一卷從負君，千秋豈在此。

楊汀鷺太守傳第

楊郎秉孤介，制事皆恒課。上口多古今，人胸化洪大。每遭文酒尼，歸惜寸陰過。晚補猶倍償，竟宵或不卧。賦詩代遊息，閉户吝静坐。恥受燕説譽，畏隨郢客和。驪黄偶入眼，乃覺非少可。操管程千秋，往來獨真我。青雲失半道，志士淚交墮。好學今未聞，文傷竟言果。平生古風誼，寧獨廉頑懦。忠孝完大名，文章抑瑣瑣。

何願般比部秋濤

何郎坐文富，乃得窮尤酷。天上知有無，人間書已讀。能將一手口，擷入便便腹。未潤溝壑身，已消藜莧福。源淵及時命，一一張侯續。四十終一官，侏儒祗多粟。區區且不畀，逾分寧寵禄。回首蘇門游，少强半就木。孔鸞日羽鎩，駑駘矧雌伏。幸未如君才，或當免夭促。昔人歎種絶，此事終誰屬。掩卷非爲君，白頭謝仰屋。

後懷人十首

老杜云“老病懷舊，生意可知”。余生平以友爲命，而性質褊介寡合，輿歎二十餘年，家居無幾，實倚鍼芥之契，歷數知交，不過數人。聚散無常，况死生乎。良晤既不可，必恐遂終無見期，雖迹沮心邇，烏能有已於言乎。復成十篇，命曰《後懷人篇》，以成句先後依書之，不復詮次云。聊取言情，亦不以寄諸君也。

許海秋記注宗衡

許侯樂閑曹，頗便性幽僻。不出動經旬，過門畏熱客。讀書鳴蟬換，鬌髮耐頒白。執筆非異人，能令生僻礰。收身脱要路，兩耳竟難塞。老淚寄空山，憂來紙上滴。不逢問津士，説士翻成癖。畏述平生心，無言時面壁。阮公屐幾緉，屢踐山中迹。酒伴今久稀，歸然留孤格。别來恨我嬾，遠道慳書尺。抱病窮谷幽，我園夢林石。

馮魯州觀察志沂

馮君磊塊腸，口沃惟杯酒。求去非人言，一麾淮南守。爲文獨不讓，百事甘人後。遠慕退聽翁，近追柏梘変。經年靳一字，下筆何由苟。熱血交古懷，盛名恥今口。在弦有操蹙，匿壁或鋌走。掩抑龍性馴，摧頹虎氣守。比聞賦抑戒，塵爵日坐右。大户夙所推，心甘氣實負。恐衰登臨與，頻望南雲首。蕉約期歸山，一蓑共隴畝。

王定甫廷尉拯

馬平今文伯，如對古人語。不掩胸次書，盎然在眉宇。少師宛陵変，北面仰繩榘。入耳無惡言，大聲亟鳴鼓。傾囊每傷惠，一字矜弗許。三贊親王軍，十年佐樞府。歸朝不改貴，恥受親賢舉。近者惟馮何，庶存此風古。訏謨世未見，每食聞三吐。少賤依嫠髮，清磋歲月苦。陳情計已遂，冠竟掛神武。面别悲闕如，相望悵獨處。

楊鐵臣觀察寶臣

老鐵信奇男，任真發血性。時來不能卻，垂白翻從政。雙手爲國醫，萬人待君命。靈臺四十載，徒步繼羅鄭。愛我同目張，四元衍海鏡。痛深潘痤悔，塗畫功未竟。憤惋激古肝，□屑爲之罄。日歸意有待，歲月猶能併。我暇君賢勞，前籌不獲逞。中條夢中緑，秋草深三徑。在已猶蹉跎，無成諉前定。將衰惜絶業，奈此身久病。

林穎叔方伯壽圖

林侯倜儻才，豪氣長卓犖。摠底關塞風，蒼然卷幽朔。獨低涪翁拜，優孟厭吞剥。憶張春明軍，孫王誇絶學。各矜超乘勇，笑我晉人角。載筆行籌邊，金天門秋岳。三峰坐失險，六載飛輓渥。保抱慈母懷，旬宣廢雕琢。比聞疲轉餫，中夜雞聲覺。白草河隴秋，論兵静戎幄。感時定有句，憶我當横槊。預作凱歌留，和君軍中樂。

孫琴西觀察衣言

孫侯曠達姿，表裏冰雪透。下筆殊兩人，力能風霆鬥。神間色無忤，百發仍至彀。來者終過前，古賢未或後。罷朝出每晚，但見形神瘦。釋易占明夷，火雲遂南狩。弓刀寄戎幕，卧理資懷綬。歸奉白頭歡，優遊箸述富。家鄰臺宕側，登眺雄世宙。避地聞再遷，何時免屋漏。别時出詩句，恨晚惜相就。欲寄甄江湖，四明夢中候。

李子衡比部汝鈞

李子能讀書，腹中果經術。作詩雖餘事，興到亦無匹。説項畏後人，論文不待畢。從來盛名副，目見明過實。於我時自疑，他人詎能必。竟遭愛才報，馬上馱殘筆。王傑仍從軍，陳琳且記室。蕭條匣劍鳴，逼側囊錐出。轉羨枝官閒，不才保暇逸。强顔向知己，嵩雒蹋寒日。報國憑文章，書生例語溢。非無磨鐵志，感歎身衰疾。

吴稼軒比部昆田

吴子多新詩，相逢惜已晏。始因葉公坐，識自許侯餞。道散枝葉多，山雜羽毛絢。潘公力一奮，倒喝狂瀾轉。假地非高呼，鴻儀末風便。不資禦侮力，斯道危一線。君昔從翁遊，廿年依筆硯。微言竟未絶，重賴邱明傳。我亦私瓣香，夢中識翁面。白頭悔目力，久爲閱人倦。一别終寸心，但驚人事變。魯侯恨交臂，海内幸相伴。

沈仲復觀察秉成

沈侯雅疏豁，性静資書養。肯倚詩文傳，盛名乃無兩。東陽獨不瘦，塵屑氣英爽。月俸不自收，清尊潔齊盎。龍蛇走海外，韓客每先仰。一見終逾聞，虚來實斯往。至今詠樓月，東國照題榜。襟上猶酒痕，湖山入榛莽。同時幾大筆，淪落珊瑚網。六詔當風煙，南車理征鞅。知流何處淚，陟岵悲夢想。歎息同清時，亦令白髮長。

黄翔雲駕部雲鵠

黄子患才多，盛名誰容吝。文成不加點，十手供難忍。對客忘朝飢，膝前恐語盡。竊歎但艾艾，面赤貌愈謹。畏影疲鄧林，懸車白日近。騎驢走戎署，時任長官哂。走卒知工書，公卿問調軫。墨乾無完幅，每被羣爭損。自我官同曹，掩關值霧隱。非無郢客唱，萬口交推引。甚念當獨賢，黄綢豈能穩。海鷗免相逐，木雁身其準。

病起九日

伏枕三秋客，空嗟九日來。本窮難博健，但病未消災。白髮新能理，黄花舊未開。家人防設醴，堅坐向空罍。時尚止酒。

槜經廬詩集續編卷十一

柔兆攝提格

哭朱伯韓先生

誰禁老大淚，日爲故人滴。淚盡故人空，百年我何益。况兼師友感，兩載事親炙。遠道未分明，心驚歲時積。昔年伏人海，窮巷躭幽僻。三徑帷魯川，蒼落眷來迹。朱翁魯川舊，坐上見詩册。蹋雨來平明，相携漢陽客。牽連許王李，卓犖文章伯。遂介羣賢遊，時譽起籍籍。時譽不足道，風義感推激。期我非時髦，無諛多規責。鵷雛藉毛羽，氣盡滄溟窄。此事從代興，頗思援手隻。晚途稽歸舸，鬢向湖山白。眼見飛火明，決知死生隔。逢人問義血，何處埋深碧。慷慨局外軀，從容泯疵隙。老成日凋喪，吾道殊疇昔。獨報文字悲，竟枯胸中畫。孤行但取義，即事均殊績。授命終由人，豈爲通塞易。丈夫動萬方，名姓光竹帛。幸中非賜言，臨危取身惜。先生嘗屬余演禄命，余取老杜“公若登臺輔，臨危莫愛身”二語以贈，先生大喜，今果讖。

開印日趨直作

倦游千里惜□芳，困卧初春日覺長。臘盡池凌破殘緑，雪餘庭柳動微黄。政令少許酬初志，未敢無何老是鄉。時久上酒。僕馬侯門催起早，始知身又逐朝陽。

次韻贈朝鮮李是迂尚書

相逢何必歎殊方，惆悵尊前鬢各霜。漫羡湖山陪白傅，譚文卿侍御簡杭州遺缺知府，君羡之，屢詢西湖之勝。更親騷辨問黄香。相見於翔雲坐上。

天涯已抱千秋恨，海外同悲一國良。申琴泉尚書新逝，聞之均言。歸語故人牢記憶，雙魚從不限重洋。

寄輓朝鮮申琴泉尚書用前韻

千秋志業喜同方，話別驚心已五霜。與我共深西河恨，知誰更爇南豐香。生無見日腸應絶，死便埋時計亦良。水屋楹聯終作讖，重泉何路寄汪洋。

次韻答朝鮮李竹秋副使

東華罷直意行遲，載酒無勞問字奇。豈意閉門歌慷慨，同來濡筆興淋漓。談深喜覺春風轉，坐久愁窺日影移。君自解嘲餘惜别，憶時長對卷中詩。

次韻再送是迂

别時長速會長遲，握手相逢一笑奇。半世論交增契闊，兼旬話舊惜淋漓。歸如海燕將春遠，到及庭槐逐陰移。回首不堪腸更斷，年年長寄和君詩。

次韻答朝鮮金石菱編修

王孫異代棣華穠，海國文章出女宗。自是君家家學遠，孤雲猶繼後來蹤。

十載春明感故知，微波長是託通辭。君來萬里參專對，依舊魂銷有客詩。

連朝筆塵縱懸河，一見争如即别何。歸訪瓛齋應共慰，爲言青眼閲人多。

送譚文卿侍御鍾麟出守杭州

東南民氣未全蘇，暫剖霜臺御史符。共羨風流追白傅，敢將游讌張西湖。膏腴久盡兵前劫，版築猶勤亂後呼。時修海塘。不用濤頭連萬弩，胸中抵許使君無。

送丁仲山比部壽祺備兵池南

六詔風煙指顧空，單車已盡日南雄。山圍大理天開碧，水入雙盤日射紅。僰爨碑猶晉時迹，馬流柱識漢臣功。遥知樹海春行雨，綿地耕桑萬里通。

夏夜夢中作

夜夢江邊宅，煙波上釣槎。前溪一片雨，殘醉卧蘆花。更泛湖心櫂，雲門訪若邪。覺來餘久渴，落月西南斜。

白首無一事，門前溪水重。能令衆山響，謖謖風吟松。遥指雲開裏，前山青幾峰。樵歸不記路，步步聽霜鐘。

東友招飲松筠庵同用茶字

僧寮過雨緑陰遮，劇喜相尋海上槎。暑退渾忘秋後簟，渴深猶待午前茶。分無諫草羞青史，坐誤詩名負碧紗。一飲徑思千日醉，不堪握手即天涯。

初秋懷魯川

雨聲交敗葉，破夢入軒窗。静夜風偏覺，初秋暑已降。書殘經歲字，酒罄别時缸。猶有天涯恨，思君對影雙。

七月五日鄭康成先生生辰招同人雨集諫草堂展祀并餞朝鮮徐茶史洪眉軒沈綾史東歸探語字

一雨成新秋，輕陰斂殘暑。及辰踐素約，海上聊吟侶。諫草城南堂，厠身古人序。古人復有前，代曠神無阻。尚友我曹事，遺文久含咀。猶懷剛直腸，不屑隨吐茹。敢下庚子拜，經神企遐竚。先師遵馬張，絶學紹賈許。日月光六籍，千秋仰纘緒。惜哉近儒陋，漢宋日齟齬。此豈前賢心，末流激擋與。古來學術害，邪説力放歫。忍復同室操，而忘外侮禦。兩公趣則異，行已各有所。抗疏危成仁，見幾眇高舉。後生準大節，精審惟出處。地易知同然，往來靡追拒。喜君遠來意，幾日共尊俎。知慕良臣風，追隨薦椒糈。能令脂韋輩，對此氣慘沮。我欲更深之，羣經表鐘虡。大成集通德，如海觀乃鉅。幸際懸孤辰，涼生露未湑。薲蘇舍寒菜，炮蟹臛魴鱮。暮色蒼然來，沈沈下平楚。涼蟬抱葉默，孤月向人語。痛飲忘書長，罄瓶猶呼煮。觴行不盡益，話别淚盈楮。禮樂今更東，歸詩溢筐筥。解頤何足算，長跪村兒女。

初秋晚興次研秋韻

秋氣無朝暮，都歸斗室中。池荷貪受雨，庭竹畏交風。閉户安新拙，論文謝舊工。云何非我意，自許古人通。

未信秋生早，蒼茫影自親。天高終日月，地遠不星辰。曾是乘槎伴，仍輸賣卜人。鵲橋知未隔，雨淚漫經旬。

暮噪蟬逾急，南窗倚夕曛。竹深晴自露，樹密晚能雲。見異書中語，聽多坐上勳。吾衰久不夢，耳目柰紛紜。

客思隨初月，齊生故國樓。雲山不到眼，河漢幾當頭。蘭縛平生事，蛩吟到曉秋。依然星在户，兒女話綢繆。

中元夜興再用前韻

日日交愁病，何曾異夢中。孤懷唯可月，涼袖不因風。市骨憐圖瘦，尋途悔步工。自然呼吸裏，有物與天通。

十載中元月，他鄉每憶親。蹉跎枉清景，晼晚負嘉辰。故國門前路，深交夢裏人。草荒連雨損，丙舍淚盈旬。

天盡鳥飛外，殘霞尚待曛。秋聲萬山葉，海氣半城雲。感激從懷實，飛騰肯策勳。年年人事異，殊俗漫紛紜。

籟静收羣動，鐘鳴遠寺樓。暗蛛垂屋角，寒照亂簷頭。摇落寧關運，蕭森未待秋。亦知今夜雨，何事慰綢繆。

晚坐三用前韻

祇有形將影，相依并世中。晚蟬初覺露，早葉乍危風。地近情猶隔，顔衰語豈工。天涯吾道在，不礙寸心通。

獨抱過時悔，殘編夜夜親。古今幾大筆，少壯一初辰。濟世渾無策，成名會有人。閉門吾已晚，倍惜總兼旬。

罷酌山西雨，鄰槐日未曛。蟲留將退葉，雅放待還雲。漫刺猶長物，名山且素勳。一蓑終未暇，褎褎忍紛紜。

歲月羞看劍，風塵倦倚樓。青偏殘客眼，白總少年頭。浮世能無役，勞生各自秋。安知即遲暮，誰與任綢繆。

研秋和詩詞語窮苦境地非宜四用前韻以解之

三十非不達，年華初日中。自當横大海，果是駕長風。蜃蛤經秋佗，魚龍逐隊工。無窮復奚悶，閶闔本來通。

頗怪殊時好，疏狂偏我親。不才那竊禄，隨分亦逢辰。恩怨非吾事，驅馳豈異人。自多叢積悔，無復夢宣旬。

已識前塗隘，修名畏早曛。長將心秉燭，漸卻氣淩雲。絲竹中年恨，文章末路勳。等身寧始願，吾道懼紛紜。

子抱元龍氣，真宜百尺樓。才容效雞口，地早出人頭。悴影争禁老，危呻叵耐秋。方深遲暮惜，未盡意綢繆。

送人從軍

忽承恩詔許從戎，躍馬争看出塞雄。幾日雕蟲三寸管，他時射虎六鈞弓。圍開廣野晴吹雪，帳卓寒沙夜透風。自古百聞輸眼見，萬言歸對未央宮。

五用前韻答芸龕

裹褢清空裹，才華五字中。秋生幾葉雨，暑退一簾風。琴罷彈時妙，棋殘著後工。無心非累物，腕底鬼神通。

聽雨仍前夜，知君正憶親。同來爲客日，獨坐望鄉辰。卷幔星窺影，移床月就人。三秋驚隔歲，訪記病初旬。

未夕屑陰合，庭昏覺已曛。聲喧倚檐樹，影散度窗雲。赴火蛾趨命，争羶螘慕勳。幽懷殊静躁，何地著紛紜。

爲共年前月，招呼每上樓。偏遲今夜眼，坐待五更頭。鐘動烏聾曙，星殘林意秋。能無遲暮懼，何必責綢繆。

白露前夕夜興戲爲晚唐佯諧格六用前韻

露白何曾夜，涼先庭宇中。烏呼邊去雨，林缺處來風。葉葉絲縈密，窗窗蜆縛工。應時看物變，各亦具神通。

醒後誰真幻，寒衾擁自親。無秋無夢夜，盡日盡游辰。立白水邊影，行青山裹人。難聲何預汝，負我卧連旬。

遠燒猶能雨，寥天不肯曛。兩三聲度雁，四五起歸雲。邱壑同同志，漁樵各各勳。清砧催漸急，萬響噤紛紜。

畏倚臨風笛，蒼茫隔市樓。蚩多時户外，熒幾點牆頭。酒興問銷晚，孤懷憺養秋。縱無摇落事，安敢獻綢繆。

研秋芸龕復示和作嘉其意勤戲爲變格七用前韻

華柳庭堂際，錢郎門徑中。五言追正始，一派衍宗風。元白翻新勝，蘇黄門險工。前賢聊戲劇，異代謝幽通。

愛子弟兄厚，交兼兩世親。當年游釣伴，載酒共運辰。媿我形骸隔，情深同室人。今時文讌興，聽雨動過旬。

白髮余偏早，長戈思挽曛。青山君尚未，健筆正摩雲。詩卷直餘事，醉鄉非大勳。從無心憔悴，能息念紛紜。

獨夜愁聞雁，知過何處樓。長年悲落木，知雪幾人頭。天未雨將雨，氣先秋已秋。後時終萬變，曾得代綢繆。

喜婁丙聊道南至

未見終疑一會難，何期憔悴得追歡。三年涕淚頻驚夢，遠道音書幾廢餐。鐙餤冷摇蛩獨語，衣棱寒重露初溥。不堪相對聽街柝，欲話茫茫意百端。

中秋對月同丙聊

卧病去年逢此夜，一尊罷負故山秋。今年客裏仍圓月，獨向天涯豁醉眸。逾分團圓作災悔，勞生頑健折窮愁。升沈見在尋常事，争似閑身自可由。

中秋夜坐懷海老時養屙令倩衙齋

病骨驚秋少醉眠，鐙檠藥竈兩肅然。不堪愁卧同終日，漸覺清遊異少年。風順街衢喧永夜，雨餘星漢儋高天。知君堅坐重城晚，燕漱鳴車茗自煎。

送杜鶴田侍御出守實慶

珥筆先朝舊史官，憶曾持節問湘蘭。使君今是重來客，大將新聞婁築壇。百濮西連銅鼓暗，五溪南盡石江寒。軍興十載饒安土，控禦深憂撫字難。

次韻和王冠三孝廉

共惜馳驅尚道周，一官未慰客中愁。漸添詩課初長夜，坐負歸期反素秋。呼酒那堪支輭腳，看花且與試遨頭。逃禪自是英雄事，老我徒從迹象求。

鋤月種梅圖

畫圖未肯舒香雪，已覺清寒浸詩骨。誰將玉立亭亭魂，耐抱孤根託明月。月明滿地霜華重，夜夜殷勤惜紅夢。一鋤自斷蒼苔痕，七十二峰手親種。長鑱白柄杜陵人，帶月荷歸懷葛民。腕下東風卷中墨，栽成萬里江南春。圖添老鶴呼兒守，準與衝寒待歲首。記取樹人仍百年，還邀明月共杯酒。

愚園觴月圓爲頃臣京兆題

高齋月上星三五，蕭散何曾異官府。長日吏散文書稀，一尊自向天邊舉。紞如沈沈衙鼓長，月亦徘徊高出牆。但覺胸中添浩氣，不知杯底吞清光。桐帽棱䩨六七客，好談風月宜今夕。地偏漫擬柳州溪，園小寧同子山宅。讀畫沈吟見君意，夜鐙舊識君家事。罷觴從問夜如何，待漏明朝敢假寐。君不見東華月明爭直趨，但有貴賤無賢愚，車馬紛紛盡巧捷，此觴此月塵土無。嗚呼此月此觴塵土無，我園則愚民氣蘇。願陳大寶千秋鑒，更繪豳風七月圖。

春風并轡圖爲子穎樞部題

東南壇坫餘韻事，兩峰之圖文達記。江鄉戎馬幾經秋，衹衹春風解人意。燕山二月草初緑，蹀躞香塵萬蹏逐。破帽蹇驢誰先後，連翩萬里雙昆玉。愛君兄弟如祁郊，兩兩鳴鞭廿四橋。買醉旗亭壁共畫，聊吟驛路鐙同敲。長安十載看花徧，添香夜草明光殿。連鑣豈直光鄉閭，接軫還宜并文苑。僾佪先德圖中永，悵望關河惜獨騁。第二泉邊老畫師，寫成朝轡天街并。忽憶山城餞别辰，春風馬上共沾巾。披圖誰識千行淚，短策金臺隻影人。

秋夜校碑圖爲潘鄭堂中丞祖蔭同年題

赤日黄埃走官裏，館諳畫諾操牘尾。得間倦睫棲黑甜，愛古誰能夜鑽紙。怪君未是閒居客，樂石吉金舊成癖。晝將眼潤歸西清，夜吐胸藏幾東壁。乘軺曾歷秦漢都，訪古更過齊魯區。碑洞球琅孔林璧，健筆一一精追摩。豈惟斯邈兼古籀，經史疑聞得細剖。氊蠟流傳别後先，丹鉛藏棄窮誰某。茫茫寰宇訪應徧，獨恨古人不我見。肯使翁阮留闕遺，還從羅濟徵文獻。君撰《朝鮮金石録》收百餘種。卻埽長年葉滿庭，草玄兀對一鐙青。憑君莫笑蟲魚陋，未老猶思書六經。

謁壽陽公問疾呈公子子和編修世長

傳聞憂樂損清神，珍重蒼生待命身。有手能令邦國活，憐才直與性情親。常承走望勞加服，屢謝登車惜吐茵。豈獨君親未報稱，此生愁作負恩人。

朔日立冬喜雪

輕年不雨印愆陽，百卉秋深葉轉芳。太史立冬占朔日，京華喜雪兆農祥。白三已覺先春飽，出六徐添入夜香。幾日饕風催順令，不須搖落更嚴霜。

送王蓉洲給諫備兵閩中

白首方行邑，羣公惜莫留。維閩初大郡，作監古諸侯。瘴溼晴常雨，潮蒸暑不秋。那堪垂老淚，强飯慰交修。

送趙沅青給諫備兵述西

愛子居相近，經年會面稀。及今方惜别，未去轉情依。監郡辭霜簡，還家謝繡衣。南車吾欲指，莫使素心違。

送張貽山侍御觀鈞出守施南

剖竹資霜簡，誰能憚此行。星辰雙闕逵，江漢一舟輕。鳥語蠻中澀，蝯聲峽外清。爲郎從白首，應笑魯諸生。

送卞頊臣方伯之任河南并寄李子鶴中丞鶴年

弁公舊是烏臺客，作尹身率二千石。四十開藩能克家，郎官殊遇尤破格。當時決計排羣議，朝野至今望前席。朝奏夕下争抄傳，肯隨指嗾矜彈射。自然文采結聖主，未久諫垣人盡惜。三輔晚卧民不驚，催科無復事鞭責。邇來中州困財賦，善後政待公去畫。輦下失乳啼羣兒，攀轅舍我怨安適。清霜昨夜叫寒雁，雨染千林葉飛赤。匹馬曉蹋嵩雒雲，笑談已無嗷鳴澤。故人開府别來久，馬上傳聞還草檄。洗血千里普春耕，排河要共銷矛戟。腐儒閉門但章句，無事閑將鬢髪白。早晚功成須兩公，因行且贈繞朝策。

槈經廬詩集續編卷十二

彊梧單閼

午橋仲海招飲龍樹寺餞朝鮮李友石尚書東歸

情親何必舊，斗酒即平生。匣劍不能語，壁琴空自鳴。危樓殘照色，遠寺暮鐘聲。長物猶詩卷，徒勞記姓名。

見種江亭柳，年年綰别離。每因歡會地，動是惜歸期。客去青山在，君來白髪垂。他時雖有夢，何處少途歧。

送丙卿出都

念子非得已，胡爲久此間。關河寧獨在，歲月惜空還。迹近皆爲累，身輕亦未閒。無令雙鬢緑，徒向馬蹏斑。

夢中示三弟景口占

昔記魯川傷心句，高曾以下吾兩人。即今死者不可作，獨我與子形相親。撫鏡日日髮催老，聊床夜夜雞戒晨。逝將投劾耕先隴，不用下澤驚比鄰。

送伯寅少司空同年之奉天估修陵工

中朝銜命事橋山，庀局留都役待頒。列禁勤官儼壇墠，修除徽隸尚闉闤。龍興王氣雲長白，虎踞雄圖海自環。莫訝儒臣工湴匠，從知將作有倕般。

吉程荀叔明經守謙至都

一身無尺寸，萬卷爲甲兵。徒步中有恃，虎狼相向行。餓鴟嘯筆底，辟易千夫驚。歷抵頗自惜，幾年居上京。知才不能薦，口惠交公卿。此豈君寡有，閉門恥虚聲。我來君方去，歎息難合并。退尺進無寸，閒官人所輕。許侯深贈語，類我胸欲鳴。惜亦空言託，祓湔激中誠。冬聞客梁苑，幕府多豪英。賴有賢地主，開筵倒屣迎。夜光豈閟世，秋賦仍勤征。握手不言苦，但傷别離情。大臣一吐哺，俊乂招八瀛。壯士輦下老，憂時淚縱横。哀歌動燕市，白日坐中傾。萬事且杯酒，乾坤忝榛荆。我衰久離索，所媿學無成。張目幸相助，道昌非世榮。

喜雨聯句用老杜空山中宵陰篇韻五月十八日

旱蠹雕枯榆軒，溟鯨涸瑤席。雲峰兀深黄孫毓汶，雨勢黯空碧。泡幻當砌地董文渙，瀑喧倚檐石軒。陰陰室藏明文渙，旳旳池跳白。瀉竹瘖風鈴軒，翻荷矗霜戟。詩瀾開混茫毓汶，酒渴恣驅役。倒峽聲轉雄文渙，誇河氣無敵。槁興原野動軒，潤襲枕衾適。課驗桑林鳩毓汶，賞歡茅屋客文渙。誠祈慰我皇毓汶，雩舞紀今夕軒。

送孫萊山學士毓汶典試四川

沈子歸初從六詔，而君行忽已三巴。三年魂夢成詩讖，千里關河入使槎。楊馬不知誰繼起，宋王肯讓各名家。瓣香孄就成都卜，日酌岷源薦浣花。沈仲復《備兵迤東君□》詩有“君行未六詔，我夢已三巴”之句，後仲復果未至，而復君此行已三年矣。

次研秋見示詩韻

秉耒曾無田，待時復何器。雖微竊禄恥，已作綴旒寄。聖主當宵衣，欲言懼越次。微令費紙墨，奔走供胥吏。此即非遠憂，賢勞猶可至。老知世途廣，日覺古今異。玉燭調中階，草茅敢輕議。優遊飽糲秣，立仗方示意。時務終難知，盛名信爲累。三歎漆室女，詎曰非吾事。

再次前韻

未信魚脱淵，寧防鼠投器。誰云痒疥疾，茶共心膂寄。有犯終無欺，那能更思次。孤行氣不折，自審殊委吏。敢以微罪行，亦非始願至。悠悠形骸隔，落落禮數異。密勿猶虛聲，固多處士議。遜荒忍自絶，高厚知無意。待旦思丕時，恐貽明德累。鳴烏忽不聞，四方方有事。

三次前韻

與地慳空名，示人戒利器。本無夷夏隔，同是威權寄。黠虜非人情，喪心抑失次。那能盡羿道，倒柄待對吏。秋誨從無隱，曾難一中至。苦良終地遷，咻傳矧心異。授隙防啓戎，假辭懼滋議。政令勢力敵，變本失初意。械巧生備餘，忍遺後者累。焚裘卻走馬，中外咸無事。

四次前韻

詭道知軍形，佳兵識凶器。伯才務智力，内政猶隱寄。弓矢曾恥爲，失官抑其次。未聞姑舍學，亟肄爲天吏。孫武書火攻，毒流無不至。重黎職久缺，柝肄生妖異。矧聚羣少年，利災逞新議。富强亦多術，藏寓各深意。武力寧殊前，但爲轡組累。文王倘足法，爲樂從所事。

五次前韻

待聘爲儒珍，速成豈國器。幸非民社責，隱欲幹城寄。十載疲興軍，論功固不次。遂令志士恥，操版儕庸吏。天地日終南，不行猶自至。但傷步趨拙，末辨軌轍異。薪積終有薪，相妨更相議。豈宜順助長，笑翅勸師意。應變安目前，遑憂負俗累。能爲每人悦，焉盡平生事。

六次前韻

重事資平章，不官肯受器。安危在天下，貴富身如寄。衾枕淹歲時，坐論疚離次。歸田已三上，詔許殊察吏。庶務心煩勞，深思體周至。始知覆載□，更仰照臨異。未死猶心肝，忍回曲學議。清宵望雲漢，風反或天意。幸保憂國軀，脱然已寡累。隨軍慰郊出，燮理三公事。

明孝定李太後九蓮菩薩畫像歌

君不見勝朝季運丁百六，四十八年深養毒。不待再傳勤剥殘，豈知初政方清肅。宫中聖母促早起，罷講猶聞長跪讀。端拱不疑威福專，坐資師相一夔足。振枯剔蠹叢脞舉，貫朽倉有陳陳粟。款塞築城强敵歸，渡遼出師國祚續。成功固應書彝器，奚假象教爲釐祝。堵窣長留滿月容，旃勤漸兆崇土木。至今瞻拜猶興感，海國陪臣意棖觸。異代猶深戴履恩，身親况切同憂辱。人生忠愛出至性，遺澤何曾異陵谷。獨惜太岳非純臣，終因大伴何碌碌。性剛縱無仰藥恨，背刺俄同參乘族。徜憶先帝憑几時，閣中取傳當痛哭。

示商生毓璜

遠道驚非慣，炎風問索居。廿年同輩盡，隻影再生餘。綿薄終吾事，艱難况父書。晚慚游宦客，白首願多虚。

奉題海秋太夫人畫扇遺墨卷子

許侯豈直詩無匹，少耽煙霞成痼疾。平生飽歷江南山，萬卷兀與胸次一。弄筆時作小平遠，郭熙官畫但蕭瑟。十年不復揮縑繪，忍憶寒燈畫荻日。夜啓父書親口授，不教丹青變素質。白頭捧檄一開顔，緘笥齊紈遂絶筆。颯颯風林暮天遠，江樓月上深促膝。多應慈母心上霜，長對孤兒眼中血。我識許侯終有後，披圖拂拂生氣出。清風一握還歸君，珍重杯棬莫更失。

再呈海秋

君不憶往時主客多才彦，動色傳觀賦畫扇。隔歲未敢輕揮豪，還君謬待徵題徧。寧防妄意出扃鐍，一夕俄聞大力篡。人海回首幾沙塵，茫茫浩劫昆池變。灰揚慘憺白玉軸，瓦瓴飄零銅雀硯。此畫人世知有無，祗餘淚背悽盈泫。智窮未計歸閒速，痛定翻咎誨盜慢。示我依然十載前，低佪撫迹成悲惋，卷中故人去略盡，幸共蹉跎兀相伴。珠玉盈前又幾秋，漸傷才盡力庸懦。人生會合終苦促，異地存亡歘過半。同巷日覺過從稀，隔鄰屢怪歌哭换。知君向老惜冰雪，余亦將衰懷雨霰。安得相攜圖畫中，倚欄更試腰腳健。

次韻答荀叔

七尺非衣食，肯爲塵網攖。蒼生悲素位，白首誤虚聲。羽翼曾誰假，文章豈自成。清時勤閉户，漫灑淚縱横。

未抱匡時略，憂懷媿賈生。深杯雙鬢改，孤劍寸心明。客久才兼退，君來意暫傾。青雲真賞在，窮達豈無情。

暑甚閔旱再次前韻

炎暑焦纖葛，輕肌未敢攖。日荒雲異色，風噤樹無聲。腐火翻初動，空雷聚忽成。迢迢星在户，雲漢自前横。

千里連三輔，青青草未生。竹宫頻槱燎，桂館日齋明。泉錮山同鑠，塵揚海共傾。飢驅終未免，此輩豈人情。

夜雨三次前韻

枕席宵來净，潛知雨意生。兼風初約點，過葉乍分聲。喜極吟添健，愁新夢罷成。搴簾頻把燭，檐溜惜縱横。

達旦何曾寐，交回萬慮攖。驚霆冒壁出，飛電潑窗明。時序盤餐減，家山斗酒傾。不知千里夜，聽雨幾人情。

關中葉薌林大令桂小楷書譜爲文孫少農刺史增慶題

過庭墨妙舞龍蛇，學步紛紛未作家。誰似後來成二妙，翻新美女更簪花。

一生眼福各前緣，生况同時豈偶然。九十一翁親見得，揮豪記是我生年。

楚南千里尚弦歌，畿輔棠陰更幾多。自是循良家法遠，不須三世羡巍科。

九月六日同人集慈仁寺爲位哭魯川觀察

生死本尋常，怪君未宜至。猶靳世上年，暇論胸中事。少誤平生懷，青雲匪難致。曹司二十載，落莫羞自爲。屬值江北昏，乃蒙連城寄。居中乏奇策，領郡倘行意。幕府納虚聲，飛章請毛遂。間關四千里，感激寧私義。再作從軍行，風雲假豈易。九重賜顔色，報國惟蝯臂。寶劍千金裝，短衣攬征轡。安知侯萬里，不在五經笥。青史功名多，苦傷今古異。書生得肉食，紙上徒長議。分受蛾眉嗔，將軍忽對吏。運營散蝯鶴，玉貌同顦顇。大府資羣材，淮陽少卧治。一隅風太古，夜户無犬吠。謝眺青山鄉，青蓮萬古地。天供詩客眼，何但消長醉。袖底歸田書，恩深敢早計。猶餘汲古血，酬者十無二。勑目俄改官，私疑轉憂悸。果傷長沙鵩，竟掩山陽淚。握手相驚歎，魂交託夢寐。心悲不敢問，畏失窗前睡。疇昔張與梅，魂招集古寺。豈知腹更痛，又設君虛位。道喪來日難，千秋寸心值。悲君不在命，我輩豈文字。

研秋備兵甘涼屢有詩道意重九醉中口占次韻

百年均夢寐，安必即蹉跎。親故别來少，功名亂後多。封侯終有命，出塞不勞歌。學圃吾將老，衡門待早過。

臘　日

臘破驚初訊，艱難日異聞。山河猶四塞，狐兔倏千羣。日短愁難度，宵深夢不分。心知速如鬼，且忍待官軍。

有想寧堪設，强排卻已回。死生片時異，行坐寸心哀。攘臂拘誰健，然眉耐幾灰。無言非僥幸，萬事藉懷開。

意迫防人問，心孤轉閉門。驚弓甦舊淚，畫餅困羈魂。族倘宫奇挈，孥誰士會奔。春來隨地是，聖世盡桃源。

苦語憐同病，音書惜各沈。青山供淚别，華發委愁尋。骨肉鐙前影，風煙枕上心。平生不解恨，今日倍知深。

守　歲

獨煉憂患骨，能支老病身。半生長是别，千里自爲鄰。故友面生草，諸孫衣化塵。幸辭窮歲夜，早入萬家春。

㭼經廬詩集續編卷十三

著雝執涂

新年作

祇有殘冬淚，隨春向目前。愁兼寒作伴，老與病相權。故國添新鬼，他鄉换少年。争禁一寸血，日夕百憂煎。

正月三日卧疾用杜歸溪上韻

卧病疏人事，依然在鳳城。鐙花新歲色，爆竹萬家聲。心畏隨茵吐，腰難藉杖撑。年年添老淚，何用歎初生。

上　元

飛火連三輔，僞言況再仍。春先甲子雨，病怯上元燈。弦箭寧誰發，羹齏祇自懲。悲深思妄塞，萬一寸心能。

送研秋馬上口占

君去應自計，我歸定誰主。從知别後心，奈此不能語。

痛極時策兒陷賊未歸

痛極忘身在，猶殘垂老魂。但渠生可卜，忍我念常存。勤苦從貧慣，飢寒讓盜尊。淚前容早見，拭目待軍門。

展轉心長怯，低佪意暗悲。兄魂知地痛，嫂病尚門持。白璧寧能惜，驪珠倘不疑。關河徧豺虎，問道定何時。

寒食退直

病卻宜杯酒，心傷歲序同。聲威千里□，消息半春空。地遠猶寒食，天高且信風。紫光常在眼，間對禁花紅。

東海老

君外惟風雨，新年夢亦過。病兼殘月最，寒抵舊春多。市酒從人醉，鄰鶯枉自歌。屐痕旬日碧，花落奈深何。

次韻海老三月晦日雨中對花

風雨春交盡，寧因花事遲。無端枝上覺，不待鳥邊知。開落終常運，榮枯適此時。歸途來處是，回斡更何岐。

贈孫琴西觀察衣言

十載緐鬚眉，蒼然道氣勝。千秋注腕底，詩卷平生定。不惑青松心，歲寒閱風勁。知余惟兩鬢，報國在清鏡。蹇步乖風雲，厭遭世眼另。一經人海寂，此事寧關命。握手不能悲，但傷酒侶剩。行藏視自蓄，時位猶難稱。静對煙塵昏，人人馬上盛。心肝花槸豢，藜莧何由逞。久愬世上懷，忍蠲身外病。嗟君亦文字，吾道固多幸。

送袁小午鴻臚保恒同年從軍

入幕風雲聚，連郊虎豹屯。郎星臨壁陳，卿月動師門。壯志雞催遯，雄歌笛和琨。吾謀今已用，盜賊得常存。

藉甚巴圖魯，英名曳落齊。淮徐餘舊澤，尸祝徧窮黎。許國惟將劍，承家且執提。那能隨老馬，只作仰天嘶。

幾許封侯骨，腰弓倚陣雲。山河當格鬥，奴僕合功勳。草木驚無色，風雷静不聞。他時何地著，甲第定紛紛。

建鼓憑君樹，牙旗向淚開。鬚眉羞魯姊，肝膽託林回。影憩將軍樹，春歸上相台。公私吾意足，破涕好音來。時屬訪策兒。

寄研秋

別淚清明雨，柴扉眼倦開。山高匹馬去，雲斷尺書來。故里新耕血，行軍半卧灰。路難應念我，垂白首頻回。

喜海老過話

版築空巖穴，干戈長子孫。避喧黄閣静，養拙白衣尊。年大宜耕野，時清得閉門。寸心同不解，無地著人恩。

再柬海老

萬卷無盡期，誇河意自逞。方將享敝帚，暇與悲破甑。少日牽虚聲，腹便伴囊罄。塵容落君眼，坐擲朱顔盛。垢積廿年深，古今瘵心競。疵瑕泯兩耳，莫返歧趨正。長者或姑息，新知况多佞。浮生籍衆口，寂寞棺前定。晚悔思痛湔，力資鍼石勝。不争七尺暫，卓使千秋稱。四海君一人，忍令窒畏聽。馮君已宿草，舊淚更誰迸。天畀身手閒，猶能事孤詠。鳴禽變歲月，閉户友聲應。幸邇揚子廛，當開蔣生徑。文章且餘事，愈我非時病。

市樓話雨圖分圖字閏月望日招同人雨飲叔和爲圖海老琴西各爲記以題爲韻

啼鳥罷勸疏提壺，萬愁塞腸詩興枯。市樓日暮上飛雨，一笑邀歡今久無。亂瓦聲喧歌呼雜，推窗水墨雲模糊。西山肯爲故人出，一角淺澹明浮屠。城郭閲人坐中换，尊前去盡高陽徒。當時大筆馮葉朱，復有楊郎歌喁于。丁卯先生舊止酒，天憐不醉留其軀。輿公歸作天臺賦，飲少博健仍飢驅。大户高才兩寂寞，十年老淚三影俱。但愁莫測死生異，等别寧論窮達殊。祁岳亦遭長官罵，醉中貌得瀟湘圖。董生鬱鬱尚兹土，共我登樓興不孤。海内論文幾人在，肯將畫餅充須臾。百年忍供危欄倚，健者何必非泥塗。冰酒風回萬葉噤，佳聲澈夜流天衢。清時腰劍無用處，蹋雨解付長鬚酤。

贈祁叔和太守之謬

語每稱師友，明君歌泣真。罷官豈關命，傾産不言貧。譽毀寧三代，從違且衆人。更防杯酒失，年少謝相親。

叔和爲作改詩圖代謝

目中共識佳山水，衹苦相逢乏真耳。不怪下里無正音，豈知陽春有殊旨。百年頹響繁箏琶，矯枉廢宫競流徵。清廟疏越嗟日希，心知斬遇羹牆裏。一生苦調務中聲，坐此知音每不喜。書法魯公稱入聖，人言破壞從顔始。正如粗淺誚杜韓，此語雖偏要近理。變格側筆姿新奇，效尤那不防波靡。卓然好惡異時尚，得失姑當百世俟。并代近師山陽叟，凝神心畏惟許子。不争好惡務愜心，敢厭吹求受知己。復作郊語非憎郊，東坡笑我當冷齒。

送琴西歸温州

頻送人更稀，重來情尤切。奈何席未煖，又作黯然别。拙嬾卧春明，落深没車轍。喜君能屢枉，塵榻得常潔。悲述避地歸，煙氛靖雙闕。漢儀幸再睹，衹待匈奴滅。細柳經近郊，鯨鯢化飛血。廟堂用神武，馬上紅旗掣。程石疲軍書，論功腕欲脱。生兒但身手，碌碌終奇節。比户當風雲，時來無巧拙。遺賢不在野，獨往事岩穴。萬事非本心，鶴軒意豈屑。畏沾薦禰墨，誤换封侯骨。曉放潞河舟，長江一水達。防身不用劍，表裏書卷列。旅倦逢清時，衡門足歲月。謳歌合吾輩，彌此耕鑿缺。去住非由人，歸田我盍決。送君兼自送，杯酒待重熱。

送翔雲出守雅州

論文愛直訐，過甚或傷厚。常懼媒愆尤，閉門謝趨走。忝當素心愛，未忍終緘口。國子多盡言，旁觀爲掉首。心知忤時忌，但恃義無負。貢諛中外殊，囁嚅顔忸怩。將毋待友薄，自處抑何苟。竟抱區區誠，分豪得細剖。黄君楚北産，雲夢胸八九。君子吾家司，同曹歲時久。論交啻十倍，我友君皆友。下筆當今時，不瞠前賢後。文成每先睹，如蚌快爬垢。豈乏交口推，時譽君固有。商量到千載，吹索鄰攻掊。愛極過望殷，發言輒内咎。春秋貴責備，顧我望形醜。自反猶未堪，知君定恚否。夷然泯芥蒂，雅量微虚受。道喪文士多，陶瓬埴梗偶。悠悠徧行路，一揖忘誰某。何值牙慧餘，暗投抵破缶。一麾行當別，幾日勤握手。使我心忽狂，念君如中酒。贈言索已再，先我惟許叟。事有大於斯，文章且不朽。

聚散聯句

當散倏成聚王軒顧齋，招邀眷征轂張丙炎午橋。深朋尋墜歡孫衣言琴西，修夜集近局午。天開辟閶闔黄雲鵠翔雲，地轉異越蜀。蒼茫棧雲冷祁之鏐叔和，逶迤潞河曲午。別近情話長翔，漏短行觴促。棱棱眼争明孫毓汶萊山，落落意誰屬和。牆頭留晚紅琴，籬角待寒馥。月静風柯收顧，燈黯露蛩續。念當天一方午，共飲愁千斛。掩淚捐前因翔，題襟戀三宿午。秋風隨雁來琴，離緒雜葉觸萊。身老宜江湖顧，時清合醹醁萊。歸謀二頃田琴，自有百年屋萊。鵬鷃雖殊圖琴，夔蚿寧異躅。吾儕溷人海萊，孤抱等鼠璞。章甫慎所資顧，進退豈繫獨。君泛浙江槳萊，我愛鵠山緑琴。人間名山水，真賞亦雙目。庶充枕流耳，寡和平生足。握手天海青顧，贈言互三負萊。

重陽後雨起書夢

風交殘葉動，吹墮數枝雨。起坐不知人，寒聲在窗户。依依耳目隔，歷歷詩中語。晨雀噪空檐，淚交窗前土。

送小午學士同年從軍秦中

又入征西幕，何能惜過秦。冰堅三豕渡，雨避二崤春。忍淚憂時淚，同爲報國身。吾謀寧不用，肉食得無人。

次韻答海老

後視猶前日，客誰避盛名。垂天無斥鷃，剪海有奔鯨。日對今人古，心知死地生。他時直筆史，肯信白衣榮。

日日同君面，書中舊卜鄰。過牆千里月，久坐四時春。薄宦從茵溷，幽居忝扇塵。眼中相對老，未死豈閒身。

次韻再柬海老

世待真才濟，知成幾許名。如何持蚌鷸，坐使脱鯢鯨。將相容拘種，風雲莫假生。不因身手拙，得免眼前榮。

海内容高枕，無勞更買鄰。洗兵初罷雨，收淚且過春。天定資先路，時來讓後塵。因人均碌碌，有致定誰身。

再次韻柬海老

自信名山在，偏慚多口名。中原誰角鹿，異世待騎鯨。計拙安貧借，顔衰向俗生。文章天下物，假手我何榮。

歲月知先後，相望總比鄰。斯文天未喪，直道物爲春。但共湖江影，寧同滄海塵。千秋仍昨日，憂樂肯關身。

戲　下

戲下兵全罷，心孤耐歲時。銅缾消息渺，鐵網道塗疑。未信來無日，終留夢可期。拔心從不死，淚罷幾時垂。

短視惟憂汝，全家虎口新。世皆安宅地，獨作向隅人。大隧容相見，與夷定待詢。有生寧罪罟，敢惜未逢辰。

次韻答叔和

面目猶吾是，何曾少復真。畏名緣過實，逃賞坐能貧。壁破鄰防盜，風饕樹恐人。倘無燈下影，肯信閉門親。

吾　心

果是幽明隔，應知此夜情。我心終不死，汝命倘能生。睡起頻尋夢，書來亟數名。寸腸周萬轉，無俚只呑聲。

贈巖鹿溪

獨抱區區三十年，逢人欲奏廣陵弦。心香何必無身後，齒冷從來只目前。但使鵠成寧類鶩，何妨魚得更忘筌。非君未敢輕相信，幸未師心誤後賢。

奉題劉省三爵軍門銘傳詩卷

破陣歸來盾鼻磨，關山歲月照高歌。管城何負封侯相，獨占風雲氣象多。

十年蒿目憫流亡，身歷中州百戰場。豈效書生作豪語，徒將新曲譜伊涼。

有約青山待早歸，恩深敢計素心違。北門鎖鑰勞君掌，莫便功成即拂衣。

囊錐處處從軍樂，弦箭人人行路難。舊坐詩窮今不悔，一生相伴誤儒冠。

六百歲圖爲曹嵐樵給諫題集杜

松下丈人巾履同，春光嬾困倚微風。將軍下筆開生面，才力應難跨數公。

神仙中人不易得，曹霸丹青已白頭。報答春光知有處，迴船應載阿戎游。

酒　罄

酒盡囊空病轉嬰，詩書不救餓腸鳴。探懷更盡江郎筆，詩句還因借貸成。

書　來

書來千里念窮途，怪我重陽一句無。但道病來詩思減，猶防人測是催租。

市樓對雪次芸龕韻治庭石笙招飲

晝行厭受車塵撲，夜竹敲窗黯鐙粟。卧聽僮埽庭院風，啓户初晴晃檐旭。九秋無雨冬過半，詔祀齋壇嚴百局。農詳已光六花飛，始識天心有瞻矚。哆指消肌抵挾纊，充腸預作家家玉。六街米賤醉易謀，肯惜衝寒馬毛縮。諸君年少我漸衰，暫賺朱顔駐尊醁。故國雲山檻前隱，憂心亂我河九曲。樓頭杞天低可呼，長夜忍待雞聲促。大捷忽憶瓜洲時，十年鴻爪倘重續。丁巳冬至日消寒大雪，適瓜洲捷音至，余作《天街蹋雪圖》。

天　塹

天塹終賢十萬師，履霜人盡識危基。寧忘兔脱開門後，又是狐聽曳尾時。整暇楚材資晉用，艱難虢憾恐虞隨。兩城本意非回紇，至計誰當守四夷。

不　信

不信非因夢，應無見汝時。渾忘千里隔，但記一年離。有地容糊口，誰家撫作兒。從來占吉語，願早作歸期。

金粟留香圖爲劉子重題

刹那空花付鉢曇，維摩應許病同參。無遮一會成千古，從此長依彌勒龕。

婆娑影伴月重光，不分西窗賦悼亡。頭白劉郎漫懺悔，返魂留待夜來香。

春盡再次海老韻

日見除風雨，何曾較夢遲。意當無事隱，心祇不言知。憂樂仍前日，文章豈此時。非因尋向識，寧復計途歧。

送升竹珊廉訪泰浙東即次留别原韻

累葉先朝啓沃臣，懸知巽命定重申。承家早列郎官貴，作吏初傳太守真。利析三河貧更富，刑清兩浙舊咸新。尋詩祇待西湖徧，早晚黄扉仗綍綸。

我亦曾爲蠛蠓臣，長慚無術學韓申。投竿已悔前時拙，抽版容全畢世真。依幕才多醴先設，論文氣盛榻常新。雜忘五載追隨地，榮戟他時問釣綸。

壬戌科會試前録序代

皇帝御極之元年，歲次壬戌，會試屆期，吏部以試官請，奉旨以臣倭、臣萬、臣鄭、臣熙往。伏念臣倭滿州下士，屢奉恩命，於道光某年充某省正考官，於咸豐某年充某省正考官。玆復渥承殊寵，叨典文衡。謹同臣萬、臣鄭、臣熙先後入闈，夙夜將事。先是，科臣以釐正文體爲言，下廷臣議，以文務取清真雅正爲宗，以期拔取真才。得旨：允行。臣等謹持此意以采擇，卷幾三千，殫精遴汰，取其言尤雅者，得士如額，既以前茅十卷恭呈御覽。録既成，臣例得綴言簡首，乃拜手稽首而言曰：今取士之方，其惟文章爲盛乎？我國家承歷朝之制，試律經策，試士斟酌損益，盡美盡善，無復加已。世多以士先器識後文藝制科，恐不足以盡其才，而欲多設科目，以廣登進，固慎重掄才之至意也。臣嘗伏思虞廷"敷奏以言"，即後世對策之權輿，《周官》"三物教民而賓興之"，六藝與德行并重。至孔門設科，則合德行爲一，而言語文學獨分而二之，豈略實而崇華哉？誠以賢才進身之始，德行非可言見，而文藝不容僞托，故造士之方雖廣，而取士之途必出於此，雖聖人之教浸，亦與爲積重焉。三代而後，漢以射策，唐以詞賦，宋、明以經義，所尚各殊，而以言取士則一，蓋舍言而進矯僞，轉不如取言而可別凡民其事爲有徵，此百王之所同，莫之能廢，亦莫之能易也。夫制義代聖賢立言，詩本采風之遺，經覘根底，策備實用，文亦何嘗不足盡才者。至於重射策而習縱横，尚詩書而趨浮艷，崇經義而溺章句，此學者之過文之弊，非文之失也。懲其弊而救之，亦務取清真雅正爲宗，蘄無背於修辭立誠之旨，斯可矣！變其名而仍其實，紛紛設科，徒滋冒濫，又烏睹可久者耶？雖然，以言取士，固君子野人所由分也。若夫辨人品之臧否，審學術之真僞，則不繫此，是蓋别有其道，而亦非區區一第進退之所能盡矣。方今聖天子典學伊始，黜華崇實，首以釐正文體、拔取真才爲務，凡此多士所陳，率皆學古有獲。不襲陳言，不摭隱僻，發明經義，能以先儒訓詁爲宗者，由是而爲君子儒。志古人學文也而進於道，此則臣等所仰答聖恩於萬一，且願與多士共勗者爾。

聲調四譜圖説序

唐人詩法聲調，蓋有定式，律體多沿陳、隋之舊，惟古體與六代迥殊，七言則至唐始備，且初盛亦自不同。史稱沈、宋研切聲律，號爲律詩，而世不傳其説。俗有“一三五不論，二四六分明”之語，莫知自來，意即沈、宋之遺。夫“一三五”則拗救是也，“二四六”則黏對是也。古語簡括，當時家喻户曉，無煩别詮。中晚專工近體，其法寖失，獨近體歌括四語，至今不廢，則利禄之途然也。韓孟崛起，力仿李杜拗體，以矯當代圓熟之弊。宋、元翕然宗之，拗體孤行而正體微，後人不復能通，輒以前二語爲詬病，抑又悮矣。國朝益都趙氏，始創立《聲調譜》，同時秀水朱氏，亦言杜律單句尾字三聲遞用，今驗唐人皆然，亦不盡句尾也。余家世爲詩，先王父著《騷壇八略》二卷，先叔祖父曾手訂《杜集聲調》，皆宗趙譜。余年十三，先世父即以二書并趙譜授讀，比連遭大故，幼學失恃，師質疑莫由，茹痛而已。洎飢驅奔走，輒以杜集自隨，始稍悟每聯偶對必諧，趙氏但重下句，爲未審也。里居讀《全唐人詩》，獨愛劉文房格律精密，又悟古體，亦有黏聯，舊但以一聯爲式，猶未確也。因私創爲五七言古詩平仄韻各圖，圖定爲四句，略具黏對之法而已，然以證盛唐諸作，輒難盡合。既乃再討先人遺書，因得論黏對、拗救、雙單、正變，并絶句諸法，漸識端倪。蓋黏對者，古律所同，拗救則異。一三五字奇，不惟拗不論，即救亦可不論；二四六字偶，不惟黏對分明，即拗救尤須分明。不明黏對之有拗救，是知正而不知變，尤爲未備也。趙氏論單拗雙拗之旨，雖非其名，當有所受。乃歎先人遺書中鮮口授，幾成絶學，遂補拗體諸法，又推所從出於四者爲之表，融會貫通，庶無大戾矣。丙辰入都，楊汀鷺、葉潤臣二先生見所注唐詩而愛之，各假一册去，殘稿漸多散佚，性懶志荒，遂不能復竟其業。庚申秋，移居研樵寓齋，研樵喜爲詩，持論多與鄙見相合，而尤以趙譜論説未盡爲憾。暇輒取古人詩集，以丹黄分注其側，篇章既多，遂手輯是編，乃分别部居，辨定體例，每門各歸圖説，不使淆厠。録成，問序於余。昔顧氏作《音學五書》既成，語人曰“五十年後當有知者”，計江、戴之相去，果符其年，則雖名山之藏，亦將有發屋壁而出之者，况當吾世爲不脛之行耶！余蒲柳早衰，才學日退，區區之願，蓄疑且三十載，同志凋喪略盡，獨研樵得我心而爲之，先睹爲快，宜無大缺矣。猶憶少耽思，史稱四聲八病，創自沈約。嘗較沈集逐句詩繹，久而心知其意。忽忽又十餘年矣，舊册莫記存否。著述姑難，自必研樵年方富力方鋭而又覃思不倦，聊發其凡。倘準段氏諸經小學之例，悉引伸於横被四表，一語以成不朽之盛業，詩教庶少備乎，又不僅足補趙譜已也。是則余之所深幸，而屬望於無窮也夫。

同治二年立春日，固齋王軒叙。

玉井山舘文略序

學問，爲人之本，文章，學問之本。古文、詩，又文之一端，專家著於學，寧無少窮，於爲人奚當焉？此楊子有“壯夫不爲”之誚也。善乎顧氏亭林之言曰：“不能不足爲通人，夫惟能之而不爲，乃天下之大勇也。”蓋自負深矣。雖然，亦惡能不爲哉。有其才矣，年與位或弗之，及古今志士思託空言，而未由自見者，何可勝道？非是而高才積學，莫不怵心劌腎，矻矻白首，力勤於古人立言之旨而未止也。矧優游容與，年位并逸，而空空焉，而昧昧焉，其與固陋也幾何？故有楊子、顧氏之志則爲勇，無楊子、顧氏之志則爲怯與弱，然既爲之矣，奚壯夫之尚而異乎？人之爲之者，蓋本其爲人已矣，爲人之本曰實、曰真，文亦爲其實焉、真焉者，可矣。不然，心營目注，而十百人之相阿相諛，而念而自爲之志荒矣，烏睹所謂能耶？故曰："有可傳之文，無必傳之志；有必傳之文，無必爲之文。"此吾友上元許先生論文之旨，而實自道者也。先生雖不欲爲文人論者，且謂先生不徒爲學人，而世爭以能文道之，先生亦無以自解，則以年與位爲之也。文之幸非先生之幸也，先生之文，一如其人，不爲名，不爲僞，無事於能而無不能，無意於爲而無不爲，斯其爲獨實獨真之文，非壯夫通人不能者也。先生文既不能自閟，友人假録維艱，迺刊初集若干首厭眾意。軒知先生深邃，次所論述著於篇，俾讀者知文章不足概先生，而所爲已至是，益信夫學問爲人根底一貫，惟其能之，是以爲之，夫固無之不可也。然則舍爲人而徒文是求，孳孳焉務諧世而號專家，是殆不足以見先生矣。

同治丙寅四月上日，洪洞王軒敘。

蕉窗囈語續集序

庚辰仲春，余始移硯并門，時王静盦都轉方以冀寧道升任兩淮，瓜代未行，猶得暢敘契闊。既而都轉出數册相示，曰："此吾師山左汪松樵先生遺稿也。先生久宦秦豫，作詩甚富，前集久已刊行，此其續也。凡生平、歷官、交遊、家庭、人事皆於詩中見之。今先生已歸道山，楹書長閟，後死者懼焉。子盍序之，以當贈言，且請點定，吾將出而問世。"余不敢辭，而未有以應命也。

未幾，而都轉之凶訃遽至，重泉負諾，悲感交縈。洎得先生哲嗣湘帆通守相晤，名父之子，不愧先型，深喜替人之有在，而都轉見託之雅，可少酬也。長夏閲讀數四，先生詩自抒胸臆，不拘拘於規彷，而長於言情，一開卷而知其爲循吏之詩，非僅以詞人見者也。先生退老就養山西，詩境又一變，不煩繩削而自然合拍，蓋老境沖淡夷猶，真能不爲物累者，則又徵先生所養之有素矣。集中凡流連光景，以及尋常酬應，不甚經意者，概從删削，計存十之六七，嗚呼！是足以見先生矣。當先生來晉時，余適請假歸里，時代相接而未及一見，今乃得序訂先生之遺集，類有數存焉者。書既竟，以質湘帆通守，庶可慰都轉未竟之志歟！又不勝車過腹痛之感矣！

光緒辛巳閏七夕日，洪洞後學王軒謹敍。

聊自娱齋詩草序

代州馮氏爲吾晉望族，自前代已然，不第侈閥閲簪纓也。其一時詩文之盛，幾於人各有集，與吾晉之裴、柳、薛、王相埒，實爲諸大族之甲。國朝馮氏詩人，自抑水先生倡之，代有作者。近道光咸豐間以詩雄山右者，則有習三學博與其族弟魯川觀察兩先生，時有二馮之目。魯川先生早達官京師，久負海内盛名，余交最狎；習三先生則久困棘闈，鬱鬱以冷官終，故未知名而未能一見。二先生雖各未竟其志，而遇合略殊，境地因異，詩亦所造不同。魯川先生，余别有論説；習三先生，少年才華與魯川相比，大抵從温李入，而時涉盛唐之趣。集中如《無題》諸作，深契古人意内言外之旨，至論詩諸什，則又自道其生平得力之所自也。暮年境愈進，遇亦日窮，而興復不減，故所作不名一格，雖未能脱盡百年間詩人習氣，然亦足豪矣。先生無子，四女皆能傳其學，叔爲婉琳夫人，歸吾邑董芸龕舍人，工詩習書，嘗執贄寄門下受詩法，幼時從先生宦游南北，每先生吟成輒能上口，録其稿藏之。先生身後稿多散佚，夫人於歸寧之暇，極力搜求而集成若干首，定爲《聊自娱齋詩草》二卷，仍舊名也。舍人將爲之授梓，而問序於余，且求删定。余謂使先生手訂其集，則固將有自删者不待言，今先生稿既散佚，賢女力爲搜羅，志意良勤，雖斷句零篇，猶當拱璧珍之，即使間有漫興之作，過而存之，讀者自能分别觀之，固無俟删訂爲也，抑亦存先生之真焉。會舍人遽歸道山，夫人欲成夫志，寓書敦索，因述先生作詩之大略，弁諸卷首，俾先生之志不終泯，且以識夫人之勤，庶足完舍人之志焉。

時光緒丁丑清明後三日，洪洞王軒。

芸香書屋詩草序

董君芸龕中翰，以光緒丙子宦没京師。逾年，其嫠馮佩芸夫人，以君遺稿寄余鹽城，浼爲點定，久無以應。今年春，夫人奔母喪赴代，其夏，歸寓會垣，乃始校付手民刊成，余不能無言也。君早負時譽，與兩昆久擅三鳳之目。官京朝後，與德曜同問字於余，余不敢卻，而請無居其名。顧君體弱善病，不任過勞，是以所學皆略規門徑。獨性耽聲偶，每構思，輒冥心孤往，不能自已，與其癖嗜金石，氈蠟椎榻，殆無虚日。且室有同心，相益相長，雖寢食未嘗少廢，詎意竟坐是傷命耶。惜哉！君言笑不苟，幼志儼然老成，詩如其爲人，甫下筆，即不作門外語。中年始肆力爲之，駸駸直與古會。聲聞既起，兼工篆隸，憙考證，日下學人争相引重，以古相期待。君亦雅自矜慎，視萬里猶閫奥。衆方羡君年不可及，僉謂詩卷常留，在君特餘事，然既長愁養病，嘔心佳什，當不啻此寥寥者爲也。余竊怪君家世豐亨，堂上愛日方長，昆季同官清要，生人之樂，門内之遭，罔非悦心之境，與世之悲抑塞、傷坎坷者判若霄壤。顧君獨鬱塞尟歡，若有不能自釋者，豈科第之内念傷志歟，將疾弱之外緣損神歟？固早訝其不祥，卒不虞其可見於世者，亦止此也，豈不重可惜哉！此余每展卷欲序，而欷歔輒罷也。老病衰慵，久戒作傷心文字，幸見此刻之成，既不能已於言，又泫然不知老涕之何從矣。君家世生平，詳余所爲誌銘中，兹不復及。

光緒丁亥登高日，洪洞王軒。

享山詩抄序

甚矣！天之生才成就如是之難也。若吾享山者，抑何幸歟！享山補諸生，能文章，好學深思，家貧甚，若不介意，淩厲骯髒之氣，往往寄之於詩。嗚呼！其可慨矣！初享山有詩才而不作，余嘗誘之，享山輒笑謝不爲意。余自歎爲詩不工，屢欲廢棄，兼以埋首舉業家言，未嘗精心以期於古之作者，僅有一享山可與言詩，而又不作。嗚呼！天之生才豈終不欲成之耶？歲癸卯，享山忽發憤爲詩，古近體百數十首，清紆淡遠，無憔悴抑塞之氣，於詩人温厚和平之旨爲近。余喜甚，爲點定其所作，而删其十之四。嗟呼！賢者固不可測哉，豈天果欲成享山而私之歟？抑享山實不負其才歟？享山勉乎哉！昔夫子以爲山之止進喻學道之勤惰，吾謂學固如是，詩亦猶然。以享山今日之所作，一簣耶？九仞耶？以享山今日之所至，培塿耶？泰岳耶？享山當自辨之，無俟余言矣。嗚呼！享山其自此遠矣，享山勉乎哉！

勾股備術細草自序

勾股之名，始見《周髀算經》，或謂勾周同音，股髀同義，蓋即一名也。其法并差互見，青黄相輔，分之爲六十題，約之則二十五術。古《九章》設問□□，略舉一端示例，未備其術也。李氏《測圓海鏡》，皆以容圓立數，雖本《九章》，而亦多新意。

《益古演段》又有截絃分兩之法，皆在二十五術之外。我朝梅氏書，又有積與各數相求例，其孫文穆公，又增積與勾弦、股弦和較四例，載入《數理精蘊》，而謂向無其術。不知王氏孝通《緝古算經》已有勾弦較、股弦較二問，是唐人設科專經已有之矣。近羅君茗香著《勾股容三事拾遺》，以容方、容圓、容垂線三數互求，皆依天元一立草，錯綜變化，五化八門，幾至不可思議，是又於二十五術外別立二十五術也，而勾股之能事畢矣。咸豐乙卯，張君鐵生以翼城布衣焦君文起所著《勾股圖解》示余，蓋君方欲從之學數而未測其精否也。余時尚未見李氏《四香細草》，歎其窮老僻隅，獨學無助，苦心冥索，能深契古意而無遺，而惜其語之過煩而無紀，且不能立術也。思爲之節删而補之術，以成完璧。時亡兒膺之方習乘除解開平方，頗能按圖演其二三，輒因其詢問，稍爲釐定之，未卒業也。辛酉在京師，楊君鐵臣言曾於廠肆見此書，嘉其用功之勤，亦欲爲補苴其缺略，乃郵諭膺兒索取以贈。會膺兒殤亡，余心疾廢業，楊君旋赴外任，事又中輟。同治乙丑，申生贊唐與士驤同習開方術，將從事於勾股，焦君此本既已無存，李氏書亦未携歸，每所指畫，多録之計簿餘紙，即以《周髀經》勾二股四弦五數，皆依立天元一爲之細草，而盡備其術，使不溷淆，二十五術之外亦各有所發明，體例略具。洎乞假再歸，移硯鹽城之四載。同治壬申首夏，乃爲排比而增删之，定爲四卷。一卷正術，二十五術也；一卷廣術，積與諸數求也；三卷變術，勾股容諸數相求也，不盡三事，有愚見臆增者，其三事則祇求勾股弦與各數相求六術而已，以自有專書且不敢掠美也，皆有術有草；卷四曰綴術，則仿勾股積例，以勾若股與弦乘積與諸數求，迺愚見臆增，故祇有術無草，以示區别焉。總曰《勾股備術細草》，從其翔也。向疑李氏既有細草，則是書可不存，是以久而未成。既念各題不皆李氏所有，若摘存之本末又未完，且亦未襲李氏之餘，閲者自知之，故過而存之云。

顧齋王軒自序。

顧齋詩録自序

執筆吟詠越二十年，境三變，而吾心之詩，終莫肖也。删辛丑迄乙巳作，十不存一，爲一卷，曰《洪崖集》。丙午迄己酉，五不存一，爲二卷，曰《太岳集》。魯川先生曰“汰之”，海秋先生曰“留之”，疑焉而未能決也，姑别爲前編，以俟更删。庚戌迄乙卯曰《壯遊草》，丙辰迄辛酉曰《羈宦稿》，已削者十三，未訂者十七，共十卷爲初編。伯韓、潤臣、魯川諸先生謂“今乃遜昔”，海秋、少鶴兩先生則謂“後差逾前”，又惑焉，而未能定也。□薦盈千，蓋存猶待商而删則絶無不可者。壬戌春，仲復先生撰當代名家之作，爲《詠樓盍戩集》，猥取初編所存，録爲二卷以付梓，又恧焉，而未能卻也。十年積悔，老大徒傷，重以生死契闊、憂患亂離之餘，忽忽遂已無聞，棖觸舊學茫然，幾莫舉其名，奚以是雞肋爲哉。且既爲此拘拘矣，迹生平身遭足歷之境，與夫耳接目及之端，以當古人著書之資，何遽不逮。然已心意所至求肖諸手者，尚百不一及也。嗟乎！時不再來，師友日闕，辱先生之厚愛益自傷，學詩既非素志，而此區區者，抑又不盡心之所欲爲也。靦然附驥，既滋愧，重滋懼矣。

同治元年花朝後，顧齋學人王軒霞舉甫識於宣武城南之耨經廬。

西山遊草自序

壬戌秋杪，訪海老於我園，不值，詢老僕，曰：“游西山未計歸期也。”心歆之，而憾其不我招也，留題二律以見志。閲數日，海老歸而見訪，出詩十八章以示，歎其高渾，海老復爲道西山之勝，心愈嚮往，恨不即襆被而前也。決計往遊，研樵亦欣然願爲先導。海老復作紀遊，示之程以促之，乃竟再約未果，遂罷興。蓋西山之勝在秋，而深秋尤宜，山山紅樹，如在畫圖，入冬摇落蕭條，景亦索然矣，因作二詩寄慨。次年春，研樵申前約，余謂遊山不約，約終不往，子姑待有興，即命駕耳。既又屢約未果，研樵方韙余言。其年夏初，余與同官奉職之藍淀廠事畢，日未午，或言碧雲寺之勝，去此尤近。同人約余往遊，臨覽竟日而餱未預戒，同人腹皆餒甚，日落鐘動，僅入城，余虚往實歸，乃殊覺腹猶果然也。因得詩八章，聊爲西山解嘲而已。而研之游計愈决。秋杪，余復從公武闈，寓城北禪林，重九日同官復招薊邱登高，余感前約，念西山不置。洎撤闈歸，内闈幸不與，揭曉未及期，數日無事，遂呼研樵行。天氣清明，風日暄美，意快甚，緣峭歷危穹，極幽邃，别有記，自謂於西山無遺憾矣。夜宿延清閣，泉聲起於枕下，竹影梢窗，静中恍若有悟，浩然動歸田之興矣。留數日歸，研樵詩先成，詞意尤美，余久而脱稿，意殊未愜，置之不欲示人，以未與山靈相肖也。越年假歸，里居多暇，稍稍補成之。時研樵、芸龕昆季復有碧雲之遊，各有詩紀之，寄以相示。丙辰，余再入都，研樵昆季慫恿付梓，未决也。戊辰長夏，校删舊稿竟，復書此詩質之海老，特爲製序，促付手民，而琴西復爲作跋以張之。感良朋之雅意不可負也，遂以《西山詩》名其草，而碧雲之作附焉，且合研樵、芸龕昆季先後所作，都爲一集，以志佳遊，未開雕。己巳春，余出都，芸龕始代蒇其事焉。工竣，海老遽歸道山，芸龕以刊本寄余鹽城，開卷愴焉，感念存殁，情不能已。猶幸鴻爪偶留，覺西山故人，時在心目也。則此詩之作，不第作遊覽觀已也。

同治辛未穀雨日，書於鹽城之陑陰精廬。

李氏族譜序

天下氏族之盛莫過王、李，世謂王之姓出於周，而李則肇自老聃，厥後世代繁衍，至唐尚賜姓之舉，故李於他族爲尤盛。即以洪洞論之，比櫛而處者，非王則李，蓋二姓實居三之二焉。今世之言氏族者，輒曰“張王李趙”，而張趙之宗，終不若王李之多。或曰“賤之之詞也”，言其無可考稽也。或曰“張王李趙同爲一家”，又曰“四姓者同姓，爲婚不爲禁”。俗士紛紛，矛盾如此，其將奚從哉？王李之族既盛，則其婣友之家，恒視他族爲多，故余家累世戚好，惟李氏爲最夥，而他姓俱不及焉。洪洞李氏無慮數千百家，其居東張者又無慮數十家，而余友享山之族，則於東張村最大而著，其始祖蓋嘗司鐸杭州矣。溯厥自生世遠年湮，已莫從而知之，厥後代有隱德，科名繼起。而澗南孝廉、呈才布衣，俱能以忠義世其家，蓋其家風之來也舊矣。然譜久不修，文獻散佚過半，則有以他族而冒爲同宗者，有本族人而漠若陌路者，有子孫而不知其高曾之名字與邱壟者。享山傷之，乃據舊譜而增修之，規模略備，考證綦詳，質而不文，實而不僞。三易寒暑而譜始成，乃携其稿而以問序於余。余念享山與余少共筆硯，且以歷世戚誼，家世情愫，無不周知，序享山之族譜宜無過余，享山縱不辱屬，尚當毛生自薦，求爲享山序之，况又重以享山之意，又烏得不言。然享山族大丁繁，其先人行事遺失已多，問之享山，亦有不免無缺漏之憾。余縱略有所言，豈果能賢於享山之所述耶？獨是澗南、呈才兩公，其行事卓卓有足紀述，余自髫齡即嘗稔其事矣，每思爲兩公作傳以昭示後人，而自愧才學疏劣，不敢輕爲下筆，方當構思，輒又投穎而止，猶冀異日少有寸進，庶幾可以傳兩公，抱此區區，未卜何日方酬其志。筆墨有靈，吾不食言。因先書數語，還之享山，而壹是敬祖收族之陳言，概不敢爲享山道。

時道光壬寅長至後三日。

喬氏族譜序

立言可以空垂，而紀事必徵諸實。春秋之作，以父母之邦，時地尤近而傳疑傳信，僅及祖之所逮聞，豈果有所去取哉。毋以徵文考獻，猶是“杞、宋不足徵”之故也。國史變而邑志，邑志流而族譜。雖大小不倫，而以備鄉黨之掌故，志先世之遺聞，則有非是未考者。悠悠者勿論已，其或著述別見記載，而鄉黨反無其傳，爵位猶在人口，而家世未詳其次。有志之士掇拾遺聞，無徵不信，能勿深慨歟？同治己巳，余歸里之始，適喬墨莊孝廉修族譜，屬爲之序。越二年，君以大挑知縣之山東。壬申，公旋，遂竟其業，而譜以成。余不可無言，蓋余觀喬氏之譜而不能無感也。往讀元遺山《中州集》載吾邑只一人，曰“蓮峯真逸喬扆小傳”。敘其科目并其子官秩出處，視邑志暨喬氏族譜特詳，余曾備録其詩，并傳於邑志，以俟補增。蓋三十年於此，乃始獲付其裔孫，俾載家乘，傳之無窮。蓋吾邑舊志，創於明嘉靖時，李對霍學使復初故紀於近，溯自宋金元而止。世家大族，唐以前無著者，至宋始備，科目漸有聞人，而文章著述則自元處士張雲谷守大始，顧俠君《元詩癸集》所采是也。如《中州集》所載，湮没者又不可勝道，不幾疑吾邑文風至是始啓耶，則豈非志乘不備之故歟？集中小傳稱“扆字君章，初名逢辰”，今喬氏族譜則别作“蒲城縣丞逢辰”一人，世次又在扆子字下，未敢定其孰是。夫子傳其先世，且官秩非可僞託，似若可據。然譜中所列與其宗祠木主，并遠祖而五已莫詳其世次，且以下多闕。至明初推官純一公者，世始可考，距君爲十五世，其後分爲九支。君所譜備極詳明，而自君章而下至純一公世系，未可深悉，蓋猶在傳信傳疑之間。此與邑志載狀元王綱，里人至今猶道之，而吾家世系紀自元季，無從考其支派，其事正同，則豈非譜牒不修之故歟？夫遠者既靡可究，而近者久將復遠，今日之昭昭，安知不又爲異時之泯泯。則君是譜之修，顧謂猶可少緩耶？抑余尤有望者。吾邑志自李學使創始，後楊司空、范徵君嘗一再修之，洎雍正八年，爲妄人竄改殆盡，迄今且百四十餘年矣。先王父屢議增修未果，思欲爲一家之書，以待將來，凡例備具，今與三舊志尚什襲篋衍，未竟之緒，責在後人。計不肖半生亦五與其議而迄無成，今雖天假歲月，仍以飢驅未遑安於家食，舊學全荒，同志日稀，覽君斯譜，私願轉奢。他時政成而歸，或當共成其志，且益讀未見書，以蒐羅佚失，不第鄉邦文獻與先世遺聞藉以不墜，即以備國史之采擇，則固舍是未屬也，與君共勉之已。

同治癸酉仲秋後十日。

戴太恭人七秩壽序

國家龍興海右，以武功定天下，所守方略，既異歷代，大抵八旂勁旅之力爲最，而元勳碩輔，不待夐求夢卜。篤韓彭於天屬，聯望散於懿親，茅土同休，彪炳史册。蓋騎射爲滿州根本，屢垂訓典，奮武揆文，初未嘗畸輕重焉。洎寓縣底定，監前代而設科取士，率鄉比天下之才俊，三年而升之禮部，禮部又比而獻之朝廷，以待任官中外，士庶濟濟于于，罔不由斯途進者，蓋二百年於兹矣。然定制文武殊途，於是有旂檔民籍之分，民籍隸州縣文吏，耕土輸税，秀異者由科第出身以得官，非是莫達也。旂檔隸都統、將軍武臣，悉取正户補甲充伍，得以積勞至大官，雖或以科第進身，不在此限也。此其大較異者。至於天潢宗支，則自五貝勒、貝子、公、將軍以下，受禄任職，各視其等差，蓋無不官之人矣。疏屬閒散，復因其及，歲或取以備宿衛，授散秩，及挑取雜差者，輒試以射而不及文藝，非若民籍之埋首爲舉子業，歲僕僕於春秋二試，白首下帷，舍是則絶無所憑依者可比也。顧承平日久，聲教覃敷，世争以科第爲重，矧其在魯、衛、晉、鄭之伉耶？人文蔚起，所由來矣，而翰苑清華之選，非科弟不與，士夫猶心折焉。世胄勳戚，既不借及第出身，又往往以不能與選爲憾，而自視輒若不足者，蓋積重之勢然也。竊嘗論之，八旂宗室進身之途甚廣，而科第之程反隘。蓋朝廷之意既不專此以爲登用，則恐多妨寒畯之階，故八旂與宗室中額，往往視直省或得則得之，視民籍爲愈難，得愈難乃愈貴重，亦何怪其争趨於是，而以爲族黨僚友光寵哉。皇帝建元之始，貢禮部者幾二百人，而宗室僅二人焉。比臨軒對策，二人者乃皆改官庶吉士，士林艷稱，以爲僅見之盛事。我薌林同年，其一人也。温味秋編修爲余言薌林之成名，蓋本於誥封恭人年伯母戴太恭人之教云。太恭人家本名族，幼嫻姆教，尤精熟《孝經》、《曲禮》、《内則》、小學諸書，言行胥有法則。及歸我年伯某先生也，克盡婦職，相夫子以敬，事舅姑以孝，先後娣姒之間，怡怡如也。夫宗内外，相接以禮，歲時遺問無少愆，御下以恩，臧獲亦不忍相欺，二子四孫，皆嶷嶷成立，能克家矣。人謂太恭人之厚德，宜食其報，而抑知太恭人之宜有令子，乃本其教，而非妄冀於不可必之數也。方薌林之未仕也，則日以力學讀書，顯親揚名，無忝所生爲勗。及已仕也，則又以立志篤行、慎言擇交、戒浮僞、抑躁競、無負國恩爲訓。蓋太恭人生平於事無不厚，而教子獨不事姑息，且薌林來日方長，太恭人時時若提孩赤子而詔之行，俾終身無失步，此豈人子易得之遭耶？今歲十月之望，爲太恭人七秩設帨之辰，諸同年生欲謀制錦稱觴而屬拜言於軒。夫薌林衍玉牒，席厚澤，富貴固自有矣，乃徇徇儒素，降而與吾儕角逐文場，且以方壯之年，官清華，躋膴仕，即津要可立致。世俗視之，所謂得之愈難而愈貴重者，無以逾是，宜若可以壽太恭人矣。而以爲足盡太恭人之教與薌林之善承其教，則未也。雖然，薌林雖不藉是重，太恭人固不僅以是期薌林，而薌林之顯親揚名無忝所生以至是者，不得謂非太恭人之教也。由是而率諸孫以繼家聲，能厥官以酬國恩，薌林敢不勉承母教以謹守無忘乎？豈徒以是爲宗族交遊光寵已乎？此則可爲太恭人勸一觴者矣。謹序。

周母姚太恭人八十壽序

皇帝以孝養先天下，惟元年既尊上兩宫徽號，遂覃中外臣工，俾以所受爵秩，各得推恩所生。一時銜使諸臣，或典試或督學，凡切倚閭之望，既竣厥事，皆許陳情乞假迂途歸省，以伸其私。蓋自軍興以來，周道多梗，士大夫服官中都而板輿或不能遠致，比比然矣。汪濊下逮，大哉錫類之仁也。惟時周君福陔，則方以編修典試粤東，歸道鄉里，亦得拜展先壟。而我年伯母誥封恭人姚太恭人，已前次就養來都矣。是年秋，福陔又以原官充順天鄉試同考官，尋遷侍御，累以其官得封典如律令。越明年，太恭人年八十矣，決意南歸，福陔牽留不許。三月三日太恭人設帨之辰也，諸同年生謀以慰福陔者慰太恭人也，將制錦稱觴而屬言於軒。軒竊聞福陔述太恭人之教曰：“吾婦人也，職内事耳，自歸汝家逮事汝祖父母，夙夜兢兢，幸不失老人歡，以爲外家憂。佐汝父數十年亦未敢有讝言以逢怒者，宗戚鄉鄰，歲時問遺，不相非笑而相矜卹，意可感也。至勤儉爲吾家法，雖終身無敢逾，然皆分内事，無可道。汝兄弟六人，常恐不克樹立以下報汝父，今汝又服官，孫曾盈門，吾又奚求焉。”噫！福陔此言，余何以易之哉，然不能無感者，何與兒時所聞於吾母之言相似也。今且三十年矣，睘孑無立，視福陔豈直愧之？則信乎母教之有由來也。若夫昆弟子女，余所際且不忍言，福陔此樂，其亦思所以致者，果何道耶？

太恭人今且歸矣，福陔既不獲隨時瞻依之念，情見乎辭，然吾觀聖人之遺使也，《四牡》以達其情，一曰“將父”，再曰“將母”，而終之以“將母來諗”，蓋莫遠具慶，自古爲難。令妻壽母，詩人屢歌之，故亦以曲體其意歟？今福陔年方强，遇方隆，簡書馳驅，日不遑舍，異時奉使言旋行道歸覲，常常而見，蓋可預期，則太恭人雖歸，如就養時也。福陔之心可以慰矣，然余則尤感不容已矣。謹序。

重修學宫記

古者黨有庠，州有序，國有學，皆所以造士也。其間習射、養老、讀法、飲酒，以至大比、賓興，官民胥於是乎在，盖其地近而情通，人習而意孚，上下相喻相忘，而莫之相欺，則其教爲倍易。故三代之盛，無地非學，亦無人不學。後世州縣之立學宫，其即州序黨庠之遺乎？洪洞學宫之建，創自唐貞觀時，其見之邑志者，則自明嘉靖元年登州浦公遷地始。迄我國朝，屢經修理，年月皆可考，自道光十三年重修後，今又四十一年矣。同治辛未，濟南艾公鏡漪來宰吾邑，汰冗節靡，振滯起困，案無卧牘，獄無宿囚，出接民於庭，入延士於室，親自飭厲，温仁多恕，仆者舉，弛者張。逾年，人懷慈母，家頌嚴師，咸喻乎公之志，而公亦與民相忘也。癸酉春，乃集衆謀修學宫，僉曰：唯命。公首倡捐貲，遽集得五千餘緡，尅期興工，經始於二月二十五日，落成於八月朔日。自戟門以外起，至尊經閣止，其間廡台池亭祠宫牆，以及東西學署，敝者更之，缺者完之，廢者補之，荒蕪者鬬除之，淤滯者疏鑿之，費不取民，役不病時，規制仍舊，壯麗逾初。邑之人既樂工之竣，而嘉公之功，謂不可以無述也，遂屬言於軒。軒喜而歎曰：天下事無難爲者，在任之與否耳。有初鮮終者，力不果也，垂成而敗者，識不定也。學宫之頽廢久矣，議修者亦有人矣，然率以工巨費重爲難，旋謀而旋輟者屢矣。公初議時，人或以前事爲疑，公毅然任之不辭，而其成功反倍易，何哉？斯知人患不爲耳！畏其難而不爲，將終無可爲矣，爲之而即成之，遂無不可爲矣。然非有慈母之懷，嚴父之頌，於平時與之相喻相忘而莫之相欺，雖識定力果，亦終莫之應也，此其可取猝辦哉！夫以登州浦公創遷於前，而濟南艾公大修於後，三百餘年，後先媲美。毋以生長宗邦者，於禮教爲尤切，故其造士爲尤殷歟？是爲記。是役也，相時諏吉審權宜於其間者，爲玉峰書院山長張孝廉桐鳴；督工者，閻司諭肇統、王司訓桂林、鄭少尉霖、王城守書升；監工者，邑人段勳岳、鄒望、喬毓靈、段嘉修、岳錫恩、侯愷、鄭德元，例得備書。

重修皋陶祠記代

虞廷五人，半堯舊臣，獨伯益爲舜舉耳。證之經，禹作司空，契司徒，棄后稷，皋陶士，唐代已然。禹宅百揆，方爲新命，而三人則申之，故禹亦獨讓三人者，他不得與。益以下，或讓或否，乃新命也。《傳》稱舜登元、愷二十二人，雖不能確指誰某，要皆其選也。劉向以伯益爲皋陶子，驗之時代，不爲無徵，儒者因《傳》有“皋陶、庭堅不祀忽諸”之文，輒附合爲一人，又作刑官無後之説，謬矣。《吕刑》一篇，反復舜之卹刑，所云“士制百姓於刑之中”，舉官爲言，僞《孔傳》猶知之。儒者不達文家賓主之法，徒以禹、稷、伯益并稱三后，又妄謂皋陶以明刑不與，不益謬哉？堯舜之德，禹稷之功，《書》、《傳》所稱至矣。今《舜典》、《禹謨》、《棄稷》久亡，皋陶大謨實爲萬世立言之祖，拜颺賡歌又萬世風雅之源也。孟子稱禹稷者一，稱禹皋陶者再，揚子稱謨合皋陶之謨爲嘉謨，蓋其盛矣。僞《禹謨》因孟子禹薦益於天一事，乃有讓於皋陶之文，《竹書紀年》又有禹薦皋陶先卒，乃薦益之説以牽合之，固附會不足信。然魏晉去古未遠，語當有所受，是禹皐陶再世，象賢於堯舜爲尤盛，豈如世俗之云哉？平陽爲堯故都，其屬邑曰洪洞，邑南十三里皐陶村有皐陶墓，墓前有祠，載《明一統志》。而《志》於廬州府下，又載皐陶墓在六安州城東十里，廟在州治東，莫定誰是。六安故六國也，蓼今霍邱，英氏今英山，皆皐陶後嗣，墓所在爲近；而洪洞密邇帝都，是趙城爲造父之封，造父伯益裔，實皐陶後，二邑相距尤近，俗謂皐陶故里，尤無可疑。蓋建置已久，詳靡可究，《傳》稱"法施於民"，則祀之宜也。或以皐陶聖名，不當以氏村，則取舊説，謂名庭堅，而皐陶非名者。考《廣韻》，"陽唐"之入爲"藥鐸"，證諸邑中方言，凡"陽唐"部字皆讀入音。今里人呼皐如"高"，呼陶如"藥"，則村名蓋"高陽"之轉，非聖名也。或又以村名高陽，則里人稱祠墓作桃音，爲是歟是不？然考經典，古祇作"咎繇"，自衛包改經文，始作"皐陶"，陶繇一音之轉耳。以地志證之，定陶、舘陶音讀如"桃"，蓋陶邱之陶從阜，汪陶、平陶、瘻陶音讀如"遥"，今平陶正作"遥"，瘻陶古亦别作"遥"。蓋陶器之"陶"，本作"匋"也，然則聖名奚取焉？重文疊韻多出方語。《春秋傳》"秦復陶"，與《詩》"陶復陶穴"同文，則居服殊形。又經"會於皐鼬"，與聖名同音，或地名異文。而《考工記》"韗人爲皐陶"，記其形制度數尤詳，則取于鼓爲名，猶殳斨之義歟。余承乏斯土三載於兹，謁祠伊始，驚其毁圮，蓋自癸丑秋逆氛所致也。今幸時平民康，爰與邑之同志諸君謀所以新之，首捐廉俸爲倡，諸君亦踴躍樂輸，以觀厥成。計捐若干金，經始於某年月日，落成於某年月日，凡八月而工竣。祠既成，乃樹麗牲之碑，與諸君釁之豭豚肅將祀事。夫先聖之德善功烈，何敢妄述，敬效聖謨三敬之義，作迎神降神送神之曲，歌以侑神，俾勒之石，爲民祈福焉。其詞曰：

桂之橑兮蘭芬，敞竹宫兮靈星爲門。茅茨剪兮垣墉勤，雲生牖兮奐以輪。招巫㠯兮委佩神，軒乎舞兮沓以陳。靈保格兮降明神，神之來兮福吾人。

椒醑絜兮瓦甒尊，焫蕭脂兮羞膷膮。靈之來兮如雲，偻都俞兮其聲如聞。種德維馨兮福自臻，肹蠁普兮來闐闐而殷殷。俄近復遠兮不可親，靈於穆兮醉飽欣欣。

坎土桴兮葦籥既均，儀鳳來兮轍繹以倫。糾慶雲兮靄氤氳，靈修兮入無垠。蓼六忽兮聖澤維新，高陽舊里兮陶唐民。歲時伏臘兮奉明禋，福履永綏兮利我後昆。

棄瓢池記

去吾縣東二十里，有山曰九箕，相傳即許由所隱之箕山，山有九曲，皆作箕形，得名以此。箕山之陰有泉出焉，即俗所稱“安全溝”者是也。《傳》謂堯讓天下於許由，許由逃隱，曾棄瓢於此，故又呼爲“棄瓢池”云，然亦後世附會之談矣。山上有許由墓、洗耳泉，古迹纍纍，云俱係當年遺迹。泉之西里許，有申老之泉，有玉龍之潭，前後左右，凡爲泉者十餘所，此泉獨以棄瓢一事特著，遂稱名勝。後人因其地創爲僧寺，地頗幽闃，石罅流泉出山腹，嗚咽送清響，晝静風清，心神俱爽。汲泉煮茗，甘香芬齒頰。峰雲礙日，晝不接曦景，竹樹陰森甚茂密，每夏月避暑最宜。前明吾鄉韓太傅忠定公，曾讀書於此，山僧猶能言之，泉旁有碣刻“許由棄瓢池”字，誌古迹也。人或疑世遠年湮，箕山窵遠，泉源甚多，許由未必即棄瓢於此，况所謂棄瓢一事，乃後人附會之詞，抑又安可盡信？而箕山之名爲地不一，如遼陽、大陽諸邑往往有之，且俱有許由之墓，即太史公所登箕山，亦非指洪洞而言。然則許由所隱之箕山，未必即在此山，而又奚論夫池。嗟乎！古今一名而數地者，豈少也哉？况所謂許由姓氏，傳記亦無明文，南華寓言，安知非子虛烏有之論？雖太史公亦嘗稱之，究屬疑信之詞，而《竹書》、《路史》諸書，又出於後人僞撰，終不敢所以盡信。然則許由之有無，尚未可知，而又奚暇論其池之真僞哉！夫自古聖人邱陵遺迹，往往不一其處，如堯、舜、禹、湯之墓，以及歷山、雷澤等地，比比皆然，大抵後人之所爲，以寄其私淑之忱耳，未可深求也。至許由之所爲，雖未必遽合於聖賢中庸之道，然其泥塗軒冕，潔身不污，孤高以行其意，在古猶且少之。至今千百年後，仰丰采者猶艷稱其棄瓢一事，豈非以其人哉？嗟呼！人貴自立耳，世之人生前不少顯赫炫弈之名，自以爲必有千古，不轉盼而奄忽以盡，名隨身滅，曾不得與一瓢一池同其久遠者，曷可勝道。而許由無一日之榮，徒以高尚其志，千載猶想見之。其棄斯瓢也，蓋亦偶爲之事耳，夫亦何足深論，豈遂計及後之人珍重慨慕若是哉？而此區區一池，已遂與帝堯之天下、許由之高風共傳不朽。嗚乎！後之遊其地者，可以風矣。坐頃，視壁上題詠甚夥，因向山僧索筆墨，書四絶於壁，題名而去。

登九箕山游韓仙墓記

春霖連綿不絶，窗前蕉聲清響，徹夜心爽不寐。時方與勉亭約登箕山吊韓仙墓，欲早眠，知次日不能踐，因與勉亭縱談古今，論文章得失頗相合，漏下四更未休，談聲與雨聲更相和也，雞再鳴始假寐。比醒，鳥聲柔脆可耳。勉亭急推窗視，則嵐光射眸，天青如染，晴日下西廊矣。因狂喜，飯後思踐前約，適劉子壽朋至，因嬲使偕行。出勉亭居後而北，緣山足徑，仄僅通人，坡行不甚陡峻，足下沙磧多碎石，大者如卵，步步隱然作聲。數武路漸高，回視人家，出徑下約數丈，房舍了了可見，山腰人家，背岩居野，花頗可觀。前行，峯愈曲，徑愈仄，山勢回抱如箕，塢中人家俱在箕上。勉亭語余曰：“此山所由名也，余適家其一焉。”

里許路盡，呼農夫問途，移時折而東，緣徑螺旋而上，作郭索步約數尋始得路。隱約可辨山形，自東來復作箕形，前箕人家俱不見。半里許略坦，即復下，則又一箕，張口向南，前箕復不見。山下即韓仙墓，背枕玉皇閣，前有祠。時方演劇，鐃鼓聲喧轟如沸，士女集觀。余畏煩，不欲即下，乃與勉亭輩復登玉皇閣絶頂。壽朋曲徑上，余與勉亭奮勇直前，山峭石澀，路滑不容足，數顛躓幾仆，仰面視不敢瞬。比登，氣嗦不能息，而劉子反出余輩前。因笑謂天下事往往誤，欲速之見而卒反出於後，不獨於徑爲然也，各大笑。足倦甚，乃據松根坐，適李德華前輩亦至，相與坐語。移時遂起，視閣後衆山綿亘矗伏，隱然一大環，中峯突起，去地數十丈，即玉皇閣也。前伏大澗，一水如帶，望南岑，諸山屏列，嵐翠欲滴，岸上村落，歷歷可指。目山底萬家星布，芳疇如繡，煙樹隱隱可辨。東西無所見，唯連山起伏，天外諸峰縹緲而已。時午劇未終，因復坐松根，話霍山碣石菴廣勝寺之勝，諸人共訂遊期。良久，露氣侵裾，遂起，下至墓所。墓塔而不墳，背有碣銘，已蝕過半，當是前朝物。余與勉亭各留題。塔左古柏一株，枝四出，每枝約圍十尺許，高可參天，相傳爲唐時物，似不謬。旁有塚，爲仙學弟王禪師埋玉所，已削。又有煉丹爐一具，率好事者附會，不足信。東南數武外有碑亭，甚古，碑有銘，述仙出處頗詳，惜剥落甚不能句。余與勉亭剔蘚視之，良久始能辨，字畫遒勁似率更，文作駢體，精切可誦，而全璧不得見，兼之作者姓名無存，時代年號均漠漶殆盡。按唐避世祖諱，改丙爲景，文中丙午作景午，余意是碑當是唐人作無疑。惜吾洪志出庸手，藝文失載，無從考矣，憮然者久之。勉亭約墨榻數紙以存故物，余甚韙之。言次，午劇已罷，寺僧鳴鐘會食，乃俱至寺前，李德華前輩辭去，余等復歷遊。寺中道士出款茗，起視廊下諸碑石，率蕪穢不足觀，乃亟去。時溪流方漲，水湍激有聲，沿溪行少許，坐柳蔭下觀瀑水，因約再遊至鐘樓寺訪史穉廬。移時，壽朋去，而余與勉亭亦遂歸也。

游申氏山莊記

由韓仙墓西而北，踰箕脊稍下，行石峽中，箕復作東向，迤邐行里許，不甚辨方向，彷佛西北行。石骨深卡嵯岈，如虎豹蹲踞道旁，攫拏欲飛，步出齒牙間，驚悸幾墮。少選復由石罅下，則後峰當面，孤高聳雲際，四山漸合，仰視天光，僅如鏡，數轉則申氏山莊在焉。蹀躞行溪上，萬柳環拱，蒼煙作雲氣，路旁小柳礙足，柳耳垂垂如珠，泉水澄泓，一碧如染，荇藻參差布水面，游魚唼喋有聲。時方薄暮，池蛙閣閣送清響，聆之忘歸。復前行，峯愈曲，境愈幽，突有奇峰拔地起，陡沖霄漢，嵐翠如洗，峰下溪水半縈繞，峰影倒印水中，流光縹緲不定，一望佳樹無際，山凹茅屋隱約林表，蓋申氏子孫所居也。初此泉不見知於世，久蕪穢榛莽間，野人不知愛惜。至申老乃爲芟其穢，浚其流，墾土蓺樹而出之，因家於此，迄今已三十餘年，故土人遂呼爲申氏莊云。嗟呼！物之顯晦，亦各有時哉？兹泉之毓秀藏奇於此土也，不知幾千百年矣，向使無人焉以爲之，探其幽勝，將飛湍激流具不蕪没於空山，而徒爲蛇鼠之所跳蕩與猿鳥之所浴飲也幾希矣。若申老者，豈亦不可多得之人哉？吾聞之，數之窮者必返始，兹泉之先豈亦曾顯於時而漸就湮塞歟？則今之顯於申老者，又烏知後之不復湮塞也？抑今之所遇猶未爲顯，將必有文人學士爲之題詠以生其色，或且置買爲别墅而與王氏之輞川、李氏之平泉、柳氏之愚溪并耀千古，將晦於前數千百年者，未必其不終大顯於後也。嗟乎！天下雖有奇異之區，不得名公大人爲之激賞，終亦與荒煙蔓草同其湮没耳！然則物之欲表見於世者，豈能漫無所藉而然哉。嗚呼！顯晦盛衰之理，可以感矣。聞勉亭云後山景物尤佳，惜日色已暮，不能再窮其幽，因惘惘而歸。遂作詩以慰山靈，并書是記，以慶此泉之遇。時同游者爲劉子養旃啓蒙、李子勉亭敏也。

游玉龍潭記

玉龍復在申老泉之北，裹餱往遊，再過申氏莊。以前遊未盡其奥，復下行溝中。緣溪水彳亍行約里許，樹蔭密翳，不甚漏天光，寒氣竪人毛髮。凡前遊所未及者，無不各窮其勝。其間幽窅之境，奇異之景，雖善畫者不能仿其萬一，余目能得之，筆亦不能述也。前行數武外，一鏡瑩然，即玉龍潭也。潭石甃甚固，圍二尺餘，波静不動，清澈見底。前所見諸泉，皆荇藻布滿，蝌蚪魚蝦之屬跳躍其間，此泉則一水渟泓，諸物皆無。余戲以麥稭吸飲之，甘冽異常，清涼沁心脾，齒牙間時時作芬氣。潭側有小碣，文模糊不甚可辨。相傳明時有人自秦中來者，携一小玉龍，至此小憩，玉龍忽躍入水中，覓之不可見，而潭遂以是得名。雖荒誕不足信，然亦有未可盡誣者。土人有言，每當天陰，人或見小白玉龍盤旋林際，如匹帛如拖練，即大雨。或當晴日，忽潭中遊絲一線，蜿蜒不定，即出雲氣，頃刻而合，必大雨。歷驗不爽。噫，異哉！龍之爲用，固靈異如是耶？然吾獨疑龍之爲物，變化無方，當其無事，必且優遊於溟海之中，潛縱於無涯之壑，不與泥鰌涸鮒争蹄涔之水，一旦乘時有爲，則有騰雲氣，駕巨浪，奔走鮫鯨，叱吒風雷，不崇朝而雨天下。而此潭者不過蠡勺之水，沮洳之區耳，無尺寸之波足以助其威，無半畝之區足以安其體，又地僻深隘不見知於時，峻石細流不可以資灌溉，無所用於世。是固獱獺之所笑鄙，而魴鯉之所不屑者也。而龍乃獨斤斤於是，且自秦而來，經數百年而不移其地，抑獨何歟？豈天上謫龍之説果有之歟？然而泉之大於此者何限，乃他處俱不聞有龍，而獨有於此，抑此泉果有異耶？吾聞秦之先列國時，秦穆公曾得石鷄，而立祠祀之陳寶，靈異丕著。兹潭以玉龍得名，似與石鷄之事不甚相遠，且俱産於秦。噫，何秦之多異耶？或曰，是泉既爲玉龍所居，野人不知，往往袒裼嬉笑於側，或汲取飲之，輒示靈異，然余等驗之，亦殊不然。

箕峰别墅賞菊記

落第後心如槁灰，萬念俱寂。晨起，齋頭籬邊，黄花競榮，蓋忽忽已至重陽，竟不知爲令節也。是日，天陰晦欲夜，沉悶如何。勉起過荷亭，坐頃，蓮炬、勉亭繼至，則勉亭過期余而余先行矣。勉亭爲余輩作遣悶計，計約十三日至其塾中觀菊。蓋勉亭時方修其别墅，蓺菊數百本，余等夙欲往遊未果，故勉亭有是約。言次，陰愈甚，似欲雨，乃與勉亭輩歸。比抵家，雨甚，遂止蓮炬、勉亭下榻焉。夜雨打窗，孤燈不寐，因與勉亭預話菊花之勝，冥想良久。次日雨止，勉亭歸，拉余同過范逵宇，逵宇亦新失意，故勉亭并約之。時逵宇齋中菊花盛開，流連移時。俄，逵宇命酒勸客，酒酣，逵宇出妻拜客，各答拜，極歡，醉後始别，勉亭猶諄諄約踐花期。比期曉霽，余與逵宇跨雙衛從小奚奴造勉亭所，遇蓮炬於途，乃舍騎聯步而行。躡九箕山之足，少許，抵勉亭塾，塾地不數弓，而往復曲折，備極精巧。時方深秋，百卉半凋，蕉葉離披，惟三徑菊英爛漫如錦，余輩各倚檻玩賞。亭中盆花如山色，尤鮮艷，對之心醉。由規門出夾路行，小菊依徙籬落間，如小兒女隱約窺伺，嬌態可愛。比出圃，則一望無際，五色迷目，蓬宫瓊樹，竟無能名其狀也。因歎花木無情，時榮而榮，時枯而枯，不似人之悲歡不一，俄頃屢變，不知其爲誰使也。相與憮然者久之。歸，勉亭出酒觴客。俄景雪舫至，呼燭擘箋分韻，分曹射覆，因約盡歡。余解衣踞座上，與蓮炬輩縱談，意氣奮然如平時，諸人亦精神豪舉，憂悶頓釋。中酒，雪舫復發憤誦其闈中文，憮然太息，坐客亦欷歔，勉亭温語慰藉。余怒目視雪舫良久，曰：“大丈夫不能立取科第，反效兒女子態，作楚囚對泣，何爲也哉！”因拍案大呼，不自覺涕泣之横集也。四座盡默，遂惨怛不樂。忽惡客入座，强諸人飲酒，昏呶叫囂，嬲諸人與拇戰，勢洶洶不止。蓮炬佯醉，使酒罵座，座客盡驚，羣起相勸，而蓮炬使酒愈甚。客逡巡去，而余等各大笑，蓮炬亦啞然。因復極歡，痛飲盡醉，夜已闌，乃别歸。時折菊數十枝，奚奴負之，余輩各簪花髮際以爲笑樂。月色如晝，前途笙歌悠揚，蓋人家娶婦方歸也。

箕峰别墅記

渡澗而北，迤而東，又少折而北，砠山隆然而起，與澗流相爲曲折，山勢偃立縱横，若翼、若翔、若翕、若張、若簸、若揚，如箕形者九，土人因以名之。附麓皆村落，登高而視人家，宛在舌上。李君勉亭之居，適當中峰之口，因於舍南隙地爲别墅，窟壁穿屋，穴地導流，敞南牖以助明，架西廊而招爽。蒔花、移竹、養魚、飼鶴，凡墅之所宜有者皆具，乃日與朋好飲酒賦詩其中。余之遇勉亭也最久，至則輒息止於此，凡勉亭之所樂於此者，余皆得而有之。若夫寒雨打窗，清月墮廊，修竹篩風，候蟲泣露，則勉亭之樂此，有所不盡。余之所樂，反較主人爲多。勉亭嘗與余游山後申氏莊，愛其水石之勝，欲卜居之，以買山無資爲憾。然舍目前之可樂，而慕不可必得之數，所見不已繫耳。夫物不必在已能樂爲貴，必以在己爲樂，其爲樂無幾矣。余不有是墅而樂其趣焉，往而不遇，勉亭有是墅，而山莊是慕，又焉往而不繫也。計山莊之值，僅三十金，致之亦非難，顧山莊可致，安知不更有慕於山莊之外者，則適以自繫而已矣，烏在其能樂耶。昔李贊皇愛其平泉山水，至一草一木不可與人，且以示其子孫。余嘗笑其非達，然則誠有樂於此之外者，山莊亦寄也；有所慕於彼之外者，别墅且繫也。知無適之非樂，則向之若翼、若翔、若翕、若張、若簸、若揚者，固皆得而有之，而其間晦明朝夕，烟雨變態，無不在吾心目，夫誰得而奪之？别墅山莊又不足言也。勉亭囑余爲記，余亦甚愛山莊之幽窵，顧力不能有之，故爲之解嘲。如此墅之中軒，曰蕉緑舘、曰餐花徑、曰問香亭、曰可詩亭，亭之南有池曰小濠濮，池西有廊曰邀月，邀月之南爲翠游山房，山房之外有畦地，蓺菊曰菊畦，曰藏春塢，塢北别院曰聽籜庵，皆墅之可記者，并著之。

遺經堂記

聚一世之珍奇財貨而窖之，而子孫有謀升合而不給者；盡天下之腴土沃疇而私之，而子孫有求寸壟而不得者。審是則凡可以雄里閈而傲貧窮者，庸下之所争趨而賢豪之所争避也。人之愛其子也，必爲之謀長久，彼其心非不誠欲之，特知夫勢之不可久據，子孫之賢否又不可知。一旦去之，咨嗟太息而難爲懷，何如於蕭散寂寞人所不争者，爲子孫之寢邱，斯謀之善者矣。遺經堂者，邢君秋丞之居室，其先人朴齋翁之所遺也。邢氏故舊族，朴齋翁少而貧，失學而爲農，見文人絮絮談藝，瞠然不知何語，心恥之。及生三子，則曰："吾今得所耕矣。"力耕延師，不使其子預外務，躬粗糲而塾師飲饌必豐潔，暇則置矮脚几於塾側，聽羣兒咿唔聲，雖不解，樂也。遇青衿流肅然敬翼，莫測其中之所有，呼諸子禮拜之，即世所謂掉虚文讀别字者，亦弗敢慢。或更非笑，即怒責："汝曹何得侮長者？"秋丞爲諸生，翁猶及見之。翁卒六年，而秋丞登賢書，翁可謂食其獲者矣。余嘗謂四民之業無常，惟其擇而已矣。今天下惟農工多世業，而士則凡民皆可爲。然士之子或不恒爲士，而農工商賈之子往往多達，豈盡才哉！業非所素習，而功成於己，百其父兄之勤苦、心志之專一，所以望其子弟者，又如彼也。委巷之士，秘兎園册子，爲家學轉相授受，膠固不可解，稱者蓋無幾。其達者則又自忘其所致，謂才者無待教，不才者雖教無益。而尊師重儒之道，不逮其萬一，狃於所業而輕其本，大較然也。故士之子恒爲農，而農之子恒爲士。翁獨勤勤懇懇，勉其子之學而卒收其效，天下事孰謂不可以操券取哉？爲翁子者，既知書爲士，其所以繼翁志者宜何如？是不可不勉也。不然，士農豈有常耶？秋丞求余題斯堂以自省，堂中貯翁所購書千卷，余顔之曰“遺經”。秋丞曰“是不可不記”，因推其意以爲之説，俾翁子孫覽之，知翁之所遺不在貨財田園，而在斯也。則登是堂，惻然而動，其繼述之懷，其庶矣乎。

問心齋記

李子享山，以“問心”名其齋，而推其友王軒爲之記。王子曰：旨哉！子之所謂問心也。人之生也，五官百骸秩然有則，莫不各效其靈，無相牽制。故目吾見其能視，耳吾見其能聽，手足吾見其能持行。意之所欲，官骸赴之，而舉措肆若，是豈勉强而然哉？蓋有動於不自知者矣，惟其不自知，則凡所以視聽持行之故，問之目，目不知也；問之耳，耳不知也；問之手足，手足不知也；即轉以問之口，口雖能言之，而亦終不知其所以然之實。然則欲知其説者，其惟心乎？夫心體至静，惟静故明，凡周身之屬，無不祇承其令，罔或胥違而養之。失其道，則明者乃有時而病，病則耳目方命，手足失典，行事舛戾，或惶惑失志，甚至於大發狂疾，然其神豈如是耶？其必有自來矣。君子知其將然也，必默察其病之所由起，與夫心之所由病，先發而制其未然，或不能遽得其意，則必將惟心是問。故孔子言内省、内自訟，曾子言日省，孟子言仰不愧俯不怍，趙清獻之焚香告天，司馬氏之事無不可對人言，凡此者，皆問心之説也。享山問心之旨，蓋取諸此。

而余重有感者，獨念享山與余總角交遊，齒相若，平昔歡對逾所生，家世情愫相告，語無少隱諱，心之相印，覺友朋之樂，無如我兩人者。蓋自謂俱各少年，聚首日豐，茫不知世間有别離事。今享山舘穀東山，余亦息轍蓬廬，曠經年始一會，旋復即别。回思曩日聯床夜話、促膝談心時，忽杳然如隔世事，聚散離合之故，有可以黯然神傷者矣。而今享山勤學若何？進德若何？余不得知，雖欲一問，恨徑寸之喙不足達遠人之耳。享山遠處東山，其進德勤學之暇，縱欲少傾懷愫，而舉目無可告語，亦不過搔首踟躕，以心問心焉耳。享山之所謂問心者，又烏知其不在此也？余故歷述其言，以寄享山，兼詢其問心之旨，果安所在？享山覽之，得無有問心滋戚，愴然而不能自釋者乎？

募修財神廟疏

天下有無關衣食之資，而爲國計民生之所尤亟者，其惟財用乎？黄帝經土作井，始開衣食之源，後聖迭參，經制漸詳。然四民各有專業，工賈之法，既不可耕且爲，則不得不通功易事以濟其窮。蓋井田者，所以浚衣食之源，而財用者，所以暢衣食之流者也。自少昊氏始作幣，三古同之。至九府圜法立而經財之道大備，取有餘，補不足，聖人所以持天下之平者，其權至微，生之有道，而用之有節。上之人以在民爲富，下之人以不能多藏以自封，故用財之道聽乎人，而操縱之權聽於上，固未聽命於神者也。聽命於神，其秦漢而還乎？夫山林川谷邱陵能出雲爲風雨、見怪物者皆曰神，先王祀之。若財者，邦計之大本，民生之大命也，謂爲無神，豈通論哉！顧先王之制，祀小神由七而五而三而一，下至門户行皂之微，莫不祀之，而財無聞焉。豈非以利者害之所伏，苟爲之顯立其祀，則人必有覬意外之福助而蹈非義者。是故相與泯之，第操其權於上，而不使民有畸重畸輕之弊，斯可矣。

夫愚民不能見利而不争，先王閔焉而不能禁，於是特行其意於井田之中，而杜其漸。故田授之，上而不能私，其授之有數，其歸之有時。授之有數，則無弱肉强食之患，而民不侮；歸之有時，則無私相授與之弊，而民不奸。故家給人足而貧富均一，民亦自知其分之衹有此數，又各足以自贍，而非有之財終不可苟取，則以止其貪欲之念，而消其争奪之氣，此所以養天下之民心者，至忠且厚也。當此之時，雖有神焉，不能爲之禍福，則人亦孰從而祀之哉！周衰道廢，强大相併，大國之苛無厭，小國不給則且厚斂之民。而官山府海，言利之徒競進，聖人藏富於民之意蕩然無存。洎乎戰國益謀富强，而不復能卹民隱，以迄於亡。然猶未有以匹夫而富埒人主者也，則以井田之法猶未盡壞，財用之權猶自上出，故公家貧則民皆足，公家富則民皆困，而匹夫之心計，不得私行於其間也。更暴秦，開阡陌，縱民自耕爲世業，不復歸田，俾得使子孫而相傳鬻，於是詐僞并起，吞併相尚，而民之貧富懸絶矣。智者操籌於室，而愚者顛連於道；强者狗馬有餘食，而弱者終歲不一飽。觀於史遷傳貨殖，率多秦漢之際，操一囊金，則百物可致。至於入貲授爵，而卜式、桑弘羊之徒，遂得以取丞相，富人之勢極矣！當此之時，轉徙無告之民，盍可勝言哉！庸下之貲獨集於枯，不能推尋其故，則意其必有物焉陰爲之予奪，其間黠者亦且藉以文其隱也，遂譁然歸其禍福於神，而禱祀興矣。嗚呼！神之能爲靈也，蓋以時爲之也。膠固既久，則遂有爲之立名字以附會其神者。噫！過矣！夫財者，材也，天之所生，地之所出，而人之所用也。是三才之道所恃以立，自有三才以來即有此物，豈待數千百年始有物焉以爲之主乎？蓋嘗考之傳記，黄帝能成命明民財。又曰："地之所生，殖及九州，名山川澤，所以出財用也，非是不在祀典。"蓋自古帝王何嘗不祀財，但其神既大，不在七祀之列，而又非編氓之所僭祀，況庶人只立一祀，又豈能祀也哉！今之人不知非其所祀，而競藉以祈福，又沿俗以失其義，則遂有溟漠無依之鬼，假土木以竊酒牲者，則神之不祀於古而祀於今者，豈非時之所爲哉？雖然，世之日陷於利也久矣，嚴爲之禁，猶有奸犯而不悔者，使知天下之物有神司之而不可以非分取，由是以號於衆曰："神之降殃降祥，誠不爽也。"庶幾人知自修以邀神貺，而止苟得之心，所謂神者，亦藉其積善之勢而陰詡之，以盡鼓舞之能。雖三代之人心何以異此？則亦未始非神道設教之意也。鄉之有財神廟也舊矣，今諸君憂其傾圮而思修之，將爲之募諸衆而醵之金，予不可以不言，庶好善之士，即以神之所福汝者以報之神，則神之錫福當更無涯矣。謹疏。

募修春秋閣疏

縣東南四由旬而遥爲翔山，地廣平曠遠，迤東漸丁山麓，坦坡層疊而已。翔山之虚，爲薄村王氏聚族而食焉。村西北一拘廬舍，地勢窊衍，有故瀆形首受村北平原沖紆，西愈下漸寬敞，曲而達於汾，盛潦東山村落諸谷水趨之，故有淹里之名矣。明天啓丙寅，先光禄公建春秋閣於此，其下壘土爲基，修廣各五尋有奇，崇三之二而又殺焉，皆甃以甓。堂涂以偃坡坦其上而廟之。繚垣皆列室，爲淄流駐錫之所，上重爲閣，榮阿四□，列楯相比，以祀漢壯繆侯焉。基之外爲垣百堵，周垣而廊，以楹計者百餘，楹閣屹立爲一邑之巨觀，蓋二百年於此矣。異時墨客選勝往往載酒登臨，每春秋勝日，陽岡舒榮，陰嶺冱雪，蹝不廢音，車無静轍，修禊之輩，鬥草之儔，絡繹而不絶。至於落英殘照，紅樹闐闃，汾波如練，擊柝相聞，水光山色，濛漾於楣棼。倚檻北望，劉元海之墓在焉，而吊其雄圖之不振。其南則赫連昌就擒之所也，欲求其殘壘短鏃而僅存。登斯樓也，洵足以抒疇人之曠抱，發逸士之奇文者矣。堊壁題詠，殆無虚日，歲久鳥鼠爲厲輸，隨時補葺。

道光癸卯秋，大雨以霖，基之坤隅圮焉，覺室曲房將隨以淪。某等深維先人締構之艱難，不忍視其就廢而神無以妥，且一方之壯觀系焉，近切蟻壤漏河之懼，□忖無米爲炊之艱，遠慕集腋成裘之功。所賴遠邇樂義君子，共濟克成，基址鞏固，勝境增所，俾居者無憂累卵，遊者無嗟裹足，且神既安，而爲人福。有先於尚義之人者哉，此又樂義君子所傾囊恐後者矣。他日好奇諸君或不憚千里裹餱來遊，某等誼居東道，尚當供掃葉之役焉。謹疏。

禽昌考

《魏地形志》：晉州平陽郡禽昌：二漢屬河東，晉屬即漢晉之北屈也。神嘉元年，世祖禽赫連昌，仍置禽昌郡。真君二年改，七年併永安屬焉，有乾城、郭城。平陽：真君六年，併禽昌。太和十一年復，有晉水、高梁城、龍子城、堯廟。永安郡永安：真君七年，併禽昌。正始二年復屬，治仇池壁。有霍山祠、趙城。

揚：晉屬平陽，後罷。太和二十一年復，後屬，治揚城。有岳陽山、東明神。

冀氏郡：建義元年割平陽郡置。冀氏：割禽昌、襄陵置，有冀氏城。

義寧郡：建義元年置，治孤遠城。

義寧：分禽昌置。

《隋志》：臨汾郡襄陵下：後魏禽赫連昌，乃分置禽昌縣。齊併襄陵入禽昌，大業初又改爲襄陵。

《元和志》：晉州襄陵縣：周平齊，自臨汾縣移禽昌縣於今理，屬晉州。大業二年改禽昌爲襄陵，取漢舊名也。先是以禽昌名者，後魏禽赫連昌，因以置縣故也。

洪洞縣：禽昌故縣。在縣東南二十四里，後魏太武帝禽赫連昌置，因以名焉。

《太平記》：襄陵縣：後以此地禽赫連昌，遂於白馬城置禽昌縣。齊天保七年，省。周平齊，自臨汾縣東北二十里白馬故城移禽昌於今縣焉，亦隸平陽郡。

謹按：近人多以禽昌目洪洞，考之諸書，殊未確，故先列據於右。洪洞，漢之揚縣，迄隋不改。《魏志》：晉後廢，太和二十一年復。不詳所廢之年，亦不知併入何縣。以地證之，洪洞南爲臨汾，襄陵北爲趙城，霍州東爲岳陽，臨汾故平陽，霍州、趙城、汾西故永安，魏真君六年併平陽入禽昌，七年併永安入禽昌。揚在其間，時亦併入禽昌可知。其後四十五年而平陽復，復六十三年而永安復，南揚亦復矣。此揚併禽昌之時可考者也。據《志》禽昌本漢晉之北屈，今吉州及大寧縣地，晉後廢。孝文始置定陽郡及各縣，則前此爲禽昌之西境，計亦與永安、平陽同時也。據襄陵下分置禽昌縣，則南得襄陵地也。冀氏割襄陵、禽昌二縣置義寧，分禽昌置義寧，後爲和川併入岳陽。在岳陽東是建義，以前禽昌東境，實盡今岳陽之地，是禽昌全境，南迄臨汾、襄陵，西抵吉州、大寧、汾西，北兼洪洞、趙城、霍州，東盡岳陽，凡九州縣之地，幅員之大，實無比倫。此其地之可考者也。《元和》、《太平》二志又言，自臨汾縣移禽昌於今理臨汾，今之絳州非是，當是平陽縣，二志就當時所稱名之耳，下同。《太平記》稱禽赫連昌於此，誤。昌實未至此也。又稱於白馬城置禽昌縣，又稱自臨汾縣東二十里白馬故城移禽昌於今理。一稱臨汾縣，一稱白馬城，一稱故城，實一地也。或者禽昌郡當時即置白馬城，與平陽爲雙頭郡，後罷郡存縣，亦如唐之太原、晉陽同爲郭下歟？二志又稱禽昌故縣，《太平記》作“城”。在洪洞東南二十四里，此即後世稱洪洞爲禽昌之由。今土人相傳太武帝於此築城，聞昌就禽因以名城，與聞喜、獲嘉同一命名，語尚可信，則當時蓋以此名城，其立郡縣則不必在此也。又今臨汾北界二十里有南麻城、北麻城，與洪洞接壤，或麻即馬之轉，即白馬故城音，與《太平記》里數亦合，以高梁舊屬揚縣證之，此尚在北，則當時屬揚亦未可知，故二志皆言禽昌城在洪洞也。二縣疆域之割裂皆由真君時，省入禽昌併爲一縣，又四五十年太和中復置，遂不能復舊矣。此禽昌縣治與城之約略可考者也。自神嘉元年戊辰置禽昌縣，至大業三年丙寅而改爲襄陵，凡四朝二十主一百七十九年，此禽昌置縣沿革之可考者也。

又按《太平記》：臨汾縣襄陵城，漢襄陵縣城在縣東南三十五里。又襄陵縣襄陵故城，《冀州圖》云：襄陵郡東南三十五里，即古襄陵城也。天業初曰禽昌，後移就古城，在趙城有誤。東南六十里。二説相合，則禽昌在漢之襄陵古城。與《地形志》襄陵治襄陵城亦合，且《志》稱有乾城、郭城，皆襄陵境，故隋復改爲襄陵歟？并存以俟知者。

河東新修四門城樓紀功頌

天下鹽官皆寄治，而河東獨有專城，不與府廳州縣同理，自鹽法道以下與其寮寀胥萃居焉。城在鹽池之陽，建置最古，舊曰路村，俗以其爲鹽運之所治，因呼之爲運城，蓋即春秋之苦城也。晉之郤奇食寀於此，故號苦城。升叔禮苦鹽，杜子春讀苦爲鹽，是其證也。又考《潛夫論》曰："苦成，城名也，在鹽池東北。後人書之或爲'枯'；齊人聞其音則書之曰'車'；敦煌見其字，呼之曰'車城'；其在漢陽者，不喜'苦'、'枯'之字，則更書之曰'古城氏'。"是初以池名城，假同音之字爲苦，後遂以名邑，又因以爲氏焉，但地不同今治又非專以榷鹽，與後世異耳。今城之建，見於圖志碑記者，蓋本唐宋以來之舊，而門之、而垣之、而樓之、而堞之、而又甓之，又非一時之爲，崇墉輪奐，遂屹然爲晉南一都會矣。城爲門者四，各有樓二。城外各有郭，郭有門、有樓，不重，如城制而稍殺，四隅樓各一，又殺於郭焉。年久傾圮、新修不一。同治辛未，今升任浙江按察使蒙古竹珊方伯觀察河東時，鹽法久滯，商販裹足，池產復比絀。公下車，息疲興廢，逾年池産日增，商民漸蘇，公乃次第擘畫積滯諸政，不再期，百廢俱舉。公既廉悉池之弊在漏鹽，而漏鹽之故在池垣歲久未修也，因酌取池鹽所出爲經費，預支庫款，分綱歸繳，不假胥吏手，坐商各修各段，故民不勞、商不費而事集。既成功，市野額祝，僉謂數十年無此舉也。公又以城本衛商民，而門又旦夕所出入，今樓櫓毀圮，且將有傾壓之虞，非所以肅觀瞻也。會議紳商，僉以新修爲請，公立允之。即以紳商之廉正者董其事，材木無因乎舊，礎甓惟取其新，恢拓基址，高大逾前，名則重修，功倍作焉。凡四門大小十二樓，靡不巍然而改觀，重闉洞啓，表裏鉤連，商民不擾，一如其築池垣。復以其餘貲修東門外之玉皇閣，計經始於乙亥七月，落成於丙子十月，實光緒二年也。功甫蕆，而公亦奉特命提刑兩浙矣。董事諸君僉以公之豐功駿績不可無傳，且公又將去，商民之思念，愈不容已也，謀泐石以示諸後，而丐文於軒。自公涖鹽，軒即尸兹賓筵，相依久而知又深，又胡能已於言。竊以爲公德在人，非筆墨所能宣，公之遠猷，在修池垣、築堤堰諸大端，兹樓特公德政之緒餘耳。而後無所須，前無所緣，動不爲補苴苟且之計，此豈取辦倉卒而能然。乃考兹城命名建立之由，而徇輿情之公，著兹銘鐫，俾後之涖兹土者有所式旃。至工之程度，當别有記載，不具書，董事者，例得備書。其辭曰：

畨畨嶓陰，膴膴隴壄。臨澤鹽販，地沃近鹽。晉霸初啓，爰建名城。代遷基移，迄昉地名。有淑斯城，匪都匪縣。總鹺涖止，實兹衛捍。曩構隣警，秦疆毘連。寇絶窺覦，賴城是全。峨峨方伯，綏撫保障。仡仡言言，力與城抗。美利不言，害馬務去。咨度池垣，堤防鞏固。顧兹樓櫓，民人胥瞻。狹陋傾圮，奚示崇嚴。

棼甍楣橑，丹楹刻桷。重扉翼翼，方隅岳岳。公來樓新，惠我商民。公去樓存，福我後昆。李堰屹東，姚渠注西。巍樓矗雲，流澤孔齊。維公之功，億萬斯周。維公之名，兹樓併壽。豐碑穹隆，爰頌公德。敢告來者，睹此貞泐。

袁端敏公家傳

欽差大臣、漕運總督兼江南河道總督、提督八省軍門端敏公，諱甲三，字午橋，河南項城人也。曾祖父志恭，祖父九芝，父耀東。三世以公貴，累贈至一品如其官。公七歲從父授經，嘗竊"事君能致其身"文，父見而異之。既孤，家貧，母氏績而課之讀。年十四補縣學生，旋食餼，益自奮慨，□焉有用世志。舉道光甲午鄉試。乙未成進士，授禮部主事，考充軍機章京，補精膳司主事，轉儀制司員外郎、主客司郎中，掌司務廳印，充□科會試提調官。既值樞廷，益潛心經世務，中外陳奏，遇利害所繫，必準古酌今，務窮本源，知其歸趣乃已。果毅敢言，樞臣倚爲重。宣宗成皇帝棄羣臣，遺詔四事，樞臣受命震恐，疑非臣子所敢議，謀勿宣示中外。公訟言曰："此大行皇帝盛德也。"引《傳》、《語》楚共王事以徵，疑乃釋。未幾，以御史記名，定例補御史則罷樞廷直。當事欲留之，公以言官可自建白，願就台職，遂擢江南道監察御史，時咸豐初元也。首疏以"夷務初定宜博采羣議以圖久安"，又以"郊祀日加恩侍從疏請益嚴聖敬"，得旨嘉獎。先是，特旨罷户部捐例，未幾，計臣奏請復開，公抗疏言："令出惟反，惑民聽，乖政體，有累聖德，請仍罷之便。"天子以爲然，立收成命。公益感奮，知無不言，不屑屑細故，累疏當世切務。定郡王載銓以懿親耆臣蒙顔遇，中外達官望風趨承恭事，多踰禮，公嚴劾之，請申舊制，正國體。有詔詰問，反覆論駁，詞不撓，得實，坐削階奪俸者眾，朝綱肅然。由是，直聲震天下。上察其孤忠，弗之罪也。歷轉掌江南道監察御史，陞兵科給事中，轉掌印，巡視中城，發奸摘伏，除累年積匪，輦轂爲清。時粤賊初起，河决豐口，海内多故，羣臣争言事，獨公疏請舉將才，以副都統烏蘭泰爲首，天下傳誦之。又陳救時急務六策，又請因决口導黄河由大清河入海復故道。前後論兵封事十餘上，皆中肯要。癸丑春，粤匪據江表，分陷淮皖，侍郎吕公賢基以皖人奉命回籍辦團練，稔公知兵，請偕，以母老辭。侍郎行抵涿洲，遽馳疏請公幫辦，召見，褒勉使行。時金陵賊將林鳳翔、李開方已越清流關，陷鳳陽、懷遠，逼宿州，將由徐州長驅渡河北犯。公至宿，猝聞警，城外兵僅五百，前軍輜重皆在，衆洶懼，或議納兵州城以守。公已卧矣，侍郎就問，公堅卧不起，曰："今夜賊必不至，質明守陴未晚，何自擾爲?"衆乃定。次日，賊至澮水，則公已遣兵□疾趨，扼隘斷渡矣。賊不能濟，乃西走亳州，轉入豫晉。皖城初陷時，議已改廬州爲首郡。公至廬，謂撫軍李公曰："皖爲金陵門户，今則爲鄂楚屏蔽，賊陷鄂皖而不守，直趨金陵者，意豈忘之哉？方謀北犯，且力不及耳。我疾扼東西梁山，絶其回擾，則鄂皖完；鄂皖完，則順流而東，合三吴以滅賊無難。若棄江險，使賊得養鋭回帆西溯，不惟皖境盡糜，即鄂楚亦不能安枕，後圖難矣。"撫軍然之，而不能用也。與吕公分道巡視，務除土豪積猾，遠近皆額手望公至。至潁州，民張銀盤等以漢回互鬥，殺傷千人，潁流爲赤，圍郡城急。公初未將兵，手檄馳諭，謂："同係朝廷赤子，使者不問漢回，但分良莠，急解散，聽使者判曲直、别首從，止□誅倡亂者。"衆擒銀盤等數人以獻，斬之，餘置弗問。併爲奏嗣後辦理漢回案，務持情法之平，無得畸輕重。潁民大服。當是時，皖事日棘，淮甸羣盜乘林、李諸賊竄擾畿輔，伺隙嘯聚，響應蔓延，衆至數萬。侍郎周公天爵堅稱："皖北民情獷悍，難端一發，禍逾闖獻。"未幾，合五十八捻抗官軍。周公卒亳州軍，詔公統其衆，連戰皆捷，殲巨捻江邦平、王希禹等萬衆於王市集，分軍搗龍元賊張茂，大破之，鄉民争縛賊獻轅門。公使質訊，求其生，不得，然後死之，雖死者自謂不冤，故遠近齎牛酒、具餱糧餉軍，不裹糧而有餘食。會吕公殉桐城，大學士奕公復卒徐州軍，詔公悉兼兩公軍，旋奉署安徽布政使之命。先是，特命公署鳳陽府知府、廬鳳潁兵備道，皆辭不就。至是，復疏辭皖藩專兵事，遂以給事中三品卿銜督軍。自豫皖達清淮，東西幾二千里地，平曠無扼塞，所在賊蠭起，恃公孤軍支柱其間，顧所部實不過三千人。公所至，集民團以忠義激厲，衆樂爲用。金陵賊曾守倉、胡以幌等，復由舒六北出，將渡河疾走，與林鳳翔等合。追及蕭碭，敗之，半濟，又敗之，餘匪回走，復躪於潁亳，盡殲回軍。討平亳州賊張捷三、王道人等，而揚州潰卒李興清等方挺險據睢寧之高家集，復遣别將捕斬之，以功擢都察院右副都史。於是粤賊陳玉成據安慶，諗廬鳳潁亳之民輕死樂鬥，欲盡得以爲用，僞檄煽誘，千里騷然，復以全力陷廬州，撫軍江公忠源死之，而劇賊張洛行已陰糾衆捻謀與玉成合。公策臨淮介廬鳳潁亳間，當南北之衝，渦澮兩水交其前，遂移軍進駐，分兵四出，既清全淮，上下游格兩寇使不得通，然後出鋭師再擊洛行等，敗之。洛行懼，謀乞降，公以洛行反覆，思制其死命，乃無北顧憂，勒使獻他賊自贖。洛行愈感。益討軍實，練卒選將，屹然爲南北重鎮，欲遂合廬州軍併進圖恢復，遣别將趨擣九伏州，與江南諸將相犄角，規復金陵。金陵賊震恐，由是江淮被匪據者，皆走數百里來乞師矣。遽遭蜚語，鐫官解軍事，洛行等慶更生，勢遂復熾。公去之日，淮甸軍民攀挽千里，號泣於道。廬州帥遣所親代公，息於中道，父老觀者問所之，語以往鎮臨淮。衆驚曰："我袁公奚往耶，吾儕遭亂以來，流離顛沛，自袁公至後得安堵復業，今奚往耶?"比至臨淮，復睹軍民攀號狀，具牘道其實。廬州帥披牘赧然，復易所親代之，則由前請如故。久之，上察其誣，事得白。後廬州帥與侍郎勝保抵牾，公復爲居間排解之，衆益服公長者。公既去臨淮年餘，淮甸復大亂，賊數千起，衆至百萬，蹂躪逾前。淮人思公甚，懷遠民胡文忠鬻子女徒步走京師，欲擊登聞院鼓，求公再鎮，格不能進，懷狀自經死，事聞天子，爲之動容。臨淮軍久困，士民臨戰相勉，以勿負袁公，率結隊陷陣覆没，無一潰叛者。中外交章論皖事，僉以公去官，賊浸不可制。丙辰，復起公會辦剿匪事宜，公方奉郭太夫人侍居禹州，不忍出，太夫人勉之行。時大軍新挫，駐歸德。賊已逼城危甚，公舊部多散歸甲里，聞公至，皆喜，數日驟集三千人。賊已纛至，公親督陳，士氣百倍，短兵接戰，賊益衆，公馳赴前敵，手麾進，各大呼，陷陣死者相屬，繼進者戰益力，大挫連年積鋭賊鋒。亳州被圍久，城垂陷，公疾趨援之，重圍立解。乘勝疾擊，旬日五戰，擒斬逾三萬，逼入渦河死者復數萬。遂掩雉河集，擣賊老巢毁之，賊黨散，洛行以十八騎走。皖豫少定，遂以三品京堂幫辦剿匪事宜，共事者遽有異同，謀嘿不得施，至洛行得喘息，再合餘燼，歷十年而後定。嘗分軍獨提偏師，轉戰無休息，軍餉方支絀，歷險阻瀕危數四，公夷然不動於心。曾以飢軍二千迫黑旗捻魁王寇三合股於亳西渦水，悉數斃之。亳西有太清宫者，唐以來祠老子處也。前夕，賊見太清宫出兵無數，終夜擾亂，侵晨兵甫進，賊争走撲河。擒賊所言既同，公憮然曰："將兵不能速平賊，使神奮而奪賊魄焉，適滋愧耳。"益淬勵將士，以次削平亳東諸賊寨。有鄧家寨者，遠近號爲"銅幫鐵底"，堅逾名城，水淺土薄，地道無可施，則困以連營長壕，或高築礮台，下臨擊之，遂爲攻堅不易之法。維時，洛行等方據正陽、六安，南與皖桐粤賊連結，侍郎勝保久攻正陽不能下，屢疏請公移師助剿。未至數十里，洛行惶懼，棄正陽走六安。侍郎以克正陽爲己功，公弗較也。鳳台諸生苗沛霖以善守雄鄉里，糾眾數萬，堅壁淮渦之間，侍郎屢調不赴，公馳檄諭之，沛霖輸伏，侍郎自往就撫之，以六安委公。甫部勒進兵，粵賊李秀成遽圍固始，公與侍郎合軍救之，留子保恒獨當六安之賊。洛行等屢出撲犯，擊卻之，相持逾半年，賊不敢動。李壽成復擁眾數萬徘徊六安、固始間，以投誠嘗試，公命保恒以計緩之。固始圍解；李秀成挾壽成南走，公謂捻匪精鋭麕集六安，宜謀定後動，四面圍，一鼓滅之，勿急攻，使得旁逸爲患。侍郎不從，遽進兵仰攻致敗，賊越侍郎營北走，歸蒙亳，勢復張。公奉命由徐州扼賊北面，補太僕寺卿，拜督辦三省剿匪之命，始獨專兵事矣。轉戰而南，進軍宿州，將由蒙城搗賊中堅，賊失所據，流竄東西。遣子保恒簡鋭卒，疾馳援豫，邀賊太和，大破之，擒獲無算。同時，分道反擊泗州賊，連戰皆敗之，洛行僅隻身免。公遽奉内召，賊勢益横，洛行復得南合陳玉成。先是，公議皖爲中原腰膂，皖不定則湘鄂軍不能東下，金陵迄不可復。宜先除諸捻，以全力圖粵逆。與鄂撫胡公林翼約，併力掃蕩，胡公遣所部唐公訓方提軍五千裹糧從公以厚兵力。適李公續賓軍歿合肥，唐公以回顧不果。無何，粵賊再陷廬州，侍郎勝保軍屢躓，沿淮郡縣相繼淪陷，長淮之險盡失矣。公之内召也，實勝保南邀公與合軍，公以受命獨當北路，一摇足則羣賊北趨，將貽朝廷北顧憂，持不可。勝保怒以不能和衷，屢疏傾之。至是，天子悔，不宜徵還公。公既解軍事，請假覲省禹州。比陛見，垂詢軍事，獨對者十四，乞歸養，至泥首流涕，情詞懇切，上惻然憫之。復詢悉公有兩弟，不許歸。旋擢漕運總督兼籌剿防事宜，漕運事簡，羣盜方睢盱環伺，出没不常。公馳抵清淮，擊走蔣壩之賊，餘潰奔，始繕城儲糧爲戰守具。尋佩欽差大臣關防，代侍郎勝保，盡督其軍。數敗之餘，積弊玩愞，驟不任行陣，公痛簡汰之，激厲振刷。再旬，氣復振，乃克臨淮，進取鳳陽城。賊渠張隆窮蹙，乞降不許，收斬之，遂拔二城。洛行走保定，遠長淮。又復清江浦，當南北水路要衝，公亟言守御於河，帥不聽，至是，别部捻匪撲陷清江，據以窺淮安。公聞警，遣兵馳擊，走之，淮安相距咫尺，賴以保全。金陵官軍之潰，江南州郡同時陷没，大江以北無主帥，人情恟懼。公急遣將統舟師東出洪澤湖，由高寶湖達江岸，督兵練嚴扼之，無一賊敢渡者，復以練船救難民達北岸，全活以數萬計。揚州將薛成良擁眾肆掠邵伯、高寶諸湖間，總兵黄開榜會揚州兵討平之。成良走依除州降將李世忠，公謂世忠受國家再造恩，不應爲逋逃藪，世忠感公威德，縛獻成良，斬之。將軍都興阿未至揚州之先，沿江千里，胥賴公保障之力。苗沛霖之劫制皖民也，藉團練驅使鄉里，而陰鷙猾健，實蓄異謀，黨羽既眾，所爲多不法。先後蒞皖軍者，至輒投狀謁軍門，詭稱自効覘軍實，率以時方多難，假名羈縻之。公初亦欲收以爲用，既察其終必反側，推誠結之，使撫羣練，不假以兵事。沛霖亦獨憚信公，輒語人曰："袁公厚我。"故臨淮鳳陽之役，帶練助剿，每進輒當前敵。其後沛霖反狀日著，意不自安，獨憚公不敢發，曰："吾不敢負袁公，袁公能活我也。"侍郎勝保挾沛霖爲重，待之優禮特隆，累保官至四川川北備道。沛霖益驕恣，陰蓄髮，不服冠帶，納款粵逆，與玉成、洛行相勾結，首鼠觀望。公嘗致書侍郎，謂沛霖反覆不可任，復密疏請除之，侍郎未之察也。再奉命由豫入皖，檄之來，軍不至，語多悖肆。侍郎自以待沛霖厚，恚甚，遂以公手書示沛霖，且責之曰："爾多言袁公厚汝，汝自省。"沛霖由是始貳公，叛謀滋亟矣。庚申秋，京師戒嚴，公疏請勤王，温旨慰止，以長淮爲南北咽喉，念公孤軍峙羣寇間，糧道屢梗，戒公當持重籌全局。車駕方秋獮灤陽，公復瀝疏請回鑾。事平，各國請以兵助順討賊，事下中外大臣議，公力陳非策。語切直，事得寢。復有建議請遷都者，公痛陳不宜輕動，以危宗社，優詔嘉納。方公請勤王時，侍郎勝保復督軍畿輔，沛霖詭請入衛，侍郎遽奏徵之，公力持不可。會皖撫亦疏陳沛霖反狀，沛霖知不免，遂叛，據懷遠，圍壽州，淮甸大震。公駐師臨淮，遣子保恒與諸將分道進取懷遠，别簡勁旅疾援壽州，而壽州已先期不守。沛霖既入壽州，乃謬爲恭謹，乞城下大吏代陳不敢叛。公奉命罷攻懷遠，會洛行率大股掩至淮濱，欲北渡，移軍擊走之，乘勢平沛霖協從諸堡寨，次第下三百餘。遂進擊粤逆，下定遠，後天長、來安。洛行之走定遠也，公命保恒會諸將進剿，屢勝，奪賊氣，遂圍之，斷其糧道。城垂克，玉成渡江來援洛行，衆號二十萬。保恒謀及賊未定，急擊之。玉成遽斂衆與我軍相持，列營趾錯。公以玉成悍黠善兵，且捻粤勢合，衆幾三十萬，諭保恒持重，勿輕發爲賊所乘。玉成復恃衆築壘，扼我軍糧道。保恒嚴師保長淮，賊掩撲再三，不能撼。玉成策馬周視曰："此軍未易犯也。"旋圍鳳陽府縣數重。公屢諭保恒堅壁老之，出奇夜劫之。賊敗走楚北，連陷州縣十七，人始歎公以寡當衆，整暇爲不可及。迨公再進軍復定遠，玉成以廬定逼近，他賊不足當臨淮軍，乃自安慶馳入廬州自守之。將軍多隆阿統兵繼至，公遂合楚軍下廬州，玉成哭走壽州，追擊屢敗之，其衆略盡，隻身投沛霖。公嚴檄責讓之，乃檻玉成送官軍伏誅，淮南肅清，捻粤不能復合。公策沛霖終爲患，將更通兩寇，分乘亟肆以敝我師。欲先勦沛霖，則據皖上游，勢幡固，不可猝拔。兵交與持久，不暇旁顧，捻逆將乘機益肆擾粤，粤亦必渡江援應，而臨淮坐亦非策。會科爾沁親王僧格林沁再勦山東流賊，公乃疏陳勦匪大局，當先羣捻，次第沛霖，然後合力以取金陵。請以李公續宜撫皖代鎮臨淮，而自移師北會親王軍，期漸削平，詔可。方俟代，疾作。是年秋，文宗顯皇帝升遐，公以哀感，病益劇。冬及春愈不支，屢疏請歸田予假者再，五疏乃許歸。而李公以軍糧未集，久而後至，復以憂去官，優詔留公代替，又數月，乃得代，時同治元年十一月也。比發，復疏陳四事，先崇聖學，拳拳致意於用人聽言之要；又謂議政親臣，當專力軍國重務，詞尤剴切云。歸陳州，即迎郭太夫人禹州歸養，怡色承顔，孺慕倍於童稚，疾雖苦，未嘗使太夫人見困憊容、聞呻吟聲也。侍郎勝保之督軍陝西也，復檄調沛霖統其衆赴行營，公復力阻之。沛霖亦初無行意，然猶公在，未敢逞。公歸之明年癸亥春，沛霖復叛，據懷遠，圍蒙城，再陷壽州，上犯歸陳，皖豫盡擾。詔公在籍督辦團練防勦事宜，公急遣使馳諭皖民毋從逆。皖民聞公復視事，争閉堡寨，殺沛霖使者。蒙城圍急，糧援道絶，再疏請援併籌糧接濟，詔悉以委公。又請發吉林、黑龍江馬隊四千，且請飭豫東練步卒，相機會勦，皆允行。既而疾益篤，將吏率榻前受方略，瞀囈中冉冉皆道蒙城輸積轉運事，遂於同治二年六月二十四日薨防所，年五十有八，遺疏猶引咎，憾膚功未奏，謂以寇賊貽君父憂也。疏入，上震悼，贈都察院右都御史，照總督軍營病故優卹，賜祭葬，予贈謚端敏。子保恒以左春坊右庶子俟服闋後以翰林院侍講學士補用，保齡以舉人授内閣中書。大學士、湖廣總督官文疏公生平事蹟宣付史舘，復請於陳州建立專祠。其年冬，安徽巡撫喬公松年、漕河總督吴公棠復據臨淮、淮安士民呈疏請於臨淮、淮安併建立專祠，淮安士民復呈請吴公題請入祀名宦祠，項城士民亦呈請巡撫張公之萬題請崇祀鄉賢祠，皆詔如所請。公歿未幾，沛霖旋伏誅，其後捻黨再殲於山東，中原肅清。公子保恒以事降官鴻臚寺少卿，詔參湖廣總督李公鴻章軍，李公以戰績上，特旨復翰林院學士官，并賞加三品銜。詞臣左遷舊無還原衙者，蓋異數也。諭旨復殷殷念公舊勳不置，謂保恒能仰承先志，蓋鑒公滅賊之志，無間存歿也。文宗顯皇帝知公孝，憫其勤勞不獲將母，當郭太夫人八十壽，寵賚備隆，海内榮之。洎公持節淮甸，子保恒方官編修，特旨詔見，諭之曰："汝父體豐碩，不任馳驅，朕甚垂念。汝可馳伺左右，且代赴前敵督士卒,諭汝父俾專運籌也。”天下聞之,尤爲公感激榮幸焉。公少勵學,務實踐,不空語性道而踐履必飭。爲諸生時,與兄教授鄉里,及門者率相勵以行,相勖以道,高才生多從之遊。後將兵行梁宋間,父老識者猶呼袁先生,不官稱之也。

兵部主事王軒曰:軍興歷三朝,垂二十年,征發半宇内,使節四出,將帥三數易,僅乃底定。當匪初起時,先朝宿將猶有存者,天未厭亂。次第星殞復多,特簡舊臣出典軍事,然或殺身以成仁,或負罪以速謗,其以功名與兵事終始者蓋不數人。大憝就虜,將帥輩出,櫜筆奮於幕府,執殳効自行間,功業炳煥矣,而舊臣存者,又無幾人焉。公以諫官受特達之知,典軍事早且久,盡瘁殞身,天下胥哀其志。大學士湘鄉曾公表公墓,其略曰:“蓋至功無形,至名無稱,世相崇頌以爲不可能者,功名而已。持確然之志,萬變而不渝,功成而不與,隱任其責而不争其名,蓋獨於公見之。公以孤軍扼淮墺,當其時,饋餉無路,賊黨環伺隙,諸軍聲勢不相及,無可恃者,徒以忠懇感激將士。人無離心,卒全長淮,沮羣賊不得合從,諸軍得併力江南,無北顧憂者,以公在臨淮爲障也。”又曰:“公苦身焦思,無一息之安,躓而再起,不毁其守,至含疑蒙詬以求有濟。叛練平陵復,公皆不及見,覽粗迹者,不究事之終始,或以爲功名盛著者,能軼公而過之,其尤可哀也。”軒與保恒爲同年生,得稱其先美,辭懼溢,不敢私有論列,曾公此論足察公之志矣。

勅贈忠義李貞靖先生傳

先生姓李氏,諱茂實,字生洲,號澗南,洪洞人。前明崇禎庚午舉人,少明敏,力學不輟,精制科之文,旁及百家二氏,卜醫、星相、奇壬、陰陽之學無不通。時絳州辛文敬先生方倡明程朱之遺言,講學河東,先生往從之游,文敬大歎異,而先生亦竊自喜，因益肆志於理學，執道甚堅。後文敬歿，學者取師焉。然先生性恬退，不樂仕進。值明鼎將革，乃隱居澗南之阿，遂自號澗南，日與二三朋好相倡酬。後李自成舉兵入山西境，慕先生名，遣使持金幣來迎，授北路德平僉憲僞職，并及先生從兄呈才，將大用。先生托疾不往，使者返，自成不可，復强之。先生堅拒，賊怒，刦以威聲，言欲火先生屋。先生鍵户坐門首，張目語賊曰："吾皇朝冠帶，豈肯從汝作賊。因念汝主素無嫌怨，不欲辱以口舌，必相强，有死耳。安能低首折腰向狐鼠面前稱臣妾耶？速舉火，勿稍延。"遂大罵，賊知先生必不可致，以實白自成，自成不之怒，遂置之。先生自賊去後，益無意當世，乃愈放情詩酒，不復與外間事。至國朝順治四年卒，年五十一。大清既定鼎，詔天下舉明季殉難諸臣，以及畸人逸士。有司上其事於朝廷，議報可，敕贈忠義，給貲建坊，崇祀忠義祠，學者私謚貞靖先生，事載洪洞、館陶兩縣志并《山西通志》。嗚呼！先生不歿矣。著有《弋獲編》，當時已行於世，又有《澗南遺草》一卷，范梅臣諸先生序之，其曾孫志禮始鏤版行世。

王軒曰：嗟呼！世恒謂亂世無才，豈信然哉！觀先生之事，此豈尋常齷齪下士所可勉强爲者，非其天資學殖百倍流輩烏足能之。余蓋嘗謁先生之墓矣，讀碑陰之文，想見先生之爲人，而獨恨其於先生出處大節略而不詳，自今而後，安知不與草木同其湮没乎？乃捃摭所聞妄爲之傳，以示後之覽者。嗟乎！先生特以文弱書生而義不爲賊所屈，初婉謝之，又嚴絶之，卒保首領以歿。樹大家之棹楔，享令名於無窮。嗚乎！先生可謂不變所守者矣。

李義士傳

義士名呈才，姓李氏，山西洪洞人，世居邑東鄉之張村。幼負氣節，任俠慕義，尤好擊刺之術。比長，軀幹修偉，膂力絶人，精嫻武勇。性剛毅，不能爲人下，常以氣慴服里中，遇不平事輒揮老拳，人以是憚遠之，豪暴惡少，爲之戢翼。值明鼎將革，土寇竊發，嘯聚成林，所在村鄉罹害甚酷。義士爲禦侮計，乃團鄉勇數十人以備賊至。賊焚掠經過洪洞，聞義士名，遣使請義士爲其渠魁。義士大罵曰："汝等醉生夢死之徒，不識天之高厚，刃已在頸而不自知，乃欲以玷而公清白耶?"唾其使，逐之去。賊且怒且慚，誓殺義士，啖其肉。人亦竊爲義士危，而義士談笑如平時不少恧。後數日，賊果至，沿塗焚掠成墟，及村東，賊亦憚義士勇，未敢輕舉，乃僞作聲勢以張惶之。時秋禾已登，曠野百里可見，朔風方猛，宿草全枯，遇火輒燃，照耀爲炬。炮聲殷天，雞犬盡驚，老幼男婦，哭聲如沸。賊又陰令其徒火義士屋，聲言將踏平張村。義士怒曰："鼠輩無禮，竟敢欺吾。"乃手刀躍馬馳去周村，大呼曰："好男兒不懼死，當隨李某殺賊，奈何蛇伏狗竇乞旦夕生活耶?"少年數十人鬨然隨之，少年者，即前所團之鄉勇也。遂出村與賊遇，賊見義士皆切齒，欲生致之，乃羣圍義士。義士前趨，連揮刃殺賊人馬，首落如雨，諸少年奮力相攻戰，殺賊頗多。賊愈怒，必欲得義士，圍愈力，相持三晝夜不休，然卒無奈義士何。賊計窮，知義士終不可得，且死傷過半，又糧盡，甚悔之，遂中夜解圍去。義士視賊去遠，乃與諸少歸，不失一人，而賊死傷者以百數。方義士之與賊相持也，腹奇餒而苦無裹糧，乃取賊肉生啖之以充饑，渴則取賊血飲之。賊恨愈深，不殺義士不止矣。賊去，義士歸，右手握刀，左手持一人心，血涔涔滴，見者色變，而義士飲啖自若。賊去後，李自成入山西境，賊遂南下歸自成，言及與義士相戰事，盛稱義士之才，自成亦素耳義士名，復使賊持金幣聘義士，授以僞職。義士笑曰："吾若從闖，可立致顯位，然初意云何，是以暴易暴也。"堅辭不往。闖知義士意決，遂不之强。然義士與賊持時，時值隆冬，露宿數宵，夜深苦寒，且飲食不類而身又被重創，比歸已病，調治罔效，月餘遂卒，鄉人惜之。嗟乎！義士一布衣而能奮身殺賊，卒不爲其所奪，其與世之苟活求容而覥顔以事賊者，真天淵哉！當自成之初入山西也，封疆諸臣望風請降，接踵恐後，以致不可撲滅。誠得如義士者數輩，置之顯要，畀以兵權，而使之討賊，天下事尚未可知，而卒以祖宗三百年之河山，敗於千百庸妄人之手。此信古之士，所謂發奮太息而痛恨者也。嗟乎！以庸妄人而居大位，而慷慨奇傑之士往往沉淪草野而不得志，此國事之所以不支也。而或者乃歸咎於天下無奇才，嗚乎！豈篤論哉。予故因論義士之事而發之。

論曰：義士，其髯參軍鄧伯翊之流亞歟，不然何其烈也。燕趙古稱豪傑之藪，洪與趙犬牙相錯，其人多好義負氣，地氣所使，固無足異，而余獨怪義士幼不識詩書而能嚴以拒賊之請，婉以卻闖之聘，且具知其必敗，蓋其才識智術，誠亦有足多者焉。余與義士後人名時升者相友善，嘗聞其先世有藏刀，甚奇，蓋義士故物也。每當陰雨輒鏗然作悲鳴不止，曠月餘必以鷄血飲之，否則自出其室長鳴欲飛。居民有患邪祟者佩之即愈，人以是寶之。嗟乎！刀鈍然鐵耳，而靈異若是，豈義士之精誠有以憑之耶？夫以義士之志與其才，使之大用於時，其所爲必有可觀，而乃僅以此自見，豈義士意哉？然義士既不得志於時，而猶能小試以展其用，此雖不足以見義士之大，而義士亦可少慰矣。觀於各處俱被殘毁，而張村以彈丸小村巍然獨全，不得謂非義士之力也。諺有之“士窮見節義”，又曰“勇士護鄉鄰”。嗚乎！信夫。

旌表孝子董霽堂先生孝行狀

孝子諱得昶，號蘭溪，鄉人稱霽堂先生，則其字也。先生之考封翁以孝行著族黨，入祀邑之孝弟祠。太封翁嘗語人曰：“吾子亦猶人子，但自若更事，凡起居飲食，吾心無少不適耳。”因顧而歎曰："天道有知，兒生子如兒足矣。"果生先生。先生少肫謹，凜庭訓，步趨無敢踰替。年十七以商籍入運庠，爲諸生，有聲，念先世多積德後當達者，奮然以顯親揚名爲己任。刻勵爲學，尤精草書。家故中人産，至封翁時，家漸起。封翁習於勤勞，纖細躬親無暇時。先生瞿然曰："是瑣瑣者，尚貽大人憂，親力而操於外，敝垂老之精力，爲子孫無窮之計。子坐而食於家，徒口實於不可知之科第，何以爲子。吾不忍以彼易此也。"因固請於封翁，傳家政焉。封翁春秋漸高，先生不敢爲無方之遊，有鹺業在河東，歲必一再往涖，往還有恒期，輒先期歸，恐叨倚門閭之思也。嘗以試事赴解梁，未畢試，忽中夜心動不能寐，旦而遂歸。封翁訝其速也，且察其目屢眴也，異之，則徐曰："大人得勿少不安乎?"良久，乃以情告，封翁歎曰："無他，吾夜者與若母共念若耳，不謂若遽知之也。"趨還就試。封翁性素儉，薄於自奉，食不兼味，而亟施予解囊無吝。偶出，先生則令人持錢物隨之，遇婁人子或有所求，立予之。族戚某家，素無行，數負封翁，内慚，久絶迹矣。屬歲飢且寒，當出財粟贍三族，某不敢至，封翁色不豫。先生進曰："大人得勿念若乎？適已周之矣。"封翁乃懌。封翁嘗曰："吾心與事習，不能時逸，自兒持家，吾心不有所事也。兒在側，吾食未嘗不飽也，飲未嘗不甘也，加一衣未知其燠，減一衣未知其寒也。"蓋封翁起居有恒，而先生色養無方，俄頃無違左右，即偶出，每呼未嘗不在前也，每有所需，未嘗不豫具也。中裙廁牏，手自滌除，必審諦其形色，時其多寡，以察飽暖之節，不以假臧獲，懼不實告也。以故封翁無喜怒於家，無疾病於身，以天壽令終。而先生以惴惴自飭，不敢致疾於其身，以爲親憂也。封翁既歿，先生盡哀盡誠，動必以禮，一革鄉人僭侈之習。每歲時周忌，終身孺子，泣如初喪也。先是封翁嘗據太封翁言以勉先生，先生曰："大人事祖父，祖父無憂，兒事大人，時貽大人憂，且以大人之財事大人，養且未能，何力之可竭。”封翁歎息，亦以其言爲當也。後先生四十無子，家人以爲憂，配高宜人勸置簉室，先生曰：“吾敢不念無後爲大之義，顧吾年猶未高，且以吾父孝行卜之，必宜有孫者，吾何亟爲？”高宜人度不可强，伺先生至河東，則鬻一女畜之家，先生歸，乃以女見。先生重違其意，將納焉。女見而泣，驚詢之，以有夫家對，乃曰：“父以事系官，故爲是罔利耳。”先生遽以女歸其父母，且厚貲之。俄而，高宜人娠，哲嗣静軒徵君生矣。先生之訓子若孫也，暇輒舉先人軼事遺言以告曰：“此雖庸行無大奇，然甚不易也，願汝曹念之毋忘。”語及封翁孝行，未嘗不流涕也，嘗曰：“勿輕言孝，孝子首重養志。人子視無形，聽無聲，吾終身體之而知其難也。吾盡心求之，而十猶失其二三焉，違親心者多矣，賴汝祖父厚於慈，爲我隱耳，勿輕言孝。”洎静軒養先生，每勸膳稍豐，輒泫然曰：“吾親他日未有此豐也。”御一衣則曰：“吾親他日未有此輕煖也。”輒卻去不御，曰：“吾不忍踰親也。”家居汾水之濱，土阜特立，築堡其上，門焉，陀而登，先生出入徐步中行，無少欹傾。諸少年或佻達在闕以游，先生見之，必舉登高臨危非孝以戒。里中婦姑勃奚於室，其夫噤不能聲，偶先生過其門，夫遽入亟止其婦勿嘩，婦故悍，奴視其夫，然知爲先生至，亦遂止也。先生軼事多可記類如此，以非孝行所系，不具述。至生平行事、家世爵里、生卒葬忌、子女婚配，别詳《行狀》中。先生殁之某年，有司以孝行請於朝旌獎，如例入祀孝弟祠。玆先生子思源、孫麟等，將輯先生之孝行，求當代巨公大筆，錫之銘誄、詩歌、文辭而褒揚之，以光家乘。軒忝附世好，敢辭譾陋，乃捃摭遺聞，别爲先生《孝行狀》，俾君子取信焉。謹狀。

董堯章公行狀

公系董氏，諱文涣，字堯章，硯秋其號也。世居山西洪洞之杜戍東堡。先代皆服農，後漸以鹽筴起家，讀書力行，以聞鄉里，十傳至公，兄弟乃益大。公兄弟四人，同母者三。兄芸舫太守，弟芸龕中書，故以支子後其大宗。幼負異稟，讀書能兼人，喜博覽、能强記，刻厲爲文，務沉思，鈎險梯幽，必愜心而後已。每塾課日，常達旦不寢。年十六，補學官弟子。時兄方舉拔萃科，兄弟受知於督學龍蘭移太常，携之入署肄業。任滿，復從之京邸，俾廣交當代知名士，由是學日進，尋食餼。咸豐壬子登賢書，丙辰成進士，改翰林院庶吉士。俄以在籍勸捐出力，加五品銜。己未授職檢討，歷充武英殿協修、纂修，國史舘協修、纂修，起居注協修，本衙門撰文功臣舘提調、庶常舘提調，日講起居注官，協辦院事，奏辦院事，咸豐辛酉、同治壬戌順天鄉試同考官，癸亥會試同考官、本科教習庶吉士。壬戌之分校也，江南名士元和王生璞臣炳卷在公房，初激賞之，俄以二語襲希堂稿，黜之。比撤棘，生袖所業文來謁，或疑其不可見，公坦然相接，則皆所業古文辭者。公贊其力摹三魏，而遒煉尤近易堂，且爲指其純駁所在，生大悦服，遂訂交。洎癸亥禮闈江南，耆儒歐陽生九雲壽年六十餘矣，道光丁酉科優貢生，同治辛酉始領鄉薦，錢塘冢宰許文敬公督學江西所亟賞拔士也。中公闈中得其卷，歎爲積學，謂非時下所能知，力薦獲雋。揭曉日，士論翕然，稱公之得人，錢塘公尤樂道之也。公既充講官，職得言事。同治初元，畿輔方戒嚴，奸人挾詐誣陷，輒以前曾從逆通匪訐平民，官遽逮繫，展轉株連，步軍統領衙門五城并刑部拘捕，囹圄幾滿，吏役緣爲奸，人心震恐。公兄芸舫，時官西曹，日鞫此獄，按之實無狀，雖多所平反，而傾家者衆矣。歸而私歎於室，公詢知情，乃上言請飭下步軍統領五城，勿得再受前項訟牒，以靖善良。得旨嚴禁止之，人情大安。二年冬，奏陳山西防河事宜，當於河外分置要隘三數所，以扼冰橋，不當株守復地。得旨飭下撫臣行之。又奏六部考課章程，又奏山西州縣丁地多未畫一及各州縣地畝隱藏影射諸弊，皆下所司行。乙丑充文淵閣校理、教習庶吉士，京察一等，引見後以道府用。時方修《文宗顯皇帝實録》，公歷充協修纂、總纂官，洎告成，議敘專以道員用。丙寅八月，簡授甘肅甘涼兵備道。丁卯之官，陝撫奏請留秦，委辦山西米捐總局事，俄兼總局事。久之，以在事出力保加鹽運使銜。庚午正月，奉鄉賢公諱去職。次年，服闋。壬申九月，復簡授甘肅鞏秦階兵備道。癸酉冬十月之任。兵備道舊駐岷州，回翔之變始改駐秦州，而前任各官多統行軍，留營差遣，之官者鮮，故州無廨署。公至，暫寓試院。時百事草創，無舊可因，且承大亂之後，人户凋瘵尤甚，漢回雜居，而清逆産、安回民諸大政得新章，驟不能得其要領。公鎮静持之，不矜不懸，安輯之餘，斂志役神，察纖析鉅，不期年而具舉，官不知困，民不知擾。時逆産變價累巨萬，迺創立隴南書院，厚其修脯廩餼，延名師課士，學者麕集，講舍恒滿。公復按月躬自扃試，爲之口講指畫，反覆教誡。文教大興，是科所屬中試者幾三十人，次年亦如之。復以學使案臨，例當移居，時知秦州事黄君爲公門下士，以州署讓公居而自移賃民房，殊未便。遂相地申請建立道署，規模宏敞，地勢高塏，官吏永慶安居焉。甘肅鄉試舊與陝西同闈，惟武闈各異。乙亥，今督帥左侯相奏准蘭州創建試院，秦隴分闈，鄉試屆期各簡試官以本科爲始。隴省官吏向未習科場事，提調監試大員必曉暢條達者方克勝任，遂檄調公充外監試官，能於其職。光緒丙子，復檄公往以資熟手。兵備道兼屯田茶馬，舊司税務，亂後蕭然，嗣稍有起色。而時值軍興，留支餉糈，故改歸營務委員徵收，有司不與。公抵任年餘，當道察公廉謹，劄委總辦釐金局，然有專政者，在稽查彈壓而已。既而有蜚語中公者，當道密遣人調覘之，皆不實。待公轉優，行將大任用矣，公殊不自安，遂力請解局事，十二月，奏准保賞加二品頂戴。

丁丑五月十六日，奉本生母秦太夫人諱，聞訃去官，未及行，以哀毁馴致滅性，遂於七月十二日卒於秦州新署。距生於道光十三年四月二十六日，春秋僅四十有五。惜哉！公卒之年，其九月十二日，長子維楨方以優貢生應朝試，聞公訃，亦以哀毁夭殤京邸。公先世固多孝行，天性之厚，蓋父子所同，亦異哉！公少好吟詠，通籍後肆力爲之，洎交代州馮魯川觀察，遂盡焚少作，一變爲蒼老瘦峭之格。業大進，然下筆每多悲涼衰颯語，與所遭皆不合，同人頗訝其不祥，嘗規之俾屏暮氣，公亦不自解，迄不能易。嗟乎！詎知其竟爲不永年之兆耶！此則公之不無遺憾者也。公學既成，詩名達海外，倡酬之作遍遐邇焉。著有《硯樵山房詩集初編》八卷、《續編》四卷，已久行世。文集雜著尚富，未刊行。所刊集諸書十餘種，芸舫太守將匯爲一書問世，别詳其目，不具列。公初娶同邑楊氏衛千總三寶公女，次娶四川岳氏貤封儒林郎、翰林院編修嗣□公女，三娶江蘇汪氏直隸候補巡檢歷署良鄉、武清縣知縣福謙公女，累贈封皆至夫人。丈夫子六人：長維楨，丙子科優貢生，後公二月内卒，楊出，娶同邑楊氏議敘國子監典籍延春公次女，再娶太平劉氏候選郎中向書公女；次維幹、維恒、維藩、維城、維屏，皆幼未聘。幹出爲兄後，城出爲弟後，皆汪出；垣、屏皆妾石氏生；藩，葛氏生。女子子二人，長許同邑庠生李魯封公長子，未嫁殤，楊出；次幼未字，葛氏生。兹芸舫太守將以光緒六年四月二十四日合葬公與前兩夫人於鄉賢公新阡之次，乃請於其友王軒曰："吾弟服官無異人者，然或以備他日國史之採擇、太常之紀録，不可無狀也。惟子悉之稔，盍書其生平載之家乘，勒之宗祏，用示我後之人，且以乞當代鉅公錫之志、表、誄、讚，胥賴吾子之賜，敢以煩左右。"軒曰："諾哉，是吾志也。"故爲纂比其年月，而敘之如右。謹狀。

受天李先生像讚

品超俗凡，性淡華膴。剛直自持，忠信爲主。善玉則鄉里見推，藏器以州尉待補。僉曰此澗南之隱君子也，庸詎知子象其賢，孫繩其武。謀燕翼而祥發德門，贈司馬而榮叨策府。況復瓜瓞綿綿，簪纓濟濟，天更有以篤其祜。

莫齋彭君墓誌銘代

自軍興以來，海内亟於轉餫，度支日絀，不得不借貲商民，而正供有常例，不敢增科斂，於是救時之策有二：曰抽釐，曰勸捐而已。釐征之商，捐出之民，士大夫目擊時艱，類能踴躍急公，無煩有司之督促，毁家紓難往往有之。而止戈未期，即義民樂輸無怨，至再至三，蓋時愈久而事愈難，亦勢之必至者，則雖能好行其德，素稱樂善慕義之士，此風亦稍稍衰矣，而吾鄉彭封翁莫齋獨以行義聞於時焉。彭故望族，世居廬陵之延福鄉。先曰炳文，以理學崇祀鄉賢；曰芹生，官太常卿，崇祀名宦；曰文序，恩貢生，是爲君曾祖，生德祐，德祐生光陽，皆國學生，以君貴，贈如其職。君諱大昕，字京與，莫齋其自號也。兄弟三人，次居仲。君少穎異，工吏書，以貧廢讀，與昆弟牛車懋有無，以孝以養，累致千金，既不克自見於世，則益以億中展其才行其志。樂推解，好施予，濟人之急，不責之償，已輒忘之。至出家財以佐公家之急，則尤不勝數。粤逆蔓延大江南北，江西首居其衝，興兵籌餉，無歲無之，郡邑殘破者且以十數，屢陷屢復，屢稱稍息肩矣，而出師四援，資糧扉屨之供以日月計，不可少愆，費視他省爲鉅，諸行營倚爲不竭之藏焉。至土壤夙沃，富民多慕義，則廬陵又視他邑爲最。中人之産，率出歲入十之二三以供軍，乃得自食，月爲程，蓋視之賦税尤亟云。君於勸捐，先後輸積至萬金，皆爲邑人首倡，無少難者。吉郡兵燹之餘，官寺多毀，時議興修文廟，公帑既不可請，則倚諸屬縣紳耆。廬陵郭下邑，例占大成殿，工鉅莫敢任者。君慨然獨肩之，壯麗乃逾舊制，而府學署暨郡之昭忠祠、雙忠書院皆以次成，費不貲而不以諉諸人焉。君嘗以事携重貲赴常德，方寇退江臯間，胔骼相望，莫有墐者，惻然傷之，乃罄囊爲之瘞埋，不竟所事而歸。其他爲鄉里立社倉、代舅氏建宗祠、置祭田、隆師友、振寒微、修治橋樑道塗，義舉未易更僕數也。嗟呼！君之行事，自人視之，一鄉之雄於財者，好行其德之爲耳。然時事孔急，士大夫視勸捐爲阱擭，其勉而應之，則或顧名義，或迫督促，蓋得已而不已者寡矣。君且能以餘力行義於一鄉，可不謂難哉。君有兄嘗謀新族之追遠祠，未果，君命其子繼成其志。君有弟客嶺南，惜字放生，千金不吝，而自奉儉約如寒畯。君有子官京師，值鄉人修邸舍，則走書請於君，爲之首倡，且董其役。嗚呼！是蓋足以知君矣。君以國學生援例授同知，欽加道銜加四級，誥授通奉大夫，以子世昌官庶常勅封儒林郎。生嘉慶元年九月二十日午時，卒同治九年二月初三日戌時，壽六十有七。配丁、田、段氏，俱誥贈夫人，劉氏誥封夫人。子四：世昌，咸豐庚申進士，翰林院編修；世泰，廣東即補同知；世芬，工部營膳司郎中；世濟，邑庠生，候選通判政司知事。女子子二，孫二，孫女二。婚嫁皆名族，不備書。兹世昌將歸葬君於鄉之某里，以狀乞銘，余不能辭，乃爲之銘曰：

性少成，善事親。遘自疾，即命神。康年永，代之身。爰夢協，感精禋。施有政，友弟昆。善氣溢，蔚德門。越雁序，比嚴君。撫猶子，儀壹均。洎周甲，覽揆辰。稱觥觴，謀子孫。念族姓，猶多貧。曷分惠，壽眾人。有糶貨，敗我湮。僉曰某，實比隣。君曰毋，此良民。勵厥恥，俾自新。善無小，心孔仁。澤在口，終不泯。吉水長，吉山嶙。利厥後，視此珉。

雲巖韓君墓誌銘

余同縣師友之聯雋禮闈者，自道光庚子商君昌抑之、辛丑尉君光霞伯綺師弟已來，又得二人，然惟商君早達，餘多晚遇。余通籍後，至同治壬戌始捷南宮，次年癸亥，及門韓子耀光仲弢即聯翩繼之，交遊中固信多名士，不藉一第重，獨仲弢之早成而晚達，則豈非忘友雲巖贈君下賢上善之效哉。已而，仲弢以知縣補京東之遷安，有能名，洊升灤洲，每遺訊相問大政，亦略及之。客有從畿輔來者，屢稱其治行，或以淵源有自，貢美於余。余一第蹉跎，自分事功非遲暮可就，迺決計歸田，藉筆耕爲養拙地。得仲弢治民報國聲施爛然，何莫非吾黨小試之端，特其措置有本，本諸庭訓爲多。余與尊甫雲巖君交深且久，頗能道其梗概云。君氏韓，諱登科，字帝詔，同人則稱其别字曰雲巖，從便也。世與余家同爲洪洞縣人。昔以耆德重於鄉，而充鄉飲賓者曰大榮華然，是爲君曾祖。大榮生監生繼世遠，繼生仰魏樂天，是爲君祖若父。君生十有一年而喪父，赤貧孑立，一妹甫九歲，節母周操作養姑，斷炊者數矣。君時已從塾師學舉子文，文且可觀，誠不忍母氏手龜足繭而己坐食爲書生也，發奮從賈，僦居縣市，歲得少金錢供母，漸至饒裕，嫁妹娶婦，以無貽寡母憂。而母以中年作苦過當，久成氣疾，喘促厄逆，五十後不能安枕。君乃以晝日滌瀡付婦與妹，而躬任中宵按摩抑搔之役，觽燧不去身，藥物不離手，值嘔逆大作，即立進利氣消痰之餌如橘餅等味，候嚼咽少許，喘定息調，而後即安，如此者數十載。母夫人雖體羸而心暢然，弄孫爲娱，親見綽楔旌閭而終，君誠可謂善養也已。君又自恨學業不終，欲兒輩力學以成其志。及仲弢能文，每呈一藝必使自爲講解，究其隸事之出何書，造語之暨何義，切切然惟陳言剿説之是戒。加禮鄉先達如邢君秋丞、韓君次翼、景君孔山諸耆宿，俾其子就正無虚日，商君與余亦皆在禮敬之列。余鄉舉時，仲弢初秋賦，同寓并門，君亦至焉。夜坐談藝，恒四鼓許未休，余憙辨論，仲弢憙問難，同舍生皆齁齁鼾睡，君獨危坐傾聽不少倦。嘗語余曰："講論余未能盡解，或每聞君雄辭博辨，輒覺愜心貴當，故好之，不自知疲也。"是後，余每以事至縣，必君握臂道故，坐未定而酒設，語未半而饌具，進子所呈藝鋪几上，蘸筆納手中，務祈支分縷析，即批抹稠疊則大喜呼二哥，長揖不已。仲弢之及門，蓋始此也。君性剛嚴，戚友子弟之佻薄者至不能忍，見之亦呵斥不少貸，獨見士君子則屏息行，温言語，若惟恐不稱其意者。嗚呼！古者《緇衣》好賢，適館授餐，性情之故，匪由强勉，如君者，豈可旦暮遘哉。配尚君樹德女，佐君事孀姑，不辭勞瘁，仲弢在腹，母猶躬操井臼，以致傷足而躄，病卒於免乳之次日，故仲弢生不識母，每言及此尤痛也。繼配庠生景君維清女，亦逮事君姑，服勤不異舊人，撫前室子不以姑息，博賢名而督責必嚴，仲弢卒賴以有成。生兩子而夫卒，雖生計頓蹙，終身持□，不聽仲弢之處館，恐廢學也，仲弢官畿輔，迎養署中者十三年，猶紡績自課，若不自知爲官舍者然。壬午旋里，居四年，卒於光緒十一年八月十三日，距生於嘉慶十七年正月初七日，計壽七十有四，而孀居者三十八年，誠與尚皆不媿吾雲巖之德配也。追意君之生以嘉慶五年十一月十四日，卒以道光二十八年四月初六日，弱一歲不滿五秩，余所素歎也。尚生以嘉慶六年三月十七日，少君一歲，卒以道光七年十月二十六日，年才二十有七歲，昔聞君悼惜言之也。長子即耀光仲弢；次子殿光，已前卒，捐職都司；少子霞光，捐光禄寺署正。孫壎，同治丁卯陷於賊；垢，前殤；埛，補縣庠廩膳生。孫女四人，皆嫁大族，餘幼者不俱載。據狀也，君卒二十餘年，以子貴誥贈奉政大夫，晉贈朝議大夫，尚亦累贈恭人，景且生受封焉，善教之效章章矣。兹將於光緒十二年二月十九日合葬於窰莊之原。仲弢星奔歸里，紆道匍匐來并門，乞余銘，以禮以法以情舉無可辭。銘曰：

昔君遇余何其敬耶，信友順親徒溫凊耶。談貨殖書學卓鄭耶，乃心何日忘孔孟耶。賓至二簋一何盛耶，躬事賢者殆天性耶。夫只爲子求就正耶，若見子貴詎非慶耶。奈何中年遂罹病耶，古之壽者弗論行耶。君而早亡疇所定耶，夫人產亡豈亦命耶。命無佳兒何人孕耶，宗子喪妻能勿聘耶。新人如故究孰勝耶，何嘗須臾闕文儆耶。苟非如賓胡無媵耶，皋通廡耶蔣詡徑耶。孝子惟孝家非政耶，有子本此愛百姓耶。而君身後誥乃贈耶，魂而命服有不稱耶。我銘孔質敢爲佞耶，上下四旁孰非證耶。

静軒董君墓誌銘

公系董氏，諱思源，字星海，別署静軒，世居洪洞之杜戍東堡。祖修業，隱居不仕，以孝行聞鄉里。父得昶，河東商學優庠生，援例授同知職銜，貤贈中憲大夫，尤敦仁尚義。兩世皆崇祀邑之孝弟祠。初，贈公嗣久不立，高恭人懼不育，勸置箎，不可，間他出，則密鬻一女以須，至將納之爾，既察其有夫矣，遽貲遣之，未幾而公生。公性恂謹，孩提即知敦飭習安，世德成若天性，及就傅，穎悟善解，行愈修，務合所讀。弱冠入縣學，有聲，補廩膳生，雖業制舉文，獨嗜先生格言有益身心者，輒手録之。俄丁母艱，戚不譽禮，歠泣承歡終喪，毁瘠未形，而倚廬苄翦咯血猶新焉。以數奇，秋試比薦不第，嘗應拔萃科，試輒冠其曹，佹得而失之。後歲科猶時列高等，輒吒曰："親老矣，吾豈志斯區區哉。"歲丙午，丁贈公艱，哀毁逾前，喪葬誠信。服除，修贈公德益謹。初志用世，既禄養不逮，絶意進取，始以力善行志於鄉矣。咸豐元年，邑舉孝廉方正，僉推公。時公以食餼資列齋首，例先署名，公曰："我先署而自舉乎，若迴避是亦與謀也。"遂闕無舉者。初，以海疆軍需倡捐，議敘主事分部學習，不就，旋以歲資貢成均。子麟、文渙、文燦先後官中外，累以其資誥封中憲大夫，晉封通奉大夫，各如其官。軍興，捐例日開，累捐金至數萬，所得議敘悉推予族黨及其子若弟。復擇其秀者別置一塾，延名師，資之讀，饘餔薪膏皆具，成就益衆。族之貧者，給之田令自耕，不徵其入，或不能供租賦，輒爲代輸焉。三族賴以舉火，負販賴以不失職者尤多。嘗具車馬，備貲糧，捐僕賃，浼親故更事者與俱走數百里救鬩侮，或至捐金代償所負以息紛。人有言姑寬其息者，公笑曰："吾責若償乎?"立折券與之。以老成耆德，遠邇悦服，有疑難則羣就公以質，無虚日。公首戒勿訟，乃理喻情遣，各如其意以去。臨汾之屯、郜兩村人民以浮收軍田租糧聚衆，幾至械鬪成大獄，公前後解之，捐數百萬緡，五年事乃定，卒未興訟，尤爲平巨難云。他推解義舉多類此。同治初元，邑復舉孝廉方正，而恐公辭也，遽牒大府。既得請，當考驗，公始知，惶然呈辭至三，不徵已，乃勉就徵，然終不出。先是，歲癸卯邑城南澗水之聚瑞橋圮於漲驛道，病工鉅費重，公與從祖父各捐三千金倡修之，遽集得萬餘金。己巳，水復暴漲，壞堤岸，敗城闉，蕩田廬甚衆，公又倡捐復其舊堤。事集，親相工擘授區畫，遽疾作，歸。逾年春，遂不起，行路嗟惜有泣下者。時同治九年正月二十三日也，距生於嘉慶十四年六月十一日午時，壽六十有二。公性恬静，不苟言笑，居素封，務黜紛華，約自奉而豐於應物，見善若自出，與人如恐傷，遇下恩信，雖有過不以聲色加之，不逆詐僞，人亦不忍負也。聘陳，未娶，卒。娶秦，誥贈夫人。今存子四人：長麟，官刑部郎中；次文渙，官甘肅甘涼道，出嗣；次文燦，官内閣中書：皆秦出。次廑，尚幼，側室張生。孫二人：長維楨，府學生；次維幹，幼：皆文渙生。孫女一，麟生。以其年九月二十八日午時葬公於村西先塋右偏之新阡，法宜銘。麟等以軒游公父子久，爲能言也，不敢以不文辭。銘曰：

於穆董公，行成於内。克孝承家，益虔不匱。顯親遇蹇，移忠未遂。皐魚盡痛，莪蒿斯廢。父道無改，舊德永循。懲奢力儉，守拙思勤。路無宿諾，隣有解紛。孳善勇義，未行恐聞。無怒胡遷，忘善奚伐。施不責報，訥惟踐察。淵澄不撓，谷挹豈竭。泰虞盈懼，宵興明發。於子於孫，果有達者。家法萬石，門庭駟馬。古鄉先生，没而祭社。我銘其幽，媿詞庶寡。

鶴翥府君墓誌銘

同治甲子夏四月，軒奔兄喪，至自京師，五哭卒税服，爰營宅於西坡先塋世父之兆左，將以冬十月乙未安厝，乃伐石以志其幽。嗚呼！軒無言，則後世何述焉。兄系王氏，諱昂，字鶴翥。先大夫子女五人，長開、季牲，皆六歲而夭；次字張氏姊，十七而殤；又次，兄與軒，故兄爲先大夫長子。先世父以世嫡後大宗，兄又以大宗故先世父後。生彌月，先王父即世。初，先王父屢抱孫，旋失之，愀然曰："吾命無孫，衹苦生耳。"及兄咳，先王父拊之首而喜曰："兒當成立，惜吾不及見矣。"遂錫今名，志千里也。既而曰："若再索男也，可名軒。"先王母請益，則曰："亦非若所及也。"幼有至性，雅爲諸大人愛憐。居喪，孺子哭無時，值練祥暨終身諱日，必盡哀嗄嗌，如始喪也。弱冠，先大夫棄養山左，訃至，先世父奉王母諱居倚廬，訃者秘之，兄心痛不勝泣涕，索使者問故再三，乃弗克隱。踰年，先太恭人見背，甫殯，兄病毁瀕於死。先大夫既定，兄下羨道入竁坐，泣血攀和不肯出。於時先世父老矣，兄躬理家政，習勞瘁，親煩辱，值薦饑，數米并食，蓋不忍道。然軒方致志攻讀，不知飢窘之苦也。兄長軒七歲，逮家世盛時，菀枯迭集，鰥處五載，子幼女又夭，代母尤瘁，煢獨四人，三世相依，室無主饋，幾不可爲家。軒亦閔然，悲兄之勞而不能代也。洎先世父棄養，軒以飢驅奔走四方，且二十餘年數奇侘傺，或色於室，兄輒悵然不怡。軒意解則喜，終不復言，故雖飢寒半生，不知内顧之憂也。咸豐癸丑，逆匪擾山西，踞洪洞七日。八月既望，焚掠東竄，氛且逼。兄率家人團坐園井側，呼老僕曰："善語吾弟，收骨於此矣。"然竟免。五年秋，以子崇簡出嗣，再之山左，時河決張秋，注會通河，合清而東，未之知也。客安平鎮八日，危甚，乃舍輿馬，呼舟徑渡，抵寧陽，遂至濟，然至是與軒訣矣。八年，軒始以貲郎通籍，省兄山左，兩月前已歸，至是，與崇簡又訣矣。兄頻經喪亂，益思弟，悔初志，乃以書諭軒曰："禄仕非我願，願與若終相見也。"十年冬，兄疾，時鄉人之商京師者踵歸，傳聞日異，聞之益憂悸，病遂劇，日夜啜泣不已。語家人曰："吾弟死矣。"慰之不答。族弟士騏、族孫淩河日問疾，且視醫藥，計爲軒書，述無恙狀，兄揮不顧曰："勿紿我爲。"强之，終不視。俄而山左有捻匪之擾，崇簡遂遇難。家人戒不以聞，然兄竟不起矣，時十二月二十日午時也。痛哉！未幾，軒書果至，語悉合。嗚呼！尤可痛也已。距生於嘉慶廿二年冬十有二月十一日酉時，春秋四十有五。兄初援例入成均，殁三載，乃以軒官覃恩貤贈奉政大夫、兵部職方司主事加二級。初娶楊氏，先卒，貤贈宜人。繼聘景氏，未娶，卒。繼娶侯氏，今存，貤封宜人。子四人：崇簡，楊出，出嗣；崇典、崇策、崇箴，女一，均侯出。孫二：祖蔭、祖葆，崇簡出。世系詳先世墓誌，兹不悉載。嗚呼！兄之爲人文諸名賢之輩，非但不媿，軒力能之，而不以爲悦也。固以爲天下之兄，未有吾兄者也。銘曰：

云嗇其遇，而豐其性。云篤其才，而靳其命。性惟天定，實豐於身。命非人爲，靳亦有因。生則慕親，死由愛弟。小子無知，欲述先涕。形魄委化，神終在天。憑斯佳壤，視我貞鐫。謂天有知，子孫逢吉。謂地有靈，永綏家室。藏深固密，以矢來兹。嗚呼已夫，疇知余悲。

炳南喬君墓誌

孝於親而推愛于兄弟，復及其子，以養以教，俾之成立授室，一如其視兄弟也。不幸而兄弟之子又死，其所以撫其遺孤者，一如其視兄弟之子也，可不謂友乎？治其家而施所用於戚黨，代之主計，綜盈絀，撙出内，勞不避難，富不淫利，一如治其私事也，可不謂忠乎？修其身而出其才以接世，口必擇言，身必擇行，寡過自好，退然益下，交無面朋，白首彌親，一如其居子弟職也，可不謂信且敬乎？吾於喬君炳南見之矣。君諱常煌，炳南其字，世居邑之萬安，曾祖雲起，祖萬卷，父毓祥。君生而謹飭，雅喜自修。少受書於外舅家氏董霽堂，贈公愛之，君事之如父。與中表兄静軒徵君同筆硯，君相親如昆弟。逾弱冠，補博士弟子。尋以贈公春秋高，徵君獨子承家，先世産業在河東，君遂佐徵君主計事，乃授例貢成均。終贈公、徵君之世，事無纖巨，悉資君以辦，所謂一如治其私事者也，君□欣然。公早世，遺子際興、際會，君撫之成立。二子復前卒，際會遺子二：仰成、以成。君以仰成嗣際興，後復撫之成立，所謂一如視其兄弟與兄弟之子者也。君年差長余，入學亦先余。余初交君，由静軒徵君，未深知也，洎寄硯鹽城，遊從乃幾十年，然相見輒無多語，及别去，又思之不置久之，而人言盡然，非余一人之私言也，所謂一如居其子弟職者也。友也，忠也，信且敬也，君殆兼之，斯可銘已。君之歿也，以光緒元年十二月二十二日未時，距生於嘉慶十七年八月十日戌時，享壽六十有七。君之繼配左氏，亦以光緒四年四月初六日辰時卒，距生於嘉慶十九年七月初二日巳時，享壽六十有五。子際午，優贈貢生，理問銜，以知縣用山東候補縣丞；女二；孫弼成，業儒。兹際午將以光緒六年七月廿六日并啓元配杜氏壙，合葬君夫婦於鎮西哨吻嶺新塋而祈言於余，乃爲之銘。銘曰：

金則渾兮，玉則璞兮。砥廉隅兮，泯芒角兮。雙泉陽兮，英之阿兮。君安其室，永不磨兮。

挹華王君墓誌銘

君系王氏，諱謙光，字挹華，世爲洪洞人。明思陵朝屯田君家植，官文華殿中書舍人，以書法名當世。思陵嘉賞，賜尚方筆墨，累官工部屯田清吏司員外郎，奉旨督理江蘇織造廠，祀忠義孝弟祠。屯田君四子，仲昌黎君煒，以順治甲午舉人，官直隸昌黎縣知縣，有聲，事載《昌黎縣志》。季縣承君份，份生作基，作基生令銓，爲君曾王父；王父泰升生二子，長端，次誼。君之孝也，自縣丞君以下三世皆入邑庠，王父以下二世入國學，皆不仕。君以運庠諸生貢成均，需次司訓。性隨暹，不樂仕進，敦樸素，屏浮華，交人能持其終，雖燕處媟言不出諸口；遇事獨見其大，至於瑣碎則不計，事過不留，坦然靡所欣戚。嘗客山左營鹽筴，諸弁利者，率祟心計，尚詐僞，由是術輒倍息，君獨異其趣，久之無所得，意殊自如。人咸謂君長者，多倚爲重，而謀人如己，一介不苟。會有天幸，謀輒獲，五十後累致萬金，終不易其初，人固謂君長者，當如是也。時東運日弊，君更事久，盡不可爲，乃决計棄去。君以余同事故，輒以爲言。後東商果益疲，異時商比困，天子優詔蠲租，又屢發少府之金貸息以蘇商急，失業之商徒手而得多金猝富，則飾裘馬縱聲伎驕佚爲樂。屆償息，猝無金，又驟詔緩徵，商狃其利，幸再蠲免。會軍興旁午，度支告絀，且募民輸金以佐國用，而商人租息積負鉅萬不能償，鹽官受其歲賂，務因循。或逮之急，輒益其賂而商益困。鹽官之陋例下□。驕子之淫費實無金，歲賂不繼，官不厭所欲，持之急，由是褫商籍、繫桁楊、斃囹圄者踵接。商大困，人自危。君時謝業，獨遠患，人咸服君之先見。君既家居，頗以田宅自娱，事從父兄藴中，君友愛逾同出。姊適劉，嫠而貧，君終養之，撫其繼嗣。至於輕財慕義之爲尤多，不足云也。君生於乾隆四十八年十二月二十七日辰時，卒於道光二十八年六月二十三日午時，享壽六十有六。元配李氏，生於乾隆四十七年十二月二十九日寅時，卒於道光十年十二月初一日亥時，享年四十有九。繼配尚氏，今稱未亡人。子男二：士騏，太學生，娶余弟庠生名師倚女；士驤，幼，未聘：俱尚出。女一，李出，適張樞。兹士騏卜葬君有日矣，乃匍匐請銘於余。嗚呼！余交君久矣，君長余一歲，而弟畜余四十餘年，交游之厚，聚首之歡，無非我兩人者，重以子女之戚。君既老病家居，余亦倦游，歲時斗酒相會，追維往昔，獨吾兩人存耳，歌呼未竟而哭泣隨之。古人有言：既歎逝者，行復自念。嗚呼！豈徒爲君悲耶？乃爲之銘。銘曰：

挺異幹，抱奇質。神淵冰，氣專一。今之人，華不實。君譬石，卻甘疾。靈煌煌，鬱律崒。神之藏，返沖謐。歲實沈，辰角出。甲之朝，初出日。嗟王君，居此室。利厥昆，永之吉。泐之堅，扃之密。歷千祀，固無失。

有山范君墓誌銘

君諱毓榛，字有山，號竹林，世居洪洞師曠里。范氏之先出於金平陽衛校尉志。校尉元孫友寅，明初以隊長從征太原有功，世以武顯。崇禎間，聘君宏嗣始以五經教授鄉里。由明經任德州，能其官。既告歸，與絳州辛文敬倡明理學，著《正學編》等書行世，學者稱正學先生，祀邑之鄉賢祠，事載《山西通志》。聘君子八人皆爲邑諸生。四子荷茂再傳曰掖，爲君曾祖父。掖生鈺金，鈺金生瀾，是爲君考，世能守其家學。君兄弟三人，君居長，少失恃，讀書强記，貧乏不能自給，悵然棄去。客淮北數十年，雖躬會計，而雅喜文士，遇褒袖徒輒岸然敬禮，飭諸子與之游，歲計所獲，菽水外盡以爲延師資。子鴻年既爲學官弟子，君寓書戒之曰："汝年已壯，而始獲一衿，未足以繼先業，苟自足，負汝父矣。"由是，督課愈嚴。君爲人精勤詳慎，重然諾，廉取予，受萬金之託而不私錙銖，淮北人争慕之。生平確守聘君遺書，行皆矩矱。事繼母如所生，撫兩弟嚴而有恩。嘗以例捐貲，授直隸州吏目，疆例復捐數百金，盡以議敘予兩弟。姊，適趙，早寡，無子，養之數十年如一日。先是，聘君有專祠，率春秋有司以特豚祀，歲久祠圮禮廢，君悉修復之。至於修先塋，續宗譜，則命子鴻年爲之。以積勞客殁宿遷，時道光二十七年十二月十八日也，距生於乾隆五十六年三月二十五日，春秋五十有七。既彌留，執鴻年手而流涕曰："汝兩叔父，事吾如嚴父，余一日在，各勿猜。吾死，汝輩宜益親睦，勿貽宗里羞。况汝輩各三四十許矣，人生駒過隙耳，再來詎有幾乎？一杯羹勿獨噉，逾吾言，非孝也。"嗚呼！君可謂古之人矣。元聘師氏，德配王氏，余族姑也，生於乾隆五十七年二月二十九日，先君一年卒，實道光二十六年十一月十五日也。子男二：鴻年，鳳年。兹鴻年既扶君之喪至自宿，日月有期矣，迺以銘幽之文囑余，余惡能辭。銘曰：

君祖校尉貽忠勤，武績既偉顯斯文。聘君再世發其珍，惟君之死尚閟淳。君遘陰九傷哉貧，車牛服賈養厥親。詩書遺憾望之昆，子姓已見興振振。一介取與義惟均，曰實有命非由人。禀命不融劇艱辛，遺言朗朗堪書紳。師岡左拱如朝奔，雙泉夾流波不渾。歲舍涒灘日躔津，羣陰欲終吉壬辰。泐堅銘幽瘞墓門，靈風肅穆來精魂。朱棺漆題封所存，吁嗟范君安斯窀。

魏恭人祔葬墓誌銘

恭人係魏氏，山東歷城人，誥封武翼都尉、候選游擊，誥贈中憲大夫、直隸州知州加二級王炳文府君諱燦之繼室，前署貴州黎平府知府王襄廷君諱贊勳之生母也。恭人方笄，歸中憲爲側室。中憲世籍山西之洪洞，時僑居灤汭，適室苗恭人以疾廢，不以伺姑，旌表節孝衛太宜人里居。於是，中憲年幾五旬矣，猶無後，乃廣備箎室。恭人歸最先，獨長諸姊，年三十一生黎平。是歲，中憲歸里省親，未至，而苗恭人先期卒於家，遂逆節孝，東出就養，由是遂以恭人攝女君，畀之内政。恭人事姑孝，先意承志左右，致節孝歡心，節孝怡然爾，無喪婦之戚也。黎平稍長，節孝乃命中憲以恭人繼室爲適。恭人撫諸箎尤謹抑賈下，不以分自高，諸箎亦自安，咸謂恭人之宜爲大婦也。節孝之喪，恭人盡哀盡禮，節忌朔祭，恪慎親蒞，必誠必潔，如節孝存也。教黎平嚴慈有法，不事姑息。道光六年，黎平由灤汭始還寧陽，八年以直隸州知州分發安徽。時黎平室劉恭人新卒，而黎平方宦遊，恭人獨操家政，纖毫畢理，無廢墜事，御下惠而能察，臧獲輩無敢相率爲蠹者。既以子貴，誥封恭人。十五年，黎平以春秋高，不能親養，始陳情歸自黔，由是恭人始傳家婦阿恭人，而恭人老矣。歲丙午，黎平以積勞卒，恭人慟曰：“天乎！吾八旬老人，余一子尚不及送吾終乎！”遂病，越三年以壽卒。實道光二十九年七月丁酉再生明也，上距所生乾隆二十一年十二月戊子，享壽八十有七。生子女各一，女長於黎平，適郝，先卒。恭人之喪，以咸豐元年十月乙未歸祔，葬於中憲之兆，同窆異宫，鑿垣而達之，而以中憲側室張孺人從祔。張出女子子二：長適秦，早寡；次適蓋，俱存。至是，距中憲之葬二十有八年矣。軒於中憲爲從子，恭人世母行也，於其葬也，乃爲之銘。銘曰：

坤儀之秀，毓爲國彦。懿德允真，眉壽克健。修能内映，令姿外儀。胎教不愆，孕魂發奇。柔則維嘉，徽文知貴。象服攸宜，虔尸中饋。威姑愉愉，諸姊祁祁。孝行上承，仁木下累。變彼二女，曷殊毛裏。誠教恩勤，惟同之視。暇修告絜，蘋藻斯馨。先祖肸蠁，允假其誠。副翟有煒，威儀其怭。絲綸載賁，其德實匹。生榮死哀，靡福不有。銘斯幽藏，鳌爾女士。

張伯翹先生墓誌銘

乾嘉以來，山右以文章經術負重名於時者，蓋有三張先生云，陽城曰雋三先生晉，平定曰石州先生穆，曲沃則伯翹先生也。陽城以詩名家，繼傅、吴二徵君後；平定志經世，傳亭林、潛邱之學：海内久皆論定。伯翹先生世第以高才能文相推許，委巷塾師，類能震誦其試牘詞賦，樂道角藝瑣事爲美談，其於先生之爲人與其學，且於其文，均無當也。先生既遯世樂志，交遊益簡，顧獨與趙城張于鑄、洪洞商昌及王軒折行輩爲忘年交。二君方習六書，從問字，軒治六數，實自先生授開方術始。初，先生覽軒文，喜曰："吾銘墓多矣，特異時誌吾，猝未見其人耳，將在君乎?"意蓋許爲知言也。先生以咸豐八年四月廿一日卒家，軒方官兵部，訃不達。同治十二年閏六月廿八日先生繼配賈孺人卒，其年十一月初八日，孤勖肖將祔葬於先生之兆，介張君以狀請銘。嗚呼！先生之學，軒固未能盡窺也，然宿諾久矣，不敢辭。先生諱子特，伯翹其字，號鶴亭。曾祖毓翁，祖宗緒，父有正，世爲曲沃見賢村人。少孤貧，悦學無外志，以古大儒自許，言行不二。弱冠爲諸生，文名甲一郡。學使周石芳先生携之晉陽，募高才生與張生角藝，以經史百家言諸體文字雜試之，皆第一，有國士之目。時雋三先生客學使幕，其弟子李毅工詩而狂，暨邵陽魏源力學而狷，胥不可一世，獨與先生相交歡。中道光戊子科副榜第一，比困秋賦，以傭書老，無餒志，亦無慍懷，晚節彌勵，讀書務强記，上口必百編，暮年猶覆諷不遺一字。説經少摭拾多創獲，解麐漢被宋，斟賈、孔、陶、陸、王，不主一師，無門户之見。通古韻，讀三代秦漢魏晉文選諸書，無時世音。諸史尤耽玩志表，鈎稽疏決，融貫乃已。天文獨宗晉、隋二志，歷代地理、官制、年號、世代、諱謚、姓氏、爵里諸目，皆指數精審，百不失一。習《周髀算經》，精律曆，於鄭世子《樂書》、《天元曆理》研究發明尤數十年，精力專注者也。爲文法《尚書》、《春秋經傳》及司馬氏遷、韓氏愈、李氏翱、柳氏宗元，詩本三百篇，自漢唐諸家及晉陶潛外，餘不屑也。工制舉文，近者猶似嘉隆諸子也。撰述甚富，遺孤幼，多散佚，僅掇拾《七經拾遺》、《文集》、《詩集》、雜著若干卷藏於家。先生性狷介，非友不友，而服善樂下人，獎掖後進，譽之惟恐不盡。一藝之工，每自謂弗及；一義之長，或立改已説從之，不恥所短也。嚴辭受，固窮終身。嘗稷食者三年，黍食者五年，夷然不以累志。當父喪，不能具禮，族戚資之，比葬以賻餘歸其貧者，財非力所爲不取。歲脯率入三十金，弟子覘其時乏，或醵金以餉，量所需受之而止。文非所欲爲，終不可得，或持金踵門謝，多不敢獻而去。嗚呼！此區區者未足儘先生，而使先生之可見者止是，是孰爲之哉？然先生固未嘗言也，是可銘已。先生生乾隆五十四年正月初五日亥時，壽六十有八。娶吴，繼娶賈，聰敏善持家，佐先生能婦，撫勖肖能母，性嗜詩，先生授之杜集，皆成誦也，壽六十有一。子二人：居洲，吴出，殤；次即勖肖，賈出。女四人：長適續沖翰，吴出。次適王知三，次適趙折桂，次適王若瑩，俱賈出。孫二人：書田，書寶，俱幼。銘曰：

餒腹饜志，甘焉不病。世蹇身亨，安不咎命。抱璞遺榮，道勝人定。今步古趨，耆德儒行。甲胄忠信，曾不人疑。覘表鑒裏，亦莫我欺。寶我不貪，貴我知希。履卓懷潔，服惠守夷。畏名恥盈，斂博趨約。悦善斯從，攻己毋作。沖泯忮求，素謝雕鑿。喉舌三代，鏗金戛石。愴顧後死，永托斯文。木壞哲萎，痛負寢門。

札劍未解，路諾猶聞。銘茲羨道，利厥後昆。

張鐵生先生墓誌銘

光緒十年二月中旬，前蒲州府教授張君紫廷撤瑟於太原會城之通志局，時君年七十矣。既病，同人亟爲治後事，絞紟衾冒畢具，復日夕更迭視疾，以竣知非之至。蓋寢疾旬有四日，至三月朔而君不起，孤知非暨猶子長福、甥盧書芬皆侍含斂，自復沐浴襲衣，以至殯於外館，同人僉會，知非且扶櫬歸里，泥首請於衆，願得其老友王軒銘墓，而兩楊君篤暨深秀一作篆一察書，復浼王生政與武生煦市石，宋生榮第敦匠事，皆君志也，衆咸諾。嗚呼！軒自癸卯交君四十餘年，遊最久，知最深，烏能無言。君系張氏，諱于鑄，道光壬子年以避文宗嫌改今名，字紫廷，其作子鋌，又曰鐵生者，則所謂表今名者也。世居趙城之北街。祖文彬，歲貢生，父樹人，三世皆餼於庠。父母以君官贈五品。家世儒宗，幼承祖訓，穎異善悟，尤意强記，讀書日倍常兒，十歲作文，下筆斐然可觀。未冠，應童子試，知縣長沙楊昭節公奇之，拔置第一，招入署，與諸公子同學，復授以詩古文詞，悦之，遂入庠。道光乙未春歲試，受知於濱洲相國杜文正公，置高等。應試還，謁昭節，呈所試文，三更始歸家。方侍祖庭膳羞，而曹逆之變作，昭節闔門殉焉，君僅免於難。是年，遂舉於鄉，出和順縣知縣武威張雪蒼先生兆衡門。先生旋調任曲沃，署中有老明經孫七丈者，忘其名字，隴右名宿也。君從之游，乃指示以讀經世有用之書，學始有端倪。時君尊甫計百丈舘於曲沃之白家，與宗先輩伯翹丈子特同客傅氏君從受史學，始教以讀志表之法，旁及九數、天官家言，學乃益進。先是，昭節殉難，君失所師。平定許蓮西師長庚方司鐸霍州，雅奇君才，招同子耷輩讀書，嗣每計偕輒從許師入都，因得從平定張石州先生問學，又授以《説文》諸經門徑，遂習顧、閻之學，學乃有家法。先生留君肄業都中，君以家貧不能從先生，乃函致鄉寧縣知縣安邱王籙友先生鈞，令君從門學。癸卯，許師主講洪洞玉峯書院，君偕，遂與邢君萬秀、商君昌、景君山、李君敏及軒先後訂交，不爲時學，益以文行相砥勵，講貫勸規，無少假借。同時尉先生光霞、王君椅、孟君鰲齒稍長，皆與君三世爲紀羣之交。而王君方以詩古文執牛耳，爲同人倡。諸人者相與品目人倫，商君謂可與君相伯仲，而邢君終弗許，以謂君不可及，諸人亦推爲知言也。君性豪宕，善談諧。每上下古今，踔厲風發，詞鋒不可遏，抑一事論難，往往援證至數更端而未已。少頗盛氣，或論學不合，則反復折辨，必伸其説而後快。然使説果愈己，雖暫不相下，而心實善之，旋即改從，或詰其舊説，亦笑不復辨。嘗自言氣質非學所能化，而改過服善，生平所可自信，人亦以此多之。丙午，丁外艱，服闋後，屢上公車，諸同人各以事不復聚，君每與軒偕。時石州先生既歸道山，兩人無所諟正，人海落莫，惟黎城王孝廉焕辰、代州馮廉訪志沂相與文酒往還，時流亦不能識也。君弱冠遊日下，即見器於壽陽相國祁文端公，一時鉅公多相引重。洎多困名塲矮屋中，時物色海内聞人通士，傾蓋訂交。客邸户屨恒滿，若臨桂唐啓華、遂寧劉懋勳、大興丁楷、江都謝增諸君過從無虚日，不以窮達計也。咸豐壬子出都，後授軒兩猶子讀，因客山東者二年，舘寧陽。先從兄黎平太守襄廷公之蓮園，雅擅花木水石亭台之勝，兩人雖詩酒唱酬，實潛心於張、王兩先生之學，君氣亦漸戢，乃於錢、嚴、段、桂、王諸家《説文》寢饋研究，而《詩》今古韻、《尚書》今古文皆卒業，得其要領指歸。是年秋，登泰山觀日出，訪秦碑，又約明歲闈後同謁孔林、觀滄海，以激發志氣，從此將閉户讀書不出矣，然卒不果。癸丑大挑，以教職注選，聞粤匪渡河北竄，遂歸里。甲寅，匪擾山西，勝公保閣學督師追出其前，扼韓侯嶺。君長揖幕府陳策，督師奇其才，邀之行，謝不往。署絳縣教諭者二載。於時老成多謝，惟伯翘丈巋然獨存，其弟子衛君天鵬當八九歲，受書時君即異之，折行輩爲忘年交。及籙友先生再官曲沃，衛君遂受知焉。乙卯春，君見以介，軒曰："吾黨後起有人，道不孤矣。"亟爲之延譽，由是衛君名益噪。君奬掖後進，多此類然。自是以薄宦隱，不復與世接矣。戊午，選授絳縣訓導。丙寅，吏部以知縣截取，檄下不就。光緒乙亥，推升蒲州府教授。戊寅，丁繼母賈太宜人憂，君年已六十有五。值山西大祲，今協揆朝邑閻公奉命稽查賑務，駐節運城，檄君掌書記。君在絳以守城出力，加六品銜。賑事竣後，奏請加五品銜。庚辰，宫保威毅伯湘鄉曾公奏修《山西通志》，聘充副總纂，由是客會城者四年餘。會學使王可莊修撰選取高才生三十人，肄業晉陽書院，巡撫南皮張公别立令德堂以舘之，復檄君襄教，住院督察勤惰，爲之析疑辨難，循循無倦焉。嗚呼！君早負時譽，意氣甚盛，又多老成推許，咸謂當自表襮報於世，乃九上公車，八薦不第，幾坐寒氈，蹉跎没世，師友推挽，力盡所學，既非時輩所能，後進幾尟知名，老病歸田，乃頻荷鉅公之禮遇。此豈始願所及，蓋亦畢生稽古之勤，終不可閟，理有固然，於君初無加損，然君亦可以無憾矣。君一弟：于漢，廩膳生；妹四人。四娶皆先君卒，初娶楊，生三子，同殤於痘；次娶劉，生一女，嫁而寡，夭；三娶嚴，生一女；後娶李，生女一，子一。君四十九歲始舉子，故取遽大夫事名焉。婚嫁名族不具書。兹知非將以本年九月初二日葬君於城東二里沙橋先塋之次，四宜人皆已先祔，爰備述平生世系學行犖犖可傳於世者，内諸其竁，復系之銘。銘曰：

往君六十，余客鹽陽。君官絳水，弟子稱觴。走伻丐余，俾以文張。報李云後，怦怦敢忘。憾并書來，怨倚交長。極知意諒，乃故詞强。謂君鮑叔，舍余疇當。區區未畀，能勿失望。拜愛昝口，愧汗悚惶。期兹七龭，錦制是將。昨遘晉九，僉醵豫慶。十年諾責，計日庶償。萬事匪料，千古誰常。頌禱猶闋，歌哭倐更。不謂祝嘏，而爲銘□。□復願違，過謝情傷。徐劍徒解，照琴云亡。將毋余文，果涉不祥。一報平生，長負幽明。泐之樂石，日吉辰良。奠此幽宅，終安且康。永利後嗣，受福無疆。

尉餐霞先生墓誌銘

國家以制科之文求士，士以是應之，工是業者，可立致顯要，而或以通經學古之徒，或終身不第，蓋資格既立，則進身之途非是莫由也。速成之徒，既不肯爲，即志之士，亦必降心伏首以先致其進身之具，又不可必遇，則且有沉溺老死於其中，而無暇爲之，卒以不盡其才者。至於晚達之士，精力已敝，或不能自振，則益蔑有聞焉。嗚乎！若尉君者遇之矣，而不幸以死，不重可悲哉。君學無師授，讀書里塾，同塾生率固陋不知進取，君獨好言爲進士。塾師惡其妄，輒責之，君奮然曰："是詎不可自爲耶？"爲諸生，屢冠軍，學使者與之廩食。比困秋試，則益侘傺，取試官所録文讀之，實無奇，益厭斥之，謂"進士固吾有所不可知者，時耳"。人以爲狂。今工部尚書濱州杜公視學山西，得君文，大歎異。遂舉道光甲午科優貢，益奮然曰："是不可老我也，吾終爲進士耳！"庚子舉於鄉，辛丑成進士。是役也，杜公充會試考官，得君文，復大歎賞，決爲老名下，徹棘知君名，益自喜也。君授即用知縣，分發湖南，以親老請改陝西，旋以疾歸。丁母憂，主潼關書院講席，服未闋，卒，實道光二十四年四月□日也。君疾革，聞人誦余所爲應試詞賦，亟歎曰："吾已矣，嘗患吾鄉繼起無人，今得王君，吾死無憂矣！"嗚呼！君之意可感矣，詞賦不足道也。君諱光霞，字伯綺，號餐霞。世籍洪洞，父某，先世皆不仕。弟二人，皆君授讀，爲諸生。娶某氏，後君四年卒。子一人謹，女三人。君工爲制舉文詩，他詩文駢體諸作率散佚，其弟子往往能誦之。君嘗有志於古，而困於帖括，比成進士，始稍稍爲之，不幸遂卒。余獨悲君之志宜不止此而止此也，豈非命歟？君之葬未有期，弟子商君抑之浼余爲銘。君爲人諒直，有内行，抑之爲言數事皆可記，多難言故不著，然可謂讀書之士矣。銘曰：

非窮於其身，阨於其文，孰懷斯志而不得伸。迹則玩世，而行實克敦。此居遊有不盡知，况於凡民。抱其質，閟其淳，嗚呼！是在後之人。

楊鳳岡先生墓表

余鄉舉同歲生蓋藉藉，羣稱二楊云。二楊者，各以闈中三藝海内傳誦，至今不衰，當時公車輩所品目也。一爲是科解首屯留楊君丹林大令中桂，一則鄉寧楊君鳳岡教授，即君也。君諱恩樹，字汝桐，鳳岡其别署。弱冠入學，爲廩膳生，中式道光丙午科舉人，官至潞安府教授，援例加國子監學正銜，復晋光禄寺署正銜。先世以文學起家，居縣城，爲邑望族。曾祖父濬，祖父浚，父陶，皆諸生，兩貢成均，詳志狀中，不備述。道光己亥，余應童子試，寓郡城，邢君秋丞萬秀方居憂，介君來見，索應試諸文賦袖稿以去。壬寅科試，復遇君以邢君寓所，邢君詫，坐客曰："此今焦學使特榜，一府三州屬二十五學之第一也。"乃述君自以僻處山陬，聞見不廣，獨賴出門求友以自益，故每試所至，必多方結識一時知名之士，雖無介紹，輒踵門自白，即見拒不忤，以是名流亦多識君者。是後，歲科鄉試必相見，論文如初，索稿袖歸亦如初。癸卯秋試，三人聚會城，對雨小酌，君歷敘同時能文諸君，丹林亦與焉。比揭曉，題名中半君所指名者，而邢君亦獲售。丁未同試春官，遊處爲久，乃始窺君所學之底藴，非僅以時藝擅塲者，自歎向之識君殊淺也。蓋余再謁張石州先生時，君亦持王菉友先生函往見。王先生官鄉寧，君方從受六書之學，余與邢君亦將謝詩古文詞，以專力治經，志趣既合，每旅邸論學，往往四鼓許猶未能輟也。君嘗言："余性憨，不宜於世，王先生謂非仕宦中人。今歸當不復來，將卒所業，且以教諸鄉里，他日得以校官以養親課子，是吾志也。"別後遂久不見。咸豐癸丑，以大挑再試南宮闈，後排二等以歸，乃不復應試，而與余亦久別矣。丙辰，署解州訓導。丁巳，選授天鎮縣訓導。同治甲戌，升潞安府教授。光緒庚辰，母憂去官，歸葬後，乃僑寓潞安郡城，與修長治諸縣志。其時子篤亦以繁峙縣教諭應大府聘修《通志》。辛巳，君就養繁峙縣學署，與余一見於會城。會大府念《通志》猝未告竣，違篤禄養志。甲申，調署陽曲縣訓導，乃迎養君於會城學署，蓋自是余與君別逾三十年矣。垂老聚首，喜可知也已。詎意於乙酉三月十三日昧爽無疾而終，距生於嘉慶壬申正月十六日，壽七十有四。嗚呼！丹林奔走風塵閱十餘年，甫受一官而歿，今墓木久拱矣。君獨以寒氈冷官優遊終老，賢子孫家學相承方興未艾，所得較丹桂爲多。然余獨怪二君早馳文譽，乃僅以制舉文見而他不獲自表，亦足悲已。君忍煩耐勞，遇事善斷，不爲遊移，尤多先幾之見，事過輒如所料。暮年惟重聽僂背，而健步善啖，終不藉杖以行，論事不合則厲聲張目，氣棱棱不可撓。余嘗推君留心時事，且多讀有用書，能大任。惜性褊量拘，終多齮齕，信乎自知之審也。君自以校官職司風化，凡事關名教必力任之，不避勞怨。而惟天鎮烈婦侯四姑一事，抗詞屢爭於同官，頻揭於大吏，雖兇犯伏法，終以礙於原讞，未獲旌表，引以爲憾，造次未嘗暫忘，易簀前日猶以囑篤而不及家事一言。嗚呼！君固倔强不回，然非血性過人，烏能然哉！初娶鄭氏，再娶閻氏，皆先卒。側室顧氏、趙氏，趙今存子一即篤，辛酉科拔貢，甲子科舉人，繁峙縣教諭，署陽曲縣訓導。女二。孫一之培，監生。女孫六，婚嫁皆名族，不具書。

茲篤將歸葬君於先塋之次，以羨道之文請。余與君交最早，迹亦最疏，乃四十餘年而終哭君之喪，送君之葬，非偶然者，因述交遊離合之概，碣之墓左，俾後之人覽焉。謹表。

挹華王府君墓表

府君系王氏，諱謙光，字挹華，山西洪洞人也。先家秦中，元季播越，遂籍斯土。世載令德十六傳而至府君，譜牒攸分，族姓聿繁，固可詳諸。曾王考諱令銓，字亮采，武庠生。王考諱泰升；考諱竩，字子春：俱太學生。府君寬静慈惠，和易友恭，信不違義，儉不非禮。其器宇宏深，神識淵塞，恂恂焉，惲惲焉，靡可測其涯已。少與從父兄藴中府君受學先王父門，機雲之喻，於斯再睹。遂周覽墳典，博通載籍，執經問難，時歎開余。將欲舒天衢之修翼，詠道岸之遐津，嗣承先業，營醛東土，乃奮迹膠庠，觀光王國，以博士弟子入貢成均。時不副志，冥鴻高舉，遂運府海之奇籌，抗鴟夷之軼迹。中年後，累致萬金，不貪爲寶，謝業歸里，閉門課子，陶然世外，利禄忘懷矣。與藴中府君少狎長敬，學更相師，由是彌聯棣蕚之欽，深枝氣之愛，雖異室各炊，而緩急常周，司當匱乏，除佐厥資，至於睦黨恤宗族，與不伐德，人周其惠，假物遂忘，援人若棄，蓋亦鄒魯之文學天性然爾。乃久交彌篤，屢犯不校，恭不諂上，接不瀆下，涯岸靡設，人自不踰，劇言亟辭，罕見於色，洵可謂和平養性，澹泊少成者矣。天不憖遺，以道光二十有八年六月乙丑卒，春秋六十有六。惜哉！訃之日，衢歎衖哀，舂歌不作，戚黨懷思，聞風益悼，與夫銜惠茹施咸爲出涕，靡不謂貞兹澆俗，式彼灕風，非斯莫屬，而今老成殞矣。遺命無厚葬，無稽喪，無逾先人。孤士騏敬承治命，罔敢僭差。以卒之年九月甲午葬於南阡祖域之次，而以元配李太君祔，禮也。初娶李氏，繼室尚氏，今存丈夫子二：士騏，太學生；

士驤：俱尚出。女子子一，李出，適張樞。既克葬，其孤士騏於是命工伐石，俾彰懿行，以爲先民不作而所以揚之徽休者實藉斯文，而知府君之深則無逾軒，迺蒲服請辭，樹之墓道。夫古稱一鄉之善，宗族之良，準之前言，方斯無虧，小子不述，後嗣何稱焉？遂系之表，俾清芬播於無窮，亮節昭於異世。其辭曰：

於休府君，先民之遺。實禀祖德，忠厚作基。仁爲里美，善實鄉師。遺惠流世，式穀之貽。滔滔頹波，伊誰云濁。德徵以餱，怨叢采蓄。嗟我府君，亦孔之篤。義德超今，貞風絶俗。亦有内行，式和其家。耄矣寡兄，置之田廬。未婺女婺，恤厥穉孤。匪惟恤之，實善其圖。急之來告，曰我取之。急之來告，曰我與之。德我不居，怨我不府。我心孔安，報豈責汝。允矣府君，鄉之善士。大雅云亡，遺範可跂。□□□□，示厥孫子。後有達者，庶其視此。

李勉亭先生墓表

於虖！此吾友詩人文學李君勉亭之墓也。君諱敏，勉亭其字，喜畫蘭，故自號蘭坡。曾祖岱，祖金果，父衍慶。君兄弟以文學起家，少倜儻篤行，好交遊，師友皆知名士。受學史文昭、衛芸浦兩先生門，與尉伯綺、邢實子相倡酬，以《榆莢詩》得名。淮南陳子巽先生亟稱曰："詩人！詩人！"歲己亥，與余同以詩賦受知督學滇南張桐廂先生，補邑諸生。君通眉長爪，雅量有意度。癖好山水，家當箕山之麓，闢精舍，植花竹，爲文酒會，子巽先生署曰"翠游山房"，讌游傾一時。君交遊既廣，未嘗有擇人而心殊自别。家故饒，貲金輒隨手盡，遇急傾囊無所吝，有不給，悵然累日。既擯抑不偶，家且落，交遊稍稍謝去，意灑如也。顧獨善余與雲章、享山三人，嘗歎曰："生平論交多矣，獨三人知我耳。"三人者，亦自謂能知勉亭也。歲暮雪甚，輒策蹇徑造其廬，呼酒痛飲，賦詩歸去。甲辰暮春，修禊箕山，題詩韓君墓，吊古流連，酒酣登山狂歌，人莫之測也。嘗讀書平山，時同學諸子，雲章感慨悲歌，侘傺多大言；實子喜繩尺程步而趨；抑之好論當世務，英偉有大略；余頗喜形聲訓詁家言。對酒慷慨，更相辨難，君獨從容吟嘯不置臧否，翛然遠也。中年多故，濩落不自憀，時時携酒登山，吟詠爲樂。愛申氏山莊水石之幽，慨然有終焉之志。未幾，君弟殁，感血疾，逾年遂不起，年僅三十有九。君爲詩，宕逸有致，頗留意小學、古音諸書，齎志未就，惜哉！與人交久而彌永，不短人，人亦不能短也。著《箕峰倡和集》、《續集》、詩文雜作各數千言，藏於家。娶張氏，子某。於虖！自余始交君，君從父兄轂、季弟枚以次補學官弟子，門族賓從盛閭里，君玉立英發，斐然進取，視功名可立致，交遊可常保。抑鬱半生，感慨系之，殆金盡交絶固常情無足怪，而君兄弟俱殞於周歲之間，今昔十年，俛焉如寐，而余且三哭其喪矣。嗚乎！李氏門祚之盛衰與知己交遊之零落，悲夫！可爲流涕者矣。以卒之年十有一月丙申葬於箕山之陰，右兆爲君弟静涵，同日葬。君疾革，以墓石屬余，欲得雲章書。既克葬，友人悼之未已，遂欲表諸阡，其孤曰："先君有命矣，敢請。"余泫然曰："可哉！"余忍殁吾之友，遂碣之曰"詩人文學李君之墓"。嗚呼！君閲於世者深矣，而獨厚余，惜余不足盡君也。噫！

陳峭夫先生教澤碑

先生系陳氏，諱慎初，自署峭夫。以嘉慶十一年生福建福寧府之霞浦縣，故學者稱霞浦先生。以道光十七年丁酉科充本縣拔貢生。二十三年癸卯中式本省鄉試舉人，明年試春官不第，應同年生陳貫甫大令之聘始來山西，主洪洞玉峯書院講席。越二載，知平陽府知府長白延公聞其賢，禮聘主郡之平水書院，洪之人士如失慈母，相與奔命吁留，得允。歲餘，延公復申命，請曰："所以爲大賢者，將爲人師也。郡屬十縣一州之士斐然，多可感顔不獲明師，而先生獨私在下邑，非所以廣教也。且洪士皆吾子弟，先生來郡，豈患不被其澤者，而吾且得朝夕備諮諏助治化。"敦迫就聘，洪之士負笈而從者，蓋中分學矣。初，先生之教士也，曰明經學，曰端士習，曰正文體，及是一如其教，乃進生徒而校其學行材藝，第其高下而别其程。於是定考課，衡取舍，覈勤惰，甄良窳，物善否，鑒澄濫，矯正曲，砥穎鈍，惟嚴惟明，非是置下第；又進其才者而示之方，培根柢，筦瀦蓄，霸跅弛，作頽蒲，軌遠大，絶速小，矩履行，繩趨向，必果必敏，非是者置下第；學者誦習有規，校藝有方，步趨有則，游息有時，自成人以至童子，咸執專經，日課月程，優遊以俟其成，勿荒勿嬉，非是者置下第；析疑問難，踵接項望，講畫之勞，日不暇給，引端待發，應答無方，其質之不及者，亦不强所難也。詩文制藝以及小學訓詁皆有法，授《易》、《詩》、《書》三經，各授其人，皆專家之説也。其論學，曰非漢儒之記傳聖學不能明，非宋賢之性理聖道不能尊，崇此抑彼皆非也，故爲文必經粹道腴，衒異背理者，雖工必黜。而典禮器服制度名物之詳，未嘗不考其故，曲學僞士不能售其伎。教之三年，生徒大進，併舍而居，伏釁而食，歌之音洋溢盈耳。篤志力行之彦，相彼而出，弋取科名者，尤不可勝數也。俄而延公擢去，先生貞哀介石，徇洪士之請，再主玉峯，旋主趙城，以積勞卒於洪洞萬安鎮，遺命必歸葬於閩，實咸豐四年十有一月十五日也，春秋四十有九。嗚呼，哀哉！於是先生之去鄉越十年矣，而授室於洪洞者既已五載。癸丑之秋，洪洞被兵，乃携家避地汾水之西，主喬君樹猷鬻田産焉。生舍死殯，咸於喬氏是舘。二三子爰推樹猷爲喪主以受吊，而訃於若相問若相揖者。軒既哭諸寢，乃絰而奔喪於喬。於時二三子逮舍者禭者斂者咸直次，僉謂先生之教澤不宜無聞，將伐石以樹書院講堂之偏，垂之無窮，而以文屬軒。軒烏能已，乃述先生立教之大端而系之言。其辭曰：

去聖日遠，載籍道腓。經師復古，異説云微。季世割裂，乃更淩夷。僅存章句，完粹其希。不有先覺，疇悟厥非。吾黨是幸，爰來我師。俾我檮昧，陶鑄允資。拯我方溺，覺我方迷。寘我周道，坦遠於危。登我高塏，豁隮於庳。我疇孔莠，助我其菑。播之嘉種，以痔我錙。我盲之錮，惟憂用醫。投之惡石，以蘇我肌。嗟余硜硜，好與時違。豈敢自信，未識所依。鍼磁之合，爰釋余私。敢不竭材，瞠然以追。参唯未達，賜來何遲。曳杖方歌，易簀永悲。悠悠教思，於平之湄。敢告來者，無媿兹詞。

信卿阮公義行碑

公系阮氏，諱廷實，字充吾，信卿其號也。明弘治間，始祖自湖廣棗陽縣遷河津，遂世爲河津人。累葉以讀書起家，公獨以少孤寡貧，未獲終志，詩書依母武氏習，爲作苦，負薪窮山，食力養志。武氏年至九十有七，頤養終身。公兄弟三人，以次居仲。公父，諱國安，先無子，以公伯父次子爲之後，洎公與弟先後生，弟復出後叔父。析爨已久，公兄不善理生，家計日拙，公以所分田産與之，復蕩然，公無異言。公偉幹多力，負薪倍常人，傭值常贏，久之，積貲百余緡。方謀立産業，而兄以牧豬雙戲，一夕負債幾相埒，公罄囊償之無吝容。人怪問之，則曰："財者，儻來之物耳。兄弟，手足也。我不代償，則必辱兄，且辱及先人矣，我忍乎哉！"人咸歎公長者。洎兄有子，年壯不能立家室，公爲之娶，并代謀生業，令自爲養。兄長子又早逝，孀媳孤孫，煢煢無告，公配張嫗惻然憫之，言於公，引歸同居十三年，嫁子婚婦，復割己田十餘畝及祖遺院基一所建屋畀之，而使子書券歸之，以息後争，俾成室家焉。蓋公孝友性成，不必有所則傚，而能動與古合如此。乃其輕財好義，亦不以幼孤貧苦而餒其志。初作苦窮山時，有族弟某偕往，某力孱不耐任重，獲致母不能自給。居半載，公積貲，將歸奉母，約某與俱，某謝不與。公曰："若不念母，寧不虞母念若乎？"某泫然曰："吾徒手歸，奚以爲養，敢忘母乎？政恐遺母憂耳。"公慨然曰："是何憂？若力薄不能致財耳，非遊蕩不顔親也，且遂不歸，親又何賴乎？致親凍餒，而又思子，是倍之憂也。吾誠不忍，願以所蓄半畀，若來則偕，歸則俱耳。"某感，許之。後某歿時，猶爲其子言之曰："汝某伯父大德不可忘也。"由是鄉人皆稱公盛德焉。其後，家益起，德信益著，貿遷秦、絳間，所至人皆重之，排難解紛，幾無虚日，凡經公區處者，咸各得其意以去。故或里居或客遊，每有疑難事，無不引領望公之至也。公義方教子，授以讀射，三子皆入邑庠。孫七人，爲學官弟子者四，其三曰在中，則從余學者也。公子若孫，皆能守家法，孜孜爲善，撫遺孤，收棄兒，瘞骴埋墐，佽婚恤葬，表貞揚節，立義學，培寒畯，以及建修祠宇、補葺橋樑諸事，皆争先恐後，承公志也。同治初年，陝回不靖，晉境震動，邑無賴多乘機思逞。公子淩雲首集資爲守禦計，鄉里賴以安堵。淩雲又嘗與人同業，折閲負逋數千金，慨然獨任之。厥後業復昌，獲贏倍蓰，仍與其人均分之，不以私己。觀此，可以見公之爲人矣。今公歿已十餘年，鄉之人思德不置，欲勒之貞石以垂久遠。及門張生，其世好也，手狀以請余，謂古人有言，鄉先生歿可祭於社者，公殆其人歟？余未及識公，然張生及生在中皆謹篤有法，所述非奇詭之行，愈可想見公之爲人矣。故樂爲揭之路側，以告後之人，其世系生卒不具載云。謹誌。

尚書考辨

〔清〕宋鑒　撰

白平　岳海燕　點校

點校説明

宋鑒，字元衡，號半塘，清安邑（今山西夏縣）人。乾隆十三年進士，歷任浙江常山知縣、鄞縣知縣、廣東南雄通判，爲官廉潔，頗有政聲。精於小學，師承閻若璩。著有《尚書考辨》、《説文解字疏》、《易見》、《尚書彙鈔》、《漢書地理考》及詩文集。江藩《國朝漢學師承記》言其生平較爲詳細。

《尚書考辨》現存清嘉慶四年（1799）刻本，藏於湖北圖書館，《續修四庫全書》中收録。

全書共四卷。卷一爲今古文《尚書》考辨，對今文《尚書》及古文《尚書》的各種問題進行了詳細的考辨。關於今文《尚書》的考辨内容如：伏生口授《尚書》説；今文《尚書》師承源流、盛行及湮滅；世傳伏書二十八篇、二十九篇的篇目；《泰誓》的發現；等等。關於古文《尚書》的考辨内容如：古文《尚書》的藏書者及發現情況；孔安國傳的真僞及安國獻書；古文《尚書》篇數；古文《尚書》立學、傳承、亡佚；梅賾所獻古文《尚書》和《尚書孔氏傳》的真僞；真古文《尚書》與僞古文《尚書》問題；等等。卷二爲真古文《尚書》三十一篇考辨，辨古文經字異同。卷三、四爲僞古文《尚書》二十五篇考辨，卷三辨撰寫僞古文的根據，卷四則以《論語》、《孟子》、《春秋左傳》、《國語》、《禮記》、《書序》逸篇辨古文之僞。全書徵引材料完備，考辨周密，語言質樸，是清儒治《尚書》的一部力作。

本次點校以清嘉慶四年刻本爲底本，以《山右叢書初編》本（簡稱《山右》本）爲校本。

《尚書》原文參照中華書局1980年出版的阮元校刻《十三經

注疏》進行校對。

原書引文校對參照的相關版本如下：

商務印書館民國二十五年版《井觀瑣言》；

中華書局 1959 年版《三國志》；

中華書局 1962 年版《漢書》；

中華書局 1965 年版《後漢書》；

中華書局 1973 年版《隋書》；

中華書局 1974 年版《晉書》；

中華書局 1980 年版《論衡校釋》；

中華書局 1982 年版《史記》；

中華書局 1987 年版《孟子正義》；

上海古籍出版社 1987 年版《尚書古文疏證》；

中華書局 1985 年版《朱子語類》；

中華書局 1981 年版《春秋左傳注》；

中華書局 2005 年版《兩漢紀》；

中華書局 2002 年版《國語集解》；

中華書局 20012 年版《墨子閒詁》；

中華書局 1988 年版《荀子集解》；

中華書局 2011 年版《孔叢子校釋》；

臺灣商務印書館民國七十五年出版的《文淵閣四庫全書》中收本：朱彝尊《經義考》、《曝書亭集》；毛奇齡《古文尚書冤詞》。

原書和以上版本字句有出入的，一一標出；異體字、古今字不出校，一律依照底本；另外，根據全書體例，個别脱漏文字之處，也一併指出并附于文後。

該書每卷標題下原有“承德郎廣東南雄府通判安邑宋鑒箸”字樣，今删去。

孫星衍敘〔一〕

國家既開《四庫全書》館，搜集海内遺文，綜古今，别黑白，而僞《尚書》經傳之疑於是論定。勅撰《書目提要》以謂孔傳之依托，自朱子以來遞有論辨。至閻若璩作《尚書疏證》，梅鷟《尚書考異》，朱彝尊《經義考》，皆證佐分明，更無疑義。是其書雖以試士爲經文題目，列令甲，實灼然知爲非先王法言，第依古人過而存之之指矣。

宋通守鑒撰《尚書考辨》四卷，一辨今文、古文、僞古文傳述原流，二辨古文經字異同，三辨僞經文撡襲之本，四辨《論語》、《孟子》、《春秋左》、《國語》、《禮記》、《書序》遺篇與僞古文殊異。傳曰："君子以類族辨物。"又曰："辭達而已矣。"又曰："君子恥辭有枝葉。"治經如治獄然，廣證據、拘對簿也。窮撡襲，發贓籍也。善治獄者，爰書成，不增減獄辭一字。不善治獄者加之鍛煉周内焉。宋明臆斷之論，則莫須有三字獄也。宋君生與閻君若璩同里同時，而書之簡核過之。近世治經家有二失，一則千慮一失，疑誤後學也。前人爲《尚書》之學者，朱文公知晚出古文之僞，而信"惟精惟一"之語爲道統之傳。吴澄信真古文，而删"若稽古皋陶"。閻若璩辨别是非，而以《泰誓》"白魚入舟"之文爲僞。宋君則無此弊，故於《泰誓》云："其真其僞皆無由詳知，姑闕疑以俟考。"則與閻氏之顯然疑爲僞者較勝也。一則詞費而言不雅馴也。宋、明人解經以語録。毛奇齡之説經，雜以詼諧侮慢之詞。胡渭《禹貢錐指》非注非疏，屋下架屋，如前世所譏秦延君之説"曰若稽古"。宋君之書括以四卷，而經文、僞經文諸書所引書詞及傳授，考證淵原，無不備焉。《後漢·魯丕傳》：丕稱“難者必明其據，説者務立其義。浮華無用之言不陳於前”。宋君其深知古人説經之義者矣。

君字半塘，安邑人，乾隆戊辰年進士，歷浙江常山鄞縣，擢廣東南雄府通判，攝澳門同知、連州牧及潮陽令。所至能剖結疑獄，出冤抑。雖貧，不取羡餘。躬理賑務，有實惠。亦如君之治經，可法於世云。子葆淳，好古篤行，舉孝廉，有父風。與予交廿餘年。遇予於浙中，出此書，屬爲敘之如此。

嘉慶五年閏四月斗指己午二辰之月，陽湖孫星衍撰。

校勘記

〔一〕此叙嘉慶本無，據《山右》本添加，原文題詞“宋半塘通守《尚書考辨》叙”，爲方便讀者，改此名。

尚書考辨卷一

今文古文考辨

《尚書》有今古文之辨。辨者云：今文真、古文僞也。曰：否。古文不僞，有僞古文爾。今《書》有古文，無今文也。然則何爲今文？曰：古文者，孔氏壁中書也；今文者，伏生壁中書也。然則伏書非口授者乎？曰：此司馬子長、班孟堅之云爾矣。伏生既得壁經，何庸口授？口授者，《書傳序》襲衛敬仲語而誤以爲失其本經，伏生則何至失其本經哉？然則今《書》無今文，何也？曰：伏、孔二家，非惟字體各別，其經文亦有異。今《書》乃唐衛包所改之今文，非伏生之今文也。伏生之今文，晉永嘉已亡矣。然則其僞奈何？曰：不僞古文則《堯典》、《皋陶謨》、《禹貢》、《甘誓》、《湯誓》、《盤庚》上中下、《高宗肜日》、《西伯戡黎》、《微子》、《牧誓》、《洪範》、《金縢》、《大誥》、《康誥》、《酒誥》、《梓材》、《召誥》、《洛誥》、《多士》、《無逸》、《君奭》、《多方》、《立政》、《顧命》、《康王之誥》、《吕刑》、《文侯之命》、《費誓》、《秦誓》之三十一篇是也。其增多之《大禹謨》、《五子之歌》、《胤征》、《仲虺之誥》、《湯誥》、《伊訓》、《太甲》上中下、《咸有一德》、《説命》上中下、《泰誓》上中下、《武成》、《旅獒》、《微子之命》、《蔡仲之命》、《周官》、《君陳》、《畢命》、《君牙》、《冏命》二十五篇，與復出之《舜典》、《益稷》二篇，則僞古文是也。《書》之遘䍐，豈不烈哉？幸伏生掇拾于戎馬兵燹之餘，爲秦龍毒爓所不及，然且殘闕脱謬，又幸而孔壁繼起，得以稍睹古

《書》之完備，乃不幸而值事，未列學官，然秘府藏之，民間傳之，則固未隊于地也。何意新莽之末，遭赤眉之亂，中外竝亡，獨扶風杜林得桼書古文一卷，則又僅存其同于伏生者，而增多十六篇，則槩逸焉。自時厥後，東漢以訖西晉，習古文《書》者，惟此而已。至東晉而忽有奏上者，至蕭齊又補其所闕之《舜典》，而五十八篇之《書》乃備。蓋古文既逸，今文亦亡，而所謂僞《書》者，始得以竊發。其間東萊張霸作百兩篇，則有中古文以校其非，而此時無有也。夫杜林以下，衛宏、包咸、賈逵、許慎、服虔、趙岐、馬融、盧植、鄭元、王肅、韋昭、何晏、孫毓、杜預，數百年之間，堂堂諸大儒而皆未見此二十五篇之《書》者也。至于劉歆，曾檢校祕府古文，而亦不見之。至于司馬遷，親問安國，而亦不見之。乃至于安國，亦不見之。且梅賾奏上古文，《晉書》偁其傳自臧曹，臧曹傳自梁柳，梁柳爲皇甫謐外弟，謐曾從梁柳得其古文《尚書》，而皇甫謐亦不見之。且梁柳傳自蘇愉，蘇愉傳自鄭沖，而鄭沖亦不見之。是尚可言哉？獨未聞昔之疑之者乎？肇自有宋吴才老，訖今數十家矣，皆當世卓識之士也。若然，不嫌于襲乎？曰：固也。無是非之心，非人也。此二十五篇之僞，彰彰也。昔人言之而當襲之，庸何傷？如其不當，雖師，能彊〔一〕弟子之從哉？愚觀疑古文者多矣，而考之或未确，辨之或未〔二〕晳致。近世又有專詆疑古文者之謬，則亦疑古文者之謬也。然則遂廢之何如？曰：何可也！從來積重之勢難反。彼夫秦爓方熇，伏生之壁藏之也，全書固無恙也。迨其後二十九篇可得，全書亦宜可得也，然而卒亡其數十㒳。孔壁見矣，學士手額而慶，以完經可復睹也，而僅增多其十有六。然取此而急立學官，令天下誦而習之，安知其不流傳至今也？乃適遭巫蠱而不克立，又百十餘年而劉歆欲立之，亟争而卒不可。洎新莽而諸學皆立矣，承以赤眉之亂，訖建武而竝十六篇亦逸之矣。夫以古帝王之遺文，廢而復興，興而復廢，其幸存者，宜其兢兢護持之，乃西晉而伏生之學失其傳焉，至東晉而孔氏之學又參以僞《書》，而莫之或辨也。然使諸家竝存，猶得參互考訂以正其訛謬，乃至唐人取晚晉之僞《書》僞《傳》定爲《正義》，訖今日千數百年，如衞氏之《訓旨》、周氏之《襍記》、賈氏之《傳》、馬氏之《訓》、盧氏之《章句》、鄭氏之《解》、王李之《註》，皆湮没無一存者，其遺憾何可勝道哉？今學者止知有此五十八篇之同爲《尚書》，而童而習之，既莫識所由來，若是迮而曰僞也。彼耳食者，否則駭怒之，否則姗笑之，故入宋以來，攻者雖多，而從者卒尠，矧往聖遺言楸見諸家之説者，悉収羅薈萃于此，此亦有訶護之者而不可磨滅已。然則辨之將奈何？曰：《書》者，子所雅言者也，學者所考信也。其中傅會舛錯，或戾于本經，或戾于他經，知其僞則不妨以僞存，若以爲真而必求通之，則固有難通者矣，烏可以勿辨也？作《尚書》今文古文考辨。

今文《尚書》考辨

司馬氏遷曰：秦之季世，焚《詩》、《書》，坑術士，六蓺從此缺焉。漢興，然後諸儒始得修其經蓺。及今上即位，武帝也。趙綰、王臧之屬明儒學，而上亦鄉之，于是招方正〔三〕賢良文學之士，自是之後，言《書〔四〕》自濟南伏生。

又曰：伏生，濟南人也，張晏曰：伏生名勝。伏生碑云。故爲秦博士。孝文帝時，欲求能治《尚書》者，天下無有，乃聞伏生能治，欲召之。是時伏生年九十餘，老，不能行，于是乃詔太常〔五〕掌故鼂錯往受之。秦時焚書，伏生壁藏之，其後兵大起，流亡，漢定，伏生求其書，亡數十篇，獨得二十九篇，即以教于齊魯之間，學者由是頗能言《尚書》，諸山東大師無不涉《尚書》以教矣。伏生教濟南張生及歐陽生，歐陽生教千乘兒寬，兒寬位至御史大夫，張生亦爲博士，而伏生孫以治《尚書》徵，不能明也。自此之後，魯周霸、孔安國，雒陽賈嘉，顔師古曰：誼之孫也。頗能言《尚書》事。竝《史記·儒林傳》。

又曰：孝文帝時，天下無治《尚書》者，獨聞濟南伏生，故秦博士，治《尚書》，年九十餘，老不可徵。乃詔太常使人往受之，太常遣錯往受《尚書》伏生所。還，因上便宜事，以《書》稱説。《鼂錯傳》。

劉氏歆曰：漢興，至孝惠之世，乃除挾書之律。至孝文皇帝，始使掌故鼂〔六〕錯從伏生受《尚書》。《尚書》初出于屋壁，朽折散絶，今其書見在，謂伏壁原本。時師傳讀而已。《移太常博士書》，見《前漢書·楚元王傳》。

班氏固曰：《經》二十九卷，師古曰：此二十九卷，伏生傳授者。《傳》四十一篇。即伏生《大傳》也。

又曰：秦燔書禁學，濟南伏生獨壁藏之，漢興，亡失，求得二十九篇，以教齊魯之間，訖孝宣世，有歐陽、大小夏侯氏立于學官。竝《前漢書·蓺文志》。

又曰：伏生，濟南人也，故爲秦博士。孝文時，求能治《尚書》者，天下亡有，聞伏生治之，欲召之〔七〕。時伏生年九十餘，老，不能行，于是詔太常，使掌故鼂〔八〕錯往受之。秦時禁《書》，伏生壁藏之，其後大兵起，流亡。漢定，伏生求其《書》，亡數十篇，獨得二十九篇，即以教于齊魯之間，齊學者由此頗能言《尚書》，山東大師亡不涉《尚書》以教。伏生教濟南張生及歐陽生，張生爲博士，而伏生孫以治《尚書》徵，弗能明定。是後，魯周霸、雒陽賈嘉頗能言《尚書》云。《儒林傳》。

又曰：孝文時，天下亡治《尚書》者，獨聞有伏生〔九〕，故秦博士，治《尚書》，年九十餘，老不可徵。乃詔太常，使人受之，太常遣錯受《尚書》伏生所。還，因上書稱説。《鼂錯傳》。

荀氏悦曰：劉向典校經傳，考集異同，云《尚書》本自濟南伏生，爲秦博士，及秦焚書，乃壁藏其書，漢興，伏生求其書，亡數十篇，得二十九篇，文帝欲徵，伏生時年九十餘，不能〔一〇〕，遣鼂錯往受之。《漢紀·河平三年》。

敬考：此今文《尚書》之所自出也，據諸漢史所載，竝云出于屋壁，無口授之事，其云口授者，始于衛敬仲，而梅賾上僞序，誤用其語爾。伏生書以程隸書之。程隸後世通行，故謂之今文，此亦後人因古文而别而名之。伏生時，無今文之目也。隸書即今之正書，宋以前字書皆云然，歐陽氏修始以爲八分書，非。

衛氏宏曰：伏生老，不能正言，言不可曉也〔一一〕。使其女傳言教錯，齊人語多與潁川異，錯所不知者十二三〔一二〕，略以其意屬讀而已〔一三〕。《詔定古文官〔一四〕書序》，見《史記正義》。

閻氏若璩曰：馮班定遠，常熟〔一五〕錢氏之門人也，謂衛宏《定古文官〔一六〕書序》爲妄，伏生壁藏而求之，得二十九篇，是伏生自有本，不假口傳明矣。歐陽、夏矦二家，漢人列于學官者，自是伏生親傳，非鼂錯所受之本明矣。又伏生有孫，則應有子，何至令女傳言？若其子幼不能傳《書》，則伏生年已九十餘，安得有幼子乎？且其女能傳言，亦應通文字，何鼂錯不能得者且十二三，乃以意屬讀之邪？某曾身至濟南、潁川，其語音絶不相遠，雖古今或異，大略亦可知，何至言語不通邪？《尚書古文疏證》第十四。

又曰：胡渭生朏明告予馮氏駁衛宏《序》爲妄，良是。竊謂宏《序》亦非盡鑿空者，伏生有孫，固應有子，不至使女傳言，然錯往受時，生年過九十，子先父卒，人事之常，藐爾孤孫，未承家學，已又耄矣，口不能宣，及門弟子，業成辭歸，錯奉詔至，安可空還？不得已，令女傳授，理或有之，計其女亦非少艾之年，教錯無嫌也。唯《大序》有“失其本經”之語，自非，生縱老，何至家無本經？縱令失去，當時弟子如張、歐陽罔不涉《尚書》以教，何難往取其本，俾還報天子乎？或曰：必若云，則生以簡策授錯可矣，何用其女爲？朏明曰：“漢人讀書，頗與今異。”揚子雲言："一閧之市，必立之平；一卷之書，必立之師。"如《春秋》有鄒夾二氏，夾氏口説流行，未著竹帛，故曰未有書，鄒氏著竹帛，師傳之人中絶，故曰無師。蓋經未有無師者，《書》簡策雖存，而其間句讀音義亦須略爲指授，有〔一七〕可承學，故使其女傳言耳。若字本今文，錯所自識，豈因齊人語異而都不曉邪？《疏證》第一百十五。

敬考：文帝求治《尚書》者，非求《尚書》經文也，故曰"教錯"謂教之以訓詁也，曰"屬讀"謂屬讀其章句也。毛氏奇齡曰：屬者，句之連；讀者，句之斷。而非口授之以經文也。朱子引此，改作"屬成"則誤，言"屬成"則屬成經文矣。其經文則即以其壁藏之本傳之鼂錯，獻之天子，勒之學官，劉歆猶及見其朽折也，而云失其本經者，何哉？

《書傳序》曰：漢室龍興，開設學校，旁求儒雅，以闡大猷，濟南伏生，失其本經，口以傳授，裁二十餘篇，以其上古之書，謂之《尚書》。此晉梅賾所上古文《書》之傳序，宋元以後多以此爲大序，而以百篇之序爲小序，今不從。又此序梅氏所上，不可必知爲何人作也，故不著名。

閻氏若璩曰：此亦是魏晉間衛宏使女傳言之説盛行，故撰序者采入而不覺其于史文相背。劉歆有言"鼂錯從伏生受《尚書》，《尚書》初出于屋壁，朽折散絶，今其書見在"，曾口授云乎哉！《疏證》第十四。

敬考：伏生之好書也，不避暴秦之烈而藏之，漢興而亟求之，不幸而失其强〔一八〕半，其僅存者，必且保持而不肯一日去諸側也，而乃于天子之詔，僅背文暗誦以相傳授乎？蓋作此序者，徒見衛敬仲有傳言教錯語而襲用之，乃遂妄增此語，後之言口授者，實本是而轉相勦襲爾。

《隋書》曰：伏生口授二十八篇。《經籍志》。《隋書》，長孫無忌〔一九〕等所脩，非出一手，亦不箸名。

陸氏德明曰：伏生失其本經，口誦二十九篇傳授。《經典釋文》。

林氏之奇曰：伏生口授二十八篇。《書解》。

鄭氏樵曰：秦楚之亂，伏生遂失所藏，但以口授，文帝詔鼂錯往受之。《六經奥論》。

朱子曰：今文乃伏生口授。又曰：鼂錯以伏生不曾出，其女口授有齊音，不可曉者，以意屬成，此載于史者。又曰：只疑伏生偏記得難底，卻不記得易底。又曰：世傳孔安國序言伏生口傳二十八篇。《語録》。

蔡氏沈曰：伏生背文暗誦。《書集傳序録》。其他同此者尚多，姑録其尤著名者之説如右。

敬考：唐宋已來，衆口一詞，至有疑《盤》、《誥》諸篇爲非《書》之本文者，而其實不然。且今之《盤》、《誥》諸篇，乃孔壁本，竝非伏壁本也。但朱子亦云爾，然朱子止據註疏及《釋文》爲説，而不暇深究。于朱子固無加損，正不得以朱子之言曲信之矣。毛氏奇齡《古文尚書冤詞》于此考辨最晢。

班氏固曰：歐陽《章句》三十一卷，大小夏侯《章句》各二十九卷，大小夏矦《解故》二十九篇，歐陽《説義》二篇，劉向《五行傳記》十一卷。《前漢書·藝文志》。

又曰：歐陽生字和伯，千乘人也。事伏生，授兒〔二〇〕寬、武帝時人。歐陽、大小夏矦氏，學皆出于寬。寬授歐陽生子，世世相傳，至曾孫高子陽高字。爲博士，高孫地餘長賓地餘字，元帝時人。以太子中庶〔二一〕授太子，後爲博士，論石渠，餘子政爲王莽講學大夫，由是《尚書》世有歐陽氏學。

又曰：夏矦勝，其先夏矦都尉，從濟南伏生〔二二〕受《尚書》，以傳族子始昌，始昌傳勝，勝又事同郡簡卿。簡卿者，兒〔二三〕寬門人。勝傳從兄子建，建又事歐陽高，由是《尚書》有大小夏矦之學。竝《儒林傳》。

又曰：自武帝立五經博士，初，《書》惟有歐陽，至孝宣世，復立大小夏侯《尚書》。《儒林傳贊》。

敬考：歐陽、大小夏侯三家，漢世通行，天下用以決科射策，流傳最廣，其授受詳具于前、後《漢書》，不能殫述也。獨是三家之學在當日家絃戶誦，不減于今之蔡氏《集傳》，豈意數百年人人傳習之物，一旦至晉世而欻亡？亂離兵燹之由，不能不爲斯文悼爾！

《隋書》曰：永嘉之亂，晉懷帝時。歐陽、大小夏侯《尚書》竝亡，濟南伏生之傳，唯劉向父子所著《五行傳》是其本法，而又多乖戾。《經籍志》。

敬考：伏書與古文，字體各別，其經文異者近千字，而至晉世，則三家既亡，故《隋志》經目、新舊唐書《蓺文志》諸目皆無其本，即蔡邕石經，隋初猶存，後亦湮没不可考，故宋王文憲欲求今文本，不可得，是今文遂亡也。而其軼往往散見于他説，惜陸氏作《釋文》，馬、鄭所有異同悉著于篇，獨以今文爲多闕謬而不之別記，令學者不得以參觀而互考也。

又考：伏生篇數，或云二十九，或云二十八。其云二十八者，《堯典》一、合《舜典》。《皋陶謨》二、合《益稷》。《禹貢》三、《甘誓》四、《湯誓》五、《盤庚》六、合三爲一。《高宗肜日》七、《西伯戡黎》八、《微子》九、《牧誓》十、《洪範》十一、《金縢》十二、《大誥》十三、《康誥》十四、《酒誥》十五、《梓材》十六、《召誥》十七、《洛誥》十八、《多士》十九、《無逸》二十、《君奭》二十一、《多方》二十二、《立政》二十三、《顧命》二十四、合《康王之誥》。《吕刑》二十五、《文侯之命》二十六、《費誓》二十七、《秦誓》二十八。其云二十九者，或以《泰誓》一篇當之，然《泰誓》後得，非伏生所傳也。近世朱氏謂其一篇爲百篇之序，差爲近理。

劉氏向曰：武帝末，民有得《泰誓》于壁内者，獻之與博士，使讀説之，數月，皆起傳以教人。《别録》。《書正義》引。

劉氏歆曰：《泰誓》後得，博士集而讀之。《移博士書》。

又曰：孝武皇帝末，有人得《泰誓》于壁中者，獻之與博士，使讀〔二四〕説之，因傳以教，今《泰誓》篇是也。《七略》，見李善《文選註》。

王氏充曰：孝宣皇帝之時，河内女子發老屋，得逸《易》、《禮》、《尚書》各一篇，奏之宣帝，下示博士，然後《易》、《禮》、《尚書》各益一篇，而《尚書》二十九篇始定矣。《論衡》。考：此條最叵信，毛氏奇齡曰：天下無各經所逸同聚一處以待人之得之者，可謂解頤之論。

馬氏融曰：《泰誓》後得，案其文似若淺露。又云："八百諸矦不召自來，不期同時，不謀同辭"及"火復于上，至于王屋，流爲雕。五至，以穀俱來舉火"，神怪得無在"子所不語"中乎？又《春秋》引《泰誓》云云、《國語》引《泰誓》云云、孟子引《泰誓》云云、孫卿引《泰誓》云云、《禮記》引《泰誓》云云，今文《泰誓》皆無此語。吾見書傳多矣，所引《泰誓》而不在《泰誓》者甚多，弗復悉記，略舉五事以明之，亦可知矣！馬融、康成、王肅本今皆不傳此，竝據《正義》所引。

鄭康成曰：民間得《泰誓》。

趙氏岐曰：今之《尚書·泰誓篇》後得以充學，不與古《泰誓》同，諸傳記引《泰誓》皆古《泰誓》也。《孟子註·滕文公》"我武惟揚"節。

房氏宏曰：宣帝泰和元年，河内女子壞老屋，得古文《泰誓》三篇。後漢史，獻帝建安十四年黄門侍郎房宏等説，據《正義》所引，未見所出。

王氏肅曰：《泰誓》近得，非其本經。

孔氏穎〔二五〕達曰：《史記》云："伏生獨得二十九篇，以教齊魯。"《泰誓》非伏生所傳而言二十九篇者，以司馬遷在武帝之世，見《泰誓》出而得行入于伏生所傳内，故爲史總之，并云伏生所出，不復曲别分析，云民間所得，其實得時不與伏生所傳同也。但伏生雖無此一篇，而《書傳》有“八百諸矦俱至孟津”、“白魚入舟”之事，與《泰誓》事同，不知爲伏生先爲此説，不知爲是《泰誓》出後，後人加增此語。《尚書正義》。

朱氏彝尊曰：按今文《尚書》，伏生所授止二十八篇，故漢儒以擬二十八宿，然《史記》、《漢書》俱稱伏生以二十九篇教于齊魯之間，司馬氏、班氏，古之良史，不應以非生所授之《泰誓》裸之其中也。竊疑生所教二十九篇，其一篇乃百篇之序，惟緣《蓺文志》云“經二十九篇”，後儒遂以《泰誓》混入爾。《經義考》。

敬考：《泰誓》非伏生所傳，史遷必不以混入，史遷雖從安國問古文，而所載古文甚少，獨于《書序》全載其文，則伏書亦有百篇之序無疑也。《漢志》“《周書》七十一篇”，其一篇亦序也。與此例合。

孔氏穎達曰：今《史》、《漢》書皆云伏生傳〔二六〕二十九篇，則司馬遷時已得《泰誓》，以并歸于伏生，不得云宣帝時始出也。則云宣帝時女子所得，亦不可信。或者爾時重得之，故于後亦據而言之。《尚書正義》。

敬考：劉向等所言，今文《泰誓》也；房宏等所説，古文《泰誓》也。今文一篇既不同出于伏生，古文三篇亦不同出于安國，宜無此理。李顒集註《尚書》，東晉初人，有《注》十卷，今不傳。于彼《泰誓》，每引“孔安國曰”，見《正義》。而《漢志》“古文《尚書》四十六篇”，《泰誓》即在其内。則孔安國時，古文《泰誓》三篇已有之，不待宣帝時出也。《正義》謂“爾時重得之”，亦臆度之詞，未必盡然也。然房宏等所説，實有其年其地其人其書，且以漢人言漢事，又未必盡妄，而《泰誓》之詞多不雅馴，先儒皆疑其僞，又非孔壁所宜有，向、歆校經，于今文《酒誥》、《召誥》，皆詳箸其脱簡字數，而于《泰誓》無聞焉。則古文三篇即今文一篇也。其真其僞皆無由詳知，姑闕以俟考焉。

古文《尚書》考辨

王氏肅曰：子襄名騰，孔子八世孫。以好經書傳學，畏秦法峻急，乃壁藏其《家語》、《孝經》、《尚書》及《論語》于夫子之舊堂壁中。《家語後序》。或引作《家語》，非。《漢志》：《孔子家語》二十七卷。師古曰：非今所有《家語》，今所有即王肅本也。朱子亦云。《家語》只是王肅編古録襍記，蓋肅不喜鄭學，故注《家語》務與異趣，而此《序》尤多謬論。

《孔叢子》曰：陳餘謂子魚：名鮒，子襄兄也。"秦將滅先王之籍，而子爲書籍之主，其危矣！"子魚曰："顧有可懼者。必或求天下之書焚之，書不出則有旤。吾將先藏之以待其求，求至，無患矣。"考此語，于構事亦未合。朱子嘗疑《孔叢子》是魏晉間人僞撰，理或然也。

《書傳序》曰：秦始皇滅先代典籍，焚書坑儒，天下學士逃難解散，我先人用藏其家書于屋壁。

顔氏師古曰：《家語》云："子襄畏秦法峻急，藏《尚書》于壁中。"而《漢記·尹敏傳》云孔鮒所藏。二説不同，未知孰是。《前漢書·藝文志》註。司馬氏光曰："先儒皆以爲孔氏避秦禁而藏書，臣竊疑其不然。何則？始皇三十四年始下焚書之令，距漢興纔七年爾，孔氏子孫皆不容悉無知者，必待共王然後乃出。蓋始藏之時，去聖未遠，其書最真。"又曰："苟使人或知之，則旋踵散失，故雖子孫不以告也。"《孝經指解序》。

陳氏櫟曰：鮒、騰兄弟爾，藏書必同謀，謂鮒藏可也，謂騰藏亦可也。《書集傳纂疏》。

敬考：《書》既藏于孔子堂壁，乃孔子後人所爲。然漢興已將及百年，而魯共始發之。魯共不壞宅，世尚不知有藏書在壁中。即又安知藏書之人邪？故《史》、《漢》皆不言及，若以二説較之，則孔鮒爲優。子襄嘗爲孝惠博士，書果其所藏，則漢興必急發之，不待魯共矣。惟孔鮒爲陳涉博士而與俱死陳下，或爲時未久，不及發取，未可知也。然鮒、騰，兄弟也，鮒藏，騰必知之，故當以温公之論爲得。又《隋志》及《釋文》稱爲孔子末孫孔惠所藏，考《史記·孔子世家》、《漢書·孔光傳》及《家語後序》，孔子末孫無孔惠之名，毛氏以爲子襄子孔忠之訛，亦未確。

司馬氏遷曰：孔氏有古文《尚書》，而安國以今文讀之，因以起其家逸《書》，得十餘篇，蓋《尚書》滋多于此〔二七〕矣。《儒林傳》。

劉氏歆曰：魯共王壞孔子宅，欲以爲宫，而得古文于壞壁之中，《書》十六篇。天漢之後，孔安國獻之，遭巫蠱倉卒之難，未及施行。巫蠱，戾太子事，見《漢書·武帝紀》。皆古文舊書，藏于祕府，伏而未發。《移博士書》。

班氏固曰：《尚書》古文經，四十六卷，爲五十七〔二八〕篇。下一句，班氏自注也。

又曰：古文《尚書》者，出孔子壁中，武帝末，魯共王壞孔子宅，欲以廣其宫。《疏證》第一曰：《論衡》云："孝景時，魯共王壞孔子宅。"較《漢志》"武帝末"三字則確甚。魯恭王以孝景前三年丁亥徙王魯，徙二十七年薨，則薨當于武帝元朔元年癸丑，武帝方即位十三年，安得云"武帝末"乎？且恭初好治宫室，季年好音，則其壞孔子宅以廣其宫，正初王魯之事，當作"孝景時"三字爲是。而得古文《尚書》及《禮記》〔二九〕、《孝經》凡數十篇，皆古字也，共王往入其宅，聞鼓琴瑟鐘磬之音，于是懼，乃止不壞。孔安國者，孔子後也。悉得其書，以考二十九篇，得多十六篇，安國獻之，遭巫蠱事，未列于學官。竝《蓺文志》。班志自言此所述俱本之劉歆《七略》。

又曰：孔氏有古文《尚書》，安國以今文字讀之，因以起其家逸《書》，得十餘篇，蓋《尚書》滋多于此〔三〇〕矣，遭巫蠱，未列于學官。《儒林傳》。

荀氏悦曰：劉向典校經傳，考集異同，云魯共王壞孔子宅以廣其居〔三一〕，得古文，《尚書》得多十六篇，及《論語》、《孝經》。武帝時，孔安國家獻之，會巫蠱事，未列于學官。《漢紀·河平三年》。

袁氏宏曰：古文《尚書》者，出孔安國。武帝世，魯共〔三二〕王壞孔子宅，欲廣其宫，得古文《尚書》及《禮記》〔三三〕、《論語》、《孝經》數十篇，皆古字也。共王入其宅，聞琴瑟鐘磬之音，瞿然而止。孔安國者，孔子之後也，盡得其書。《尚書》多于伏生所傳十六〔三四〕篇，今本作“六十篇”，誤。安國獻之。《後漢紀·建初八年》。

敬考：諸漢史載古文所出之實如此，至王肅注僞《家語》，梅賾上僞《尚書》，皆襲用其語于《序》，而一往多謬。孔壁所藏，用周時之古文字，故謂之古文，以别于伏書。今許氏慎《説文》所載古文奇字是其本體。若薛氏季宣所注古文，乃以隸字之點畫寫古文，即《傳序》所謂爲隸古定者，非壁中原文也。

王氏肅曰：子國孔安國字。少受《尚書》于伏生，長則博覽經傳，問無常師，天漢後，魯共王壞孔子故宅，得壁中《詩》、《書》，悉以歸子國，子國乃考論古今文字，譔衆師之義，爲《尚書傳》五十八篇，皆壁中科斗本也。又集録《孔氏家語》，爲四十四篇。既成，會巫蠱事，寑不施行。子國年六十，卒于家。其後，孝成皇帝詔光禄大夫劉向校定衆書，都記録，名古今文〔三五〕，《書》、《論語》、《别録》。子國孫衍爲博士，上書辨之曰：“臣祖，故臨淮太守安國，建仕于孝武皇帝之世，時魯共王壞孔子故宅，得古文科斗《尚書》、《孝經》、《論語》，世人莫有能言之者，安國爲之今文讀而訓傳其義，又譔《孔子家語》。既畢，會值巫蠱事起，遂各廢不行。于時光禄大夫向以爲其時所未施行之故，《尚書》則不記于《别録》，臣竊惜之。”《家語後序》。

敬考：魯共王薨于元朔元年，距天漢尚二十八年，今云天漢後始壞壁，豈不悖哉？又據此，則安國曾受《書》于伏生，而子國年六十卒于家，《史記》稱安國早卒，則六十之年已不可信。即以年六十推之，天漢間亦當卒久矣。是《漢書》“武帝末”一語，已不無小誤，而此尤誤之誤者也。又孔衍一書，是時孔氏孫無名衍者，《晉·儒林》有孔衍，元帝時人。累百餘言，而其于《尚書》徒以不記于《别録》之故，然劉向《别録》實具載孔書本末，見《正義》。又曾以中古文校伏書之脱簡異字，班氏據之以載于《漢志》，而考集異同之説，荀氏又據之以載于《漢紀》，然則衍亦何爲譊譊至此？其爲後人僞託可知也。

《書傳序》曰：魯共王好治宫室，壞孔子舊宅以廣其居，于壁中[三六]中得先人所藏古文虞夏商周之《書》及《傳》、《論語》、《孝經》，皆科斗文字，王又升孔子堂，聞金石絲竹之音，乃不壞宅，悉以書還孔氏。科斗書廢已久，時人無能知者，以所聞伏生之書考論文義，定其可知者，爲隸古定，更以竹簡寫之，增多伏生二十五篇。伏生又以《舜典》合于《堯典》，《益稷》合于《臯陶謨》，《盤庚》三篇合爲一，《康王之誥》合于《顧命》。復出此篇，并《序》，凡五十九篇，爲四十六卷。其餘錯亂摩滅，弗可復知，悉上送官，藏之書府，以待能者。承詔爲五十九篇作《傳》，于是遂研精覃思，博考經籍，采摭羣言，以立訓傳，約文申義，敷暢厥旨，庶幾有補于將來。《書序》序所以爲作者之意，昭然義見，宜相附近，故引之，各冠其篇首。定五十八篇，既畢，會國有巫蠱事，經籍道息，用不復以聞，傳之子孫，以詒後代，若好古博雅君子，與我同志，亦所不隱也。

王氏柏[三七]曰：孔壁之書皆科斗文字，予嘗求科斗之書體，茫昧恍惚，不知其法。且曰“科斗書廢已久，時人無能知者”，又不知何以參伍點畫，考驗偏旁，更爲隸古哉？于是遂遁其詞，曰“以所聞伏生之書考論文義，定其可知者”，則是古文之書，初無補于今文，反賴今文而成書，本欲尊古文，而不知實陋古文也。《書疑》。

閻氏若璩曰：《蓺文志》云：“漢興，蕭何草律，箸其法，曰：

太史試學僮，能諷書九千字以上，乃得爲史。又以六體試之，課最者以爲尚書、御史、史書、令史。吏民上書，字或不正，輒舉劾六體者。古文奇字、篆書、隸書、繆篆、蟲書，皆所以通知古今文字、摹印、章書、幡信。”蕭何固以習古文爲一代之功令也，豈得云“書廢已久，時人無能識”乎？北平侯張蒼修《春秋左氏傳》，多古字古言，河間獻王所得書皆古文、先秦舊書，司馬遷年十歲則誦古文，此皆章章明著，不待孔安國以今文字參考而後可識也。

又曰：杜預《左傳後序》云：“太康元年，汲郡人有發冢者，大得古書，皆科斗文字。科斗書久廢，推尋不能盡通，藏在祕府。”杜預時謂科斗久廢則可，孔安國時則不可。《說文序》云：“孔子書六經、左邱明傳《春秋》，皆以古文。”繼云：“秦焚滅經書，滌除舊典，而古文由此絶。”是亦絶經典之古文耳，非謂天下盡不識之也。不然，何後又云“張蒼〔三八〕獻《左氏傳》，郡國山川往往得鼎彝，其銘即前代之古文”，非先孔子壁而出者乎？

又曰：衛宏〔三九〕《古文奇字序》云：“秦改古文以爲篆隸”，又云：“秦罷古文而有八體”，非古文矣，未嘗云漢不用古文。《太史公自序》：“秦撥去古文，焚滅《詩》、《書》”，繼云：“漢興，百年之間，天下遺文古事靡不畢集太史公。”一隱一見，宛然蓋秦有天下者十五年，僅此十五年，天下不習尚古文，漢一興而古文復矣。王伯厚以秦下令焚書始禁古文，詎漢興纔七年。竝《疏證》第一百七。

敬考：《正義》載鄭康成云：“《書》初出屋壁，皆周時象形文字，今所謂科斗書。以形言之爲科斗，指體即周之古文。蓋周時作字，以竹爲筆，以桼爲墨，故其形類科斗，而漢世遂目爲科斗書。”理誠有之，但孔壁古文獻之祕府，至成帝時猶存，劉歆《移博士書》言古文舊書者再，所謂舊書即壁中舊本也。向、歆尚能識之，方且賴古文以校今文之脱誤，又何至時人無能知者，而反藉今文以考之邪？蓋秦〔四○〕雖以李、程之篆隸易古文，而古文不盡絶于世。故自蕭何箸法以來，凡漢世之尚書、御史、史書、令史等官，無不識之者。而云“廢已久，時人無能知者”，人其可欺邪？

朱氏彝〔四一〕尊曰：司馬遷述《孔子世家》，稱安國爲今皇帝博士，至臨淮太守，早卒。《自序》則云：“予述皇帝帝〔四二〕以來，至太初而訖。”是安國之卒本在太初以前，若巫蠱事發，乃征和二年，距安國之殁當已久矣。班固《蓺文志》于古文《尚書》云：“遭巫蠱事，未列于學官”，乃史氏追述古文所以不列學官之故爾。而僞作孔安國序者，乃云“會國有巫蠱事，經籍道息”，竟出自安國口中，不亦刺繆甚乎？荀悦《漢紀》于孝成帝三年備述劉向典校經傳、考集異同，于古文《尚書》云：“武帝時，孔安國家獻之。”則知安國已逝，而其家獻之。《漢書》、《文選》録本流傳脱去“家”字爾。按其本末，安國書序之僞不待攻而自破矣。或曰：“《史記》雖云‘至太初而訖〔四三〕’，然如《衛將軍驃騎列傳》載公孫賀、公孫敖、韓説、趙破奴皆直書巫蠱獄，多係征和年事，安見孔安國不卒于天漢之後乎？”曰：《家語》附録《安國傳》稱安國受《書》于伏生，生故秦博士，至文帝時年已九十，安國從而問業，最幼年已十五六矣。司馬遷謂安國早卒，《家語後序》稱安國年六十卒于家，今就文帝末年安國十五計之，則其卒當在元鼎間。若天漢之後改元太始，安國年已七十二，迨征和二年巫蠱事發，安國年七十七矣，尚得謂之早卒乎？當依《漢紀》增“家”字爲是。《經義考》。

敬考：文帝末年值甲申，距武帝天漢四年甲申爲六十一年，又六年庚寅，爲征和二年，若文帝甲申十五，征和二年已八十有二，安國早卒矣，安得有獻《書》事乎？人皆習而不察爾。

郝氏敬曰：漢武帝時，魯共王壞孔子宅，得古文《書》，上獻。班固、劉向嘗言之，第云安國獻《書》，未言詔安國爲傳也。云多伏生十六篇，無二十五篇也。云遭巫蠱，未列學官，未言傳畢不以聞也。

又曰：安國既承詔作傳，無不報命之理，巫蠱事不久旋定，武帝方注嚮儒術，表章六經，未爲道息，有詔必不敢廢閣，豈其使已成之書抑而不揚，終兩漢三國魏晉數百年，待東晉而後出哉？竝《尚書辨解》。

閻氏若璩曰：鄞萬言貞一與人論《尚書疑義》書中一條云：安有因國家刑獄之事，臣子受命輯書，序傳既成，而可寢之不報者乎？《疏證》第一百七。

敬考：《史》、《漢》以下，竝無安國作《傳》事，惟《家語後序》有之，亦不云承詔爲之也。蓋安國早卒，獻書亦不及見，況有承詔作傳之事乎？即如所云承詔矣，又何敢不以聞邪？夫巫蠱與安國無與也，亦與經籍無與也。縱國家多故，則何不待其事之息而獻之，而乃豫設一不敢上聞之心，誠何理哉？

朱氏彝尊曰：班固《漢志》、劉歆《移太常博士書》、荀悦《漢紀》、顔師古注《漢書》，增多祗十六篇，而安國承詔爲五十九篇作傳，若是則諸家所云翻不足信也。《曝書亭集》。

閻氏若璩曰：一則曰得多十六篇，再則曰逸《書》十六篇，是古文《尚書》篇數之見于兩漢〔四四〕者如此也。東晉元帝時，豫章内史梅賾忽上古文《尚書》，增多二十五篇，無論其文辭格制迥然不類，而只此篇數之不合，僞可知矣。《疏證》第一。

敬考：增多十六篇之説，漢已來初無異詞，《漢志》云“古文經四十六卷”，則二十八篇合書序二十九篇，增十六篇，又增《泰誓》一篇，一篇爲一卷，其數正合，與經二十九卷，例亦相符，惟自注有爲五十七篇一語，蓋曰爲有爲之者也。此安國得其書〔四五〕，因其簡袟繁重而分之，如分《盤庚》爲三、分《康王之誥》于《顧命》之類，本無與多寡之數，故以大字書四十六卷于上，而以細字注爲五十七篇于下，以今考之，真古文見存三十一，合《泰誓》三篇爲三十四，又增十六篇爲五十九，共分出八篇，爲五十八，後又亡其一篇，故五十七。見《漢志》注。乃作僞《書》者僞增二十五篇，復出五篇，合五十八篇，而又故缺其一篇，以求合前説，然于五十七之小數則合矣，而于四十六卷增多十六篇之大數，則殊多不合也。

孔氏穎達曰：此云四十六卷者，謂《傳序》所云，不見安國明説，蓋以同序者同卷，異序者異卷，故五十八篇爲四十六卷，何者？五十八篇内有《太甲》、《盤庚》、《説命》、《泰誓》皆三篇共卷，減其八，又《大禹謨》、《皋陶謨》、《益稷》又三篇同序共卷，其《康誥》、《酒誥》、《梓材》亦三篇同序共卷，則又減四，通前十二，以五十八減其十二，非四十六卷而何？其《康王之誥》乃與《顧命》别卷，以别序故也。《尚書正義》。

敬考：《漢志》四十六卷爲五十七篇，而此云五十九篇爲四十六卷，一倒移間而大不同。古竹簡累重，有分篇而無合卷，惟其本四十六篇，雖析爲五十七，無害其爲四十六也。如《孟子》雖析爲十四篇，不害爲七篇也。今本五十九而乃彊合爲四十六，豈有是哉？《禹》、《皋》二謨本二也，而合爲一；《顧命》、《康王之誥》本一也，而離爲二。獨以共序别序而分卷，殊無義理，况分序冠篇首之説乃僞《傳》之妄作，安國本無是邪。《漢志》四十六卷，百篇之序原别爲一卷也。毛氏又依《正義》此説，于增多二十五篇，除去《太甲》、《説命》四篇；又除去《泰誓》三篇；爲今文已有《泰誓》。又謂伊尹作《咸有一德》，以無序語，不成序，附《太甲》篇内，又去一篇；而《大禹謨》附《皋陶謨》篇内，又去一篇。共去九篇，爲十六篇，則支離愈甚矣。蓋一篇可謂之一卷，而一卷不可謂之一篇，惟《九共》本一篇而析爲九，故謂之十六篇可也，謂之二十四篇亦可也。如《孟子》七篇亦可曰十四篇。若《咸有一德》本與《太甲》異序，謂之一卷已不可，况可謂之一篇乎？

班氏固曰：安國爲諫大夫，授都尉朝，服虔曰：朝，名；都尉，姓。朝授膠東庸生，名譚。庸生授清河胡常少子，少子，常字。爲博士、部刺史，常授虢徐敖，敖爲右扶風掾，授王璜、平陵塗惲子真，子真授河南桑欽君長。《儒林傳》。

敬考：西漢惟伏書立學，盛行于世。古文《尚書》，其藏于祕府者，既伏而未發，而民間自一二授受，外亦罕得覩其書。故自武帝迄哀帝百有餘年，而後劉歆始得而表章之，《書》之傳也，有幸與不幸，詎不惜哉！

班氏固曰：漢興，改秦之敗，大收篇籍，廣開獻書之路。迄孝武世，書缺簡脱，禮壞樂崩，于是建藏書之策，置寫書之官，下及諸子傳説，皆充祕府。至成帝時，以書頗散亡，使謁者陳農求遺書于天下。詔光禄大夫劉向校經傳、諸子、詩賦，每一書已，向輒條其篇目，撮其指意，録而奏之。會向卒，哀帝復使向子侍中奉車歆卒父業。歆于是總羣書而奏其《七略》。班氏志蓺文，皆删録《七略》以著于篇者。

又曰：劉向以中古文即孔氏所獻者。校歐陽、大小夏侯三家經文，《酒誥》脱簡一，《召誥》脱簡二。率簡二十五字者，脱亦二十五字，簡二十二字者，脱亦二十二字，謂三家脱簡也。文字異者七百有餘，如“宅嵎夷”作“宅嵎鐵”，“昧谷”作“柳谷”之類，雖不能正，七百之數尚不可枚舉，其詳見後卷。脱字數十。亦由今文亡，無以詳知耳。竝《蓺文志》。

又曰：哀帝即位，歆親近，欲建立《左氏春秋》及《毛詩》、逸《禮》、古文《尚書》，皆列于學官。哀帝令劉歆與五經博士講論其義，諸博士或不肯置對，歆因移書太常博士，責讓之曰：“孝成皇帝閔學殘文缺，稍離其真，乃陳發祕府〔四六〕，校理舊文，以考學官所傳，經或脱簡，傳或簡編。傳問民間，則魯國柏公、《毛詩》。

趙國貫公、《左傳》。膠東庸生之遺學古文《尚書》。與此同，抑而未施。此乃有識者之所惜閔，士君子之所嗟痛也。抑此三學，以《尚書》爲備，謂《尚書》二十八篇已備，不得復有所增益也。《文選》本作"不備"，疑衍。謂左氏爲不傳《春秋》，豈不哀哉！且此數家之事，皆先帝所親論，今上所考視，其古文舊書，皆有徵驗，外内相應，豈苟而已哉！夫禮失求之于野，古文不猶愈于野乎？往者博士，《書》有歐陽，孝宣皇帝猶復廣立大小夏侯《尚書》，義雖相反，猶竝置之。何則？與其過而廢之也，寧過而立之。今此數家之言，所以兼包大小之義，豈可偏絶哉！"其言甚切，諸儒皆怨恨。是時，名儒光禄大夫龔勝以歆移書上疏，深自罪責，願乞骸骨罷。及儒者師丹爲大司空，亦大怒，奏歆改亂舊章，非毁先帝所立。上曰："歆欲廣道術，亦何以爲非毁哉！"歆由是忤執政大臣，爲衆儒所訕，懼誅，求出補吏。《楚元王傳》。

敬考：歆所欲立者，真古文《尚書》也。獨怪當時諸儒何故必欲阻排之。蓋先入爲主而又少見多怪，自古爲然矣。然古文《尚書》之不盡傳，初不係乎此也。歆雖暫黜，而旋爲國師，古文雖暫掩，而亦旋即立學，奈表章未久而適丁變故何哉？

班氏固曰：王莽時，諸學皆立，劉歆爲國師，璜、惲等皆貴顯。王璜、塗惲，皆傳古文《尚書》者，見前。《儒林傳》。

又曰：平帝時，又立《左氏春秋》、《毛詩》、逸《禮》、古文《尚書》，所以網羅放〔四七〕失，兼而存之，是在其中矣。《儒林傳贊》。

又曰：元始三年，平帝年號。莽奏立《樂經》，益博士〔四八〕，每經〔四九〕各五人。徵天下通一蓺教授十一人以上，及有逸《禮》、古《書》、《毛詩》、《周官》、《爾雅》、天文、圖讖、鐘〔五〇〕律、月令、兵法、史篇文字，通知其義者，皆詣公車。《王莽傳》。

敬考：平帝時王莽持政，平帝所立，即王莽所立也。蓋莽少與劉歆同官，雅重劉歆，故歆所欲立學者，莽皆爲立之。乃甫立，未幾何時，流傳猶未廣也，而長安板蕩，赤眉雲擾，迄世祖龍興，而已半入灰燼矣。豈非天哉！

范氏蔚宗曰：昔王莽更始之際，天下散亂，禮樂分崩，典文殘落。及光武中興，愛好經術，未及下車而先訪儒雅，采求闕文，補綴漏逸。先是，四方學士多懷挾〔五一〕圖書，遁逃林藪。自是莫不抱負墳策，雲會京師，范升、陳元、鄭興、杜林、衛宏、劉昆、桓榮之徒，繼踵而集。《後漢書·儒林傳》。

敬考：西京石渠之藏，世祖未獲其隻簡，中興經籍皆數君所保持而興起者也。而范、陳、鄭、劉，《周易》及《春秋》家也；衛宏，《毛詩》家也；桓榮，歐陽《尚書》家也。傳古文《尚書》者，惟杜林一人而已。宏後亦從林受古學，曾詔定《古文官書》，是内府所存，正伯山所傳本也。

袁氏宏曰：杜林字伯山，右扶風茂陵人。林少有俊才，好學問，沈深好古，家既多書，又外家張竦父子善文章，林從竦受書，漸漬内外，爲當世通儒。林嘗得桼書古文《尚書》一卷，獨寶愛之，每遭困阨，自以不能濟于衆〔五二〕也，猶握抱此經，獨嘆息曰："古文之學，將絶于此邪！"河南鄭興、東海衛宏等皆長于古學，從劉歆受《左氏春秋》，定三統歷，及見林，皆推服焉。濟南徐兆《後漢書》作"巡"。始事衛宏，後皆更受林學，林以前所得一卷古文《尚書》示宏曰："林危阸西州時，常以爲此道將絶也。何意東海衛宏、濟南徐生復得之邪！是道不墜于地矣！"《後漢紀·建武二十四年》。

范氏蔚宗曰：杜林字伯山，扶風茂陵人也。林少好學沈深，家既多書，又外氏張竦父子喜文采，林從竦受學，博洽多聞，時稱通儒。河南鄭興、東海衛宏等，皆長于古學。興嘗師事劉歆，林既遇之，欣然言曰："林得興等固諧矣，使宏得林，且有以益之。"及宏見林，闇然而服。濟南徐巡，始師事宏，後皆更受林學。林前于西州得桼書古文《尚書》一卷，嘗〔五三〕寶愛之，雖遭困阨〔五四〕，握持不離身。出以示宏等曰："林流離兵亂，常恐斯經將絶。何意東海衛子、濟南徐生復能傳之，是道竟不墜于地也。古文雖不合時務，然願諸生無悔所學。"宏、巡益重之，于是古文遂行。《杜林傳》。

敬考：此乃東漢古文《尚書》之所由傳也。馬貴與《文獻通考》載劉歆總羣書，著《七略》，大凡三萬三千九十卷，王莽末遭赤眉之亂，焚燒無遺。此語亦見《隋志》，而視此差簡，考《漢書》、《漢紀》外有東觀《漢記》、謝承《後漢書》、華嶠《後漢書》、謝沈《後漢書》、袁山松《後漢書》、司馬彪《續漢書》之類，存亡不一，此語不知何本也。是祕府之本已燼于兵火，而民間之傳之者，史惟稱伯山一人，蓋其書止有同于伏生者，而增多十六篇則又逸焉，古文之戹已甚矣。

范氏蔚宗曰：衛宏字敬仲，東海人也。少與鄭興俱好古學。後從大司空杜林更受古文《尚書》，爲作《訓旨》。時濟南徐巡師事宏，後從林受學，亦以儒顯，由是古學大興。《儒林傳》。

又曰：賈逵字景伯，扶風平陵人也。父徽，從劉歆受《左氏春秋》，兼習《國語》、《周官》，受古文《尚書》于塗惲〔五五〕，《前漢書》作"惲"。學《毛詩》于謝曼卿。逵悉傳父業，弱冠能誦《左氏傳》及《五經》本文，以大小夏矦《尚書》教授，雖爲古〔五六〕學，兼通五家《穀梁》之説。永平中明帝年號。拜爲郎，與班固并校祕書，應對左右。肅宗立，即章帝。降意儒術，特好古文《尚書》、《左氏傳》。建初元年，詔逵入講北宫白虎觀、南宫雲臺。帝善逵説，逵數爲帝〔五七〕言古文《尚書》，與經傳《爾雅》詁訓相應，詔令撰《歐陽大小夏侯尚書古文同異》。逵集爲三卷，帝善之。八年，詔〔五八〕諸儒各選高才生，受左氏、穀梁《春秋》、古文《尚書》、《毛詩》，由是四經遂行于世。四經王莽時立學、光武時又廢故也。《賈逵傳》。

又曰：馬融字季長，扶風茂陵人也。有俊才，京兆摯恂以儒術教授，融從其遊學，博通經籍。永初四年，安帝年號。拜爲校書郎〔五九〕，詣東觀典校祕書，十年不得調，涿郡盧植、北海鄭康成皆其徒也。註《尚書》等，所著賦、頌等凡二十一篇。《馬融傳》。

又曰：盧植字子幹，涿郡涿人也。少與鄭康成俱事馬融，能通古今學。熹平四年，靈帝年號。拜九江太守，以病〔六〇〕去官。作《尚書章句》。時始立太學石經，以正五經文字，植乃上書曰："臣少從通儒故南郡太守馬融受古學，願得將能書生二人，共詣東觀，專心精研，合《尚書》章句，刊正碑文。古文科斗，近于爲實，而厭抑流俗，降在小學，中興以來，通儒達士班固、賈逵、鄭興父子，并敦説之。宜置博士，立爲〔六一〕學官。"會南夷反叛，以植嘗在九江有恩信，拜爲廬江太守。《盧植傳》。

又曰：鄭氏〔六二〕字康成，北海高密人也。從東郡張恭祖受古文《尚書》，以山東無足問者，乃西入關，因涿郡盧植事扶風馬融，凡所注《尚書》、《尚書大傳》等，凡百餘萬言。《鄭康成傳》。

又曰：扶風杜林傳古文《尚書》，林同郡賈逵爲之作《訓》，馬融作《傳》，鄭康成《注解》，由是古文《尚書》遂顯于世。《儒林傳》。

敬考：賈逵自有傳授，而馬、鄭爲東漢末人，皆非若衛子、徐生親受學于杜伯山者也。且鄭康成亦自有傳授，而不必受于馬融者也。乃范氏作史，總而言之，謂爲杜林所傳。蓋其時諸家之書具存，必親見其無所異同也，且必實見東漢之世惟此數家爲最箸，而實皆祖師杜伯山者也。是東漢一代，數百年之間，公私内外，惟有此伯山所傳之本，而更無他本也。其書今猶可稽，又安有增多二十五篇者哉！

《隋書》曰：後漢扶風杜林傳古文《尚書》，同郡賈逵、馬融、鄭康成爲之作傳註，然其所傳惟二十九篇，其實三十四篇也。又褋以今文，非孔舊本。《經籍志》。

陸氏德明曰：《後漢書》云："中興，杜林傳古文《尚書》"云云，案今馬、鄭所注竝伏生所誦，非古文也。陸氏見馬、鄭所注與伏書篇數同，遂謂之伏書，其實非也。《經典釋文》。

孔氏穎達曰：案，壁内所得，孔爲傳者凡五十八篇，爲四十六卷。三十三篇與鄭註同，二十五篇增多鄭註也。但孔君所傳，值巫蠱不行以終。前漢諸儒知孔本有五十八篇，不見孔傳，遂有張霸之徒于鄭註之外僞造《尚書》凡二十四篇，以足鄭註三十四篇爲五十八篇。其數雖與孔同，其篇有異。孔則于伏生所傳二十九篇内無今文〔六三〕《泰誓》，除《序》尚二十八篇，分出《舜典》、《益稷》、《盤庚》二篇、《康王之誥》爲三十三，增二十五篇爲五十八篇。即今所行本是也。鄭康成則于伏生二十九篇之内分出《盤庚》二篇、《康王之誥》、又《泰誓》三篇，與今本不同。爲三十四篇，更增益僞書二十四篇，爲五十八。所增益僞書二十四篇者，則鄭注《書序》，《舜典》一，《汨作》二，《九共》九篇十一，《大禹謨》十二，《益稷》十三，鄭注乃《棄稷》，非《益稷》也，亦見《正義》。《五子之歌》十四，《胤征》十五，《湯誥》十六，《咸有一德》十七，《典寶》十八，《伊訓》十九，《肆命》二十，《原命》二十一，《武成》二十二，《旅獒》二十三，《冏命》二十四。以此二十四爲十六卷，以《九共》九篇共卷，除八篇，故爲十六。故《藝文志》、劉向《別録》云“五十八篇”。《藝文志》又云“多十六篇”，篇即卷也。即是僞書二十四篇也。

又曰：馬融《書序》云：“逸十六篇，絶無師説。”

又曰：孔所傳者，膠東庸生、劉歆、賈逵、馬融等所傳是也。鄭康成《書贊》曰：“我先師棘子下生安國，亦好此學。考：此語難解。王氏應麟《困學紀聞》載鄭志張逸問棘下生何時人，答云：“齊田氏時善學者所會處也，齊人號之棘下生，無常人也。”考鄭志，康成孫小同作〔六四〕其解棘下生亦未明。康成稱“我先師”，似指張恭祖言。然二語〔六五〕中子字安國字皆不可曉，或《正義》節删有脱誤也。《疏證》謂當〔六六〕是我先師棘下生子安國，猶《公羊傳》子沈子，但鄭于安國止〔六七〕祖述其學，非親經受業者，比似不得稱“我先師”，古文書傳自〔六八〕

安國今云亦好此學，語意不合，恐猶未確。衛、賈、馬二三君子之業，則雅才好博，既宣之矣。”又云：“歐陽氏失其本義，今疾此蔽冒，猶復疑惑未悛。”是鄭意師祖孔學，傳授膠東庸生、劉歆、賈逵、馬融等學，而賤夏矦、歐陽等；何意鄭注亡逸，竝與孔異篇數，竝與鄭三家同？又劉歆、賈逵、馬融之等竝傳孔學，云十六篇逸，與安國不同者，良由孔註之後，其書散逸，傳註不行。以庸生、賈、馬之等惟傳孔學經文三十三篇，故鄭與三家同以爲古文。而鄭承其後，所註皆同賈逵、馬融之學，題曰《古文尚書》，篇與夏矦等同，而經字多異。夏侯等書“宅嵎夷”爲“宅嵎鐵”、“昧谷”曰“柳谷”、“心腹腎腸”曰“憂腎陽”、“劓刵劅剠”云“臏宮劓割頭庶剠”，是鄭註不同也。

又曰：後漢衛、賈、馬亦傳孔學，故《書贊》云：“自世祖興後漢，衛、賈、馬二三君子之業是也，所得傳者三十三篇古經，亦無其五十八篇，及傳説絶無傳者。”

又曰：《漢書·律歷志》引《武成》篇云云，與此經不同。謂今本《武成》也。彼是焚書之後，有人僞爲之。漢世謂之“逸《書》”，其後又亡其篇。鄭康成云：“《武成》，逸《書》，建武之際亡。”謂彼僞《武成》也。竝《尚書正義》。

敬考：《正義》徵引最繁，然賴其言，知古文《尚書》之自有真，又知真古文之半亡于東漢之初，乃猶恨其不詳也。但穎達初習鄭學，復得孔傳而好之，以僞爲真，因以真爲僞，則紕謬甚矣。衛、賈、馬、鄭同受杜學而非僞，即東漢一代無非杜學，而亦非僞也。乃至庸生傳業于臨淮，劉歆校書于天禄，真莫真于此矣。而亦指爲僞，其妄爲何如乎？西漢有張霸者，曾作僞百兩篇，孔氏既好僞書，爲之義疏，則不得不斥諸家爲僞，而又莫得主名，遂以爲張霸之徒僞作云爾。後人又不善讀《正義》，直以此當張霸僞《尚書》，烏知此之爲真古文哉！

班氏固曰：世所傳《百兩篇》者，出東萊張霸，分析合二十九篇以爲數十，顧氏曰："或分析之，或合之。"又采《左氏傳》、《書叙》爲作首尾，凡百二篇。篇或數簡，文意淺陋。成帝時求其古文者，霸以能爲百兩徵，以中書校之，非是。霸辭受父，父有弟子樊竝。時大中大夫平當、侍御史周敞勸上存之。後樊竝謀反，乃黜其書。《儒林傳》。

王氏充曰：東海張霸通《左氏春秋》，案百篇序，以《左氏》訓詁造作百二篇，具成奏上。成帝出祕《尚書》以校考〔六九〕之，無一字相應者者，成帝〔七〇〕下霸於吏，吏當器辜大不謹敬。成帝奇霸之才，赦其辜，亦不滅其經。故百二篇《書》傳在民間。《論衡·佚文篇》，又見《正説篇》，與此小異。

敬考：此乃所謂張霸僞《尚書》也，與鄭註三十四篇、逸《書》二十四篇豪無干涉，何圖宋元以來諸大儒并爲《正義》所誤，習非之勝是也。毛氏論此亦是，但據張霸西漢、康成東漢以駁《正義》，則《正義》原未嘗坐實張霸也，至謂此爲杜林僞作，更謬。

毛氏奇齡曰：王應麟謂馬氏《尚書註》本之杜林桼書，故不惟與古文異，與今文亦異，則自來亦有知其謬者。東漢惟尹敏始受古文，杜林與尹敏同時而不入古文之列，在漢史已疑之矣，況書籍出没，須有確據，且必合數書而竝證之，始爲可信，今云得之西州，有何足據？《古文尚書寃詞》。

敬考：馬氏註與今文不同，是古文也。與古文不同，則《隋志》所謂"褋以今文"也。漢世經籍分裂，文字互異，註家往往參訂文義，取其優者用之。如康成註《儀禮》亦參用古文，今文註内亟稱古文爲某，今文爲某，賈疏謂其遂義彊者從之，其明徵也。若謂馬氏本桼書而不同古文，則鄭氏亦本桼書，而不同于馬，又何以解之？夫桼書之不僞，已略具于前説。毛氏必欲以梅賾所上者爲真，而于此無以解之，因以爲杜林僞作也。不思旣僞作，則必竝十六篇亦僞作之，而胡爲仍闕邪？毛氏又謂鄭註原有十六篇，至唐初又有人去之，而孔氏不知，更杜撰，豈未見“建武之際亡”等語邪？玩《正義》，自知其謬。至尹敏之傳，漢史不言所自，又無著述見于後世，烏知其真與不真哉？豈有同時立朝而一僞一真不相論辨者？盍亦思之，《漢書》傳儒林，其自有列傳者則不兼書，若師資所承，宜標名爲證者，乃箸之。此傳序之文。故序尹敏諸人于前而總列杜、賈、馬、鄭于後，杜、賈、馬、鄭皆自有列傳者。正所謂師資所承也。范史丁伯山盛推其傳古文之功，一篇之中三致意焉，而乃謂不入古文之列，漢史已疑之，無乃與本意大相乖剌乎？又據得之西州一語以斥其僞，則杜氏家故多書，又從張竦受學，考《漢紀》，則伯山得桼書在阨西州之前，特阨西州時不肯棄之。袁宏在范氏之前，范氏沿襲偶誤也。夫作僞必須作僞之人，樊竝之謀反、姚方興之以罪致戮，此作僞之人也。杜伯山，天子所不能臣，諸矦所不能友，位列三公，佐成中興之業，竝見本傳。而乃諺旣誕，譸張爲幻，上欺天子，下欺後學，有是理乎？聞胡朏明嘗與毛氏辨，有曰桼書不過以桼寫古文爾，古文不僞，何以知桼書爲僞？愚嘗考之漢史蘭臺祕藏，竝用桼書，孔壁科斗，正以桼書得名者，此不僞而彼僞，無兩是之道也。

又考：真古文增多十六篇亡于建武之際，不亡于永嘉之亂，考諸《隋志》、《釋文》、《正義》，皆云馬、鄭僅二十九篇，即三十三篇。即馬、鄭亦自云逸十六篇，絶無師説。云建武之際亡，皆信而有徵〔七一〕者，閻氏疏證古文，考覈最嚴，持論最精，惟謂逸十六篇亡于永嘉則少誤。馬明言絶無師説，是并經文亦無傳授也。若謂經文見存，但無訓傳之師，則前乎馬者，衛宏、賈逵皆嘗作古文訓矣，即肅宗特好古文《尚書》，詔選高才生受之，楊倫習古文《尚書》，講授大澤中，弟子千餘人，若十六篇經文具在，何至絶無授受邪？則馬所云“絶無師説”者，謂經文而非謂訓傳也，又明矣。鄭明言建武之際亡，非苐謂《武成》一篇也。若苐以《武成》一篇亡于建武，則《咸有一德》亦在十六篇之内，鄭亦曰今亡，何以解之？至謂亡字疑誤，是欲改古人之書以就己説也，烏乎可？

陳氏壽曰：甘露元年夏四月丙辰，帝幸太學，問諸儒曰："鄭康成曰'稽古同天'，王肅云'堯順考古道而行之'，二義不同，何者爲是？"博士庾峻對曰："先儒所執，各有乖異。《洪範》言'三人占，從二人之言'。賈、馬及肅皆以爲'順考古道'。以《洪範》言之，肅義爲長。"《三國志·高貴鄉公本紀》。

又曰：王肅字子雍，東海郡人，朗之子，魏文明間人。初，肅善賈、馬之學，而不好鄭氏，采會異同〔七二〕，爲《尚書》等解，及譔定，父朗所作《易傳》，皆列于學官。《王朗傳》。

《晉書》曰：董景道字文博，宏〔七三〕農人也。西晉初時。少而好學，千里追師，所在惟晝夜讀書〔七四〕，略不與人交通，明《春秋》三傳、京氏《易》、馬氏《尚書》、韓《詩》，皆精究大義。《儒林傳》。《晉書》，唐太宗儒臣修。

敬考：東漢之以古文名者，若彼降自魏晉以來，國學所講，儒林所習，非賈則馬與鄭，其見聞授受，初亦不過如此。兩漢經學最盛，故紀載特詳，三國兩晉漸以衰替，而史册亦罕有專家，《晉·儒林》以《尚書》著者，惟景道一人。孰意東晉時乃有完古文出于其間哉？

《晉書》曰：元帝時修學校，簡省博士，置《周易》王氏、《尚書》鄭氏、古文《尚書》孔氏、此古文《尚書》孔氏即梅賾所奏上者。《毛詩》鄭氏、《周官》《禮記》鄭氏、《春秋左傳》杜氏服氏、《論語》《孝經》鄭氏博士各一人，共〔七五〕九人。《荀崧傳》。考《元帝紀事》在太興四年。

《隋書》曰：後漢扶風杜林傳古文《尚書》，賈逵、馬融、鄭康成爲之作訓、注，然其所傳唯二十九篇，又襍以今文，非孔舊本。自餘絶無師説。晉世秘府所存，有古文《尚書》經文，今無有傳者。《書傳旁通》引此作"晉書"，今本《隋志》皆作"晉世"，疑"晉書"爲僂，姑從今本以待考。及永嘉之亂，歐陽、大小夏侯《尚書》竝亡。濟南伏生之傳，唯劉向父子所著《五行傳》是其本法，而又多乖戾。至東晉元帝時，豫章内史汝南梅頤，字仲真，始得安國之傳，奏之，時又闕《舜典》一篇。齊建武中，吴興〔七六〕姚方興于大桁市得其書，奏上，比馬、鄭所注多二十八字，于是始列國學。梁、陳所講，有孔、鄭二家，齊代唯傳鄭義。至隋，孔、鄭竝行，而鄭氏甚微。自餘所存，無復師説。右段前已引述二節，玆因文義連屬，故復箸之。《經籍志》。

敬考：《晉書》不載梅頤奏孔書事，其事之顛末，莫《隋志》爲詳，閒嘗細繹其詞，而知其僞之不可揜也。觀其歷叙前古，而曰非孔舊本，曰絶無師説，曰今無有傳者，曰永嘉之亂竝亡，曰又多乖戾，當羣籍熄滅之後，正江左播遷之餘，而後曰始得安國之《傳》奏之，前此何宋無聞也?

毛氏奇齡曰：晉世祕府所存，有古文《尚書》經文，謂古文之經文内府尚存，今無有傳者，謂但無傳注之人，梅頤所上者孔《傳》，非經文也。《古文尚書寃詞》。

閻氏若璩曰：祕府果存其書，雖世有假託僞譔之徒，出祕書以校之，其僞可以立見。成帝時，徵天下能爲古文學，東萊張霸以所造百兩篇應，帝以祕書較〔七七〕之，非是，遂下張霸于吏。若元帝時祕府猶有存者，則梅頤所上之《傳》何難立窮其僞哉！惟秘府既已蕩而爲煙、化而爲埃矣，而凡傳記所引《書》語，諸儒竝指爲《逸書》，不可的知者，此《書》皆采輯掇拾以爲證驗，而其言率依于理，又非復張霸僞書之比，世無劉向、劉歆、賈逵、馬融輩之鉅識，安得不翕然信之，以爲真孔壁復出哉?《疏證》第二。

敬考：毛氏欲爲梅頤釋寃，而寃誣《隋志》也實甚。《隋志》明云無傳，平聲。而必欲讀之爲傳，去聲。人知其謬也。且古文傳註，六朝作者不一而足，范甯《注》十卷，伊説《義疏》四卷，吕文優《義注》三卷，姜道盛《集釋》十一卷，梁武帝《大義》二十卷，劉叔嗣《注》二十一卷，孔子《祛義》二十卷，《集注》三十卷，任孝恭《大義》二十卷，蔡大賓《義疏》三十卷，巢猗《義疏》十卷，張譏《義》十五卷，《廣疏》十八卷，劉焯《疏義》二十卷，劉炫《述義》二十卷，顧彪《疏》二十卷，皆傳注之人也。而曰今無有傳者，所謂“今”乃何時也？若以經文而論，不但晉世有存，即至今日，豈曾盡亡？但建武後已無完本，司馬世安有全書？《隋志》叙此于永嘉之亂之前，則其無傳，或當在永嘉之際，未可知也。要之，晉世即有傳于祕府，亦不過與馬、鄭同有斷然者。《書傳旁通》作“《晉書》祕府所存有古文《尚書》經文，今無有傳”者二句，《隋志》引《晉書》語也。所謂祕府，似指漢代，所謂今，乃指晉世，而其無傳，固已久矣，但今《隋志》皆作“晉世”，二語不經見于《晉書》，或《晉書》舊史有之，然不可考矣。至謂梅賾所上非經文，則又不然，孔書經傳不分，經文即在傳文之内，言傳則經可知矣。况參以正義，所引《晉書》，語則經文，亦實梅氏所奏上邪。夫晉世祕府之有傳無傳，梅賾所上之爲經爲傳，且置勿論，但前乎梅氏者，名流輩出，上稽諸朝，下求諸野，有一人之見此增多書者誰歟？典籍俱存，歷歷可考，而謂非僞爲者乎？

《論語集解》曰：“予小子履至罪在朕躬。”孔曰：即安國。“是伐桀告天之文，《墨子》引《湯誓》，其辭若此。”“雖有周親，不如仁人。”孔曰：“親而不賢、不親則誅之，管、蔡是也。仁人謂箕子、微子，來則用之。”《論語集解》，鄭沖、何晏等所纂。

朱氏彝尊曰：傳文之可疑者，謂《尚書孔傳》。安國嘗注《論語》矣，“予小子履”注云云，而傳以釋《湯誥》在克夏之後。“雖有周親”注云云，而《傳》則云“紂至親雖多，不如周家之多”。“仁人”傳注出自一人之手，而異其辭，何歟？《經義考》〔七八〕。

閻氏若璩曰：余嘗取孔註《論語》與孔傳《尚書》相對校之，安國親得古文二十五篇中有《湯誥》、《泰誓》、《武成》，豈有註《論語》時遇引及此三篇者，而不曰出逸《書》某篇者乎？且不恒其德，或承之羞，孔則曰“此《易·恒卦》之辭”；南容三復白圭，孔則曰“《詩》云‘白圭之玷，尚可磨也’”云云。凡《論語》所引《易》、《詩》之文，無不明其來歷，何獨至古文遂匿之而不言乎？將安國竟未見古文乎？據古文，則“予小子履”等語正《湯誥》之文也，作《論語》者亦引《湯誥》，而孔不曰此出《湯誥》，或曰與《湯誥》小異，而乃曰“《墨子》引《湯誓》，其辭若此”，何其自爲乖剌至于如是其極乎？余是以知“予小子履”一段必非真古文《湯誥》之文蓋斷斷也。又從來訓故家于兩書之辭相同者，皆各爲詮釋，雖小有同異，不至懸絶。今安國于《論語》“周親仁人”之文則引管、蔡、微、箕以釋之，而周之才不如商，于《尚書》“周親仁人”之文則釋曰“周，至也，言紂至親雖多，不如周家之少仁人，而商之才又不如周”，其相懸絶如是，豈一人之手筆乎？且安國縱善忘，註《論語》時，至此獨不憶及《泰誓》中篇有此文，而其上下語勢皆盛稱周之才，而無貶辭乎？安國于禆諶、子産、臧武仲、齊桓公，凡事涉《左傳》者，無不覼縷陳之于註，何獨至古文《泰誓》而若爲不識其書者乎？余是以知晚出古文《泰誓》必非當時安國壁中之所得又斷斷也。《疏證》第十九。

敬考：從來言古文《書》者，莫不藉口于安國，而由二注觀之，則安國實未見增多之篇者也。使其見今《湯誥》，則何爲復引《墨子》之《湯誓》？其見今《泰誓》，則何爲復以管蔡注周親、以微箕注仁人？梅氏奏孔傳時，有以此詰之者，不知其何所置喙也。

毛氏奇齡曰：令甲所在，凡好古文者，皆不敢踰越，故安國註《論語》，凡引《經》如《君陳》、《泰誓》類，皆不註篇名，至“予小子履”節，反不註《湯誥》而註曰“此《墨子》引《湯誓》辭”。《古文尚書寃詞》。

敬考：毛氏遇此等無可解釋處，輒以當時令甲解之，未聞漢世禁人引用古文《書》者，遁辭也。

班氏固曰：司馬遷嘗從安國問，故遷書所載《堯典》、《禹貢》、《洪範》、《微子》、《金縢》諸篇多古文説。《儒林傳》。

朱氏彝尊曰：考諸《史記》，于《五帝本紀》載《堯典》、《舜典》文，于《夏本紀》載《禹貢》、《臯陶謨》、《益稷》、《甘誓》文，于《殷本紀》載《湯誓》、《高宗肜日》、《西伯戡黎》文，于《周本紀》載《牧誓》、《甫刑》文，于《魯周公世家》載《金縢》、《無逸》、《費誓》文，于《燕召公世家》載《君奭》文，于《宋微子世家》載《微子》、《洪範》文，凡此，皆從安國問故而傳之者，乃孔壁之真古文也。然其所載不出二十九篇〔七九〕，若安國增多二十五篇之《書》，《史記》未嘗載其片語。惟于《湯誥》載其辭，百三十字。是則《湯誥》之真古文也。又于《泰誓》載其辭，九十七字。是則《泰誓》之真古文也。合之安國作傳之《書》，其文迥别，何以安國作傳與授之史公者各異其辭？宜其滋後儒之疑矣。《經義考》。

敬考：今之《湯誥》、《泰誓》，子國尚未之見，子長又烏從得之邪？但《史記·殷本紀》猶有引《湯征》五十三字，其辭古奥，與《湯誓》相類，必亦十六篇之外殘闕逸文，從安國問而得之者，惜于增多十六篇，未能全載爾。

班氏固曰：《書》曰："先其算命。"又《書·伊訓篇》曰："惟太甲元年十有二月乙丑朔，伊尹祀于先王，誕資有牧方明。"又《周書·武成篇》曰："惟一月壬辰，旁死霸，若翌日癸巳，武王乃朝步自周，于征伐紂。"又曰："粤若來二月〔八〇〕，既死霸，粤五日甲子，咸劉商王紂。"又曰："惟四月既旁生霸，粤六日庚戌，武王燎于周廟。翌日癸亥〔八一〕亥，祀于天位。粤五日乙卯，乃以庶國祀馘于周廟。"又《畢命·豐刑》曰："惟十有二年六月庚午朏，王命作策《豐刑》。"又曰："丙午逮師。"竝劉歆《三統術》引。《律術志》。

孔氏穎達曰：劉歆作《三統術》引《書》云云，竝不與孔同，亦不見孔傳也。《尚書正義》。

敬考：劉子駿之于古文《尚書》，可謂信之篤、好之深者矣。而箸作行世，凡所徵引，無不與今書迥異。蓋劉所引者，西漢祕府之官書，孔氏所獻也。今所行者，東晉民間之私書，梅氏所上也。

范氏蔚宗曰：尹敏字幼季，南陽堵陽人也，光武時人。少爲諸生，初習歐陽《尚書》，後受古文。

又曰：周防字偉公，汝南汝陽人也，光武時人。師事徐州刺史蓋豫，受古文《尚書》。經明，舉孝廉，拜郎中。撰《尚書襍記》三十二篇，四十萬言。

又曰：楊倫字仲理，陳留東昏人也，安帝時人。少爲諸生，師事司徒丁鴻，習古文《尚書》，丁鴻，桓榮弟子，爲歐陽家，見《丁鴻傳》。又稱鴻承詔，與賈逵等論定五經于白虎觀，豈于其時習古文《尚書》而遂以授仲理邪？講授于大澤中，弟子至千餘人。

又曰：孫期字仲濟〔八二〕，濟陰成武人也，靈帝時人。少爲諸生，習京氏《易》、古文《尚書》。竝《儒林傳》。

又曰：周磐字堅伯，汝南安成人，安帝時人。磐少遊京師，學古文《尚書》。《周磐傳》。

又曰：張楷字公超，張霸子，蜀郡成都人，順帝時。通古文《尚書》，門徒常百人。《張霸傳》，此張霸非作百兩篇者。

又曰：劉陶字子奇，潁川潁陰人，桓靈時人。陶明《尚書》，爲之訓詁，推三家《尚書》及古文，是正文字三〔八三〕百餘事，名曰《中文尚書》。《劉陶傳》。

謝氏承曰：孔喬字子松，宛人也，安帝時人。學古文《尚書》。

又曰：劉祐字伯祖，中山安國人也，桓帝時。少修操行，學古文《尚書》。竝《後漢書》。

司馬氏彪曰：度尚字博平，山陽湖陸人也，桓帝時。通京氏《易》、古文《尚書》。《續漢書》。右三條竝見《後漢書》章懷太子註。

敬考：古文《尚書》之在東漢也，與西漢大異。西漢則祕府所藏，外人莫得而覯，民間之傳復落落焉。東漢則公家之學，詔高才生受之，私家授受動至千餘人，是徧宇内皆古文《書》矣。其尹敏以下，不著傳授所由，及無所箸述者，無論已，他如周防受之蓋豫，然豫于前後漢竝不知名，防所箸《襍記》與劉陶之《中文》，唐初諸書目已無其本，又何以考其所傳之完缺邪？由其可考者，推其不可考者，自東觀下至民間，無非伯山之學也，則蓋豫輩又安得有完本私相嬗授而無人見之也乎？

范氏蔚宗曰：孔僖字仲和，魯國魯人。自安國以下，世傳古文《尚書》。元和二年章帝年號。春，帝東巡狩，還過魯，幸闕里，以太牢祠孔子及七十二弟子，作六代之樂，大會孔氏男子二十以上者六十三人，命儒者講論。僖因自陳謝。遂拜僖郎中，僖從還京師，使校書東觀。《儒林傳》。

《孔叢子》曰：季彦曰："先聖垂〔八四〕訓，壁出古文，臨淮傳義，可謂妙矣。而不枉〔八五〕科策之例，世人固莫識其奇矣。斯業之所以不泯者，賴吾家世世獨修之也。"季彦，孔僖子也。

朱氏彝尊曰：壁中古文〔八六〕，僖家具存矣，獨怪肅宗幸魯，備具恩禮，僖家既有臨淮傳義，其時上無挾書之律，下無偶語之禁，何不于講論之頃，一進之至尊，上之東觀，乃祕不以示人乎？竊意僖家古義亦無異于博士所傳之篇目，是僖亦未睹增多之古文也。《曝書亭集》。

敬考：孔僖嘗校書東觀者也，使東觀所貯與僖家少有差池，僖必且上奏天子，出其家書以正其訛謬矣。而賈逵與之同司校讎，厥後，馬融于永初中典校書十年之久，僖家有其書則必上諸祕府，祕府有其書則賈、馬必能見之，其固然也。奈何賈、馬之註僅杜林之三十四篇乎？豈非僞家所修亦止杜林之三十四篇乎？蓋亡新敗後，承以赤眉，劉永、公孫述、隗囂、張步等相繼蠭起，學士不失其業者，尠矣。而渤海魯郡正董憲所虎踞之區，當是時，闕里荆棘，觀鮑永討憲時荆棘自除可知也。孔氏之孫，逌走四方，觀孔奮與老母幼弟避兵河西可知也。雖其家有臨淮故業，度亦必即于淪没，而逃亡者未必能于流離之頃，兢兢抱持如伯山之篤也。暨承平之後，有繼起者，亦惟取當世通行之本踵而修之已爾。由是言之，孔氏之世業即伯山之桼書，而伯山之桼書即安國之壁經，但不幸而亡逸其半，非有二也。

許氏慎曰：其偁謂《説文》所引也。《易》孟氏，《書》孔氏，《詩》毛氏，《禮》周官，《春秋》左氏、《論語》、《孝經》，皆古文也。許慎，漢安帝時人。《説文序》。

朱氏彝尊曰：孔氏書以賈、馬、鄭諸儒均未之見，許氏何由獨見〔八七〕之？其撰《五經同異〔八八〕》，于"舜興〔八九〕禋于六宗"，一云"六宗者，上不謂天下不謂地，旁不謂四方，居中恍惚，助陰陽變化"，此歐陽生、大小夏侯説也；一云古文《尚書》説六宗者，謂天宗三、地宗三，天宗，日、月、北辰也，地宗，岱山、河、海也。日月爲陰陽宗，北辰爲星宗，岱山爲山宗，湖海爲水宗。所謂古《尚書》説者，賈逵之説，本之桼書者也。使許氏稱孔氏書，則四時、寒暑、日月星、水旱之氣亦必舉之矣，乃僅述歐陽、夏侯、賈氏之説，則慎實未見孔氏古文者也。《曝書亭集》。

毛氏奇齡曰：或曰《説文序》云云，據此，則其所引《書》惟孔氏古文可知。已乃考之《説文》，則僅有二十八篇中字，而增多之篇無一字相及，惟"若藥不瞑眩"一句屬《説命》文，然《孟子》亦有之，得非慎所引者《孟子》邪？又有引"實玄黄于匪"一語，亦《孟子》文也。是今之古文在當時無其書也，不知此正賈逵桼書之本也。東漢和帝時，上命賈逵修理舊文，而逵未之應，于是許慎采史籀、李斯、揚雄之書，博訪通人，而以賈逵爲指歸，乃考之于逵，作《説文解字》若干卷，安帝十五年始奏上之，則是慎所本者，正賈逵之學也。且東漢以後，其以古文書法嬗名者衛宏也，而慎作《説文》則多取宏説以爲之本，故《説文序》曰：“慎又學《孝經》孔氏古文説，其書皆建武時給事中議郎衛宏所校。”此慎子冲《上説文序》中語。是慎所祖述，一宏一逵，皆杜林之本，雖冒稱孔氏，實泰書，非壁經也。《古文尚書寃詞》。

敬考：許叔重所稱“五經無雙”者也，乃于《書》選擇而取孔氏，而所取者杜林之泰書也。夫泰書即壁經，前已辨之詳矣。毛序但欲伸其私説，不得不誣泰書爲僞，竝《説文》亦誣爲僞爾。

孔氏穎達曰：後漢初賈逵《奏尚書疏》云“流爲烏”，是與孔異也。服虔、漢靈帝時人。杜預晉武帝時人。註《左傳》“亂其紀綱”，竝云夏桀時，服虔、杜預皆不見也。《尚書正義》。

鄭氏瑗曰：古文《書》大可疑，趙岐、漢桓帝時人。杜預、韋昭、三國時吴人。鄭康成、馬融、服虔輩皆博洽之儒，不應皆不之見也。《井觀瑣言》。

朱氏彝尊曰：趙岐註《孟子》、高誘漢末人。注《吕覽》、杜預注《左傳》，遇孔氏增多篇内文，皆曰逸《書》。《曝書亭集》。

毛氏奇齡曰：案，徐仲山〔九〇〕傳是齋《尚書日記》有云“舊謂漢魏儒者皆不見古文”，故趙岐注《孟子》、鄭康成注《禮記》、韋昭註《國語》、杜預註《左傳》，其于引古文《尚書》所有之文，皆註曰逸《書》，以是爲古文作僞之據。此皆不學人所言。漢功令最嚴，其所極重者，莫如學官。凡古學、今學，必立學官以主之，出此者即謂之逸，以逸于學官外也。今文立學稱《尚書》，古文不立學即稱逸《書》，故宋洪邁曰孔安國《尚書》自漢以來不立于學官，故《左傳》所引，杜氏輙注爲逸《書》，以是也。《古文尚書寃詞》。

敬考：西河氏令甲森嚴之説實本于此，然古文當漢哀帝時曾立學，後漢雖不復立，而曾詔高才生受之，一時大儒莫不好古文而賤今文，雖古稱《逸書》有不盡爲亡書者，然必箸篇名，如《漢書·王莽傳》引逸《書》《嘉禾篇》是也。且諸家傳註，不惟不知篇目，而其爲説，無不與古文《書》相左者，如注“亂其紀綱”爲夏桀時之類。其爲未見無疑也。

朱氏彝尊曰：譙周《五經然否論》援古文《書》説以證成王冠期，考今孔傳無之，則周亦未見孔氏古文者也。《曝書亭集》。

敬考：譙周治《尚書》兼通諸經，凡所譔《五經論》、《古史考》之屬百餘篇，一時稱博學焉，而據此則周所見亦桼書本爾。

陸氏德明曰：王肅亦註今文，肅註亦實古文，與馬、鄭同。而解大與古文相類，或肅私見古文而祕之乎？《經典釋文》。

孔氏穎達曰：至魏世〔九一〕世王肅註《書》，始似竊見孔傳，故注亂其紀綱爲夏太康時。《尚書正義》。

又曰：賈逵、服虔、孫毓，西晉初爲豫州刺史、杜預皆不見古文，以《左傳》所引《夏書》曰：“惟彼陶唐至，乃滅而亡。”爲逸《書》解爲夏桀之時，惟王肅云太康時也。案，王肅註《尚書》，其言多是孔傳。疑肅見古文，匿之而不言也。《左傳正義·哀七年》。

朱氏彝尊曰：考陸氏《釋文》，所引王註不一，竝無及于增多篇内隻字，則肅亦未見孔氏古文者也。《曝書亭集》。

敬考：王肅注十卷，高貴鄉公時已立學官，其經字與馬、鄭互有異，而篇數則同，蓋亦本桼書者也。肅意極不喜鄭學，使其獲見孔傳，則必表章之，據以詆鄭，何故祕之邪？若謂解與古文相類，乃僞傳竊王注，非王竊僞傳也。王注先行而僞傳後出也，且其解有與古文大不類者。肅嘗註《家語》矣，其于“亂其紀綱”，則直曰“謂夏桀”，見《正論篇》。《左傳》王註不傳而《家語》見存，乃與正義所偁竝不符合，肅謬邪？穎達謬邪？又烏從而辨之？

孔氏穎達曰：《晉書》云："晉太保公鄭沖以古文授扶風蘇愉，愉字休預，預授天水梁柳，柳字洪季，季授城陽臧曹，字彦始，始授郡守子汝南梅賾，字仲真，又爲豫章内史，遂于前晉奏上其書而施行焉。"唐太宗《晉書》今本無此語，陳氏師凱曰："恐太宗未修以前舊史所載也"，毛氏奇齡曰："十八家《晉書》有之"，亦臆度之辭。

朱氏彝尊曰：鄭沖在高貴鄉公之時業拜司空，高貴鄉公講《尚書》，沖執經講授〔九二〕，與鄭小同，俱被賜。使得孔氏增多之《書》，何難上進？其後官至太傅，禄比郡公，几杖安車，備極榮遇，其與孔邕、曹羲、荀顗、何晏共集《論語》訓註，奏之于朝，何獨孔《書》止以授蘇愉，秘而不進？又《論語解》雖列何晏之名，沖實主之，若孔《書》既得，則或謂孔子章引《書》即應證以《君陳》之句，不當復用包咸之訓，謂"孝乎惟孝，美大孝之辭"矣。竊疑沖亦未見孔氏古文者也。《曝書亭集》。

敬考：古史不傳者多，《正義》所偁，必非無據。既曰沖授蘇愉，必嘗授蘇愉也。然其所授乃人所共見之古文，非人所不經見之古文也。高貴鄉公與博士講論"曰若稽古"，一偁賈、馬、王之説，一稱鄭説，皆古文也。意沖所授亦復如是，不然，使其果得五十八篇之孔傳，胡有不進于至尊、不視諸同列、不用之訓注而私以授諸微末者邪？

孔氏穎達曰：《晉書·皇甫謐傳》云："謐從姑子外弟梁柳邊得古文《尚書》，故作《帝王世紀》，往往載孔傳五十八篇之《書》。"今《謐傳》亦無此語。《尚書正義》。

朱氏彝尊曰：士安既得五十八篇之《書》，篤信之，宜于《世紀》均用其説。乃《孔傳》謂堯年十六即位，七十載求禪，試舜三載，自正月上日至堯崩二十八載，堯死，壽一百一十七歲，而《世紀》則云堯年百一十八歲。《孔傳》謂舜三十始見試用，歷試二年，攝位二十八年，即位五十年，升道南方巡守，死于蒼梧之野而葬焉，壽百一十二歲，而《世紀》則云舜年八十一，即真八十三而薦禹，九十五而使禹攝政，攝五年有苗氏叛，南征，崩于鳴條，年百歲。《孔傳》釋文命謂外布文德教命，而《世紀》則云足文履已故名文命，字高密。《孔傳》釋伯禹謂禹代鯀爲崇伯，而《世紀》則云堯封爲夏伯，故謂之伯禹。《孔傳》釋吕刑云吕矦爲天子司寇，而《世紀》則云吕侯爲相〔九三〕。所述多不相符，竊疑謐亦未見〔九四〕孔氏古文者也。《經義考》。

敬考：《世紀》之説與古文不合者甚多，其最甚者，如《伊訓篇》序"成湯既没，太甲元年"，《傳》以爲"太丁未立而卒，及湯没而太甲立，稱元年"，《世紀》則述馬遷"外丙立二年崩，仲壬立四年崩"之語，夫《史記》之可信不如《尚書》也明甚，士安豈不知之？乃舍經誥大典而用傳記小説，則其未見此經決矣。《正義》以此訾其疏，詎不繆哉？世有疑僞書爲士安所作者，愚以爲不然，且士安淡泊高遠，必不爲此曖昧欺人之計，考梁柳少爲士安晏朋，當其作郡時，士安亦不爲之禮，則其人可知矣。意是時即稍萌芽其閒乎？要之，《書》爲梅賾所上，則則成于賾手無疑，然亦非獨力所能成，或與梁柳、臧曹共爲之，未可知也。

孔氏穎達曰：李顒集註《尚書》，于僞《泰誓篇》每引"孔安國曰"，計安國必不爲彼僞書作傳，不知顒何由爲此言。《尚書正義》。

敬考：李顒《尚書注》十卷今不傳，據此，則顒亦未見今孔傳者也。顒東晉人，與梅氏同時，而尚不見之，况前此乎？

朱子曰：某嘗疑孔安國〔九五〕是假書。又曰：孔書至東晉方出，前此諸儒皆未之〔九六〕見，可疑之甚。《語録》。

鄭氏瑗曰：古文《書》至東晉梅賾始顯，沉没六七百年而後出，未必真孔壁所藏之舊矣。《井觀瑣言》。

敬考：西漢、東漢、三國魏蜀吴、西晉、東晉，其閒以古文擅名者，孔安國以下則有庸譚、杜林、衛宏、徐巡、賈徽、賈逵、孔僖、馬融、盧植、康成、王肅、鄭沖、李顒若干人；其他與見古文《尚書》而好之者，則有司馬遷、劉向、劉歆、班固、許慎、皇甫謐若干人；其有著作傳後而可證古文《尚書》者，則有包咸、服虔、趙岐、高誘、譙周、韋昭、孫邕、曹羲、荀顗、何晏、孫毓、杜預若干人；其上而爲君曾表章古文《尚書》者，則有漢武、漢成、漢哀、新莽、漢光武、漢章、漢獻、魏高貴鄉公若干人，其中類皆博稽遠覽之士，重以帝王之力，亦何書不可購，而要皆未見增多二十五篇之《書》者也？上下數百年，前人不得見之，後人安得有之？後人果能有之，胡至求一人之見而不可得耶？

吴氏棫曰：增多之書皆文從字順，非若伏生之書詰曲聱牙，夫四代之書作者不一，乃至二人之手而定爲二體，其亦難言矣。

朱子曰：孔壁所藏者此誤，當云“新增者”。皆易曉，伏生新[九七]記者當云“舊存者”。皆難曉。如《堯典》、《舜典》、《皋陶謨》、《益稷》出于伏生，便有難曉處，如“載采采”之類，《大禹謨》便易曉，如《五子之歌》、《胤征》有甚難記，卻記不得；至如《泰誓》、《武成》皆易曉，只《牧誓》中便難曉，如“五步、六步”之類，如《大誥》、《康誥》夾著《微子之命》，穆王之時，《冏命》、《君牙》易曉，到《吕刑》亦難曉。因甚只記得難底，卻不記得易底，亦誤，當云“因甚只增得其易者，卻不增得其難者”。便是未易理會。又曰：《書》凡易讀者皆古文，況又是科斗書，以伏生書字文考之方讀得，豈有數百年壁中之物，安得不訛損一字，又卻是伏生記得者難讀，此尤可疑，今人作全書解，必不是。《語録》。

蔡氏沈曰：漢儒以伏生之書爲今文，而後安國之書爲古文，以今考之，則今文多艱澁，而古文反平易，伏生乃偏得其所難而安國反專得其所易？則有不可曉者。此條誤略與前條同。此朱子《書臨漳所刊四經》，後蔡氏述之于《集傳叙録》，竝注凡數百言，今俗本蔡傳皆削去之。

吴氏澂曰：竊嘗讀之，伏生書雖不盡通，然辭義古奥，其爲上古書無疑，梅賾所增二十五篇，體製如出一手，采集補綴，雖無一字無所本，而平緩卑弱殊不類先漢以前之文，夫千年古書最晚乃出，而字畫略無脱誤，文勢略無齟齬，不亦大可難乎？《書纂言》。

鄭氏瑗曰：古文《書》雖有格言而大可疑，觀商周遺器，其名識皆類今文《書》，無一如古文之易曉者，《禮記》出于漢儒，尚有突兀不可解處，豈有四代古書而篇篇平坦整齊如此？如《伊訓》全篇平易，惟《孟子》所引二言獨艱深，且以商《詩》比之周《詩》，自是古奥〔九八〕，而《商書〔九九〕》比之《周書》，乃反平易，豈有是理哉？《泰誓》曰“謂己有天命，謂敬不足行，謂祭無益，謂暴無傷”，此類皆不似古語，而其他與今文複出者即〔一〇〇〕艱深，何也？《井觀瑣言》。

歸氏有光曰：聖人之書存者，年代久遠，多爲諸儒所亂，其可賴以别其真僞？惟其文體格制之不同，後之人雖悉力模擬，終無以得其萬一之似，學者由其辭可以達于聖人而不惑于異説，今伏生書與孔壁所藏傳二語微誤。其辭之不同，固不待于别白而可知。

郝氏敬曰：孔書四代文字一律，宜無是理，《詩》如《商頌》縝栗而淵塞，《周頌》清越而馴雅，二代文質之殊，《詩》然《書》亦宜然，豈得《商書》清淺，反不如《周書》樸茂邪？若以《伊訓》、《太甲》較《康誥》、《大誥》諸篇先後，文質倒置矣。又曰：孔書《伊訓》不切放桐復亳，《説命》不切帝賚良弼，《君陳》、《畢命》不切尹東郊，其他皆然，轉移變换可通用，若真古文如《大誥》諸篇任説得縱横而悉有典要，真僞如天壤懸絶，諸傳獨《孟子》最古，七篇中引書如《太甲》、《伊訓》、《湯誓》等語質直而少逸響，與二十八篇一律，足徵伏書是真，又如《大學》引《康誥》等語，篇内自然渾合，其他孔書所引語塡補痕迹宛然。

《尚書辨解》。

閻氏若璩曰：愚意《書》藏屋壁中，不知幾何年，其錯亂磨滅，弗復可〔一〇一〕知，豈特《汨作》、《九共》諸篇已也？即安國所云可知者二十五篇，亦必字畫脱誤，文勢齟齬，而乃明白順易，無一字理會不得，又何怪吴氏、朱子及草廬輩切切然議之哉！《疏證》第一。

敬考：聖人之經固不可以文辭論，然即此文辭之閒，僞之不可爲真，猶真之不可爲僞也。如三十一篇之與二十五篇，其氣體格製判然迥殊，凡研究是經通知文體者，莫不井井心目，韓昌黎所謂昭昭然白黑分者，孰謂文辭不足以辨真僞哉！

朱子曰：只疑伏生偏記得難底，卻不記得易底，然有一説可以論難易，古人文字有一般如今人書簡説話襍以方言，一時記録者，有一般是做出告戒之命者，疑《盤誥》之類是一時告語百姓，盤庚勸令〔一〇二〕百姓遷都之類，是出于記録，至于《蔡仲之命》、《微子之命》，《問命〔一〇三〕》之屬，或出當時做成底詔誥文字，如後世朝廷詞臣所爲者。《語録》。

蔡氏沈曰：或者以爲記録之實語難工而潤色之雅詞易好，故訓誥誓命有難易之不同，此爲近之。亦《集傳叙録》述朱子語。又括蒼葉夢得曰"《尚書》文皆奇澁，非作文者故欲如此，蓋當時語自爾也"。今案，此説是也，大抵《書》文訓誥多艱澁，而誓命多平易。蓋訓誥皆是記録當時號令于衆之本語，故其閒多有方言及古語，在當時則人所共曉，而今世反爲難知。誓命則是當時史官所撰，檃括潤色，粗有體製，故在今日亦不難曉爾。此《集傳叙録》，蔡氏所自註也。

閻氏若璩曰：《尚書》〔一〇四〕諸命皆易曉，固已然。所爲易曉者，則《説命》、《微子之命》、《蔡仲之命》、《畢命》、《冏命》，皆古文也，故易曉。至才涉于今文，如《顧命》、《文侯之命》，便復難曉。《尚書》諸誥皆難曉固已然。所謂難曉者，則《盤庚》、

《大誥》、《康誥》、《酒誥》、《召誥》〔一〇五〕，《湯誥》便又易曉，此何以解焉？豈誥出于成湯之初者易曉，而出盤庚以後及周初者難曉邪？豈命出于武丁、成湯之際者易曉，而出于平王之東者難曉邪？不特此也，《顧命》出于成王崩，《康王之誥》出于康王立，相距才十日，以同爲伏生所記，遂同爲難曉，尚得謂命易曉邪？不特此也，《周官》誥也，出于成王，《君陳》命也，亦出于成王，相距雖未知其遠近，以同爲安國所獻，遂同爲易曉，尚得謂誥難曉邪？論至此，雖百喙亦難解矣。《疏證》第一百十四。

敬考：朱子嘗疑僞書，而卒以《集傳》命蔡氏，蔡氏亦疑僞書，而卒以承命作《集傳》，故爲此調停之説。然增多篇内，謨、誥、訓、誓，爲體不一，何得皆屬潤色之雅詞？《大禹謨》較之《皋陶謨》，《仲虺之誥》、《湯誥》較之《周書》八誥、《無逸》、《立政》，訓體也；而較之《伊訓》、《太甲》、《文侯之命》，命體也；而較之《説命》、《畢命》、《胤征》，較《甘誓》、《泰誓》，較《湯誓》、《牧誓》，其相去不啻天淵，胡難者專在彼而易者專在此也？故凡諸《尚書》，皆詞臣記録，實語悉爲實語，潤色悉有潤色，前説其不然也。

閻氏若璩曰：僞作古文者，正當據安國所傳篇數爲之補綴，不當别立名目，自爲矛盾。然揣其意，如作《泰誓》三篇，則因馬融所舉之五事也，《太甲》三篇，則因《禮記》、《左傳》、《孟子》〔一〇六〕所引用也，《説命》三篇，則因《禮記》、《孟子》、《國語》所引用也，以及《仲虺之誥》、《蔡仲之命》、《君陳》、《君牙》，莫不皆然。蓋作僞書者，不能張空拳〔一〇七〕、冒白刃，與直自吐其中之所有，故必依托往籍以爲之主，摹擬聲品〔一〇八〕以爲之役，而後足以售吾之欺也，不然，此書出于魏晉之間，去康成未遠，而康成所註百篇《書序》明云某篇亡某篇逸，彼豈無目者，而乃故與之抵捂哉？蓋必據安國所傳篇目，一一補綴，則《九共》

九篇將何所〔一〇九〕措手也？此其避難就易，雖自出〔一一〇〕矛盾，而有所不恤也。《疏證》第七。

又曰：凡晚出之古文，所謂精誼之語，皆無一字無來處，獨惜後人讀書少，遂謂其自作此語，譬之千金之裘，徒從其毛而觀之，未有不愛其白且粹者，苟反其皮而觀之，然後知此白且粹者非一狐之腋之力，乃集衆腋以爲之也，晚出古文何以異此哉！〔一一一〕

又曰：《左氏春秋内傳》引《詩》者一百五十六，引逸《詩》者十，引《書》者二十一，引逸《書》者三十三；《外傳》引《詩》者二十二，引逸《詩》者一，引《書》者四，引逸《書》者十。蓋三百篇現存，故《詩》之逸自少，古書放闕既多，而《書》之逸自倍于《詩》也。何梅氏二十五篇出，向韋、杜二氏所謂逸《書》者，皆歷歷具在，其終爲逸《書》者，僅昭十四年《夏書》曰"昏墨賊殺，臯陶之刑也"一則而已？豈左氏于數百載前逆知後有二十五篇，而所引必出于此邪？抑此二十五篇援左氏以爲重，取左氏以爲料，規摹左氏以爲文辭，而凡所引遂莫之或遺邪？《疏證》第十五。

又曰：《小戴禮記》四十九篇，引《詩》一百有二，引逸《詩》者三，引《書》者十六，引逸《書》者十八，逸少逸多之故猶左氏也。逮梅氏書出，而鄭氏所指爲逸《書》皆全全登載，無一或漏〔一一二〕，亦與左氏相等。《疏證》第十六。

又曰：古僞詩文有二：一是明掩己之姓名以欺後世，一是擬某古文和古某詩，傳之既久，忘其所出，世以爲真某古人矣。如江淹、陶徵君《田居》詩一篇，東坡和陶，偶并和其韻，後刻陶集者且竄入以爲真陶詩，竊謂白居易有《補逸書》一篇，幸皆知爲白作耳，若世遠言湮，姓名莫得，其摹孔書處亦幾亂真，安知不更以爲二十五篇之儔乎？

又曰：余嘗語人古文《書》頗易撰，人多未信，兹讀蘇伯衡《平仲集》，首載《周書補亡》三篇，曰《獻禾》、曰《歸禾》、曰《嘉禾》，自云效白居易《湯征》之作，手筆較白實高，而末一篇尤佳，但惜不知采獲傳記中逸《書》以爲骨，然已足大亂真。《疏證》第七十二。

敬考：從來疑古文者多矣，而人卒莫肯質言其僞。雖慎重之意宜爾，亦其中有格言不忍割愛爾。而不知其精誼之語皆他書傳所有也。蓋作僞書者，其真古文則鄭沖所傳，乃取馬、鄭、王本而參用之者也，其僞古文則雜采《論語》、《孟子》、《墨子》、《荀子》、大小戴《禮》、《左傳》、《國語》、《國策》、《史記》、《漢書》所引逸《書》文而悉收而彙之，補集以成章，十居其八九焉。馬融之疑《泰誓》也，有曰"吾見書傳所引《泰誓》而不在《泰誓》者甚多"，作者監諸此，取材既富，且以閒執詰難者之口，誠計之得也，今誠悉去其已見他書之句，則其所存正自無幾，而亦不復可愛惜矣。謹區分真古文、僞古文，各從其卷而稽其異同，竝疏其可疑者如左。

校勘記

〔一〕"彊"，《山右》本作"疆"，誤。

〔二〕"未"，《山右》本作"末"，誤。

〔三〕"正"，據《史記·儒林傳》補。

〔四〕"書"，《史記》作"尚書"。

〔五〕"太常"，《史記》作"太常使"。

〔六〕"鼂"，《漢書》作"朝"。

〔七〕"欲召之"，《漢書》作"欲召"。

〔八〕"鼂"，《漢書》作"朝"。

〔九〕"有伏生"，《漢書》作"齊有伏生"。

〔一〇〕"不能"，《漢紀》作"不能行"。

〔一一〕"不可曉也",《史記》作"不可曉"。
〔一二〕"十二三",《史記》作"凡十二三"。
〔一三〕"而已",《史記》作"而已也"。
〔一四〕"官",《史記》作"尚"。
〔一五〕"常熟",《尚書古文疏證》作"嘗熟"。
〔一六〕"官",《尚書古文疏證》作"尚"。
〔一七〕"有",《尚書古文疏證》作"方"。
〔一八〕"强",《山右》本作"疆",誤。
〔一九〕"忌",《山右》本作"忘",誤。
〔二〇〕"兒",《漢書》作"倪"。
〔二一〕"中庶",《漢書》作"中庶子"。
〔二二〕"伏生",《漢書》作"張生"。
〔二三〕"兒",《漢書》作"倪"。
〔二四〕"讀",《山右》本作"讚"。
〔二五〕"穎",《山右》本作"穎",誤。
〔二六〕"傳",《山右》本作"得",疑誤。
〔二七〕"此",《史記》作"是"。
〔二八〕"五十七",《山右》本作"五七十",誤。
〔二九〕"《禮記》",《漢書》作"《禮記》、《論語》"。
〔三〇〕"此",《漢書》作"是"。
〔三一〕"居",《漢紀》作"宫"。
〔三二〕"共",《山右》本作"世",誤。
〔三三〕"《禮記》",《後漢紀》作"《禮》"。
〔三四〕"十六",《後漢紀》作"六十"。
〔三五〕"文",據《孔子家語》補。
〔三六〕"于壁中",《山右》本作"于中"。
〔三七〕"柏",《山右》本作"栢"。
〔三八〕"蒼",《尚書古文疏證》作"倉"。
〔三九〕"衛宏",《山右》本作"衛書"。
〔四〇〕"秦",原作"泰",據《山右》本改。

〔四一〕“彛”，《山右》本作“弊”，誤。

〔四二〕“皇帝帝”，《文淵閣四庫全書·經義孜》作“黄帝”。

〔四三〕“至太初而訖”，《文淵閣四庫全書·經義孜》作“訖於太初”。

〔四四〕“兩漢”，《尚書古文疏證》作“西漢”。

〔四五〕“書”，《山右》本作“篇”。

〔四六〕“府”，《漢書》作“臧”。

〔四七〕“放”，《漢書》作“遺”。

〔四八〕“博士”，《漢書》作“博士員”。

〔四九〕“每經”，《漢書》作“經”。

〔五〇〕“鐘”，《漢書》作“鍾”。

〔五一〕“挾”，《後漢書》作“協”。

〔五二〕“衆”，《後漢紀》作“難”。

〔五三〕“嘗”，《後漢書》作“常”。

〔五四〕“困阸”，《後漢書》作“難困”。

〔五五〕“憚”，《後漢書》作“惲”。

〔五六〕“爲古”，《山右》本作“古爲”，誤。

〔五七〕“爲帝”，《山右》本作“帝馬”，誤。

〔五八〕“詔”，《山右》本作“惲”，誤。

〔五九〕“郎”，《後漢書》作“郎中”。

〔六〇〕“病”，《後漢書》作“疾”。

〔六一〕“立爲”，《後漢書》作“爲立”。

〔六二〕“鄭氏”，《後漢書》作“鄭玄”。

〔六三〕“今文”，《十三經注疏》作“古文”。

〔六四〕“作”，《山右》本此處闕文，作“□”。

〔六五〕“語”，《山右》本此處闕文，作“□”。

〔六六〕“當”，《山右》本此處闕文，作“□”。

〔六七〕“止”，《山右》本此處闕文，作“□”。

〔六八〕“自”，《山右》本此處闕文，作“□”。

〔六九〕“校考”，《論衡校釋》作“考校”。

〔七〇〕“相應者，成帝”，《山右》本作“相應成者，帝”，誤。

〔七一〕“徵”,《山右》本作“徽”, 誤。

〔七二〕“異同”,《三國志》作“同異”。

〔七三〕“宏”,《晉書》作“弘”。

〔七四〕“讀書”,《晉書》作“誦”。

〔七五〕“共”,《晉書》作“凡”。

〔七六〕“吴興”,《隋書》作“吴”。

〔七七〕“較”,《尚書古文疏證》作“校”。

〔七八〕“《經義考》”, 引文出處誤, 當作“《曝書亭集》”。

〔七九〕“二十九篇”,《經義考》作“伏生□授二十八篇”。

〔八〇〕“二月”,《漢書》作“三月”。

〔八一〕“癸亥”,《漢書》作“辛亥”。

〔八二〕“仲濟”,《後漢書》作“仲彧”。

〔八三〕“三”,《後漢書》作“七”。

〔八四〕“垂”,《孔叢子》作“遺”。

〔八五〕“枉”,《孔叢子》作“在”, 是。

〔八六〕“古文”,《曝書亭集》作“之文”。

〔八七〕“見”,《曝書亭集》作“得”。

〔八八〕“五經同異”,《曝書亭集》作“五經異義”, 是。

〔八九〕“舜興”,《曝書亭集》作“舜典”, 是。

〔九〇〕“山”,《山右》本脱“山”字。

〔九一〕“魏世”,《尚書正義》作“晉世”。

〔九二〕“講授”,《曝書亭集》作“親授”。

〔九三〕“相”,《山右》本作“柑”, 誤。

〔九四〕“未見”,《經義孜》作“未必真見”。

〔九五〕“孔安國”,《朱子語類》作“孔安國書”。

〔九六〕“未之”,《朱子語類》“未之”作“不曾”。

〔九七〕“新”,《朱子語類》作“所”。

〔九八〕“古奥”,《井觀瑣言》作“奥古”。

〔九九〕“商書”,《井觀瑣言》作“尚書”。

〔一〇〇〕“即”,《井觀瑣言》作“卻”。

〔一〇一〕“復可”,《尚書古文疏證》作“可復”。

〔一〇二〕“勸令”,《朱子語類》作“勸諭”。

〔一〇三〕“間命”,《朱子語類》作“冏命”。

〔一〇四〕“《尚書》”,《尚書古文疏證》作“因《尚書》”。

〔一〇五〕“《召誥》”,此處有脱文,當據《尚書古文疏證》補出“《洛誥》皆今文也,故難曉,至才涉於古文,如《仲虺之誥》”諸字。

〔一〇六〕“《左傳》、《孟子》”,《尚書古文疏證》作“《孟子》、《左傳》”。

〔一〇七〕“拳”,《尚書古文疏證》作“卷”。

〔一〇八〕“品”,《尚書古文疏證》作“口”。

〔一〇九〕“何所”,《尚書古文疏證》作“何從”。

〔一一〇〕“出”,《尚書古文疏證》作“出於”。

〔一一一〕此處應補出“《疏證》第八”。

〔一一二〕“漏”,《尚書古文疏證》作“遺”。

尚書考辨卷二

真古文《尚書》三十一篇考辨

仲尼殁而微言絶，七十子喪而大義乖，六王縱横，百子紛紜，世之言六蓺者，原遠而流益，分户持一編，罔知折衷，燔經之戲，于斯兆焉矣。秦龍漢馬，滅不遂滅，興不遽興，《春秋》分爲五，《詩》分爲四，《易》有數家之傳，《書》則今古文争焉。衆言淆亂，則折諸聖，夫子删述纂修，箸有定本，孔氏子孫，克世守之。古文《書》雖後顯，而逾今文也遠甚：其藏，秦博士之業，不如宣聖家學之的也；其出，廿八篇之得，不如闕里故宅之完也；其文，程獄吏之隸，不如科斗舊書之古也；其義，歐陽、夏侯之學，不如臨淮世業之長也。故子政校其脱誤，子駿訾其朽折，康成疾其蔽冒，元朗譏其闕繆，既盛終熄，職是由乎？若古文，則通儒大師莫不敦説焉，或親問安國而入史編，或陳發祕府以讓博士，或握持于流離兵亂之頃，或授受于絶學將隊之餘。賈、班校書東觀，偁其"讀應爾雅"；《前漢·蓺文志》曰：古文讀應爾雅。叔重博采通人，取其字入《説文》；盧涿郡以其近實，欲刊正石經；鄭北海溯厥先師，願竊比于二三君子。然而東里之舊藏已隶〔一〕，西州之桼書僅傳，布流既廣，舛訛亦滋。《説文》之偁，特多奇字，馬、鄭所注，間襍今文，延至子邕，時亦更互，最後鄭沖所授，梅氏資以作僞，而三十一篇則故真也。《書》之初出屋壁也，體存科斗，甄豐、衛宏皆嘗校定，後人傳《書》，漸加規折，則隸古名焉，隸古謂以隸字之點畫存古文之形體。或謂以隸易古者，非。或謂一行隸書一行古文者，亦非。豫章所奏，實作此體，唐天寶詔從今文，更定出于衛包，天寶三載，包時爲集賢殿學士。人既樂其約易，莫肯溯厥本初，科斗原文，不可睹矣，隸古之本，亦間存焉。嗚呼！文字遷革，猶爲末務，真雁錯出，誰與釐剔？用仿先儒遺意，条稽衆家之説，别真于僞，俾讀者識其彝古，知非後人所能仿佛也。傳聞異辭，莫不畢箸，訓詁乖隔，未暇是正云。

虞書薛氏季宣《書古文訓》作"㳄書"

敬考：王伯厚《困學紀聞》曰：《大傳》説《堯典》謂之《唐傳》，是今文以《堯典》爲《唐書》也。陳氏壽《三國志·陸遜傳》陸抗上疏有曰"靖譖庸回，《唐書》攸戒"，抗所見，蓋今文也。而《虞書》、《夏書》不知其分畫何所。《説文》偁《堯典》、《臯謨》皆曰《虞書》，凡二十三引《堯典》偁《虞書》，惟"五品不遜"偁《唐書》，蓋傳書之誤。偁《禹貢》、《甘誓》皆曰《夏書》。凡十三引《禹貢》偁《夏書》，惟"揚州貢瑤琨"偁《虞書》，亦誤也。梅氏所上，分《禹貢》前爲《虞書》，而以《禹貢》爲《夏書》之首，豈鄭沖之傳邪？馬、鄭、王本自《堯典》至《胤征》統名爲《虞夏書》，以虞夏同科，事相連，故不分也。見《書·正義》。杜元凱注《左傳》《僖二十七年》曰《尚書·虞夏書》，所見即此爾，夫《甘誓》後專紀夏事，而連虞言之，于義無所取，胡朏明從之，非是。顧寧人謂《堯典》亦《夏書》，則典謨專言虞事，而目爲《夏書》，又覺未安，顧説亦非也。《左傳·僖二十七年》引《書》"賦納以言"稱《夏書》，孔氏潁達謂事關禹，故爲《夏書》，愚以爲所引非《臯謨》，否亦當是《虞書》字之譌也。林少潁本《正義》之説而以虞史、夏史分虞夏書，夫《堯典》篇末紀舜"陟方乃死"，亦夏史所録也。此説亦未盡合，而典謨之當爲《虞書》，則斷不可易。玆仍舊題，實本《説文》，真同則從其最先者爾。舊《虞書》、《夏書》等分題各篇之下，蔡氏傳總題于各代之前，今仍蔡傳，以便考釋。

又考：科斗書者，周時之古文字，《正義》謂"形多頭麤尾細，狀腹團圓，似水蟲之科斗，故曰科斗是也。"蓋古用竹筆點桼而作字，故其形狀然爾。《尚書》，孔壁所廢〔二〕，祕府所貯，向、歆所校，杜、衞所傳，下逮盧植，所學皆科斗本也，而晉梅氏所上，則爲隸古，且云安國所定，考諸漢人安國不聞有定隸古之説也。科斗書頗難作，故馬、鄭、王本皆已變隸，陸氏《釋文》以三家爲今文爲是也。隸古之書，不知所起，意魏晉儒者始有以隸定古者，而鄭沖傳授如此邪？自唐改今文，而傳者亦稀，王伯厚曰："唐孝明寫以今字，藏其舊本，咸平二年，孫奭請摹印《古文音義》，與新定《釋文》竝行，今亦不傳，今有古文《尚書》，吕微仲得本于宋次道、王仲至家。"《困學紀聞》。又曰："吕大防得古文于宋敏求、毛欽臣。"《漢蓺文志考證》。今惟薛士龍《古文訓》爲隸古本，未知爲梅氏所上否也。王伯厚所見，其即此乎？考程邈作隸，有全違古者，有全因古者，有滅〔三〕古者，有增益古者，而其形狀則與古異。程隸即今正書，而無其波偃之勢，蓋猶存古意也。今淳化帖有程邈書。故以隸存古則或與隸迥别。如古文"虞"作"𡗜"，隸古則作"㕦"。或與隸無二。如古文"書"作"肃曰"，隸古則直作"書"。今亦不能悉載，止于篇題略識其槩云。

堯《大學》作"帝"　典薛本作"𠀤箕"

曰一作"粤"。薛本同。若稽古，帝堯曰放勳。《史記》作"勛"。《説文》、薛本竝同。欽明文思安安。《尚書考靈耀》作"塞晏晏"，見《後漢書·第五倫傳》章懷太子注。允恭克讓，光被四表，格《説文》作“假”。于上下。克明俊《大學》作“峻”。《史記》作“馴”。德，以親九族，九族既睦。平《史記》作“便”，《索隱》曰：今文作“辯”。章百姓，百姓昭明。協和萬邦，黎民於變《前漢書·成帝紀》作“蕃”，時古文未顯，蓋今文也。時雍。乃命羲、和，欽若昊天，歷象日月星辰，敬授人時。分命羲仲，宅金氏履祥《書表注》曰：蔡邕石經作“庀”。朱氏鶴齡《書經考異》曰：蔡邕石經作“度”。下同。考：石經，今文也。嵎《史記》作“郁”。《玉篇》作“堣”。夷，《尚書正義》曰：今文作“鐵”。《釋文》曰：《考靈耀》作“禺銕”。《史記索隱》曰：今文及《帝命驗》竝作“禺鐵”。《禹貢》同。《説文》作“堣銕”。薛本作“堣𡰥”。曰暘《史記索隱》曰：《史記》舊本作“湯”。《説文》作“崵”。谷。寅賓出日，平《史記索隱》曰：《大傳》作“辯”。後同。鄭註《周禮》亦作“辯”，見《馮相氏》，賈疏曰：據書傳而言。《釋文》曰：馬作“苹”。秩《史記》作“便程”。《説文》作“䢃”。薛本同。後同。東作。日中，星鳥，以殷仲春。厥民析，鳥獸孳尾。申命羲叔，宅南交。《尚書正義》曰：鄭云：“夏不言‘曰明都’三字，摩滅也”。劉氏敞曰：本蓋言“宅南曰交趾”。王氏柏曰：當作“宅南曰交都”。平秩南訛。今本皆作“訛”。《史記》作“訛”。鄭本亦作“訛”，見《周禮》註馮相氏之職。《索隱》曰：孔安國强讀爲“訛”，是元亦作“訛”也。薛本作“僞”。敬致。日永，星火，以正仲夏。厥民因，鳥獸希革。分命和仲，宅西，《史記》多一“土”字。曰昧《尚書正義》曰：今文作“柳”。《史記》作“昧”，徐廣曰：一作“柳”。谷。《困學紀聞》曰：《周禮》注引《書》曰：“度西曰柳穀”，虞翻云：“鄭玄所注《尚書》，古篆‘丣’字，反以爲‘昧’。古大篆‘丣’字讀當爲‘柳’。古‘丣’、‘柳’同字，而以爲‘昧’。”裴松之謂翻言爲然〔四〕。朱氏鶴齡曰：《集韻》：“‘昧’古作‘昛’。”與古文“丣”字形相近，故漢人有“柳谷”之説。愚考：《正義》引今文“柳谷”以證與鄭注不同，是鄭注本亦作“昧”也。其《周禮》注曰“度”曰“柳”，皆今文字，蓋直引今文以説《周禮》爾，今薛本“昧”作“昛”，或鄭古文本亦作“昛”，而虞氏誤以爲“丣”也。寅餞納《大傳》作“入”。日，平秩西成，宵中，星虚，以殷仲秋。厥民夷，鳥獸毛毨。申命和叔，宅朔方，曰幽都。平在朔易。《史記索隱》曰：

《大傳》作“便在伏物”。《史記》同。日短，星昴，以正仲冬。厥民隩，《史記》作“燠”。鳥獸氄毛。《説文·毛部》作“毴髦”。薛本同。《説文·甏部》“氄”又作“褎”，蓋奇字也。帝曰：“咨！汝羲暨《説文》作“臮”。薛本同。後凡“暨”并同。和，朞《説文》作“稘”。三百有六旬有六日，以閏月定《史記》作“正”。《困學紀聞》曰：晁景迂云：“古文作‘正’，天寳誤作‘定’。”考：薛本作“止”，與“正”別。四時成歲。”允釐百工，庶績咸熙。帝曰：“疇《説文》作“𠷎”。咨若時登庸？”放齊曰：“胤子朱《説文》作“絑”。薛本同。“丹朱”之“朱”并竝同。啓《玉篇》作“启”。明。”帝曰：“吁！嚚訟《釋文》曰：馬本作“庸”。可乎？”帝曰：“疇咨若予采？”驩東方氏朔《神異經》作“鵙”。薛本同。兜曰：“都！共工方《史記》作“旁”。鳩僝功。《説文·人部》作“旁救孱功”。《辵部》作“旁逑孱功”，蓋亦奇字，所謂“古文而異者”也。薛本作“匚逑孱彡”。”帝曰：“吁！静言庸違，《三國志》作“靖譖庸回”，見《陸遜傳》。象恭滔天。”或疑二字錯誤。朱子曰：衍文。帝曰：“咨！四岳！湯湯洪水方割，蕩蕩懷山襄陵，浩浩滔天。下民其咨，有能俾乂？”《説文》作“𡰪”。薛本同。後凡“乂”竝同。僉曰：“於，鯀《説文》作“鮌”。薛本作“骸”。哉！”帝曰：“吁！咈哉！方命圮族。”岳曰：“異哉！試可，乃已。”帝曰：“往，欽哉！”九載，績用弗成。帝曰：“咨！四岳！朕在位七十載，汝能庸命，巽朕位？”岳曰：“否《史記》作“鄙”。德忝帝位。”曰：“明明揚側陋。”師錫帝曰：“有鰥在下，曰虞舜。”帝曰：“俞，予聞。如何？”岳曰：“瞽子，父頑，母嚚，象傲。克諧以孝，烝烝乂，不格姦。”帝曰：《正義》曰：馬、鄭、王本皆無“帝曰”，當時庸生之徒漏之也。“我其試哉。女于時，觀厥刑于二女。”釐降二女于嬀汭，嬪于虞。帝曰：“欽哉！”舊以此上爲《堯典》，而分此下爲《舜典》，别增二十八字，非。愼徽五典，五典克從。納于〔五〕百揆，百揆時敘。《左傳》作“序”，見《文十八年》。賓于四門，四門穆穆。納于大麓，烈風雷雨弗迷。帝曰：“格汝舜！詢事考言，乃言底可績，三載，汝陟帝位。”舜讓于德，弗嗣。《史記索隱》曰：今文作“不怡”。《史記》作“不懌”。《自序》作“不台”。正月上日，受終于文祖。在璿《後漢書》作“璇”。璣《大傳》作“旋機”。玉衡，以齊七政。肆《說文》作“䋣”。薛本同。後凡“肆”竝同。類《說文》作“禷”。于上帝，禋《大傳》作“湮”。于六宗，望于山川，徧《史記》作“辨”。于羣神。輯《史記》作“揖”。《前漢書》同，見《郊祀志》。五瑞，既月，乃日《史記》、《前漢志》竝作“擇吉月日”。覲四岳羣牧，班瑞于羣后。歲二月，東巡守，至于岱宗，柴，《史記》作“祡”。《說文》、薛本竝同。望秩于山川，肆覲東后。蔡傳曰：“五玉”下九字當在此。協時、月，正日。同律、度、量、衡。修五禮、五玉、《前漢志》作“樂”，師古注曰：或亦作“玉”。三帛、二生、一死贄。《史記》作“摯”。薛本同。《釋文》曰：本亦作“摯”。《說文》作“𢣃”。如五器，卒乃復。五月，南巡守，至于南岳，如岱禮。八月，西巡守，至于西岳，如初。十有一月，朔巡守，至于北岳，如西禮。《釋文》曰：馬本作“如初”。歸，格于藝《大傳》作“禰”。祖，用特。五載一巡守，羣后四朝。敷奏以言，明試以功，車服以庸。肇《大傳》作“兆”。十有二州，封十有二山，濬《說文》作“睿”。川。象以典刑。流宥五刑。鞭作官刑，撲作教刑，金作贖刑，眚災肆赦，怙終賊刑。“欽哉！欽哉！惟刑之恤徐氏廣《史記注》曰：今文作“謐”。《史記》作“静”。哉！”流共工于幽洲，《孟子》作“州”。《史記》作“陵”。鄭註《射義》同。放驩兜于崇山，竄《孟子》作“殺”。《莊子》作“投”，見《在宥》篇。《說文》作“𥨍”，薛本作“𥨍”。三苗于三危，殛鯀于羽山，四罪而天下咸服。二十有八載，帝《孟子》作“放勳”。《說文》作“放勛”。乃殂落，百姓如喪考妣，三載，四海遏密八音。月正元日，舜格于文祖。詢于四岳，闢四門，明四目，達四聰。咨十有二牧，曰：“食哉，惟時！柔遠能邇，惇德允元，而難任人。蠻夷率服。”舜曰：“咨！四岳！有能奮庸，熙帝之載，使宅百揆，亮采惠疇？”僉曰：“伯禹作司空。”帝曰：“俞！咨禹，汝平水土；惟時懋哉！”禹拜稽首，讓于稷、契暨皋陶。《大傳》作"咎繇"。帝曰："俞，汝往哉！"帝曰："棄！黎民阻《史記》徐注曰：今文作"祖"。《史記》作"始"。飢。汝后稷，播時百穀。"帝曰："契，百姓不親，五品不遜。《大傳》作"訓"。《説文》作"愻"。薛本同。汝作司徒，敬敷五教，在寬。"帝曰："皋陶！蠻夷猾《大傳》作"滑"。夏，寇賊姦《大傳》作"奸"。宄。《史記〔六〕》作"軌"。汝作士，五刑有服，五服三就。五流有宅，《史記》作"度"。考：今文"宅嵎夷"之"宅"作"度"，此必亦今文也。五宅三居，惟明克允。"帝曰："疇若予工？"僉曰："垂哉。"帝曰："俞！咨垂，汝共工。"垂拜稽首，讓于殳斨暨伯與。帝曰："俞，往哉，汝諧。"帝曰："疇若予上下草木鳥獸？"僉《正義》曰：馬、鄭、王本皆作"禹"。曰："益哉！"帝曰："俞！咨益，汝作朕虞。"益拜稽首，讓于朱虎、熊羆。帝曰："俞，往哉！汝諧。"帝曰："咨，四岳！有能典朕三禮？"僉曰："伯夷。"帝曰："俞！咨伯，汝作秩宗。夙夜惟寅，直哉惟清。"伯拜稽首，讓于夔、龍。帝曰："俞，往，欽哉！"帝曰："夔，命汝典樂，教胄《史記》作"稺"。《説文》作"育"。薛本同。子。直而温，寬而栗，剛而無虐，簡而無傲。詩言志，歌永言，聲依永，律和聲。八音克諧，《説文》作"龤"。薛本同。無相奪倫，神人以和。"夔曰："於！予擊石拊石，百獸率舞。"蘇氏軾曰：十二字，衍文也。帝曰："龍，朕塈讒説殄行，震驚朕師。命汝作納言，夙夜出納朕命，惟允。"帝曰："咨！汝二十有二人，欽哉！惟時亮天功。"三載考《大傳》作"考"。績，三考，黜陟幽明，庶績咸熙。分北三苗。舜生三十徵庸，三《正義》曰：鄭本作"二"。十在位，五十載，陟方乃死。右《堯典》一篇，計一千有二百有三言。

敬考：今文當永嘉之亂而亡，傳注之中略有可識，《大傳》殘闕散佚，傳注中亦多采用。太史公問古文説而未見古文字班氏固曰：多古文説，亦不盡古文説也。藍本，今文字而多擽變其辭，司馬氏貞曰：太史公博採經記而爲此史，廣記異聞，不必皆《尚書》也。考：史公自作一家言，故不妨有所點竄，或據此謂孔安國定古文時亦有所增減，大非。故篇中顯爲史公所更易者，概不收取。如“敬順昊天，數法日月星辰”之類。《説文》字多與隸古同時，亦異焉，馬、鄭、王注古文而間用今文，《釋文》及《正義》所有，畢收而著之，聊廣異聞，不無疎漏爾。吴氏棫、王氏應麟、朱氏鶴齡皆箸有《考異》，吴箸未見，王箸則見于《漢藝文考》及《困學紀聞》，朱氏因而廣之，然猶多未備，今復博收以附益之云。又經典流傳，久必有訛，但須有據，乃可訂正。臆爲之説，恐失本意，至王文憲，動輙更張，其作《書疑》，遷移殆遍，殊非慎重之道，概從簡略，懼滋紛紜也。

又考：《堯典》一篇，不但伏壁未分，孔壁亦未分也。梅氏所上始分之，猶可合也。蕭齊又益以二十八字，而一分不可復合矣。然當時猶未或信也，至隋人表章之，唐人疏解之，遂一成而不可易，然識者未始不知其謬也。蓋《堯典》本取篇首字以名篇，非僅爲堯作典，如《史記》之《本紀》然，雖曰“堯典”，實亦“舜典”也。古書名篇，多取篇首字，如“皋陶謨”、“禹貢”之類，又如《論語》“顏淵”、“子路”之類，《孟子》“梁惠王”、“公孫丑”之類；或名以篇中字，如“洪範”、“金縢”之類。今合爲一，以復舊觀，其文事之本相連屬，萬萬不能殊離，則有目共睹爾。

皋陶謨薛本作“咎繇謩”

曰若稽古，吴大澂曰：今文無此四字。疑是，但不知何據也。皋陶曰：“允迪厥德，謨明弼諧。”禹曰：“俞，如何？”皋陶曰：“都！慎厥身修，思永。惇敘九族，庶明勵翼，邇可遠在兹。”禹拜昌言，曰：“俞。”皋陶曰：“都！在知人，在安民。”禹曰：“吁！咸若時，惟帝其難之。知人則哲，能官人。安民則惠，黎民懷之。能哲而惠，何憂乎驩兜？何遷乎有苗？何畏乎巧言令色孔壬？」皋陶曰：「都！亦行有九德。亦言其人有德，乃言曰：載采采〔七〕。」禹曰：「何？」皋陶曰：「寬而栗，柔而立，愿而恭，亂而敬，擾《玉篇》作「犪」。而毅，直而温，簡而廉，剛而塞，《説文》作「寋」。彊而義。彰厥有常，吉哉！日宣三德，夙夜浚明有家。日嚴祇敬六德，亮采有邦。翕受敷施，九德咸事。俊乂在官，百僚《釋文》曰：本又作「寮」。師師，百工惟時。撫《説文》作「䢓」。于五辰，庶績其凝。無教《前漢書》作「敖」，見《王嘉傳》。逸《玉篇》作「佚」。欲有邦。兢兢業業，一日二日萬幾。無曠庶官，天工人其代之。天敘有《釋文》曰：馬本作「五」。典，勑我五典五惇哉！天秩有禮，自我五禮有《釋文》曰：馬本作「五」。庸哉！同寅協恭和衷哉！天命有德，五服五章哉！天討有罪，五刑五用《後漢書》作「庸」，見《梁統傳》。哉！政事懋郭氏璞注《爾雅》作「茂」，見《釋詁》。哉懋哉！天聰明，自我民聰明。天明畏，《釋文》曰：馬本作「威」。自我民明威。達于上下，敬哉有土！」皋陶曰：「朕言惠，可底行。」禹曰：「俞，乃言底可績。」皋陶曰：「予未有知思，曰張子曰：當作「日」。贊贊襄哉！」舊以此上爲《皋陶謨》，而分此下爲《益稷》，非。帝曰：「來，禹！汝亦昌言。」禹拜曰：「都，帝！予何言？予思日孜孜。」《史記》作「孳孳」。薛本同。皋陶曰：「吁！如何？」禹曰：「洪水滔天，浩浩懷山襄陵。下民昏墊。予乘四載，隨山刊《史記》作「栞」。《前漢書》同，見《地理志》。《説文》、《玉篇》、薛本竝同。《禹貢》同。木。暨益奏庶鮮食。予決九川，距四海。浚畎澮《説文》作「巜巜」。薛本同。距川。暨稷播，奏庶艱《釋文》曰：馬本作「根」。食鮮食，懋遷有無化居。烝民乃粒，萬邦作乂。」皋陶曰：「俞，師汝昌言。」禹曰：「都，帝！慎乃在位。」帝曰：「俞。」禹曰：「安汝止，惟幾惟康，其弼直，惟動丕應徯志。以昭受上帝，天其申命用休。」帝曰：「吁！臣哉鄰哉！鄰哉臣哉！」禹曰：「俞。」帝曰：「臣作朕股肱耳目。予欲左右有民，汝翼。予欲宣力四方，汝爲。予欲觀古人之象，日月星辰、山、龍、華蟲，作會，《大傳》作“繪”。《説文》作“繪”。《釋文》曰：馬、鄭作“繪”。考：鄭註《周禮》作“繢”，見《司服之職》。宗彝，藻、《大傳》作“璪”。《説文》作“璪”。薛本同。《釋文》曰：本又作“藻”。火、粉、米、《説文》作“黺絲”。薛本作“黺糂”。《釋文》曰：徐本作“絲”。黼黻、絺鄭註《周禮》作“希”，見《司服》。繡，以五采彰施于五色，作服，汝明。予欲聞六律、五聲、八音，在治忽，《史記索隱》曰：今文作“采政忽”。《史記》作“來始滑”。《前漢書》作“七始詠”，見《律歷志》。以出納五言，汝聽。予違汝弼，汝無面從，退有後言。欽四鄰，庶頑〔八〕讒説，若不在時，侯以明之，撻《説文》作“遽”。薛本同。以記之。書用識哉，欲并生哉。工以納言，時而颺之。格則承之庸之，否則威之。”禹曰：“俞哉，帝！光天之下，至于海隅蒼生，萬邦黎獻共惟帝臣。惟帝時舉，敷《左傳》作“賦”，見《襄二十七年》。納以言，明庶《左傳》作“試”。以功，車服以庸。誰敢不讓？敢不敬應？帝不時，敷同日奏罔功。《史記〔九〕》多“帝曰”二字。無若丹朱傲，《説文》作“奡”。薛本同。惟慢遊《史記》作“游”。是好，傲虐是作，罔晝夜頟頟，罔水行舟，朋《説文》作“堋”。薛本同。淫于家，用殄厥世。《史記》此間多“禹曰”二字。予創若時，娶于塗《説文》作“嵞”。薛本同。山，辛壬癸甲。啓呱呱而泣，《史記》作“予辛壬，娶塗山，癸甲，生啓”。《索隱》曰：蓋今文《尚書》脱漏，史公取以爲言。予弗子，惟荒度土功。弼《説文》作“邸”。薛本同。成五服，至于五千。州十有二師，外薄四海，咸建五長。各迪有功，苗頑弗即工。帝其念哉。”帝曰：“迪朕德，時乃功惟敘。”皐陶方祗厥敘，方《白虎通》作“旁”。施象刑，惟明。夔曰：“戛擊鳴球，搏拊琴瑟以詠，祖考來格，《大傳》作“假”。虞賓在位，羣后德讓。下管鼗鼓，合止柷敔，笙鏞以間。鳥獸蹌蹌。劉氏向《説苑》作“鶬鶬”，見《辨物篇》。《説文》作“牄牄”。薛本同。《簫韶》九成，鳳凰來儀。”夔曰：“於！予擊石拊石，百獸率舞，庶尹允諧。”帝庸作歌，曰："勑天之命，惟時惟幾。"乃歌曰："股肱喜哉，元首起哉，百工熙哉。"臯陶拜手稽首，颺言曰："念哉！率作興事，慎乃憲，欽哉！屢省乃成，欽哉！"乃賡載歌曰："元首明哉，股肱良哉，庶事康哉。"又歌曰："元首叢脞《説文》作"脞"。哉，股肱惰哉，萬事墮哉。"帝拜曰："俞，往，欽哉！"右《臯陶謨》一篇，計九百有六十有八言。

敬考：《臯陶謨》一篇，可合不可分者也。自伏生以及馬、鄭、王，未嘗不合也。蓋古文增多十六篇内，原有《棄稷》一篇，今不能僞作其辭而分《臯謨》以當之，然名雖强分，實亦不能不合。故《傳》釋"汝亦昌言"必曰"因《臯陶謨》九德，故呼禹使亦陳當言"，則情事貫通，不能卒分也審矣，何如仍合者爲藹邪？

夏書薛本作"𡕘書"

禹貢《釋文》曰：或作"贑"。薛本作"𢀤貢"

敬考：凡《書》之作，必有所主，《堯典》、《臯謨》主舜而作，故謂之《虞書》，《禹貢》主禹而作，安得不謂之《夏書》？蓋自初脱稿後，厥理固當如此。《傳》謂"禹之王以是功"，斯爲得之；《孔疏》謂初在《虞書》，而夏史抽入，或仲尼退第，皆非也。王魯齋直升此于《禹》、《臯》二謨之前，并爲《夏書》，亦失之矣。

禹敷《史記》作"傅"。土，隨山刊木，奠高山大川。冀州：既載壺口，治梁及岐。既修太原，至于岳陽。覃懷厎績，至于衡漳。

厥土惟白壤，厥賦惟上上錯，厥田惟中中，恒衛既從，大陸既作。島《史記》作“鳥”。《前漢書》同，見《地理志》。考：《尚書正義》鄭、王竝作“鳥”，《正義》又曰：孔讀“鳥”爲“島”。是初亦作“鳥”。作“島”，天寶所改也。夷皮服。夾右碣石入于河。

濟、《漢志》作“泲”。《説文》、薛本竝同。篇内同。河惟《史記》作“維”。兖《史記》作“沇”。《説文》同。州。九河既道，雷夏既澤，灉、《史記》、《漢志》竝作“雍”。薛本同。沮會同。桑土既蠶，是降丘宅土。厥土黑墳。厥草《漢志》作“屮”。薛本同。《説文》作“艸”。惟繇，《説文》作“蕬”。薛本作“繇”。厥木惟條。厥田惟中下，厥賦貞。作十有三載，《史記》、《漢志》竝作“年”。馬、鄭本同，見《釋文》。乃同。厥貢漆絲，厥篚《漢志》作“棐”。薛本同。織文。浮于濟、漯，達于河。

海、岱惟青州。嵎夷既略，濰、淄《漢志》作“惟甾”。薛本同。其道。厥土白墳。海濱《漢志》作“瀕”。薛本同。廣斥。《史記》作“潟”。《漢志》同。《玉篇》作“滷”。《史記》又多“厥田斥鹵”四字。厥田惟上下，厥賦中上。厥貢鹽、絺，海物惟錯，岱畎絲、枲、鉛、松、怪石。萊夷作牧。厥篚檿《史記》作“酓”。薛本作“盦”。絲。浮于汶，達于濟。

海、岱及淮惟徐州。淮、沂其乂，蒙、羽其藝。大野《漢志》作“壄”。薛本同。篇内同。既豬，《史記》作“都”。篇内同。東原底平。厥土赤埴《釋文》曰：鄭作“戠”。薛本作“戴”。墳。草木漸包。《説文》作“蔪苞”。薛本同。厥田惟上中，厥賦中中。厥貢惟土五色，羽畎夏翟，《漢志》作“狄”。鄭本同，見《周禮註·天官·染人》。薛本同。嶧陽孤桐，泗濱浮磬，淮夷蠙《説文》作“玭”。薛本同。珠暨《史記》、《漢志》竝作“枲與”。《説文》、薛本同。魚。厥篚玄纖縞。浮于淮、泗，達于河。《説文》作“菏”。薛本同。

淮、海惟揚州。彭蠡既豬，陽鳥攸《漢志》作“逌”。薛本作“卣”。居。三江既入，震澤底定。篠《説文》作“筱”。薛本同。簜《釋文》曰：或作“蕩”。薛本作“蕩”。既敷。厥草惟夭，厥木惟喬。厥土惟塗泥，厥田惟下下，厥賦下上上錯。厥貢惟金三品，瑤、琨、《漢志》作“瑻”。《釋文》曰：馬本作“瑻”。薛本同。篠簜，齒、革、羽、毛惟木。島夷卉服。厥篚織貝。厥包橘、柚，錫貢。沿《史説》作“均”。《漢志》同。《釋文》曰：馬本作“均”。鄭本作“松”。于江、海，達于淮、泗。

荆及衡陽惟荆州。江、漢朝宗于海，九江孔殷，沱、潛《史記》作“涔”。薛本同。《漢志》作“灊”。既道，雲土夢《史記》、《漢志》竝作“夢土”。沈氏括《筆談》曰：石經倒“土夢”字，唐太宗得古本始改正。《史記索隱》本作“土夢”。《索隱》又曰：“夢”，一作“瞢”。作乂〔一〇〕。厥土惟塗泥。厥田惟下中，厥賦上下。厥貢羽、毛、《漢志》作“旄”。薛本同。齒、革，惟金三品，杶、榦、鄭註《考工記》作“櫄幹”。《釋文》曰：又作“櫄幹”。栝、柏，礪、《漢志》作“厲”。砥、砮、丹，惟箘、簵、楛，《説文》作“枯”。薛本同。三邦底貢厥名。包匭菁茅。厥篚玄纁、璣組。九江納錫大龜。浮于江、沱、潛、《史記》多一“于”字。漢，逾《史記》作“踰”。《漢志》同。于洛，《史記》作“雒”。《漢志》同。至于南河。

荆、河惟豫州。伊、洛、瀍、澗既入于河，滎波《史記索隱》曰：今文作“播”。《史記》同。鄭註《周禮》同。《釋文》曰：馬本作“播”。《尚書正義》曰：馬、鄭、王本皆作“播”。鄭註《周禮》作“播”，所謂“襍以今文”者也。既豬，鄭註《周禮》作“都”，見《職方氏》。導菏《史記》作“荷”。《漢志》同。澤，被孟《史記》作“明”。《漢書》作“盟”。薛本同。豬。《史記索隱》曰：《爾雅》、《左傳》謂之“諸”，今文亦爲然。厥土惟壤，下土墳壚。厥田惟中上，厥賦錯上中。厥貢漆、枲、絺、紵，厥篚纖纊，錫貢磬錯。浮于洛，達于河。

華陽、黑水惟梁州。岷、《史記》作“汶”。薛本同。《索隱》曰：一作“峧”，又作“岐”。嶓既藝，《史記》作“蓺”。沱、潛既道，蔡、蒙旅平，和夷底績。厥土青黎，《史記》作“驪”。厥田惟下上，厥賦下中三錯。厥貢璆、鐵、銀、鏤、砮、磬、熊、羆、狐、貍織皮。西傾《漢志》作“頃”。薛本同。因桓是來，浮于潛，逾于沔，入于渭，亂于河。

黑水、西河惟雍州。弱水既西，涇屬渭汭，漆、沮既從，灃

《漢志》作“酆”。水攸同。荆、岐既旅，終南、惇《史記》作“敦”。物，至于鳥鼠。原隰底績，至于豬野。三危既宅，三苗丕叙〔一一〕。厥土惟黄壤，厥田惟上上，厥賦中下。厥貢惟球、《史記》作“璆”。薛本同。琳、琅玕。浮于積石，至于龍門西河，會于渭汭。織皮，崑崙、《史記》作“昆崙”。薛本同。《漢志》作“昆崘”。析支、渠搜，《漢志》作“叟”。西戎即敘。

導岍《史記》作“汧”。《漢志》同。《釋文》曰：馬本作“開”。及岐，至于荆山，逾于河。壺口、雷首，至于太岳。底《史記》作“砥”。柱、析城，至于王屋。太行、恒山，至于碣石，入于海。西傾、朱圉、鳥鼠，至于太華。熊耳、外方、桐柏，至于陪《史記》作“負”。《漢志》作“倍”。薛本同。尾。導嶓冢，至于荆山。内方至于大别。岷山之陽，至于衡山，過九江，至于敷淺原。

導弱水，至于合黎，《漢志》作“藜”。餘波入于流沙。導黑水，至于三危，入于南海。導河積石，至于龍門，南至于華陰，東至于底柱，又東至于孟《史記》作“盟”。《漢志》及薛本同。津，東過洛汭，至于大伾。《史記》作“邳”。郭注《爾雅》作“坯”，見《釋山》。《釋文》曰：本或作“坯”、或作“岯”。北過降薛本同。水，至于大陸，又北播爲九河，同爲逆河，入于海。

嶓冢導漾，《史記》作“瀁”。薛本同。東流爲漢，又東爲滄《史記》作“倉”。浪之水，過三澨，至于大别，南入于江。東匯澤爲彭蠡，東爲北江，入于海。岷山導江，東别爲沱，又東至于澧，《史記》作“醴”。《漢志》同。過九江，至于東陵，東迆北會于薛本作“爲”。朱氏鶴齡曰：石經及監本皆作“于”，今本多作“爲”，鄒季有定作“爲”。匯，金氏履祥曰：當作“漢”。東爲中江，入于海。

導沇水，東流爲濟，入于河，溢《史記》作“泆”。《漢志》作“軼”。爲滎，東出于陶丘北，又東至于菏，又東北會于汶，又北東入于海。導淮自桐柏，東會于泗、沂，東入于海。導渭自鳥鼠同穴，東會于灃，又東會于涇，又東過漆、沮，入于河。導洛自熊耳，東北會于澗、瀍，又東會于伊，又東北入于河。

九州攸同，四隩《史記》作“奥”。《漢志》同。《玉篇》作“墺”。既宅。九州〔一二〕刊旅，九川滌源，《史記》作“原”。《漢志》及薛本同。九澤既陂。四海會同，六府孔修。庶土交正，底慎財賦，咸則三壤成賦中邦。錫土姓，祗台德先，不距朕行。

五百里甸服。百里賦納《漢志》作“内”。薛本同。總，二百里納銍，三百里納秸《漢志》作“戛”。薛本同。《釋文》曰：本或作“稭”。服，四百里粟，五百里米。五百里侯服。百里采，二百里男邦，三百里諸侯。五百里綏《玉篇》“媛”爲古文《尚書》“綏”。服。三百里揆文教，二百里奮武衛。五百里要服。三百里夷，二百里蔡。五百里荒服。三百里蠻，二百里流。東漸于海，西被于流沙。朔南暨聲教，訖于四海。禹錫玄圭，告厥成功。右《禹貢》一篇，計一千有一百有九十有四言。

甘誓薛本作“合斷”

大戰于甘，乃召六卿。王曰：“嗟！六事之人，予誓告汝：有扈氏威侮五行，怠棄三正，天用勦《説文》作“剿”。《釋文》曰：馬本作“巢”，與《玉篇》、《切韻》同。絶其命。今予惟恭行天之罰。左不攻于左，汝不恭命。右不攻于右，汝不恭命。御非其馬之正，汝不恭命。用命賞于祖，不〔一三〕用命戮于社，予則孥《史記》作“帑”。《周禮·司厲》註鄭司農引作“奴”。戮《史記》作“僇”。汝。”右《甘誓》一篇，計八十有八言。

商書薛本作“𠐓書”

湯誓薛本作“湯𣂏”

王曰：“格爾衆庶，悉聽朕言。非台小子敢行稱亂，有夏多罪，天命殛之。今爾有衆，汝曰：‘我后不恤我衆，舍我穡事，而割正夏。’予惟聞汝衆言。夏氏有罪，予畏上帝，不敢不正。今汝其曰：‘夏罪其如台？’夏王率遏衆力，率割夏邑，有衆率怠弗協。曰：‘時日曷喪？予及汝皆《孟子》作“偕”。亡！’夏德若兹，今朕必往。爾尚輔予一人致天之罰，予其大賚《史記》作“理”。汝。爾無不信，朕不食言。爾不從誓言，予則孥戮汝，罔有攸赦。”右《湯誓》一篇，計一百有四十有四言。

盤《國語》作“般”。《釋文》曰：本亦作“般”。《石經考》曰：蔡邕石經殘碑作“股”庚《左傳》作“盤庚之誥”，見《哀公十一年》。薛本作“槃庚”上薛本無“上”字

盤庚遷于殷，民不適有居，率籲衆慼出矢言，曰：“我王來，既爰宅于兹。重我民，無盡劉。不能胥匡以生，卜稽曰：其如台？先王有服，恪謹天命。兹猶不常寧，不常厥邑，于今五邦。今不承于古，罔知天之斷命，矧曰其克從先王之烈？若顛木之有由蘖，《説文·木部》作“㰎㞨”，《马部》作“甹枿”。薛本作“枿甹枿”。天其永我命于兹新邑，紹復先王之大業，底綏四方。”盤庚斆于民，由乃在位，以常舊服，正法度，曰：“無或敢伏小人之攸箴。”王命衆悉

至于庭，王若曰：“格汝衆，予告汝〔一四〕訓：汝猷黜乃心，無傲從康。古我先王亦惟圖任舊人共政。王播《説文》作“譒”。薛本同。告之修，不匿厥指，王用丕欽。罔有逸言，民用丕變。今汝聒聒，《説文》作“䛭䛭”。薛本作“聾聾”。起信險膚，予弗知乃所訟。非予自荒兹德，惟汝含德，不惕予一人。予若觀火。予亦拙《説文》作“炪”。薛本同。謀，作乃逸。若網在綱，有條而不紊。若農服田力穡，乃亦有秋。汝克黜乃心，施實德于民，至于婚友。丕乃敢大言，汝有積德。乃不畏戎毒于遠邇，惰農自安，不昏《尚書正義》曰：鄭讀爲“敃”。《釋文》曰：本亦作“敃”。作勞，不服田畝，越《釋文》曰：本又作“粵”。其罔有黍稷。汝不和吉言于百姓，惟汝自生毒。乃敗禍姦宄，以自災于厥身。乃既先惡于民，乃奉其恫，汝悔身石經殘碑作“命”。何及？相時憸《説文》作“思”。薛本同。石經殘碑作“散”。民，猶胥顧于箴言。其發有逸口，矧予制乃短長之命？汝曷弗告朕，而胥動以浮言，恐沈于衆？《左傳》“惡之易也”，見《隱七年》及《莊十四年》。若火之燎于原，不可嚮邇，其猶可撲滅。則惟汝唐石經、明監本皆作“汝”。俗本作“爾”。衆自作弗靖，非予有咎。遲任有言曰：‘人惟求石經殘碑無“求”字。舊，器非求石經殘碑作“救”。舊，惟新。’古我先王，暨乃祖乃父，胥及逸勤。予敢動用非罰？世選爾勞，予不掩爾善。兹予大享于先王，爾祖其從與享之。作福作災，予亦不敢動用非德。予告汝于難，若射之有志。汝無侮老王氏應麟《漢藝文考》曰：蔡邕石經作“翕侮”。成人，無弱石經殘碑作“母流”。孤有幼。各長于厥居，勉出乃力，聽予一人之作猷。無有遠邇，用罪伐厥死，用德彰厥善。邦《國語》作“國”，下同，見《周語》“内史過引”。之臧，《國語》多一“則”字。惟《國語》作“維”。汝衆。邦之不臧，惟予《國語》作“則維余”。一人有佚《國語》作“是有逸”。罰。凡爾衆，其惟致告。自今至于後日，各恭爾事，齊乃位，度乃《漢藝文考》曰：石經作“爾”。口。罰及爾身，弗可悔。”

盤庚中

盤庚作，惟涉河以民遷，乃話民之弗率，誕告用亶《釋文》曰：馬本作“單”。其有衆。咸造，勿褻在王庭。盤庚乃登進厥民，曰：“明聽朕言，無荒失朕命。嗚呼！古我前后，罔不惟民之承，保后胥慼，石經殘碑作“高”。鮮以不浮于天時。殷降大虐，先王不懷。厥攸作，視民利用遷。汝曷弗念我古后之聞？承汝俾汝，惟喜康共。非汝有咎，比于罰。予若籲懷茲新邑，亦惟汝故，以丕從厥志。今予將試石經殘碑作“爾”。以汝遷，安定厥邦。石經殘碑作“國”，又多一“亼”字。汝不憂朕心之攸困，乃咸大不宣乃心，厥〔一五〕念以忱，動予一人。爾惟自鞠自苦，若乘舟，汝弗濟，臭厥載。爾忱不屬，惟胥以沈。不其或稽，石經殘碑作“迪”。自怒石經殘碑作“怨”。曷瘳？汝不謀長，以思乃災，汝誕勸憂。今其有今罔後，汝何生在上？今予命汝一，無起穢以自臭，恐人倚乃身、迂乃心。予迓續乃命于天。予豈汝威？用奉畜汝衆。予念我先神后之勞爾先。予丕克羞爾，用懷爾然。失于政，陳于茲，高后丕乃崇石經殘碑作“知”。降罪疾，曰：‘曷虐朕民？’汝萬民乃不生生，暨予一人猷同心，先后丕降與汝罪疾，曰：‘曷不暨朕幼孫有比？’故有爽德，自上其罰汝，汝罔能迪。古我先后既勞乃祖乃父，汝共作我畜民。汝有戕石經殘碑作“近”。則在乃心，我先后綏乃祖乃父，乃祖乃父乃斷棄汝，不救乃死。茲予有亂政同位，具乃貝玉，乃祖先父丕乃告我高后《釋文》曰：本又作“乃祖乃父”。曰：‘作丕刑于朕孫。’迪高后丕乃崇降弗祥。《漢藝文考》曰：石經作“興降不永”。嗚呼！石經殘碑作“於戲”。今予告汝不易，永敬大恤，無胥絶遠。汝分猷石經殘碑作“比猶”。念以相從，各設石經殘碑作“翕”。中于乃心。乃有不吉不迪，顛越不恭，暫遇姦宄，我乃劓殄滅之，無遺育，無俾易種于茲新邑。《左傳》作“其有顛越不共，則劓殄無遺育，無俾易種于茲邑”，見《哀十一年》，蓋引者所節也。往哉生生！今予將試以汝遷，永建乃家。"

盤庚下

盤庚既遷，奠厥攸居，乃正厥位，綏爰有衆，曰："無戲怠，懋石經殘碑作"罔台民勩"。建大命。今予石經殘碑作"我"。其敷心腹腎腸，《正義》曰：今文作"憂腎陽"。歷告爾百姓于朕志，罔罪爾衆，爾無共怒，協比讒言予一人。古我先王將多于前功，適于山，用降我凶德，嘉石經殘碑作"綏"。績于朕邦。今我民用蕩析離居，罔有定極。石經殘碑多一"今"字。爾謂石經殘碑作"惠"。朕：'曷震石經殘碑作"柎"。動萬民以遷?'肆上帝將復我高祖之德，亂越我家。朕及篤敬，恭承民命，用永地于新邑。肆予冲人，非廢厥謀，弔由靈。各非敢違卜，用宏兹賁。嗚呼！邦伯、師長、百執事之人尚皆隱石經殘碑作"乘"。哉！予其懋簡相爾，念敬我衆。朕不肩好貨，敢恭生生，鞠人謀人之保居，敘欽。今我既羞告爾于朕志，若否，罔有弗欽。無總于貨寶，生生自庸。式敷民德，永肩一心。"右《盤庚》三篇，計一千有二百有八十有三言。

敬考：《盤庚》本一篇也，紀事紀言，相間成文，而意脉亦相貫，今文之合是也。梅氏所上，分而爲三，考諸《正義》，則馬、鄭、王咸已分之，三氏本諸桼書，桼書本諸孔壁，則安國當已分之，不始梅氏也。夫三篇各有原起，各有結束，分之亦自不悖，與《舜典》、《益稷》不同日而論矣。

高宗肜日薛本同

高宗肜日，越有雊雉，祖己曰："惟先格王，正厥事。"乃訓于王曰："惟天監下民，《史記》無"民"字。典厥義。降年有永有不永。非天夭民，民《史記》少一"民"字。中絶命。民有不若德，不聽罪，天既孚《史記》作"附"。《前漢書》作"付"，見《孔光傳》。命正厥德，乃曰：‘其如台?’嗚呼！王司敬民。罔非天胤，典祀無豐于昵。”《史記》作“毋禮于棄道”。右《高宗肜日》一篇，計八十有二言。

西伯戡黎郭注《爾雅》作“堪”，見《釋詁》。《大傳》作“戕耆”。《史記》作“飢”，徐注曰：一作“阢”，又作“耆說”，作“戕졻”。薛本作“卤伯成졻”，與《說文》同

西伯既戡黎，祖伊恐，奔告于王曰：“天子！天既訖我殷命。格人元龜，罔敢知吉。非先王不相我後人，惟王淫戲《史記》作“虐”。用自絶，故天棄我。不有康食，不虞天性，不廸率典。今我民罔弗欲喪，曰：‘天曷不降威？大命不摯。’《說文》作“埶”。薛本同。今王其如台?”王曰：“嗚呼！我生不有命在天?”祖伊反曰：“嗚呼！乃罪多參《玉篇》作“厽”。在上，乃能責命于天？殷之既喪，指乃功。不無戮于爾邦。”右《西伯戡黎》一篇，計一百有二十有四言。

微子薛本作“㪾”

微子若曰：“父師、少師，殷其弗或亂正四方。我祖底遂陳于上。我用沈酗《說文》作“酌”。薛本同。于酒，用亂敗厥德于下。殷罔不小大，好草竊姦宄，卿士師師非度，凡有辜罪，乃罔恒獲。小民方興，相爲敵讎。今殷其淪《史記》作“典”。喪，若涉大水，其無津涯。《史記》徐注曰：一作“無舟航”。殷遂喪，越至于今。”曰：“父師、少師，我其發出狂，《史記》作“往”，《索隱》曰：蓋亦今文意義爾，徐注曰：鄭玄曰：“我其起作出往”。考：鄭注作“往”，《釋文》及《正義》無聞，或《大傳》注中語也。吾家耄《釋文》曰：字又作“旄”。遜于荒?《史記》作“保于喪”。今爾無指《史記》作“故”。告予，顛隮，《史記》作“躋”。《說文》、薛本竝同。若之何其?”父師若曰：“王子！天毒降災荒殷邦，方興沈酗于酒。乃罔畏畏，咈其耇長舊有位人。今殷民乃攘竊《史記》作“陋淫”。神祇之犧牷牲用，以容將食，無災。降監殷民，用乂讎《釋文》曰：馬本作“稠”。斂，召敵讎不怠。罪合于一，多瘠罔詔。商

今其有災，我興受其敗。《説文》作“退”。薛本同。商其淪喪，我罔爲臣僕。詔王子出迪，我舊云刻《論衡》作“孩”，蓋今文也。子。王子弗出，我乃顛躋。自靖《釋文》曰：馬本作“清”。人自獻于先王，我不顧行遯。”右《微子》一篇，計二百有三十有七言。

周書薛本同

牧《説文》作“坶”。《玉篇》、古文《尚書》作“塰”。薛本同誓

時甲子昧爽，王朝至于商郊牧野，乃誓。王左杖黄鉞，《説文》作“戉”。《釋文》曰：本又作“戉”。薛本同。右秉白旄以麾，曰：“逖郭注《爾雅》作“逿”，見《釋詁》。薛本同。矣西土之人！”王曰：“嗟！我友邦冢君，御事司徒、司馬、司空，亞旅、師氏，千夫長、百夫長及庸、蜀、羌、髳、微、盧、《史記》作“纑”。薛本同。彭、濮人，稱郭注《爾雅》作“偁”，見《釋言》。爾戈，比爾干，立爾矛，予其誓。”王曰：“古人有言曰：‘牝雞無晨。牝雞之晨，惟家之索〔一六〕。’今商王受惟婦言是用。昏棄厥肆祀，弗答《史記》作“自棄其祖肆犯，不答索”。昏棄厥《史記》多“家”、“國”二字。遺王《漢藝文考》曰：石經作“任”。父母弟，不迪。乃惟四方之多罪逋逃，《前漢書》作“逋逃多罪”，見《谷永傳》，師古注以爲今文《泰誓》之辭。考：今文《泰誓》無二語，《谷永》所引皆今文，蓋亦今文《牧誓》異也。是崇《前漢書》作“宗”。是長，是信是使，是以爲大夫卿士，俾暴虐于百姓，以姦宄于商邑。今予發惟恭行天之罰。今日之事不愆于六步、七步，乃止齊焉。夫子勖哉！不愆于四伐、五伐、六伐、七伐，乃止齊焉。勖哉夫子！尚桓桓，

《説文》作“狟狟”。薛本同。如虎如貔，《史記》作“羆”。如熊《史記》作“豺”。如羆，《史記》作“離”，徐注曰：“與‘螭’同。”于商郊。弗迓《史記》作“不禦”。《釋文》曰：馬本作“禦”。考：《史記》徐注引鄭注釋“禦”字，是鄭亦作“禦”也，薛本作“御”。克奔，以役西土。勖哉夫子！爾所弗勖，其于爾躬有戮。”右《牧誓》一篇，計二百有四十有五言。

洪《吕氏春秋》作“鴻”，見《貴公》及《君守》。《史記》同

範薛本作“鴻范”。

敬考：《左傳》三舉《洪範》文，皆稱《商書》，見《文四年》、《成六年》、《襄七年》。《説文》四舉《洪範》文，亦皆稱《商書》。見“𠀤”字、“𡞲”字、“𣓀”字、“𤣥”字注。經文曰“十有三祀”，夫周曰年，《周書》不當稱“祀”，此其果《商書》與？而馬、鄭等皆以爲《周書》，梅氏所上因之。考《洪範》雖箕子之言，實主武王而作也，且其事當《牧誓》之後，而其篇亦當次《牧誓》之下，姑仍《周書》舊弟以俟考。

惟十有三祀，王訪于箕子，王乃言曰：“嗚呼！《史記》作“於乎”。《前漢書》作“烏嘑”，見《五行志》。箕子！惟天陰騭下民，相協厥居，我不知其彝倫攸叙。”箕子乃言曰：“我聞在昔，鯀陻《説文》作“垔”。石經殘碑多一“伊”字。洪石經殘碑作“鴻”。水，汩《漢藝文考》曰：石經作“曰”。陳其五行，帝乃震怒，不畀《史記》作“從”。洪範九疇，《史記》作“籌”。下同。彝倫攸斁。《説文》作“殬”。薛本同。鯀則殛《釋文》曰：或作“極”。死，禹乃嗣興，天乃錫禹洪範九疇，彝倫攸敘。初一曰五行，次二曰敬《漢志》作“羞”。考：《漢五行志》所載諸家，董仲舒、眭孟、夏侯勝、京房、谷永、李尋之徒，皆未見古文者也，惟向、歆與見古文，而《五行傳》乃伏生《大傳》本法，故篇内所引多與古文不同，蓋今文也。用五事，次三曰農用八政，次四曰協《漢志》作“旪”。薛本作“叶”。用五紀，次五曰建用皇極，次六曰乂石經殘碑作“艾”。用三德，次七曰明用稽《説文》作“卟”。疑，次八曰念用庶徵，次九曰嚮《前漢書》作“饗”，見

《谷永傳》。用五福，威《史記》作“畏”。《漢志》同。用六極。一，五行。一曰水，二曰火，三曰木，四曰金，五曰土。水曰潤下，火曰炎上，木曰曲直，金曰從革，土爰稼穡。潤下作鹹，炎上作苦，曲直作酸，從革作辛，稼穡作甘。二，五事。一曰貌，二曰言，三曰視，四曰聽，五曰思。貌曰恭，言曰從，視曰明，聽曰聰，思曰睿。恭作肅，從作乂，明作哲，《大傳》作“悊”。《漢志》、王本同。鄭本作“哲”，竝見《尚書正義》。聰作謀，睿作聖。三，八政。一曰食，二曰貨，三曰祀，四曰司空，五曰司徒，六曰司寇，七曰賓，八曰師。四，五紀。一曰歲，二曰月，三曰日，四曰星辰，五曰歷數。五，皇極。皇建其有極，斂時五福，用敷《史記》作“傅”。下同。錫厥庶民。惟時厥庶民於汝極，錫汝保極。凡厥庶民，無有淫朋，石經殘碑作“淫□”。人無有比德，惟皇作極。凡厥庶民，有猷有爲有守，汝則念之。不協朱氏《考異》曰：《大傳》作“叶”。于極，不罹《大傳》作“離”。《史記》同。于咎，皇則受之。而康而色，曰：‘予攸好德。’汝則錫之福。時人《尚書正義》曰：此經或言“時人德”，鄭、王諸本皆無“德”字，定本無“德”，疑衍字也。斯其惟皇之極。無虐《釋文》曰：馬本作“亡侮”。煢獨，朱氏《考異》曰：《大傳》作“毋侮矜寡”，《史記》作“毋侮鰥寡”。而畏高明。人之有能有爲，使羞其行，而邦其昌。凡厥正人，既富方穀，汝弗能使有好于而家，時人斯其辜。于其無好德，《史記》無“德”字。汝雖錫之福，其作汝用咎。無《漢蓺文考》曰：石經作“毋”。偏無石經作“毋”。頗，今本皆作“陂”。開元十四年孝明以“頗”字聲不協，詔改“陂”也，見《唐書·蓺文志》。遵王之義。無有《吕氏春秋》作“或”，見《貴公》。下同。作好，《説文》作“䎮”。薛本同。遵王之道。無有作惡，遵王之路。無《史記》作“不”，見《張釋之傳》。下同。《説苑》同。偏無黨，王道蕩蕩。無黨無偏，王道平平。《史記》作“便便”，徐廣注：一作“辨”。無反無側，王道正直。會其有極，歸其有極。曰皇《史記》作“王”。極之敷言，是彝是訓，于帝其訓。《史記》作“順”，裴注引馬融説解“順”字，是馬本亦作“順”也。凡厥庶民，極之敷言，是訓《史記》作“順”，裴注引王肅説解“順”字，是王本亦作“順”也。是行，以近天子之光。曰天子作民父母，以爲天下王。六，石經殘碑無“六”字。三德。一曰正直，二曰剛克，三曰柔克。平康正直，彊弗友剛克，燮《史記》作“内”。友柔克。沈潛《左傳》作“漸”，見《文五年》。《史記》同。剛克，高明柔克。惟辟作福，惟辟作威，惟辟玉食，臣無有作福作威玉食。臣之有作福作威玉食，其害于而家，石經殘碑多一“而”字。凶于而國。人用側頗僻，石經殘碑作“辟”。民用僭忒。七，稽疑。擇建立卜筮人，乃命卜筮，曰雨，曰霽，《史記》作“濟”。曰蒙，曰驛，《史記》作“曰涕曰霧”。曰克，鄭本作“曰濟曰圛曰蟊曰尅”，見《周禮註·大卜之職》。曰貞，曰悔，《説文》作“𠒆”。《玉篇》、薛本同。凡七，卜五，占《史記》多一“之”字。考：《集解》引鄭康成注，亦多“之”字。用二，衍忒。《史記》作“貳”。立時人作卜筮，三人占，則從二人之言。汝則有大疑，謀及乃心，謀及卿士，謀及庶人，石經殘碑作“民”。謀及卜筮。汝則從，龜從，筮從，卿士從，庶民從，是之謂大同，身其康彊，子孫其逢吉。汝則從，龜從，筮從，卿士逆，庶民逆，吉。卿士從，龜從，筮從，汝則逆，庶民逆，吉。庶民從，龜從，筮從，汝則逆，卿士逆，吉。汝則從，龜從，筮逆，卿士逆，庶民逆，作内吉，作外凶。龜筮共違于人，用静吉，用作凶。八，庶徵。曰雨，曰暘，曰燠，《史記》作“奥”。《漢志》同。曰寒，曰風，曰時。五者來備，各以其敘，庶草蕃廡。《説文》作“繁無”。一極備凶，一極無凶。曰休徵。曰肅，時雨若。曰乂，時暘若。曰哲，時燠若。曰謀，時寒若。曰聖，時風若。曰咎徵。曰狂，恒雨若。曰僭，恒暘若。曰豫，《大傳》作“荼”。《史記》作“舒”。《漢志》同。恒燠若。曰急，恒寒若。曰蒙，《大傳》作“雺”。《史記》作“霧”。《漢志》作“霿”。恒風若。曰王省《史記》作“眚”，裴注引馬融記解“眚”字，是馬本亦作“眚”也。惟歲，卿士惟月，師尹惟日。歲月日時無易，百穀用成，乂用明，俊民用章，家用平康。日月歲時既易，百穀用不成，乂用昬不明，俊民用微，家用不寧。庶民惟星，星有好風，星有好雨。日月之行，則有冬有夏，月之從星，則以風雨。九，五福。一曰壽，二曰富，三曰康寧，四曰攸好德，五曰考終命。六極。一曰凶短折，二曰疾，三曰憂，四曰貧，五曰惡，六曰弱。”右《洪範》一篇，計一千有四十有二言。

金滕薛本作“金縢”

既克商二年，王有疾，弗豫。《説文》作“不悆”，薛本同。二公曰：“我其爲王穆《史記》作“繆”。卜。”周公曰：“未可以戚我先王。”公乃自以爲功，《史記》作“質”。爲三壇同墠。爲壇于〔一七〕南方，北面，周公立焉。植《史記》作“戴”。璧秉珪，乃告太王、王季、文王。史乃册祝曰：“惟爾元孫某，《史記》作“王”。遘厲虐疾。若爾三王是有丕《史記》作“負”。《索隱》曰：《尚書》“丕”，鄭讀爲“負”。考：《釋文》及《正義》，鄭讀曰“不”，與《索隱》異。《後漢書》隗囂移檄曰：庶無負子之書。蓋今文作“負”，漢儒承用爾。子之責于天，以旦代某之身。予仁若考，能多材多藝，能事鬼神。乃元孫不若旦多材多藝，不能事鬼神。乃命于帝庭，敷佑四方，用能定爾子孫于下地。四方之民罔不祗畏。嗚呼！無墜天之降寶《史記》作“葆”。命，我先王亦永有依歸。今我即命于元龜，爾之許我，我其以璧與珪歸俟爾命，爾不許我，我乃屏璧與珪。”乃卜三龜，一習吉。啓籥見書，乃并《史記》作“遇”。《論衡》作“逢”，見《卜誓》篇。是吉。公曰：“體，《史記》作“人賀武王曰”。王其罔害。予小子新命于三王，惟永終是圖。兹攸俟，《史記》二字作“道”。能念予一人。”公歸，乃納册于金縢之匱中。王翼郭注《爾雅》作“翌”，見《釋言》。日乃瘳。武王既喪，管叔及其羣弟乃流言於國曰：“公將不利於孺子。”周公乃告二公曰：“我之弗辟，《説文》作“檗”。薛本同。我無以告我先王。”周公居東二年，則罪人斯得。于後，公乃爲詩以貽王，名之曰《鴟鴞》。王亦未敢誚《史記》作“訓”。公。秋，大熟，未穫，天大雷電《大傳》作“雨見”。《漢書》顔注、《史記》、《論衡》竝同，《論衡》見《感類》篇。以風，禾盡偃，大木斯拔，邦人大恐，王與大夫盡弁，以啓金縢之書，乃得周公所《論衡》作“死”。自以爲功，代武王之説。二公及王乃問諸史與百執事，對曰：“信。噫！《釋文》曰：馬本作“懿”。公命我勿敢言。”王執書以泣，曰：“其勿穆卜。昔公勤勞王家，惟予冲人弗及知。今天動威，以彰周公之德。惟朕小子其新逆，《釋文》曰：馬本作“親迎”。我國家禮亦宜之。”王出郊，天乃雨，反風，禾則盡起。二公命邦人，凡大木所偃，盡起而築之，歲則大熟。右《金縢》一篇，計四百有七十有六言。

大誥薛本作“大誥”

王若曰：“猷！大誥《釋文》曰：馬本作“大誥猷”。鄭、王竝同，見《正義》。《前漢書》王莽《大誥》亦作《大誥道》，“道”即“猷”也，見《翟方進傳》。爾多邦，越爾御事。弗弔天降割《釋文》曰：馬本作“害”。于我家，不少。延洪惟我幼冲人，嗣無疆大歷服。弗造哲迪民康，矧曰其有能格知天命？已，予惟小子，若涉淵水，予惟往求朕攸濟，敷賁。敷前人受命，兹不忘大功，予不敢閉。于天降威用，寧王遺我大寶龜，紹天明，即命。曰：‘有大艱于西土，《説文》作“我有𢦏于西”。西土人亦不静，越兹蠢。’殷小腆，誕敢紀其叙。天降威，知我國有疵，民不康。曰：‘予復。’反鄙我周邦。今蠢，今翼日，民獻《困學紀聞》曰：《大傳》作“儀”。王莽《大誥》作“獻儀”，蓋莽時古文已立學，故此兼用今古文休。有十夫，予翼以于敉寧武圖功。我有大事，休，朕卜并吉。肆予告我友邦君，越尹氏、庶士、御事，曰：‘予得吉卜，予惟以爾庶邦于伐殷逋播臣。’爾庶邦君，越庶士、御事，罔不反曰：‘艱大，民不静，亦惟在王宫、邦君室。越予小子，考翼不可征；王害不違卜。’肆予冲人永思艱，曰：嗚呼！允蠢鰥寡，哀哉！予造天役遺，大投艱于朕身。越予冲人，不卬自恤。義爾邦君，越爾多士、尹氏、御事綏予曰：‘無毖于恤，不可不成乃寧考圖功。’已，予惟小子，不敢替上帝命。天休于寧王，興我小邦周。寧王惟卜周〔一八〕，克綏受兹命。今天其相民，矧亦惟卜用？嗚呼！天明畏，弼我丕丕基。”王曰：“爾惟舊人，爾丕克遠省，爾知寧王若勤哉！天閟毖我成功所，予不敢不極卒寧王圖事。肆予大化誘我友邦君。天棐忱辭，其考我民，予曷其不于前寧人圖功攸終？天亦惟用勤毖我民，若有疾。予曷敢不于前寧人攸受休畢？”王曰：“若昔朕其逝，朕言艱，日思。若考作室，既底法，厥子乃弗肯堂，矧肯構？《正義》曰：定本云“矧弗肯構”、“矧弗肯穫”，皆有“弗”字，檢《孔傳》所解，“弗”爲衍字。厥父菑，厥子乃弗肯播，矧肯穫？厥考翼，其肯曰：‘予有後，弗〔一九〕棄基？’《正義》曰：“鄭、王本于‘矧肯構’下亦有此一經，然取喻既同，不應重出。蓋先儒見下有而上無，謂其脱而妄增之。”考：“此一經”謂“厥考翼”下十二字也，鄭、王本重出，必有所受，且于義亦通，必非妄以意而增之也，《正義》説非。肆予曷敢不越卬敉寧王大命？若兄考乃有友伐厥子，民養其勸弗救？”王曰：“嗚呼！肆哉！爾庶邦君，越爾御事，爽邦由哲，亦惟十人，迪知上帝命，越天棐忱，爾時罔敢易法，矧今天降戾于周邦？惟大艱人，誕鄰胥伐于厥室，爾亦不知天命不易。予永念曰：天惟喪殷，若穡夫，予曷敢不終朕畝？天亦惟休于前寧人，予曷其極卜，敢弗于從？率寧人有指疆土，矧今卜并吉？肆朕誕以爾東征。天命不僭，卜陳惟若兹。”右《大誥》一篇，計六百有四十有九言。

康誥薛本作“康弇”

惟三月哉生魄，《説文》作“霸”。薛本同。周公初基，作新大邑于東國洛。四方民大和會，侯、甸、男、邦、采、衛，百工播民和，見士于周。周公咸勤，《釋文》曰：一本無此二字。乃洪大誥治。蘇氏軾謂此上皆《洛誥》之錯簡，先儒多從其説。王若曰：“孟侯，朕其弟，小子封。惟乃丕顯考文王，克明《困學紀聞》曰：《大傳》多一“俊”字。《荀子》

引《書》曰“克明明德”，疑即此也，見《正論》篇。德慎罰，不敢侮鰥寡，庸庸，祇祇，威威，顯民。用肇造我區夏，越我一二邦以修，我西土惟時怙冒，聞于上帝，帝休。天乃大命文王，殪戎殷，誕受厥命，厥越邦厥民，惟時敘。乃寡兄勖，肆汝小子封，在兹東土。”王曰：“嗚呼！封。汝念哉！今民將在祗遹乃文考，紹聞，衣德言。往敷求于殷先哲王，用保乂民。汝丕遠惟商耇成人，宅心知訓。别求聞由古先哲王，用康保民。弘《荀子》多一“覆”字，見《富國》篇。于《荀子》作“乎”。天，若德，裕乃身，不廢在王命。”王曰：“嗚呼！小子封。恫瘝乃身，敬哉！天畏郭注《爾雅》作“威”，見《釋詁》。棐忱，民情大可見。小人難保，往盡乃心，無康好逸豫，乃其乂民。我聞曰：‘怨不在大，亦不在小。惠不惠，懋《左氏》作“茂”，見《昭八年》。不懋。’已，汝惟小子，乃服惟弘王。應保殷民。亦惟助王宅天命，作新民。”王曰：“嗚呼！封。敬明乃罰。人有小罪非眚，《釋文》曰：本亦作“省”。乃惟終，自作不典，式爾，有厥罪小，乃不可不殺。乃有大罪，非終，乃惟眚災，適爾，既道極厥辜，時乃不可殺。”王曰：“嗚呼！封。有敘，時乃大明服，惟民其勑懋和。若有疾，惟民其畢棄咎。若保赤子，惟民其康乂。非汝封刑人殺人，無或刑人殺人。非汝封又曰蔡《傳》曰：“又曰”當在“非汝封”之上。劓刵人，無或劓刵人。”王曰：“外事，汝陳時臬，司師，兹殷罰有倫。”又曰：“要囚，服念五六日，至于旬時，丕蔽要囚。”王曰：“汝陳時臬事，罰蔽殷彝，用其義刑義殺，勿庸以次汝封。乃汝盡遜曰時敘，惟曰未有遜事。《荀子》作“義刑義殺，勿庸以即，汝惟曰未有順事”，見《致仕》篇。《宥坐》篇亦有此經，“汝”作“予”，餘竝同。已，汝惟小子，未其有若汝封之心。朕心朕德惟乃知。凡民自得罪，寇攘姦宄，殺越人于貨，暋《孟子》作“閔”。不畏死，《孟子》多“凡民”二字。《説文》同。罔弗《孟子》作“不”。《説文》同。憝。”《孟子》作“譈”。王曰：“封，元惡大憝，矧惟不孝不友。子弗祗服厥父事，大傷厥考心。于父不能字厥子，乃疾厥子。于弟弗念天顯，乃弗克恭厥兄。兄亦不念鞠子哀，大不友于弟。惟弔兹，不于我政人得罪。天惟與我民彝大泯亂，曰：乃其速由文王作罰，刑兹無赦。《左傳》曰：《康誥》曰“父不慈子不祗，兄不友弟不共，不相及也”，見《僖三十三年》。又曰：《康誥》曰：“父子兄弟，罪不相及”，見《昭二十年》。《正義》曰：此雖言“《康誥》曰”，直引《康誥》之意，非《康誥》之全文也。考：此説是，觀二處不同可見。不率大戛，矧惟外庶子、訓人，惟厥正人，越小臣諸節，乃别播敷。造民大譽，弗念弗庸，瘝厥君。時乃引惡，惟朕憝。已，汝乃其速由兹義率殺。亦惟君惟長，不能厥家人，越厥小臣、外正，惟威惟虐，大放王命，乃非德用乂。汝亦罔不克敬典，乃由裕民。惟文王之敬忌，乃裕民，曰：‘我惟有及。’則予一人以懌。”《荀子》作“惟文王敬忌，一人以擇”，見《君道》篇，疑荀卿所節也。王曰：“封！爽惟民，迪吉康。我時其惟殷先哲王德，用康乂〔二〇〕民作求。矧今民罔迪不適，不迪則罔政在厥邦。”王曰：“封！予惟不可不監，告汝德之説于罰之行。今惟民不静，未戾厥心，迪屢未同。爽惟天其罰殛我，我其不怨。惟厥罪。無在大，亦無在多，《國語》作“怨不在大，亦不在多。”矧曰其尚顯聞于天？”王曰：“嗚呼！封，敬哉！無作怨，勿用非謀非彝，蔽時忱。丕則敏德，用康乃心，顧乃德，遠乃猷，乃裕以民寧，不汝瑕殄。”王曰：“嗚呼！肆汝小子封，惟命不于常。汝念哉！無我殄。享，明乃服命，高乃聽，用康乂民。”王若曰：“往哉，封！勿替敬典，聽朕告，汝乃以殷民世享。”右《康誥》一篇，計九百有一十有八言。

酒誥薛本作“酒寍”

王《釋文》曰：馬本作“成王”。《書正義》曰：馬、鄭、王本以文涉三家而有“成”字。考：三家，歐陽、大小夏侯也，是今文亦有“成”字。若曰：“明大命于妹邦。乃穆考文王肇國在西土，厥誥毖庶邦庶士，越少正、御事，朝夕曰：‘祀兹酒。’惟天降命肇我民，惟元祀。天降威，我民用大亂喪德，亦罔非酒惟行。越小大邦用喪，亦罔非酒惟辜。文王誥教小子，有正鄭註《周禮》作“政”，見《萍氏》。有事，無彝酒。越庶國，飲惟祀，德將無醉，惟曰我民迪小子，惟土物愛，厥心臧，聰聽祖考之彝訓。越小大德，小子惟一。妹土嗣爾股肱，純其蓺黍稷，奔走事厥考厥長。肇牽車牛遠服賈，用孝養厥父母。厥父母慶，自洗腆，致用酒。庶士有正，越庶伯君子，其爾典聽朕教。爾大克羞耇，惟君，爾乃飲食醉飽，丕惟曰：爾克永觀省，作稽中德。爾尚克羞饋祀，爾乃自介用逸。兹乃允惟王正事之臣，兹亦惟天若元德，永不忘在王家。”王曰：“封！我西土棐徂邦君、御事、小子，尚克用文王教，不腆于酒，故我至于今，克受殷之命。”王曰：“封！我聞惟曰，在昔殷先哲王迪畏天，顯小民，經德秉哲。自成湯咸至于帝乙，成王畏相。惟御事，厥棐有恭，不敢自暇自逸，矧曰其敢崇飲？越在外服，侯、甸、男、衛、邦伯，越在内服，百僚庶尹，惟亞惟服宗工，越百姓里居，罔敢湎于酒。不惟不敢，亦不暇。惟助成王德顯，越尹人祗辟。我聞亦惟曰：在今後嗣王酣身，厥命罔顯于民，祗保越怨，不易。誕惟厥縱淫泆《釋文》曰：又作“逸”，亦作“佚”。于非彝，用燕喪威儀，民罔不盡傷心。惟荒腆于酒，不惟自息乃逸，厥心疾狠，不克畏死。辜在商邑，越殷國滅無罹。弗惟德馨香，祀登聞于天。誕惟民怨，庶羣自酒，腥聞在上。故天降喪于殷，罔愛于殷，惟逸。天非虐，惟民自速辜。”王曰：“封！予不惟若兹多誥。古人有言曰：‘人無於水監，當於民監。’今惟殷墜厥命，我其可不大監撫于時？予惟曰：汝劼毖殷獻臣，侯、甸、男、衛，矧太史友、内史友，越獻臣、百宗工，矧惟爾事服休、服采，矧惟若疇圻父，薄違農父，若保宏父，定辟，矧汝剛制于酒。厥或誥曰羣飲，汝勿佚，盡執拘《説文》作“抲”。以歸于周，予其殺。又惟殷之迪諸臣，惟工乃湎于酒，勿庸殺之，姑惟教之，有斯明享。乃不用我教辭，惟我一人弗恤，弗蠲乃事，時同于殺。”王曰：“封！汝典聽朕毖，勿辯乃司民湎于酒。”右《酒誥》一篇，計六百有六十有二言。

敬考：劉向以古文校今文，此篇與《召誥》皆有脱簡者也，三家之本絶無以知所脱篇爲何簡，無以知所脱之簡加增與否。惟《大傳》有“王曰封惟曰若圭壁”八字，而王伯厚以爲脱簡之文，見《漢蓺文考》。然此乃伏生所舉，非三家脱簡也。楊子《法言》曰：《酒誥》之篇俄空焉，今亡。夫豈當時知《酒誥》有脱簡，空其中段，而後人不得其辭，隨又合之邪？

梓《大傳》作“杍”。《釋文》曰：本亦作“杍” 材薛本作“杍材”

王曰：“封！以厥庶民暨厥臣達大家，以厥臣達王，惟邦君。汝若恒越曰：‘我有師師。’司徒、司馬、司空、尹、旅曰‘予罔厲殺人’，亦厥君先敬勞，肆徂，厥敬勞。肆往，姦宄、殺人、歷人宥。肆亦見厥君事，戕敗人宥。王啓監，厥亂爲民。《論衡》作“疆人有王開賢，厥率化民”，出《效力》篇，蓋今文也。曰：無胥戕，無胥虐，至于敬寡，至于屬《説文》作“嫋”。《玉篇》、薛本同。婦，合由以容。王其效邦君越御事，厥命曷以？引養引恬。自古王若兹監，罔攸辟。惟曰：若稽田，既勤敷菑，惟其陳修，爲厥疆畎。若作室家，既勤垣墉，惟其塗《説文》作“斁”。薛本同。下同。塈茨。若作梓材，既勤樸斲，惟其塗丹雘。今王惟曰：先王既勤用明德，懷爲夾，庶邦享，作兄弟，方來，亦既用明德。后式典集，庶邦丕享。皇天既付《釋文》曰：馬本作“附”。中國民，越厥疆土，于先于肆，王惟德用，和懌《釋文》曰：又作“斁”。先後迷民，用懌先王受命。已！若兹監。惟曰：欲至于萬年惟王，子子孫孫永保民。”右《梓材》一篇，計二百有五十有四言。

召誥薛本作“召雋”

惟二月既望，越六日乙未，王朝步自周，則至于豐。惟太保先周公相宅。越若來三月，惟丙午朏，越三日戊申，太保朝至于洛，卜宅。厥既得卜，則經營。越三日庚戌，太保乃以庶殷攻位于洛汭。越五日甲寅，位成。若翼日乙卯，周公朝至于洛，則達觀于新邑營。越三日丁巳，用牲于郊，牛二。越翼日戊午，乃社于新邑，牛一、羊一、豕一。越七日甲子，周公乃朝用書命庶殷侯、甸、男、邦伯。厥既命殷庶，庶殷丕作。太保乃以庶邦冢君出取幣，乃復入，錫周公，曰：“拜手稽首，旅王若公。誥告庶殷，越自乃御事。嗚呼！皇天上帝，改厥元子，兹大國殷之命。惟王受命，無疆惟休，亦無疆惟恤。嗚呼！曷其奈何弗敬？天既遐終大邦殷之命。兹殷多先哲王在天，越厥後王後民，兹服厥命。厥終智藏瘝在。夫知保抱攜持厥婦子，以哀籲天。徂厥亡，出執。嗚呼！天亦哀于四方民，其眷命用懋。王其疾敬德。相古先民有夏，天迪從子保，面稽天若，今時既墜厥命。今相有殷，天迪格保，面稽天若，今時既墜厥命。今冲子嗣，則無遺壽耇。曰：其稽我古人之德，矧曰其有能稽謀自天？嗚呼！有王雖小，元子哉。其丕能諴于小民，今休。王不敢後，用顧畏于民碞。《説文》作“嵒”。王來紹上帝，自服于土中。旦曰：‘其作大邑，其自時配皇天。毖〔二一〕祀于上下，其自時中乂〔二二〕，王厥有成命治民，今休。’王先服殷御事，比介于我有周御事。節性，惟日其邁。王敬作所，不可不敬德。我不可不監于有夏，亦不可不監于有殷。我不敢知曰，有夏服天命，惟有歷年。我不敢知曰，不其延，惟不敬厥德，乃早墜厥命。我不敢知曰，有殷受天命，惟有歷年。我不敢知曰，不其延，惟不敬厥德，乃早墜厥命。今王嗣受厥命，我亦惟兹二國命，嗣若功。王乃初服。《論衡》作“今王初服厥命”，見□□篇〔二三〕。嗚呼！《論衡》作“於戲”。若生子，罔不在厥初生。自貽哲命。今天其命哲，命吉凶，命歷年。知今我初服，宅新邑，肆惟王其疾敬德。王其德之用，祈天永命。”其惟王勿以小民淫用非彝，亦敢殄戮，用乂民，若有功。其惟王位在德元，小民乃惟刑用于天下，越王顯。上下勤恤，其曰：‘我受天命，丕若有夏歷年，式勿替有殷歷年。’欲王以小民受天永命。”拜手稽首曰：“予小臣，敢以王之讎《釋文》曰：字或作“酬”。民、百君子，越友民，保受王威命明德。王末有成命，王亦顯。我非敢勤，惟恭奉幣，用供王，能祈天永命。”右《召誥》一篇，計七百有三十言。

洛　誥

周公拜手稽首曰：“朕復子明辟。王如弗敢及天基命定命，予乃胤保，大相東土，其基作民明辟。予惟乙卯朝至于洛師，我卜河朔黎水，我乃卜澗水東、瀍水西，惟洛食。我又卜瀍水東，亦惟洛食。伻來以圖，及獻卜。”王拜手稽首曰：“公不敢不敬天之休，來相宅，其作周匹休。公既定宅，伻來，來，視予卜休恒吉，我二人共貞。公其以予萬億年敬天之休。”拜手稽首誨言。周公曰：“王肇稱殷禮，祀于新邑，咸秩無文。予齊百工，伻從王于周。予惟曰：庶有事。今王即命曰：記功，宗以功，作元祀。惟命曰：‘汝受命篤弼，丕視功載，乃汝其悉自教工。’《大傳》作“學功”。儒子其朋，儒子其朋，其往。無若火始燄燄，《前漢書》作“庸庸”，見《梅福傳》。時古文未立學，蓋今文也。厥攸灼敘，弗其絶。厥若彝，及撫事，如予。惟以在周工，往新邑，伻嚮即有僚，明作有功，惇大成裕，汝永有辭。”公曰：“已！汝惟沖子，惟終。汝其敬識百辟享，亦識其有不享，享多儀，儀不及物，惟《孟子》無“惟”字。曰不享。惟不役志于享，凡民惟曰不享，惟事其爽侮。乃惟儒子頒，《説文》作“攽”。薛本同。朕不暇聽。朕教汝于棐民彝。汝乃是不蘉，乃時惟不永哉！篤敘乃正父，罔不若予，不敢廢乃命。汝往，敬哉！兹予其明農哉！彼裕我民，無遠用戾。”王若曰：“公明保予沖子，公稱丕顯德，以予小子揚文武《大傳》多“之德”二字。烈，奉答《大傳》作“對”。天命，和恒四方民。居師，惇宗將禮，稱秩元祀，咸秩無文。惟公德明，光于上下，勤施于四方，旁作穆穆迓衡，不迷文武勤教，予沖子〔二四〕夙夜毖祀。”王曰：“公功棐迪篤，罔不若時。”王曰：“公！予小子其退，即辟于周，命公後。四方迪亂，未定于宗禮，亦未克敉公功。迪將其後，監我士師工，誕保文武受民亂，爲四輔。”王曰：“公定，予往已。公功肅將祇歡，公無困哉。我惟無斁其康事，公勿替刑，四方其世享。”周公拜手稽首曰：“王命予來，承保乃文祖受命民，越乃光烈考武王，弘朕恭。儒子來相宅，其大惇典殷獻民，亂爲四方新辟。作周，恭先。曰其自時中乂，萬邦咸休，惟王有成績。予旦以多子越御事，篤前人成烈，答其師，作周，孚先。考朕昭子刑，乃單文祖德。伻來毖殷，乃命寧。予以秬鬯二卣，曰明禋，拜手稽首休享。予不敢宿，則禋于文王、武王。惠篤敘，無有遘自疾，萬年厭于乃德，殷乃引考。王伻殷，乃承敘萬年，其永觀朕子懷德。”戊辰，王在新邑，烝祭歲，文王騂牛一，武王騂牛一。王命作册，逸祝册，惟告周公其後。王賓，殺禋，咸格，王入太室祼。王命周公後，作册，逸誥。在十有二月，惟周公誕保文武受命，惟七年。右《洛誥》一篇，計七百有六十有六言。

多士薛本同

惟三月，周公初于新邑洛，用告商王士。王若曰：“爾殷遺多士！弗弔，旻天大降喪于殷，我有周佑命，將天明威，致王罰，勑殷命終于帝。肆爾多士，非我小國敢弋《釋文》曰：馬本作“翼”。《正義》曰：鄭、王本亦作“翼”。殷命，惟天不畀允罔固亂，弼我，我其敢求位？惟帝不畀，惟我下民秉爲，惟天明畏。我聞曰：‘上帝引逸。’有夏不適逸，則惟帝降格。嚮于時夏，弗克庸帝，大淫泆，《釋文》曰：又作“佾”。馬本作“屑”。薛本作“俏”。有辭。惟時天罔念聞，厥惟廢元命，降致罰。乃命爾先祖成湯革夏，俊民甸四方。自成湯至于帝乙，罔不明德恤祀。亦惟天丕建，保乂有殷。殷王亦罔敢失帝，罔不配天其澤。在今後嗣王，誕罔顯于天，矧曰其有聽念于先王勤家？誕淫厥泆，罔顧于天顯民祇。惟時上帝不保，降若兹大喪。惟天不畀不明厥德，凡四方小大邦喪，罔非有辭于罰。”王若曰：“爾殷多士！今惟我周王丕靈，承帝事，有命曰：割殷，告勑于帝。惟我事不貳適，惟爾王家我適。予其曰：‘惟爾洪無度，我不爾動，自乃邑。’予亦念天即于殷大戾，肆不正。”王曰：“猷！告爾多士。予惟時其遷居西爾。非我一人奉德不康寧，時惟天命。無違，石經殘碑“無違”二字作“元”。朕不敢有後，無我怨。惟爾知，惟殷先人有册有典，殷革夏命。今爾又曰：‘夏迪簡在王庭，有服在百僚。’予一人惟聽用德，肆予敢求爾于天邑商？予惟率肆矜《論衡》作“夷憐”，見《雷虚》篇。爾，非予罪，時惟天命。”王曰：“石經殘碑多“告爾”二字。多士！昔朕來自奄，予大降爾四國民命。我乃明致天罰，移爾遐逖，比事臣我宗，多遜。”王曰：“告爾殷多士！今予惟不爾殺，予惟時命有申。今朕作大邑于兹洛，石經殘碑作“雒”。予惟四方罔攸賓，亦惟爾多士攸服奔走，臣我，多遜。爾乃尚有爾土，爾乃尚寧幹止。爾克敬，天惟畀矜爾。爾不克敬，爾不啻不有爾土，予亦致天之罰于爾躬。今爾惟時宅爾邑，繼爾居，爾厥有幹有年于兹洛，《漢藝文考》曰：石經作“雒”。爾小子乃興，從爾遷。”王曰，又曰：“時予乃或言，爾攸居。”右《多士》一篇，計五百有七十言。

無《大傳》作“毋”。《困學紀聞》云逸薛本作“亡佾”

周公曰：“嗚呼！君子所其無逸。先知稼穡石經殘碑作“嗇”。之艱難，乃逸，石經殘碑作“劮”。則知小人之依。相小人，厥父母勤勞稼穡，厥子乃不知稼穡之艱難，乃逸《漢蓺文考》曰：石經作“劮”。乃諺，石經作“憲”。既誕石經作“延”。否石經殘碑作“不”。則，侮厥父母，曰：‘昔之人無聞知。’”周公曰：“嗚呼！我聞曰：昔在殷王中宗，嚴《釋文》曰：馬作“儼”。恭寅畏，天命自度，石經作“亮”。治石經作“以”。民祇懼，不敢荒寧。肆中宗之享國七十有五年。其在高宗，時舊勞于外，爰暨小人。作其即位，乃或《史記》作“有”。亮《論語》作“諒”。陰，《喪服四制》作“諒闇”。《困學紀聞》曰：《大傳》作“梁闇”。《史記》同。三年不言。其惟不言，言乃雍。《坊記》作“讙”。《史記》同。不敢荒寧，嘉靖《史記》作“密静”。殷邦。至于小大，無時或怨〔二五〕。肆高宗之享國五十有九《史記》作“五”。年。《困學紀聞》曰：石經作“百年”。顧氏《石經殘碑考》亦云。然漢《五行志》、《劉向傳》、《杜欽傳》皆曰“高宗百年”。蓋今文作“百年”，司馬聞古文説記憶未確，故曰五十五爾。其在祖甲，不義惟王，舊爲小人。作其即位，爰知小人之依。能保惠于庶民，不敢侮鰥寡。肆祖甲之享國三十有三年。自時厥後，立王生則逸。生則逸，不知稼穡之艱難，不聞小人之勞，惟耽樂之從。自時厥後，亦罔或克壽，或十年，或七八年，或五六年，或四三年。”周公曰：“嗚呼！厥亦惟我周太王、王季，克自抑畏。文王卑〔二六〕《釋文》曰：馬本作“俾”。服，即康功、田功。徽柔懿恭，懷保小民，《漢蓺文考》曰：石經作“人”。惠鮮石經作“于”。鰥石經殘碑作“矜”。寡。自朝至于日中昃，不遑暇食，用咸和萬民。《楚語》作“惠于小民”。文王不敢盤《後漢書》作“槃”，見《郅惲傳》。于遊田，以庶邦惟正《楚語》作“政”。之供。《楚語》作“恭”。文王受命惟中身，厥享國五十年。”周公曰：“嗚呼！繼自今嗣王，則其無淫于觀于逸于遊于田，石經作“毋劮于遊田”。以萬民惟正之供，《前漢書》作“嗣王，其毋淫于酒，毋逸于遊田，惟正之共”，見《谷永傳》。皆今文之辭也。無皇石經作“毋況”。曰：‘今日耽樂。’乃非民攸訓，非天攸若，時人丕則有愆。無若殷王受之迷亂，酗于酒德哉！”周公曰：“嗚呼！我聞曰：古之人猶胥訓告，胥保惠，胥教誨，民無或胥譸張爲幻。此厥不聽，石經殘碑作“聖”。人乃訓之，乃變亂先王之正刑。石經作“人乃訓變亂正刑”。共脱六字，劉向所謂“脱字數十”，此類是也。至于小大。民否則厥心違怨，否則厥口詛祝。”周公曰：“嗚呼！自殷王中宗，及高宗，及祖甲，及我周文王，茲四人廸哲。厥或告之曰：‘小人怨汝詈汝。’則皇石經作“况”。王本同，見《正義》。自石經殘碑作“曰”。敬德，厥愆，曰：‘朕之愆。’允若時，不啻不敢含怒。此厥不聽，人乃郭氏《爾雅》作“無”。或譸郭氏《爾雅》作“侜”，見《釋訓》。張爲幻，曰：‘小人怨汝詈汝。’則信之。則若時不永念厥辟，不寬綽厥心，亂罰無罪，殺無辜。怨有同，是叢于厥身。”周公曰：“嗚呼！嗣王其石經殘碑無“其”字。監于茲。”右《無逸》一篇，計五百有八十有九言。

君奭薛本作“卤奭”

周公若曰：“君奭！弗弔，天降喪于殷，殷既墜厥命，我有周既受。我不敢知曰厥基永孚于休，若天棐忱。我亦不敢知曰其終石經殘碑作“道”。出于不祥。嗚呼！君已。曰時我，我亦不敢寧于上帝命，弗永遠念天威。越我民罔尤違，惟人在我後嗣《□漢書〔二七〕》作“嗣事”，見《□□傳〔二八〕》。子孫，大弗克恭上下，遏佚《□漢書〔二九〕》作“失”。前人光，在家不知。天命不易，天難諶，《□漢書〔三〇〕》作“夜棐忱”，見《□□傳〔三一〕》。乃其《□漢書〔三二〕》作“亡”。墜命。弗克經歷。嗣前人，恭明德，在今予小子旦。非克有正，迪惟前人光，施于我沖子。又曰：“天不可信。我道《釋文》曰：馬本作“迪”。惟寧王德延，天不庸釋于文王受命。”公曰：“君奭！我聞在昔成湯既受命，時則有若伊尹，格于皇天。在太甲，時則有若保衡。在太戊，時則有若伊陟、臣扈，格于上帝。巫咸乂王家。在祖乙，時則有若巫賢。在武丁，時則有若甘盤。率惟茲有陳，保乂有殷。

故殷禮陟配天，多歷年所。天惟純佑命，則商實百姓。王人罔不秉德，明恤小臣，屏侯甸，矧咸奔走？惟茲惟德稱，用乂厥辟。故一人有事于四方，若卜筮，罔不是孚。”公曰：“君奭！天壽平格，保乂有殷。有殷嗣，天滅威。今汝永念，則有固命，厥亂明我新造邦。”公曰：“君奭！在昔上帝，割申勸《緇衣》作“周田觀”，鄭注曰：今“博十”讀爲“厥亂勸”。寧《緇衣》作“文”。王之德，其集大命于厥躬。惟文王尚克修和我有夏，亦惟有若虢叔，有若閎夭，有若散宜生，有若泰顛，有若南宫括。”又曰：“無能往來，茲迪彝教文王蔑德，降于國人。亦惟純佑秉德，迪知天威。乃惟時昭文王，迪見冒《釋文》曰：馬本作“勖”。聞于上帝。惟時受有殷命哉！武王惟茲四人，尚迪有禄。後暨武王，誕將天威，咸劉厥敵。惟茲四人，昭武王，惟冒《説文》作“䀘”。丕單稱德。今在予小子旦，若游大川，予往，暨汝奭其濟。小子同未在位，誕無我責。收罔勖不及，耇造德不降，我則鳴鳥不聞，矧曰其有能格？”公曰：“嗚呼！君肆其監于茲。我受命無疆，惟休，亦大惟艱。告君乃猷裕，我不以後人迷。”公曰：“前人敷乃心，乃悉命汝，作汝民極。曰：‘汝明勖偶王，在亶。乘茲大命。惟文王德，丕承無疆之恤。’”公曰：“君！告汝，朕允。保奭！其汝克敬以予，監于殷喪大否，肆念我天威。予不允惟若茲誥，予惟曰襄我二人，汝有合哉！言曰：‘在時二人，天休滋至。惟時二人，弗戡。’其汝克敬德，明我俊民在讓，後人于丕時。嗚呼！篤棐時二人，我式克至于今日休。我咸成文王功于不怠，丕冒海隅出日，罔不率俾。”公曰：“君！予不惠，若茲多誥。予惟用閔于天越民。”公曰：“嗚呼！君惟乃知民德，亦罔不能厥初，惟其終。祗若茲。往，敬用治。”右《君奭》一篇，計七百有四十有八言。

多方薛本作“多�”

惟五月丁亥，王來自奄，至于宗周。周公曰：“王若曰：‘猷告爾四國多方，惟爾殷侯尹民，我惟大降爾命，爾罔不知。洪惟圖〔三三〕天之命，弗永寅念于祀。惟帝降格于夏，有夏誕厥逸，不肯感言于民，乃大淫昏，不克終日勸于帝之迪，《釋文》曰：馬本作“攸”。乃爾攸聞。厥圖帝之命，不克開于民之麗，乃大降罰，崇亂有夏。因甲于内亂，不克靈承于旅。罔丕惟進之恭，洪舒于民。亦惟有夏《説文》多一“氏”字。之民叨懫，《説文》作“䪿”。薛本同。日欽劓割夏邑。天惟時求民主，乃大降顯休命于成湯，刑殄有夏。惟天不畀純，乃惟以爾多方之義民，不克永于多享。惟夏之恭多士，大不克明保享于民，乃胥惟虐于民，至于百爲，大不克開。乃惟成湯，克以爾多方，簡代夏作民主。慎厥麗，乃勸，厥民刑，用勸。以至于帝乙，罔不明德慎罰，亦克用勸。要囚，殄戮多罪，亦克用勸。開釋無辜，亦克用勸。今至于爾辟，弗克以爾多方，享天之命。嗚呼！’王若曰：‘誥告爾多方，非天庸釋有夏，非天庸釋有殷，乃惟爾辟，以爾多方，大淫圖天之命，屑有辭。乃惟有夏圖厥政，不集于享，天降時喪，有邦間之。乃惟爾商後王，逸厥逸，圖厥政，不蠲烝，天惟降時喪。惟聖罔念作狂，惟狂克念作聖。天惟五年須暇鄭本作“夏”，見《大雅·皇矣》正義。之子孫，誕作民主，罔可念聽。天惟求爾多方，大動以威，開厥顧天。惟爾多方罔堪顧之。惟我周王靈承于旅，克堪用德，惟典神天。天惟式教我用休，簡畀殷命，尹爾多方。今我曷敢多誥？我惟大降爾四國民命。爾曷不忱裕之于爾多方？爾曷不夾介乂我周王，享天之命？今爾尚宅爾宅，畋爾田，爾曷不惠王熙天之命？爾乃迪屢不静，爾心未愛，爾乃不大宅天命，爾乃屑播天命，爾乃自作不典，圖忱于正。我惟時其教告之，我惟時其戰要囚之，至于再，至于三。乃有不用我降爾命，我乃其大罰殛之。非我有周秉德不康寧，乃惟爾自速辜。’王曰：‘嗚呼！猷告爾有方多士暨殷多士：今爾奔走臣我監五祀，越惟有胥伯《大傳》作“賦”，《困學紀聞》引。小大多正，《大傳》作“政”。爾罔不克臬。《釋文》曰：馬作“劓”。自作不和，爾惟和哉！爾室不睦，爾惟和哉！爾邑克明，爾惟克勤乃事。爾尚不忌《說文》作“惎”。《玉篇》、薛本同。于凶德，亦則以穆穆在乃位，克閱于乃邑謀介，爾乃自時洛邑，尚永力畋爾田。天惟畀矜爾，我有周惟其大介賚爾，迪簡在王庭，尚爾事，有服在大僚。’王曰：‘嗚呼！多士！爾不克勸忱我命，爾亦則惟不克享，凡民惟曰不享。爾乃惟逸惟頗，大遠王命，則惟爾多方探天之威，我則致天之罰，離逖爾土。’王曰：‘我不惟多誥，我惟祗告爾命。’又曰：‘時惟爾初，不克敬于和，則無我怨。’”右《多方》一篇，計七百有九十有一言。

立政薛本同

周公若曰：“拜手稽首，告嗣天子王矣。”用咸戒于王曰：“王左右常伯、《說文》作“敀”。常任、準石經殘碑作“辟”。人、綴衣、虎賁。”周公曰：“嗚呼！休兹，知恤鮮哉！古之人迪惟有夏，乃有室大競，籲俊，尊上帝，迪知忱恂于九德之行。乃敢告教厥后曰：拜手稽首后矣。曰：宅乃事，宅乃牧，宅乃準，兹惟后矣。石經殘碑多一“亂”字。謀面，用丕訓德，則乃宅人，兹乃三宅無義民。桀德惟乃弗作往任，是惟暴德，罔後。亦越成湯陟，丕釐上帝之耿命，乃用三有宅，克即宅，曰三有俊，克即俊。嚴惟丕式，克用三宅三俊。其在商邑，用協于厥邑，其在四方，用丕式見德。嗚呼！其在受德暋，《說文》作“忞”。薛本同。惟羞刑暴德之人，同于厥邦，乃惟庶習逸德之人，同于厥政。帝欽罰之，乃伻我有夏，式商受命，奄甸萬姓。亦越文王、武王克知三有宅心，灼《說文》作“焯”。薛本同。見三有俊石經殘碑作“會”。心，以敬事上帝，立民長伯。立政任人，準夫、牧作三事，虎賁、綴衣、趣馬小尹，左右攜僕、百司庶府，大都小伯、藝人表臣百司，太史、尹伯、庶常吉士，司徒、司馬、司空亞旅，夷微、盧烝、三亳、阪尹。文王惟克石經殘碑無“克”字。厥宅石經殘碑作“度”。心，乃克立兹常事司牧人，以克俊有德。文王罔攸兼于庶言。庶獄庶慎，惟有司之牧夫。是訓用違。庶獄庶慎，文王罔敢知于兹。亦越武王，率惟敉功，不敢替厥義德；率惟謀從容德，以竝受此石經殘碑作“兹”。丕丕基。石經殘碑作“其”。嗚呼！孺子王矣！繼自今我其立政、立事、準人、牧夫，我其克灼知厥若，丕乃俾亂，相我受民，和我庶獄庶慎。時則勿有間之。自一話一言，我則末惟成德之彦，以乂我受民。嗚呼！予旦已受《漢藝文考》曰：石經作“以前”。人之徽石經作“徹”。言，咸告孺子王矣。繼自今，文子文孫其勿誤于庶獄庶慎，惟正是乂之。自古商人亦越我周文王立政、立事、牧夫、準人，則克宅《漢藝文考》曰：一作“度”。之，克由一作“猶”。繹之，兹乃俾乂。國則罔有立政用憸《説文》作“譣”。《釋文》曰：本又作“憸”。薛本同。人，不訓于石經殘碑無“于”字。德，是罔顯在石經作“哉”。厥世。繼自今立政，其勿以憸人，其惟吉士，用勱相我國《説文》作“邦”。家。今文子文孫孺子王矣。其勿誤于庶獄，惟有司之牧夫。其克詰爾戎兵，以陟〔三四〕禹之迹，方行天下，至于海表，罔有不服。以覲《大傳》作“勤”。文王之耿石經作“鮮”。光，以揚武王之大烈。《大傳》作“訓”。嗚呼！繼自今後王立政，其惟克用常人。”周公若曰：“太史，司寇蘇公！式敬爾由獄，以長我王國。兹式有慎，以列用中罰。”右《立政》一篇，計六百有六十有九言。

顧命薛本作“顧畣”

惟四月哉生魄，王不懌。《釋文》曰：馬本作“釋”。甲子，王乃洮頮《説文》作“沬”。水，相被冕服，憑《説文》作“凭”。薛本同。玉几。乃同召太保奭、芮伯、彤伯、畢公、衛侯、毛公、師氏、虎臣、百尹御事。王曰：“嗚呼！疾大漸，惟幾，病日臻。既彌留，恐不獲誓言嗣，兹予審訓命汝。昔君文王、武王宣重光，奠麗，陳教則肄，肄不違，用克達石經殘碑作“通”。殷集石經殘碑作“就”。大命。在後之侗，《釋文》曰：馬本作“詷”。敬迓天威，嗣守文武大訓，無敢昏逾。今天降疾殆，弗興弗悟，爾尚明時朕言，用敬保元子釗弘濟于艱難。柔遠能邇，安勸小大庶邦，思夫人自亂于威儀，爾無以釗冒貢于非幾。”兹既石經殘碑作“即”。受命還，出綴衣于庭。越翼日乙丑，王《釋文》曰：馬本作“成王”。崩。太保命仲桓、南宫毛俾爰齊侯吕伋，以二干戈、虎賁百人逆子釗於南門之外。延入翼室，恤宅宗。丁卯，命作册度。越七日癸酉，伯相命士須材。狄設黼扆《漢蓺文考》曰：石經作“衣”。綴衣。牖間南嚮，敷《説文》作“布”。重篾《説文》作“蔑”。席，黼純，華玉仍几。西序東嚮，敷重底《玉篇》作“莀”。席，綴純，文貝仍几。東序西嚮，敷重豐席，畫純，雕玉仍几。西夾南嚮，敷重筍席，玄紛純，漆仍几。越玉五重，陳寶，《説文》作“宲”。赤刀、大訓、弘璧，琬琰，在西序。大玉、夷玉、天球、河圖，在東序。胤之舞衣、大貝、鼖鼓，在西房。兑之戈、和之弓、垂之竹矢，在東房。大輅鄭本作“路”，見《周禮》註《典路之職》，鄭司農説。下同。在賓階面，綴鄭註《周禮》作“贅”。輅在阼階面，先輅在左塾之前，次輅在右塾之前。二人雀弁，執惠，立于畢門之内。四人綦《釋文》曰：馬本作“騏”。弁，執戈，上刃，夾兩階戺。一人冕，執劉，立于東堂。一人冕，執鉞，立于西堂。一人冕，執戣，立于東垂。一人冕，執瞿，立于西垂。一人冕，執鋭，《説文》作“鈗”。立于側階。王麻冕黼裳，由賓階隮。卿士、邦君麻冕蟻裳，入即位。太保、太史、太宗皆麻冕彤裳。太保承介圭，上宗奉同、瑁，由阼階隮。太史秉書，由賓階隮，御王册命。曰：“皇后憑玉几，道揚末命，命汝嗣訓，臨君周邦，率循大卞，燮和天下，用答揚文武之光訓。”王再拜，興，答曰：“眇眇予末小子，其能而亂四方，以敬忌天威？”乃受同、瑁，王三宿，三祭，三咤《釋文》曰：馬作"詫"。《説文》、《玉篇》、薛本竝同。上宗曰："饗。"太保受同，降，盥以異同，秉璋以酢，授宗人同，拜，王答拜。太保受同，祭，嚌，宅，授宗人同，拜，王答拜。太保降，收。諸侯〔三五〕出廟門俟。舊以此終《顧命》，而以此下爲《康王之誥》，今依馬、鄭、王本正之。王出在應門之内，太保率西方諸侯〔三六〕入應門左，畢公率東方諸侯入應門右，皆布乘黄朱。賓稱奉圭兼幣，曰："一二臣衛敢執壤奠。"皆再拜稽首。王義嗣德答拜。太保暨芮伯咸進，相揖，皆再拜稽首，曰："敢敬告天子，皇天改大邦殷之命，惟周文武誕受羑若，克恤西土。惟新陟王畢協《漢蓺文考》曰：一作"力"。賞罰，戡定厥功，用敷《説文》作"敷"。遺後人休。今王敬之哉！張皇六師，無壞我高祖寡命。"右《顧命》一篇，計七百有五十有九言。

康王之誥薛本作"康王出算"

王若曰：《釋文》曰：馬本從此以下爲《康王之誥》，又云："與《顧命》差異，敘歐陽、大小夏侯同爲《顧命》。""庶邦侯、甸、男、衛！惟予一人釗報誥，昔君文武丕平富，不務咎，厎至齊，信用昭明于天下，則亦有熊羆之士，不二心之臣，保乂王家，用端命于上帝。皇天用訓厥道，付畀四方，乃命建侯樹屏，在我後之人。今予一二伯父尚胥暨顧，綏爾先公之臣服于先王。雖爾身在外，乃心罔不在王室。用奉恤厥若，無遺鞠子羞。"羣公既皆聽命，相揖，趨出。王釋冕，反喪服。《書正義》曰：伏生以此篇合于《顧命》，共爲一篇。馬、鄭、王本自"高祖寡命"以上内于《顧命》之篇，"王若曰"以下始爲《康王之誥》。右《康王之誥》一篇，計一百有三十有七言。

敬考：二篇文事連屬，伏生之合，其最得乎？但《書序》已分爲二，然如舊所分，則"諸侯出廟門俟"語勢未已，且"高祖"以上皆終《顧命》之事，"王若曰"以下始專爲《康王之誥》爾，以文論之，則"無壞我高祖寡命"可以别住，"王若曰"可以别起。孔氏謂"諸侯告王，王報誥諸侯，而使告報異篇，失其義"

則出入異篇，抑又何邪？要當以伏生不分爲正，必欲分之，則馬、鄭、王三家差優，信古非好異也。

呂《孝經》、《表記》、《緇衣》并竝作"甫"。其他經傳及《史》、《漢》諸書多作"甫" 刑薛本作"呂型"

惟呂命，王享國百年，耄《釋文》曰：今亦作"薹"。荒，《大傳》多一"鮮"字。度作鄭本多一"詳"字，見《周禮註·天官·大宰之職》。《秋官·大司寇》同。刑，以詰《大傳》作"誥"。四方。王曰："若古有訓，蚩尤惟始作亂，延及于平民，罔不寇賊，鴟義《釋文》曰：本亦作"誼"。姦宄，奪《大傳》作"敓"。《説文》作"敓"。薛本同。攘矯虔。苗民弗《緇衣》作"匪"。用靈，《緇衣》作"命"。制以刑，惟作五虐之刑曰法，殺戮無辜。爰始淫爲劓、刵、《説文》作"刖劓"。椓、《説文》作"斀"。薛本同。黥。四字今文作"臏、宫、劓、割、頭、庶、黥"七字，見《書正義》。越兹麗刑并制，罔差有辭。民興胥漸，泯泯棼棼，罔中于信，以覆詛盟。虐威，庶戮方《論衡》作"僇旁"，見《變動》篇。告無辜于上。《論衡》作"天帝"。上帝監民，罔有馨香，德刑發聞惟腥。皇帝哀矜庶戮之不辜，報虐以威，遏絶苗民，無世在下。乃命重、黎絶地天通，罔有降格。羣后之逮在下，明明棐常，鰥寡無蓋。皇帝清《三國志》作"親"，見《鍾繇傳》。問下民，鰥寡有辭于苗。德威惟畏，德明惟明。乃命三后，恤功于民。伯夷降典，《大傳》多一"禮"字。折《前漢書》作"悊"，見《刑法志》。民惟刑。禹平水土，主名山川。稷降播種，農殖嘉穀。三后成功，惟殷于民。士《後漢書》作"爰"，見《梁統傳》。制百姓于刑之中，《後漢書》作"衷"。以教祗德。穆穆在上，明明在下，灼于四方，罔不惟德之勤。故乃明于刑之中，率乂〔三七〕于民棐彝。典獄，非訖于威，惟訖于富。敬忌，《表記》多一"而"字。罔有擇言在身。惟克天德，自作元命，配享在下。"王曰："嗟！四方司政典獄，非爾惟作天牧？今爾何監？非時伯夷播刑之《緇衣》

多一“不”字。迪？其今爾何懲？惟時苗民匪察于獄之麗，罔擇吉人，觀于五刑之中，惟時庶威奪貨，斷制五刑，以亂無辜。上帝不蠲，降咎于苗。苗民無辭于罰，乃絶厥世。”王曰：“嗚呼！念之哉！伯父、伯兄、仲叔、季弟、幼子、童孫，皆聽朕言，庶有格命。今爾罔不由慰日勤，爾罔或戒不勤。天齊于民，《後漢書》作“乎人”，見《揚賜傳》。考：賜通歐陽《尚書》桓君章句，亦今文也。俾《釋文》曰：馬本作“矜”。《後漢書》作“假”。我一日，非終惟終在人。爾尚敬逆天命，以奉我一人。雖畏勿畏，雖休勿休，惟敬五刑，以成三德。一人有慶，兆民賴之，其寧惟永。”王曰：“吁！《釋文》曰：馬作“于”。來！有邦有土，告爾祥《後漢書》作“詳”，見《劉愷傳》。注引《尚書》亦作“詳”，又引鄭説釋“詳”字。刑。在今爾安百姓，何擇非人？何敬非刑？何度非及？兩造具備，師聽五辭。五辭簡孚，正于五刑。五刑不簡，正于五罰。五罰不服，正于五過。五過之疵，惟官，惟反，惟内，惟貨，惟來。《釋文》曰：馬本作“求”。其罪惟均，其審克之。五刑之疑有赦，五罰之疑有赦，其審克之。簡孚有衆，惟貌《説文》作“緢”。薛本同。有稽。無簡不聽，具嚴天威。墨《史記》作“鯨”。辟《周禮》疏云：夏侯、歐陽説作“罰”，見《職金》。疑赦，其罰百鍰，《史記》作“率”。《周禮》疏云：夏侯、歐陽説作“率”。閲實其罪。劓辟疑赦，其罰惟倍，《史記》作“倍灑”，徐注曰：一作“蓰”。閲實其罪〔三八〕。剕《大傳》作“臏”。《史記》作“臏”。《玉篇》作“踂”。辟疑赦，其罰倍差，閲實其罪。宫辟疑赦，其罰六《史記》作“五”，徐注曰：一作“六”。百鍰，閲實其罪。大辟疑赦，其罰千鍰，閲實其罪。墨罰之屬千，劓罰之屬千，剕罰之屬五百，宫罰之屬三百，大辟之罰其屬二百。五刑之屬三千。上下比罪，無僭亂辭，勿用不行，惟察惟法，其審克之。上刑適《後漢書》作“挾”，見《劉愷傳》。下句同。輕下服，《後漢書》少二字。下同。下刑適重上服，輕重諸罰有權。刑罰世《後漢書》作“時”，見《應劭傳》。下同。輕世重，惟齊非齊，有倫有要。罰懲非死，人極于病。非佞折獄，惟良折獄，罔非在中，察辭于差，非從惟從。哀敬折《困學紀聞》曰：《大傳》作“矜哲”。《漢書》作“鰥哲”，見《于定國傳》。獄，明啓刑書胥占，咸庶中正。其刑其罰，其審克之。獄成而孚，輸而孚，其刑上備，有并兩刑。”王曰：“嗚呼！敬之哉！官伯族姓，朕言多懼。朕敬于刑，有德惟刑。今天相民，作配在下，明清于單辭，民之亂，罔不中聽獄之兩辭。無或〔三九〕私家于獄之兩辭，獄貨非寶，惟府辜功，報以庶尤。《説文》作“訧”。永畏惟罰，非天不中，惟人在命。天罰不極，庶民罔有令政在于天下。”王曰：“嗚呼！嗣孫，今往何監？非德于民之中，尚明聽之哉！哲人惟刑，無疆之辭，屬于五極，咸中有慶。受王嘉師，監于茲祥刑。”右《吕刑》一篇，計九百有五十有二言。

文侯之命薛本作“彣医作翕”

王若曰：“父義和，丕顯文武克慎明德，昭升于上，敷聞在下，惟時上帝集厥命于文王，亦惟先正克左右昭事厥辟，越小大謀猷罔不率從，肆先祖懷在位。嗚呼！閔予小子嗣，造天丕愆，殄資澤于下民，侵戎我國家純。即我御事，罔或耆壽俊在厥服。予則罔克，曰：‘惟祖惟父，其伊恤朕躬。’嗚呼！有績，予一人永綏在位。父義和，汝克昭〔四〇〕乃顯祖，汝肇刑文武，用會紹乃辟，追孝于前文人。汝多修，扞《説文》作“敦”。我于艱。若汝，予嘉。”王曰：“父義和，其歸視爾師，寧爾邦。用賚爾秬鬯一卣、彤弓一、彤矢百、盧弓一、盧矢百、馬四匹。父往哉！柔遠能邇，惠康小民，無荒寧。簡恤爾都，用成爾顯德。”右《文侯之命》一篇，計二百有一十有二言〔四一〕。

費《史記索隱》曰：《大傳》作“鮮”。《史記》作“肹”，徐注曰：一作“顯”，一作“獮”，裴注曰：《尚書》作“柴”，《説文》作“粊”　**誓**薛本作“斲”

公曰：“嗟！人無譁，聽命！徂兹淮夷、徐戎并興，善敹《史記》作“陳”。鄭註《周禮》同，見《雍氏》。乃甲冑，敿乃干，無敢不弔。備乃弓矢，鍛乃戈矛，礪乃鋒刃，無敢不善。今惟淫舍牿牛馬，杜鄭註《周禮》作“敗”。《釋文》曰：本又作“敗”。乃擭，敜乃穽，鄭註《周禮》作“阱”。無敢傷牿。牿之傷，汝則有常刑。郭注《爾雅》作“逸罰”。邢氏昺疏曰：今文。見《釋言》。馬牛其風，臣妾逋逃，無敢越逐，祗復之，我商賚汝〔四二〕。乃越逐不復，汝則有常刑。無敢寇攘，踰垣牆，竊馬牛，誘臣妾，汝則有常刑。甲戌，我惟征徐戎。峙乃糗《説文》作“餱”。糧，無敢不逮，汝則有大刑。魯人三郊三遂，《史記》作“隧”。峙乃楨榦。甲戌〔四三〕，我惟築，無敢不供，汝則有無餘刑，非殺。魯人三郊三遂，峙乃芻茭，無敢不多，汝則有大刑。”

右《費誓》一篇，計一百有八十有二言。

敬考：鄭注百篇之第，此篇在《吕刑》之前，爲九十七，蓋爲成王時事，不當居平王之後，然《文侯之命》，天子之事也，《費》、《秦》二誓，諸侯之事也。諸侯列天子之後，于義爲長，宜仍舊第，不必從鄭也。

秦誓薛本作“斲”

公曰：“嗟！我士，聽無譁！予誓告汝羣言之首。古人有言曰：‘民訖自若，是多盤。’責人斯無難，惟受責俾如流，是惟艱哉。我心之憂，日月逾邁，若弗云來。惟古之謀人，則曰未就予忌。《説文》作“來就惎惎”。惟今之謀人，姑將以爲親。雖則云然，尚猷詢兹黄髮，則罔所愆。番番良士，旅力既愆，我尚有之。仡仡

《説文》作“仡仡”。勇夫，射御不違，我尚不欲。惟截截《説文》作“戩戩”。薛本同。善諞《釋文》曰：馬本作“偏”。言，俾君子易辭，我皇多有之。昧昧我思之，如有一介《大學》作“个”。臣，斷斷《説文》作“㲹”。薛本同。猗，《大學》作“兮”。無他技，《釋文》曰：本亦作“伎”。其心休休焉，其如有容。《大學》多一“焉”字。人之有技，若己有之。人之彦聖，其心好之。不啻如〔四四〕《大學》作“若”。自其口出，是《大學》作“實”。能容之，以《大學》多一“能”字。保我子孫黎民，亦職《大學》作“尚亦”。有利哉。人之有技，冒《大學》作“媢”。疾以惡之。人之彦聖〔四五〕，而違之俾不達，《大學》作“通”。是《大學》作“實”。不能容，以不能保我子孫黎民，亦曰殆哉。邦之杌《説文》作“阢”。隉，曰由一人。邦之榮懷，亦尚一人之慶。”右《秦誓》一篇，計二百有四十有八言。

敬考：右《書》三十一篇，萬有五千四百六十二言，乃孔壁之真古文也。洵四代之法物、百王之懿範矣。其事信，其言古，其禮完，其氣沛乎其不可禦，讀者誠能通其訓故，以求其意藴，則三十一篇之中，天地、萬物、帝王、政治、典禮之詳，事世之變，皓首窮之而莫能盡其道。即得其緒餘，則文辭之淵彝古奥，奇正闔闢極其致，變化出没盡其神。觀其謀篇謀章、練句練字，求諸六蓺中，《易》、《詩》固將遜焉，而何論其下焉者。蓋無意爲文而自夐乎莫尚也，視僞書之補集成章，真意索然者，直鼎彝之與瓦缶，不待辨白而瞭然矣。

校勘記

〔一〕“聿”，《山右》本作“盡”。

〔二〕“廢”，《山右》本作“發”，是。

〔三〕“滅”，《山右》本作“減”，誤。

〔四〕“翻言爲然”，《山右》本作“翻翻言然”。

〔五〕“于”，《山右》本作“千”，誤。

〔六〕“史記”,《山右》本作“吏記”, 誤。

〔七〕“采采”,《山右》本作“採採”。

〔八〕“頑”,《山右》本作“顽”, 誤。

〔九〕“史記”,《山右》本作“吏記”, 誤。

〔一〇〕“乂”,《山右》本作“又”, 誤。

〔一一〕“敍”,《山右》本作“叔”, 誤。

〔一二〕“州”,《十三經注疏·尚書》作“山”。

〔一三〕“不”,《十三經注疏·尚書》作“弗”。

〔一四〕“告汝”,《山右》本作“告”。

〔一五〕“厥”,《十三經注疏·尚書》作“欽”。

〔一六〕“索”,《山右》本作“素”, 誤。

〔一七〕“于”,《十三經注疏·尚書》作“於”。

〔一八〕“周”,《十三經注疏·尚書》作“用”。

〔一九〕“弗”,《山右》本作“複”, 誤。

〔二〇〕“乂”,《山右》本作“又”, 誤。

〔二一〕“瑟”,《十三經注疏·尚書》作“毖”。

〔二二〕“乂”,《山右》本作“又”, 誤。

〔二三〕“□□篇”, 當補爲“率性篇”。

〔二四〕“子”,《山右》本作“于”, 誤。

〔二五〕“怨”,《山右》本作“恐”, 疑誤。

〔二六〕“卑”,《山右》本作“畀”, 誤。

〔二七〕“□漢書”, 此處應補爲“前漢書”。

〔二八〕“□□傳”, 此處應補爲“王莽傳”。

〔二九〕“□漢書”, 此處應補爲“前漢書”。

〔三〇〕“□漢書”, 此處應補爲“前漢書”。

〔三一〕“□□傳”, 此處應補爲“王莽傳”。

〔三二〕“□漢書”, 此處應補爲“前漢書”。

〔三三〕“圖”,《十三經注疏·尚書》無“圖”字。

〔三四〕“陟”,《山右》本作“陡”, 誤。

〔三五〕“諸侯”,《山右》本作“諸俟”, 誤。

〔三六〕“諸侯”，《山右》本作“諸俟”，誤。

〔三七〕“乂”，《山右》本作“又”，誤。

〔三八〕“罪”，《山右》本作“罰”。

〔三九〕“或”，原作“咸”，據《十二經注疏·尚書》改。

〔四〇〕“昭”，《十三經注疏·尚書》作“紹”。

〔四一〕“二言”，《山右》本缺“二”字。

〔四二〕“汝”，《十三經注疏·尚書》作“爾”。

〔四三〕“戌”，原作“戍”，據《十三經注疏·尚書》改。

〔四四〕“如”，《十三經注疏·尚書》作“若”。

〔四五〕“彦聖”，《山右》本作“彦望”，誤。

尚書考辨卷三

僞古文《尚書》二十五篇考辨上復出二篇附

秦人焚經而經存，漢人説經而經亡，非篤論也。漢儒興絶學于斯文既喪之餘，雖復抱殘守缺，而一時專門名家湛深經術，斯稱極盛矣。上則有明君賢王以大其表章，下則有碩士通儒以司其訂正，即有作僞如張霸父子，不能售其詐也。

降此三國兩晉，玄風大倡。外托清流，内釀禍亂，禮崩樂壞，經典澌滅。江左艸創，殘闕益盛于時。梅氏以其僞書僞傳堂堂奏上，知朝廷之可欺也。既無天禄、石渠之藏以證其謬，又無劉子政、子駿、賈景伯、班孟堅、馬季長之徒典校書以燭其奸。當是時，學者不見完古文已數百年，一旦五十八篇復出，莫不争相傳誦，以爲古文再見也，奚暇計其真僞哉？或講大義，或作疏解，後生蹈常襲故，莫敢瑕疵。

中更宋、齊、梁、陳，詞章學起。延及隋、唐，未能革焉。孔仲達定爲正義，勒布庠序，遂成盤石之勢矣。然而可以欺一時，不可以欺萬世。可以欺千萬人庸衆之目，不可以欺一二人有覺之心。有宋吴才老，始克據其文體以識其僞。此千載是非之公不泯滅于人心者也。紫陽師弟子踵而疑之，學者始得倚以爲重。

入元及明，詆排攻擊者甚夥，顧其立説卒亦莫得要領。殆未嘗探本窮原、深考其故爾。夫作僞有作僞之才與其學，若淺見寡聞而欲以武斷折其角，適足爲作僞者嗤矣。

誠能發其襍襲之原，摘其補苴之迹，溯其遷就之由，暴其悖戾之顯然者，雖起九京而問之，不知其尺喙安施也。國朝則吾鄉閻先生，考覈其最富乎！德清胡朏明，其次也。朱竹坨、顧亭林，猶未免依違其閒。今亦未敢執一先生之言以爲論定，考惟其據不厭詳，辨惟其明不厭博，庶讀者展卷瞭然，信固難信，疑亦無復可疑矣。孟子曰："盡信《書》，則不如無《書》。"矧其爲晚出之坿益者歟？

虞　書

大禹謨

曰若稽古，大禹曰文命，敷於四海，祗承于帝。曰："后克艱厥后，臣克艱厥臣，政乃乂，黎民敏德。"帝曰："俞，允若兹，嘉言罔攸伏，野無遺賢，萬邦咸寧。稽于衆，舍己從人，不虐無告，不廢困窮，惟帝時克。"益曰："都。帝德廣運，乃聖乃神，乃武乃文。皇天眷命，奄有四海，爲天下君。"禹曰："惠迪吉，從逆凶，惟影響。"益曰："吁！戒哉！儆戒無虞，罔失法度。罔游于逸，罔淫于樂。任賢勿貳，去邪勿疑，疑謀勿成，百志惟熙。罔違道以干百姓之譽，罔咈百姓以從己之欲。無怠無荒，四夷來王。"禹曰："於！帝念哉！德惟善政，政在養民。水、火、金、木、土、穀惟修，正德、利用、厚生惟和。九功惟敘，九敘惟歌。戒之用休，董之用威，勸之以九歌，俾勿壞。"帝曰："俞！地平天成，六府三事允治，萬世永賴，時乃功。"帝曰："格，汝禹！朕宅帝位三十有三載，耄期倦于勤，汝惟不怠，總朕師。"禹曰："朕德罔克，民不依。皐陶邁種德，德乃降，黎民懷之。帝念哉！念兹在兹，釋兹在兹。名言兹在兹，允出兹在兹。惟常〔一〕念功。"

帝曰："皋陶！惟兹臣庶，罔或干予正。汝作士，明于五刑，以弼五教，期于予治。刑期于無刑，民協于中，時乃功，懋哉！"皋陶曰："帝德罔愆，臨下以簡，御衆以寬，罰弗及嗣，賞延于世。宥過無大，刑故無小。罪疑惟輕，功疑惟重。與其殺不辜，寧失不經。好生之德，治于民心，兹用不犯于有司。"帝曰："俾予從欲以治，四方風動，惟乃之休。"帝曰："來！禹！洚〔二〕水儆予，成允成功，惟汝賢。克勤于邦，克儉于家，不自滿假，惟汝賢。汝〔三〕惟不矜，天下莫與汝争能。汝惟不伐，天下莫與汝争功。予懋乃德，嘉乃丕績，天之歷數在汝躬，汝終陟元后。人心惟危，道心惟微，惟精惟一，允執厥中。無稽之言勿聽，弗詢之謀勿庸。可愛，非君？可畏，非民？衆非元后，何戴？后非衆，罔與守邦。欽哉！慎乃有位，敬修其可願，四海困窮，天禄永終。惟口出好興戎，朕言不再。"禹曰："枚卜功臣，惟吉之從。"帝曰："禹！官占，惟先蔽志，昆命于元龜。朕志先定，詢謀僉同，鬼神其依，龜筮協從，卜不習吉。"禹拜稽首固辭，帝曰："毋，惟汝諧。"正月朔旦，受命于神宗，率百官若帝之初。帝曰："咨禹！惟時有苗弗率，汝徂征。"禹乃會羣后，誓于師曰："濟濟有衆，咸聽朕命。蠢兹有苗，昏迷不恭，侮慢自賢，反道敗德。君子在野，小人在位，民棄不保，天降之咎。肆予以爾衆士奉辭伐罪，爾尚一乃心力，其克有勳。"三旬，苗民逆命。益贊于禹曰："惟德動天，無遠弗届。滿招損，謙受益，時乃天道。"帝初于歷山，往于田，日號泣于旻天，于父母。負罪引慝，祇載見瞽瞍，夔夔齋栗，瞽亦允若。至諴感神，矧兹有苗。禹拜昌言，曰："俞！班師振旅。"帝乃誕敷文德，舞干羽于兩階。七旬，有苗格。

敬考：此僞書所作第一篇也。孔壁真古文增多十六篇，原有《大禹謨》一篇，遭赤眉之亂而亡。但鄭目十六篇，《舜典》之後《大禹謨》之前尚有《汩作》九，其二題置而不作者。按《書序》

云："帝釐下土方，設居方，别生分類，作《汨[四]作》九，共九篇。"各經傳引《書》與此序闕合者絶少，安能徒手出胸臆，譔成此十篇邪？《大禹謨》則有《論語》、《左傳》已下所稱《書》文事多關禹，集合成篇不難爾。故僞作自《大禹謨》始。今據愚之所知，悉爲表而出之，猶可見其苦心搜羅、匠意經營之迹云。

《堯典》：曰若稽古。《皋陶謨》同。

《大戴禮記》禹：曰文命。《五帝德》。

《易》：萬國咸寧。《乾·彖傳》。

《孟子》：舍己從人。《公孫丑》。

《莊子》：堯曰："吾不敖無告，不廢窮民。"《天道》。

《吕覽》：《夏書》曰："天子之德廣運，乃神乃武乃文。"《務本》[五]。

《尸子》：舜曰："從道必吉，反道必凶。如影如響。"《太平御覽》引。

《戰國策》：《書》云：去邪勿疑，任賢勿貳。《趙王立周紹爲傅》。

《左傳》：《夏書》曰："戒之用休，董之用威。勸之以《九歌》，俾勿壞。"九功之德皆可歌也，謂之九歌。六府三事謂之九功。水、火、金、木、土、穀謂之六府，正德、利用、厚生謂之三事。《文七年》。

又：《夏書》曰："地平天成。"《僖二十四年》。

《孟子》：舜薦禹于天，十有七年。《萬章》。

《左傳》：《夏書》曰："皋陶邁種德，德乃降。"《莊八年》。

又：《夏書》曰："念茲在茲，釋茲在茲，名言茲在茲，允出茲在茲，惟帝念功。"《襄二十一年》。

《孟子》：舜曰："惟茲臣庶，汝其于予治。"《萬章》。

《前漢書》：傳曰："賞疑從予，罰疑從去。"《馮奉世傳》。

《左傳》：《夏書》曰："與其殺不辜，寧失不經。"《襄二十八年》。

《荀子》：舜曰：“維予從欲而治。”《大略篇》。

《孟子》：《書》曰：“洚水警予。”《滕文公》。

《左傳》：《夏書》曰：“成允成功。”《襄五年》。

《老子》：不自伐，故有功。不自矜，故長。夫惟不争，故天下莫能與之争。《曲則全章》。

《荀子》：不争矣夫，故天下不與争能。《君子篇》。

《論語》：天之歷數在爾躬。《堯曰》。

《荀子》：《道經》曰：“人心之微，道心之微。”《解蔽篇》。

《論語》：允執其中。《堯曰》。

《荀子》：無稽之言，不聞之謀，君子慎之。《正名篇》。

《國語》：《夏書》有之曰：“衆非元后，何戴？后非衆，無與守邦。”《周》。

《論語》：四海困窮，天禄永終。《堯曰》。

《墨子》：先王之書《術令》之道曰：“唯口出好興戎。”《尚同中》。

《左傳》：王與葉公枚卜子良以爲令尹。《哀十七年》。

又：《夏書》曰：“官占唯能蔽志昆命于元龜。”《哀十八年》。

又：卜不襲吉。《哀十年》。

《墨子》：昔者禹征有苗。《非攻下》。

又：《禹誓》：“禹曰：‘濟濟有衆，咸聽朕言。非惟小子敢行稱亂，蠢兹有苗，用天之罰。若予既率爾羣對諸羣，以征有苗。’”《兼愛下》。

《國語》：奉辭伐罪。《鄭》。

《孟子》：舜往于田，號泣于旻天于父母。《萬章》。

又：《書》曰：“祗載見瞽瞍，夔夔齋栗，瞽瞍亦允若。”《萬章》。

《淮南内書》：“忠信形于内，感動應于外，故禹執干戚舞于兩階之間，而三苗服。”《繆稱訓》。

夏書

五子之歌

太康尸位以逸豫，滅厥德，黎民咸貳，乃盤遊無度。畋于有洛之表，十旬弗反。有窮后羿因民弗忍，距于河。厥弟五人御其母以從，徯于洛之汭，五子咸怨。述大禹之戒以作歌。其一曰：皇祖有訓，民可近，不可下。民惟邦本，本固邦寧。予視天下，愚夫愚婦，一能勝予。一人三失，怨豈在明？不見是圖。予臨兆民，懔乎若朽索之馭六馬。爲人上者，奈何不敬？其二曰：訓有之，内作色荒，外作禽荒。甘酒嗜音，峻宇雕牆。有一于此，未或不亡。其三曰：惟彼陶唐，有此冀方。今失厥道，亂其紀綱，乃底滅亡。其四曰：明明我祖，萬邦之君，有典有則，貽厥子孫。關石和鈞，王府則有，荒墜厥緒，覆宗絶祀。其五曰：嗚呼！曷歸？予懷之悲。萬姓仇予，予將疇依？鬱陶乎予心，顔厚有忸怩。弗慎厥德，雖悔可追？

敬考：《五子之歌》亦在十六篇之數，所謂《逸書》絶無師説者也。張霸之作《百兩篇》，采《書序》、《左氏傳》爲作首尾。今梅書亦復如是。此篇乃全用序語，而雜采《左》、《國》之文，傅會以屬成者。

《書序》：大康失邦，昆弟五人須于洛汭，作《五子之歌》。

《左傳》：《夏訓》有之曰："有窮后羿。"《襄四年》。

《國語》：《書》曰："民可近也，而不可上也。"《周》。

又：《夏書》有之曰："一人三失，怨豈在明？不見是圖。"《晉》。

《新序》：孔子曰："履民之上，凛乎如以腐索馭犇馬。"《雜事四》。

《國語》：王曰："出則禽荒，入則酒荒。"《越》。

《戰國策》：魯君曰："有一于此，足以亡其國。"《梁王魏嬰觴諸侯》。

《左傳》：《夏書》曰："惟彼陶唐，帥彼天常，有此冀方。今失其行，亂其紀綱，乃滅而亡。"《哀六年》。

《國語》：關石龢均，王府則有。《周》。

《孟子》：曰："鬱陶思君爾。"忸怩。《萬章》。

胤　征

惟仲康肇位四海，胤侯命掌六師。羲和廢厥職，酒荒于厥邑，胤后承王命徂征，告于衆曰："嗟予有衆，聖有謨訓，明徵定保。先王克謹天戒，臣人克有常憲。百官修輔，厥后惟明明。每歲孟春，遒人以木鐸徇于路。官師相規，工執藝事以諫。其或不恭，邦有常刑。惟時羲、和，顛覆厥德，沈亂于酒，畔官離次，俶擾天紀，遐棄厥司。乃季秋月朔，辰弗集于房。瞽奏鼓，嗇夫馳，庶人走。羲、和尸厥官，罔聞知。昏迷于天象，以干先王之誅。《政典》曰：'先時者殺無赦，不及時者殺無赦。'今予以爾有衆奉將天罰。爾衆士同力王室，尚弼予，欽承天子威命。火炎崑岡，玉石俱焚，天吏逸德，烈于猛火。殲厥渠魁，脅從罔治，舊染汙俗，咸與惟新。嗚呼！威克厥愛允濟，愛克厥威允罔功。其爾衆士懋戒哉！"

敬考：孔壁增多有《胤征》，其篇久亡于東漢之初。惟《史記》載其序于仲康之世，或從安國問而知之，或佗有所受。乃僞作者即據《史記》定爲仲康而依傍序文，兼徵《左氏傳》孟春、日食二事，譔成其篇。

《書序》：羲、和湎淫，廢時亂日，胤往征之，作《胤征》。

《史記》：帝中康時，羲、和云云。文同《書序》。《夏本紀》。

《左傳》：《書》曰："聖有謩訓，明徵定保。"《襄二十一年》。

又：《夏書》曰："遒人以木鐸狥于路，官師相規，工執藝事以諫。"正月孟春于是乎有之。《襄十四年》。

又：《夏書》曰："辰不集于房，瞽奏鼓，嗇夫馳，庶人走。"《昭十七年》。

《荀子》：《書》曰："先時者殺無赦，不及時者殺無赦。"《君道》。

《左傳》：吴公子光曰："吾聞之曰：作事威克其愛，雖小必濟。"《昭二十三年》。

商　書

仲虺之誥

成湯放桀于南巢，惟有慙德，曰："予恐來世以台爲口實。"仲虺乃作誥，曰："嗚呼！惟天生民有欲，無主乃亂。惟天生聰明時乂，有夏昏德，民墜塗炭，天乃錫王勇智，表正萬邦，纘禹舊服。兹率厥典，奉若天命。夏王有罪，矯誣上天，以布命于下。帝用不臧，式商受命，用爽厥師。簡賢附勢，實繁有徒。肇我邦于有夏，若苗之有莠，若粟之有秕。小大戰戰，罔不懼于非辜，矧予之德言足聽聞。惟王不邇聲色，不殖貨利。德懋懋官，功懋懋賞，用人惟己，改過不吝，克寬克仁，彰信兆民。乃葛伯仇餉，初征自葛，東征西夷怨，南征北狄怨，曰：'奚獨後予？'攸徂之民，室家相慶，曰：'奚予后，后來其蘇。'民之戴商，厥惟舊哉！佑賢輔德，顯忠遂良，兼弱攻昧，取亂侮亡，推亡固存，邦乃其昌。德日新，萬邦惟懷。志自滿，九族乃離。王懋昭大德，建中于民，以義制事，以禮制心，垂裕後昆。予聞曰：‘能自得師者王，謂人莫己若者亡。’好問則裕，自用則小。嗚呼！慎厥終，惟其始。殖有禮，覆暴昏〔六〕。欽崇天道，永保天命。”

敬考：《仲虺之誥》，增多所無也。《汨作〔七〕》、《九共》之等既不能作，不得不别作以充數。《仲虺之誥》明有《左氏傳》、《墨子》、《荀子》、《吕覽》所引仲虺語可徵以取信也，遂采輯而作《仲虺之誥》。

《國語》：桀犇南巢。《晉》。

《史記》：成湯有南巢之伐。《律書》。

《左傳》：而猶有慙德。《襄二十九年》。

《墨子》：《仲虺之告》曰：“我聞有夏人矯天命，于下，帝式是增，用爽厥師。”《非命下》。

《左傳》：《鄭書》有之：“惡直醜正，實蕃有徒。”《昭二十八年》。

《孟子》：《書》曰：“葛伯仇餉。”《滕文公》。

又：《書》曰：“湯一征自葛始。”

又：東面而征西夷怨，南面而征北狄怨，曰：奚爲後我？

又：《書》曰：“徯我后，后來其蘇。”并《梁惠王》。

《左傳》：兼弱攻昧。

又：仲虺有言曰：“取亂侮亡。”并《宣十二年》。

又：仲虺有言曰：“亡者侮之，亂者取之。推亡固存，國之道也。”《襄十四年》。

《大學》：湯之盤銘曰：“苟日新。”

《荀子》：以義制事。《君子》。

又：其在中蘬之言也，曰：“諸侯自爲得師者王，得友者霸，得疑者存，自爲謀而莫己若者亡。”《堯問》。《吕覽》：“仲虺有言曰”略同。見《驕恣》。

《老子》：慎終如始。《其安易恃章》。

《左傳》：親有禮。

又：覆昏亂。《閔元年》。

湯誥

王歸自克夏，至于亳，誕告萬方。王曰："嗟！爾萬方有衆，明聽予一人誥！惟皇上帝，降衷于下民。若有恒性，克綏厥猷惟后。夏王滅德作威，以敷虐于爾萬方百姓，爾萬方百姓罹其凶害，弗忍荼毒。并告無辜于上下神祇。天道福善禍淫，降災于夏，以彰厥罪。肆台小子將天命明威，不敢赦，敢用玄牡，敢昭告于上天神后，請罪有夏。聿求元聖，與之戮力，以與爾有衆請命。上天孚佑下民，罪人黜伏，天命弗僭，賁若草木，兆民允殖。俾予一人，輯寧爾邦家，兹朕未知獲戾于上下。慄慄危懼，若將隕于深淵。凡我造邦，無從匪彝，無即慆淫，各守爾典，以承天休。爾有善，朕弗敢蔽，罪當朕躬，弗敢自赦。惟簡在上帝之心。其爾萬方有罪，在予一人。予一人有罪，無以爾萬方。嗚呼！尚克時忱，乃亦有終。"

敬考：逸十六篇有《湯誥》，司馬遷從安國問得，其文載諸《殷本紀》，凡百二十六字，是孔壁古文之真《湯誥》也。乃若以《史記》不足徵信，而倚《論語》爲重，因剖割《論語》，操變其辭，參以《國語》、《墨子》而作此篇。

《書序》：湯既黜殷命，復歸于亳，作《湯誥》。

《國語》：先王之令有之曰："天道賞善而罰淫。"《周》。

《論語》：予小子履敢用玄牡，敢昭告于皇皇后帝。《堯曰》。

《墨子》：《湯誓》曰："聿求元聖，與之戮力同心，以治天下。"《尚賢中》。

又：湯曰："即當朕身履，未知得罪于上下。"《兼愛下》。

《國語》：故凡我造國，無從非彝，無即慆淫，各守爾典，以承天休。《周》。

《論語》：有罪不敢赦。帝臣不蔽，簡在帝心。朕躬有罪，無以萬方。萬方有罪，罪在朕躬。《堯曰》。《墨子·兼愛下》、《吕覽·順民》引《湯誓》略同。

伊　訓

惟元祀十有二月乙丑，伊尹祠于先王。奉嗣王祗見厥祖。侯甸羣后咸在。百官總己以聽冢宰。伊尹乃明言烈祖之成德，以訓于王，曰："嗚呼！古有夏先后方懋厥德，罔有天災，山川鬼神亦莫不寧，曁鳥獸魚鼈咸若。于其子孫弗率，皇天降災，假手于我有命。造攻自鳴條，朕哉自亳。惟我商王，布昭聖武，代虐以寬，兆民允懷。今王嗣厥德，罔不在初。立愛惟親，立敬惟長，始于家邦，終于四海。嗚呼！先王肇修人紀，從諫弗咈〔八〕，先民時若。居上克明，爲下克忠。與人不求備，檢身若不及，以至于有萬邦，兹惟艱哉！敷求哲人，俾輔于爾後嗣。制官刑，儆于有位，曰：'敢有恒舞于宫，酣歌于室，時謂巫風。敢有殉于貨色，恒于遊畋，時謂淫風。敢有侮聖言，逆忠直，遠耆德，比頑童，時謂亂風。惟兹三風十愆，卿士有一于身，家必喪。邦君有一于身，國必亡。臣下不匡，其刑墨，具訓于蒙士。'嗚呼！嗣王祗厥身，念哉！聖謨洋洋，嘉言孔彰。惟上帝不常，作善降之百祥，作不善降之百殃。爾惟德罔小，萬邦惟慶。爾惟不德罔大，墜厥宗。"

敬考：西漢祕府古文，即孔壁所發，增多十六篇，有《伊訓》。劉歆校經，猶及見之，著其説于《三統歷》，今尚有可稽也。作僞者以既名爲訓，是必伊尹訓太甲之書，乃旁摭經傳作此以訓太甲。

《前漢書》：《伊訓篇》曰："惟太甲元年十有二月乙丑朔，伊尹祀于先王。"《律歷志》。

《論語》：百官總己以聽于冢宰。《憲問》。

《商頌》：衎我烈祖。《那》。

《墨子》：《商書》曰："嗚呼！古者有夏方未有禍之時，百獸貞蟲，允及飛鳥，莫不比方。矧住〔九〕人面，胡敢異心？山川鬼神，亦莫敢不寧。若能共允，住〔一〇〕天下之合，下土之葆。"《明鬼下》。

《新書》：文王之澤，下被禽獸，洽于魚鼈，咸若攸樂。《君道》。

《孟子》：《伊訓》曰："天誅造攻自牧宫，朕載自亳。"《萬章》。

《祭法》：湯以寬治民，而除其虐。

《召誥》：今王嗣受厥命，若生子，罔不在厥初生。

《祭義》：立愛自親始，教民睦也。立敬自長始，教民順也。

《孝經》：愛敬盡于事親，而德教加于百姓，刑于四海。《天子章》。

《荀子》：《書》曰："從命而不咈，微諫而不倦，爲上則明，爲下則遜。"《臣道》。

《論語》：周公謂魯公曰："無求備于一人。"《微子》。

又：見善如不及。《季氏》。

《墨子》：傳曰："求聖君哲人，以俾輔而身。"《尚賢中》。

又：先王之書，湯之《官刑》有之曰："其恒〔一一〕舞于宫，是謂巫風。其刑：君子出絲二衛，小人否，似二伯黄經。乃言曰：嗚乎！舞佯佯，黄言孔章，上帝弗常，九有以亡。上帝不順，降之日〔一二〕祥，其家必壞喪。"《非樂上》。

《論語》：侮聖人之言。《季氏》。

《國語》：今王播棄黎老而孩童焉比謀。《吴》。

《周易》：積善之家，必有餘慶。積不善之家，必有餘殃。《文言》。

《墨子》：禽艾之道之曰：得璣無小，滅宗無大。《明鬼下》。

《吕覽》：《書》之所謂德幾無小者也。《報更》。

太甲上

惟嗣王不惠于阿衡，伊尹作書，曰："先王顧諟天之明命，以承上下神祇，社稷宗廟罔不祗肅。天監厥德，用集大命，撫綏萬方。惟尹躬克左右厥辟宅師。肆嗣王丕承基緒。惟尹躬先見于西邑夏，自周有終，相亦惟終。其後嗣王罔克有終，相亦罔終。嗣王戒哉，祗爾厥辟，辟不辟，忝厥祖。"王惟庸，罔念聞。伊尹乃言曰："先王昧爽丕顯，坐以待旦，旁求俊彦，啓迪後人、無越厥命以自覆。慎乃儉德，惟懷永圖。若虞機張，往省括于度，則釋。欽厥止，率乃祖攸行。惟朕以懌，萬世有辭。"王未克變。伊尹曰："兹乃不義，習與性成。予弗狎于弗順，營于桐宫，密邇先王其訓，無俾世迷。"王徂桐宫居憂。克終允德。

太甲中

惟三祀十有二月朔，伊尹以冕服奉嗣王歸于亳，作書曰："民非后，罔克胥匡以生。后非民，罔以辟四方。皇天眷佑有商，俾嗣王克終厥德，實萬世無疆之休。"王拜手稽首，曰："予小子不明于德，自底不類。欲敗度，縱敗禮，以速戾于厥躬。天作孽猶可違，自作孽不可逭。既往背師保之訓，弗克于厥初，尚賴匡救之德，圖惟厥終。"伊尹拜手稽首，曰："修厥身，允德協于下，惟明后。先王子惠困窮，民服厥命，罔有不悦，并其有邦厥鄰，乃曰：'徯我后，后來無罰。'王懋乃德，視乃烈祖，無時豫怠，奉先思孝，接下思恭，視遠惟明，聽德惟聰。朕承王之休無斁。"

太甲下

伊尹申誥于王曰："嗚呼！惟天無親，克敬惟親，民罔常懷，懷于有仁。鬼神無常享，享于克誠。天位艱哉！德惟治，否德亂。

與治同道罔不興，與亂同事罔不亡。終始慎厥與，惟明明后。先王惟時懋敬厥德，克配上帝。今王嗣有令緒，尚監兹哉！若升高必自下，若涉〔一三〕遐必自邇。無輕民事惟難，無安厥位惟危，慎終于始。有言逆于汝心，必求諸道。有言遜于汝志，必求諸非道。嗚呼！弗慮胡獲？弗爲胡成？一人元良，萬邦以貞，君罔以辯言亂舊政，臣罔以寵利居成功。邦其永孚于休。"

敬考：增多十六篇，鄭目有《典寶》一篇，在《伊訓》前。《肆命》一篇，在《伊訓》後。無《太甲》也。其作《太甲》者，則以《大學》、《緇衣》、《表記》明述有《太甲》之文，可援爲據，而《孟子》詳載放桐歸亳始末，可資以成篇，遂譔爲三篇以充數云。

《書序》：太甲既立，不明，伊尹放諸桐，三年，復歸于亳，思庸伊尹，作《太甲》三篇。

《大學》：《太甲》曰："顧諟天之明命。"

《緇衣》：尹吉曰："惟尹躬先見于西邑夏，自周有終，相亦惟終。"

《坊記》：《書》云："厥辟不辟，忝厥祖。"

《左傳》：讒鼎之銘曰："昧旦丕顯。"《昭三年》。

《孟子》：坐以待旦。《離婁》。

《緇衣》：《太甲》曰："毋越厥命，以自覆也。若虞機張，往省括于度，則釋。"

《孟子》：予不狎于不順，放太甲于桐。《盡心》。

又：太甲顛覆湯之典刑，伊尹放之于桐。三年，太甲悔過，自怨自艾，于桐處仁遷義，三年以聽伊尹之訓己也，復歸于亳。《萬章》。

《表記》：《太甲》曰："民非后無能胥以寧，后非民無以辟四方。"

《左傳》:《書》曰:“欲敗度,縱敗禮。”《昭十年》。

《緇衣》:《太甲》曰:“天作孽,可違也,自作孽,不可以逭。”

《孟子》:《書》曰:“徯我后,后來其無罰。”《滕文公》。

《國語》:聽德以爲聰,致遠以爲明。《楚》。

《老子》:天道無親,常與善人。《和大怨章》。

《中庸》:辟如行遠,必自邇。辟如登高,必自卑。

《老子》:慎終如始。《其安易持章》。

《文王世子》:語曰:“一有元良,萬國以貞。”

咸有一德

伊尹既復政厥辟,將告歸,乃陳戒于德,曰:“嗚呼!天難諶,命靡常。常厥德,保厥位,厥德靡〔一四〕常,九有以亡。夏王弗克庸德,慢神虐民,皇天弗保,監于萬方,啓迪有命。眷求一德,俾作神主。惟尹躬暨湯,咸有一德,克享天心,受天明命。以有九有之師,爰革夏正,非天私我有商,惟天佑于一德,非商求于下民,惟民歸于一德。德惟一,動罔不吉。德二三,動罔不凶。惟吉凶不僭在人,惟天降災祥在德。今嗣王新服厥命,惟新厥德,終始惟一,時乃日新,任官惟賢才,左右惟其人,臣爲上爲德,爲下爲民,其難其慎,惟和惟一。德無常師,主善爲師。善無常主,協于克一。俾萬姓咸曰:‘大哉王言!’又曰:‘一哉王心!’克綏先王之禄,永底烝民之生。嗚呼!七世之廟可以觀德,萬夫之長可以觀政。后非民罔使,民非后罔事,無自廣以狹人,匹夫匹婦不獲自盡,民主罔與成厥功。”

敬考:孔壁增多,原有《咸有一德》,而東漢已亡,故鄭注《緇衣》云:“《書序》以爲《咸有壹德》,今亡。”其書當成湯之世,故《史記》列于咎單作《明居》之前,《殷本紀》。而鄭注次弟直在《典寶》之前。見《書》正義。徒以成湯難于措詞，太甲易以成篇，乃退其弟于《太甲》之後，而作《咸有一德》。

《君奭》：天命不易，天難諶。

《緇衣》：尹吉曰："惟尹躬及湯，咸有壹德。"

《吕覽》：《商箴》曰："天降災布祥，并有其職。"《名類》。

又：《商書》曰："五世之廟，可以觀怪。萬夫之長，可以生謀。"《務本》。

説命上

王宅憂，亮陰三祀，既免喪，其惟弗言。羣臣咸諫于王，曰："嗚呼！知之曰明哲，明哲實作則。天子惟君萬邦，百官承式。王言惟作命，不言，臣下罔攸稟令。"王庸作書以誥曰："以台正于四方，台恐德弗類，兹故弗言。恭默思道，夢帝賚予良弼，其代予言。"乃審厥象，俾以形旁求于天下。説築傅巖之野，惟肖。爰立作相，王置諸其左右，命之曰："朝夕納誨，以輔台德。若金，用汝作礪。若濟巨川，用汝作舟楫。若歲大旱，用汝作霖雨。啓乃心，沃朕心，若藥弗瞑眩，厥疾弗瘳。若跣弗視地，厥足用傷。惟暨乃僚罔不同心，以匡乃辟。俾率先王，迪我高后，以康兆民。嗚呼！欽予時命，其惟有終。"説復于王曰："惟木從繩則正，后從諫則聖。后克聖，臣不命其承，疇敢不祗若王之休命？"

説命中

惟説命總百官，乃進于王，曰："嗚呼！明王奉若天道，建邦設都，樹后王君公，承以大夫師長。不惟逸豫，惟以亂民。惟天聰明，惟聖時憲，惟臣欽若，惟民從乂。惟口起羞，惟甲冑起戎。惟衣裳在笥，惟干戈省厥躬。王惟戒兹，允兹克明，乃罔不休。惟治亂在庶官。官不及私昵，惟其能。爵罔及惡德，惟其賢。慮善以動，動惟厥時。有其善，喪厥善。矜其能，喪厥功。惟事事乃其有備，有備無患。無啓寵納侮，無恥過作非。惟厥攸居，政事惟醇。黷于祭祀，時謂弗欽。禮煩則亂，事神則難。”王曰：“旨哉！説乃言惟服。乃不良于言，予罔聞于行。”説拜稽首，曰：“非知之艱，行之惟艱。王忱不艱，允協于先王成德。惟説不言，有厥咎。”

説命下

王曰：“來！汝説。台小子舊學于甘盤，既乃遯于荒野，入宅于河。自河徂亳，暨厥終罔顯。爾惟訓于朕志。若作酒醴，爾惟麴糵。若作和羹，爾惟鹽梅。爾交修予，罔予棄，予惟克邁乃訓。”説曰：“王！人求多聞，時惟建事。學于古訓，乃有獲。事不師古，以克永世，匪説攸聞。惟學遜志，務時敏，厥修乃來。允懷于兹，道積于厥躬。惟斆學半，念終始典于學，厥德修罔覺。監于先王成憲，其永無愆。惟説式克欽承，旁招俊乂，列于庶位。”王曰：“嗚呼！説！四海之民〔一五〕咸仰朕德，時乃風。股肱惟人，良臣惟聖。昔先正保衡作我先王，乃曰：‘予弗克俾厥后惟堯、舜，其心愧恥，若撻于市。’一夫不獲，則曰：‘時予之辜。’佑我烈祖，格于皇天。爾尚明保予，罔俾阿衡專美有商。惟后非賢不乂，惟賢非后不食。其爾克紹乃辟于先王，永綏民。”説拜稽首，曰：“敢對揚天子之休命。”

敬考：孔壁十六篇，增有《原命》一篇，當太戊之世，而無《説命》三篇。其不作《原命》而别作《説命》者，《原命》序云：“太戊贊于伊陟，作《伊陟》、《原命》。”茫然無可措手，《説命》則有《國語》所稱，與《書序》合。又有《文王世子》、《學記》、《緇衣》明引《説命》書辭，可藉爲左驗。雖明與孔違，而弗恤也。

《書序》：高宗夢得説，使百工營求諸野，得諸巖。作《説命》三篇。

《無逸》：其在高宗，時乃或亮陰，三年不言。其惟不言，言乃雍。

《帝王世紀》：武丁即位，諒闇居凶廬，三年不言，既免喪，猶不言，羣臣咸諫。《太平御覽》引。

《國語》：昔殷武丁三年，默以思道。卿士患之，曰："王言以出令也，若不言，是無所稟令也。"武丁于是作書曰："以余正四方，余恐德之不類，兹故不言。"如是而又使以象夢求四方之賢聖〔一六〕，得傅説以來，升以爲公，而使朝夕規諫，曰："若金用女作礪，若津水用女作舟，若天旱用女作霖雨〔一七〕。若藥不瞑眩，厥疾不瘳。若跣不視地，厥足用傷。"《楚》。

《墨子》：先王之書馴天明不解之道也知之，曰："明哲維大〔一八〕，臨君下出〔一九〕。"《天志下》〔二〇〕。

《左傳》：《書》曰："聖作則。"《昭六年》。

《大戴禮記》：君子曰："木從繩則直。"《勸學》。

《荀子》：君子曰："木受繩則直。"《勸學》。

《墨子》：先王之書《相年》之道曰："夫建國設都，乃作后王君公，否用泰也，輕大夫師長，否用佚也，維辯使治天均。"《尚同中》。

又：古者建國設都，乃立后王君公，奉以卿士師長，此非欲用説也，唯辯而使助治天助明〔二一〕也。《尚同下》。

《緇衣》：《兑命》曰："惟口起羞，惟甲胄起兵，惟衣裳在笥，惟干戈省厥躬。"

又：爵無及惡德，民立而正事，純而祭祀，是爲不敬。事煩則亂，事神則難。

《左傳》：思則有備，有備無患。《襄十一年》。

又：士彌牟曰："啓寵納侮，其此之謂矣。"《定元年》。

《尚書大傳》：《詩》云："非知之艱，行之惟艱。"《周官疏》引。

《國語》：昔殷武丁能聳其德，至于神明，以入于河，自河徂亳。《楚》。

又：使朝夕規誨箴諫，曰："必交修余，無余棄也。"《楚》。

《學記》：《兑命》曰："敬遜〔二二〕務時敏，厥修乃來。"

又：《兑命》曰："學學半。"

《文王世子》：《兑命》曰："念終始，典于學。"《學記》同。

《孟子》：吾豈若使是君爲堯舜之君哉？

又：思天下之民匹夫匹婦有不被堯舜之澤者，若己推而納之溝中。并《萬章》。

《君奭》：成湯既受命，時則有若伊尹，格于皇天。

周　書

泰誓上

惟十有三年春，大會于孟津，王曰："嗟！我友邦冢君，越我御事庶士，明聽誓。惟天地萬物父母，惟人萬物之靈。亶聰明，作元后，元后作民父母。今商王受弗敬上天，降災下民，沈湎冒色，敢行暴虐。罪人以族，官人以世。惟宫室、臺榭、陂池、侈服以殘害于爾萬姓。焚炙忠良，刳剔孕婦。皇天震怒，命我文考肅將天威，大勳未集。肆予小子發以爾友邦冢君觀政于商，惟受罔有悛心，乃夷居，弗事上帝神祇，遺厥先宗廟弗祀，犧牲粢盛既于凶盜，乃曰：'吾有民有命。'罔懲其侮。天佑下民，作之君，作之師，惟其克相上帝，寵綏四方。有罪無罪，予曷敢有越厥志？

同力度德，同德度義。受有臣億萬，惟億萬心。予有臣三千，惟一心。商罪貫盈，天命誅之，予弗順天，厥罪惟鈞。予小子，夙夜祗懼，受命文考，類于上帝，宜于冢土，以爾有衆底天之罰。天矜于民，民之所欲，天必從之。爾尚弼予一人永清四海。時哉！弗可失。”

泰誓中

惟戊午，王次于河朔，羣后以師畢會。王乃徇師而誓曰：“嗚呼！西土有衆，咸聽朕言。我聞吉人爲善，惟日不足。凶人爲不善，亦惟日不足。今商王受力行無度，播棄犂老，昵比罪人。淫凶〔二三〕肆虐，臣下化之。朋家作仇，脅權相滅，無辜籲天，穢德彰聞。惟天惠民，惟辟奉天。有夏桀弗克若天，流毒下國，天乃佑命成湯降黜夏命。惟受罪浮于桀，剥喪元良，賊虐諫輔，謂已〔二四〕有天命，謂敬不足行，謂祭無益，謂暴無傷，厥監惟不遠，在彼夏王。天其以予乂民，朕夢協朕卜，襲于休祥，戎商必克。受有億兆夷人，離心離德，予有亂臣十人，同心同德。雖有周親，不如仁人。天視自我民視，天聽自我民聽。百姓有過，在予一人。今朕必往，我武惟揚，侵于之疆，取彼凶殘，我伐用張，于湯有光。勗哉夫子！罔或無畏，寧執非敵。百姓懔懔，若崩厥角。嗚呼！乃一德一心，立定厥功，惟克永世。”

泰誓下

時厥明，王乃大巡六師，明誓衆士。王曰：“嗚呼！我西土君子，天有顯道，厥類惟彰。今商王受狎侮五常，荒怠弗敬。自絶于天，結怨于民，斮朝涉之脛，剖賢人之心。作威殺戮，毒痡四海。崇信姦回，放黜師保，屏棄典刑，囚奴正士，郊社不修，宗廟不享，作奇技淫巧以悦婦人。上帝弗順，祝降時喪。爾其孜孜，奉予一人，恭行天罰。古人有言曰：‘撫我則后，虐我則讎。’獨夫受洪惟作威，乃汝世讎。樹德務滋，除惡務本，肆予小子，誕以爾衆士殄殲乃讎。爾衆士其尚迪果毅，以登乃辟。功多有厚賞，不迪有顯戮。嗚呼！惟我文考，若日月之照臨，光于四方，顯于西土。惟我有周，誕受多方。予克受非予武，惟朕文考無罪。受克予非朕文考有罪，惟予小子無良。”

敬考：伏壁二十九篇，本無《泰誓》。武帝時有得于壁内者，合于伏書，爲今文一篇。孔壁十六篇，亦無《泰誓》。宣帝時有得于河内老屋者，合于孔書，爲古文三篇。其古文即析今文而三。之後所得，不異于前所得也。然作僞者不能博極羣書，止據漢初習聞“觀兵孟津，八百來會，白魚入舟，火復流雕”故事綴集成篇，然亦足欺世而有述焉。漢之行用者且四百年，而馬融始得據書傳所見以疑之。疑之誠是也，而孰意啓後來作僞之術邪？東晉二十五篇，無不旁摭經傳以立文，而《泰誓》三篇，其發軔之始歟？

《牧誓》：王曰：“嗟我友邦冢君御事。”

《墨子》：昔者殷王紂貴爲天子，富有天下，上詬天侮鬼，下殃傲天下之萬民。《明鬼下》。

《荀子》：以族論罪，以世舉賢。《君子》。

《大戴禮記》：紂不率先王之明德，乃上祖夏桀行，荒躭〔二五〕于酒，淫泆于樂，德昏政亂，作宫室高臺，汙池土察，以爲民虐〔二六〕。《少閒》。

《荀子》：世之災，妬賢能，飛廉知政任惡來。卑其志意，大其園囿高其臺榭。《成相》。

《淮南内書》：晚世之時，帝有桀、紂，爲璇室瑶臺，象廓〔二七〕玉牀。紂爲肉圃酒池，燎焚天下之財，罷苦萬民之力。《本經訓》。

《墨子》：昔者殷王紂楚毒無罪，刳〔二八〕剔孕婦。《明鬼下》。

《荀子》紂刳比干，囚箕子，爲炮烙刑，戮〔二九〕無時，臣下凜然莫必其命。《議兵》。《淮南·俶真》、《本經》、《道應》、《要略》，《説苑·權謀》，語略同。

《墨子》：《大明〔三〇〕》之道之曰："紂越厥夷居，不肯事上帝，棄厥先神祇不祀，乃曰吾有命，毋廖僔務。天下，天亦縱棄紂而不葆。"《天志中》。

又：于《太誓》曰："紂夷處，不肯事上帝鬼神，禍厥先神祇不祀，乃曰吾民有命，無廖排漏，天亦縱之棄〔三一〕而弗葆。《非命上》。《非命中》引略同。

《微子》：今殷民乃攘竊神祇之犧牷牲。

《孟子》：《書》曰："天降下民，作之君，作之師；惟曰其助上帝寵之。四方有罪無罪惟我在，天下曷敢有越厥志？一人衡行于天下，武王恥之。"《梁惠王》。

《左傳》：同德度義。《泰誓》曰："紂有億兆夷人，亦有離德。余有亂臣十人，同心同德。"《昭二十四年》。

《管子》：《泰誓》曰："紂有臣億萬，亦有億萬之心。武王有臣三千而一心。"《法禁》。

《墨子》：《太誓》曰："小人見姦巧乃聞，不言也，發罪鈞。"《尚同》。

《左傳》：《大誓》云："民之所欲，天必從之。"《襄三十一年》。《周語》、《鄭語》引《大誓》同。

《左傳》：吴公子光曰："此時弗可失也。"《昭二十七年》。

《墨子》：昔者殷王紂播棄黎老，賊孩子。《明鬼下》。

又：《太誓》之言也，于《去發》，曰："惡乎君子！天有顯德，其行甚章，爲鑑不遠，在彼夏〔三二〕王。謂人有命，謂敬不可行，謂祭無益，謂暴無傷。上帝不常，九有以亡，上帝不順，祝降時〔三三〕喪。惟我有周，受之大帝。《非命下》。

《國語》：（單襄公曰）吾聞之《太誓故》曰："朕夢協于朕卜〔三四〕，襲于休祥，戎商必克。"《周》。

《論語》：武王曰："予有亂臣十人。"《泰伯》。《左傳·襄二十八年》同。

又：雖有周親，不如仁人。百姓有過，在予一人。《堯曰》。《墨子·兼愛中》引略同。

《孟子》：《泰誓》曰："天視自我民視，天聽自我民聽。"《萬章》。

《湯誓》：今朕必往。

《孟子》：《太誓》曰："我武惟揚，侵于之疆，則取于殘，殺伐用張，于湯有光。"《滕文公》。

又：武王之伐殷也，革車三百兩，虎賁三千人。王曰：'無畏，寧爾也，非敵百姓也。'若崩厥角、稽首。《盡心》。

《前漢書》：《太誓》曰："正稽古，立功立事，可以永年。"《郊祀志》。《刑法志》、《平當傳》、《後漢·申徒剛傳》引《書》略同。

《史記》：自絶于天。《周紀》。

《荀子》：周公曰："刳比干而囚箕子。"《儒效》。

又：比干見刳，箕子累。《成相》。

《史記》：紂殺王子比干，囚箕子。《齊太公世家》。

《淮南内書》：剖賢人之心，析才士之脛，醢鬼侯之女，葅梅伯之骸。《俶真》。

又：紂殺王子比干而骨肉怨，斮朝涉者之脛而萬民叛。《主術》。

《前漢書》：《書》序"殷紂斷棄祖〔三五〕之樂，迺〔三六〕作淫聲，用變亂正聲，以悦婦人。"《禮樂志》。

《吕覽》：《周書》曰："民善之則畜也，不善則讎也。"《適成》。《淮南内書》尹佚語略同。

《孟子》：聞誅一夫紂矣。《梁惠王》。

《荀子》：《泰誓》曰："獨夫紂。"《議兵》。

《左傳》：伍員曰："臣聞之：樹德莫如滋，去疾莫如盡。"《哀元年》。

《戰國策》：《詩》云："樹德莫如滋，除害莫如盡。"《秦》。

《墨子》：昔者文王之治西土，若日若月，乍光于四方于西土。《兼愛中》。《兼愛下》引。《泰誓》略同。

《坊記》：《大誓》曰："予克紂，非予武，惟朕文考無罪。紂克予，非朕文考有罪，惟予小子無良。"

武成

惟一月壬辰，旁死魄，越翼日癸巳，王朝步自周，于征伐商。厥四月哉生明，王來自商，至于豐。乃偃武修文。歸馬于華山之陽，放牛于桃林之野，示天下弗服。丁未，祀于周廟，邦甸侯衛駿奔走，執豆籩。越三日庚戌〔三七〕，柴望，大告武成。既生魄，庶邦冢君暨百工受命于周。王若曰："嗚呼！羣后！惟先王建邦啓土。公劉克篤前烈，至于大王，肇基王迹，王季其勤王家。我文考文王克成厥勳，誕膺天命，以撫方夏。大邦畏其力，小邦懷其德。惟九年，大統未集。予小子其承厥志，底商之罪，告于皇天后土，所過名山大川，曰：'惟有道曾孫周王發將有大正于商。今商王受無道，暴殄天物，害虐烝民，爲天下逋逃主，萃淵藪。予小子既獲仁人，敢祇承上帝，以遏亂略。華夏蠻貊罔不率俾，恭天成命。肆予東征，綏厥士女。惟其士女，篚厥玄黄，昭我周王。天休震動，用附我大邑周。惟爾有神，尚克相予，以濟兆民，無作神羞。"既戊午，師逾孟津。癸亥，陳于商郊，俟天休命。甲子昧爽，受率其旅若林，會于牧野。罔有敵于我師，前徒倒戈攻于後，以北，血流漂杵。一戎衣，天下大定。乃反商政，政由舊。釋箕子囚，封比干墓，式商容閭。散鹿臺之財，發鉅橋之粟，大賚于四海，而萬姓悦服。列爵惟五，分土惟三。建官惟賢，位事惟能。重民五教，惟食喪祭。惇信明義，崇德報功，垂拱而天下治。

敬考：《武成》真古文亡于建武之際，若西漢則自發諸孔壁，獻諸祕府，劉子駿見而好之，亟稱其文，以證諸《三統歷》。東晉作者亦即采用其首五語，博徵武王軼事，傅會《書序》之意，而爲《武成》一篇。

《書序》：武王伐殷，往伐歸獸，識其政事，作《武成》。

《前漢書》：《武成》曰〔三八〕："惟一月壬辰，旁死霸，若翌日癸巳，武王乃朝步自周，于征伐紂。"《律歷志》、《三統歷》。

《樂記》：馬散之華山之陽而弗復乘，牛散之桃林之野而弗復服。《吕覽·慎大》、《史記·周紀》、《留侯世家》、《韓詩外傳》、《淮南内書·泰族》、《説苑·指武》文略同。

《大傳》：牧之野，武王之大事也。既事而退，柴于上帝，祈于社，設奠于牧室，遂率天下諸侯執豆籩，逡奔走。

《左傳》：（北宫文子曰）《周書》數文王之德曰："大國畏其力，小國懷其德。"〔三九〕

《墨子》：昔者武王將事泰山隨〔四〇〕，傳曰："泰山，有道曾孫周王有事，大事既獲，仁人尚作，以祗商夏，蠻夷醜貉。"《兼愛中》。

《左傳》：昔武王數紂之罪以告諸侯曰："紂爲天下逋逃主，萃淵藪。"《昭七年》。

《孟子》："有攸不爲臣，東征綏厥士女，篚厥玄黄，紹我周王見休，惟臣附于大邑周。"其君子實玄黄于篚以迎其君子，其小人簞食壺漿以迎其小人。救民于水火之中，取其殘而已矣。《滕文公》。

《大雅》：殷商之旅，其會如林，矢于牧野。《大明》。

《孟子》：以至仁伐至不仁，而何其血之流杵也？《盡心》。

《荀子》：厭旦于牧之野，鼓之而紂卒易向，遂乘殷人而進誅紂。《儒效》。

《中庸》：壹戎衣而有天下。

《樂記》：封王子比干之墓，釋箕子之囚，使之行商容而復其位。

《管子》：武王伐紂，入殷之日，決巨橋之粟，散鹿臺之錢，殷民大説。《版法》。《大戴記·保傅》、《管子·大略》、《吕覽·慎大》、《史記·周紀》、《留侯世家》、《淮南·主術》、《道應》文略同。

《論語》：周有大賚，善人是富。《堯曰》。

《前漢書》：用爵五等，而土三等。《地理志》。

《論語》：所重：民食喪祭。《堯曰》。

《管子》：垂拱而天下治。《任法》。

旅　獒

惟克商，遂通道于九夷八蠻，西旅厎貢厥獒，大保乃作《旅獒》，用訓于王，曰："嗚呼！明王慎德，四夷咸賓。無有遠邇，畢獻方物，惟服食器用。王乃昭德之致于異姓之邦，無替厥服。分寶玉于伯叔之國，時庸展親。人不易物，惟德其物。德盛不狎侮，狎侮君子，罔以盡人心。狎侮小人，罔以盡其力。不役耳目，百度惟貞，玩人喪德，玩物喪志。志以道寧，言以道接。不作無益害有益，功乃成。不貴異物賤用物，民乃足。犬馬非其土性不畜，珍禽奇獸不育于國。不寶遠物則遠人格，所寶惟賢則邇人安。嗚呼！夙夜罔或不勤，不矜細行，終累大德。爲山九仞，功虧一簣。允迪兹，生民保厥居，惟乃世王。"

敬考：孔壁所獻，原增多《旅獒》一篇，其書則亡。東晉作者依《書序》立義，而以《國語》所載仲尼對陳惠公之文，傅衍以成篇。

《國語》：仲尼曰："昔武王克商，通道于九夷百蠻，使各以其方賄來貢，使無忘職業。于是肅慎氏貢楛矢，石砮，……先王欲昭其令德之致遠也，以示後人，使永覽〔四一〕焉，故銘其括〔四二〕曰：

‘肅慎氏之貢矢’，以分大姬，配虞胡公而封諸陳。古者分同姓以珍〔四三〕玉，展親也。分異姓以遠方之職〔四四〕，使無忘服也。《魯》。《家語·辨物》、《史記·孔子世家》文略同。

《左傳》：《周書》曰：“皇天無親……”云云。又曰：“民不易物，惟德緊物。”《僖五年》。

《論語》：譬如爲山，未成一簣，止，吾止也。〔四五〕

微子之命

王若曰：“猷！殷王元子！惟稽古，崇德象賢。統承先王，修其禮物。作賓于王家，與國咸休，永世無窮。嗚呼！乃祖成湯，克齊聖廣淵，皇天眷佑，誕受厥命。撫民以寬，除其邪虐。功加于時，德垂後裔。爾惟踐修厥猷，舊有令聞。恪慎克孝，肅恭神人，予嘉乃德，曰篤不忘。上帝時歆，下民祗協，庸建爾于上公，尹茲東夏。欽哉！往敷乃訓，慎乃服命，率由典常，以蕃王室。弘乃烈祖，律乃有民，永綏厥位，毗予一人。世世享德，萬邦作式。俾我有周無斁。嗚呼！往哉惟休，無替朕命。”

敬考：逸十六篇，鄭目甚異，本無《微子之命》。徒以誥命之體，譔文則易，依坿《左》、《國》，擬作足數耳。

《左傳》：陽虎曰：“微子啓，帝乙之元子也。”《哀九年》。

《國語》：湯以寬治民而除其邪。《魯》。

《祭法》：湯以寬治民而除其虐。

《左傳》：王以上卿之禮饗管仲，管仲辭……王曰：“舅氏〔四六〕，余嘉乃勳應乃懿德，謂督不忘。往踐乃職，無違〔四七〕朕命。《僖十二年》。

蔡仲之命

惟周公位冢宰，正百工。羣叔流言，乃致辟〔四八〕管叔于商，囚蔡叔于郭鄰，以車七乘。降霍叔于庶人，三年不齒。蔡[四九]仲克庸祇德，周公以爲卿士。叔卒，乃命諸王邦之蔡。王若曰："小子胡！惟爾率德改行，克慎厥猷，肆予命爾侯于東土，往即乃封，敬哉！爾尚蓋前人之愆，惟忠惟孝。爾乃邁迹自身，克勤無怠，以垂憲乃後。率乃祖文王之彝訓，無若爾考之違王命。皇天無親，惟德是輔，民心無常，惟惠之懷。爲善不同，同歸于治，爲惡不同，同歸于亂。爾其戒哉！慎厥初，惟厥終，終以不困。不惟厥終，終以困窮。懋乃攸績，睦乃四鄰，以蕃王室，以和兄弟。康濟小民，率自中，無作聰明亂舊章。詳乃視聽，罔以側言改厥度，則予一人汝嘉。"王曰："嗚呼！小子胡，汝往哉！無荒棄朕命。"

敬考：《蔡仲之命》亦增多十六篇所無也。惟祝佗述其遺文，可資以作僞，則作《蔡仲之命》云。

《左傳》：（祝佗曰）管、蔡啓商，惎間王室，于是乎[五〇]殺管叔而蔡蔡叔，以車七乘、徒七十人。其子蔡仲改行帥德，周公舉之，以爲己卿士，見諸王而命之以蔡。其命書曰[五一]："王曰：'胡，無若爾考之違王命也。'"《定四年》。

《金縢》：管叔及其羣弟乃流言于國。

《書序》：蔡叔既没，王命蔡仲踐諸侯位，作《蔡仲之命》。

《左傳》：《周書》曰："皇天無親，惟德是輔。"《僖五年》。

又：《書》曰："慎始而敬終，終以不困。"《襄廿五年》。

周官

惟周王撫萬邦，巡侯甸，四征弗庭，綏厥兆民。六服羣辟，罔不承德，歸于宗周，董正治官。王曰："若昔大猷，制治于未亂，保邦于未危，曰唐虞稽古，建官惟百，内有百揆四岳，外有州牧侯伯。庶政惟和，萬國咸寧。夏、商官倍，亦克用乂[五二]。明王立政，不惟其官，惟其人。今予小子祗勤于德，夙夜不逮。仰惟前代時若，訓迪厥官。立太師、太傅、太保，兹惟三公。論道經邦，燮理陰陽。官不必備，惟其人。少師、少傅、少保曰三孤。貳公弘化，寅亮天地，弼予一人。冢宰掌邦治，統百官，均四海。司徒掌邦教，敷五典，擾兆民。宗伯掌邦禮，治神人，和上下。司馬掌邦政，統六師，平邦國。司寇掌邦禁，詰姦慝，刑暴亂。司空掌邦土，居四民，時地利。六卿分職，各率其屬，以倡九牧，阜成兆民。六年五服一朝。又六年，王乃時巡，考制度于四岳。諸侯各朝于方岳，大明黜陟。"王曰："嗚呼！凡我有官君子，欽乃攸司，慎乃出令，令出惟行，弗惟反。以公滅私，民其允懷。學古入官，議事以制，政乃不迷。其爾典常作之師，無以利口亂厥官。蓄疑敗謀，怠忽荒政，不學墻面，莅事惟煩。戒爾卿士，功崇惟志，業廣惟勤，惟克果斷，乃罔後艱。位不期驕，禄不期侈。恭儉惟德，無載爾僞。作德心逸日休，作僞心勞日拙。居寵思危，罔不惟畏，弗畏入畏。推賢讓能，庶官乃和，不和政厖。舉能其官，惟爾之能，稱匪其人，惟爾不任。"王曰："嗚呼！三事暨大夫，敬爾有官，亂爾有政。以佑乃辟，永康兆民，萬邦無斁〔五三〕。"

敬考：《周官》者，亦孔壁增多所未有也。惟《前漢·百官公卿表》序文可用，即點竄彷彿而作《周官》一篇。

《前漢書》：《書》載唐、虞之際云云……夏、殷亡聞焉，周官則備矣。天官冢宰，地官司徒，春官宗伯，夏官司馬，秋官司寇，冬官司空，是爲六卿，各有徒屬職分，用于百事。太師、太傅、太保，是爲三公，蓋參天子，坐而議政，無不總統，故不以一職爲官名。又立三少爲之副，少師、少傅、少保，是爲孤卿，與六卿爲九焉。記曰：三公無官，言有其人然後充之，舜之于堯，伊尹于湯，周公、召公于周是也。《百官公卿表序》。

《明堂位》：有虞氏官五十，夏后氏官百，殷二百，周三百。

《文王世子》：設四輔及三公。不必備，唯其人，語使能也。

《左傳》：昔先王議事以制。《昭六年》。

《論語》：其猶正墻面而立也與。《陽貨》。

《左傳》：《詩》曰："淑慎爾止，無載爾僞。"《襄三十年》。

《荀子》：安則慮危。

又：推賢讓能。并《仲尼》。

君　陳

王若曰："君陳，惟爾令德孝恭。惟孝，友于兄弟，克施有政。命汝尹兹東郊，敬哉！昔周公師保萬民，民懷其德，往慎乃司，兹率厥常。懋昭周公之訓，惟民其乂。我聞曰：'至治馨香，感于神明。黍稷非馨，明德惟馨。'爾尚式時周公之猷訓，惟日孜孜，無敢逸豫。凡人未見聖，若不克見聖〔五四〕，既見聖，亦不克由聖。爾其戒哉！爾惟風，下民惟草。圖厥政，莫或不艱，有廢有興，出入自爾師虞，庶言同則繹。爾有嘉謀嘉猷，則入告爾后于内，爾乃順之于外。曰：'斯謀斯猷惟我后之德。'嗚呼！臣人咸若時，惟良顯哉！"王曰："君陳，爾惟弘周公丕訓，無依勢作威，無倚法以削。寬而有制從容以和，殷民在辟，予曰辟，爾惟勿辟。予曰宥，爾惟勿宥，惟厥中。有弗若于汝政，弗化于汝訓，辟以止辟，乃辟。狃于姦宄，敗常亂俗，三細不宥。爾無忿疾于頑，無求備于一人〔五五〕，必有忍，其乃有濟。有容，德乃大。簡厥修，亦簡其或不修。進厥良，以率其或不良。惟民生厚，因物有遷。違上所命，從厥攸好。爾克敬典在德，時乃罔不變，允升于大猷。惟予一人，膺受多福。其爾之休，終有辭于永世。"

敬考：東晉作者，經傳有文可據，則據而作之，用以欺目論者，使不疑也。《君陳》有《坊記》、《緇衣》爲證，故雖孔壁所無，而毅然作之。

《書序》：周公既没，命君陳分正東郊成周，作《君陳》。

《國語》：（單襄公曰）而令德孝恭。《周》。

《論語》：《書》云："孝乎惟孝，友于兄弟，施于有政。"《爲政》。

《左傳》：《周書》曰："黍稷非馨，明德惟馨。"《僖五年》。

《緇衣》：《君陳》曰："未見聖，若己弗克見。既見聖，亦不克由聖。

《論語》：君子之德風，小人之德草，草上之風必偃。《顔淵》。

《緇衣》：《君陳》曰："出入自爾師虞，庶言同。"

《坊記》：《君陳》曰："爾有嘉謀嘉猷，入告爾君于内，女乃順之于外，曰：此謀此猷惟我君之德。於乎！是惟良顯哉。"

《論語》：無求備于一人。《微子》。

《國語》：《書》有之曰："必有忍也，若能有濟也。"《周》。

畢　命

惟十有二年，六月庚午朏。越三日壬申，王朝步自宗周，至于豐。以成周之衆，命畢公保釐東郊。王若曰："嗚呼！父師，惟文王、武王敷大德于天下，用克受殷命。惟周公左右先王，綏定厥家，毖殷頑民，遷于洛邑，密邇王室，式化厥訓。既歷三紀，世變風移，四方無虞，予一人以寧。道有升降，政由俗革，不臧厥臧，民罔攸勸。惟公懋德，克勤小物，弼亮四世，正色率下，罔不祗師言。嘉績多于先王，予小子垂拱仰成。"王曰："嗚呼！父師，今予祗命公以周公之事，往哉！旌别淑慝，表厥宅里，彰善癉惡，樹之風聲。弗率訓典，殊厥井疆，俾克畏慕。申畫郊圻，慎固封守，以康四海。政貴有恒，辭尚體要，不惟好異。商俗靡靡，利口惟賢，餘風未殄，公其念哉！我聞曰：'世禄之家鮮克由禮，以蕩陵德，實悖天道。敝化奢麗，萬世同流。'兹殷庶士，席寵惟舊，怙侈滅義，服美于人。驕淫矜侉，將由惡終，雖收放心，閑之惟艱。資富能訓，惟以永年，惟德惟義，時乃大訓。不由古訓，于何其訓？”王曰：“嗚呼！父師，邦之安危，惟兹殷士〔五六〕，不剛不柔，厥德允修。惟周公克慎厥始，惟君陳克和厥中，惟公克成厥終。三后協心，同底于道，道洽政治，澤潤生民。四夷左衽，罔不咸賴，予小子永膺多福。公其惟時成周，建無窮之基，亦有無窮之聞。子孫訓其成式，惟乂〔五七〕。嗚呼！罔曰弗克，惟既厥心。罔曰民寡，惟慎厥事。欽若先王成烈，以休于前政。”

敬考：孔壁藏書有百篇，其發壁所得，較伏書增多十有六篇。此十六篇者，首尾完具，其他殘簡遺文，兩漢猶或有傳，故劉歆作《三統歷》，有引用《畢命》、《豐刑》之語。東晉作者以《君陳序》與《畢命序》相類，既作《君陳》矣，即采《漢志》之文，依序意譔《畢命》一篇。

《前漢書》：康王十二年六月戊辰朔，三日庚午，故《畢命》、《豐刑》曰：“惟十有二年六月，庚午朏。王命作策《豐刑》。”《律歷志》。

《書序》：康王命作册畢，分居里。成周郊，作《畢命》。

《緇衣》：章善瘴惡。

《左傳》：樹之風聲。《文六年》。

君　牙

王若曰：“嗚呼！君牙，惟乃祖乃父世篤忠貞，服勞王家，厥有成績，紀于大常。惟予小子嗣守文、武、成、康遺緒，亦惟先正之臣克左右亂四方。心之憂危，若蹈虎尾，涉于春冰。今命爾予翼，作股肱心膂。纘乃舊服，無忝祖考，弘敷五典，式和民則。爾身克正，罔敢弗正，民心罔中，惟爾之中。夏暑雨，小民惟曰怨咨。冬祁寒，小民亦惟曰怨咨。厥惟艱哉！思其艱以圖其易，民乃寧。嗚呼！丕顯哉，文王謨。丕承哉，武王烈。啓佑我後人，咸以正罔缺。爾惟敬明乃訓，用奉若于先王。對揚文、武之光命，追配于前人。”王若曰：“君牙，乃惟由先正舊典時式，民之治亂在兹。率乃祖考之攸行，昭乃辟之有乂。”

敬考：孔壁亦未增多《君牙》，其見稱于《緇衣》者，號曰《君雅》。漢儒見與序“君牙”聲相近，知其即爲“君牙”。作者因之，作《君牙》一篇。

《書序》：穆王命君牙爲周大司徒，作《君牙》。

《前漢書》：經曰：亦惟先正克左右。《谷永傳》。

《緇衣》：《君雅》曰：“夏則暑雨，小民惟曰怨資。冬祁寒，小民亦惟曰怨。”鄭注：雅，《書序》作牙，假借字也。

《孟子》：《書》曰：“丕顯哉，文王謨。丕承哉，武王烈。佑啓我後人，咸以正無缺。”《滕文公》。

冏　命

王若曰：“伯冏！惟予弗克于德，嗣先人宅丕后。怵惕惟厲，中夜以興，思免厥愆。昔在文、武，聰明齊聖，小大之臣咸懷忠良，其侍御僕從罔匪正人，以旦夕承弼厥辟，出入起居罔有不欽，發號施令罔有不臧，下民祗若，萬邦咸休。惟予一人無良，實賴左右前後有位之士匡其不及。繩愆糾謬，格其非心，俾克紹先烈。今予命汝作大正，正于羣僕侍御之臣，懋乃后德，交修不逮。慎簡乃僚，無以巧言令色，便辟側媚，其惟吉士。僕臣正，厥后克正。僕臣諛，厥后自聖。后德惟臣，不德惟臣。爾無昵于憸人，充耳目之官，迪上以非先王之典。非人其吉，惟貨其吉。若時瘝厥官。惟爾大弗克祗厥辟，惟予汝辜。”王曰：“嗚呼！欽哉！永弼乃后于彝憲。”

敬考：孔安國所得十六篇，具有《冏命》。太史公從安國問，得其説，載入《周本紀》，而東漢已亡，後之傳《書序》者，漸致譌易，乃以《史》不足信而《序》實可據，故謹依《序》文而作《冏命》一篇。

《書序》：穆王命伯冏爲周太僕正，作《冏命》。

舜　典

益　稷

《書傳》序曰：伏生又以《舜典》合于《堯典》，《益稷》合于《皋陶謨》，復出此篇。分《堯典》“慎徽五典”已下爲《舜典》，分《皋陶謨》“帝曰：‘來，禹’”已下爲《益稷》。

敬考：孔壁增多有《舜典》一篇，《棄稷》一篇。今不能創作其文，而分析充數，其亦張霸分析合二十九篇爲數十之故智與？

舜　典

曰若稽古帝舜，曰重華，協于帝。濬哲文明，温恭允塞。玄德升聞，乃命以位。

《隋書》曰：東晉豫章内史梅賾，始得安國之傳奏之。時又闕《舜典》一篇，齊建武中，吴興姚方興于大桁市得其書，奏上，比馬、鄭所注多二十八字，于是始列國學。《經籍志》。

陸氏德明曰：江左中興，元帝時，豫章内史梅〔五八〕賾奏上孔傳古文《尚書》，亡《舜典》一篇，購不能得，乃取王肅注《堯典》，從“慎〔五九〕徽五典”已下分爲《舜典》篇，以續之，原注：孔序謂伏生以《舜典》合于《堯典》。孔傳《堯典》，止説“帝曰欽哉”，而馬、鄭、王之本同爲《堯典》，故取爲《舜典》。學徒遂盛。後范寧變爲今文集注，俗閒或取《舜典》篇以續孔氏。齊明帝建武中，吴興姚方興采馬、王之注，造孔傳《舜典》一篇，云于大桁頭買得，上之。梁武時，爲博士議曰："孔序稱伏生誤合五篇，皆文相承接，所以致誤。《舜典》首有'曰若稽古'，伏生雖昏耄，何容合之?"遂不行用。今以孔氏爲正，其《舜典》一篇，仍用王肅本。

又曰：《舜典第二》，王氏注相承，云梅賾上孔氏傳古文《尚書》，亡《舜典》一篇，時以王肅注頗類孔氏，故取王注，從"慎徽五典"以下爲《舜典》，以續孔傳。

又曰："曰若稽古帝舜，曰重華，協于帝"，此十二字是姚方興所上，孔氏傳本無。阮孝緒《七録》亦云。然方興本或此下更有"濬哲文明，温恭允塞。玄德升聞，乃命以位"，凡二十八字，異聊出之于王注，無施也。并《經典釋文》。

孔氏穎達曰：梅賾時已亡失《舜典》一篇，晉末范寧爲解時，已不得焉。至齊蕭鸞建武四年，姚方興于太航頭得而獻之，議者以爲孔安國之所注也。值方興有罪，事亦隨寢。隋開皇購求遺典，乃得其篇焉。

又曰：梅賾上孔氏傳，猶闕《舜典》，自此"乃命以位"已上二十八字，世所不傳，多用王、范之注補之，而皆以"慎徽"已下爲《舜典》之初。至齊蕭鸞建武四年，吴興姚方興于太航頭得孔氏傳古文《舜典》，亦類大康中書，乃表上之，事未施行，方興以罪致戮。至隋開皇初購求遺典，始得之。并《尚書正義》。

敬考：自漢武迄東晉餘四百年，而梅書始顯。自東晉迄蕭齊垂二百年，而《舜典》始備。夫大航頭非傳經之地，買得無授受之人，當時之寢不施行，蓋人知其僞也。然僞而不滅，久且亂真。隋人之購得，曾不聞梁武之議乎？唐人之義疏，胡不如元朗之出之乎？又考：梅書已别出《舜典》，而云"亡《舜典》一篇，購不能得"者，蓋自"慎徽"已下但有經文而無傳，方興所上，不惟篇首二十八字，并統篇之傳皆是也。《釋文》直云方興〔六〇〕采馬、王之注造孔傳《舜典》一篇。夫作僞已得主名，而卒行用之者，仲達過也。

《大戴禮記》：舜曰重華。《五帝德》。

《商頌》：浚哲維商。

《易·文言》：天下文明。

《商頌》：温恭朝夕。

《大雅》：王猷允塞。

《老子》：是謂玄德。《載營魄章》。

《淮南内書》：舜執玄德于心，而化馳若神。《原道》。

《史記》：舜、禹之閒，岳牧薦，乃試之于位。《伯夷列傳》。

敬考：右梅氏所上二十五篇與姚方興二十八字皆僞作者，其于經傳所引逸《書》之文采録殆盡，而遷就補苴之迹有目所共睹爾，故分句讀之，則見其格言懿訓亦孔多矣，又喜其平易近人也。其得託于經久而不敗者，良非偶然。苟合而讀之，則未有不疏罅立見者。郝楚望輩以文事痛加詆訶，而閻先生等毛舉瘢索，攻擊惟恐不盡，今亦未敢全載。惟其中有事所本無而頗足亂真，理所難據而頗能害道，所謂戾于本經與戾于他經者，則辨之不敢不詳云。

校勘記

〔一〕“常”，《十三經注疏·尚書》作“帝”，是。

〔二〕“洚”，《十三經注疏·尚書》作“降”。

〔三〕“汝”，《山右》本作“如”，誤。

〔四〕“汩”，《十三經注疏·尚書》作“汩”，是。

〔五〕“務本”，據《吕氏春秋》應爲“諭火”。

〔六〕“暴昏”，《十三經注疏·尚書》作“昏暴”，是。

〔七〕“汩”，《十三經注疏·尚書》作“汩”，是。

〔八〕“咈”，《十三經注疏·尚書》作“咈”，是。

〔九〕“住”，《墨子·明鬼下》作“佳”，是。

〔一〇〕同上。

〔一一〕"桓",《墨子·非樂上》作"恒",是。

〔一二〕"日",《墨子·非樂上》畢沅校作"百",是。

〔一三〕"涉",《十三經注疏·尚書》作"陟",是。

〔一四〕"靡",《十三經注疏·尚書》作"匪"。

〔一五〕"民",《十三經注疏·尚書》作"内",是。

〔一六〕"如是而又使以象夢求四方之賢聖",《國語·楚語上》作"如是而又使以象夢旁求四方之賢"。

〔一七〕"霖雨",《國語·楚語上》此下多"啓乃心,沃朕心"六字。

〔一八〕"大",《墨子·天志中》作"天"。

〔一九〕"出",《墨子·天志中》作"土"。

〔二〇〕"下",據文意當作"中"。

〔二一〕"助明",《墨子·尚同下》作"明",是。

〔二二〕"遜",《十三經注疏·禮記》作"孫"。

〔二三〕"凶",《十三經注疏·尚書》作"酗",是。

〔二四〕"已",《十三經注疏·尚書》作"己",是。

〔二五〕"躭",《大戴禮記·少閒》作"耽"。

〔二六〕"慮",《大戴禮記·少閒》作"虐"。

〔二七〕"廓",《淮南子·本經訓》作"廊",是。

〔二八〕"剳",《墨子·明鬼下》作"封"。

〔二九〕"戮",《荀子·議兵》作"殺戮"。

〔三〇〕"明",《墨子·天志中》作"晢",是。

〔三一〕"之棄",《墨子·非命上》作"棄之",是。

〔三二〕"夏",《墨子·非命下》作"殷"。

〔三三〕"時",《墨子·非命下》作"其"。

〔三四〕"協于朕卜",《國語·周語下》作"協朕卜"。

〔三五〕"祖",《漢書·禮樂志》作"先祖",是。

〔三六〕"迺",《山右》本作"道",誤。

〔三七〕"戌",《山右》本作"戍",誤。

〔三八〕"曰",《漢書·律歷志》作"篇"。

〔三九〕據體例,此後當補"《襄三十一年》"。

〔四〇〕“隨”，《墨子·兼愛中》作“隧”。

〔四一〕“覽”，《國語·魯語下》作“監”。

〔四二〕“括”，《國語·魯語下》作“栝”，是。

〔四三〕“珍”，《山右》本作“殄”，誤。

〔四四〕“職”，《國語·魯語下》作“職貢”，是。

〔四五〕據體例，此後當補“《子罕》”。

〔四六〕“舅氏”，《山右》本作“舅”，誤。

〔四七〕“違”，《左傳·僖十二年》作“逆”，是。

〔四八〕“致辟”，《山右》本作“辟致”。

〔四九〕“蔡仲”，《山右》本作“葵仲”，誤。

〔五〇〕“于是乎”，《左傳·定公四年》作“王于是乎”，是。

〔五一〕“曰”，《左傳·定公四年》作“云”。

〔五二〕“乂”，《山右》本作“又”，誤。

〔五三〕“萬邦無斁”，《十三經注疏·尚書》作“萬邦惟無斁”，是。

〔五四〕“若不克見聖”，《十三經注疏·尚書》作“若不克見”，是。

〔五五〕“人”，《十三經注疏·尚書》作“夫”，是。

〔五六〕“士”，《山右》本作“土”，誤。

〔五七〕“乂”，《山右》本作“又”，誤。

〔五八〕“梅”，《經典釋文·序録》作“枚”。

〔五九〕“慎”，《經典釋文·序録》作“昚”。

〔六〇〕“輿”，《山右》本作“與”，誤。

尚書考辨卷四

僞古文《尚書》二十五篇考辨下復出二篇附

一、校以《論語》而知其僞也

《論語》：堯曰："咨，爾舜，天之歷數在爾躬，允執其中。四海困窮，天禄永終。"舜亦以命禹。《堯曰》。

楊氏時曰：《論語》之書，皆聖人微言，而其徒傳守之，以明斯道者也，故于篇終具載堯、舜咨命之言，湯武誓師之意，與夫施諸政事者，以明聖學之所傳者一于是而已。《論語注》。

閻氏若璩曰：二十五篇之書，其最精密絶倫者在虞廷十六字。此蓋純襲用《荀子》，而世舉未之察也。《荀子·解蔽篇》："昔者舜之治天下也云云，故《道經》曰：'人心之危，道心之微。危微之機〔一〕，惟明君子而後能知之。'"此篇前又有"精于道，一于道"之語，遂隱括爲四字，復續以《論語》"允執厥中"，以成十六字。僞古文蓋如此，初非其能造語精密至此極也。

又曰：《堯曰》："咨，爾舜，允執其中。"傳心之要盡于此矣，豈待虞廷演爲十六字，而後謂之無遺藴與？并《疏證》第三十一。

敬考：僞書二十五篇，其尤爲人所尊信而不敢議者，在此十有六字。乃人非必返之于心，真知十有六字者切于人倫日用之實，關乎學問心術之大，而道統非此不傳也。徒見朱子注《中庸》，取此十有六字〔二〕以爲《中庸》所祖述。今一旦僞之曰出于《荀子》，是奪其所恃而中庸之道且以不尊也。然果道統非此不傳，執中之旨非此三言不明，則《論語》明聖學之傳，何獨遺此三言不備録耶？且此十六字誠爲精密可傳道統矣，然非朱子闡發其藴，人且不知也。孔仲達正義曰："民心危險，道心幽微。"又曰："將欲明道，必須精心。將欲安民，必須一意。"義涉淺雜，未足爲傳道之要。自朱子出以人心發于形氣之私，道心原于性命之正，或危殆而不安，或微妙而難見。精則察夫二者之間而不雜也，一則守其本心之正而不離也。然後人知此十六字爲道統之正傳，則人所尊信者，朱子之十六字爾，夫言苟合道，芻蕘可詢，何必出于荀子者？必無與于聖道，書雖僞，無害于其言之醇也。言雖精，無救于其書之僞也。又考：世所傳馬氏《忠經》，引《書》曰："惟精惟一，允執厥中。"《後漢》融本傳記融著述，無《忠經》。《隋·經籍志》、新舊《唐書》諸目，皆無其本，則亦僞託者與？

閻氏若璩曰：古人文字多用韻。《堯曰》"咨，爾舜"一段，躬、中、窮、終韻協。竊意舜亦以命禹，原未嘗增減堯一字。而僞作《大禹謨》者于呼禹之下增十三句，而至"天之歷數在汝躬"增四句，而至"允執厥中"增九句，而至"四海困窮，天禄永終"又溢以二句而止。不惟其辭之費，意之重，而于古人以韻成文之體亦大不識之矣。《疏證》第七十四。

敬考：舜之命禹，其增減與否無可考，而《大禹謨》之割裂《論語》，增衍成文，顯而易見。詳《堯曰》數語，是必受終之際勑命之辭。蓋以天下與人，不可無以告誡，如歷[三]代册封，必有詔書也。今禹方謙讓不遑，巽位未定，遽以此命之，不亦早乎？且危微精一，傳道之宗語之至者也，舜方以至言命禹，傳位即以傳道，而禹似略不領受，抑又何與？

《論語》曰：予小子履敢用玄牡，敢昭告于皇皇后帝，有罪不敢赦。帝臣不蔽，簡在帝心。朕躬有罪，無以萬方。萬方有罪，罪在朕躬。《堯曰》。

《墨子》曰：且不惟《禹誓》爲然，即《湯説》亦猶是也[四]。

湯曰："惟予小子履，敢用玄牡告于上天后曰：'今天大旱，即當朕身，履未知得罪于上下，有善不敢蔽，有罪不敢赦，簡在帝心。萬方有罪，即當朕身，朕身有罪，無及萬方。'"即此言湯貴爲天子，富有天下，然且不憚以身爲犧牲，以祠説于上帝鬼神。即此湯兼也。《兼愛下》。

《吕覽》曰：昔者湯克夏而正天下，天大旱，五年不收，湯乃以身禱于桑林，曰："余一人有罪，無及萬夫。萬夫有罪，在余一人。無以一人之不敏，使上帝鬼神傷民之命。"《順民》。

皇甫氏謐曰：湯自伐桀後，大旱七年，湯禱于桑林之社曰："唯予小子履敢用玄牡，告于上天后土曰：萬方有罪，罪在朕躬。朕躬有罪，無及萬方。無以一人之不敏，使上帝鬼神傷民之命。"言未已而大雨至，方數千里。《帝王世紀》。《太平御覽》引。

敬考：《論語》于"昭告"句下即繫以"有罪不敢赦"云云，試虚心讀之，則自罪在"朕躬"已上，孰不以爲即"昭告"之辭也？參以《墨子》、《吕覽》、《帝王世紀》之文，湯爲旱禱而引咎，欲以殃禍歸己，而爲萬民請命，其至誠惻怛，所謂禹、湯罪己者，誠有味乎！其言之也。今作《湯誥》者決裂《論語》，散入篇中，又竄易其文，而于"昭告"之下别作請罪有夏之辭，若然，則《論語》引昭告后帝爲不具之文，何以詘然而止邪？否則妄删請罪有夏原文，而隔越一十九句，别引他文以充之邪？且"有罪不敢赦"，豈真如玆所云，罪當朕躬，弗敢自赦者歟？信《論語》，不得不僞《湯誥》矣。又考：作《湯誥》者以《論語》爲主，故篇首即曰"誕告萬方"，又曰"爾萬方有衆"，又曰"敷虐于爾萬方百姓"，頻舉萬方，非欲求合《論語》"萬方"諸語乎？又發端即曰"惟皇上帝"，又曰"并告無辜于上下神祇"，又曰"將天命頻威"，又曰"上天孚佑下民"，又曰"天命弗僭"，明舉帝、天，非欲求合"后帝"、"帝心"諸語乎？

孔氏安國曰："曰予小子履"至"無以萬方"。此伐桀告天之文。殷家[五]尚白，未變夏禮，故用玄牡。《墨子》引《湯誓》，考今本《墨子》作《湯説》，蓋字訛。其辭若此。《論語集解》引。

敬考：《國語》：（周襄王賜晉惠公命，内史過告王曰）在《湯誓》曰："余一人有罪，無以萬夫。萬夫有罪，在予一人。"韋昭解曰："《湯誓》，《商書》，伐桀之誓也。今《湯誓》無此文，則已散亡矣。"是直誤以《國語》《湯誓》爲即今《湯誓》，故謂之伐桀之誓也。孔君亦復如是，而漢儒承學皆以爲然，故班固與諸儒《白虎通論》兩引《論語》，皆云伐桀告天。《三軍》、《三正》。作《湯誥》者遠出漢儒之後，故宗其意而用之。其不盡合漢儒者，就已文爾。今誠黜《湯誥》支離之語，而以《墨》、《吕》讀《論語》，豈不坦白明暢，犁然有當于人心邪？又考：《疏證》云："湯之大旱在革夏命、改正朔後，今方用玄牡，豈桑林自禱之時？"閻君精博，此則小失。武王克殷，至成王而後制周禮，《洪範》周書，仍稱殷祀。成湯初服，何嫌夏牲乎？又考：孔安國所得真《湯誥》無此語，故以《墨子》證《論語》。乃邢氏正義爲之解曰："《尚書·湯誓》無此文，而《湯誥》有之，又與此小異。唯《墨子》引《湯誓》，其辭與此正同，故言之所以證此爲伐桀告天之文也。"乃《墨子》明云禱旱，正不足以證伐桀。邢氏似未讀《墨子》而臆爲説者。

《論語》：雖有周親，不如仁人。百姓有過，在予一人。《堯曰》。

《墨子》曰：昔者武王將事泰山隧，傳曰："泰山，有道曾孫周王有事，大事既獲，仁人尚作，以祗商夏，蠻夷醜貉。雖有周親，不如〔六〕仁人，萬方有罪，維予一人。《兼愛中》。

敬考：《論語集解》載孔安國曰："親而不賢不忠則誅之，管、蔡是也。仁人謂箕子、微子，來則用之。"此豈見東晉《泰誓》者之言與？然所註尚未爲確訓。《墨子》述爲武王有事泰山，其言可信。百姓有過，在予一人，正與成湯"萬方有罪，罪在朕躬"如出一口，其爲祝禱之辭無疑。其不得入于《泰誓》也決矣。且《墨子》所述與《論語》文合，其不得于四語之中横安"天視"、"天聽"二語，又決矣。

《論語》：子貢曰："紂之不善不如是之甚也。是以君子惡居下流，天下之惡皆歸焉。”《子張》。

閻氏若璩曰：嗚呼，痛哉！作僞書者可謂之不仁也乎！古未有夷族之刑也，即苗民之虐，亦只肉刑止爾，初何嘗舉人之三族而殲絶之？有之自秦文公二十年始，蓋秦近乎戎，戎法至重，秦亦相承用之，他國未之見也。入春秋一百二三十年，楚始滅若敖氏之族矣，晉始滅先穀之族矣，君子謂其誅已甚。僞作古文者偶見《荀子》有“亂世以族論罪，以世舉賢”之語，遂竄入《泰誓》篇中。無論紂惡不如是甚而輕加三代以上以慘酷不德之刑，予後世人主嗜殺者之口實，且習其讀者義以爲固然也。苟一詳思，未有不痛其言之易者。我故曰：作僞書者可謂不仁也乎！《疏證》第六十三。

王氏善檣曰：民殘于紂之水火，日引領而望武王之救，以至仁伐至不仁，此豈待武王多其辭説，極口詆紂，而後曉然共信哉？奈何誓于未渡河矣？渡河而戊午再誓，戊午之明日且三誓，豈初誓時預留不盡之談爲再誓、三誓計耶？抑初誓時不能悉記紂之惡，積日而搜索之，務窮厥醜，不肯稍留餘地邪？此皆光明忠厚者所不爲也，而謂聖人爲之邪？我知之矣，紂居下流，後世諸子家皆歸以惡。作僞書者漫剽之，又廣輯書傳之所引，苦于堆疊不能成文，遂喋喋焉衍而爲三也。《石壁山房初稿》。

敬考：子貢所謂如是，必有所指。今讀晚出《泰誓》三篇，于諸傳記，下流之歸者，蒐輯幾無一遺，并族罪世讐諸語從未加諸紂者，亦鍛鍊而周内之，然以入武王之口，累紂固不足惜，累武王則已甚爾。

《論語》：子張曰：“《書》云高宗諒陰，三年不言，何謂也？”子曰：“何必高宗？古之人皆然。君薨，百官總己以聽于冢宰三年。”《憲問》。

《檀弓》：子張問曰：“《書》云：‘高宗三年不言，言乃讙。’

有諸?”仲尼曰：“胡爲其不然也?古者天子崩，王世子聽于冢宰三年。”

敬考：子張疑三年不言，臣民何所奉命，故孔子告以聽于冢宰。此孔子能言夏、殷之禮，蓋亦學無常師而知之者，其非《書》有明文，斷然可知。今作僞者儳載“百官總己以聽冢宰”于《伊訓》篇首，若然，子張既讀《伊訓》，及讀《無逸》，乃不能因此例彼，通知其義，則此問亦當在三隅不反之列。觀其勉强綴屬，上下文絶不相蒙。

一、校以《孟子》而知其僞也

《孟子》：湯崩，太丁未立，外丙二年，仲壬四年，太甲顛覆湯之典刑，伊尹放之于桐。三年，太甲悔過，自怨自艾，于桐處仁遷義，三年以聽伊尹之訓己也，復歸于亳。《萬章》。

又：公孫丑曰：“伊尹曰：‘予不狎于不順，放太甲于桐，民大悦。太甲賢，又反之，民大悦。’賢者之爲人臣也，其君不賢，則固可放與?”孟子曰：“有伊尹之志則可，無伊尹之志則篡也。”《盡心》。

《左傳》：祁奚曰〔七〕：“伊尹放太甲而相之，卒無怨色。”杜注：“太甲，湯孫也，荒淫失度，伊尹放之桐宫，三年，改悔而復之，而無恨心。”《襄二十一年》。

《國語》：伊尹放太甲而卒以爲明王。韋解：“太甲，湯孫，太丁子也。不明，而伊尹放之桐宫，三年，太甲改過，伊尹復之，卒爲明王。”《晉》。

《書序》：太甲既立，不明，伊尹放諸桐。三年，復歸于亳，思庸。伊尹作《太甲》三篇。

司馬氏遷曰：帝太甲既立三年，不明，暴虐，不遵湯法，亂德。于是伊尹放之于桐宫三年，伊尹攝行政，當國，以朝諸侯。

帝太甲居桐宫三年，悔過自責，反善，于是伊尹迺迎帝太甲而授之政。帝太甲修德，諸侯咸歸殷，百姓以寧。伊尹嘉之，迺作《太甲訓》三篇，褒帝太甲。《史記·殷本紀》。

敬考：據《孟子》及史傳之文，伊尹實放太甲，不令爲君也，明矣。此大聖人之刱舉，千古不能有二者也。乃東晉作者若謂以臣放君爲名，不可居，爲之經曰："營于桐宫，密邇先王，曰：王徂桐宫居憂。"爲之傳曰："桐，湯葬地也。不知朝政，故曰放。曰湯以元年十一月崩，至此二十六月，三年服闋〔八〕，奉王歸于亳。"竟欲以居憂掩其放之迹，急急焉喪未終而奉以歸。若然，則伊尹并未嘗放太甲，特移諒闇之制爲廬墓之舉，而伊尹之聽政亦冢宰之常法爾，是《孟子》所云皆妄語矣，信《孟子》則不得不僞《太甲》矣。

閻氏若璩曰：《孟子》一段，玩其文義，蓋太甲被放後，三年始悔過，又三年，惟伊尹訓是聽，凡六年，始復歸于亳。雖《殷本紀》首三年指初即位，不指被放之後，要爲六年之久，與《孟子》無異也。《疏證》第六十。

敬考：《孟子》所謂太甲悔過之三年，即伊尹放桐之三年，似無六年。惟《史記》謂太甲立三年而後放桐，考之情事則合。蓋太甲雖不明，當宅憂之時即欲顛覆典刑，而有所不得。惟三年之後既已親政，而壞法亂德，伊尹乃不得已而放之，此其實也。若如僞《書》，則直無三年矣。湯以十一月崩，天子七月而葬，則葬當在次年五月。既葬而後營桐宫，則徂桐當在六月已後，距三祀之十有二月僅十九閱月，未終二年，何爲三年乎？

閻氏若璩曰：《殷本紀》注引鄭康成曰："桐，地名也，有王離宫焉。"似注《書序》之語。"宫"字則從《史記》得來，初不指桐爲湯葬地。魏晉間孔傳出，始有是説。愚謂此説果真，是漢武帝時已知湯葬處矣，奈何博極羣書如劉向，告成帝猶曰"殷湯無葬處”乎？向且不知，而謂孔安國知之乎？其誰欺？《疏證》第六十。

敬考：東晉作者往往以恒情度聖人，故于湯之放桀曰“惟有慚德”，曰“予恐來世以台爲口實”，若以放桀爲非者。今兹又以放太甲爲非也，故深諱“放”之一字著于篇。然則何以？徂桐則以爲居憂云爾。居憂何以于桐？則以爲湯葬地云爾。後人狃于恒情而無以見伊尹之志，顧乃崇信晚作，妄詆前猷，反云《孟子》非也。明陳氏第《尚書疏衍》云云。夫《孟子》不足信，天下安有信書哉？又考：《皇覽》、《郡國志》、《太康地記》、《春秋釋例》、《帝王世紀》、《水經注》、《括地志》、《寰宇記》、《太平御覽》、《文獻通考》諸書，説桐宫及湯冢者，言人人殊。《四書釋地》定以桐在虞，湯冢在汾陰。未敢遽從，别有著論，兹不悉及。

司馬氏遷曰：湯崩，太子太丁未立而卒，于是迺立太丁之弟外丙，是爲帝外丙。帝外丙即位三年，崩，立外丙之弟中壬，是爲帝中壬。帝中壬即位四年，崩，伊尹迺立太丁之子太甲。太甲，成湯適長孫也，是爲帝太甲。《殷本紀》

傳曰：太丁未立而卒，及湯崩而太甲立，稱元年。《書·伊尹》序。

孔氏穎達曰：劉歆、班固不見古文，謬從《史記》，皇甫謐《帝王世紀》乃述馬遷之語，是其疏也。《書》正義。

敬考：夏殷已來《書》闕不具，後人藉以稽其譜牒，獨以有《史記》存。《史記》采《世本》而作紀，所謂甚多疏略，時或牴牾者，自不能免，而外丙、仲壬則確甚，以與《孟子》合也。嗣是劉子駿、班孟堅作《歷志》，趙邠卿注《孟子》，皇甫士安述《世紀》，訖無異説。此正士安未見僞傳之驗。孔仲達欲尊僞傳，假士安以爲重，于所不合，輒訾其疏，殊可怪。蘇子瞻、林少穎解《尚書》，據《孟子》以辨正《書》傳，學者可以知所從矣。乃金氏作《通鑑》，前篇用胡氏《大紀論》，極言立弟之非，而于《盤庚》立弟，云必有所不得已也。然則湯、伊尹非亦有不得已者乎？斯時太丁既卒，太甲尚幼，且又未見其賢，不得已而立外丙。及外丙早世，又不得已而立仲壬。假令二君者有一人天永其年，則桐宫之放無其事矣。放太甲，伊尹之大不得已也。事固有可行于古不可行于後者。唐虞傳賢，王噲以之亂燕。殷商立弟，宣公以之亂宋。以後世不能行，疑古人之未必有，致使《孟子》爲不信之書也，庸有當乎？又考：《大紀》又據《皇極經世》云云，術數小道，致遠恐泥。據數而測，抑又末矣。又考：僞傳之誤，由于誤解《書序》。序云“成湯既没，太甲元年”，與《易·繫辭》“包羲氏没，神農氏作”、“神農氏没，黄帝、堯、舜氏作”文例相似不相連爲解也。其必特書“成湯既没”者，蓋古序原文伊尹作《咸有一德》，咎單作《明居》，并列《伊訓》之前，以此二篇爲湯世之書，而非外丙、仲壬之書也。其即繼書“太甲元年”者，明《伊訓》所稱元年乃太甲元年，而非外丙、仲壬之元年也。若二帝始末，則簡册别具，而此不暇及，安得以訓解未明，并《孟子》疑之哉？

《孟子》曰：“盡信《書》則不如無《書》，吾于《武成》，取二三策而已矣。仁人無敵于天下，以至仁伐至不仁，而何其血之流杵也？”《盡心》。

《荀子》曰：厭旦于牧之野，鼓之而紂卒易鄉，遂乘殷人而進誅紂〔九〕。蓋殺者非周人，因殷人也。《儒效》。

司馬氏遷曰：武王使師尚父與百夫致師，以大卒馳帝紂師。紂師雖衆，皆無戰之心，心欲武王亟入。紂師皆倒兵以戰，以開武王。武王馳之，紂兵皆崩，畔紂。紂走，反入，登于鹿臺之上，蒙衣其珠玉，自燔于火而死。《史記·周本紀》。

梅氏鷟曰：晚出《武成》言“前徒倒戈攻于後，以北，血流漂杵”，是紂衆自殺之血，非武王殺之之血。其言可謂巧矣。然果紂衆怒紂，以開武王，當如《史記》言“武王馳之，紂兵皆崩”，方合兵機。今僅自攻其後，必殺人不多，血何至流杵？且均之無辜黨與，什什伍伍争相屠戮，抑獨何心？私意杜撰之書，既非孟子所見元本，而其言又躐居周初，致孟子爲不通文義、不識事機之人，讀書誤認紂衆自殺以爲武王虐殺，何其悖哉？《尚書譜》

敬考：東晉作者正以《武成》見疑于孟子，故博采易鄉倒兵之文而深没周師進馳之迹，令吾之經無可議。若孟子在當時也微甚，雖與之悖而不顧矣。然孟子所讀者，秦未焚之真《武成》，其不得如今《武成》云云，有斷然者。又考：朱子注《孟子》云："《書》本意乃謂商人自相殺，非謂武王殺之也，孟子之設是言，懼後世之惑，且畏不仁之心爾。"疏證云："孟子本意爲武王辨誣，反先誣武王而後辨之乎？《書譜》云：朱子之明過于鄭僑，晉人之欺甚于校人。朱子如子産曰'得其所哉'者，不一而足也。"

《孟子》曰：武王之伐殷也，革車三百兩，虎賁三千人。王曰："無畏，寧爾也，非敵百姓也。"若崩厥角、稽首。《盡心》。

閻氏若璩曰："王曰：'無畏，寧爾也，非敵百姓也'"，此武王之辭。"若崩厥角、稽首"，則敘事之辭。今竄入《泰誓》篇，曰："罔或無畏，寧執，非敵百姓，凛凛若崩厥角。"皆以爲武王口氣，不愈失《孟子》之文義乎？且詳玩其所引"王曰自是"至商郊慰安商百姓之辭，其與河朔誓師固絶不相蒙者也。《史記·周本紀》載武王至商，商國百姓咸待于郊，于是武王使羣臣告語商百姓曰："上天降休。"商人皆再拜稽首。即其事也。考《史記》本之《逸周書·克殷解》。僞作古文者既不辨古人文有議論夾敘事之體，又不辨武王時事有誓師、弔民之不同，而一槩混置，訛謬已甚。《疏證》第九。

敬考：此武王弔民之辭，民大悦之實也，所謂"仁義之人，其言藹如"者。今勉强易置，以入《泰誓》，豪無理致。孰僞孰真，固不必深辨而瞭然矣。

《孟子》曰：有攸不爲臣，東征綏厥士女，篚厥玄黄，紹我周王見休，惟臣附于大邑周。其君子實玄黄于篚以迎其君子，其小人簞食壺漿以迎其小人。救民於水火之中，取其殘而已矣。《滕文公》。

閻氏若璩曰："有攸不爲臣"，亦史臣。作"紹我周王見休，惟臣附于大邑周"，則史臣述士女之辭。僞作者欲竄入武王口，自不得不去其首句，又改爲“昭我周王，天休震動，用附我大邑周。”試思《大誥》曰：“天休于寧王，興我小邦周。”《多士》曰：“非我小國敢弋殷命，其自卑如此。”于勝國，一曰大國殷，再曰大國殷，甚且曰天邑商，其尊人如此。豈有武王當初得天下日徧告羣臣，而乃侈然自尊爲大邑周乎？《疏證》第五十一。

敬考：趙氏注《孟子》，以此爲伐紂時，非也。周公相武王誅紂，伐奄之外，滅國者五十，此武王誅紂之後，既定天下，而紂之餘黨有負固不服者，故曰“有攸不爲臣”。若紂尚在，諸侯尚未臣周也。曰“紹我周王”，若紂尚在，武王尚未稱王也。今用此語于《武成》，且爲伐紂之前禱神之辭，而武王追述之以告諸侯者，是猶踵文王稱王、武王觀兵諸謬説，別有辨，見後。其悖戾不已甚乎？

《孟子》曰：《書》曰：“湯一征，自葛始。”天下信之，東面而征西夷怨，南面而征北狄怨，曰：“奚爲後我？”民望之，若大旱之望雲霓也。歸市者不止，耕者不變，誅其君而弔其民，若時雨降。民大悅。《書》曰：“徯我后，后來其蘇。”《梁惠王》。

又曰：湯居亳，與葛爲鄰云云。《書》曰：“葛伯仇餉。”此之謂也云云。而始征，自葛載，十一征而無敵于天下。東面而征西夷怨，南面而征北狄怨，曰“奚爲後我？”民之望之，若大旱之望雨也。歸市者弗止，芸者不變，誅其君，弔其民，如時雨降，民大悅。《書》曰：‘徯我后，后來其無罰。’《滕文公》。

閻氏若璩曰：“湯一征，自葛始”一節《書》辭，《孟子》語頗相集，僞作者以天下信之，與“十一征而無敵于天下”互異，故不援入《書》，以“東面而征西夷怨”至“奚爲後我”凡三見，斷爲《書》辭入《書》。“民望之”以下又孟子語，蓋以別于“《書》曰：‘徯我后’”，故此最其苦心分疏處。但味“湯一征，自葛始”，亦史臣所作，若仲虺而對成湯，自不得斥其號，于是作者輙變其辭曰“初征自葛始”，又其苦心閃縮處。《疏證》第五十一。

敬考：《孟子》引《書》“葛伯仇餉”及“湯一征[一〇]，自葛始”，及“東面而征西夷怨，南面而征[一一]北狄怨，曰‘奚爲後我’”，及“徯予[一二]后，后來其蘇”諸語，凡讀《孟子》者皆知其爲史臣紀事之文，此文理之顯然易見者，而牽强援入仲虺口中，殊不類。此雖無關大義，而足證僞《書》之襲《孟子》，故論之，以爲據僞《書》疑《孟》者釋焉。又考：《疏證》第五十一曰：兩書有出一處而偶爲引者所增易，實于義無妨者。《孟子》“齊人取燕章”：“《書》曰：‘徯我后，后來其蘇。’”“宋小國章”：“《書》曰：‘徯我后，后來其無罰。’”是也。觀兩處上文，其辭皆同，而又首引“《書》曰：‘湯一征，自葛始’”，他日引之，輒易“一”爲“始”，易“始”爲“載”，此乃古人文章不拘之處，亦何得疑其出于兩書邪？不得疑其出于兩書，而奈何“后來其蘇”既竄入《仲虺之誥》，“后來無罰”復竄入《太甲中》篇邪？愚謂《堯典》“敷奏以言”三語，又見于《臯陶謨》，其文小異，故“后來無罰”别用于《太甲》者，援此例爾。

一、校以《春秋左氏傳》而知其僞也

《左傳》曰：魏絳曰：“《夏訓》有之曰：‘有窮后羿。’”公曰：“后羿何如？”對曰：“昔有夏之方衰也，后羿自鉏遷于窮石，因夏民以代夏政。恃其射也，不修民事而淫于原獸，棄武羅、伯因、熊髡、尨圉而用寒浞。寒浞，伯明氏之讒子弟也，伯明后寒棄之。夷羿收之，信而使之，以爲己相。浞行媚于内而施賂于外，愚弄其民，而虞羿于田。樹之詐慝，以取其國家，外内咸服。羿猶不悛，將歸自田，家衆殺而亨之云云。靡奔有鬲氏。浞因羿室，生澆及豷；恃其讒慝詐僞而不德于民，使澆用師滅斟灌及斟尋氏。處澆于過，處豷于戈。靡自有鬲氏收二國之燼以滅浞而立少康云云。于《虞人之箴》曰云云。在帝夷羿，冒[一三]于原獸，忘其國恤，而思其麀牡。武不可重，用不恢于夏家云云。于是晉侯好田，故魏絳及之。《襄四年》。

《國語》曰：士亹曰：“堯有丹朱，舜有商均，啓有五觀，湯有太甲，文王有管、蔡。是五王者皆元德也〔一四〕，而有姦子。”《楚》。

屈子曰：啓《九辨》與《九歌》兮，夏康娛以自縱。不顧難以圖後兮，五子用失乎家衖。《離騷經》。

《書序》曰：太康失邦，昆弟五人須于洛汭，作《五子之歌》。

孔氏安國曰：羿，有窮國之君，簒夏后相之位。《論語》“羿善射”注。

韋氏昭曰：五觀，啓子，太康昆弟也。觀，洛汭之地。《楚語》注。

杜氏預曰：禹孫太康淫放失國，夏人立其弟仲康。仲康亦微弱。仲康卒，子相立，羿遂代相，號曰有窮。襄四年《左傳》注。

皇甫氏謐曰：羿以善射聞。及夏之衰，因夏民以代夏，簒帝相，徙于商邱。《帝王世紀》、《史紀·夏記》〔一五〕正義引。

敬考：參稽已上諸文，羿代夏政于相而不于太康也。久畋失國，羿事而非太康事也。太康淫放好樂而非好畋也。太康亦在五子之内，子者，對啓之稱，而非必母存也。須洛汭，因失邦而非因從畋也。東晉作《五子之歌》者采《左氏傳》、《書序》，爲作首尾而考之不詳，見序有“須于洛汭”一語，是必太康先已遠出，而後五子徯之也。見《左氏傳》有“因夏民以代夏政”一語，是必夏民大不堪命而後羿得距之也。太康何以遠出？夏民何以不堪命？莫如久畋足以參合矣，遂移淫于原獸諸事迹于太康，以作此經。若洛表之文，又因洛汭而生。御母之文，又因五子而生。距河之文，又因洛表而生。述禹戒及祖訓諸文，又因《夏訓》而生。事既非實，其所抵捂者多矣。

梅氏鷟曰：孔穎達疏《左氏》，以“有窮后羿”爲即《五子之歌》文，非是。蓋彼不考下文故。下文“公曰：‘后羿何如’”至“有窮由是遂亡”，凡四十六句，初未嘗言太康淫于田。即辛甲爲《虞箴》，亦專以責羿耳，太康無預。魏、晉間《書》出，始以后羿之田轉而爲太康之田。胡不思《離騷》云云，蓋以淫樂失其國者，不援以爲據，而輒妄及《左氏》，何哉？《疏證》引第十三。

敬考：太康失國，其詳不可得聞，惟《離騷》所述四語，王逸注爲“不遵禹、啓之樂，更作淫聲”，亦未允洽。今繹其文，當是夏康娛悦《九辨》與《九歌》之樂，因以自縱，遂及難耳，不必更作淫聲也。《墨子·非樂上》有引“五觀”語，似即《五子之歌》，惜其文訛脱，不可句讀，故置不復載。夫太康好樂與否，即此爲證。而其畋于太洛表，十旬弗反，則可決其必無者。《離騷》于述“夏康”後即繼之曰：“羿淫遊以佚畋兮，又好射夫封狐。固亂流其鮮終兮，浞又貪夫厥家。”其數羿之失，實惟遊畋與魏絳所稱脗合。其不可移于太康，一也。魏絳因晉侯好田，故及羿之好田，豈明明太康有此炯鑑而不連及之以爲戒者？其不可移于太康，二也。《論語》曰“羿善射”，《孟子》亦云然。惟其善射，是以好田，所謂“恃其射也，不修民事，而淫于原獸”。其不可移于太康，三也。諺曰：“前車覆，後車戒。”羿雖甚下愚，寧有己方以此得竊人之國，而即仍蹈其覆轍者？其不可移于太康，四也。人亦未之深考爾。

閻氏若璩曰：《左氏·襄四年》：晉侯欲伐戎，魏絳曰：勞師于戎而弗救陳，“是棄陳也，諸華必叛。戎，禽獸也。獲戎失華，無乃不可乎？《夏訓》有之曰：‘有窮后羿。’”公曰：“后羿何如？”魏絳遂不便復引《夏訓》，止據其事以對曰：“昔有夏之方衰也，后羿自鉏遷于窮石”云云。末因《虞箴》，仍及“在帝夷羿，冒于原獸”。此乃古人文章密處。今試思：“有窮后羿”下，其語可得知乎？不可得知果是“因民弗忍，距于河”，而魏絳將引此鶻突語以告悼公乎？《疏證》第十三。

敬考：魏絳所稱《夏訓》，必少康之後述后羿之事以爲戒，如《虞箴》所云“在帝夷羿”者。其辭則與獲戎失華之義關合，乃忽爲悼公之問所間，遂不得終其辭，然續以“因民弗忍，距于河”，則確知其不然。閒嘗融會周、楚、漢、晉諸傳注之文，太康失國，須于洛汭，猶周厲王之出居于彘，于羿無與也。民未忘夏，故立其弟仲康，仲康亦不能自振，延及于相，積衰已久，羿乃得因其衆而代之。太康時，安得羿遂距于河也哉？

傳曰：從言從畋。孔正義曰：史述太康之惡既盡，然後言其作歌，故令羿距之文乃在母從之上，作文之勢當然也。

金氏履祥曰：太康在外忘反，而羿入都篡國，故五子御母以避難，迹太康所之，逾河而南以從之，望太康以圖復國，故于洛汭而不于洛表，徯而不反，而爲歌也。《通鑑前篇》。

敬考：傳疏説五子從而徯，在未有羿亂之前，太康畋時已從。久畋不反，故云徯。作者本意如是。然已則好畋，畋如此之遠，而必令其弟空國奉母以從，殊無是理。金氏爲之説，則五子從而徯在既有羿亂之後。然國家遭此大變，五子奉母出奔，未有不急于親見太康垂涕泣而道之者，而乃流連中道，從容歌怨，處至急之時，爲不急之談，抑又何邪？且太康縱逸預滅德，當宗國既已顛覆，尚優游田獵，忘其母而不反，亦理所必無者矣。

閻氏若璩曰：禹自堯七十二載乙卯受命平水土，則娶塗山當在丁巳，戊午啓生。及啓即位改元，歲丙戌，年已八十九矣，所以享國僅七年，壽九十五而終。竊以是時其元妃未必存，況又歷太康十九年，歲辛亥，方有失國之禍，使啓若存，壽一百一十四歲，然則太康失國時固已無復母存矣。《疏證》第一百四。

姚氏際恒曰：因五子稱子，憑空撰出一母，彷彿與《凱風》七子相似相似〔一六〕者，本意爲用此一“怨”字耳。《疏證》引一百四。

敬考：讀《楚語》士亹之云，知稱五子者，對啓之辭也。夫太康淫放，不肖子其首也，不宜數五觀反遺太康，則太康即在五子之内。韋解信矣。證諸《書序》所云“昆弟五人”者，太康與其弟而五也。“須于洛汭”者，太康失國出走，與其弟逡巡洛汭之間也。人以其居洛汭而號爲五觀，觀即洛汭矣。洛汭在今河南府鞏縣。酈注"淇水"，謂觀地在頓丘，恐非。以韋解爲正。作《五子之歌》者，當時之人作，非五子自作也。以啓如是之賢而有如是之子，歌之者，閔之也。太康則失國矣，其四子者皆未必能賢。士亹與朱、均、管、蔡同目爲姦子，或爲太康所累未可知。惟是禹之明德遠矣，吾君之子謳歌攸歸，吾君之孫何獨不與？少康以一成之田、一旅之卒，且能復禹績于既滅之後，人心之未忍一日忘禹也，胡仲康嗣位而諸子不修祖德以定亂？浸尋至于后相，且爲羿所篡，其材不大可見乎？然則五子能述大禹之戒以作歌者，然與否與？若其母之存亡，又可存而不論云。

蘇氏軾曰：太康失國之後，少康祀夏之前，皆羿、浞專政僭位之年。胤征之事蓋出于羿，非仲康之所能專，明矣。羲和蓋忠于夏也，羿假王命以命胤侯而往征之。曰：然則孔子何取而不删去乎？曰：《書》固有非聖人之所取而猶存者也。孔氏必有師傳之說，久遠而亡之爾。《書傳》。

林氏之奇曰：羿雖廢太康而立仲康，然仲康不爲羿所篡，至其子相，然後見篡于羿，則仲康有以制之也。仲康沈機先物，奮其獨斷，故于即位之初命嗣侯以掌六師。羿之所以欲假借以爲威者既爲胤侯所得，故羿雖有强悍之志，終仲康之世而不得逞其不軌之謀也。羲和之罪雖主于廢時亂日，意其欲黨于后羿，將與之同惡相濟，以共爲不軌之謀，故胤侯承王命以徂征。仲康之命也，得夫天子討罪之權。胤后〔一七〕之征也，得夫諸侯敵愾之義。羿之所以懷不軌之意而不得逞者，其理在于此。《書》紀載帝王之實迹，以爲萬世法，豈容有所不取而猶存者哉？《書解》。

金氏履祥曰：說者多稱羿廢太康而立仲康，失之矣。使羿廢太康而立仲康，仲康既立，使胤侯爲司馬，兵柄有歸矣，而不討羿，是德羿也。不返太康，是紾兄也。不然，權出于羿，是仲康爲虐位而胤侯爲羿黨也。若是，則《胤征》之書，孔子奚取焉？且傳稱羿代夏政，號帝夷，羿豈立仲康而爲之臣者？其不然也明矣。仲康繼立於外，命胤侯掌六師，羲和遐棄厥司，旅拒厥邑，蓋不共王職而歸于有窮者，是以有徂征之師。然迄不能移羲和之師而加之羿者，或者勢未可與？假之以年，安知其不能討羿？以羿之强僭，而終仲康之世莫敢誰何者，以仲康之賢，有胤侯之助也。《通鑑前編》。

敬考：作僞者于《五子之歌》爲之經曰："有窮后羿因民弗忍，距于河。"于《胤征》爲之傳曰："羿廢太康，而立其弟仲康爲天子。"于是後之説《胤征》者異議蠭起，致令羲和一人之身，或爲有窮之羽翼，或爲夏后之忠良。胤征一事之舉，或爲靖難之王師，或爲助虐之逆黨。蓋以羿之横也。前乎此者，既距太康于河；後乎此者，方篡后相之位。何仲康之時聽其命將出師而不之問？蘇氏知其不然，則以爲羿假王命以征其不順已者。若是，則聖人于《尚書》奚取焉？林氏覺其不安，則以仲康命掌六師爲真能攬大權矣。果爾，則羿失兵柄，一匹夫爾，執而誅之，易易也。金氏見其未允，則以爲仲康特偏安于河南而先翦其黨與。至其不能移羲和之師而加之羿，則以爲勢未可，年未至也。夫窮羿一妄庸男子，其相寒浞亦淫亂之尤甚者，苟非夏后積衰已極，自棄其民，又安能因之以代其政？若誠天子當陽，諸侯用命，如兹所云，肇位四海，命掌六師者，將天下翕然響膺，而何羿之不足誅也。反覆辨釋，卒不可通，知太康、仲康之世，羿原未嘗代夏政，則紛紛之論，羣喙皆息矣。又考：《序》，《書》百篇，夏止得四。《胤征》不言何帝，其入于仲康世者，據《史記》也。然《史記》于羿、浞事全失紀録，《索隱》譏其疏略之甚。録此序于仲康，其果確與？又考：《疏證》，謂司馬氏獲見二十四篇逸《書》，是以知爲仲康時，非也。使司馬氏獲見其《書》，則必全録其語，如《湯征》、《湯誥》篇矣。且班氏稱其多古文説，以今考之，如"便程"，如"伏物"，如"不懌"，如"静哉"，如"始飢"，不可枚舉，皆伏《書》説也。蓋遷弟從安國問而未嘗受其《書》。有及問者，有不及問者。惟有百篇之序，則伏《書》具有，故徵引特備。此序必當時有爲是説者，《史記》據而承用之，未必孔所親授矣。

《左傳》曰：夏六月甲戌朔，日有食之。祝史請所用幣。昭子曰：“日有食之，天子不舉，伐鼓于社。諸侯用幣于社，伐鼓于朝，禮也。”平子禦之曰：“止也。唯正月朔，慝未作，日有食之，于是乎有伐鼓用幣，禮也。其餘則否。”太史曰：“在此月也。杜註：“正月，謂建巳正陽之月也。于周爲六月，于夏爲四月。慝，陰氣也。四月純陽用事，陰氣未動，而侵陽災重，故有伐鼓用幣之禮也。平子以爲六月非正月，故太史答言‘在此月也。’”日過分而未至，杜注：“過春分而未夏至。”三辰有災，于是乎百官降物，君不舉，辟移時。樂奏鼓，祝用幣，史用辭。故《夏書》曰：‘辰不集于房，杜注：“集，安也。房，舍也。日月不安其舍則食。”瞽奏鼓，嗇夫馳，庶人走。’此月朔之謂也。當夏四月，是謂孟夏。”杜注：“言此六月當夏之四月。”平子弗從。昭子退曰：“夫子將有異志，不君君矣。”《昭十七年》。

閻氏若璩曰：日食之變，爲人君所當恐懼修省。然爲災之尤重者，則在建巳之月。蓋自冬至一陽生，至此月而六陽并盛，六陰并消。于此而忽以陰侵陽，是爲以臣侵君，故先王尤忌之。夏家則瞽奏鼓，嗇夫馳，庶人走；周家則樂奏鼓，祝用幣，史用辭。雖名有四月、六月之别，皆謂之正月。正月者，正陽之月，非“春，王正月”之月也。《左氏・昭十七年》云云，太史首言此禮在周之六月，繼即引《夏書》，以證夏禮亦即在周之六月朔。周之六月，是爲夏之四月，可謂反覆明切矣。而僞作古文者于《胤征》篇撰之曰：“乃季秋月朔，辰弗集于房，瞽奏鼓，嗇夫馳，庶人走。”不知“瞽奏鼓”等禮，夏家正未嘗用之于九月也。《疏證》第八。

又曰：余既通歷法矣。仲康在位十三年，始壬戌，終甲戌〔一八〕。以《授時》、《時憲》二歷推算，仲康始即位之歲乃五月丁亥朔日食，非季秋月朔也。食在東井，非房宿也。在位十三年，惟四年九月壬辰朔，日有食之，又與肇位四海不合。且食在氐末度，亦非房宿也。夫歷法疏密，驗在交食，雖千百世以上，規程不爽，無不可以籌策窮之。以仲康四年九月朔日食而誤附于肇位四海之後，以元年五月朔日食而謬作季秋集房之文，皆非也。

又曰："辰不集于房"，在《左傳》。杜注曰："房，舍也。日月不安其舍則食。"若此，于房宿絶無交涉，此《夏書》之文應在建巳正陽之月，故當以瞽奏鼓之禮，而僞作古文者似錯認爲房宿。蓋九月日月會于大火之次，房、心共爲大火掩蝕于房宿，故冠以"季秋月朔〔一九〕"五字，此正其致誤之由。予推步以歷，仲康十三年中，惟十一年壬申歲閏四月甲寅日午時日食。僞作古文者苟知此，"肇位四海"易作"即位十一年"，"季秋月朔"易作"閏四月朔"，既合歷法，又合典禮。予謂其智不及此。并《疏證》第八十一。

敬考：從古歷法，至《授時》、《時憲》二歷而始精。閻氏以二歷推步，誠能正其訛謬。但仲康元年定爲壬戌，乃《皇極經世》云爾，非經傳確有明文可據。作僞之敢于妄下"季秋"諸語，亦恃其代遠難稽。惟奏鼓之禮確爲建巳之月而不得移于季秋，其顯與《左》所引《夏書》悖，則無可置辨也。又考：魯太史所稱，乃救護之典法以入誓師〔二〇〕語中，似覺不類。

《左傳》曰：師曠對晉侯曰："自王以下，各有父兄子弟以補察其政。史爲書，瞽爲詩，工誦箴諫，大夫規誨，士傳言，庶人謗，商旅于市，百工獻藝。故《夏書》曰：'遒人以木鐸狥〔二一〕于路，杜注："遒人，行令之官也。狥〔二二〕于路，求歌謠之言。"官師相規，工執藝事以諫。'正月孟春于是乎有之。"《襄十四年》。

敬考：羲和之罪，《序》稱其湎淫，廢時亂日，則征之者自當就廢時亂日發論。今無端援師曠引《書》語于胤侯誓中，與羲和之職絶不相蒙，不得已，先之曰："百官修輔，厥后惟明明"，承之曰："其或不恭，邦有常刑"。爲之傳曰："言百官廢職服大刑"。

然上三者固不足以盡百官之職，且皆規諫之事，非常職也。其襲《左》不可掩矣。

《左傳》：吴公子光曰："吾聞之曰：'作事威克其愛，雖小必濟。'"《昭廿三年》。

蘇氏軾曰：先王之用威愛，稱事當理而已，不惟不使威勝愛。若曰"與其殺不辜，寧失不經"，又曰："不幸而過，寧僭無濫"，是堯、舜已來常務使愛勝威也。今乃謂威勝愛則事濟，愛勝威則無功，是爲堯、舜不如申、韓也，而可乎？《書傳》。

姚氏際恒曰：任威滅愛之言，必是祖述桀、紂之殘虐而云者，且又出亂臣賊子口，其不可爲訓明甚。光所與處者鱄諸之輩，所習謀者弑逆之事，焉知《詩》、《書》者邪？作僞者但以"吾聞之曰"爲《書》辭，不知既載聖經，生心而害政，發政而害事矣。《疏證》引百二十一。

敬考：上既云"脅從罔治"，又曰"咸與維新"，是尚愛而不尚威矣。忽承之曰"威克厥愛允濟，愛克厥威允罔功"，抑何大相反邪？總緣〔二三〕《左氏》所有成語悉收而取之，雖此一語亦不忍捨，遂啓後人無窮之口實爾。又考：蘇氏曰："先後時罪之薄者，必殺無赦，非虐政乎？惟軍中法則或用之，穰苴斬莊賈是也。傳曰：國容不入軍，軍容不入國。此政與夏之《司馬法》止用于軍中。今無以知羲和之罪，乃取軍法一切之政而爲有司沉沈湎失職之罰，蓋文致其罪，非實事也。"愚謂《荀子·君道》篇引《書》曰："先時者殺無赦，不逮時者殺無赦。"《胤征》造此政典，不過采用《荀子》語而綴屬于此，原非夏后真有此政典也。但《荀子》亦稱"《書》曰"，然先時、後時必有所指，不得其已上之辭，而止舉此二語，無乃引例不全？何怪蘇氏以文致目之也？

《左傳》：季札請觀周樂，見舞《韶〔二四〕濩》者，曰："聖人之弘也，而猶有慚德，聖人之難也。"《襄二十九年》。

傳曰：惟有慙德，慙德不及古，曰予恐來世以台爲口實。恐來世論道我放天子不去口，仲虺乃作誥。陳義告湯無可慙。

郝氏敬曰：聖人奉天伐暴，何慙之有？心慙而强爲之，非聖人行事。有慙而倩人言自解，非聖人存心。《尚書辨解》。

姚氏際恒曰：案札之觀樂，聞聲審音，知帝王之德，辨衆國之風，史遷稱其見微而知清濁是也。自虞、夏以迄春秋，皆扎[二五]自爲論譔，絶無一語扳据《詩》、《書》之文。若謂《尚書》先有此語，而札乃扳据爲説，安在其爲知樂邪？其見舞《象箾》、《南籥》者，曰："美哉！猶有憾。"與"猶有慚德"正是一例。若是，則文王亦當自爲有憾邪？札[二六]之此語，乃是評湯之《韶濩》，即如孔子謂《武》未盡善意。原注："邢邵《甘露頌》：'樂無慙德。'沈約《謝示樂歌啓》：觀樂帝所，遠有慙德。'皆足證。若是，則武王亦當自爲未盡善邪？今誤以評樂之言加之成湯之身，而仲虺釋之，史臣書之，將聖人青天白日心事全驅入糢糊曖昧之鄉，豈不重可嘆邪？《疏證》引百二十一。

敬考：此作僞《書》者往往以恒情度聖人。于《仲虺之誥》發端云："惟有慚德"且繫以辭曰："予恐來世以台爲口實。"夫所謂口實者，不過謂以臣放君，不可爲訓。間[二七]嘗考之，揖讓之局自禹止，征誅之局不自湯始也。《大戴禮記》稱孔子告宰予曰：黄帝與赤帝戰於版泉之野，三戰然後得志。《五帝德》。《史記》亦云：軒轅之時，神農氏世衰。炎帝欲侵淩諸侯，諸侯咸歸軒轅。軒轅乃修德振兵，與炎帝戰於版[二八]泉之野。三戰，然後得其志。而諸侯咸尊軒轅爲天子，代神農氏，是爲黄帝。《五帝紀》。炎帝、神農氏非天子乎？軒轅氏非諸侯乎？雖三戰得志事未必然，而以黄代炎，其非禪受也明甚。然則來世之口實乃在軒轅，而湯之兢兢焉慙而恐者，豈誠以邃古以來征誅而得天下者必自湯創始乎？

傳曰：肇我邦于有夏，若苗之有莠，若粟之有秕。始我商家國于夏世，欲見翦除。小大戰戰，罔不懼于非辜，矧予之德言足聽聞。言小大憂危，恐其非罪見滅，况我之道德善言足聽聞乎？無道之惡，有道自然理。

朱子曰：仲虺分明言事勢不容住，我不誅彼，則彼將圖我矣。

後人多曲爲之説以諱之，要之，自是住不得。《語録》。

姚氏際恒曰：據説，我若不除桀，桀必除我。是湯之伐桀全是爲自全免禍計，非爲救民塗炭也。説得成湯全是一片小人心腸，絶不知有君臣之分者，殊可怪歎。如此，實乃增湯之慙，豈惟不能釋湯之慙已乎？《疏證》引百二十一。

敬考：《孟子》曰："非富天下也，爲匹夫匹婦復讎也。"又曰："以伐夏救民。"湯之伐桀，爲救民計，不爲自全計。非惟天下信之，即萬世無不信之。作僞者生程、朱之前，理學未明，《孟子》未經表章，故不禁以俗情入仲虺誥辭，而所累于聖君賢相者甚矣。

《左傳》：隨武子曰："見可而進，知難而退，軍之善政也。兼弱攻昧，武之善經也。子姑整軍而經武乎！猶有弱而昧者，何必楚？仲虺有言曰：'取亂侮亡。'兼弱也。《汋》曰：'於鑠王師！遵養時晦。'耆昧也。《武》曰：'無競惟烈。'撫弱耆昧以務烈，所可也。"《宣十二年》。

又中行獻子曰："仲虺有言曰：'亡者侮之，亂者取之。推亡固存，國之道也。'"《襄十四年》。

又子皮曰："《仲虺之志》云：'亂者取之，亡者侮之。'推亡固存，國之利也。"《襄三十年》。

姚氏際恒曰：若《書》辭果有"兼弱攻昧，取亂侮亡"二句，《左傳》安得分"取亂侮亡"句爲仲虺之言，分"兼弱攻昧"句爲武之善經乎？又安得以"兼弱攻昧"句爲提綱，以"取亂侮亡"句爲條目乎？中行獻子曰云云，子皮曰云云，皆僅有"取亂侮亡"，無"兼弱攻昧"，足以爲證。《疏證》引百二十一。

敬考：《孟子》曰："天下有道，小役大，弱役强。"《荀子》曰："霸者衛弱禁暴而無兼并之心。"《王制》。霸者且不兼弱，况王者乎？則武之善經不可以入仲虺誥辭明矣。

《左傳》：魏絳曰："《書》曰：'居安思危。'杜注：逸《書》。思則有備，有備無患。敢以此規。"《襄十一年》。

敬考："居安思危"，《書》辭也。"思則有備，有備無患"，魏絳之言也。若同以爲《書》辭，不當分見于《周官》、《説命》二篇。若猶以爲絳之言也，又不當出傅説之口矣。

《左傳》：劉子謂萇弘曰："甘氏又往矣。"對曰："何害？同德度義。《太誓》曰：'紂有億兆夷人，亦有離德。予〔二九〕有亂臣十人，同心同德。'此周所以興也。君其務德，無患無人。"《昭二十四年》。

又：君子曰："《太誓》所謂商兆民離，周十人同者，衆也。"孔正義："此言'《大誓》所謂'者，引其意，非本文也。"《成二年》。

《管子》："《泰誓》曰'紂有臣億萬，亦有億萬之心，武王有臣三千，而一心。'"《法禁》。

林氏之奇曰："同力度德，同德度義"，蓋古人有此語，武王舉之，以證其伐紂必克之也。《左氏傳·襄三十一年》魯穆叔曰："年鈞擇賢，義鈞以卜。"《昭二十六年》王子朝曰："年鈞以德，德鈞以卜。"蓋亦是舉古人之言以證其所欲爲之事也，其文勢正與此同。《書解》。

姚氏際恒曰："同德度義"本萇弘語，所以興起《大誓》"離德"、"同德"之義也。今貿貿不察，襲《左》此語于引《大誓》之前，而又列諸《泰誓》中，豈有"同德度義"爲《大誓》之辭，而下接以"《大誓》曰"邪？古文襲《左》，其顯露敗闕多此類。《疏證》引百二十一。

敬考：東晉作《泰誓》者正以"同德度義"與穆叔、王子朝之言相類，似古成語，故以入《書》。又特以《管子》語續之，不用《左氏》原文，而别置中篇，以避與《左》顯違之迹。不然，《左氏》一書豈能掩人不見邪？林氏亦惟讀《左》而有疑焉，故著此論，意以爲既古語矣，則萇弘與《大誓》同引古語，可無嫌爾。

又考：蘇氏《書集傳》，據林氏解而以爲古兵志之語。又考：古經傳引《書》，原有引意之例。《管子》所引《泰誓》之辭，意即萇弘所引《大誓》之辭，變文以見意，而非《書》之原文與？然以爲果原文也，則不當易武王爲予。以爲非原文也，又不當分用于上、中兩篇矣。

杜氏預曰：同德度義。度，謀也。言唯同心同德，則能謀義于朝，不能于我無害。《左傳》注。

傳曰：同力度德，同德度義。力鈞則有德者勝，德鈞則秉義者强。揆度優劣，勝負可見。

姚氏際恒曰：杜預注云云，其義本與逸《書》四句聯屬。今將逸《書》易置于中篇，此下接之曰“受有臣億萬，惟億萬心，予有臣三千，惟一心”。彼有“德”字兼“心”字，此僅有“心”字無“德”字，全不照應，又增“同力度德”一句以配合“同德度義”。《左氏》“度”字本“謀度”之“度”，今作“揆度”之“度”。“同力度德”猶可解，“同德度義”不可解矣。而傳乃强爲之解曰：“德鈞則秉義者强。”夫德既鈞矣，又何謂之秉義乎？豈義在德之外，更居德之上乎？豈紂與武之德鈞而武獨爲秉義者乎？即如其解，又何以興起下引《大誓》“離德”、“同德”之義乎？《疏證》引百二十一。

敬考：作僞者參用穆叔、王子朝二事，以致謬誤。觀傳用“鈞”字，可見其出于彼文。然“同心同德”不可訓爲德鈞，則此“同德”字亦不訓爲德鈞也，審矣。

《左傳》：劉文公合諸侯于召陵，將長蔡于衛。衛侯使祝佗私于萇弘曰：“管、蔡啓商，惎間王室，王于是乎殺管叔而蔡蔡叔，以車七乘、徒七十人。其子蔡仲改行帥德，周公舉之，以爲己卿士，見諸王而命之以蔡。其命書曰〔三〇〕：‘王曰：胡，無若爾考之違王命也。’”《定四年》。

又：大叔曰：“周公殺管叔而蔡蔡叔，夫豈不愛？王室故也。”《昭元年》。

《荀子》曰：周公殺管叔，虚殷國，而天下不稱戾焉。《儒效》。

司馬氏遷曰：管叔、蔡叔疑周公之爲不利于成王，乃挾武庚以作亂。周公旦承成王命伐誅武庚，殺管叔而放蔡叔，遷之，與車十乘，徒七十人。《史記·管蔡世家》。

《淮南内書》曰：管叔、蔡叔奉公子禄父而欲爲亂，周公誅之，以定天下。《泰族》。

郝氏敬曰：孔《書》僞撰《蔡仲之命》，謂公以流言，致辟管叔，囚蔡叔，其説緣飾于《春秋傳》衛祝佗云云。此言成王殺管叔，周公不能救而推恩其子，始末甚明。杜元凱釋之云："周公以王命殺之。將爲公文殺兄之過，而不知公本未嘗殺兄也。"據孔《書》爲辟叔，而不知孔《書》後人僞增也。

又曰：夫言不知其所自起之謂流。古人立木求謗，無故遭謗者多矣，雖流言何傷？何遽至甘心于兄？此天理人情所必無。

又曰：三監雖流言，周之宗社未有傷也，輙殺一兄，囚一弟，貶一弟，周公而爲此，遠何以見虞舜？近何以對夷、齊？并《書辨解》。

敬考：郝氏辨解《金縢》，謂管叔者王及二公殺之，而周公不知也，持論甚力。綜其實，亦未盡然。周公誅管叔，《左氏》而下，史傳歷歷言之，不必爲周公諱。然其誅之也，以其作亂，非以其流言，此公私之别也。僞《書》則全遺啓殷以畔、惎間王室諸事迹，而但云羣叔流言，則周公爲明己而殺兄廢弟，害于義者大矣。郝氏痛摘其失也，宜哉。

閻氏若璩曰：讀《左氏傳》祝佗述蔡仲之事，其命書云："王曰：'胡，無若爾考之違王命也。'"意此必古《蔡仲之命》發端第一語，蓋若劈面〔三一〕一喝，聞者心悸。戮其父而用其子，自與〔三二〕平常封褒者不同。若將是語綴入篇之中，勢便懈甚。至以乃祖文王與爾考并提，其無乃非類也乎？在祝佗述其事，自不得不追其顛末，而僞作是篇者亦如其例，彷彿其辭，以爲篇端之序，學者試平心以思，此爲《左氏》本《書》乎？抑《書》襲《左氏》也？《疏證》第八十。

敬考：祝佗述管、蔡之事已畢，而後證以“其命書曰”一語，則命書本無詳叙其事可知。其事則于紀事之書别見，而不重記于命書之首也。即《書序》亦止云“蔡叔既没，王命蔡仲踐諸侯位，作《蔡仲之命》”，亦不詳叙管、蔡始末，則可知其事别見矣。其云“蔡叔既没”，實能補《左》所未及，不似僞命純襲《左氏》而加舛焉爾。

《左傳》：王與葉公枚卜子良，以爲令尹。《哀十七年》。

又：《夏書》曰：“官占唯能蔽志，昆命于元龜。”《哀十八年》。

又：卜不襲吉。《哀十年》。

敬考：天下，大器也，非人人可以寄託也。舜讓天下于禹，禹既讓皋陶矣，誠以皋陶爲可勝任，終讓之可爾。不然，亦如《堯典》讓及稷、契，次及于益。下此雖有功臣，豈皆可巽位？而乃欲假枚卜以定之乎？徒以《左氏》“官占蔽志”之文無可位置，遂雜舉枚卜及襲吉二事，作此無聊之語，知非情事之實矣。又考：杜注：枚卜謂不斥言所卜以命龜。證以《昭十二年》南蒯枚筮之文，益信。今誤解爲歷卜而用之，似禹亦不識枚卜義者。又考：《堯典》：“舜讓于德，弗嗣。”即〔三三〕云“正月上日，受終于文祖”，則舜之固讓、堯之固巽可知矣。蓋唐、虞大政可紀者衆，區區讓辭不足詳録，何至禹而覼縷如此？又考：舜之授禹也，詢謀僉同，惟皋陶亦必與謀也。當禹讓于皋陶，舜于此必且止其讓，乃即稱美皋陶之功，似有允其所讓之意。皋陶于此知巽位非禹不可，亦必以己不如禹昌言于衆，使禹無復可讓。乃但歸功帝德，絶無一言更及于禹，而舜復稱美之，一時問答，竟若忘其巽禹初意，而姑爲是閒語者，何邪？

一、校以《國語》而知其僞也

《國語》：靈王虐，白公子張曰：“昔殷武丁能聳其德，至于神明，以入于河，自河徂亳，于是乎三年默以思道。卿士患之，曰：'王言以出令也，若不言，是無所稟令也。'武丁于是作書，韋解："以書解卿士也。賈、唐云：'書，《説命》也。'昭曰：非也。其時未得傅説〔三四〕。"曰：'以余正四方，余恐德之不類，兹故不言。'如是而又使以象夢求四方之賢聖〔三五〕，得傅説以來，升以爲公，而使朝夕規諫，曰：'若金用女作礪，若津水用女作舟，若天旱用女作霖雨。若藥不瞑眩〔三六〕厥疾不瘳，若跣不視地厥足用傷。'若武丁之神明也，其聖之叡〔三七〕廣也，其知之不疚也，猶自謂未乂，故三年默以思道。既得道，猶不敢專制，使以象旁求聖人。既得以爲輔，又恐其荒失遺忘，故使朝夕規誨箴〔三八〕諫曰：'必交修余，無余棄〔三九〕也。'"《楚》

敬考：《説命》之作，全藍本于此，而誤讀《國語》，合二事爲一事。《國語》于"兹故不言"下特曰"如是而又使以象夢求四方之賢聖"，即白公子張之釋之者。于"三年默以思道"下特〔四〇〕曰"既得道，猶不敢專制，使以象旁求聖人〔四一〕"，是不言思道者一事，夢求得説者又一事，分晰至爲明切。賈、唐不善讀《國語》，故注武丁作書云："書，《説命》也。"韋昭善讀《國語》，故曰："非也。其時未得傅説。"是作書告卿士者一時，作象求傅説者又一時也。分之則于經傳所言無不合，合之則顯悖，此真僞之辨矣。

《無逸》：周公曰："其在高宗，時舊勞于外，爰暨小人。作其即位，乃或亮陰，三年不言。其惟不言，言乃雍。"

《論語》：子張曰："《書》云高宗諒陰，三年不言，何謂也？"子曰："何必高宗？古之人皆然。君薨，百官總己以聽于冢宰三年。"《憲問》。

《檀弓》：子張問曰："《書》云：'高宗三年不言，言乃讙。'有諸？"孔子〔四二〕曰："胡爲其不然也？古者天子崩，王世子聽于冢宰三年。”

《坊记》：高宗三年，其惟不言，言乃讙。郑注：“三年不言，有父小乙丧之时也。其既言，天下皆欢喜，乐其政教也。”

《丧服四制》：《书》曰：“高宗谅闇，三年不言。”善之也。王者莫不行此礼，何以独善之也？曰：高宗者武丁，武丁者殷之贤王也。继世即位而慈良于喪。當此之時，殷衰而復興，禮廢而復起，故善之。善之，故載之《書》中而高之，故謂之高宗。

《吕覽》曰：人主之言不可不慎。高宗，天子也，即位諒闇，三年不言。卿大夫恐懼，患之。高宗乃言曰：“以余一人正四方，余唯恐言之不類也，兹故不言。”古之天子，其重言如此。《重言》。

《淮南内書》曰：高宗諒闇，三年不言，四海之内寂然無聲，一言聲然大動天下。《泰族》。

敬考：據諸傳所稱，高宗不言與夢説事絶不相蒙者也。其《論語》、《禮記》皆引《無逸》爲説，《淮南》亦《無逸》之變文，《吕覽》所述與《國語》合，亦即《無逸》而敷暢其旨。今就《無逸》觀之，其曰“亮陰不言”，則無免喪猶不言，可知也。曰“言乃雍”，則非終不自言，而猶待得人以代言，可知也。惟欲由不言牽合夢説，不得不遷就其辭，致多抵捂矣。

《書序》：高宗夢得説，使百工營求諸野，得諸傅巖，作《説命》三篇。

《孟子》曰：傅説舉于版築之間。趙注：傅説築傅巖，武丁舉以爲相。《告子》。

《吕覽》曰：傅説，殷之胥靡也，高訓：胥靡，刑罪之名也。上相天子。《求人》。

劉氏向曰：陳子説梁王曰：“夫善亦有道而遇亦有時。昔傅説衣褐帶劍而築于秕傅之城，武丁夕夢旦得之，時王也。”《説苑·善説》。

敬考：高宗夢得説，與三年不言亦杳不相涉者也。蓋因夢求賢，事原幻化，偶爾得之，難容逆測。矧當日甘盤、祖己諸人，朝臣未嘗無賢，若必待傅説而代之，言設思而無夢，夢而不得，得而不賢，將終不言乎？作者于漢、晉之後傳僞踵謬，襲用而加甚焉矣。

司馬氏遷曰：帝武丁即位，思復興殷，而未得其佐。三年不言，政事決定于冢宰，以觀國風。武丁夜夢得聖人，名曰説。以夢所見視羣臣百吏，皆非也。于是乃使百工營求之野，得説于傅險中焉〔四三〕。是時説爲胥靡，築于傅險。見于武丁，武丁曰是也。得而與之語，果聖人，舉以爲相，殷國大治。故遂以傅險姓之，號曰傅説。《史説〔四四〕·殷本紀》。

皇甫氏謐曰：武丁即位，諒闇居凶廬，伯〔四五〕官總己聽于冢宰，三年不言。既免哀，猶不言，羣臣諫。武丁于是思建良輔，已上出《太平御覽》。已下《御覽》多脱誤，用《書》正義校補。夢天賜賢人，胥靡之衣蒙之而來，曰："云我徒也，姓傅名説，天下得我者，豈徒也哉？"武丁悟而推之曰："傅者，相也。説者，懽悦也。天下當有傅我而説民者哉！"明以夢視百官，百官皆非也。乃使百官寫其形象，求諸天下，果見築者胥靡，衣褐帶索，執役于虞、虢之間，傅巖之野，名説。以其得之傅巖，謂之傅説。《帝王世紀》。

敬考：漢、晉紀高宗事者，以漸而訛。司馬增"未得其佐"語，皇甫增"思建良輔"語，似亦欲聯合二事爲一，然于夢説事，仍爲特提别起，其所述夜而夢，悟而思，旦而求，則情形宛然。蓋夢境恍惚，不堪久秘。若謂羣臣咸諫，而後王乃作書，作書而後審象，則是羣臣不進諫，王猶不言也。帝雖賚予良弼，且不急求也。情事脱略，大非其實矣。又考：《史記》正義："《世紀》述黄帝夢大風，寤而歎，求得風后力牧。"昭四年《左傳》述叔孫穆子夢豎牛，旦而皆召其徒。《前漢》述文帝夢上天，覺而之漸臺。皆既得有夢，即求其人，亦情事必然之實也。

又考：皇甫增"既免憂，猶不言"語，大謬。蓋以諒闇不言，孔子明言古之人皆然，則羣臣無所庸諫矣。然宅憂不言，古人皆然，免喪不言，古之人皆不然也。果爾，孔子不亦失言乎？然則何以卿士患之？則《禮》所云“殷衰而後興，禮廢而復起”，當時此禮久廢，高宗獨能行之，故諸臣有怪而疑者，何必移不言于免喪之後哉？

又考：高宗恐德之不類，故于守禮之時寓默觀之識。司馬增“未得其佐”自非，而曰“以觀國風”，則是高宗賢王也，及其爲太子之時，盡以知天下人民之所好惡，出伏生《大傳》。特以未習政事，恐有差失，默觀三年，既熟則言耳。夫道不虛立，思不如學，故默以思道者，後人稱説之辭，觀國之風者，當日情事之實也。謂恭默思道真出高宗之口，且爲帝賚之符也，信乎？又考：武丁作書，不知何名，亦必百篇之外逸《書》也。《國語》所述其發端數語，“言乃雍”之實，必見是篇，不暇縷陳矣。今茲擬作，寂謬已甚。若未斷章，何以《書》爲？又考：《史記》曰：“得而與之語，果聖人。”補叙允當，夢則肖矣，人之賢否，正未可知。若不先以詢事考言，而遽置諸左右，罕有不爲魯之牛、漢之郎者。

《國語》：單襄公聘于宋，遂假道于陳，以聘于楚，歸告王曰云云：“先王之令有之曰：韋解：“文武之教。”‘天道賞善而罰淫，故凡我造國無從非彝，無即慆淫，各〔四六〕守爾典，以承天休。’今陳侯不念云云，是又犯先王之令也。”《周》。

閻氏若璩曰：單襄公，周臣也。以周臣對周天子而述周令，其爲鑿然可信無疑。而僞作古文者乃竄入《湯誥》中，徑以爲商先王之令，將單襄公爲眯目夢語之人乎？《疏證》第十九。

姚氏際恒曰：作僞者以文武之教令爲湯之教令，其原文以“天道賞善而罰淫”領句，下用“故”字接“彝”字，即應上“善”字，“慆淫”即應上“淫”字，“天”字即應上“天道”。今割去領句，别置于前，此處數句全失照應。剽竊古義，既已乖舛不符，又復隔越不貫，胡其至此邪？《疏證》引百二十一。

敬考：作者往往分裂經傳原文以就我，取其易於敷衍成篇也。故《湯誥》既離析《論語》散入篇中，兹又離析《國語》，蓋以其所云“天道”、“天休”，與“上帝”、“帝心”之文相應，則采割用之，周令、商誥，所弗計矣。

一、校以《禮記》而知其僞也

《坊記》：子云：“善則稱君，過則稱己，則民作忠。《君陳》曰：‘爾有嘉謀嘉猷，入告爾后于内，女乃順之于外，曰：此謀此猷惟我君之德。’於乎！是惟良顯哉。”

蔡氏沈曰：葛氏曰：“成王殆失斯言矣。欲其臣善則稱君，人臣之細心也。然君既有是心，至于有過，則將使誰執哉？禹聞善言則拜，湯改過不吝，端不爲此。”《書集傳》。

真氏德秀曰：善則稱君，含美從王，此義乃人臣自處者所當知。若君以是語其臣，則不可也。漢高帝稱李斯善則稱君，而王衛尉深非之。衛尉之名不著，然其言足爲萬世法。《集傳纂注》引。

閻氏若璩曰：言一也，言者異則人心變矣，此至言也。故愚嘗以“爾有嘉謀嘉猷，入告爾后于内”等語出于臣工之相告誡〔四七〕，則爲愛君；出于君之告臣，則爲導諛。導諛，中主所不爲，而謂三代令辭如成王爲之乎？蓋成王之冤于是且千餘年矣。今亦未敢定著此語出何人，但此語之所自來，則孔子引入《禮·坊記》者也。試取今《坊記》讀之，“子云：‘善則稱君，過則稱己，則民作忠。《君陳》曰：爾有嘉謀嘉猷云云。’”“子云：‘善則稱親，過則稱己，則民作孝。《大誓》曰：予克紂云云。’”以取證《大誓》爲人子之言，則取證《君陳》亦必爲人臣之言，例可知也。假若文王告武王曰：“汝克紂，非汝武，惟朕無罪。”可乎？不可也。成王免喪，朝于廟，述羣臣進戒之辭，而作《敬之》詩，又延訪羣臣，而作《小毖》詩，其孜孜求言如此，曾幾何時而變爲《君陳》此語邪？《疏證》第二十七。

敬考：讀真古文二十八篇，臣之對君，從無涉于面諛一語。

甚且大禹以丹朱傲戒舜矣，甚且周公以殷王受迷亂戒成王矣。讀僞書《大禹謨》，皋陶曰“帝德罔愆”云云，侈口而陳，所以而〔四八〕諛帝舜者，惟恐不至也。讀僞書《仲虺之誥》“惟王不邇聲色”云云，侈口而陳，所以面諛成湯者，惟恐不至也。蓋秦、漢庸君，主驕臣諂〔四九〕，人臣敷奏，必先頌揚。作者身處叔季，習爲故常，不覺于古大臣口中亦作此言，累明良之盛軌，開諂〔五〇〕諛之前茅。今兹又誣成王以導諛，而後人真以爲成王失言也，豈不冤哉？

《緇衣》：子曰：“爲上可望而知也，爲下可述而志也，則君不疑于其臣而臣不惑于其君矣。《尹吉》曰：‘惟尹躬及湯咸有壹德。’”

姚氏際恒曰：“咸有一德”本屬尹在湯朝，似乎喜君臣同德之助，慶明良交泰之休，于義可也。如陳戒于太甲，而曰“咸有一德”，是尹以己德告太甲，則爲矜功伐善，非人臣對君之言矣。且事其孫而追述與其祖爲一德，得無“鞅鞅非少主臣”乎？《疏證》引二十七。

敬考：《史記》及鄭目，伊尹作《咸有一德》，當成湯之世。而《緇衣》引作尹吉，此當時喜湯之得伊尹者頌美之辭，言伊尹能合德于湯也，故一則曰尹躬，再則曰尹躬，意在于頌伊尹，故亦名其書《尹吉》。《尹吉》者，美伊尹也。東晉作者退其弟于《太甲》之世，而用其語爲伊尹訓太甲，則是伊尹自稱其一德，且先己而後湯，悖理已甚。夫《緇衣》固未嘗以爲伊尹所自言也，即以爲伊尹所自言，而不得其已上已下之辭，則言固有不得而通者。咸邱蒙述《北山》之章，孟子教以意逆志，若不然，則周公有言：“予仁若考，能多材多藝，能事鬼神，乃元孫不若旦多材多藝，不能事鬼神，惟共知爲金縢之册。”不但文無害，抑其忠愛悱惻誠溢于言。若移作訓成王之辭，則大悖矣。今襲用《緇衣》而先之曰“眷求一德，俾作神主”，繼之曰“克享天心，受天明命”，是尹躬先湯而受天命作神主也，豈復人臣之言哉？又考：鄭注《緇衣》：“吉當爲告，古文誥字之誤也。《尹吉》，伊尹之告也。”此亦誤解《書序》。《書序》云：“伊尹作《咸有一德》。”然不必伊尹自作也。如云“周公作《金縢》”，《金縢》固非周公自作也。然則《咸有一德》又名《尹吉》，不得改爲《尹告》也矣。又考：《咸有一德》之篇亡，無以確知所謂“一德”者云何。詳《緇衣》引以證君不疑臣、臣不惑君之義，則可知爲同心同德矣。即鄭注“君臣皆有壹德不貳，則無疑惑”，義亦不殊。作者似誤解爲純一不貳，通篇皆倚此立論。《疏證》六十一載姚〔五一〕氏云：“篇中句末用‘德’字十一，句末用‘一’字四，句用‘一德’者四，其句内用‘一’字、‘德’字，又不在此數。通篇將題字面〔五二〕糾纏繳繞，此殆學語者所爲。”

《緇衣》：《尹吉》曰：“惟尹躬天見于西邑夏，自周有終，相亦惟終。”鄭注：“天，當爲先字之誤。忠信爲周。”

閻氏若璩曰：《禮記》引“《尹吉》曰”，康成注曰：“《書序》以爲《咸有一德》。”其確指如此。果爾，“惟尹躬及湯咸有一德”既竄入《咸有一德》中，何“惟尹躬天見于西邑夏”云云均爲《尹吉》，乃竄入《太甲》上篇中邪？《疏證》第十六。

敬考：鄭康成亦未獲見逸《書》《咸有一德》之篇者也。惟《緇衣》所引《尹吉》，明有“咸有壹德”字，故康成云爾。其云《尹吉》者，古人各篇傳授各異，然《尹吉》即爲《咸有一德》，則信而有徵。今以入《太甲》篇中，殊爲可怪。《緇衣》再引《太甲》，皆曰《太甲》，忽于此更爲《尹吉》，有是理乎？

王氏栢曰：“自周有終”，“周”字之義，費盡先儒詞説，終不明白。不應伊尹前後許多言語如此分曉，獨于此下一艱深字。愚意只是一“君”字籀體，與“周”字相似，傳者之差誤也。《書疑》。

閻氏若璩曰：鄭注云“天當爲先”，晚出《書》即是“先”字，其出康成，復何待云？《疏證》第一百十九。

敬考：改經釋經之弊濫觴于東漢，至宋而甚，至元而極。康成于此經“天”字不能解，注爲“先”。作《太甲》者亦不能解，依康成易“天”爲“先”。“周”字則鄭注原有“忠信爲周”之解，故不復易，而爲傳曰：“周，忠信也。”王氏又欲并“周”字更之，則二十八篇之中可更者多矣。且“天”字亦正，未必誤也。《召誥》云：“相古先民有夏，天迪從子保。”“天”字亦難解。惟以下文“天迪格保”證之，而知其非誤。若《尹吉》原書具存，安知不亦可解乎？

《緇衣》：《兑命》曰：“爵無及惡德，民立而正事，純而祭祀，是爲不敬。事煩則亂，事神則難。”鄭注：“純或爲煩。”

敬考：鄭讀《緇衣》，“民立而正”句，“事純而祭祀”句，似非。當以“民立而正事”句，“純而祭祀”句。今割取上句“正事”字、下句“純”字，撰成“政事惟醇”一句，又别用鄭注“煩”字意，撰“黷于祭祀”一句，置“爵無及惡德”于前。果爾，則《緇衣》引《書》以證不可爲卜筮，意本重在“事神則難”句耳，不知其必隔越十二句而但引“爵無及惡德”冠于數語之首，誠何解也。

《表記》：《大甲》曰：“民非后，無能胥以寧。后非民，無以辟四方。”

敬考：《大甲》中篇伊尹作書既用此四語以爲發端，必當以君民相倚之故，切陳民不可玩之理，以爲訓戒，乃承之曰：“皇天眷佑有商，俾嗣王克終厥德，實萬世無疆之休。”而遂戛然而止，與前四言絶不相蒙，曾伊尹特作之書，而乃若是乎？

《明堂位》曰：有虞氏官五十，夏后氏官百，殷二百，周三百。

班氏固曰：《書》載唐、虞之際，命羲、和四子順天文，授民時。咨四岳，以舉賢材，揚側陋。十有二牧，柔遠能邇。禹作司空，平水土。棄作后稷，播百穀。卨作司徒，敷五教。咎繇作士，正五刑。垂作共工，利器用。䅶〔五三〕作朕虞，育艸木鳥獸。伯夷作秩宗，典三禮。夔典樂，和神人。龍作納言，出入帝命。夏、殷亡聞焉，周官則備矣。天官冢宰，地官司徒，春官宗伯，夏官司馬，秋官司寇，冬官司空，是爲六卿，各有徒屬職分，用于百事。太師、太傅〔五四〕、太保，是爲三公，蓋参天子，坐而議政，無不總統，故不以一職爲官名。又立三少爲之副，少師、少傅、少保，是謂〔五五〕孤卿，與六卿爲九焉。《記》曰："三公無官。"言有其人，然後充之。舜之于堯，伊尹于湯，周公、召公于周，是也。《前漢書·百官公卿表序》。

閻氏若璩曰：《周禮》不合于《周官》篇，蓋無足疑也。《周官》篇，其自《漢書·百官公卿表》來乎。《疏證》第六十二。

敬考：《周官》列于經者，千餘年矣，而知其出于《漢表》者，班氏生典籍殘缺之後，其曰夏、殷亡聞，宜也。成王當文獻大備之日，監于二代，正宜詳述夏、殷之制，以見損益之原，何亦止曰官倍而已？即古文簡質，亦當略舉其槩，如唐、虞云云者，何絶不之及？豈非《漢表》亡聞者，《周書》亦未之聞邪？猶謂非襲《漢表》得乎？若云三公坐而論道，燮理陰陽，則言大而夸矣，故古者政事之外别無所謂道，經理人事之外别無所謂陰陽，此漢相陳平、丙吉之飾辭，要亦當時之恒言，固不若《漢表》所云"坐而議政"者，猶爲近得其實爾。又考："官倍"字即用《明堂位》文，而"五十"字不用者，蓋以《堯典》、《臯謨》〔五六〕明有"百工"、"百僚"字，故云"惟百"也。又考二十八篇，稱王從無冠以代號者，蓋書爲《周書》，則但云王即知爲周王矣。如《春秋》，魯史也，于魯公止稱公，絶不冠以魯號，此史例也，亦文理也。作《周官》者豈不達此？而云"周王"者，抑亦身居異代，故不覺以"周王"之稱闌入爾？

一、校以《書序》而知其僞也

孔氏穎達曰：《益稷》，馬、鄭、王所據《書序》，此篇名爲《棄稷》，又合此篇于《臯陶謨》，謂其别有《棄稷》之篇。《書》

正義。

閻氏若璩曰：《益稷》，據《書序》，原只名《棄稷》，馬、鄭、王三家本皆然。蓋别爲逸《書》中多載后稷之言，或契之言，是以楊子雲親見之，著《法言·孝至》篇："或問忠言嘉謨，曰：言合稷、契之謂忠，謨合臯陶之謂嘉。"不然，如今之《虞書》五篇，臯陶矢謨固多矣，而稷與契曾無一話一言流傳于代。子雲豈鑿空者邪？蓋當子雲時，《棄稷》見存，故謂"言合稷、契之謂忠"。凡古人事，或存或亡，無不歷歷有稽如此。《疏證》第六十六。

敬考：馬、鄭、王所據《書序》乃真古文也，其《棄稷》篇，西漢猶藏秘府，楊子雲曾校書天禄閣，劉棻從之學，作《古文奇字》，則獲見秘府《棄稷》之篇，理誠有之。作僞者欲足五十八篇之數，遂割《臯謨》之半以充之。見禹言有"益稷"字，因改"棄"爲"益"，而爲之傳曰："禹稱其人，因以名篇。"然《臯謨》首尾相涵，體勢磐結，萬不可分。即《益稷》發端"汝亦昌言"，苟令文無所承，亦叵通矣。又考：閻氏《疏證》云："蔡傳謂古者以編簡重大，故釐而二之，非通論也。自'曰若稽古'至'往欽哉'，凡九百六十八字，比《禹貢》尚少二百二十五字，《洪範》少七十三字。問：彼二篇不憚其重大，而獨于《臯陶謨》釐而二乎？"

《書序》：惟十有一年，武王伐殷，一月戊午，師渡孟津，作《泰誓》三篇。

婁氏敬曰：武王伐紂，不期而會孟津之上八百諸侯，皆曰："紂可伐矣。"遂滅殷。《史記》敬本傳。"

敬考：伐紂克殷，止此一舉，事當武王之十一年，而非十三年也。《書序》與《書》并出，而婁敬生于秦，尚及見未焚之《書》，其言猶信。漢儒轉相傳説，久而愈失其真。武帝時，僞《泰誓》遂以八百諸侯之會孟津爲觀兵而旋歸，居二年，復伐而後克殷也。然固未嘗明言觀兵爲何年，居二年又爲何年，故《史記》直繫觀兵于九年，而十一年伐紂克殷則猶如故也。

司馬氏遷曰：武王即位九年，武王上祭于畢，東觀兵，于盟津〔五七〕。爲文王木主，載以車，中軍。武王自稱太子發，言本〔五八〕文王以伐，不敢自專。乃告司馬、司徒、司空、諸節曰〔五九〕："齊栗〔六〇〕，信哉！予無知，以先祖有德臣，小子受先功，畢立賞罰，以定其功。"遂興師。師尚父號曰："總爾眾庶，與爾舟楫，後至者斬。"武王渡河，中流，白魚躍入王舟中，武王俯取以祭。有火自上復于下〔六一〕，至于王屋，流爲烏〔六二〕，其色赤，其聲魄云。是時，諸侯不期而會盟津者八百。諸侯皆曰："紂可伐矣。"武王曰："女未知天命，未可也。"乃還師歸。居二年，聞紂昏亂暴虐滋甚，殺王子比干，囚箕子。太師疵、少師彊抱其祭〔六三〕器而犇周。于是武王徧告諸侯曰："殷有重罪，不可以不畢伐。"乃遵文王，遂率戎車三百乘、虎賁三千人、甲士四萬五千人，以東伐紂。十一年十二月戊午，師畢渡盟津，諸侯咸會，曰："孳孳無怠！"武王乃《太誓》〔六四〕，告于衆庶："今殷王紂乃用其婦人之言，自絶于天，毁壞其三正，離逿其王父母弟，乃斷棄〔六五〕其先祖之樂，乃爲淫聲，用變亂正聲，怡悦婦人。故今予發惟共行天罰。勉哉夫子！不可再，不可三。"二月甲子昧爽，武王朝至于商郊牧野。《史記·周本紀》。

敬考：太史公此紀全用彼《泰誓》文，間以他語增竄其間。彼《泰誓》不傳，無由確知何者爲馬所增。而"觀兵"之上冠以"九年"，"戊午，師渡盟津"之上冠以"十一年"，則確爲太史公用《書序》修也。至西漢之末，劉歆作《三統歷》，以觀兵爲十一年，以克殷爲十三年，則誤矣。

劉氏歆曰：文王受命，九年而崩，再期，在大祥而伐紂，故《書序》曰："惟十有一年，武王伐紂，《泰誓》序前二語。《太誓》〔六六〕。"八百諸侯會。還歸，二年，乃遂伐紂克殷，以箕子歸，十三年也。故《書序》曰："武王克殷，以箕子歸，此《洪範》序。

《洪範》篇〔六七〕："惟十有三祀，王訪于箕子。"自文王受命至此十三年〔六八〕，師初發，以殷十一月戊子，後三日得周正月辛卯朔。癸巳，武王始發，丙午逮〔六九〕師，戊午度于孟津。《序》曰："一月戊午，師度于孟津。"《泰誓》序後二語。至庚申，二月朔日也。四日癸亥，至牧壄，夜陳，至甲子昧爽而合矣〔七〇〕。《前漢書・律歷志》。

傳曰〔七一〕：惟十有一年，武王伐紂。周自虞芮質厥成，諸侯并附，以爲受命之年。至九年而文王卒，武王三年服畢，觀兵孟津，以卜諸侯伐紂之心。諸侯僉同，乃退以示弱。一月戊午，師渡孟津。十三年正月二十八日，更與諸侯期而共伐紂。

又曰：惟十有三年春，此周之孟春。

敬考：序所云一月者，十有一年之一月也，文本明顯。惟劉歆以克殷爲十三年事，遂支離序文，以就己説。至謂武王統文王之年以爲年，此尤其謬之甚者。而漢、魏已來，沿誤不改。東晉作者安能不遵守其説？故既用以傳序，復用以作經。不曰十有一年，而曰十有三年，豈得謂紀年之實録乎？又考：《史記》"十一年"則是，"十二月"則非。其于"甲子昧爽"冠以"二月"，甲子上距戊午方七日耳，何得繫于十二月？若以爲六十七日，則孟津至牧野何得有七句〔七二〕之程？而劉歆謂一月爲周正月，亦非。湯用玄牡，未變夏之典禮也。《洪範》"十有三祀"，未改商之正朔也，焉有遽用周正乎？傳曰"周之孟春"，非兢守劉説而不敢易歟？

金氏履祥曰：序稱"十一年"，《書》稱"十三年"，程子謂必有一誤。而伏生《大傳》，《史記・太初歷》，邵子《皇極經世》皆係之十一年。《大衍歷》謂伐商之歲在武王十年，則"一"與"三"字皆誤。朱子謂《泰誓》稱"十有三年，大會于孟津"，《洪範》又云"惟十有三祀，王訪于箕子"，蓋釋其因而訪之，不應十一年克商，居二年始訪之也，則十三年爲是。今從朱子，係之十三年云。《通鑑前篇》。

敬考：劉歆所以致誤，正以合《洪範》于《泰誓》。朱子所以誤信，亦以合《洪範》于《泰誓》。然《史記》明言"克殷後二年，武王問箕子以天道"，《周紀》。伏生《大傳》亦曰："武王釋箕子之囚，箕子爲周之釋，走之朝鮮。武王聞之，因以朝鮮封之。箕子既受周之封，不得無臣禮，故于十三祀來朝，武王因其朝而問鴻範。"雖傳聞異辭，而十一年克商，十三年始訪箕子，諒非無故矣。又考：閻氏《疏證》第五十四云："朱子有古史例不書時之説。以二十八篇《書》考之，如《康誥》'惟三月，哉生魄'，《多方》'惟五月丁亥'。書'三月'、'五月'皆不冠以時。《洪範》'惟十有三祀'，《金縢》'既克商二年'，書'十三年'、'二年'，皆不繼以時。確哉，朱子見也！更以逸事考之。《伊訓》'惟太甲元年十有二月乙丑朔'，《畢命》'惟十有二年六月庚午朏'，書年書月書日，更書朔、朏，絶不繫以時，不益見朱子確邪？大抵史各有體，文各有例。《書》不可以爲《春秋》，猶《春秋》不可以爲《書》。今晚出《泰誓》開卷大書曰'惟十有三年春'，豈古史例邪？予故備論之，以伸朱子，以待後世君子。"

傳曰：皇天震怒，命我文考肅將天威，大勳未集。言天怒紂之惡，命文王敬行天罰，功業未成而崩。肆予小子發，以爾友邦冢君，觀政于商。功業未就之故，故我與諸侯觀政之善惡〔七三〕。謂十一年自孟津還時。惟受罔有悛心。悛，改也。言紂縱惡，無改心。

伊川程子曰：觀政之説，必無此理。如今日天命絶，則紂今日便是獨夫，豈容更留之三年？今日天命未絶，便是君也，爲之臣子者，敢以兵脅其君乎？

朱子曰：伊川謂無觀政之事，非深見文、武之心，不能及此。非爲存名教而發也，若有心要存名教，而于事實有所改易，則夫子之録《泰誓》、《武成》，其不存名教甚矣。《答徐元聘書》。

閻氏若璩曰：《禮記·中庸》稱武王壹戎衣而有天下，《樂記》稱武始而北出，再成而滅商，無所爲觀兵更舉之事。自僞《泰誓》興，以觀兵爲上篇，伐紂爲中下二篇，由漢迄宋初，未有敢議其非者。而伊川程子出，則謂武王無觀兵，而武王之冤始白。是即張子所謂"此事間不容髮。一日之間天命未絶，則是君臣。當日命絶，則爲獨夫"之意也。大哉，言乎！三代以下所未有也。今試平心易氣讀之，《泰誓》上篇曰"惟我文考"，至"觀政于商"，非即"三年服畢，觀兵孟津"之説乎？又曰"惟受罔有悛心"，至"底天之罰"，非即"歸居二年，聞紂虐滋甚，又徧告諸侯，東伐紂"之説乎？《疏證》第二十六。

敬考：義之精者，雖聖人不能易。横渠、伊川兩先生皆未嘗疑僞古文，而言精于義，自足正僞《書》之謬。蓋馬融之疑西漢《泰誓》也，曾摘其荒誕不經之處以爲病，故東晉《泰誓》舉其一切神怪之語悉芟除不用，而觀兵之説未經人之議，及以爲武王信有其事，而承用，以著于篇。宋儒林、蔡注釋，猶必曲爲之諱。知其僞，無事辭費矣。

《逸周書》曰：文王授命之九年，時維暮春，在鄗。《文傳解》。

伏氏勝曰：文王受命，一年斷虞、芮之訟，二年伐邘，三年伐密須，四年伐犬戎，五年伐耆，六年伐崇，七年而崩。《尚書大傳》。

司馬氏遷曰：詩人道西伯，盖受命之年稱王，而斷虞、芮之訟。後十年而崩，謚爲文王。改法度，制正朔矣。《史記·周本紀》。

閻氏若璩曰：《書·無逸》稱文王受命惟中身，厥享國五十年。《詩·大雅》稱文王受命，有此武功。其所爲受命之説，如是而已，無稱王、改元事也。自《周書》以文王授命九年春在鄗，而改元之説興。自《太史公書》以詩人道西伯，蓋受命之年稱王，而稱王之説興。由漢迄唐，容有辨其不稱王，未有辨其不改元者。歐陽永叔《泰誓論》出，而文王之冤始白。今試平心易氣取晚出《武成》篇讀之："我文考文王誕膺天命，以撫方夏。惟九年，大統未集。"非即受命、改元之妄説乎？而世之儒者必欲曲爲文解，以九年爲自專征始，其亦未之思也已矣。《疏證》第二十六。考歐陽《泰誓論》，載本集，文多不録。

敬考：文王受命改元，漢後儒者皆以爲然，而年數互異。或稱七年，《書》正義曰："伏生、司馬遷、韓嬰之徒以爲文王受命七年而崩，故鄭玄等皆依用之。”考《史記》乃是十年。或孔所見“七”字，“七”與“十”形似而訛。或稱十年，《史記》今本。惟劉歆則稱九年。東晉作者始終盖于劉歆之説，深信而不疑，故既用以傳《泰誓》之序文，又用以作《武成》之經。今文王不改元之義人所共信，此九年云云，其必不可通也決矣。又考：閻氏《疏證》第二十六云：按朱子又謂歐公《泰誓論》歷破史遷之説，亦未見得史遷全非，歐公全是。盖《武成》有“惟九年，大統未集”，以文王享國五十年推之，九年當從何數起？且如武王初伐紂曰：“惟有道曾孫周王發”，此豈史臣未即位前便書爲王邪？到這裏總難理會，不若只兩存之。余謂朱子猶未確信梅書爲僞撰。若果信爲僞撰，則此等難理會處俱可不攻自破。西伯不稱王説已彰著，武王稱“有道曾孫周王發”則從未經拈出。盖《墨子·兼愛中》篇云：“昔武王將事泰山隧〔七四〕，傳曰：‘泰山，有道曾孫周王有事，大事’云云”。玩其文義，乃是武王既定天下後望祀〔七五〕山川或初巡守岱宗幬〔七六〕神之辭，非伐紂時事也。僞作《武成》者移爲伐紂時事，自難理會。

《書序》：武王伐殷，往伐歸獸，識其政事，作《武成》。

司馬氏遷曰：武王乃罷兵，西歸行狩，記政事，作武成。《史記·周本紀》。

敬考：天子出行曰狩，如云巡狩，及“天王狩于河陽”是也。又田獵亦曰狩，如云秋獮冬狩是也。證以《周頌·時邁》之篇“載戢干戈，載櫜弓矢”，正甫伐殷時事，則西歸之後，因舉時巡之典，故曰行狩，適與《周頌》相表裏。“獸”與“狩”同音，古字多通假用之，則《書序》“歸獸”當爲西歸行狩，而不得僅以歸馬牛當之，明矣。史臣作《武成》，當并記行狩之政事，而不得獨略之，又明矣。

傳曰：往伐歸獸。往誅紂，克定，偃武修文，歸馬牛于華山桃林之牧地。識其政事。記識殷家政教善事，以爲法。

敬考：僞《書》二十五篇，作傳人即作經人也。《書序》“歸獸”本謂西歸行狩，惟作傳者誤解爲歸馬牛，故作《武成》經者于“王至于豐”後，他政皆不遑暇及，亟綴以歸馬放牛之文。《書序》“識其政事”本謂史臣記武王之政事，作傳者誤解爲武王識殷之政事，故作《武成》經者舉禱神、東征、孟津、牧野諸事及反商諸政，俱入武王口中，而于“列爵惟五”下特標其義于傳曰：“即所識政事而法之。”皆用其私説以合序義者，其情寔如此，後人紛紛更定，則又不識作者之意矣。

孔氏穎達曰：此篇叙事多而王言少，惟辭又首尾不結，體裁異于餘篇。自“惟一月”至“受命于周”，史叙伐殷往反及諸侯大集，爲王言發端也。自“王若曰”至“大統未集”，述祖父以來開建王業之事也。自“予小子”至“名山大川”，言己承祖父〔七七〕之意，告神陳紂之罪也。自“曰惟有道”至“無作神羞”，王自陳告神之辭也。“既戊午”已下，又是史叙往伐殺紂，入殷都布政之事。“無作神羞”以下，惟告神，其辭不結，文義不成，非述作之體。案《左傳》荀偃禱河云云，蒯聵〔七八〕禱祖云云，彼二者于“神羞”之下皆更申己意，此經“無作神羞”下更無語，直是與神之言猶尚未訖。且冢君百工初受周命〔七九〕，王當有以戒之，如《湯誥》之類。宜應説其除害與民更始，創以爲惡之禍，勸以行道之福。不得大聚百官，惟誦禱辭而已。欲征則殷勤誓衆，既克則空話禱神，聖人有作，理必不爾。竊謂“神羞”之下更合有言，簡編斷絶，經失其本，所以辭不次爾。《尚書正義》。

敬考：真古文文先而題後，故文達而事信。僞古文題先而文後，故文泥而事違。正義云：“聖人有作，理必不爾。”是則信然。若謂“既戊午”已下又是史辭，則非也。史既叙事，曷爲以一月二月之事述于四月之後乎？蓋既禱神而即及渡河，既而伐紂，既而克商，既而反商，政事本相續，文亦相承，追述其事以告諸侯者，皆王言也。夫《湯誥》曰誥，故擬作誥詞。《泰誓》曰誓，故擬作誓詞。若《武成》，則誓既不可，誥亦不必，故凡諸勸懲之語概置不及，但歷述其弔伐之迹，與夫偃武修文之政，以爲大告武成者，其鋪張揚厲，理宜如此。此正其相題行文之本懷，然而語勢不完，文體不類，雖尊信〔八〇〕如仲達者，不能不竊議其後矣。又考：宋、明諸儒各有更定，皆本正義。此言既非本經，又失作意，均不復載。

《書序》：西旅獻獒〔八一〕，太保作《旅獒》〔八二〕。

陸氏德明曰：獒，馬云作豪，酋豪也。《經典釋文》。

孔氏穎達曰：鄭云："獒讀曰豪。西戎無君，名强大有政者爲酋豪。國人遣其酋豪來見，獻見于周。"《書正義》。

閻氏若璩曰：馬融、鄭康成知"旅獒"不得讀以本字，故注《書序》云云。蓋從篇中文與義定之也。僞作此篇者止見《書序》有"旅獒"字，遂當以《左傳》"公嗾夫獒焉"。《爾雅》"狗四尺爲獒"之"獒"，若似馬、鄭爲不識字也者。竊惟馬、鄭兩大儒，其理明義精之學或不如後代，而博物洽聞迥非後代所能彷彿，豈并"獒"字亦不識之乎？《疏證》第七十五。

姚氏際恒曰：蔡氏解西旅貢獒，召公以爲非所宜受，作訓以戒王。竊以前此驅虎豹犀象而遠之，此反有取于一獒，恐無是理。《武成》篇既言歸馬矣，此又慮其畜馬而諄戒，何邪？"獒"當如馬、鄭二家作"豪"解尚可。《疏證》引七十五。

敬考：閻謂馬、鄭真見《旅獒》逸篇之文，非也。然馬、鄭雖不及目見，其言自有所受。蓋馬、鄭作傳注，實因諸賈逵，賈逵則受諸父徽，賈徽則受諸塗惲，塗惲則遠自都尉朝，朝則親受業于孔安國者也。塗惲、賈徽生西漢之末，猶及見十六篇之逸《書》，則讀"獒"爲"豪"必按篇中文與義而知之，斯不誣矣。且豪酋獻見，義本正大，證以旅巢命之序，例亦相符。蓋古文字多假借，《武成》序"狩"借爲"獸"，《旅獒》序"豪"借爲"獒"。以"獸"爲牛馬，以"獒"爲犬，誤讀正相似爾。

閻氏若璩曰："旅獒"自史臣所命篇名，非當日太保胸中有此二字以訓戒王。二十八篇之《書》，有整取篇中字面以名，如《高宗肜〔八三〕日》、《西伯戡黎》之類；有割取篇中字面以名，如《甘誓》、《牧誓》之類；皆篇成以後事。今乃云"太保乃作《旅獒》，用訓于王"，分明是既有篇名，後按篇名以作書，故不覺無意漏出。《疏證》第七十五。

敬考：作僞者依傍《書序》，不覺以《書序》之辭闌入。讀真古文二十八篇，從無云某作某者，惟《書序》每篇必稱作某，或稱某作，此作序之體然也。僞《書》習誦而孰焉，故于《五子之歌》曰"述大禹之戒以作歌"，于《仲虺之誥》曰"仲虺乃作誥"，于《太甲》上、中皆曰"伊尹作書"，于《説命》曰"王庸作書以誥"，而于此直書序文曰"太保乃作《旅獒》"，更爲襲序之顯而易見者。

《書序》：康王命作册畢，公居里。成周郊，作《畢命》。

劉氏歆曰：康王十二年六月戊辰朔，三日庚午，故《畢命豐刑》曰："惟十有二年六月庚午朏，王命作策《豐刑》。"《前漢書・律歷志》。

鄭氏玄曰：今其逸篇有策命霍侯之事，與此序相應。《書正義》。

敬考：伏壁二十九篇之外尚存殘簡，故伏生《大傳》所述，有《九共》、《帝告》篇之文。孔壁增多十六篇之外亦有殘簡，故《殷本紀》所述有《湯征》之文。《王莽傳〔八四〕》所述有《嘉禾》之文。至東漢猶有傳者，故不但劉據以作歷，鄭亦據以説序，而均不謂康王命畢公也。今并劉、鄭所見亦亡，故不能確覈其故矣。

《書序》：穆王命伯冏爲周大〔八五〕僕正，作《冏命》。

司馬氏遷曰：穆王閔文武之道缺，乃命伯㷖申誡太僕國之政，作《㷖命》。復寧。《周本紀》。

敬考：《前漢・百官表》云："太僕，秦官。"注："應劭曰：周穆王所置也。盖大御衆僕之長，中大夫也。"似應所讀《書序》即已訛易，而要以太史公所傳爲得其正。東晉作《冏命》者則純用應説爲之爾。

一、校以真古文逸篇而知其僞也

司馬氏遷曰：湯既絀夏命，還亳，作《湯誥》："維三月，王自至于東郊。告諸侯羣后：'女〔八六〕不有功于民，勤力迺事。予乃大罰殛女，毋予恐〔八七〕。'曰：'古禹、皋陶久勞于外，其有功乎民，民乃有安。東爲江，北爲海〔八八〕，西爲河，南爲淮，四瀆已修，萬民乃有居。后稷降播，農殖百穀。三公咸有功于民，故后有立。昔蚩尤與其大夫作亂百姓，帝乃弗予，有狀。先王言不可不勉。'曰：'不道，毋之在國，女毋我怨。'"以令諸侯。《殷本紀》。

敬考：此孔壁所發真《湯誥》也。太史公親問孔安國，得其辭，載其略如此，與東晉《湯誥》無一字相應。雖其文經太史公所竄易，而語質氣古，不似僞作之剽敓《論語》，傅衍支離者矣。又考：桀之當伐與湯之不得不伐，《湯誓》已具，不待辭費，而天下信之也。至《湯誥》則誥戒諸侯而伐桀，事無庸重述而矣。東晉《湯誥》則全爲暴白伐桀之故，其誥戒造邦者，惟所用周令四語而已。又考："惟三月"確有其時，"至東郊"確有其地，"告諸侯羣后"確有其人，盖古者訓誥多是面語。僞作云"誕告萬方"，王固不能盡萬方之人而面見之也。益信《論語》"萬方"云云爲旱禱之辭矣。

劉氏歆曰：商十二月乙丑朔旦冬至，故《書序》曰："成湯既没，太甲元年，使伊尹作《伊訓》。"《伊訓》篇曰："惟太甲元年十有二月乙丑朔，伊尹祀于先王，誕資有牧方明。"考《覲禮》云："諸侯覲于天子，爲宫方三百步，四門，壇十有二尋，深四尺，加方明于其上。方明者，木也。方四尺，設六色，東方青，南方赤，西方白，北方黑，上玄下黄。"鄭注："上下四方神明之象也。"言雖有成湯、太丁、外丙之服，以冬至越茀祀先王于方明，以配上帝，是朔旦冬至之歲也。《前漢書·律歷志》。

敬考：孔壁所發之真《伊訓》，獻諸秘府，劉歆校經，見而好之，載其文于《三統歷》者如此。此太甲使伊尹資羣牧而訓之，非伊尹訓太甲也明甚。東晉作者意太甲即位之初，伊尹必當有以訓之，故改作訓太甲之書。其"誕資有牧方明"一語，既不合已意，則删之。《書序》“使”字亦不合己意，則又删之。盍亦思劉所述之《伊訓》乃漢室真古文，而顯悖之乎？又考：百篇以“訓”名者，惟《伊訓》及《高宗之訓》，其文皆不可得見。作者以《高宗肜日》有“乃訓于王”之文，遂謂既名爲“訓”，必臣戒其君之辭。然古人因事立文，因文命名，初不豫定此禮，以成此文。禹、臯陳戒，乃名爲“謨”，《無逸》、《立政》不稱爲“訓”，《召誥》、《洛誥》則皆以臣戒君之辭，何必名爲“訓”者不爲資有牧而爲訓太甲邪？

傳曰：《伊訓》[八九]篇：惟元祀十有二月乙丑，伊尹祠于先王，此湯崩踰月，太甲即位，奠殯而告。《太甲·中篇》：惟三祀十有二月朔，伊尹以冕服奉嗣王歸于亳。湯以元年十一月崩，至此二十六月。三年服闋，踰月即吉服。

蔡氏沈曰：元祀者，太甲即位之元年。十二月者，商以建丑爲正。三代雖正朔不同，至于紀月之數，則皆以寅爲首也。又曰：三祀十有二月太甲終喪之明年正月也。《書集傳》。

閻氏若璩曰：治歷者以至朔同日爲歷元，班固《律歷志》遇至朔同日悉載之。周公攝政五年正月丁卯朔旦冬至，正月者，周改月，正月爲子月也。商太甲元年十二月乙丑朔旦冬至，十二月者，商改月，十二月爲子月也。曰商改月，于書亦有徵乎？余曰：徵于《春秋左傳·昭十七年》梓慎曰：“火出，于夏爲三月，于商爲四月，于周爲五月。”或者徒見蔡氏《書傳》，謂三代及秦皆改正朔而不改月，以十有二月爲建丑之月，商之正朔實在于此。其祀先王者，以即位改元之事告之。不知此乃建子之月，商之正朔不在于此。其紀先王者，以冬至配上帝之故。不然，商實未改月，則建丑之月朔旦安得有冬至，而劉歆、班固乃以爲歷元而書之乎？

又曰：所謂十有二月乙丑朔旦冬至配上帝者，乃太甲元年之末，非太甲元年之初也。揔之認十有二月乙丑爲即位之禮，不得不以爲建丑。知十有二月乙丑爲至朔同日配上帝之禮，又不容不以爲建子矣。并《疏證》第六。

又曰：三年之喪，二十五月而畢，中月而禫。鄭康成以中月爲間月，則二十七月而後即吉。王肅以中月爲月中，則二十六即可即吉。王肅以前未聞有是説也。今孔傳曰“二十六月，三年服闋”，非用王肅之説而何？

又曰：余因思僞《太甲》者云“唯三祀十有二月朔，伊尹以冕〔九〇〕服奉嗣王歸于亳”，非以是月爲正朔，乃以是月爲服闋而即吉也。服果闋于是月，則太甲之年必改于湯崩之年。丁未一年二君，失終始之義，此豈三代所宜有乎？若踰年改元，又不應至此月而後服闋。反覆追究，無一可者。蓋僞作此《書》者不能備知三代典禮，既以崩年改元衰季不祥之事上加盛世，又以祥禫共月後儒短喪之制上視古人，盖至是而其僞愈不可掩矣。并《疏證》第十八。

敬考：君薨既殯而即位，宗廟社稷不可一日無主也。即位而不改元，踰年而後改元，一歲不可繫以二君也。“元祀十有二月”乃太甲之元祀，非仲壬之末祀也。祠先王于方明，乃以冬至配上帝，非奠殯而告也。作僞者始終以伊尹不可放太甲，故謂湯崩于元年十一月，又于《太甲》篇特立“三祀十有二月歸亳”之文，明服闋而即歸，惟恐溢一日而猶不免爲放，此實作者之本情。然當年改元，二十六月即吉，此上古必無之禮，蔡氏曲爲之説，不但與真古文至朔同日之義悖，且與商、周改月之制大不符矣，豈非事之僞者反覆有所抵捂與？又考：《伊訓》原文“乙丑”正是朔日，僞作以爲奠殯而告，則未必正值朔日，故删去“朔”字。蔡即爲之傳曰：“‘乙丑’不繫以‘朔’者，非朔日也。”抑知劉、班以歷法推之，乃是至朔同日也乎？

劉氏歆曰：師初發，以殷十一月戊子云云，癸巳武王始發云云，《周書·武成》篇：“惟一月壬辰，旁死霸，若翌日癸巳，武王乃朝步自周，于征伐紂。”《序》曰：“一月戊午云云。至庚申，二月朔日也。四日癸亥，至牧野，夜陳，甲子昧爽而合矣。”故《外傳》曰：“王以二月癸亥夜陳。”《武成》篇曰：“粤若來二〔九一〕月，既死霸，粤五日甲子，咸劉商王紂。”是歲也云云，閏月庚寅朔云云，四月己丑朔死霸。死霸，朔也。生霸，望也。是月甲辰望，乙巳旁之。故《武成》篇曰："惟四月既旁生霸，越〔九二〕六日庚戌，武王燎于周廟。翌日辛亥，祀于天位。粤五日乙卯，乃以庶國祀馘于周廟。"《前漢書·律歷志》。

敬考：此《武成》逸文，乃漢室之真古文，所謂"傳問民間，則膠東庸生之遺學，内外相應"者也。乃僞作《武成》者既采用其首節，豈不見下文尚有二節？而故與之違者，有不得不然之勢爾。牧野之伐既不用于史臣敘次之文，而用于武王大告之日，則"粤若來二月，既死霸，粤五日甲子"非辭矣。且由戊午而癸亥，由癸亥而甲子，其述甲子也方詳，敘其若林之旅、倒戈之徒、流杵之血，則"咸劉商王紂"一語全無所用，故槩棄而不惜也。若戊午迄甲子既用以入武王之口，則"歸馬放牛"文無所繫，故特立"王來自商"之文，"王來自商"于經傳無可考，直以意斷，曰哉生明。嫌于庚戌爲日太遠，故移前數日，以丁巳祀于周廟，而庚戌移以祀天地山川。其必增"柴望"而不用"祀于天位"原文者，以初征之始底告皇天后土與所過名山大川，則大告武成義不容略也。其乙卯之祀直削去者，以偃武修文之後，祀馘之舉更非所宜，則第三節諸語全無所用，故又槩棄而不惜也。然以爲僞則俱僞，不應首節與之同。以爲真則俱真，不應二節三節頓與之異矣。又考：《疏證》第五云：古人之書時紀事，有一定之體。《召誥》"惟三月丙午朏"越三日則爲戊申。《顧命》"丁卯命作册"，度越七日則爲癸酉。所謂越三日、七日者，皆非離其日而數之也。今丁未祀于周廟，越三日柴望，則爲己酉，豈庚戌乎？甲子之不詳，而可以記事乎？

一、校以見存真古文而知其僞也

《堯典》：曰若稽古帝堯，曰放勳。

趙氏岐曰：放勳，堯名。《孟子注》。

司馬氏貞曰：放勳，名。《史記索隱》。

陸氏德明曰：馬融云："放勳，堯名。"皇甫謐同。《經典釋文》。

毛氏奇齡曰：堯、舜、禹皆當世通稱之號，而放勳、重華、文命則實其名，此歷考諸書而無不然者。《書廣聽録》。

敬考：《孟子》、"放勳乃徂落"，又："放勳曰"。《大戴禮記》、《五帝德》。楚詞、《離騷經》。《史記》《五帝本紀》。諸書無不以放勳、重華、文命爲堯、舜、禹名者，合諸經文曰放勳者，名放勳也，義至明顯。鄭康成始依文爲訓，解爲至功。梅氏上僞傳，改爲仿功，又訓文命爲文德教命，綴其文于《大禹謨》，而增"敷于四海"四字。姚方興則之，亦訓重華爲光文重合，綴其文于《舜典》，而增"協于帝"三字。遂令後人不得不就文爲義，重華、文命不得以名舜、禹，即令放勳不得以名堯。若使堯不名放勳，孟子何敢創以命之？而至功徼、功仿、功曰者，其説若此，諸謬訓反復環生，《尚書》開卷三字訖無定解。知《舜典》、《禹謨》之僞，則《堯典》、《孟子》之義燎然矣。又考：曰堯曰舜曰湯，一也。湯名履，不名湯，則堯、舜、禹非名可類觀，然皆生號，謂死謚者，附會之説也。

《堯典》：帝曰："欽哉！慎徽五典"云云。

王氏栢曰：以《舜典》祀載如此之詳而《堯典》反簡略，若未斷章，何二典之不同如此？愚竊謂史官本爲虞作典，推及堯耳。合爲一篇，豈不首尾相涵，血脈相貫，氣象亦且渾全？不見堯之簡，不見舜之多，此亦作經之體也。然亦何以證之？《孟子》曰："《堯典》曰：'二十有八載，放勳乃殂落。'"今卻皆載于《舜典》，有以證戰國之時《孟子》所讀之《堯典》未嘗分也，亦明矣。《書疑》。

閻氏若璩曰：今之《堯典》，無論伏生即孔安國，原只名《堯典》一篇，蓋別有逸書《舜典》。魏、晉間始析爲二，然"慎徽五典"直接"帝曰：'欽哉'"之下，文氣連注，如水之流，雖有利刃，亦不能截之使斷。惟姚方興出，妄以二十八字橫安于中，而遂不可合矣。

又曰：今析爲二，"帝曰：'欽哉'"何以蹶然而止？"慎徽五典"何以突如其來？不可通者固多矣。并《疏證》第六十五。

徐氏與喬曰：伏生所傳，"欽哉"下直接"慎徽五典"云云，本一典，而後人溢二十八字，分作《舜典》。今按文脈，"欽哉"句結搆不住。蓋篇首"曰若稽古"提句冒起，至"於變時雍"結帝德，"乃命羲和"下詳帝治之節目，"特提命官"至"定時成歲"一結，"疇咨"下求賢至"九載"句一結，"朕在位"下巽位至"汝陟帝位"一結，嬪虞，將巽位而試之也，至"受終文祖"方畢巽位之案。此下攝位行事雖舜事，皆堯事。至"遏密八音"方畢堯案。"帝曰：'欽哉'"尚未結巽位一段，如何結《堯典》一篇也？《初學辨體》。

顧氏炎武曰：古時《堯典》、《舜典》本合爲一篇，故月正元日格于文祖之後，而四岳之咨必稱"舜曰"者，以別于上文之帝也。至其命禹，始稱"帝曰"，問答之辭已明，則無嫌也。《日知録》。

敬考："帝曰：'欽哉'"，命之以五典、百揆、四門諸事而戒之也，文義連屬，合之則兩得，離之則兩失，二十八字之妄增甚明。且即二十八字讀之，既曰"稽古帝舜"矣，又曰"重華協于帝"，兩帝混淆，所謂帝者，何帝耶？《漢書·高紀》稱高祖曰"帝"，曰"上"，《惠紀》、《文紀》則必曰"高皇帝"，曰"先帝"，不得但稱高祖爲"帝"，爲"上"，此古今不易之文理也。觀真古文《堯典》，篇首題曰"帝堯"，後凡言"帝"者皆堯也。"帝乃殂落"之後，格文祖尚稱"舜"，咨四岳尚稱"舜"，至命禹始稱"帝曰"。顧氏謂問答之辭已明，是也。今爲舜作典，而又亟稱堯爲帝，聖經有是文理乎？則二十八字之爲梗于《堯典》中者，必黜何疑？

《堯典》：納于百揆，百揆時序。

又：舜曰："有能奮庸，熙帝之載，使宅百揆，亮采惠疇？"僉曰："伯禹作司空。"帝曰："俞！咨禹，汝平水土，惟時懋哉！"

《左傳》：魯大史克曰："舜臣堯，舉八愷，使主后土，以揆百事，莫不時敘，地平天成。"杜注："后土，地官。禹作司空，平水土，即土地之官。"又："八愷，即垂、益、禹、臯陶之倫。《文十八年》。

蘇氏軾曰：《書》曰云云，而《左氏傳》亦云云，則百揆，司空之職也。《書傳》。

《堯典》：帝曰："咨！四岳！朕在位七十載，汝能庸命，巽朕位？"岳曰："否德忝帝位。"

又：詢于四岳，闢四門，明四目，達四聰。

《國語》：周太子晉曰："伯禹念前之非度云云，共之從孫四岳佐之云云，胙四岳國，命爲〔九三〕侯伯，賜姓曰姜，氏曰有吕。"《周》。

《左傳》：鄭莊公曰："夫許，大岳之胤也。"《隱十一年》。

又：周史曰："姜，太岳之後也。"《莊二十二年》。

又：戎子曰："惠公謂我諸戎，是四岳之裔胄也。"《襄十四年》。

敬考：百揆、四岳皆非官名也。百揆者，司空之職也。四岳者，人名也。《左》、《國》明文可據。僞作《周官》者誤解爲官名，爲之經曰："内有百揆、四岳。"遂令後人承訛踵謬，羣以爲官名矣。因以百揆爲冢宰，四岳爲主四方諸侯，習非而不悟，甚矣哉！又考："曰若稽古"，漢儒皆訓爲順考古道，故漢已來，文誥之辭多用"稽古"字。至宋儒程子、李校書輩，謂考古某人之事言之，其訓始明。今《微子之命》曰"惟稽古崇德象賢"，《周官》曰"唐虞稽古"，豈周初即訓爲順考古道耶？

《堯典》：竄三苗于三危。

又：分北三苗。

《臯陶謨》：禹曰："苗頑弗即工。帝其念哉。"帝曰："迪朕德，時乃功惟敘。臯陶方祗厥敘，方施象刑，惟明。"

敬考：竄者，放其君也。分北者，徙其民也。分北即皐陶象刑之所施也。三苗之事明著于經者如此。周、秦已降，傳其事者言人人殊，作《禹謨》者博徵而兼取之，聯合禹征苗、舜舞干戚諸事，綴于篇末，豈知其萬難合哉？

《墨子》曰：不唯《秦〔九四〕誓》爲然，即《禹誓》亦猶是也〔九五〕。禹曰："濟濟有衆，咸聽朕言，非惟小子敢行稱亂，蠢兹有苗，用天之罰，若予既率爾羣對諸羣，以征有苗。"《兼愛下》。

又曰：昔者三苗大亂，天命殛之云云；高陽乃〔九六〕命玄宫，禹親把天之瑞令以征有苗云云；禹既已克有三苗云云；天下乃静。《非攻》。

《戰國策》：蘇秦曰："舜伐三苗。"《秦》。

司馬氏遷曰：吴起曰："三苗氏左洞庭，右彭蠡，德義不修，禹滅之。"《史記》起本傳。

《淮南内書》曰：舜伐有苗。《兵略訓》。

又：舜南征三苗，道死蒼梧。《修務訓》。

敬考：諸子言舜、禹伐三苗者如此。曰"克有三苗"，曰"滅之"，無班師修德之説也。蓋既伐則未有不克者，以至仁伐至不仁，矧合羣后之全力以行天討，而何逆命之有？

《韓非子》曰：當舜之時，有苗不服，禹伐之〔九七〕，舜曰："不可。上德不厚而行武，非道也。"乃修教三年，執干戚舞，有苗乃服。《五蠹》。

《吕覽》曰：三苗不服，禹請攻之。舜曰："以德可也。"行德三年而三苗服。《上德》。

《淮南内書》曰：當舜之時，有苗不服，于是修政偃兵〔九八〕，執干戚而舞之。《齊俗訓》。《繆稱訓》同。

《韓詩外傳》曰：當舜之時，有苗不服，其不服者，衡山在南，岐山在北，左洞庭之波，右彭澤之水，由此險也。以其不服，禹請伐之，而舜不許，曰：“吾喻教猶未竭也。”久喻教，而苗民請服〔九九〕。天下聞之，皆薄禹之義而美舜之德。《卷三》。

賈氏誼曰：舜舞干羽而三苗服。《新書·匈奴》。

敬考：諸子言舜修德服有苗者如此。玩其文義，似即本《臯陶謨》之語，轉相傳述而離其真。然云請伐不許，則無會羣后誓師之事可知也。今合二説而兼用之，則于情事多所抵捂矣。向于燕市得《經史辨體》一卷，有丹注字，不知名氏，于此節注曰：“三苗之君在舜攝位時已竄于三危矣，其留頑民亦止，弗即工，非能叛也。舜方使臯陶象刑以治，不煩兵也。而謂禹攝位而尚兵征不服，吾不信也。且以堯、舜之德，歷年如此之久，而猶不化，乃化于舞干羽之七旬，有是理乎？此戰國時人傅會夸張習氣，而謂虞、夏史臣作此語，誣亦甚矣。”又曰：“以瞍形有苗，立言不類。”又考：此所云者，與《説苑·指武》篇所稱文王伐崇事絶相類，“三旬”字似亦本之。其詞曰：“文王伐崇，崇軍其城，三旬不降。退而修教，復伐之，因壘而降。”蓋後人習爲此説，以動〔一〇〇〕人聽聞。抑思聖人政教無時不修。若前此未能誕敷，豈復所以爲舜？作者蓋生秦、漢之後，習而不察也。

《君奭》：周公曰：“在武丁時，則有若甘盤。率惟兹有陳，保乂有殷。”傳曰：“高宗即位，甘盤佐之，後有傅説。”

孔氏穎達曰：《説命》：“台小子舊學于甘盤，既乃遯于荒野，八〔一〇一〕宅于河。自河徂亳，既〔一〇二〕厥終罔顯。”舊學于甘盤，謂爲王子時也。《君奭》篇周公仰陳殷之賢臣云：“在武丁時，則有若甘盤。”然則甘盤于高宗之時有大功也。上篇高宗免喪不言，即求傅説，似得説時無賢臣矣。蓋甘盤于小乙之時〔一〇三〕以爲大臣，小乙將崩，受遺輔政，高宗之初得大有〔一〇四〕功。及高宗免喪，甘盤已死，故《君奭》傳曰：“高宗即位，甘盤佐之，後有傅説。”是言傅説之前有甘盤也。但下句言“既乃遯于荒野”，是學訖乃遯，非即位之初從甘盤學也。《書正義》。

敬考：甘盤者，武丁時之賢佐，保乂殷室者也。作《説命》

者誤以“不言”、“夢説”合爲一事。若高宗必得傅説而後言，未得傅説，舉朝無可與言者，則無以處夫甘盤。乃曰舊學云爾，曰即位佐之，得説在後云爾，然後雖得説，甘盤焉往?《正義》遂謂其時已死，然學而遯，遯而入河，則又不得謂即位之初從甘盤學也。左支右詘，其悖戾之甚者，雖仲達不能强爲之説矣。

韋氏昭曰，遷于河内。自河徂亳。從河内往都亳也。《國語解》。

傳曰：既學而中廢業，遯居田野。河，洲也。其父欲使高宗知民之艱苦，故使居民間。自河往居亳，與今其終，故遂無顯明之德。

敬考：從古建都，惟殷最遷徙靡常。自契至成湯，凡八遷矣。自成湯至盤庚，又五遷矣。故韋解“入河徂亳”亦曰遣都也。然以《無逸》之言證之，高宗舊勞于外，外者，河也。自河徂亳，由民間往即天子位也。盤庚遷于殷，殷者，亳也。中更小辛、小乙，未聞遷都，小乙猶都亳也。此《國語》述武丁之事云然。今以入高宗之口，而增遯于荒野，不經之甚。小乙使之居，不可言遯。居民間正所以學，不可言廢學。且民間非荒野也。事之信者無往不合，其僞者觸處窒礙矣。

蘇氏軾曰：古之君子，明王之世而不肯仕，蓋有之矣。許由不仕堯、舜，夷、齊不仕周，商山之老不仕漢。懷寶迷邦，以終其身，是或一道也。武丁爲太子，則學于甘盤。武丁即位而甘盤遯去，隱于荒野。武丁使人求之，迹其所往，則居河濱。自河徂亳，不知其所終。武丁無與共政，故相説也。舊説乃謂武丁遯于荒野。武丁爲太子而遯，決無此理。遯則如吴太伯，豈復立也哉?學者徒見《書》云“其在高宗時，舊勞于外”，故以武丁爲遯。小乙使武丁劬勞于外，以知艱難，決非荒野之遯。又以《書》曰“在武丁時，則有若甘盤”，故謂武丁即位而甘盤在也。甘盤，武丁師也。蓋配食其廟。其曰“在武丁時”固宜，豈必即位而後師之哉？《書傳》。

朱子曰：東坡解作甘盤遯于荒野，據某看只是高宗自言。觀上下文“曰予小子”可見，但不知當初高宗因何遯于荒野。《語録》。

蔡氏沈曰：《無逸》言與此相應，《國語》亦謂武丁入于河，自河徂亳。蘇氏謂甘盤遯于荒野，以“台小子”語脈推之，非是。《書傳》。

敬考：無端而甘盤死，無端而甘盤遯，無稽之談，伊何多邪？而要皆生于《説命》之妄作。夫甘盤既遯矣，猶謂其保乂有殷也，然則周公非乎？入河徂亳，甘盤遯所也，以爲武丁、白公子張，不又妄語乎？朱子心知其謬，而于高宗之遯卒無以解也，本不可解也。故不僞僞《書》，必未嘗讀《書》而求其通，求其通，至于萬無可通，斯不得不僞矣。

校勘記

〔一〕“機”，《荀子·解蔽》作“幾”。

〔二〕“字”，《山右》本作“宇”，誤。

〔三〕“歷”，《山右》本作“曆”誤。

〔四〕“即湯説亦猶是也”，《墨子·兼愛下》作“雖湯説即亦猶是也”，是。

〔五〕“豕”，《論語·堯曰》集解亦作“豕”，疑當作“家”。

〔六〕“如”，《墨子·兼愛中》作“若”。

〔七〕“祁奚曰”，《山右》本作“祁曰奚”，誤。

〔八〕“闋”，《山右》本作“闕”，誤。

〔九〕“進誅紂”，《荀子·儒效》作“誅紂”。

〔一〇〕“征”，《山右》本作“懲”，誤。

〔一一〕同上。

〔一二〕“予”，《孟子·梁惠王上》作“我”。

〔一三〕“冒”，《山右》本作“昌”，誤。

〔一四〕“皆元德也”，《國語·楚語上》作“皆有元德也”。

〔一五〕“《史紀·夏記》”，《山右》本作“《史記·夏紀》”。

〔一六〕“相似相似”，當衍一“相似”。

〔一七〕“后”，當作“侯”。

〔一八〕“戊”，當作“戌”。

〔一九〕“季秋月朔”，《尚書·胤征》作“乃季秋月朔”，是。

〔二〇〕“師”，《山右》本作“帥”，誤。

〔二一〕“狥”，《左傳》亦作“徇”，阮元認爲作“狥”者誤。

〔二二〕“狥”，《左傳》注本亦作“徇”，阮元認爲作“狥”者誤。

〔二三〕“緣”，《山右》本作“緑”，誤。

〔二四〕“韶”，《山右》本作“韻”，誤。

〔二五〕“扎”，當作“札”。

〔二六〕“札”，《山右》本作“扎”，誤。

〔二七〕“間”，《山右》本作“問”，誤。

〔二八〕“版”，《史記·五帝本紀》作“阪”。

〔二九〕“予”，《左傳·昭公二十四年》作“余”。

〔三〇〕“曰”，《左傳·定公四年》作“大”。

〔三一〕“面”，《山右》本作“回”，誤。

〔三二〕“與”，《山右》本作“興”，誤。

〔三三〕“即”，當作“既”。

〔三四〕“説”，《山右》本作“書”，誤。

〔三五〕“以象夢求四方之賢聖”，《國語·楚語上》作“以象夢旁求四方之賢”，是。

〔三六〕“瞑，《山右》本作“眩”，誤。

〔三七〕“叡”，《國語·楚語上》作“睿”。

〔三八〕“箴”，《山右》本作“篾”，誤。

〔三九〕“棄”，《山右》本作“葉”，誤。

〔四〇〕“特”，《山右》本作“持”，誤。

〔四一〕“聖人”，《山右》本作“望人”，誤。

〔四二〕“孔子”，《禮記·檀弓下》作“仲尼”，是。

〔四三〕“得説于傅險中焉”，《史記·殷本紀》作“得説於傅險中”。

〔四四〕“説”，當作“記”。

〔四五〕“伯”，當作“百”。

〔四六〕“各”，《山右》本作“名”，誤。

〔四七〕“誠”，當作“誡”。

〔四八〕“而”，當作“面”。

〔四九〕“謟”，當作“諂”。

〔五〇〕“謟”，當作“諂”。

〔五一〕“姚”，《山右》本字迹不清。

〔五二〕“字面”，當作“面字”。

〔五三〕“森”，《漢書·百官公卿表》顔師古注：“森，古益字也。”

〔五四〕“傅”，《山右》本作“傳”，誤。

〔五五〕“謂”，《漢書·百官公卿表》作“爲”。

〔五六〕“臯謨”，疑當作“臯陶謨”。

〔五七〕“于盟津”，《史記·周本紀》作“至于盟津”，是。

〔五八〕“本”，《史記·周本紀》作“奉”，是。

〔五九〕“諸節曰”，《史記·周本紀》作“諸節”。

〔六〇〕“票”，《史記·周本紀》作“栗”，是。

〔六一〕“有火自上復于下”，《史記·周本紀》作“既渡，有火自上復于下”，是。

〔六二〕“鳥”，《史記·周本紀》作“烏”。

〔六三〕“祭”，《史記·周本紀》作“樂”，是。

〔六四〕“武王乃太誓”，《史記·周本紀》作“武王乃作太誓”，是。

〔六五〕“棄”，《史記·周本紀》作“弃”。

〔六六〕“太誓”，《漢書·律曆志》作“作太誓”，是。

〔六七〕“《洪範》”，《漢書·律曆志》作“作《洪範》。《洪範》篇曰”。《山右》本作“《洪師》篇”，誤。

〔六八〕“自文王受命至此十三年”，《漢書·律曆志》作“自文王受命而至此十三年”。

〔六九〕“逮”，《漢書·律曆志》作“還”，是。

〔七〇〕“至甲子昧爽而合矣”，《漢書·律曆志》作“甲子昧爽而合矣”。

〔七一〕此段文字原與上段連接，據體例及嘉慶四年本，改作分段處理。

〔七二〕“句”，當作“旬”。

〔七三〕“觀政之善惡”，《尚書·泰誓上》傳作“觀紂政之善惡”，是。

〔七四〕“隧”，《山右》本作“隱”，誤。

〔七五〕“祀”，《山右》本作“紀”，誤。

〔七六〕“禱”，《山右》本作“疇”，誤。

〔七七〕“祖父”，《尚書·武成》正義作“父祖”。

〔七八〕“聵”，《山右》本作“瞶”，誤。

〔七九〕“周命”，《山右》本作“周命命”，衍一“命”。

〔八〇〕“信”，《山右》本作“俱”，誤。

〔八一〕“嫠”，《山右》本作“嫠”，誤。

〔八二〕同上。

〔八三〕“肜”，《山右》本作“彤”，誤。

〔八四〕“傳”，《山右》本作“傅”。誤。

〔八五〕“大”，《尚書·冏命》作“太”。

〔八六〕“女”，《史記·殷本紀》作“毋”，是。

〔八七〕“恐”，《史記·殷本紀》作“怨”，是。

〔八八〕“海”，《史記·殷本紀》作“濟”，是。

〔八九〕“伊訓”，《山右》本作“供訓”，誤。

〔九〇〕“冕”，《山右》本作“冤”，誤。

〔九一〕“二”，《漢書·律曆志》作“三”。

〔九二〕“越”，《漢書·律曆志》作“粤”。

〔九三〕“爲”，《國語·周語下》作“以”。

〔九四〕“秦”，當作“泰”。

〔九五〕“即禹誓亦猶是也”，《墨子·兼愛下》作“雖禹誓即亦猶是也”。

〔九六〕“乃”，《山右》本作“及”，誤。

〔九七〕“禹伐之”，《韓非子·五蠹》作“禹將伐之”。

〔九八〕“于是修政偃兵”，《淮南子·齊俗》作“于是舜修政偃兵”。

〔九九〕“而苗民請服”，《韓詩外傳》卷三作“而有苗民請服”。

〔一〇〇〕“動”，《山右》本作“助”，誤。

〔一〇一〕“八”，《尚書·説命》作“入”，是。

〔一〇二〕“既”，《尚書·説命》作“暨”。

〔一〇三〕“時”，《尚書·説命》疏作“世”。

〔一〇四〕“大有”，《尚書·説命》疏作“有大”。